ALEJANDRO DUMAS

EL CONDE DE MONTECRISTO

Tomo II

Traducción del original: Víctor Balaguer

TEGUCIGALPA, HONDURAS, FEBRERO DE 2024

CAPÍTULOS

¿LOGRARÁ DANTÉ SU VENGANZA?

¿Qué les pareció el Tomo I del Conde de Montecristo? Si les emocionó, esperen a leer el Tomo II.

En la lista de las mejores obras clásicas de la historia, siempre estará El Conde de Montecristo. Es un libro hermoso, mágico, vibrante, en el que se conjugan la traición, la injusticia, la venganza, la compasión y, finalmente, el perdón.

Alejandro Dumas se inspiró en un hecho de la vida real: la de François Picaud, un zapatero francés comprometido en matrimonio con una millonaria, vilmente traicionado por unos amigos.

¿De qué lo acusaron? De ser un espía al servicio de Inglaterra.

Se cuenta que Dumas encontró las Memorias de Jacques Peuchet; allí descubrió la historia de Picaud.

El Conde de Montecristo es Edmundo Dantés, injustamente encarcelado (acusado de ser un espía de Napoleón Bonaparte, figura caída en la desgracia en su exilio en la isla de Elba), en el calabozo del castillo de If. Allí conoce a un personaje peculiar: el abate de Faria, una mezcla de sacerdote y filósofo italiano que, entre muchos secretos, guarda uno que cambiará la suerte de su amigo de encierro para siempre.

Luego de escapar, Dantés buscará dos cosas: encontrar el tesoro que su amigo Faris enterró en la isla de Montecristo; y vengarse de aquellos que, con intrigas y chismorreos, lograron que lo enviaran a la cárcel.

¿Logrará encontrar el tesoro?

¿Podrá vengarse de sus enemigos?

El catálogo de Ediciones ASTRIA continúa creciendo con las joyas de la literatura universal.

Con alegría ponemos en manos de los lectores de todo el mundo en este mes de enero de 2024, tres de las creaciones que inmortalizaron a Alejandro Dumas: El Conde de Montecristo (tomos I y II); El hombre de la máscara de hierro y Los Tres Mosqueteros.

Hay libros que se quedan en el corazón de los lectores para toda la vida. Uno de ellos es, sin duda alguna, El Conde de Montecristo.

ÓSCAR FLORES LÓPEZ

X. ROBERTO EL DIABLO

El pretexto de ir a la ópera fue tanto más oportuno cuanto que aquella noche había gran función en la Academia Real de Música. Levasseur, después de una larga indisposición, se presentó en el papel de Beltrán, y como de costumbre la obra del maestro a la moda atrajo al teatro la sociedad más brillante de París. Morcef, como la mayor parte de los jóvenes ricos, tenía su palco de orquesta; además el de diez personas conocidas, sin contar con aquel a que tenía derecho, es decir, al de los calaveras de buen tono.

Chateau—Renaud ocupaba el palco próximo al suyo.

Beauchamp, como periodista, era rey del salón, y tenía sitio en todas partes.

Aquella noche Luciano Debray tenía a su disposición el palco del ministro, y lo había ofrecido al conde de Morcef, el cual, no habiendo querido ir Mercedes, lo había enviado a Danglars, mandándole decir que tal vez él iría a hacer aquella noche una visita a la baronesa y a su hija si querían aceptar el palco que les ofrecía. La señora Danglars y su hija aceptaron.

Por lo que a Danglars se refiere, había declarado que sus principios políticos y su calidad de diputado de la oposición no le permitían ir al palco del ministro. La baronesa escribió a Luciano suplicándole que fuese a buscarla, puesto que no podía ir a la ópera sola con Eugenia.

En efecto, si las dos mujeres hubiesen ido solas, habrían creído esto de mal tono, al paso que yendo la señorita Danglars con su madre y el amante de su madre, nada había ya que objetar.

Levantóse el telón, como de costumbre, ante un salón casi vacío.

También es una de las costumbres del mundo parisiense, llegar al teatro cuando la función ha empezado. De aquí resulta que el primer acto transcurre de parte de los espectadores que van llegando, no en mirar o escuchar la pieza, sino en mirar entrar a los espectadores que llegan, y no oír más que el ruido de las puertas y el de las conversaciones.

—¡Cómo! —dijo Alberto de repente, al ver abrirse un palco principal—. ¡Cómo! ¡La condesa G...!

—¿Quién es esa condesa G...? —preguntó Chateau—Renaud.

—¡Oh!, barón, ésa es una pregunta que no os perdono. ¿Me preguntáis quién es la condesa G...?

—¡Ah!, es verdad —dijo Chateau—Renaud—, ¿no es esa encantadora veneciana?

—Justamente.

En aquel momento la condesa G... reparó en Alberto, y cambió con él un saludo acompañado de una sonrisa.

—¿La conocéis? —dijo Chateau—Renaud.

—Sí —exclamó Alberto—, le fui presentado en Roma por Franz.

—¿Queréis hacerme en París el mismo favor que Franz os hizo en Roma?

—Con muchísimo gusto.

—¡Silencio! —gritó el público.

Los dos jóvenes continuaron su conversación, sin hacer caso del deseo de la concurrencia de oír la música.

—Estaba en las carreras del Campo de Marte —dijo Chateau—Renaud.

—¿Hoy?

—Sí.

—En efecto, había carreras. ¿Estabais comprometido en ellas?

—¡Oh!, por una miseria, por cincuenta luises.

—¿Y quién ganó?

—Nautilus, yo apostaba por él.

—¿Pero había tres carreras?

—Sí. El premio del Jockey Club era una copa de oro. Por cierto que ocurrió algo bastante extraño.

—¿Qué?

—¡Chist...! —gritó el público, impacientándose.

—¿Qué...? —replicó Alberto.

—Un caballo y un jockey completamente desconocidos han ganado esta carrera.

—¿Cómo?

—¡Oh!, sí, nadie había fijado la atención en un caballo señalado con el nombre de Vampa, y un jockey con el nombre de Job, cuando de repente vieron avanzar un magnífico alazán y un jockey como el puño. Viéronse obligados a introducirle veinte libras de plomo en los bolsillos, lo cual no impidió que se adelantase diez varas a Ariel y Bárbaro, que corrían con él.

—¿Y no se ha sabido a quién pertenecía el caballo y el jockey?

—No.

—Decís que el caballo llevaba el nombre de...

—Vampa.

—Entonces —dijo Alberto— yo estoy más adelantado que vos, y sé a quién pertenece.

—¡Silencio...! —gritó por tercera vez el público.

Las voces fueron creciendo ahora hasta tal punto, que al fin los jóvenes notaron que el público se dirigía a ellos. Volviéronse un momento buscando en aquella multitud un hombre que tomase a su cargo la responsabilidad de lo que miraban como una impertinencia, pero nadie reiteró la invitación, y se volvieron hacia el escenario.

En aquellos instantes se abrió el palco del ministro, y la señora Danglars, su hija y Luciano Debray tomaron sus asientos.

—¡Ahí!, ¡ahí! —dijo Chateau—Renaud—, ahí tenéis a varias personas conocidas vuestras, vizconde. ¿Qué diablos miráis a la derecha? Os están buscando.

Alberto se volvió y sus ojos se encontraron en efecto con los de la baronesa Danglars, que le hizo un saludo con su abanico. En cuanto a la señorita Eugenia, apenas se dignaron inclinarse hacia la orquesta sus grándes y hermosos ojos negros.

—En verdad, amigo mío —dijo Chateau—Renaud—, no comprendo qué es lo que podéis tener contra la señorita Danglars, es una joven lindísima.

—No lo niego —dijo Alberto—, pero os confieso que en cuanto a belleza preferiría una cosa más dulce, más suave, en fin, más femenina.

—¡Qué jóvenes estos! —dijo Chateau—Renaud, que como hombre de treinta años tomaba con Morcef cierto aire paternal—, nunca están satisfechos. ¡Cómo! ¡Encontráis una novia, o más bien otra Diana cazadora y no estáis contento!

—Pues bien, entonces mejor hubiera yo querido otra Venus de Milo o de Capua. Esta Diana cazadora siempre en medio de sus ninfas, me espanta un poco. Temo que me trate como a otro Acteón.

En efecto, una ojeada que se hubiera dirigido sobre la joven podía explicar casi el sentimiento que acababa de confesar el joven Morcef.

Eugenia Danglars era hermosa, como había dicho Alberto, pero era una belleza un poco varonil. Sus cabellos de un negro hermoso, pero un tanto rebeldes a la mano que quería arreglarlos; sus ojos negros como sus cabellos, adornados de magníficas cejas, y que no tenían más que un defecto, el de fruncirse con demasiada frecuencia, eran notables por una expresión de firmeza que todos se maravillaban de encontrar en la mirada de una mujer. Su nariz tenía las proporciones exactas que un escultor habría dado a una diosa Juno. Sin embargo, su boca era demasiado grande, aunque adornada de unos dientes hermosos que hacían resaltar unos labios cuyo carmín demasiado vivo se distinguía sobre la palidez de su tez; en fin, dos hoyitos más pronunciados que de costumbre en los extremos de su boca, acababan de dar a su fisonomía ese carácter decidido que tanto espantaba a Morcef.

Por lo demás, el resto del cuerpo de Eugenia estaba en armonía con la cabeza.que acabamos de describir. Como había dicho Chateau-Renaud, era Diana la cazadora, si bien con un aire más duro y más muscular en su belleza.

Respecto a la educación que había recibido, si había algo que reprocharle, era que, lo mismo que en su fisonomía, parecía pertenecer un poco al otro sexo. En efecto, hablaba dos o tres lenguas, dibujaba fácilmente, hacía versos y componía música. De este último arte era sobre todo muy apasionada. Estudiábalo con una de sus amigas de colegio, joven sin fortuna, pero con todas las disposiciones posibles para llegar a ser una excelente cantatriz. Según decían, un gran compositor profesaba a ésta un interés casi paternal y la hacía trabajar con la esperanza de que algún día encontrase una fortuna en su voz.

La posibilidad de que la señorita Luisa de Armilly (éste era su nombre) entrase un día en el teatro, hacía que la señorita Danglars, aunque la recibiese en su casa, no se mostrara en público con ella.

Sin embargo, sin tener en la casa del banquero la posición independiente de una amiga, disfrutaba de mucha franqueza y confianza. Unos segundos después de la entrada de la señora Danglars en el palco, había bajado el telón, y gracias a la facultad de pasear o hacer visitas en los entre actos a causa de ser éstos demasiado largos, la orquesta se había dispersado al poco rato.

Morcef y Chateau—Renaud habían sido de los primeros en salir; la señora Danglars creyó por un momento que aquella prisa de Alberto por salir tenía por objeto el irle a ofrecer sus respetos, y se inclinó al oído de su hija para anunciarle esta visita, pero ésta se contentó con mover la cabeza sonriendo, y al mismo tiempo, como para probar cuán fundada era la incredulidad de Eugenia respecto a este punto, apareció Morcef en un palco principal. Este palco era el de la condesa G...

—¡Hola! Al fin se os ve por alguna parte, señor viajero —dijo ésta presentándole la mano con toda la cordialidad de una antigua amiga—, sois muy amable, primero por haberme reconocido, y después por haberme dado la preferencia de vuestra primera visita.

—Creed, señora —dijo Alberto—, que si yo hubiese sabido vuestra llegada a París y las señas de vuestra casa, no hubiera esperado tanto tiempo. Mas permitid os presente al barón Chateau—Renaud, amigo mío, uno de los pocos hidalgos que aún hay en Francia, y por el cual acabo de saber que estabais en las carreras del Campo de Marte.

Chateau—Renaud se inclinó.

—¡Ah! ¿Os hallabais en las carreras, caballero? —dijo vivamente la condesa.

—Sí, señora.

—¡Y bien! —repuso la señora G...—. ¿Podéis decirme de quién era el caballo que ganó el premio del jockey Club?

—No, señora —dijo Chateau—Renaud—, y ahora mismo hacía la propia pregunta a Alberto.

—¿Deseáis saberlo..., señora condesa? —preguntó Alberto.

—Con toda mi alma. Figuraos que... ¿pero lo sospecháis acaso, vizconde?

—Señora, ibais a contarme una historia, habéis dicho: Imaginaos...

—¡Pues bien! Figuraos que aquel encantador caballo y aquel diminuto jockey de casaca color de rosa me inspiraron a primera vista una simpatía tan viva que yo en mi interior deseaba que ganasen, lo mismo que si hubiese apostado por ellos la mitad de mi fortuna. Así, pues, apenas los vi llegar al punto, dejando bastante retirados a los otros caballos, fue tal mi alegría que empecé a palmotear como una loca. ¡Imaginad mi asombro cuando al entrar en mi casa encuentro en mi escalera al jockey de casaca color de rosa! Creí que el vencedor de la carrera vivía casualmente en la misma casa que yo, cuando lo primero que vi al abrir la puerta de mi salón fue la copa de oro, es decir, el premio ganado por el caballo y el jockey desconocido. En la copa había un papelito que decía:

"A la condesa G..., lord Ruthwen."

—Eso es, justamente —dijo Morcef.

—¡Cómo! ¿Qué queréis decir?

—Quiero decir que es lord Ruthwen en persona.

—¿Quién es lord Ruthwen?

—El nuestro, el vampiro, el del teatro Argentino.

—¿De veras? —exclamó la condesa—. ¿Está aquí?

—Sí, señora.

—¿Y vos le habéis visto? ¿Le recibís? ¿Frecuentáis su casa?

—Es mi íntimo amigo, y el señor Chateau—Renaud también tiene el honor de conocerle.

—¿Y cómo sabéis que es él quien ha ganado?

—Por su caballo, que lleva el nombre de Vampa.

—¿Y qué?

—¡Cómo! ¿Es posible que no recordéis el nombre del famoso bandido que me hizo su prisionero?

—¡Ah, es cierto!

—¿Y de las manos del cual me sacó milagrosamente el conde?

—Sí, sí.

—Llamábase Vampa. Bien veis que era él.

—¿Pero por qué me ha enviado esa copa?

—Primeramente, señora condesa, porque yo le había hablado mucho de vos. Después, porque se habrá alegrado de encontrar una compatriota y de ver el interés que se tomaba por él.

—¿Espero que no le habréis contado las locuras que hemos hablado de él?

—¡Oh!, de ningún modo. Pero me extraña la manera de ofreceros esa copa bajo el nombre de lord Ruthwen...

—¡Pero eso es espantoso, me compromete de una manera terrible!

—¿Es por ventura ese proceder el de un enemigo?

No; lo confieso.

—Entonces...

—¿Conque está en París?

—Sí.

—¿Y qué sensación ha producido?

—¡Oh! —dijo Alberto—, se habló de él ocho días, pero después acaeció la coronación de la reina de Inglaterra y el robo de los diamantes de la señorita Mars, y no se ha hablado más que de eso.

—Amigo mío —dijo Chateau—Renaud—, bien se ve que el conde es vuestro amigo y que le tratáis como tal. No creáis lo que dice Alberto, señora condesa. Al contrario, no se habla más que del conde de Montecristo en París. Primeramente empezó por regalar a la señora Danglars dos caballos por valor de treinta mil francos. Después salvó la vida a la señora de Villefort. Ha ganado la carrera del jockey Club, según parece. Pues yo sostengo, diga Morcef lo que quiera, que no se ocupa la gente en este momento más que del conde de Montecristo, y que no se ocuparán sino de él por espacio de un mes, si continúa con sus excentricidades, lo cual, por otra parte, parece que es su modo habitual de vivir.

—Es posible —dijo Morcef—, ¿pero quién ha tomado el palco del embajador de Rusia?

—¿Cuál? —preguntó la condesa.

—El intercolumnio principal, me parece completamente renovado.

—En efecto —dijo Chateau—Renaud—, ¿había en él alguien durante el primer acto?

—¿Dónde?

—En ese palco.

—No —repuso la condesa—, no he visto a nadie. De modo que —continuó, volviendo a la primera conversación—, ¿creéis que es vuestro conde de Montecristo quien ha ganado el premio?

—Estoy seguro.

—¿Y quién me ha enviado la copa?

—Sin duda alguna.

—Pero yo no le conozco —dijo la condesa—, y tengo ganas de devolvérsela.

—¡Oh!, no lo hagáis, porque entonces os enviará otra tallada en algún zafiro o en algún rubí. Son sus maneras de obrar, qué queréis, es preciso conformarse con sus manías.

En aquel instante se oyó la campanilla, que anunciaba que el segundo acto iba a empezar, y Alberto se levantó para volver a su asiento.

—¿Os volveré a ver? —preguntó la condesa.

—En los entreactos, si lo permitís. Vendré a informarme de si puedo seros útil en algo aquí en París.

—Señores —dijo la condesa—, todos los sábados por la noche, calle de Rivoli, 22, estoy en mi casa para los amigos.

Los jóvenes saludaron y salieron del palco de la condesa.

Cuando entraron en el salón vieron a todos los espectadores de la platea en pie, con los ojos fijos en un solo punto. Sus miradas siguieron la dirección general, y se detuvieron en el antiguo palco del embajador de Rusia. Un hombre vestido de negro, de treinta y cinco a cuarenta años, acababa de entrar en él con una mujer vestida a la usanza oriental. La mujer era admirablemente hermosa y el traje de tal riqueza, que, como hemos dicho, todos los ojos se habían vuelto hacia ella.

—¡Cómo! —dijo Alberto—. Montecristo y su griega.

En efecto, eran el conde y Haydée.

Al cabo de un instante, la joven era el objeto de la atención, no solamente del público de la platea, sino de todo el teatro. Las mujeres se inclinaban fuera de los palcos para ver brillar bajo los luminosos rayos de la lucerna, aquella cascada de diamantes.

El segundo acto desarrollóse en medio del sordo rumor que indica en las grandes reuniones de personas un suceso notable. Nadie pensó en gritar que callaran. Aquella mujer tan joven, tan bella, tan deslumbrante, era el espectáculo más curioso que se hubiera podido ver.

Esta vez, una señal de la señora Danglars indicó claramente a Alberto que la baronesa deseaba que la visitase en el entreacto siguiente. Morcef era demasiado amable para hacerse esperar cuando le indicaban claramente que le estaban esperando. Concluido el acto, se apresuró a subir al palco. Saludó a las dos señoras, y presentó la mano a Debray. La baronesa le acogió con una encantadora sonrisa y Eugenia con su frialdad habitual.

—A fe mía, querido —dijo Debray—, aquí tenéis a un hombre sumamente apurado, y que os llama para que le saquéis del compromiso. La señora baronesa me anonada a fuerza de preguntas respecto del conde, y quiere que yo sepa de dónde es, de dónde viene, adónde va. ¡A fe mía!, yo no soy Cagliostro, y para librarme de sus preguntas, dije: Averiguad todo eso por medio de Morcef, conoce a Montecristo bastante a fondo, y entonces fue cuando os llamaron.

—¿No es increíble? —dijo la baronesa— que teniendo medio millón de fondos secretos a su disposición, no esté mucho mejor instruido?

—Señora —dijo Luciano—, creed que si yo tuviese medio millón a mi disposición, lo emplearía en otra cosa que no en tomar informes sobre el señor de Montecristo, que a mis ojos no tiene otro mérito que el ser dos veces más rico que un nabab. Pero he cedido la palabra a mi amigo Morcef, arreglaos con él.

—Seguramente un nabab no me habría enviado dos caballos de treinta mil francos v cuatro diamantes de cinco mil francos cada uno.

—¡Oh!, los diamantes —dijo Morcef riendo—, ésa es su manía. Yo creo que, cual otro Potemkin, lleva siempre los bolsillos llenos, y los va derramando por el camino.

—Debe haber encontrado alguna mina —dijo la señora Danglars—. ¿Sabéis que tiene un crédito ilimitado sobre la casa del barón?

—No, no lo sabía —respondió Alberto—, pero se comprende muy bien.

—¿Y que ha anunciado al señor Danglars que pensaba permanecer un año en París y gastar seis millones?

—Es el sha de Persia que viaja de incógnito.

—Y esa mujer, señor Luciano —dijo Eugenia—, ¿habéis reparado qué hermosa es?

—En verdad, señorita, jamás conocí a otra que supiera hacer justicia como vos.

Luciano acercó su lente a su ojo derecho.

—Encantadora —dijo.

—¿Y sabe el señor de Morcef quién es esa mujer?

—Señorita —dijo Alberto—, casi lo sé. Quiero decir, como sé

todo lo que concierne al misterioso personaje de que nos ocupamos. Esa mujer es una griega.

—Eso se conoce fácilmente por su traje, y no me habéis dicho sino lo que todo el salón sabe tan bien como nosotros.

—Siento —dijo Morcef— ser un cicerone tan ignorante, pero confieso que ahí acaban todos mis conocimientos. Sé, además, que es música, porque un día que almorcé en casa del conde, oí los sonidos de una guzla que sin duda estaba tocando ella.

—¿Recibe vuestro conde? —preguntó la señora Danglars.

—Y de una manera espléndida, os lo aseguro.

—Es preciso que me empeñe con el señor Danglars para que le ofrezca alguna comida, algún baile, a fin de que nos lo devuelva.

—¡Cómo! ¿Iríais a su casa? —dijo Debray riendo.

—¿Por qué no? ¡Con mi marido!

—Pero si es soltero el misterioso conde.

—Ya veis que no lo es —dijo riendo la baronesa señalando a la bella griega.

—Esa mujer es una esclava, según él mismo me ha dicho.

—Convenid, mi querido Luciano —dijo la baronesa—, que más bien tiene aire de una princesa.

—De las Mil y una noches.

—De las Mil y una noches, no digo, ¿pero qué es lo que hace de ella una princesa? Los diamantes, y en ésa no se ve otra cosa.

—Lleva demasiados —dijo Eugenia—; estaría más hermosa sin ellos, porque quedarían al descubierto su cuello y sus brazos, que son de encantadoras formas.

—¡Oh!, la artista —dijo la señora Danglars—, ¡cómo se entusiasma! —¡Me apasiona todo lo hermoso! —dijo Eugenia.

—Pero ¿qué decís entonces del conde? —dijo Debray—. Me parece también muy buen mozo.

—¿El conde? —dijo Eugenia, como si aún no le hubiese mirado—, el conde está demasiado pálido.

—Precisamente en esa palidez —dijo Morcef— está el secreto que buscamos. La condesa G... dice que es un vampiro.

—¿Está de vuelta la condesa G...? —preguntó la baronesa.

—En ese palco de al lado —dijo Eugenia—, casi enfrente de nosotros, madre mía. Esa mujer de unos cabellos rubios admirables, ella es.

—¡Ah!, sí —repuso la señora Danglars—, ¿no sabéis lo que debierais hacer, Morcef?

—Mandad, señora.

—Ir a hacer una visita a vuestro conde de Montecristo y traérnoslo.

—¿Para qué? —dijo Eugenia.

—¡Oh!, para hablarle. ¿No tienes tú curiosidad por verle?

—Absolutamente ninguna.

—¡Qué rara eres! —murmuró la baronesa.

—¡Oh! —dijo Morcef—, vendrá probablemente él mismo. Ya os ha visto, señora, y os saluda.

La baronesa devolvió al conde su saludo acompañado de la más encantadora sonrisa.

—Vamos —dijo Morcef—, me sacrifico. Os dejo, y voy a ver si hay medio de hablarle.

—Id a su palco, es lo más sencillo.

—Pero aún no he sido presentado...

—¿A quién?

—A la bella griega.

—Es una esclava, según decís.

—Sí, pero vos decís que es una princesa... No. Espero que me vea salir, y él también saldrá.

—Es posible, id.

—Ahora mismo.

Morcef saludó y se fue.

Efectivamente, en el momento en que pasaba delante del palco del conde, se abrió la puerta, el conde dijo algunas palabras en árabe a Alí, que estaba en el corredor, y se cogió del brazo de Morcef.

Alí cerró la puerta de nuevo y se quedó en pie a su lado. Había en el corredor un círculo de gente que rodeaba al nubio.

—En verdad —dijo Montecristo—, vuestro París es una ciudad extraña, y vuestros parisienses un pueblo singular. Diríase que es la primera vez que ven a un nubio. Miradlos estrecharse alrededor de ese pobre Alí, que no sabe qué significa eso.. Sólo os digo una cosa, y es que un parisiense puede ir a Túnez, a Constantinopla, a Bagdad o al Cairo, y la gente no le rodeará como hacen aquí.

—Es que vuestros orientales son personas sensatas, y no miran lo que no vale la pena de mirar, pero, creedme, Alí no goza de esa popularidad sino porque os pertenece, y a estas horas vos sois el hombre de moda.

—¡De veras! ¿Y qué es lo que me vale ese favor?

—¡Diantre!, vos mismo. Regaláis caballos que valen mil luises. Salváis la vida a la mujer del procurador del rey. Hacéis correr bajo el nombre del mayor Black caballos de raza y jockeys como un puño. En fin, ganáis copas de oro y las enviáis a una mujer bellísima por cierto.

—¿Y quién diablo os ha contado todas esas tonterías?

—Primero, la señora Danglars, que se muere de deseos por veros en su palco, o más bien porque os vean en él. Después, el periódico de Beauchamp, y últimamente mi imaginación. ¿Por qué llamabais a vuestro caballo, Vampa, si queréis guardar el incógnito?

—¡Ah! ¡Es verdad! —dijo el conde—, es una imprudencia. Pero, decidme, ¿el conde de Morcef viene algunas veces a la ópera? Le he buscado por todas partes y no lo he visto.

—Vendrá esta noche.

—¿Dónde?

—Creo que al palco de la baronesa.

—¿Esa encantadora joven que está con ella es su hija?

—Sí.

—Os doy mis parabienes.

Morcef se sonrió.

—Ya hablaremos de esto más tarde y detalladamente —dijo— ¿Qué decís de la música?

—¿De qué música?

—¿De qué ha de ser...?, de la que acabamos de oír.

—Digo que es una música muy hermosa, para ser compuesta por un compositor humano, y cantada por pájaros sin plumas, como decía Diógenes.

—¡Ah!, querido conde, ¡parece que pudierais oír cantar los siete coros del Paraíso!

—Así es, en efecto. Cuando quiero oír música admirable, vizconde, como ningún mortal la ha oído, duermo.

—Pues bien, querido conde, dormid. La ópera no se ha inventado para otra cosa.

—No, de veras. Vuestra orquesta hace demasiado ruido. Para dormir yo con el sueño de que os hablo, necesito tranquilidad y silencio, y además cierta preparación...

—¡Ah! ¿El famoso hachís?

—Exacto, vizconde, cuando queráis oír música, venid a cenar conmigo.

—Pero ya la oí cuando fui a almorzar a vuestra casa —dijo Morcef.

—¿En Roma?

—Sí.

—¡Ah!, era la guzla de Haydée. Sí, la pobre desterrada se entretiene a veces en tocar algunos aires de su país.

Morcef no insistió más. Por su parte, el conde se calló también. En este momento oyóse la campanilla.

—Disculpadme —dijo el conde dirigiéndose hacia su palco.

—¡Cómo!

—Mil recuerdos de parte mía a la condesa G..., de parte de su vampiro.

—¿Y a la baronesa?

—Decidle que, si lo permite, iré a ofrecerle mis respetos después de que termine el acto.

El tercer acto empezó.

Durante el mismo, entró el conde de Morcef en el palco de la señora Danglars, según lo había prometido.

El conde no era uno de esos hombres que causaban impresión con su presencia. Así, pues, nadie reparó en su llegada más que las personas en cuyo palco entraba.

Montecristo le vio, sin embargo, y sonrió ligeramente.

En cuanto a Haydée, no veía nada mientras el telón estaba levantado; como todas las naturalezas primitivas, adoraba todo lo que habla al oído y a la vista.

El tercer acto transcurrió como de costumbre. La señorita Noblet, Julia y Leroux, cantaron sus respectivos papeles. El príncipe de Granada fue desafiado por Roberto—Mario. En fin, este majestuoso rey dio su vuelta por el tablado para lucir su manto de terciopelo llevando a su hija de la mano. Bajó después el telón y toda la concurrencia se dispersó.

El conde salió de su palco, y poco después apareció en el de la baronesa Danglars.

Esta no pudo contener un ligero grito, mezcla de sorpresa y alegría.

—¡Ah!, venid, señor conde —exclamó—, porque, a la verdad, deseaba añadir mis gracias verbales a las que ya os he dado por escrito.

—¡Oh!, señora—dijo el conde—, ¿aún os acordáis de esa bagatela? Yo ya la había olvidado.

—Sí, pero jamás se olvida que al día siguiente salvasteis a mi amiga, la señora de Villefort, del peligro que le hicieron correr los mismos caballos.

—Tampoco esta vez, señora, merezco vuestras gracias. Fue Alí, mi nubio, quien tuvo el honor de prestar a la señora de Villefort este eminente servicio.

—¿Y fue también Alí —dijo el conde de Morcef— quien sacó a mi hijo de las manos de los bandidos romanos?

—No, señor conde —dijo Montecristo, estrechando la mano que le presentaba el general—. No; ahora a quien toca dar las gracias es a mí. Vos ya me las habéis dado, yo las he recibido, y me avergüenzo de que me deis tanto las gracias. Señora baronesa, hacedme el honor, os lo suplico, de presentarme a vuestra encantadora hija.

—¡Oh!, por lo menos de nombre ya estáis presentado, porque hace dos o tres días que no hablamos más que de vos. Eugenia —continuó la baronesa, volviéndose hacia su hija—, el señor conde de Montecristo.

El conde se inclinó, la señorita Danglars hizo un leve movimiento de cabeza.

—Estáis en vuestro palco con una mujer admirable, señor conde —dijo Eugenia—, ¿es vuestra hija?

—No, señorita —dijo Montecristo, asombrado de aquella ingenuidad extremada o de aquel asombroso aplomo—, es una pobre griega de la que soy tutor.

—¿Y se llama...?

—Haydée —respondió Montecristo.

—¡Una griega! —murmuró el conde de Morcef.

—Sí, conde —dijo la señora Danglars—, y decidme si habéis visto nunca, en la corte de Alí—Tebelin, donde habéis servido tan gloriosamente, un vestido tan precioso como el que tenemos delante.

—¡Ah! —dijo Montecristo—, ¿habéis servido en Janina, señor conde?

—He sido general instructor de las tropas del bajá —respondió Morcef—, y mi poca fortuna proviene de las liberalidades del ilustre jefe albanés, no tengo reparo en decirlo.

—¡Pues vedla ahí! —insistió la señora Danglars.

—¡Dónde! —balbució Morcef.

—Allí —dijo Montecristo.

Y apoyando el brazo sobre el hombro del conde, se inclinó con él fuera del palco.

En este momento, Haydée, que buscaba al conde con la vista, descubrió su cabeza pálida al lado de la de Morcef, a quien tenía abrazado.

Esta vista produjo en la joven el efecto de la cabeza de Medusa. Hizo un movimiento hacia adelante, como para devorar a los dos con sus miradas, y al mismo tiempo se retiró al fondo del palco lanzando un débil grito, que fue oído, sin embargo, de las personas que estaban próximas a ella, y de Alí, que al punto abrió la puerta.

—¿Cómo? —dijo Eugenia—. ¿Qué acaba de sucederle a vuestra pupila, señor conde?, parece que se ha sentido indispuesta.

—Así es —dijo el conde—, pero no os asustéis, señorita. Haydée es muy nerviosa, y por consiguiente muy sensible a los olores. Un perfume que le sea antipático, basta para causarle un desmayo. Pero —añadió el conde, sacando un pomo del bolsillo—, tengo aquí el remedio.

Y tras haber saludado a la baronesa y a su hija, cambió un apretón de mano con el conde y con Debray, y salió del palco de la señora Danglars.

Cuando entró en el suyo, Haydée estaba aún muy pálida. Apenas le vio, le cogió una mano. Montecristo notó que las manos de la joven estaban húmedas y heladas.

—¿Con quién hablabais, señor? —preguntó la griega.

—Con el conde de Morcef, que estuvo al servicio de lo ilustre padre, y que confiesa deberle su fortuna —respondió el conde.

—¡Ah, miserable! —exclamó Haydée—, él fue quien lo

vendió a los turcos y esa fortuna es el pago de su traición. ¿No sabíais eso?

—Había oído algo de esa historia en Epiro —dijo Montecristo—, pero ignoraba los detalles. Ven, hija mía, ven y me lo contarás. Debe ser algo curioso.

—¡Oh!, sí, vamos, vamos. Me parece que me moriría, si permaneciese más tiempo viendo a ese hombre.

Y levantándose vivamente, Haydée se envolvió en su albornoz de cachemira blanco, bordado de perlas y de coral, y salió en el momento en que se levantaba el telón.

—¡En nada se parece ese hombre a los demás! —dijo la condesa G... a Alberto, que había vuelto a su lado—. Escucha religiosamente el tercer acto de Roberto y se marcha cuando va a empezar el cuarto.

CUARTA PARTE: EL MAYOR CAVALCANTI

I. EL ALZA Y LA BAJA

Transcurridos unos días, después del encuentro referido en el capítulo anterior, Alberto de Morcef fue a hacer una visita al conde de Montecristo, a su casa de los Campos Elíseos, que había adquirido ya el aspecto de palacio que acostumbraba a dar el conde de Montecristo aun a sus moradas más provisionales. Iba a reiterarle las gracias de la señora de Danglars.

Alberto iba acompañado de Luciano Debray, el cual unió a las palabras de su amigo algunas frases corteses, que no le eran habituales, y cuyo fin no pudo penetrar el conde.

Parecióle que Luciano venía a verle impulsado por un sentimiento de curiosidad, y que la mitad de este sentimiento emanaba de la calle de la Chaussée d'Antin. En efecto, era de suponer, sin temor de engañarse, que al no poder la señora Danglars conocer por sus propios ojos el interior de un hombre que regalaba caballos de treinta mil francos, y que iba a la ópera con una esclava griega que llevaba un millón en diamantes, había suplicado a la persona más íntima que le diese algunos informes acerca de tal interior. Mas el conde aparentó no sospechar que pudiera haber la menor relación entre la visita de Luciano y la curiosidad de la baronesa.

—¿Mantenéis las relaciones casi continuas con el barón Danglars? —preguntó a Alberto de Morcef.

—¡Oh!, sí, señor conde; bien sabéis lo que os he dicho.

—¿Todavía continúa eso?

—Más que nunca—dijo Luciano—, es un negocio corriente.

Y juzgando sin duda Luciano que esta palabra mezclada en la conversación le daba derecho a permanecer extraño a ella, colocó su lente en su ojo, y mordiendo el puño de oro de su bastón, comenzó a pasear lentamente alrededor de la sala, examinando las armas y los cuadros.

—¡Ah! —dijo Montecristo—. Al oíros hablar de eso no creía, en verdad, que se hubiese tomado ya una resolución.

—¿Qué queréis? Las cosas marchan sin que nadie lo sospeche; mientras que vos no pensáis en ellas, ellas piensan en vos, y cuando volvéis os quedáis asombrado del gran trecho que han recorrido. Mi padre y el señor Danglars han servido juntos en

España, mi padre en el ejército, el señor Danglars en las provisiones. Allí fue donde mi padre, arruinado por la revolución, y el señor Danglars, que no tenía patrimonio, empezaron a hacerse ricos.

—Sí, efectivamente —dijo Montecristo—, creo que durante la visita que le he hecho, el señor Danglars me ha hablado de eso —y dirigió una mirada a Luciano, que en aquel momento estaba hojeando un álbum—. La señorita Eugenia es una joven bellísima, creo que se llama Eugenia, ¿verdad?

—Bellísima —respondió Alberto—, pero de una belleza que yo no aprecio; soy indigno de ella.

—¡Habláis de vuestra novia como si ya fueseis su marido!

—¡Oh! —exclamó Alberto, mirando lo que hacía Luciano.

—¿Sabéis? —dijo Montecristo, bajando la voz—, que no me parecéis muy entusiasmado con esa boda?

—La señorita Danglars es demasiado rica para mí —dijo Morcef—, eso me asusta.

—¡Bah! —dijo Montecristo—, razón de más, ¿no sois vos también rico?

—Mi padre tiene algo..., como unas cincuenta mil libras de renta, y me dará diez o doce mil cuando me case.

—Algo modesto es eso, sobre todo en París; pero no todo consiste en el dinero, algo valen un nombre esclarecido y una elevada posición social. Vuestro nombre es célebre, vuestra posición magnífica; y además, el conde de Morcef es un soldado, y gusta ver que se enlazan la integridad de Bayardo con la pobreza de Duguesclin; el desinterés es el rayo de sol más hermoso a que puede relucir una noble espada. Yo encuentro esta unión muy conveniente; ¡la señorita Danglars os enriquecerá y vos la ennobleceréis!

Alberto movió la cabeza y quedóse pensativo.

—Aún hay más —dijo.

—Confieso —repuso Montecristo— que me cuesta trabajo el comprender esa repugnancia hacia una joven hermosa y rica.

—¡Oh! ¡Dios mío! —dijo Morcef—, esa repugnancia no es tan sólo de mi parte.

—¿De quién más?, porque vos mismo me habéis dicho que vuestro padre deseaba ese enlace.

—De parte de mi madre; y la ojeada de mi madre es prudente y segura. ¡Pues bien!, no se sonríe al hablarle yo de esta unión, tiene yo no sé qué prevención contra los Danglars.

—¡Oh! —dijo el conde con un tono algo afectado—, eso se concibe fácilmente. La condesa de Morcef, que es la distinción, la aristocracia, la delicadeza personificada, vacila en tocar una mano basta, grosera y brutal; nada más sencillo.

—Yo no sé si es eso —dijo Alberto—; pero lo que sé es que este casamiento la hará desgraciada. Ya debían haberse reunido para hablar del asunto hace seis semanas; pero tuve tales dolores de cabeza...

—¿Verdaderos...? —dijo el conde sonriendo.

—¡Oh!, sí, sin duda el miedo..., en fin, aplazaron la cita hasta pasados dos meses. No corría prisa, como comprenderéis; yo no tengo todavía más que veintiún años, y Eugenia diecisiete; pero los dos meses expiran la semana que viene. Se consumará el sacrificio; no podéis comprender, conde, qué apurado me encuentro... ¡Ah!, ¡qué dichoso sois al ser libre!

—¡Pues bien!, sed libre también, ¿quién os lo impide?, decid.

—¡Oh!, sería un desengaño muy grande para mi padre si no me casara con la señorita Danglars.

—Pues casaos, entonces —dijo el conde, encogiéndose de hombros.

—Sí —dijo Morcef—; mas para mi madre no sería eso desengaño, sino una pesadumbre mortal.

—Entonces no os caséis —exclamó el conde.

—Yo veré, lo reflexionaré, vos me daréis consejos, ¿no es verdad?; y si es posible, me libraréis del compromiso. ¡Oh!, por no dar un disgusto a mi pobre madre, sería yo capaz de quedar reñido hasta con el conde, mi padre.

Montecristo se volvió; parecía sumamente conmovido.

—¡Vaya! —dijo a Debray, que estaba sentado en un sillón, en un extremo del salón, con un lápiz en la mano derecha y en la izquierda una cartera—, ¿hacéis álgún croquis de uno de estos cuadros?

—¿Yo? —dijo tranquilamente—. ¡Oh!, sí, un croquis; amo demasiado la pintura para eso. No; estoy haciendo números.

—¿Números?

—Sí, calculo; esto os atañe indirectamente, vizconde; calculo lo que la casa Danglars ha debido ganar en la última alza de Haití; de 206 subieron los fondos en tres días a 409, y el prudente banquero había comprado mucho a 206. Ha debido ganar, por lo menos, 300,000 libras.

—No es ésa su mejor jugada —dijo Morcef—, no ha ganado este año un millón...

—Escuchad, querido —dijo Luciano—, escuchad a Montecristo, que os dirá, como los italianos:

Denaro a santità Metá della metá.

Y es mucho todavía. Así, pues, cuando me hablan de eso me encojo de hombros.

—¿Pero no hablabais de Haití? —dijo Montecristo.

—¡Oh!, Haití; eso es otra cosa; ese écarté del agiotaje francés. Se puede amar el whist, el boston, y sin embargo, cansarse de todo esto; el señor Danglars vendió ayer a 409 y se embolsó 300 000 francos; si hubiese esperado a hoy, los fondos bajaban a 205, y en vez de ganar 300,000, perdía 20 ó 25,000.

—¿Y por qué han bajado los fondos de 409 a 205? —preguntó Montecristo—. Perdonad, soy muy ignorante en todas estas intrigas de bolsa.

—Porque —respondió Alberto— las noticias se siguen unas a otras y no se asemejan.

—¡Ah, diablo! —dijo el conde—. ¿El señor Danglars juega a ga-nar o perder 300,000 francos en un día? ¡Será inmensamente rico!

—¡No es él quien juega! —exclamó vivamente Luciano—, es la señora Danglars; es una mujer verdaderamente intrépida.

—Pero vos que sois razonable, Luciano, y que conocéis la poca seguridad de las noticas, pues que estáis en la fuente, debierais impedirlo—, dijo Morcef sonriendo.

—¿Cómo es eso posible, si a su marido no le hace ningún caso? —respondió Luciano—. Vos conocéis el carácter de la baronesa; nadie tiene influencia sobre ella, y no hace absolutamente sino lo que quiere.

—¡Oh, si yo estuviera en vuestro lugar...! —dijo Alberto.

—¿Y bien?

—Yo la curaría; le haría un favor a su futuro yerno.

—¿Pues cómo?

—Nada más sencillo. Le daría una lección.

—¡Una lección!

—Sí; vuestra posición de secretario del ministro hace que dé mucha fe a vuestras noticias; apenas abrís la boca y al momento son taquigrafiadas vuestras palabras. Hacedle perder unos cuantos miles de francos, y esto la volverá más prudente.

—No os entiendo —murmuró Luciano.

—Pues bien claro me explico —respondió el joven, con una sencillez que nada tenía de afectada—; anunciadle el mejor día una noticia telegráfica que sólo vos hayáis podido saber; por ejemplo, que a Enrique IV le vieron ayer en casa de Gabriela; esto hará subir los fondos; ella obrará inmediatamente, según la noticia que le hayáis dado, y seguramente perderá cuando Beauchamp escriba al día si-guiente en su periódico:

"Personas mal informadas han dicho que el rey Enrique IV fue visto anteayer en casa de Gabriela; esta noticia es completamente falsa; el rey Enrique IV no ha salido de Pont—Neuf.»

Luciano se sonrió.

El conde, aunque indiferente en la apariencia, no había perdido una palabra de esta conversación, y su penetrante mirada creyó leer un secreto en la turbación del secretario del ministro.

De esta turbación de Luciano, que no fue advertida por Alberto, resultó que Debray abreviase su visita; se sentía evidentemente disgustado. El conde, al acompañarle hacia la puerta, le dijo algunas palabras en voz baja, a las cuales respondió:

—Con mucho gusto, señor conde, acepto. Montecristo se volvió hacia Morcef.

—¿No pensáis —le dijo— que habéis hecho mal en hablar de vuestra suegra delante de Debray?

—Escuchad, conde —dijo Morcef—, no digáis en adelante una palabra acerca de esto.

—Decid la verdad, ¿la condesa se opone a ese matrimonio?

—Rara vez viene a casa la baronesa, y mi madre creo que no ha estado dos veces en su vida en la de la señora Danglars.

—Entonces —dijo el conde— eso me alienta a hablaros con franqueza: el señor Danglars es mi banquero; el señor de Villefort me ha colmado de atenciones en agradecimiento al servicio que una dichosa casualidad me proporcionó hacerle. Bajo todo esto yo descubro una infinidad de comidas y diversiones, y además, para tener siquiera el mérito de adelantarme, si queréis, he proyectado reunir en mi casa de campo de Auteuil al señor y señora Danglars, y al señor y señora Villefort. Yo os invito a esa comida, así como al señor conde y a la señora condesa de Morcef; esto, sin que nadie sospeche que ha de ser una entrevista matrimonial; por lo menos, la señora condesa de Morcef no considerará la cosa así, sobre todo si el barón Danglars me hace el honor de no traer a su hija. De lo contrario, vuestra madre me cobraría antipatía; de ningún modo quiero yo que suceda esto, y haré todo lo posible por que nó llegue a odiarme.

—A fe mía, conde ——dijo Morcef—, os doy mil gracias por esa franqueza que usáis conmigo, y acepto la proposición que me hacéis. Decís que no queréis que mi madre os cobre antipatía, y sucede todo lo contrario.

—¿Lo creéis así? —exclamó el conde con interés.

—¡Oh!, estoy seguro. Cuando os separasteis el otro día de nosotros estuvimos hablando una hora de vos; pero vuelvo a lo que decíamos antes. ¡Pues bien!, si mi madre pudiese saber esa atención de vuestra parte, estoy seguro de que os quedaría sumamente reconocida; es verdad que mi padre se pondría furioso.

Montecristo soltó una carcajada.

—¡Y bien! —dijo a Morcef—, ya estáis prevenido. Pero ahora que me acuerdo, no sólo vuestro padre se pondrá furioso; el señor y la señora Danglars me considerarán como a un hombre de malas maneras. Saben que nos tratamos con cierta intimidad, que sois mi amigo parisiense más antiguo, y si no os encuentran en mi casa, me preguntarán por qué no os he invitado. Al menos, buscad un compromiso anterior que tenga alguna apariencia de probabilidad, y del cual me daréis parte por medio de cuatro letras. Ya sabéis, con los banqueros, sólo los escritos son válidos.

—Yo haré otra cosa mejor, señor conde —dijo Alberto—; mi padre quiere ir a respirar el sire del mar. ¿Qué día tenéis señalado para vuestra comida?

—El sábado.

—Hoy es martes, bien; mañana por la tarde partimos, y pasado estaremos en Tréport. ¿Sabéis, señor conde, que sois un hombre muy complaciente en proporcionar así a todas las personas su comodidad?

—¡Yo!, en verdad que me tenéis en más de lo que valgo, deseo seros útil y nada más.

—¿Qué día empezaréis a hacer las invitaciones?

—Hoy mismo.

—¡Pues bien!, corro a casa del señor Danglars, y le anuncio que mañana mi madre y yo saldremos de París. Yo no os he visto; por consiguiente, no sé nada de vuestra comida.

—¡Qué loco sois! ¡Y el señor Debray, que acababa de veros en mi casa!

—¡Ah!, es cierto.

—Al contrario, os he visto y os he convidado aquí sin ceremonia, y me habéis respondido ingenuamente que no podíais aceptar porque partíais para Tréport.

—¡Pues bien!, ya está todo arreglado; pero vos vendréis a ver a mi madre entre hoy y mañana.

—Entre hoy y mañana es difícil; porque estaréis ocupados en vuestros preparativos de viaje.

—¡Pues bien!, haced otra cosa; antes no erais más que un hombre encantador; seréis un hombre adorable.

—¿Qué he de hacer para llegar a esa sublimidad?

—¿Qué habéis de hacer?

—Sí, eso es lo que os pregunto.

—Sois libre como el sire; venid a comer conmigo; seremos pocos: vos, mi madre y yo solamente. Aún no habéis casi conocido a mi madre, pero la veréis de cerca. Es una mujer muy notable, y no siento más que una cosa, y es no encontrar una mujer como ella con veinte años menos; pronto habría, os lo juro, una condesa y una viz-condesa de Morcef. En cuanto a mi padre, no le encontraréis en casa; está de comisión, y come en la del gran canciller. Venid, hablaremos de viajes; vos que habéis visto el mundo entero, nos hablaréis de vuestras aventuras; nos contaréis la historia de aquella bella griega que estaba la otra noche con vos en la ópera, a la que llamáis vuestra esclava, y a quien tratáis como a una princesa. Hablaremos italiano y español, ¿aceptáis?, mi madre os dará las gracias.

—También yo os las doy —dijo el conde—; el convite es de

los más halagüeños, y siento vivamente no poder aceptarlo. Yo no soy libre, como pensáis; y tengo, por el contrario, una cita de las más importantes.

—¡Ah!, acordaos, conde, que me acabáis de enseñar cómo se zafa uno de las cosas desagradables. Necesito una prueba. Afortunadamente, yo no soy banquero como el señor Danglars, pero os prevengo que soy tan incrédulo como él.

—Por lo mismo, voy a dárosla —dijo el conde. Y llamó.

—¡Hum! —dijo Morcef—; ya son dos veces seguidas que rehusáis comer con mi madre. ¿Habéis tomado ese partido, conde?

Montecristo se estremeció.

—¡Oh!, no lo creáis —dijo—; además, pronto os demostraré lo contrario. Bautista entró y se quedó a la puerta en pie y esperando.

—Yo no estaba prevenido de vuestra visita, ¿no es verdad?

—Sois tan extraordinario, que no aseguraría que no lo estuvieseis.

—Por lo menos, ¿no podía adivinar que me invitaríais a comer?

—¡Oh!, en cuanto a eso, es probable.

—Escuchad, Bautista: ¿qué os dije yo esta mañana, cuando os llamé a mi gabinete de estudio?

—Que no dejase entrar a nadie a ver al señor conde después de las cinco —respondió el criado.

—¿Y qué más?

—¡Oh!, señor conde... —dijo Alberto.

—No, no, quiero absolutamente librarme de esa reputación misteriosa que me habéis adjudicado, mi querido vizconde: es muy difícil representar eternamente el Manfredo. ¿Qué más...?, continuad, Bautista.

—En seguida no recibir más que al señor mayor Bartolomé Cavalcanti y a su hijo.

—Ya lo oís, al señor mayor Bartolomé Cavalcanti, de la más antigua nobleza de Italia; además, su hijo, un apuesto joven de vuestra edad, o poco más, vizconde, que lleva el mismo título que vos, y que hace su entrada en el mundo con los millones de su padre. El mayor me trae esta tarde a su hijo Andrés, el contessino, como decimos en Italia. Me lo confía y yo lo protegeré si tiene algún mérito. Me ayudaréis, ¿no es así?

—¡Desde luego! ¿Es algún antiguo amigo vuestro ese mayor Cavalcanti? —preguntó Alberto.

—No, por cierto, es un digno señor, muy modesto, discreto, como muchos de los que hay en Italia, descendiente de una de las más antiguas familias. Lo he encontrado muchas veces en Florencia, en Bolonia, en Luca, y me ha avisado de su llegada. Los conocimientos de viaje son exigentes, reclaman de vos en todas partes la amistad que se les ha manifestado una vez por casualidad. Este mayor Cavalcanti va a volver a París, que no ha visto más que de paso en tiempos del Imperio, y va a helarse a Moscú. Yo le daré una buena comida y me dejará su hijo; le prometeré vigilarle, le dejaré hacer todas las locuras que quiera y estamos en paz.

—¡Estupendo! —dijo Alberto—; veo que sois un excelente mentor. Adiós, pues, estaremos de vuelta el domingo. A propósito, he recibido noticias de Franz.

—¡Ah!, ¿de veras? —dijo Montecristo—; ¿sigue divirtiéndose en Italia?

—Creo que sí; no obstante, os echa mucho de menos. Dice que sois el sol de Roma, y que sin vos está eclipsado. Yo no sé si aun llega a decir que llueve. Aún persiste en errores fantásticos, y he aquí por lo que os echa de menos.

—Es un muchacho muy simpático —dijo Montecristo——, y por el cual he sentido una viva simpatía la primera tarde que le vi buscando una cena cualquiera, y que tuvo a bien aceptar la mía. Creo que es hijo del general d'Epinay.

—Justamente.

—El mismo que fue tan vilmente asesinado en 1815.

—¿Por los bonapartistas?

—¡Cierto! ¿No tiene él proyectos de matrimonio?

—Sí, debe casarse con la señorita de Villefort.

—¿Es eso cierto?

—Tan cierto como que yo debo casarme con la señorita Danglars —respondió Alberto riendo.

—¿Os reís?

—Sí.

—¿Y por qué?

—Porque creo que Franz tiene tanta simpatía por su matrimonio como la hay entre la señorita Danglars y yo. Pero, en verdad, conde, que hablamos de las mujeres como las mujeres hablan de los hombres; esto es imperdonable.

Alberto se levantó. —¿Os vais?

—Me gusta la pregunta: hace dos horas que os estoy molestando y tenéis la bondad de preguntarme si me voy.

—¡Oh!, de ningún modo.

—¡En verdad, conde, sois el hombre más diplomático de la tierra! Y vuestros criados, ¡qué bien educados están! ¡Especialmente, el señor Bautista! Jamás he podido tener uno como ése. Los míos parece que toman el ejemplo de los del teatro francés, que, precisamente porque no tienen que decir más que una palabra, siempre la dicen mal. Conque si despedís alguna vez a Bautista, os lo pido para mí antes que nadie.

—Convenido —respondió Montecristo.

—No es esto todo; saludad de mi parte a vuestro discreto mayor, al señor de Cavalcanti, y si por casualidad desease establecer a su hijo, buscadle una mujer muy rica, noble, baronesa cuando menos, yo os ayudaré por mi parte.

—¡Vaya! ¿Hasta eso llegaríais?

—Sí, sí.

—¡Oh!, no se puede decir de esta agua no beberé.

—¡Ah, conde! —exclamó Morcef—, qué gran favor me haríais y cómo os apreciaría cien veces más si lograseis dejarme soltero siquiera por diez años.

—Todo es posible —respondió gravemente Montecristo, y despidiéndose de Alberto entró en su habitación y llamó tres veces con el timbre.

Bertuccio compareció.

—Señor Bertuccio —le dijo—, ya sabéis que el sábado recibo en mi casa de Auteuil.

Bertuccio se estremeció levemente.

—Bien, señor—dijo.

—Os necesito —continuó el conde—, para que todo se prepare como sabéis. Aquella casa es muy hermosa, o al menos puede llegar a serlo.

—Para eso sería preciso cambiarlo todo, señor conde; las paredes han envejecido.

—Cambiadlo todo, excepto una sola habitación; la de la alcoba de damasco encarnado; la dejaréis tal como está actualmente.

Bertuccio se inclinó.

—Tampoco tocaréis el jardín; pero del patio haréis lo que mejor os parezca; me alegraría de que nadie pudiese reconocerlo.

—Haré todo lo que pueda para que el señor conde quede satisfecho; sin embargo, quedaría más tranquilo si quisiera vuestra excelencia darme sus instrucciones para la comida.

—En verdad, mi querido señor Bertuccio —dijo el conde—, desde que estáis en París, os encuentro desconocido; ¿no os acordáis ya de mis gustos, de mis ideas?

—Pero, en fin, ¿podría decirme vuestra excelencia quién asistirá?

—Aún no lo sé, y tampoco vos tenéis necesidad de saberlo.

Bertuccio se inclinó y salió.

Acababan de dar las siete, y el mayordomo partió acto seguido para Auteuil, según la orden que acababa de recibir. En el mismo momento, un coche de alquiler se detuvo a la puerta del palacio, y pareció huir avergonzado apenas hubo dejado junto a la reja a un hombre como de cincuenta y dos años, vestido con una de esas largas levitas verdes, cuyo color es indefinible, un ancho pantalón azul, unas botas muy limpias, aunque con un barniz bastante agrietado; guantes de ante, un sombrero con la forma del de un gendarme, y una corbata negra. Tal era el pintoresco traje bajo el cual se presentó el personaje que llamó a la reja, preguntando si era allí donde vivía el conde Montecristo, y que apenas hubo oído la respuesta afirmativa del portero, se dirigió hacia la escalera.

La cabeza pequeña y angulosa de este hombre, sus cabellos canos, su bigote espeso y gris, fueron reconocidos por Bautista, que ya tenía conocimiento del aspecto del personaje que le esperaba en el vestíbulo. Así, pues, apenas pronunció su nombre, fue introducido en uno de los salones más sencillos.

El conde le esperaba allí y salió a su encuentro con aire risueño.

—¡Oh!, caballero, bien venido seáis. Os esperaba.

—¡De veras! —dijo el mayor Cavalcanti—, ¿me esperaba vuestra excelencia?

—Sí, me avisaron de vuestra visita para hoy a las siete.

—¿De mi visita? ¿Conque estabais avisado?

—Completamente.

—¡Ah!, tanto mejor; temía, lo confieso; yo creía que habrían olvidado esta precaución.

—¿Cuál?

—La de avisaros.

—¡Oh!, ¡no!

—¿Pero estáis seguro de no equivocaros?

—Segurísimo.

—¿Era a mí a quien esperaba vuestra excelencia?

—A vos, sí. Por otra parte, pronto estaremos seguros de ello.

—¡Oh!, si me esperabais —dijo el mayor—, ¡no merece la penal

—¡Al contrario! —dijo Montecristo.

El mayor pareció ligeramente inquieto.

—Veamos —dijo Montecristo—, sois el marqués Bartolomé Cavalcantí, ¿verdad?

—Bartolomé Cavalcanti —repitió el mayor—, eso es.

—¿Ex mayor al servicio de Austria?

—¡Ah!, ¿era mayor...? —preguntó tímidamente el veterano.

—Sí —dijo Montecristo—, mayor. Este nombre se da en Francia al grado que teníais en Italia.

—Bueno —dijo el mayor—, no pregunto más, ya comprendéis...

—Por otro lado, ¿no venís aquí por vuestro propio interés? —repuso Montecristo.

—¡Oh!, seguramente.

—¿Venís dirigido a mí por alguna persona?

—Sí.

—¿Por el excelente abate Busoni?

—Eso es —exclamó el mayor con alegría.

—¿Y tenéis una carta?

—Aquí está.

—Dádmela, entonces.

Y Montecristo tomó la carta que abrió y leyó.

El mayor miraba al conde con ojos asombrados, que dirigía con curiosidad a cada objeto del salón, pero que se volvían inmediatamente hacia el dueño de la casa.

—Esto es... ¡Oh!, ¡querido abate!, "el mayor Cavalcanti; un digno patricio de Luca", descendiente de los Cavalcanti de Florencia —continuó Montecristo leyendo—, que tiene medio millón de renta...

Él conde levantó los ojos por encima del papel y saludó.

—Medio millón —dijo—; ¡diantre!, querido señor Cavalcanti.

—¿Dice medio millón? —preguntó el mayor.

—Con todas sus letras, y así debe ser; el abate Busoni es el hombre que mejor conoce todos los caudales de Europa.

—¡De acuerdo con que sea medio millón! —dijo el mayor—; pero es doy mi palabra de honor de que no sabía que ascendiese a tanto.

—Porque tendréis un mayordomo que os robará; ¿qué queréis, señor Cavalcanti?, ¡es preciso pasar por todo!

—Acabáis de darme una idea —dijo gravemente el mayor—; pondré al muy bribón en la calle.

Montecristo continuó:

—Y al cual no le faltaba más que una cosa para ser dichoso.

—¡Oh! ¡Dios mío, sí! una sola ——dijo el mayor suspirando.

—Encontrar un hijo adorado.

—¿Un hijo adorado?

—Robado en su niñez, o por un enemigo de su noble familia, o por unas gitanas.

—¡A la edad de cinco años, caballero! —dijo el mayor con un profundo suspiro y levantando los ojos al cielo.

—¡Pobre padre! —dijo Montecristo.

El conde prosiguió:

—Le devuelvo la esperanza, la vida, señor conde, anunciándole que vos le podéis hacer encontrar este hijo, a quien busca en vano hace quince años.

El mayor miró a Montecristo con una inefable expresión de inquietud.

—Yo puedo hacerlo —respondió Montecristo.

El mayor se incorporó.

—¡Ah, ah! —dijo— ¿La carta era verdadera?

—¿Lo dudabais, querido señor Bartolomé?

—¡No, jamás! ¡Como, un hombre grave, un hombre investido de un carácter religioso como el abate Busoni, no había de mentir!

¡Pero vos no lo habéis leído todo, excelencia!

—¡Ah!, es verdad—dijo Montecristo—,hay una posdata.

—Sí —replicó el mayor—, sí..., hay... una... posdata.

—Para no causar al mayor Cavalcanti la molestia de sacar fondos de casa de su banquero, le envío una letra de dos mil francos para sus gastos de viaje, y el crédito contra vos de la suma de cuarenta y ocho mil francos.

El mayor seguía con la mirada esta posdata con visible ansiedad.

—¡Bueno! —dijo Montecristo.

—Ha dicho bueno —murmuró el mayor—, conque... —repuso el mismo.

—¿Conque?... —inquirió el conde.

—Conque, la posdata...

—¡Y bien!, la posdata...

—¿Es acogida por vos de un modo tan favorable como el resto de la carta?

—Claro. Ya nos entenderemos el abate Busoni y yo. Vos, según veo, ¿dabais mucha importancia a esa posdata, señor Cavalcantí?

—Os confesaré —respondió el mayor—, que confiado en la carta del abate Busoni, no me había provisto de fondos; de modo que si me hubiese fallado este recurso, me habría encontrado muy mal en París.

—¿Es que un hombre como vos se puede encontrar apurado en alguna parte? —dijo Montecristo.

—¡Diablo!, no conociendo a nadie...

—¡Oh!, pero a vos os conocen...

—Sí, me conocen; conque...

—Acabad, querido señor Cavalcanti.

—¿Conque me entregaréis esos cuarenta y ocho mil francos?

—Al momento.

El mayor no podía disimular su estupor.

—Pero sentaos —dijo Montecristo—, en verdad, no sé en qué estoy pensando..., hace un cuarto de hora que os tengo ahí de pie...

—No importa, señor conde...

El mayor tomó un sillón y se sentó.

—Ahora —dijo el conde—, ¿queréis tomar alguna cosa? ¿Un

vaso de Jerez, de Oporto, de Alicante?

—De Alicante, puesto que tanto insistís, es mi vino predilecto.

—Lo tengo excelente; con un bizcochito, ¿verdad?

—Con un bizcochito, ya que me obligáis a ello.

Montecristo llamó; se presentó Bautista, y el conde se adelantó hacia él. —¿Qué traéis? —preguntó en voz baja.

—EL joven está ahí —respondió en el mismo tono el criado.

—Bien, ¿dónde le habéis hecho entrar?

—En el salón azul, como había mandado su excelencia.

—Perfectamente. Traed vino de Alicante y bizcochos. Bautista salió de la estancia.

—En verdad —dijo el mayor—, os molesto de una manera...

—¡Bah!, ¡no lo creáis! —dijo Montecristo.

Bautista entró con los vasos, el vino y los bizcochos.

El conde llenó un vaso y vertió en el segundo algunas gotas del rubí líquido que contenía la botella cubierta de telas de araña y de todas las señales que indican lo añejo del vino. El mayor tomó el vaso lleno y un bizcocho.

El conde mandó a Bautista que colocase la botella junto a su huésped, que comenzó por gustar el Alicante con el extremo de sus labios, hizo un gesto de aprobación, a introdujo delicadamente el bizcocho en el vaso.

—De modo, caballero —dijo Montecristo—, ¿vos vivíais en Luca, erais rico, noble, gozabais de la consideración general, teníais todo cuanto puede hacer feliz a un hombre?

—Todo, excelencia —dijo el mayor, comiendo el bizcocho—, absolutamente todo.

—¿Y no faltaba más que una cosa a vuestra felicidad?

—¡Ay!, una sola—repuso el mayor.

—¿Encontrar a vuestro hijo?

—¡Ah! —exclamó el mayor tomando un segundo bizcocho— eso únicamente me faltaba.

El digno mayor levantó los ojos al cielo a hizo un esfuerzo para suspirar.

—Veamos ahora, señor Cavalcanti —dijo Montecristo—, ¿de dónde os vino ese' hijo tan adorado? Porque a mí me habían dicho que vos habíais permanecido en el celibato.

—Así creía, caballero —dijo el mayor—, y yo mismo...

—Sí —repuso Montecristo—, y vos mismo habíais acreditado ese rumor. Un pecado de juventud que vos queríais ocultar a los ojos de todos.

El mayor asumió el aire más tranquilo y más digno que pudo, mientras bajaba modestamente los ojos, para asegurar su aplomo, o ayudar a su imaginación, mirando de reojo al conde, cuya sonrisa anunciaba siempre la más benévola curiosidad.

—Sí, señor —dijo—; falta que yo quería ocultar a los ojos de todos.

—No por vos —dijo Montecristo—, porque un hombre no se inquieta por esas cosas.

—¡Oh!, no por mí, ciertamente —dijo el mayor sonriendo maliciosamente. —Sino por su madre —dijo el conde.

—¡Eso es! —exclamó el mayor tomando un tercer bizcocho—, ¡por su pobre madre!

—Bebed, mi querido Cavalcanti —dijo Montecristo llenando un tercer vaso—; la emoción os embarga.

—¡Por su pobre madre! —murmuró el mayor haciendo los mayores esfuerzos por humedecer sus párpados con una falsa lágrima.

—¿Que según tengo entendido, pertenecía a las primeras familias de Italia?, según creo.

—¡Patricia de Fiesole, señor conde, patricia de Fiesole!

—¿Y se llamaba...?

—¿Deseáis saber su nombre?

—Es inútil que me lo digáis —dijo el conde—; lo sé yo.

—El señor conde lo sabe todo —dijo el mayor inclinándose.

—Olivia Corsinari, ¿no es verdad?

—¡Olivia Corsinari!

—¿Marquesa...?

—¡Marquesa!

—Y finalmente os casasteis con ella, a pesar de la oposición de la familia...

—Señor conde, al fin y al cabo me casé.

—¿Y traéis en regla los papeles? —repuso Montecristo.

—¿Qué papeles? —preguntó el mayor.

—Vuestra acta de casamiento con Olivia Corsinari y la fe de bautismo del niño. ¿No se llamaba Andrés?

—Creo que sí —dijo el mayor.

—¡Cómo!, ¿no estáis seguro?

—¡Diantre!, hace mucho tiempo que le he perdido.

—Es justo —dijo Montecristo—. En fin, ¿traéis todos esos papeles?

—Señor conde, con gran sentimiento de mi parte, os anuncio que no sabiendo lo necesarios que eran, se me olvidó traerlos.

—¡Diablo! —exclamó el conde.

—¿Tanto urgían?

—Como que son indispensables.

El mayor se rascó la frente.

—¡Ah!, per Baccho —dijo—, ¡indispensables!

—Claro está; ¿y si surgiesen aquí algunas dudas acerca de vuestro casamiento, de la legitimidad de vuestro hijo?

—Es verdad —dijo el mayor—; podría muy bien suceder.

—Eso sería muy triste para ese joven.

—Sería fatal.

—Pudiera hacerle perder algún magnífico casamiento.

—O peccato!

—En Francia, ya comprenderéis, hay en este asunto mucha severidad; no basta, como en Italia, ir a buscar un sacerdote y decide: nos amamos, echadnos la bendición. Hay casamiento civil, y para casarse civilmente se necesitan papeles que hagan Constar la identidad de las personas.

—Pues ahí está la desgracia; me faltan esos documentos.

—Por fortuna los tengo yo —dijo Montecristo.

—¿Vos?

—Sí.

—¿Que vos los tenéis?

—Sí.

—¡Ah! —dijo el mayor—, he aquí una felicidad que yo no esperaba.

—¡Diantre!, ya lo creo; no se puede pensar en todo a la vez.

—Otro, felizmente el abate Busoni, ha pensado en ello en lugar.

—¡Oh!, el abate, ¡qué hombre tan amable!

—¡Es un hombre precavido!

—Es un hombre admirable —dijo el mayor—; ¿y os los ha

enviado?

—Aquí están.

El mayor juntó las manos en señal de admiración.

—Os habéis casado con Olivia Corsinari en la iglesia de San Pablo de Monte Cattini; aquí tenéis el certificado del sacerdote.

—Sí, a fe mía, éste es —dijo el mayor, mirándolo estupefacto.

—Y ésta es la partida de bautismo de Andrés Cavalcanti, dada por el cura de Saravezza.

—Todo está en regla —dijo el mayor.

—Tomad, entonces, estos papeles, que a mí no me hacen ninguna falta; los entregaréis a vuestro hijo, que los guardará cuidadosamente.

—¡Ya lo creo...! ¡Si los perdiese!

—Si los perdiese, ¿qué? —preguntó Montecristo.

—Sería muy difícil procurarse otros —repuso el mayor.

—Muy difícil, en efecto—dijo Montecristo.

—Casi imposible —respondió el mayor.

—Me alegro que comprendáis el valor de esos documentos.

—Los miro como impagables.

—Ahora —dijo Montecristo—, en cuanto a la madre del joven...

—En cuanto a la madre del joven... —repitió el mayor lleno de inquietud.

—En cuanto a la marquesa Corsinari...

—¡Dios mío! —dijo el mayor, quien a cada palabra se enredaba en una nueva dificultad—; ¿tendrían acaso necesidad de ella?

—No, señor—repuso Montecristo—, por otra parte ha...

—¡Ah, sí! —dijo el mayor—, ha...

—Pagado su tributo a la naturaleza..

—¡Ah, sí! —dijo vivamente el mayor.

—Ya lo sé —repuso Montecristo—, murió hace diez años.

—Y todavía lloro yo su muerte, señor —dijo el mayor, sacando de su bolsillo un pañuelo a cuadros y enjugándose alternativamente primero el ojo izquierdo, después el derecho.

—¿Qué queréis? —dijo Montecristo—, todos somos mortales. Ahora, ya comprenderéis, señor Cavalcanti, que es inútil que en Francia se sepa que estáis separado desde hace quince años de vuestro hijo. Todas estas historias de gitanos que roban niños no están en

toga entre nosotros. Vos le habéis enviado a instruirse a un colegio de provincia, y queréis que acabe su educación en el mundo parisiense. He aquí por qué habéis salido de Vía Regio, donde vivíais desde la muerte de vuestra mujer. Esto bastará.

—¿Lo creéis así?

—Así lo creo.

—Pues entonces, muy bien.

—Si supiesen algo de esta separación...

—¡Ah!, sí, ¿qué decía?

—Que un preceptor infiel, vendido a los enemigos de vuestra familia...

—¿A los Corsinari?

—En efecto..., había robado a ere niño para que se extinguiese vuestro nombre.

—Exacto, puesto que es hijo único...

—¡Pues bien!, ahora que todo lo sabéis, ¿sin duda habéis adivinado que os preparaba una sorpresa?

—¿Agradable? —preguntó el mayor.

—¡Ah! —dijo Montecristo—, observo que nada se escapa a los ojos ni al mrazón de un padre.

—¡Hum! ——exclamó el mayor.

—¿Os han hecho alguna revelación indiscreta, o habéis adivinado que estaba aquí?

—¿Quién?

—Vuestro hijo, vuestro Andrés.

—Lo he adivinado —respondió por su parte el mayor con la mayor flema del mundo—, ¿de modo que está aquí?

—Aquí mismo —dijo Montecristo—; al entrar hace poco el criado, me anunció su llegada.

—¡Ah!, ¡perfectamente, perfectamente! —dijo el mayor cruzando las manos y arrimándoselas al pecho a cada exclamación.

—Señor mío, comprendo vuestra emoción —dijo Montecristo—; es preciso daos tiempo para que os repongáis; quiero también preparar al joven para esta entrevista tan deseada. Porque yo presumo que no estará menos impaciente que vos.

Cavalcanti dijo:

—¡Ya lo creo!

—¡Pues bien!, dentro de un cuarto de hora estaré con vos.

—¿Me lo vais a traer? ¿Llevaréis vuestra amabilidad hasta el extremo de presentármelo?

—No; yo no quiero colocarme entre un padre y un hijo; estaréis solos, señor mayor; pero tranquilizaos, en el caso en que no le reconocierais, os daré algunas señas: es un joven rubio, demasiado rubio, de modales desenvueltos, esto os bastará.

—A propósito —dijo el mayor—; sabéis que no traje conmigo más que los dos mil francos que tuvo la bondad de darme el bueno del abate Busoni... Con esto he hecho el viaje y...

—Y necesitáis dinero..., es muy natural, querido señor Cavalcanti; tomad, aquí tenéis ocho billetes de mil francos para empezar.

Los ojos del mayor brillaron de codicia.

—Os quedo a deber cuarenta mil francos —dijo el conde.

—¿Quiere vuestra excelencia un recibo? —dijo el mayor introduciendo los billetes en uno de los bolsillos de su chaleco, de una hechura antiquísima.

—¿Para qué?

—Para arreglar vuestras cuentas con el abate Busoni.

—Ya me daréis un recibo global cuando tengáis en vuestro poder los cuarenta mil francos que aún no os he dado. Entre hombres honrados, siempre están de más semejantes precauciones.

—¡Ah, sí, es verdad —dijo el mayor—, entre hombres honrados!

—Escuchad ahora una palabrita, marqués.

—Decid.

—¿Me permitís una ligera observación?

—¡Oh, señor conde, os la suplico!

—Haríais bien en quitaros ese chaleco, que más bien parece una chupa.

—¿De veras? —dijo el mayor sonriéndose.

—Sí, eso aún se lleva en Vía Regio; pero en París hace mucho tiempo que ha pasado esa moda, por elegante que sea.

—¡Caramba! —dijo el mayor—. Lo haré así.

—Si queréis, ahora os podéis mudar.

—¿Pero qué queréis que me ponga?

—Lo que encontréis en vuestras maletas.

—¿Cómo en mis maletas?, si no he traído ninguna.

—Tratándose de vos, no lo dudo. ¿Para qué os habíais de incomodar? Por otra parte, un antiguo soldado gusta siempre de llevar poco equipaje.

—Esa es la verdad...

—Pero vos sois hombre precavido y habéis enviado antes vuestras maletas. Ayer llegaron a la fonda de los Príncipes, calle de Richelieu. Allí creo que es donde habéis fijado vuestra morada.

—Luego, entonces, en esas maletas...

—Supongo que vuestro mayordomo habrá tenido la precaución de hacer encerrar en ellas todo lo que necesitéis: trajes de calle, uniformes. En ciertas circunstancias os vestiréis de uniforme, es una costumbre establecida aquí. No olvidéis vuestras cruces. De esto se burlan bastante en Francia, pero todos los que las tienen las llevan.

—¡Bravo, bravo, bravísimo! —exclamó el mayor cada vez más sorprendido.

—Y ahora —dijo Montecristo—, ahora que vuestro corazón está preparado para recibir una fuerte emoción, disponeos, señor Cavalcanti, a volver a ver a vuestro hijo Andrés.

Y haciendo una gentil inclinación al mayor, desapareció Montecristo por una puertecita oculta hasta entonces por un tapiz.

Entró en el salón próximo, que Bautista había designado con el nombre de salón azul, y donde acababa de precederle un joven de maneras desenvueltas, vestido con elegancia, y a quien un cabriolé de alquiler había dejado media hora antes a la puerta del palacio.

Bautista no tardó en reconocerle; aquél era el joven de elevada estatura, de cabellos cortos y rubios, de barba casi roja, ojos negros y una tez blanquísima que su amo le había descrito.

Al entrar el conde en el salón, el joven estaba muellemente reclinado en un sofá, dando golpecitos por distracción sobre su bota con un junquito con puño de oro.

Al ver a Montecristo, se levantó vivamente.

—¿Sois el conde de Montecristo? —dijo.

—El mismo —respondió éste—; ¿y yo tengo el honor de hablar, según creo, al señor conde de Cavalcanti?

—El conde Andrés de Cavalcanti —repitió el joven

acompañando estas palabras de un saludo lleno de petulancia.

—Debéis traer una carta de recomendación, supongo —dijo Montecristo.

—No os he hablado ya de ella a causa de la firma, que me ha parecido bastante extraña.

—Simbad el Marino, ¿no es verdad?

—Exacto, pero como yo no he conocido nunca otro Simbad el Marino que el de Las mil y una noches...

—¡Pues bien!, éste es uno de sus descendientes, uno de mis amigos, muy rico, un inglés más que original, cuyo nombre verdadero es lord Wilmore.

—¡Ah!, eso ya va aclarando mis dudas —dijo Andrés—. Entonces ése es el mismo inglés que yo he conocido... en... sí, ¡muy bien...!

—Si es verdad lo que me estáis diciendo —repuso sonriendo el conde, espero que tengáis la bondad de darme algunos detalles acerca de vuestra familia..., y de vos.

—Con mucho gusto, señor conde —repuso el joven con una volubilidad que probaba la solidez de su memoria—. Yo soy, como habéis dicho, el conde Andrés Cavalcanti, hijo del mayor Bartolomé Cavalcanti, descendiente de los Cavalcanti, inscritos en el libro de oro de Florencia. Nuestra familia, aunque muy rica, puesto que mi padre posee medio millón de renta, ha sufrido bastantes desgracias, y yo fui raptado a la edad de cinco a seis años, por un ayo infiel, de suerte que hace quince que no veo al autor de mis días. Desde que entré en la edad de la razón, desde que soy libre y dueño de mi voluntad, le busco, pero inútilmente. En fin..., esta carta de vuestro amigo Simbad el Marino me anuncia que está en París, y me autoriza para dirigirme a vos a recibir noticias suyas.

—Desde luego, caballero, todo lo que me contáis es muy interesante —dijo el conde, que miraba con sombría satisfacción aquel rostro atrevido, de una belleza semejante a la del ángel malo—, y habéis hecho muy bien en conformaros en todo con la invitación de mi amigo Simbad, porque vuestro padre está aquí en efecto y os busca.

Desde que entró en el salón, el conde no había cesado de observar al joven, habiendo admirado la firmeza de su mirada y la seguridad de su voz; pero a estas palabras tan naturales: vuestro padre está aquí en efecto y os busca, el joven Andrés se estremeció y exclamó:

—¡Mi padre! ¿Mi padre, aquí?

—Sin duda —respondió Montecristo—, vuestro padre, el mayor Bartolomé Cavalcanti.

La expresión de terror que se pintó en las facciones del joven se borró inmediatamente.

—¡Ah!, sí, es verdad —dijo—, el mayor Bartolomé Cavalcanti. ¿Y decís, señor conde, que está aquí mi querido padre?

—Sí, señor, aún podría añadir que acabo de separarme de él; que la historia que me ha contado de su hijo perdido me ha conmovido mucho realmente; sus dolores, sus temores, sus esperanzas sobre este punto compondrían un poema sumamente tierno. En fin, un día recibió ciertas noticias que le anunciaban que los raptores de su hijo le ofrecían devolvérselo mediante una suma bastante crecida. Pero nada detuvo a este buen padre; la noticia fue enviada a la frontera del Piamonte, con 'un pasaporte para Italia. ¿Vos estabais en el Mediodía de Francia, según creo?

—Sí, señor —respondió Andrés con aire confuso—: sí, yo estaba en el mediodía de Francia.

—¿Os esperaba en Niza un carruaje?

—Eso es, caballero, me llevó de Niza a Génova, de Génova a Turín, de Turín a Chambery, de Chambery a Pont de Beauvoisin, y de Pont de Beauvoisin a París.

—Exacto; esperaba hallaros en el camino, porque era el mismo que él seguía; por lo mismo fue trazado vuestro itinerario de esta manera.

—Pero —dijo Andrés—, en el caso de que me hubiese encontrado mi querido padre, dudo que me hubiera reconocido: desde que le vi por última vez he cambiado bastante.

—¡Oh!, la voz de la sangre ——dijo Montecristo.

—¡Oh!, sí, es verdad —repuso el joven—, no me acordaba de la voz de la sangre.

—Ahora —dijo Montecristo—, una sola cosa inquieta al marqués de Cavalcanti, y es que vos os habéis alejado de él: cómo habéis sido tratado por vuestros perseguidores; si han guardado todas las consideraciones debidas a vuestra cuna; en fin, si no seguís sufriendo a causa de tantos pesares ese sufrimiento moral, cien veces peor que el sufrimiento físico, alguna debilidad de las facultades de que os ha dotado la naturaleza, y si vos mismo creéis poder sostener en el mundo el rango que os corresponde.

—Caballero —balbuceó el joven con turbación—, espero que ninguna calumnia...

—¡Yo...! oí hablar de vos por primera vez a mi amigo Wilmore, el filantrópico. Supe que os había conocido en una situación bastante triste, ignoro cuál, y nada le pregunté acerca de esto; no soy curioso. Vuestras desgracias le han interesado vivamente. Me ha dicho que quería devolveros en el mundo la posición que habéis perdido, que buscaría a vuestro padre, que le hallaría; le ha buscado, le ha encontrado, en efecto, según parece, puesto que está ahí; en fin, ayer me previno vuestra llegada, dándome algunas noticias relativas a vuestra fortuna. Yo sé que es persona original mi amigo Wilmore, pero al mismo tiempo como es una mina de oro, y por consiguiente, puede permitirse tales originalidades sin que le arruinen, he prometido seguir sus instrucciones. Ahora, caballero, no os ofendáis de una pregunta que voy a haceros; como habré de patrocinaros, desearía saber si las desgracias que os han acaecido independientes de vuestra voluntad, y que de ningún modo disminuyen la consideración que yo os guardo, no os han hecho algo extraño a este mundo en que vuestra fortuna y vuestro nombre os llaman a figurar tanto.

—Tranquilizaos, caballero —respondió el joven, recobrando su aplomo a medida que el conde hablaba—; los raptores que me alejaron de mi padre, y que sin duda se proponían venderme más tarde, como en efecto hicieron, calcularon que para sacar más partido de mí, era necesario dejarme todo mi valor personal y aumentarlo, si era posible; he recibido, pues, una buena educación, y he sido tratado por los ladrones de niños como lo eran en Asia los esclavos, a los cuales sus amos les hacían seguir las carreras de médicos, filósofos, etc., para venderlos después a un precio exorbitante.

Montecristo se sonrió, satisfecho: no había esperado tanto del señor Andrés Cavalcanti.

—Por otra parte —repuso el joven—, si hallasen en mí algún defecto de educación o poco trato social, yo creo que tendrían un poco de indulgencia, en consideración a las desgracias que han acompañado a mi nacimiento y a mi juventud.

—Mirad, conde —dijo Montecristo con sencillez—, vos haréis lo que queráis, porque sois muy dueño de hacerlo, pero yo no diría una palabra de todas esas aventuras; vuestra historia es una novela, y el mundo, que adora las novelas entre dos cubiertas de papel amarillo, se escama de las encuadernadas en vitela viva, aunque estén doradas, como podéis estarlo vos. Esta es la dificultad que yo me adelanto a deciros, señor conde; apenas hayáis contado a alguien vuestra tierna historia, correrá por el mundo completamente desnaturalizada. Entonces pasaréis por un expósito. Os veréis obligado a imitar a Antony, y el tiempo ese de los Antony ha pasado ya. Tal vez así daréis el golpe por curiosidad, pero no todos gustan de ser blanco de las habladurías y de los comentarios. Tal vez esto os fatigará.

—Me parece que tenéis razón, señor conde —dijo el joven, palideciendo a su pesar, bajo las miradas inflexibles de Montecristo—, ése es un grave inconveniente.

—¡Oh!, tampoco hay que exagerar —dijo Montecristo—, porque para evitar una falta puede que rayarais en la locura. No, es un simple plan de conducta que se debe tener; para un hombre inteligente como vos, este plan es tanto más fácil de adoptar cuanto que está conforme a vuestros intereses: será preciso combatir con honrosas amistades todo lo oscuro que haya podido haber en vuestro pasado.

Andrés perdió visiblemente su sangre fría.

—Yo puedo responder de vos —dijo Montecristo—;sin embargo, debo advertiros que soy un poco desconfiado con mis amigos; así representaría aquí un papel fuera de mi carácter, como dicen los trágicos, y me expondría a ser silbado, lo cual no es conveniente.

—Sin embargo, señor conde —dijo Andrés—, en consideración a lord Wilmore, que me ha recomendado a vos...

—Sí, seguramente —repuso Montecristo—; pero lord Wilmore no me ha ocultado que habíais tenido una juventud algún tanto borrascosa. ¡Oh! —dijo el conde al ver el movimiento que hizo Andrés—, yo no os pido una confesión; además, para que no tengáis necesidad de nada, han hecho venir de Luca al señor marqués de Cavalcanti, vuestro padre. Vais a verlo, es un poco serio, más bien brusco; pero tan pronto como se sepa que desde la edad de dieciocho años está al servicio de Austria, todo se le excusará. En fin, es un buen padre, os lo aseguro.

—¡Ah!, me tranquilizáis, caballero; estamos separados hace tanto tiempo, que ningún recuerdo tengo de él.

—Y, sobre todo, sabéis muy bien que una buena fortuna lo cubre todo.

—¿Mi padre es realmente rico, caballero?

—Millonario...; quinientas mil libras de renta.

—Entonces —preguntó el joven con ansiedad—, ¿me encontraré en una posición... agradable?

—De las más agradables, caballero; os pasa cincuenta mil libras de renta al año todo el tiempo que permanezcáis en París.

Entonces, permaneceré en París toda mi vida.

—¡Psch!, ¿quién puede responder de las circunstancias, caballero? El hombre propone y Dios dispone.

Andrés lanzó un suspiro.

—Pero, en fin —dijo—, todo el tiempo que yo permanezca en París..., ¿tendré ese dinero sin falta?

—¡Oh!, no tengáis el menor recelo...

—¿Y será mi padre quien me lo proporcione? —preguntó Andrés con inquietud.

—Sí, pero protegido por lord Wilmore, que os ha abierto un crédito de cien mil francos al mes en casa del señor Danglars, uno de los banqueros más fuertes de París.

—¿Y piensa estar mi padre en París mucho tiempo? —volvió a preguntar Andrés con inquietud.

—Solamente algunos días —respondió Montecristo—. Su servicio no le permite ausentarse más que por dos o tres semanas.

—¡Oh! ¡Querido padre! —dijo Andrés, visiblemente encantado de esta pronta partida.

—Conque —dijo Montecristo, aparentando dejarse engañar en cuanto al significado de estas palabras—; conque no quiero retardar el momento de vuestro encuentro. ¿Estáis preparado a abrazar a ese digno señor Cavalcanti?

—Supongo que no tendréis la menor duda...

—¡Pues bien!, entrad en ese salón, mi querido amigo; en él encontraréis a vuestro padre, que está impaciente por veros.

Andrés hizo un profundo saludo al conde y entró en el salón. El conde le siguió con la vista, y así que le vio desaparecer, empujó un resorte que había detrás de un cuadro, el cual, separándose, descubría un agujero perfectamente dispuesto en la pared, por el cual se veía cuanto ocurría en el salón.

Andrés cerró la puerta y se adelantó hacia el mayor, que se levantó apenas oyó el ruido de los pasos del joven conde.

—¡Padre mío! —dijo Andrés en voz bastante alta de modo que lo pudiese oír el conde a través de la puerta cerrada—; ¿sois vos?

—Buenos días, mi querido hijo —dijo el mayor con voz grave.

—Después de tantos años de separación —dijo Andrés mirando hacia la puerta—, ¡qué dicha la de volvernos a ver...!

—En efecto, la separación ha sido larga.

—¿No nos abrazamos, señor?—repuso Andrés.

—Como queráis, hijo mío—dijo el mayor.

Y los dos se abrazaron como suele hacerse en el teatro, es decir, reposando la cabeza sobre el hombro y enlazando los brazos.

—¡Al fin, reunidos! —dijo Andrés.

—Así parece —dijo el mayor.

—¿Para no separarnos jamás...?

—Desde luego; yo creo, mi querido hijo, que vos miráis ahora a Francia como una segunda patria.

—Seguramente sentiría mucho tener que abandonar París.

—Y yo, bien lo comprenderéis, no podría vivir fuera de Luca. Volveré a Italia en cuanto pueda.

—Pero, antes de partir, querido padre, me daréis los papeles, con ayuda de los cuales pueda yo fácilmente hacer constar mi nacimiento.

—Naturalmente, hijo mío; porque vengo expresamente para eso, y me ha costado demasiado trabajo el encontraros, a fin de entregároslos. Si tuviera que buscaros de nuevo, esto bastaría para apresurar el fin de mi existencia.

—¿Y esos papeles?

—Aquí están.

Andrés se apoderó rápidamente del acta de casamiento de su

padre, su certificado de bautismo, y después de haberlo abierto todo con una avidez muy natural en un buen hijo, recorrió los documentos con una ansiedad que denotaba el más vivo interés.

No bien hubo concluido, una inefable expresión de alegría brilló en sus ojos, y mirando al mayor y acompañando sus palabras de una extraña sonrisa:

—¡Ah! —dijo en excelente toscano—, ¡se conoce que no hay presidios en Italia!

El mayor le miró a su vez con estupor.

—¿Y por qué? —dijo.

—Pues permiten allí fabricar impunemente tales documentos. Sólo por la mitad de lo que hacéis, querido padre, os enviarían en Francia al presidio de Tolón.

—¿Cómo? —dijo el mayor, procurando adoptar un aire majestuoso.

—Querido señor Cavalcanti —dijo Andrés agarrando al mayor por un brazo—, ¿cuánto os dan porque seáis mi padre?

El mayor quiso hablar, pero Andrés le dijo, bajando la voz:

—¡Silencio!, voy a daros ejemplo de confianza; a mí me dan cincuenta mil francos al año por ser vuestro hijo; por consiguiente, ya comprenderéis que no seré yo quien niegue que sois mi padre.

El mayor miró con inquietud a su alrededor.

—¡Oh!, tranquilizaos, estamos solos —dijo Andrés—; además hablamos el italiano.

—¡Pues bien!, a mí me dan cincuenta mil francos, perfectamente pagados.

—Señor Cavalcanti —dijo Andrés—, ¿vos creéis en los cuentos de hadas?

—Antes, no; pero ahora fuerza es que crea en ellos.

—¿Habéis tenido pruebas?

El mayor sacó de su bolsillo un puñado de monedas.

—Palpables, como veis.

—¿Os parece que pueda yo contar con las promesas que me han hecho?

—Así lo creo.

—¿Y que las cumplirá ese buen conde?

—Al pie de la letra; pero ya comprenderéis que para lograr ese objeto era preciso continuar representando nuestro papel actual.

—¡Cómo...!

—Yo, de tierno padre...

—Y yo, de hijo respetuoso.

—Ya que quieren haceros descender de mí.

—¿Quién lo quiere...?

—Diantre, yo no sé nada: los que os han escrito; ¿no habéis recibido una carta?

—Sí.

—¿De quién?

—De un tal abate Busoni.

—¿A quién no conocéis?

—A quien no he visto en toda mi vida.

—¿Qué os decía esa carta?

—¿No me engañáis?

—Dios me libre de hacerlo; vuestros intereses son los míos.

—Entonces, leed.

Y el mayor entregó una carta al joven.

"Sois pobre, os espera una vejez desdichada. ¿Queréis haceros, si no rico, al menos independiente?

"Marchad a París inmediatamente: id a reclamar al señor conde de Montecristo, Campos Elíseos, número 30, el hijo que habéis tenido de la marquesa Corsinari, y que os fue robado a la edad de cinco años.

"Este hijo se llama Andrés Cavalcanti.

"Para que no dudéis de la intención que tiene el abajo firmante de haceros un favor, encontraréis en esta carta:

"1.° Un billete de 2.400 libras toscanas, pagaderas en casa del señor Gozzi, en Florencia.

2.° Una carta de recomendación para el señor conde de Montecristo en la cual le pido para vos la cantidad de 48.000 francos.

"El 26 de mayo, a las siete de la noche, estaréis sin falta en casa del conde.

"Firmado,

"Abate Busoni."

—Eso es.

—¿Cómo eso es? ¿Qué queréis decir? —preguntó el mayor.

—Quiero decir que yo he recibido una carta parecida.

—¡Vos!

—Sí, yo.

—¿Del abate Busoni?

—No.

—¿De quién, entonces?

—De un tal lord Wilmore, que ha tornado el apodo de Simbad el Marino.

—¿Y a quien tampoco conocéis?

—Sí, estoy en este punto más adelantado que vos.

—¿Le habéis visto?

—Sí, una vez.

—¿Dónde?

—Eso es lo que no podré deciros, porque no lo sé.

—¿Y qué os decía esa carta?

—Leed.

"Sois pobre y no debéis esperar más que un porvenir miserable; ¿queréis tener un nombre, ser libre, ser rico?

"Tomad la silla de posta que encontraréis preparada y saldréis de Niza por la puerta de Génova. Pasad por Turín, Chambery y Pont de Beauvoisin. Presentaos en casa del señor conde de Montecristo, Campos Elíseos, número 30, el 23 de mayo, a las siete en punto de la tarde, y preguntadle por vuestro padre.

"Sois hijo del marqués Bartolomé Cavalcanti y de la marquesa Leonor Corsinari, como lo declaran los papeles que os serán entregados por el marqués, y que os permitirán presentaros bajo este nombre en el mundo parisiense.

"En cuanto a vuestro rango, una renta de 50.000 francos al año hará que lo sostengáis con decoro.

"Adjunto un billete de 5.000 libras, pagadero en casa del señor Ferrer, banquero de Niza, y una carta de recomendación para el señor conde de Montecristo, encargado por mí de proveer a vuestras necesidades.»

"Simbad el Marino".

¡Hum! —exclamó el mayor—; no puede estar mejor arreglado el asunto.

—¿Verdad que sí?

—¿Habéis visto al conde?

—Acabo de separarme de él.

—¿Y lo ha aprobado...?

—Todo.

—¿Entendéis algo de esto?

—Os juro que no.

—Aquí hay alguien al que quieren jugar una mala pasada.

—Caso que así fuera, yo no soy, y vos creo que tampoco.

—Creo que no.

—¡Y bien!, ¿entonces...?

—Poco nos importa lo demás.

—Exacto, eso mismo iba a decir; dejemos rodar la rueda de la fortuna.

—Encontraréis en mí un hijo digno de su padre.

—No esperaba yo menos de vos.

—Es un gran honor para mí.

Montecristo eligió este momento para entrar en el salón.

Al oír el ruido de sus pasos, padre a hijo se arrojaron en los brazos uno de otro; así el conde les encontró tiernamente abrazados.

—¡Vaya!, señor marqués —dijo Montecristo—, parece que habéis encontrado un hijo a la medida de vuestros deseos.

—¡Ah!, ¡señor conde!, la alegría me sofoca.

—¿Y vos, joven?

—¡Ah!, ¡señor conde!, ¡es demasiada felicidad!

—¡Feliz padre!, ¡feliz hijo! —dijo el conde.

—Una sola cosa me entristece —dijo el mayor—; y es tener que marcharme tan pronto de París.

—¡Oh!, querido señor Cavalcanti —dijo Montecristo—, no partiréis sin haberos presentado antes a algunos amigos.

—Estoy a las órdenes del señor conde —dijo el mayor.

—Ahora, veamos, joven, confesaos...

—¿A quién?

—A vuestro padre; decidle algo acerca del estado de vuestro bolsillo.

—¡Ah!, ¡diablo!, tocáis la cuerda sensible.

—¿Oís, mayor? —dijo Montecristo.

—Desde luego, señor.

—Sí; ¿pero comprendéis?

—A las mil maravillas.

—Vuestro querido hijo dice que necesita dinero.

—¿Qué queréis que yo le haga?

—Pues, sencillamente, que se lo deis.

—¿Yo?

—Vos.

Montecristo se colocó entre sus dos interlocutores.

—Tomad —dijo a Andrés deslizándole en la mano un paquete de billetes de Banco.

—¿Qué es esto?

—La respuesta de vuestro padre.

—¿De mi padre?

—Sí. ¿No decíais que necesitabais dinero?

—Sí. ¿Y bien?

—¡Y bien!, me encarga os entregue esto.

—¿A cuenta de mi renta?

—No; para vuestros gastos de instalación.

—¡Oh, querido padre!

—Silencio —dijo Montecristo—, ya lo veis, no quiere que diga que esto viene de su mano.

—Estimo infinitamente esa delicadeza —dijo Andrés, metiendo sus billetes de Banco en el bolsillo del pantalón.

—Está bien —dijo Montecristo—, ahora podéis retiraros.

—¿Y cuándo tendremos el honor de volver a ver al señor conde? —preguntó Cavalcanti.

—¡Ah, sí! —inquirió Andrés—, ¿cuándo tendremos ese honor?

—Si queréis..., el sábado, sí..., eso es..., el sábado. Doy una comida en mi casa de Auteuil, calle de la Fontaine, número 25, a muchas personas, y entre otras al señor Danglars, vuestro banquero; os presentaré a él, es necesario que os conozca a los dos para entregaros después el dinero...

—¿De gran etiqueta...? —preguntó a media voz el mayor.

—¡Psch...! Sí. Uniforme, cruces, calzón corto.

—¿Y yo? —preguntó Andrés.

—¡Oh!, vos, vestido con sencillez, pantalón negro, botas de charol, chaleco blanco, frac negro o azul, corbata larga; dirigios a Blin o a Veronique para vestiros. Si no sabéis las señas de su casa,

Bautista os las dará. Cuantas menos pretensiones afectéis en vuestro traje, siendo rico como sois, mejor efecto causará. Si compráis caballos, tomadlos en casa de Dereux; si compráis tílburi, id a casa de Bautista.

—¿A qué hora podremos presentarnos? —preguntó el joven.

—A eso de las seis y media.

—Está bien, no dejaremos de ir —dijo el mayor tomando su sombrero. Los dos Cavalcanti saludaron al conde y salieron.

El conde se acercó a la ventana y los vio atravesar el patio cogidos del brazo.

—En verdad —dijo—, los dos Cavalcanti... son de los mayores miserables que he conocido... ¡Lástima que no sean padre a hijo...!

Y tras un instante de sombría reflexión, exclamó:

—Vamos a casa de Morrel. ¡Oh!, la repugnancia y el asco me afectan doblemente que el odio.

II. LA PRADERA CERCADA

Permítanos el lector que le conduzcamos a la pradera próxima a la casa del señor de Villefort, y detrás de la valla rodeada de castaños, encontraremos algunas personas conocidas.

Maximiliano había llegado esta vez el primero. También esta vez fue él quien se asomaba a las rendijas de las tablas, quien acechaba en lo profundo del jardín una sombra entre los árboles y el crujir de un borceguí sobre la arena.

Por fin oyó el tan deseado crujido, y en lugar de una sombra, fueron dos las que se acercaron. La tardanza de Valentina había sido ocasionada por la señora Danglars y Eugenia, visita que se había prolongado más de la hora en que era esperada Valentina. Entonces, para no faltar a su cita, la joven propuso a la señorita Danglars un paseo por el jardín, con la intención de mostrar a Maximiliano que su tardanza no había sido culpa suya.

El joven lo comprendió todo al punto, con esa rapidez de penetración particular a los amantes, y su corazón fue aliviado de un gran peso. Por otra parte, sin acercarse mucho, Valentina dirigió su paseo de modo que Maximiliano pudiese verla pasar, una y otra vez; y cada vez que lo hacía, una mirada hacia la valla, que pasó inadvertida a su compañera, pero captada por el joven, le decía:

—Tened un poco más de paciencia, amigo, bien veis que no es culpa mía.

Y Maximiliano, en efecto, tenía paciencia, admirando el contraste que había entre las dos jóvenes, entre aquella rubia de ojos lánguidos y de cuerpo esbelto como un hermoso sauce, y aquella morena de mirada altanera y cuerpo erguido como un álamo: además, en esta comparación entre dos naturalezas tan opuestas, toda la ventaja, en el corazón del joven por lo menos, estaba por Valentina.

Por fin, al cabo de media hora larga de paseo, las dos jóvenes se alejaron.

Maximiliano comprendió que la visita de la señorita Danglars iba a terminarse.

En efecto, pocos momentos después se presentó sola Valentina, que, temiendo que la espiase alguna mirada indiscreta, andaba lentamente, y en lugar de dirigirse a la valla, fue a sentarse en un banco, después de haber mirado con naturalidad cada calle de árboles.

Tomadas estas precauciones, corrió a la valla.

—Buenos días, Valentina —dijo una voz.

—Buenos días, Maximiliano; os he hecho esperar, ¿pero habéis visto la causa?

—Sí, he reconocido a la señorita Danglars; ignoraba que estuvierais tan relacionada con esa joven.

—¿Quién os ha dicho que fuésemos muy amigas, Maximiliano?

—Nadie; pero me lo ha parecido así, por el modo con que le dabais el brazo y con que hablabais; parecíais dos compañeras de colegio confesándose mutuamente sus secretos.

—Es cierto, nos confesábamos nuestros secretos —dijo Valentina—; ella me decía su repugnancia por su casamiento con el señor de Morcef, y yo que miraba como una desgracia el casarme con el señor Franz d'Epinay.

—¡Querida Valentina!

—Por esto, amigo mío —continuó la joven—, habéis visto esa especie de intimidad entre Eugenia y yo; porque al hablarle yo del hombre que no puedo amar, pensaba en el que amo.

—Cuán buena sois en todo, y poseéis lo que la señorita Danglars no tendrá jamás; ese encanto indefinible que es en la mujer lo que el perfume en la flor, lo que el sabor en la fruta; porque no todo en una flor es el ser bonita, ni en una fruta el ser hermosa.

—El amor que me profesáis es el que os hace ver las cosas de ese modo, Maximiliano.

—No, Valentina; os lo juro. Mirad, os estaba mirando a las dos hace poco, y os juro por mi honor, que haciendo justicia también a la belleza de la señorita Danglars, no concebía cómo un hombre pudiera enamorarse de ella.

—Es que como vos decíais, Maximiliano, yo estaba allí y mi presencia os hacía ser injusto.

—No; pero, decidme..., respondedme a una pregunta que proviene de ciertas ideas que yo tenía respecto a la señora Danglars.

—¡Oh!, injustas, desde luego, lo digo sin saberlo. Cuando nos juzgáis a nosotras, pobres mujeres, no debemos esperar ninguna indulgencia.

—¡Como si las mujeres fueseis muy justas las unas con las otras!

—Porque casi siempre hay pasión en nuestros juicios. Pero volvamos a vuestra pregunta.

—¿La señorita Danglars ama a otro, y por eso teme su casamiento con el señor de Morcef?

—Maximiliano, ya os he dicho que yo no era amiga de Eugenia.

—¡Oh!, pero sin ser amigas, las jóvenes se confían sus secretos, convenid en que le habéis hecho algunas preguntas sobre ello! ¡Ah!, os veo sonreír.

—Si es así, Maximiliano, no vale la pena de tener entre nosotros esta separación...

—Veamos, ¿qué os ha dicho?

—Me ha dicho que no amaba a nadie —dijo Valentina—; que tenía horror al matrimonio; que su mayor alegría hubiera sido llevar una vida libre a independiente, y que casi deseaba que su padre perdiese su fortuna para hacerse artista como su amiga la señorita Luisa de Armilly.

—¡Ah...!, ya comprendo.

—¡Y bien...!, ¿qué prueba esto? —inquirió Valentina.

—Nada —dijo Maximiliano sonriendo.

—Entonces —preguntó Valentina—, ¿por qué sois ahora vos quien se sonríe?

—¡Ah! —dijo Maximiliano—, tampoco a vos se os escapa detalle, Valentina.

—¿Queréis que me aleje?

—¡Oh!, no, no; pero volvamos a vos.

—¡Ah!, sí, es verdad, porque apenas tenemos diez minutos para pasar juntos.

—¡Dios mío! —exclamó Maximiliano consternado.

—Sí, Maximiliano, tenéis razón —dijo con melancolía Valentina—; y en mí tenéis una pobre amiga. ¡Qué vida os hago llevar, pobre Maximiliano, a vos, tan digno de ser feliz! Bien me lo echó en cara, creedme.

—Y bien, ¿qué os importa, Valentina, si yo me considero feliz así? Si este esperar eterno me parece pagado con cinco minutos de poder veros, con dos palabras de vuestra boca, y con esa convicción profunda, eterna, de que Dios no ha creado dos corazones tan en armonía como los nuestros, y que no los ha reunido milagrosamente, sobre todo, para separarlos.

—Bien, gracias, esperad por los dos, Maximiliano, siempre es esto una felicidad.

—¿Por qué me dejáis hoy tan pronto, Valentina?

—No sé; la señora de Villefort me ha suplicado que vaya a su habitación para decirme algo, de lo cual depende mi suerte. ¡Oh! ¡Dios mío!, que se apoderen de mis bienes, yo soy bastante rica, y después que me dejen tranquila y libre: vos me amaréis también aunque sea pobre, ¿no es cierto, Morrel?

—Yo os amaré siempre, sí: ¿qué me importa la riqueza o la pobreza, si mi Valentina no se ha de apartar de mi lado? ¿Pero no teméis que vayan a comunicaros algo concerniente a vuestro casamiento?

—No lo creo.

—Sin embargo, escuchadme, Valentina, y no os asustéis, porque mientras viva no seré jamás de otra mujer.

—¿Creéis tranquilizarme diciéndome eso, Maximiliano?

—Perdonad, tenéis razón. ¡Pues bien!, quería decir que el otro día encontré al señor de Morcef.

—¿Y qué?

—El señor Franz es su amigo, como vos sabéis.

—Sí, bien, ¿qué queréis decir con ello?

—Pues..., que ha recibido una carta de Franz en la que le anuncia su próximo regreso.

Valentina palideció, y tuvo que apoyarse en la valla.

—¡Ah! ¡Dios mío! —dijo—, ¡si así fuese!, pero no, porque entonces no sería la señorita de Villefort la que me habría avisado.

—¿Por qué?

—Porque... no sé..., pero me parece que a la señora de Villefort, sin oponerse a él francamente, no le agrada este casamiento.

—¡Oh!, voy a adorar a la señora de Villefort en lo sucesivo.

—¡Oh!, esperad, Maximiliano —dijo Valentina con triste sonrisa.

—En fin, si ve con malos ojos esa boda, aunque no fuera más que por desbaratarlo, admitiría tal vez alguna otra proposición.

—No lo creáis, Maximiliano; no son los maridos lo que rechaza la señora de Villefort, es el casamiento.

—¡Cómo!, ¡el casamiento! Si tanto detesta el casamiento, ¿por qué se ha casado?

—No me entendéis, Maximiliano; cuando hace un año hablé de retirarme a un convento, a pesar de las observaciones que me hizo antes, ella había adoptado mi proposición con gozo, mi padre también lo hubiera consentido, estoy segura: sólo mi abuelo fue el que me detuvo. No podéis figuraros, Maximiliano, qué expresión hay en los ojos de ese pobre anciano, que a nadie ama en el mundo sino a mí; y que Dios me perdone, si es una blasfemia, tampoco es amado de nadie más que de mí. ¡Si vierais cómo me miró cuando supo mi resolución, cuántas quejas había en aquella mirada, y cuánta desesperación en aquellas lágrimas que rodaban por sus inmóviles mejillas! ¡Ah!, Maximiliano, entonces experimenté una especie de remordimiento, me arrojé a sus pies gritando: ¡perdón, perdón, padre mío!, harán de mí lo que quieran, pero no me separaré de vos. Levantó entonces los ojos al cielo; Maximiliano, mucho puedo sufrir, pero aquella mirada de mi abuelo me ha pagado con creces por todos mis sufrimientos.

—¡Querida Valentina!, sois un ángel, y en verdad, no sé cómo he merecido la confianza que me dispensáis. Pero, en fin, veamos; ¿qué interés tiene la señora de Villefort en que no os caséis?

—¿No habéis oído hace poco que os dije que yo era rica, muy rica? Tengo por mi madre 50,000 libras de renta; mi abuelo y mi abuela, el marqués y la marquesa de Saint—Merán, deben dejarme otro tanto. El señor Noirtier tiene al menos intenciones visibles de hacerme su única heredera. De esto resulta que, comparado conmigo, mi hermano Eduardo, que no espera ninguna fortuna de parte de su madre, es pobre. Ahora bien, la señora de Villefort ama a este niño con locura, y si yo me hubiese hecho religiosa, toda mi fortuna recaía en su hijo.

—¡Oh!, ¡qué extraña es esa codicia en una mujer joven y hermosa! —Habéis de daros cuenta que no es por ella, Maximiliano, sino por su hijo, y que lo que le censuráis como un defecto, es casi una virtud, mirado bajo el punto de vista del amor maternal.

—Pero, veamos —dijo Morrel—, ¿y si vos dejaseis gran parte de vuestra fortuna a vuestro hermano?

—¿Pero cómo se hace tal proposición, y sobre todo a una mujer que tiene sin cesar en los labios la palabra desinterés?

—Valentina, mi amor ha permanecido sagrado siempre, y como todo lo sagrado, yo lo he cubierto con el velo de mi respeto, lo he encerrado en mi corazón; nadie en el mundo lo sospecha, ni siquiera mi hermana. ¿Me permitís confíe a un amigo este amor que no he confiado a nadie en el mundo?

Valentina se estremeció.

—¿A un amigo? —dijo— Oh, ¡Dios mío! ¡Maximiliano, me estremezco sólo al oíros hablar así! ¡A un amigo! ¿Y quién es ese amigo?

—¿No habéis experimentado alguna vez por alguna persona una de esas simpatías irresistibles, que hacen que aunque la veis por primera vez, creáis conocerla después de mucho tiempo, y os preguntéis a vos misma dónde y cuándo la habéis visto, tanto que, no pudiendo acordaros del lugar ni del tiempo, lleguéis a creer que fue en un mundo anterior al nuestro, y que esta simpatía no es más que un recuerdo que se despierta?

—Sí, ¡oh!, sí.

—¡Pues bien!, eso fue lo que yo experimenté la primera vez que vi a ese hombre extraordinario.

—¿Un hombre extraordinario?

—Sí.

—¿Le conocéis desde hace mucho tiempo?

—Apenas hará unos ocho días.

—¿Y llamáis amigo vuestro a una relación de sólo ocho días? ¡Oh!, Maximiliano, os creía más avaro de ese hermoso nombre de amigo.

—Tenéis razón, Valentina; pero, decid lo que queráis, nada me hará cambiar este sentimiento instintivo. Yo creo que este hombre ha de intervenir en todo lo bueno que envuelva mi porvenir, que parece leer su mirada profunda y su poderosa mano dirigir.

—¿Es adivino, por ventura? —dijo sonriendo Valentina.

—A fe mía —dijo Maximiliano—, casi estoy tentado por creer que adivina... sobre el bien.

—¡Oh! —dijo Valentina sonriendo tristemente—, mostradme a ese hombre, Maximiliano, sepa yo de él si seré bastante amada para cuanto he sufrido.

—¡Pobre amiga!, vos sabéis quién es...

—¿Yo?

—Sí.

—¿Cómo se llama?

—Es el mismo que ha salvado la vida a vuestra madrastra y a su hijo.

—¡El conde de Montecristo!

—El mismo.

—¡Oh! —exclamó Valentina—, nunca será mi amigo, lo es demasiado de mi madrastra.

—¡El conde, amigo de vuestra madrastra, Valentina! Mi instinto no puede fallar hasta este punto: estoy seguro de que os engañáis.

—¡Oh!, si supieseis, Maximilíano..., pero no es Eduardo quien reina en la casa, es el conde, estimado por la señora Villefort, que le considera como el compendio de los conocimientos humanos; admirado de mi padre, que, según dice, no ha oído nunca formular con más elocuencia ideas más elevadas; idolatrado de Eduardo, que, a pesar de su miedo a los grandes ojos negros del conde, corre a su encuentro apenas le ve venir, y le abre la mano, donde siempre halla algún admirable juguete: El señor de Montecristo no está aquí en casa de mi padre; el señor de Montecristo no está aquí en casa de la señora de Villefort; el señor de Montecristo está en su casa.

—Pues bien, querida Valentina, si las cosas son como decís, ya debéis sentir o sentiréis los efectos de su presencia. Si encuentra a Alberto de Morcef en Italia, es para librarle de las manos de los bandidos; ve a la señora Danglars, y es para hacerle un regio regalo; vuestra madrastra y vuestro hermano pasan por delante de la puerta de su casa, y es para que su esclavo nubio les salve la vida. Este hombre ha recibido evidentemente el poder de influir sobre los acontecimientos, sobre los hombres y sobre las cosas; jamás he visto gustos más sencillos unidos a una magnificencia tan soberana. Su sonrisa es tan dulce cuando me sonríe a mí, que olvido cuán amarga la encuentran otros. ¡Oh!, decidme, Valentina, ¿os ha sonreído a vos? ¡Oh!, si lo ha hecho así, seréis feliz.

—Yo —dijo la joven—, ¡oh, Dios mío!, ni siquiera me mira, Maximiliano, o más bien, si paso por casualidad por su lado, vuelve los ojos a otra parte. ¡Oh!, no es generoso, o no posee esa mirada profunda que lee en los corazones y que vos le suponéis; porque si la tuviese, habría visto que yo soy muy desdichada; porque si hubiera sido generoso, al verme sola y triste en medio de esta casa, me habría protegido con esa influencia que ejerce; y puesto que él representa, según vos decís, el papel del sol, habría calentado mi corazón con uno de sus rayos. Decís que os ama, Maximiliano, ¡oh, Dios mío!, ¿qué sabéis vos? Los hombres siempre ponen rostro risueño a un oficial de cinco pies y ocho pulgadas como vos, que tiene un buen bigote y un gran sable, pero no hacen caso de una pobre mujer que no sabe más que llorar.

—¡Oh, Valentina!, os engañáis, os lo juro.

—De no ser así, Maximiliano; si me tratase diplomáticamente, es decir, como un hombre que de un modo a otro quiere aclimatarse en la casa, una vez, aunque no fuese más, me hubiera honrado con esa sonrisa que tanto me ponderáis, pero no; me ha visto desdichada, comprende que no puedo serle útil en nada, y no fija la atención en mí. ¿Quién sabe si para hacer la corte a mi padre, a la señora de Villefort o a mi hermano, no me perseguirá siempre que pueda? Veamos, francamente, Maximiliano, yo no soy una mujer que se deba despreciar así, sin razón, vos me lo habéis dicho. ¡Ah, perdón! —continuó la joven al ver la impresión que causaban en Maximiliano estas palabras—. Hago mal, muy mal en deciros acerca de ese hombre cosas que ni siquiera sospechaba tener en el corazón. Mirad, no niego que exista esa influencia de que me habláis, y que hasta la ejerce sobre mí; pero, si la ejerce, es de un modo pernicioso y que corrompe, como veis, los buenos pensamientos.

—Está bien, Valentina —dijo Morrel dando un suspiro—; no hablemos más de esto; no le diré nada.

—¡Ay!, amigo mío —dijo Valentina—; os aflijo mucho, ya lo veo. ¡Oh!, ¡y no poder estrechar vuestra mano para pediros perdón!, pero convencedme al menos, sólo os pido eso; decidme: ¿qué ha hecho por vos ese conde de Montecristo?

—Confieso que me ponéis en un aprieto preguntándome qué es lo que el conde ha hecho por mí; nada, bien lo sé, como que mi afecto hacia él es instintivo y nada tiene de fundado. ¿Ha hecho acaso algo por mí el sol que me alumbra? No; me calienta y os estoy viendo a su luz.

—¿Ha hecho algo por mí este o el otro perfume? No; su olor recrea agradablemente uno de mis sentidos; nada más tengo que decir cuando me preguntan por qué pondero este perfume; mi amistad hacía él es extraña, como la suya hacia mí. Una voz secreta me advierte que hay más que casualidad en esta amistad recíproca a imprevista. Casi encuentro una relación en sus pequeñas acciones, en sus más secretos pensamientos, con mis acciones y mis pensamientos. Os vais a reír de mí, Valentina; pero desde que conozco a ese hombre, se me ha ocurrido la idea absurda de que todo el bien que me suceda no puede proceder de nadie más que de él. Sin embargo, he vivido treinta años sin este protector, ¿no es verdad?, no importa; mirad un ejemplo: él me ha convidado a comer para el sábado, ¿no es verdad?, nada más natural en el punto de amistad en que nos hallamos. Pues bien; ¿qué he sabido después? Vuestro padre está invitado a esta comida, vuestra madre también irá. Yo me encontraré con ellos, ¿y quién sabe lo que resultará de esta entrevista? Estas son circunstancias muy sencillas en apariencia; sin embargo, yo veo en esto una cosa que me asombra; tengo en ello una confianza extremada. Yo pienso que el conde, ese hombre singular que todo lo adivina, ha querido buscar una oca-sión para presentarme a los señores de Villefort; y algunas veces, os lo juro, procuro leer en sus ojos si ha adivinado nuestro amor.

—Amigo mío —dijo Valentina—, os tomaría por visionario, y temería realmente por vuestra razón, si no escuchase tan buenos razonamientos. ¡Cómo!, ¿creéis que no es casualidad ese encuentro? En verdad, reflexionadlo bien. Mi padre, que no sale nunca, ha estado a punto de rehusar esa invitación más de diez veces; pero la señora de Villefoit, que está ansiosa por ver en su casa a ese hombre extraordinario, obtuvo con mucho trabajo que la acompañase. No, no, creedme, excepto a vos, Maximiliano, no tengo a nadie a quien pedir que me socorra en este mundo, más que a mi abuelo, un cadáver.

—Veo que tenéis razón, Valentina, y que la lógica está en favor vuestro —dijo Maximiliano—; pero vuestra dulce voz tan poderosa siempre para mí, hoy no me convence.

—Ni la vuestra a mí tampoco —repuso Valentina—, y confieso que como no tengáis más ejemplos que citarme...

—Uno tengo —dijo Maximiliano vacilando un poco—; pero, en verdad, Valentina, me veo obligado a confesarlo, es más absurdo que el primero.

—Tanto peor—dijo Valentina sonriendo.

—Y con todo —prosiguió Morrel—, no es menos concluyente para mí, hombre de inspiración y sentimiento que en diez años que hace que sirvo en el ejército, he debido la vida varias veces a uno de esos instintos que os dicen que hagáis un movimiento hacia atrás o hacia adelante para que la bala que debía mataros pase más alta o más ladeada.

—Querido Maximiliano, ¿por qué no atribuir a mis oraciones ese alejamiento de las balas? Cuando estáis fuera, no es por mí por quien ruego a Dios y a mi madre, sino por vos.

—Sí, desde que os conozco —dijo Morrel sonriendo—; pero ¿para quién rezabais antes de que os conociese, Valentina?

—Veamos, puesto que nada queréis deberme, ingrato, volvamos a ese ejemplo que vos mismo confesáis que es absurdo.

—¡Pues bien!, mirad por las rendijas de las tablas aquel caballo nuevo en que he venido hoy.

—¡Oh, qué hermoso animal! —exclamó Valentina—. ¿Por qué no lo habéis traído junto a la valla para contemplarlo mejor?

—En efecto, como veis, es un animal de gran valor —dijo Maximiliano—. ¡Bueno! Vos sabéis que mi fortuna es limitada. ¡Pues bien!, yo había visto en casa de un tratante de caballos ese magnífico Medeah. Pregunté cuánto valía, me respondieron que cuatro mil quinientos francos; como comprenderéis, yo me abstuve de comprarlo por algún tiempo, y me fui, lo confieso, bastante entristecido, porque el caballo me miró con ternura, y me había acariciado con su cabeza. Aquella misma tarde se reunieron en mi casa algunos amigos, el señor de Chateau—Renaud, el señor Debray, y otros cinco o seis malas cabezas, que vos tenéis la dicha de no conocer ni aun de nombre. Propusieron que se jugase un poco, yo no juego nunca, porque no soy rico para poder perder. Pero, en fin, estaba en mi casa, y no tuve más remedio que ceder. Cuando íbamos a empezar, llegó el conde de Montecristo, ocupó su lugar, jugaron y yo gané; apenas me atrevo a confesarlo. Valentiná, gané cinco mil francos. Nos separamos a medianoche. No pude contenerme, tomé un cabriolé, a hice que me condujeran a casa de mi tratante en caballos. Palpitábame el corazón de alegría. Llamé, me abrieron; apenas vi la puerta abierta, me lancé a la cuadra, miré al pesebre. ¡Oh, qué suerte! Medeah estaba allí, salté sobre una silla que yo mismo le puse, le pasé la brida, prestándose a todo Medeah con la mejor voluntad del mundo. Entregando después los 4500 francos al dueño del caballo, salgo y paso la noche dando vueltas por los Campos Elíseos. He visto luz en una ventana de la casa del conde, más aún, me pareció ver su sombra detrás de las cortinas... Ahora, Valentina, juraría que el conde ha sabido que yo deseaba poseer aquel caballo y que ha perdido expresamente para que yo pudiese comprarlo.

—Querido Maximiliano —dijo Valentina—, sois demasiado fantástico... ¡Oh!, no me amaréis mucho tiempo..., un hombre así se cansaría pronto de una pasión monótona como la nuestra... ¡Pero, gran Dios!, ¿no oís que me llaman?

—¡Oh! ¡Valentina! —dijo Maximiliano—, no, la rendija de las tablas..., dadme un dedo vuestro siquiera para que lo bese.

—Maximiliano, hemos dicho que seríamos el uno para el otro; dos voces, dos sombras.

—¡Ah...!, como gustéis, querida Valentina.

—¿Quedaréis contento si hago lo que me pedís?

—¡Oh!, ¡sí!, ¡sí!, ¡sí...!

Valentina subió sobre un banco, y pasó, no un dedo, sino toda su mano por encima de las tablas.

El joven lanzó un grito de alegría, y subiéndose a su vez sobre las tablas, se apoderó de aquella mano adorada, y estampó en ella sus labios ardientes; pero al punto la delicada mano se escabulló de entre las suyas, y el joven oyó correr a Valentina, asustada tal vez de la sensación que acababa de experimentar.

Ahora veremos lo que había pasado en casa del procurador del rey después de la partida de la señora Danglars y de su hija, y durante la conversación que acabamos de referir.

El procurador del rey había entrado en la habitación ocupada por su padre, seguido de su esposa; en cuanto a Valentina ya sabemos dónde estaba.

Después de haber saludado al anciano los dos esposos, y despedido a Barrois, antiguo criado que hacía más de veinte años que servía en la casa, tomaron asiento a su lado.

El anciano paralítico, sentado en su gran sillón con ruedas, donde le colocaron por la mañana y de donde le sacaban por la noche delante de un espejo que reflejaba toda la habitación y le permitía ver, sin hacer un movimiento imposible en él, quién entraba en su cuarto y quién salía: el señor Noirtier, inmóvil como un cadáver, contemplaba con ojos inteligentes y vivos a sus hijos, cuya ceremoniosa reverencia le anunciaba que iban a dar algún paso oficial inesperado.

La vista y el oído eran los dos únicos sentidos que animaban aún, como dos llamas, aquella masa humana, que casi pertenecía a la rumba; mas de estos dos sentidos uno solo podía revelar la vida interior que animaba a la estatua, y la vista, que revelaba esta vida interior se asemejaba a una de esas luces lejanas que durante la noche muestran al viajero perdido en un desierto que aún hay un ser viviente que vela en aquel silencio y aquella oscuridad.

Así, pues, en aquellos ojos negros del anciano Noirtier, cuyas cejas negras contrastaban con la blancura de su larga cabellera, se habían concentrado toda la actividad, toda la vida, toda la fuerza, toda la inteligencia, que antes poseía aquel cuerpo; pero aquellos ojos suplían a todo; él mandaba con los ojos, daba gracias con los ojos también, era un cadáver con los ojos animados, y nada era más espantoso a veces que aquel rostro de mármol, cuyos ojos expresaban unas veces la cólera, otras la alegría; tres personas únicamente sabían comprender el lenguaje del pobre paralítico: Villefort, Valentina y el antiguo criado de que hemos hablado.

Sin embargo, como Villefort no le veía sino muy rara vez, y por decirlo así, cuando no tenía otro remedio, como cuando le veía no procuraba complacerle comprendiéndole, toda la felicidad del anciano reposaba en su nieta, y Valentina había logrado, a fuerza de cariño y constancia, comprender por la mirada todos los pensamientos del anciano; a este lenguaje mudo que otro cualquiera no habría podido entender, respondía con toda su voz, toda su fisonomía, toda su alma, de suerte que se entablaban diálogos animados entre aquella joven y aquel cadáver, que era, sin embargo, un hombre de inmenso talento, de una penetración inaudita, y de una voluntad tan poderosa como puede serlo el alma encerrada en una materia por la cual ha perdido el poder de hacerse obedecer.

Valentina había resuelto el extraño problema de comprender el pensamiento de este estudio, como el otro del anciano y hacerle que entendiera el suyo; y gracias a ni siquiera una palabra dejaban de comprender tanto el uno como el otro.

Por lo que al criado se refiere, después de veinticinco años, según hemos dicho, servía a su amo, por lo cual conocía tan bien todas sus costumbres, que rara vez tenía que pedirle algo Noirtier.

De consiguiente, no necesitaba Villefort de los socorros ni de uno ni de otro para entablar con su padre la extraña conversación que venía a provocar. También él conocía el vocabulario del anciano, y si no se servía de él con más frecuencia, era por pereza o por indiferencia. Decidió, pues, que Valentina bajara al jardín, alejó a Barrois, y después de haber tomado asiento a la derecha de su padre, mientras que la señora de Villefort se sentaba a la izquierda, dijo:

—Señor, no os admiréis de que Valentina no haya subido con nosotros, y que yo haya mandado alejar a Barrois, porque la conversación que vamos a tener juntos es de esas que no pueden tenerse delante de una joven o de un criado; la señora de Villefort y yo tenemos que comunicaros algo importante.

El rostro de Noirtier permaneció impasible durante este preámbulo; en vano procuró Villefort penetrar los pensamientos profundos del anciano en aquel momento.

—Y estamos seguros —continuó el procurador del rey, con aquel tono que parecía no sufrir ninguna contradicción— de que os agradará.

El anciano seguía impasible, si bien no perdía una sola palabra.

—Caballero —repuso Villefort—, casamos a Valentina.

Una figura de cera no permanecería más fría que el rostro del anciano al oír esta noticia.

—La boda se efectuará dentro de tres semanas —repuso Villefort.

Los ojos del anciano siguieron tan inanimados como antes.

La señora de Villefort tomó a su vez la palabra, y se apresuró a añadir:

—Creímos que esta noticia sería de algún interés para vos, señor; por otra parte, Valentina ha parecido merecer siempre vuestro afecto; solamente nos resta deciros el nombre del joven que le ha sido destinado. Es uno de los mejores partidos a que puede aspirar: una buena fortuna y perfectas garantías de felicidad en la conducta y los gustos del que le destinamos, y cuyo nombre no puede seros desconocido. Se trata del señor Franz de Quesnel, barón d'Epinay.

Durante estas palabras de su mujer, Villefort fijaba sobre el anciano una mirada más atenta que nunca. Cuando la señora de Villefort pronunció el nombre de Franz, los ojos de Noirtier se estremecieron, y dilatándose los párpados como hubieran podido hacerlo los labios para dejar salir una palabra, dejaron salir una chispa.

El procurador del rey que conocía las antiguas enemistades políticas que habían existido entre su padre y el padre de Franz, comprendió este fuego y esta agitación; pero, sin embargo, disimuló, y volviendo a tomar la palabra donde la había dejado su mujer:

—Señor —dijo—, es muy importante que, próxima como se

encuentra Valentina a cumplir los diecinueve años, se piense en establecerla. No obstante, no os hemos olvidado en nuestras deliberaciones, y nos hemos asegurado de antemano de que el marido de Valentina aceptaría vivir, si no a nuestro lado, porque tal vez incomodaríamos a unos jóvenes esposos, al menos con vos, a quien tanto cariño profesa Valentina, cariño al que parecéis corresponder: es decir, que vos viviréis a su lado, de suerte que no perderéis ninguna de vuestras costumbres, con la diferencia de que tendréis a dos hijos en vez de uno, para que os cuiden.

Los ojos de Noirtier se inyectaron en sangre.

Algo espantoso debía pasar en el alma de aquel anciano, seguramente el grito del dolor y la cólera subía a su garganta, y no pudiendo estallar, le ahogaba, porque su rostro enrojecía y sus labios se amorataron.

Villefort abrió tranquilamente una ventana, diciendo:

—Mucho calor hace aquí, y este calor puede hacer daño al señor de Noirtier.

Después volvió, pero ya no se sentó.

—Este casamiento —añadió la señora de Villefort— es del agrado del señor d'Epinay y de su familia, que se compone solamente de un tío y de una tía. Su madre murió en el momento de darle a luz, y su padre fue asesinado en 1815, es decir, cuando el niño contaba dos años de edad; de consiguiente, esta boda depende de su voluntad.

—Asesinato misterioso —dijo Villefort—, y cuyos autores han permanecido desconocidos, aunque las sospechas han parecido recaer sobre muchas personas.

Noirtier hizo tal esfuerzo, que sus labios se contrajeron como para esbozar una sonrisa.

—Ahora, pues —continuó Villefort—, los verdaderos culpables, los que saben que han cometido el crimen, aquellos sobre los cuales puede recaer durante su vida la justicia de los hombres y la justicia de Dios después de su muerte, serían felices en hallarse en nuestro lugar y tener una hija que ofrecer al señor Franz d'Epinay para apagar hasta la apariencia de la sospecha.

Noirtier se había calmado con una rapidez que no era de esperar de aquella organización tan febril.

—Sí, comprendo —respondió con la mirada a Villefort, y

aquella mirada expresaba el desdén profundo y la cólera inteligente.

Villefort, por su parte, respondió a esta mirada encogiéndose ligeramente de hombros.

Luego hizo señas a la señora de Villefort de que se levantase.

—Ahora, caballero —dijo la señora de Villefort—, recibid todos mis respetos. ¿Queréis que venga a presentaros los suyos Eduardo?

Se había convenido que el anciano expresase su aprobación cerrando los ojos, su negativa cerrándolos precipitadamente y repetidas veces, y cuando miraba al cielo era que tenía algún deseo que expresar.

Cuando quería llamar a Valentina cerraba solamente el ojo derecho.

Si quería llamar a Barrois, el ojo izquierdo.

A la proposición de la señora de Villefort, guiñó los ojos repetidas veces.

La señora de Villefort se mordió los labios.

—¿Queréis que os envíe a Valentina? —dijo.

—Sí —expresó el anciano al cerrar los ojos.

Los señores de Villefort saludaron y salieron, dando en seguida la orden de que llamasen a Valentina.

Transcurridos unos breves instantes, ésta entró en la habitación del señor Noirtier, con las mejillas aún coloradas por la emoción. No necesitó más que una mirada para comprender cuánto sufría su abuelo, cuántas cosas tenía que decirle.

—¡Oh!, buen papá —exclamó—, ¿qué lo ha pasado?, ¿te han hecho enfadar?, estás enojado, ¿verdad?

—Sí —dijo cerrando los ojos.

—¿Contra quién?, ¿contra mi padre?, no; ¿contra la señora de Villefort?, ¿contra mí?

—¡Contra mí! —exclamó Valentina asombrada. El anciano hizo señas de que sí.

—¿Y qué lo he hecho yo, querido y buen papá? —exclamó Valentina. El anciano renovó las señas.

Ninguna respuesta; entonces continuó la joven.

—Yo no lo he visto hoy aún..., ¿te han contado algo de mí?

—Sí —dijo la mirada del anciano con viveza.

—Veamos. ¡Dios mío!, lo juro..., abuelito... ¡Ah!, los señores de Villefort acaban de salir, ¿no es verdad?

—Sí.

—¿Y son ellos los que han dicho esas cosas que tanto lo han enojado...? ¿Qué es...? ¿Quieres que se lo vaya a preguntar?

—No, no —dijo la mirada.

—¡Oh!, me asustas. ¡Qué han podido decirte, Dios mío! —y comenzó a reflexionar.

—¡Ah!, ya caigo —dijo bajando la voz y acercándose al anciano—. ¿Han hablado tal vez de mi casamiento?

—Sí —replicó la mirada enojada.

—Comprendo; me reprochas mi silencio. ¡Oh!, mira, es porque me habían recomendado que no lo dijese nada; tampoco a mí me habían hablado de ello, y en cierto modo yo he sorprendido este secreto por indiscreción: he aquí por qué he sido tan reservada contigo. ¡Perdóname, mi buen papá Noirtier!

No obstante, la mirada parecía decir:

—No es tan sólo lo casamiento lo que me aflige.

—¿Pues qué es? —preguntó la joven—, ¿tú crees tal vez que yo lo abandonaría, buen papá, y que mi casamiento me haría olvidadiza?

—No —dijo el anciano.

—¿Te han dicho entonces que el señor d'Epinay consentía en que permaneciésemos juntos?

—Sí.

—¿Por qué estás enojado, entonces?

Los ojos del anciano tomaron una expresión de dulzura infinita. —Sí, comprendo —dijo Valentina—, porque me amas.

El anciano hizo señas de que sí.

—¡Y temes que sea desgraciada!

—Sí.

—¿Tú no quieres al señor Franz?

Los ojos repitieron tres o cuatro veces:

—No, no, no.

—¡Entonces debes de sufrir mucho, buen papá!

—Sí.

—¡Pues bien!, escucha —dijo Valentina, arrodillándose delante de Noirtier, y pasándole sus brazos alrededor de su cuello—, yo también tengo un gran pesar, porque tampoco amo al señor Franz d'Epinay.

Una expresión de alegría se reflejó en los ojos del anciano.

—Cuando quise retirarme al convento, recuerda que lo enfadaste mucho conmigo, ¿verdad?

Los ojos del anciano se humedecieron.

—¡Pues bien! —continuó Valentina—, sólo era para librarme de este casamiento, que causa mi desesperación.

Noirtier estaba cada vez más conmovido.

—¿También a ti lo disgusta esta boda, abuelito? ¡Oh, Dios mío! Si tú pudieses ayudarme, abuelito, si los dos pudiésemos romper ere proyecto. Pero no puedes hacer nada contra ellos; ¡tú, que tienes un espíritu tan vivo y una voluntad tan fume!, pero cuando se trata de luchar eres tan débil y aún más débil que yo. ¡Ay!, tú hubieras sido para mí un protector muy poderoso en los días de lo fuerza y de lo salud; pero hoy no puedes hacer más que comprenderme y regocijarte o afligirte conmigo; ésta es la última felicidad que Dios se ha olvidado de arrebatarme junto con las otras.

Al oír estas palabras, hubo tal expresión de malicia y sagacidad en los ojos de Noirtier, que la joven creyó leer en ellos estas otras:

—Te engañas, aún puedo hacer mucho por ti.

—¿Puedes hacer algo por mí, abuelito? —dijo Valentina.

—Sí.

Noirtier levantó los ojos al cielo. Esta era la señal convenida entre él y Valentina cuando deseaba algo.

—¿Qué quieres, querido papá? ¡Veamos!

Valentina reflexionó un instante, y luego expresó en voz alta sus pensamientos a medida que iban acudiendo a su imaginación, y viendo que a todo respondía su abuelo ¡no!

—Pues, señor —dijo—, recurramos al gran medio, soy una torpe.

Entonces recitó una tras otra todas las letras del alfabeto, desde la A hasta la N, mientras que sus ojos interrogaban la expresión de los del paralítico: al pronunciar la N, Noirtier hizo señas afirmativas.

—¡Ah! —dijo Valentina—, lo que deseáis empieza por la letra N, bien. Veamos qué letra ha de seguir a la N: na, ne, ni, no...

—Sí, sí, sí —expresó el anciano. —¡Ah!, ¿conque es no?

—Sí.

La joven fue a buscar un gran diccionario, que colocó sobre un atril delante de Noirtier; abriólo, y cuando hubo visto fijar en las hojas la mirada del anciano, su dedo recorrió rápidamente las columnas de arriba abajo. Después de seis años que Noirtier había caído en el lastimoso estado en que se hallaba, la práctica continua le había hecho tan fácil este manejo, que adivinaba tan pronto el pensamiento del anciano como si él mismo hubiese podido buscar en el diccionario.

A la palabra notario, Noirtier le hizo señas de que se parase.

—Notario —dijo—, ¿quieres un notario, abuelito?

—Sí —exclamó el paralítico.

—¿Debe saberlo mi padre?

—Sí.

—¿Tienes prisa porque vayan en busca del notario?

—Sí.

—Pues entonces le enviaremos a llamar inmediatamente. ¿Es eso todo lo que quieres?

—Sí.

La joven corrió a la campanilla y llamó a un criado para suplicarle que hiciese venir inmediatamente a los señores de Villefort al cuarto de su padre.

—¿Estás contento? —dijo Valentina—. Sí..., lo creo, bien..., ¡no era muy fácil de adivinar eso!

Y Valentina sonrió mirando a su abuelo como lo hubiera hecho con un niño. El señor de Villefort entró, precedido de Barrois.

—¿Qué queréis, caballero? —preguntó al paralítico.

—Señor, mi abuelo desea que se mande llamar a un notario.

Ante este deseo extraño a inesperado, el señor de Villefort cambió una

mirada con el paralítico.

—Sí —dijo este último con una firmeza que indicaba que con ayuda de Valentina y de su antiguo servidor, que sabía lo que deseaba, estaba pronto a sostener la lucha.

—¿Pedís un notario? —repitió Villefort—. ¿Para qué?

Noirtier no respondió.

—¿Y para qué necesitáis un notario? —preguntó de nuevo

Villefort.

La mirada del paralítico permaneció inmóvil, y por consiguiente muda, lo cual quería decir: Persísto en mi voluntad.

—¿Para jugarnos alguna mala pasada? —dijo Villefort—; no podía saber...

—Pero, en fin —dijo Barroís, pronto a insistir con la perseverancia propia de los criados antiguos—, sí el señor desea que venga un notario, será porque tiene necesidad de él. Así, pues, voy a buscarle.

Barrois no reconocía otro amo más que Noirtier, y no permitía nunca que su voluntad fuese contrariada.

—Sí, quiero un notario ——dijo el anciano, cerrando los ojos con una especie de desconfianza, y como si hubiese dicho:

—Veamos si se me niega lo que pido.

—Vendrá un notario, puesto que os empeñáis, pero yo me disculparé con él, y también tendré que disculparos a vos, porque la escena va a ser muy ridícula.

—No importa —dijo Barrois—, yo voy a buscarle; —y el antiguo criado salió triunfante.

En el instante en que salió Barrois, Noirtier miró a Valentina con aquel interés malicioso que anunciaba tantas cosas. La joven comprendió esta mirada y Villefort también, porque su frente se oscureció y sus cejas se fruncieron.

Tomó una silla y se instaló en el cuarto del paralítico. El anciano lo miraba con una perfecta indiferencia, pero había mandado a Valentina de reojo que no se inquietase y que se quedara también.

Tres cuartos de hora después entró el criado con el notario.

—Caballero —dijo Villefort, después de los primeros saludos—, os ha llamado el señor Noirtier de Villefort, a quien tenéis presente; una parálisis completa le ha quitado el use de todos los miembros y de la voz, y nosotros solos, con gran trabajo, logramos entender algunas palabras de lo que dice.

Noirtier dirigió a su nieta una mirada tan grave a imperativa, que la joven respondió al momento:

—Caballero, yo comprendo todo cuanto dice mi abuelo.

—Es cierto —añadió Barrois—, todo, absolutamente todo, como os decía cuando veníamos.

—Permitid, caballero, y vos también, señorita —dijo el notario dirigiéndose a Villefort y Valentina—; es éste uno de esos casos en que el oficial público no puede proceder sin contraer una responsabilidad peligrosa. Lo primero que hace falta es que el notario quede convencido de que ha interpretado fielmente la voluntad del que le dicta. Ahora, pues, yo no puedo estar seguro de la aprobación de un cliente que no habla; y como no puede serme probado claramente el objeto de sus deseos o de sus repugnancias, mi ministerio es inútil y sería ejercido con ilegalidad.

El notario dio un paso para retirarse; una sonrisa imperceptible de triunfo se dibujó en los labios del procurador del rey.

Por su parte; Noirtier miró a su nieta con una expresión tal de dolor, que la joven detuvo al notario.

—Caballero —dijo—, la lengua que yo hablo con mi abuelo se puede aprender fácilmente, y lo mismo que la comprendo yo, puedo enseñárosla en pocos minutos. Veamos, caballero, ¿qué necesitáis para quedar perfectamente convencido de la voluntad de mi abuelo?

—Lo que el instrumento público requiere para ser válido —respondió el notario—; es decir, la certeza del consentimiento. Se puede estar enfermo
de cuerpo, pero sano de espíritu.

—Pues bien, señor, con dos señales, tendréis la seguridad de que mi abuelo no ha gozado nunca mejor que ahora de su completa inteligencia. El señor Noirtier, privado de la voz, del movimiento, cierra los ojos cuando quiere decir que sí, y los abre muchas veces cuando quiere decir que no. Ahora ya lo sabéis lo suficiente para entenderos con el señor Noirtier, probad.

La mirada que lanzó el anciano a Valentina era tan tierna y expresaba tal reconocimiento, que fue comprendida aun por el notario.

—¿Habéis entendido bien lo que acaba de decir vuestra nieta? —preguntó aquél.

Noirtier cerró poco a poco los ojos y los volvió a abrir después de un momento.

—¿Y aprobáis lo que se ha dicho?, es decir, ¿que las señales indicadas por ella son las que os sirven para expresar vuestro pensamiento?

—Sí —dijo de nuevo el paralítico.

—¿Sois vos quien me ha mandado llamar?

—Sí.

—¿Para hacer vuestro testamento?

—Sí.

—¿Y no queréis que yo me retire sin haberlo hecho?

El anciano cerró vivamente y repetidas veces los ojos.

—¡Pues bien!, caballero, ¿comprendéis ahora? —preguntó la joven—, ¿y descansará vuestra conciencia?

Pero antes de que el notario pudiese responder, Villefort le llamó aparte.

—Caballero —dijo—, ¿creéis que un hombre haya podido experimentar impunemente un choque físico tan terrible como el que experimentó el señor Noirtier de Villefort, sin que la parte moral haya recibido también una grave lesión?

—No es eso precisamente lo que me inquieta, caballero —respondió el notario—; pero ¿cómo conseguiremos adivinar sus pensamientos, a fin de provocar las respuestas?

—Ya veis que ello es imposible —dijo Villefort.

Valentina y el anciano oían esta conversación. Noirtier fijó una mirada tan firme sobre Valentina, que esta mirada exigía evidentemente una respuesta.

—Caballero —dijo la joven—, no os preocupéis por eso; por difícil que sea o que os parezca descubrir el pensamiento de mi abuelo, yo os lo revelaré de modo que desvanezca todas vuestras dudas. Ya hace seis años que estoy con el señor Noirtier, pues que os diga si durante ese tiempo ha tenido que guardar en su corazón alguno de sus deseos por no poder hacérmelo comprender.

—No —respondió el anciano.

—Probemos, pues —dijo el notario—, ¿aceptáis a esta señorita por intérprete?

El paralítico respondió que sí.

—Bien, veamos, caballero, ¿qué es lo que queréis de mí? ¿Qué clase de acto queréis hacer?

Valentina fue diciendo todas las letras del alfabeto hasta llegar a la t.

En esta letra la detuvo la elocuente mirada de Noirtier.

—La letra t es la que pide el señor —dijo el notario—, está

claro...

—Esperad —dijo Valentina, y volviéndose hacia su abuelo—, también ta, te...

El anciano la detuvo en seguida de estas sílabas.

Valentina tomó entonces el diccionario y hojeó las páginas a los ojos del notario, que atento lo observaba todo.

—Testamento —señaló su dedo, detenido por la ojeada de Noirtier.

—Testamento —exclamó el notario—, es evidente que el señor quiere testar.

—Sí —respondió el anciano.

—Esto es maravilloso, caballero —dijo el notario a Villefort.

—En efecto —replicó—, y lo sería asimismo ese testamento, porque yo no creo que los artículos se puedan redactar palabra por palabra, a no ser por mi hija. Ahora, pues, Valentina estará tal vez interesada en este testamento, para ser intérprete de las oscuras voluntades del señor Noirtier de Villefort.

—¡No, no, no! —protestó con los ojos el señor Noirtier.

—¡Cómo! —repuso el señor de Villefort—. ¿No está Valentina interesada en vuestro testamento?

—No.

—Caballero —dijo el notario, que maravillado de esta prueba se proponía contar a las gentes los detalles de este episodio pintoresco—; caballero, nada me parece más fácil ahora que lo que hace un momento consideraba imposible, y ese testamento será un testamento místico; es decir, previsto y autorizado por la ley, con tal que sea leído delante de siete testigos, aprobado por el testador delante de ellos y cerrado por el notario, siempre delante de ellos. Por lo que al tiempo se refiere, apenas durará más que un testamento ordinario; primero están las fórmulas, que siempre son las mismas; y en cuanto a los detalles, la mayor parte serán adivinados por el estado de los asuntos del testador y por vos, que habiéndolos administrado, los conoceréis. Sin embargo, por otra parte, para que esta acta permanezca inatacable, vamos a hacerlo con la formalidad más completa; uno de mis colegas me ayudará, y, contra toda costumbre, asistirá al acto. ¿Estáis satisfecho, caballero? —continuó el notario dirigiéndose al anciano.

—Sí —respondió Noirtier, contento, al parecer, por haber sido comprendido.

"¿Qué va a hacer? "pensó Villefort, a quien su elevada posición imponía mucha reserva, y que no podía adivinar las intenciones de su padre.

Volvíóse para mandar llamar al segundo notario, pedido por el primero; pero Barrois, que todo lo había oído, y adivinado el deseo de su amo, había salido ya en su busca.

El procurador del rey envió entonces a decir a su mujer que subiese.

Al cabo de un cuarto de hora todo el mundo estaba reunido en el cuarto del paralítico, y el segundo notario había llegado.

Con pocas palabras estuvieron los dos de acuerdo. Leyeron a Noirtier una fórmula de testamento; y para empezar, por decirlo así, el examen de su inteligencia, el primer notario, volviéndose hacia él, le dijo:

—Cuando se otorga testamento es en favor o en perjuicio de alguna persona.

—Sí —respondió Noirtier.

—¿Tenéis alguna idea de la cantidad a que asciende vuestro caudal?

—Sí.

—Iré diciéndoos algunas cantidades en orden ascendente; ¿me detendréis cuando creáis que es la vuestra?

—Sí.

Había en este interrogatorio una especie de solemnidad; por otra parte, jamás fue tan visible la lucha de la inteligencia contra la materia; era un espectáculo curioso.

Todos formaron un círculo alrededor de Noirtier; el segundo notario estaba sentado a una mesa, dispuesto a escribir; el primero, en pie, a su lado, interrogaba al anciano.

—Vuestra fortuna pasa de trescientos mil francos, ¿no es verdad? —preguntó.

Noirtier permaneció inmóvil.

—¿Quinientos mil? La misma inmovilidad.

—¿Seiscientos mil...?, ¿setecientos mil...?, ochocientos mil...?, ¿novecientos mil...?

Noirtier hizo señas afirmativas.

—¿Posee novecientos mil francos?

—Sí.

—¿Inmuebles?

—No.

—¿En escrituras de renta?

Noirtier hizo señas afirmativas.

—¿Están en vuestro poder estas inscripciones?

Una mirada dirigida a Barrois hizo salir al antiguo criado, que volvió un instante después con una cajita.

—¿Permitís que se abra esta caja? —preguntó el notario.

Noirtier dijo que sí.

Abrieron la caja y encontraron novecientos mil francos en escrituras.

El primer notario pasó una tras otra cada escritura a su colega; la cuenta estaba cabalmente como había dicho Noirtier.

—Esto es —dijo—; no se puede tener la cabeza más firme y despejada.

—Y volviéndose luego hacia el paralítico:

— ¿Conque —le dijo— poseéis novecientos mil francos de capital, que, del modo que están invertidos, deberán produciros cuarenta mil francos de renta?

—Sí.

—¿A quién deseáis dejar esa fortuna?

—¡Oh! —dijo la señora de Villefort—, no cabe la menor duda; el señor Noirtier aura únicamente a su nieta, la señorita Valentina de Villefort; ella es quien le cuida hace seis años; ha sabido cautivar con sus cuidados asiduos el afecto de su abuelo, y casi diré su reconocimiento; justo es, pues, que recoja el precio de su cariño.

Los ojos de Noirtier lanzaron miradas irritadas a la señora de Villefort por las intenciones que le suponía.

—¿Dejáis, pues, a la señorita Valentina de Villefort los novecientos mil francos? —inquirió el notario persuadido de que ya no faltaba más que el asentimiento del paralítico para cerrar el acto.

Valentina se había retirado a un rincón y lloraba, el anciano la miró un instante con la expresión de la mayor ternura; volviéndose después hacia el notario, cerró los ojos mochas veces de la manera más significativa.

—¡Ah!, ¿no? —dijo el notario—; ¿conque no es a la señorita de Villefort a quien hacéis heredera universal?

Noirtier hizo seña negativa.

—¿No os engañáis? —exclamó el notario asombrado—; ¿decís que no?

—No—repitió Noirtier—, no...

Valentina levantó la cabeza; estaba asombrada, no por haber sido desheredada, sino por haber provocado el sentimiento que dicta ordinariamente semejantes actos.

Pero Noirtier la miró con una expresión tal de ternura, que la joven exclamó:

—¡Oh!, ¡mi buen padre!, bien lo veo, sólo me quitáis vuestra fortune, pero reserváis pare mí vuestro corazón.

—¡Oh!, sí, seguramente —dijeron los ojos del paralítico cerrándose con una expresión ante la cual Valentina no podia engañarse.

—¡Gracias!, ¡gracias! —murmuró la joven.

Sin embargo, esta negativa había hecho nacer en el corazón de la señora de Villefort una esperanza inesperada, y se acercó al anciano.

—¿Entonces, será a vuestro nietecito Eduardo Villefort a quien dejáis vuestra fortuna, querido señor Noirtier? —inquirió la madre.

El movimiento negativo de los ojos fue terrible, casi expresaba odio.

—No —exclamó el notario—; ¿es a vuestro señor hijo, que está presente?

—¡No! —repuso el anciano.

Los dos notarios se miraron asombrados; Villefort y su mujer se sonrojaron, el uno de vergüenza, la otra de despecho.

—Pero ¿qué os hemos hecho, padre? —dijo Valentina—, ¿no nos amáis ya?

La mirada del anciano pasó rápidamente sobre su hijo y su nuera, y se fijó en Valentina con una expresión de ternura.

—¡Entonces! —dijo ésta—; si me auras, veamos, padre mío, procure unir este amor a lo que haces en este momento. Tú me conoces, sabes que nunca he pensado en la fortuna. Además, aseguran que soy rico por parte de mi madre, demasiado rice tal vez; explícate, pues.

Noirtier fijó su mirada ardiente sobre la mano de Valentina.

—¿Mi mano? —dijo ella.

—Sí —dijo.

—¿Su mano? —repitieron todos los concurrentes, asombrados.

—¡Ah!, señores, bien veis que todo es inútil, y que mi pobre padre está loco —dijo Villefort.

—¡Oh! —exclamó de repente Valentina—, ¡ya comprendo!, mi casamiento, ¿no es verdad, buen padre mío?

—Sí, sí, sí —repitió tres veces el anciano.

—¿No lo agrada mi casamiento?, ¿es verdad?

—Sí.

—¡Pero eso es un absurdo! —dijo Villefort.

—Disculpadme, caballero —dijo el notario—, todo esto que está ocurriendo es muy natural, y todos quedaremos perfectamente convencidos de la verdad.

—¿No queréis que me case con el señor Franz d'Epinay?

—No, no quiero —expresaron los ojos del anciano.

—¿Y desheredaríais a vuestra nieta —exclamó el notario—, por efectuar una boda contra vuestro gusto?

—Sí —respondió Noirtier.

—¿De suerte que, a no ser por este casamiento sería vuestra heredera?

—Sí.

Hubo entonces un silencio profundo alrededor del anciano.

Los dos notarios se consultaban; Valentina, con las manos juntas, miraba a su abuelo con singular dulzura; Villefort se mordía los labios; su mujer no podía reprimir un sentimiento de alegría que, a pesar suyo, se retrataba en su semblante.

—Pero —dijo al fin Villefort rompiendo el silencio— creo que yo sólo soy dueño de la mano de mi hija, y quiero que se case con el señor Franz d'Epinay, y se casará.

Valentina cayó llorando sobre un sillón.

—Caballero —dijo el notario dirigiéndose al anciano—, ¿qué pensáis hacer de vuestro caudal, en caso de que la señorita Valentina contraiga matrimonio con el señor Franz?

El anciano permaneció inmóvil.

—No obstante, ¿dispondréis de él?

—Sí —respondió Noirtier.

—¿En favor de alguno de vuestra familia?

—No.

—¿En favor de los necesitados?

—Sí.

—Pero bien sabéis —dijo el notario— que la ley se opone a que despojéis enteramente a vuestros hijos.

—Sí.

—¿No dispondréis de la parte que os autoriza la ley?

Noirtier permaneció inmóvil.

—¿Continuáis con la idea de querer disponer de todo?

—Sí.

—Pero después de vuestra muerte impugnarán vuestro testamento.

—No.

—Mi padre me conoce, caballero —dijo el señor de Villefort—, sabe que su voluntad será sagrada para mí; por otra parte, se da cuenta de que en mi posición no puedo pleitear con los pobres.

Los ojos de Noirtier expresaron triunfo.

—¿Qué decís, caballero? —preguntó el notario a Villefort.

—Nada, caballero; mi padre ha tomado esta resolución, y yo sé que no cambia nunca. Por consiguiente, debo resignarme. Estos novecientos mil francos saldrán de la familia para enriquecer los hospitales; pero jamás cederé ante un capricho de anciano, y obraré según mi voluntad.

Aquel mismo día quedó cerrado el testamento; buscáronse testigos, fue aprobado por el anciano, firmado después en su presencia y archivado más tarde en casa del señor Deschamps, notario de la familia.

III. EL TELÉGRAFO Y EL JARDÍN

Al volver a su casa el señor y la señora de Villefort supieron que el señor conde de Montecristo había ido a hacerles una visita, y les aguardaba en el salón. La señora de Villefort, demasiado conmovida para entrar de repente, pasó a su tocador, mientras que el procurador del rey, más seguro de sí mismo, se dirigió inmediatamente al salón.

Por dueño que fuese de sus sensaciones, por bien que supiera componer su rostro, el señor de Villefort no pudo apartar del todo la nube que oscurecía su semblante, y el conde de Montecristo no pudo menos de reparar en su aire sombrío y pensativo.

—¡Oh, Dios mío! —dijo Montecristo después de los primeros saludos—; ¿qué os ocurre, señor de Villefort?, ¿he llegado tal vez en el momento en que extendíais alguna sentencia de muerte?

Villefort trató de sonreírse.

—No, señor conde —dijo—, aquí no hay más víctima que yo; esta vez he perdido el pleito, y todo por una casualidad, una locura, una manía.

—¿Qué queréis decir? —preguntó Montecristo con interés perfectamente fingido—. ¿Os ha sucedido en realidad alguna desgracia grave?

—¡Oh, señor conde! —dijo Villefort con una tranquilidad llena de amargura—, no vale la pena hablar de ello; ¡oh!, no ha sido nada, una simple pérdida de dinero.

—En efecto —respondió Montecristo—, una pérdida de dinero es poca cosa para una fortuna como la que poseéis, y para un talento filosófico y elevado como el vuestro.

—Por consiguiente —respondió Villefort—, no es la pérdida de dinero lo que me preocupa, aunque después de todo, novecientos mil francos bien merecen ser llorados, o por lo menos causar un poco de despecho a la persona que los pierde. Pero, sobre todo, lo que más me enoja es la casualidad, la fatalidad; no sé cómo llamar al poder que dirige el golpe que me hiere y destruye mis esperanzas de fortuna tal vez, y el porvenir de mi hija por un capricho de anciano...

—¡Cómo...!, ¿qué decís? —exclamó el conde—: ¿Novecientos mil francos habéis dicho? ¡Oh!, esa suma merece ser llorada incluso por un filósofo. ¿Y quién os causa ese pesar?

—Mi padre, de quien ya os he hablado.

—¡El señor Noirtier! Pero vos me habíais dicho, si mal no recuerdo, que tanto él como todas sus facultades estaban completamente paralizadas...

—Sí, sus facultades físicas, porque no puede moverse; no puede hablar, y sin embargo, piensa, desea, obra, como veis. Hace cinco minutos me he separado de él, y ahora mismo está ocupado en dictar su testamento a dos notarios.

—¿Pero ha hablado?

—No, pero se hace comprender.

—¿Pues cómo?

—Por medio de la mirada; sus ojos han seguido viviendo, y bien lo veis, son capaces de matar.

—Amigo mío —dijo la señora de Villefort, después de entrar—, tal vez exageráis la situación.

—Señora... —dijo el conde inclinándose.

La señora de Villefort saludó al conde con la más amable de sus sonrisas.

—¿Pero qué es lo que dice el señor de Villefort —preguntó Montecristo—, y qué desgracia incomprensible...?

—¡Incomprensible, ésa es la palabra! —repuso el procurador del rey encogiéndose de hombros—; un capricho de anciano.

—¿No hay medio de hacerle revocar esa decisión?

—Desde luego —dijo la señora de Villefort—; y aún diré que depende de mi marido el que ese testamento, en lugar de ser hecho en favor de los pobres, lo hubiera sido en favor de Valentina.

El conde adoptó un aire distraído y miró con la más profunda atención y con la aprobación más marcada a Eduardo, que derramaba tinta en el bebedero de los pájaros.

—Querida —dijo Villefort respondiendo a su mujer—, bien sabéis que a mí no me gusta dármelas de patriarca, y que jamás he creído que la suerte del universo dependiese de un movimiento de mi cabeza. Sin embargo, importa que mis decisiones sean respetadas en mi familia, y que la locura de un anciano y el capricho de una niña no destruyan un proyecto que llevo en la mente desde hace muchos años. El barón d'Epinay era mi amigo, y una alianza con su hijo sería muy conveniente.

—¿No creéis —dijo la señora de Villefort— que Valentina está de acuerdo con él...?; en efecto..., siempre ha sido opuesta a ese casamiento, y no me admiraría que todo lo que acabamos de presenciar fuese un plan concertado entre ellos.

—Señora —dijo Villefort—, creedme, no se renuncia tan fácilmente a una fortuna de novecientos mil francos.

—Renunciaba al mundo, caballero, puesto que hace un año quería entrar en un convento.

—No importa —repuso Villefort—, os repito que esa boda se efectuará, señora.

—¿A pesar de la voluntad de vuestro padre? —dijo la señora de Villefort, atacando otra cuerda—, ¡eso es muy grave!

Montecristo hacía como que no escuchaba, y sin embargo, no perdía palabra de lo que se decía.

—Señora —repuso Villefort, puedo decir que siempre he respetado a mi padre, porque al sentimiento natural de la descendencia iba unido en mí el convencimiento de la superioridad moral, porque, después de todo, un padre es sagrado bajo dos aspectos: sagrado como nuestro creador, sagrado como nuestro dueño; pero hoy debo renunciar a reconocer inteligencia en el anciano que, por un simple recuerdo de odio contra el padre, persigue así al hijo; sería, pues, ridículo para mí conformar mi conducta a sus caprichos. Continuaré respetando al señor Noirtier. Sufriré sin quejarme el castigo pecuniario que me impone; pero permaneceré firme en mi voluntad, y el mundo apreciará de parte de quién estaba la razón. En fin, yo casaré a mi hija con el barón Franz d'Epinay, porque es, a mi juicio, bueno, y sobre todo porque ésta es mi voluntad.

—¿Conque —dijo el conde, cuya aprobación había solicitado con una mirada el procurador del rey—; conque el señor Noirtier deshereda a la señorita Valentina porque se va a casar con el señor barón Franz d'Epinay?

—¡Oh!, sí, sí, señor; ésa es la razón —dijo Villefort encogiéndose de hombros.

—La razón aparente, al menos —añadió la señora de Villefort.

—La razón real, señora. Creedme, yo conozco a mi padre.

—¿Cómo se concibe eso? —respondió la señora—; ¿en qué puede desagradar el señor d'Epinay al señor Noirtier?

—En efecto —dijo el conde—, he conocido al señor Franz d'Epinay: el hijo del general Quesnel, ¿no es verdad que fue hecho barón d'Epinay por el rey Carlos X?

—¡Exacto! —repuso Villefort.

—¡Pues bien...!, ¡creo que es un joven muy simpático!

—¡Oh!, estoy segura de que eso no es más que un pretexto —dijo la señora de Villefort—; los ancianos son muy tercos, ¡y el señor Noirtier no quiere que su nieta se case!

—Pero —dijo Montecristo—, ¿no sabéis la causa de ese odio?

—¡Oh!, ¿quién puede saber...?

—¿Alguna antipatía política tal vez...?

—En efecto, mi padre y el señor d'Epinay han vivido en tiempos revueltos, de que yo no he visto más que los últimos días —dijo Villefort.

—¿No era bonapartista vuestro padre? —preguntó Montecristo—. Creo recordar que vos me dijisteis algo por el estilo.

—Mi padre ha sido jacobino ante todo —repuso Villefort—, y la túnica de senador que le puso sobre los hombros Napoleón, no hacía más que disfrazar al antiguo revolucionario, aunque sin cambiarle. Cuando mi padre conspiraba, no era por el emperador, era contra los Borbones.

—¡Pues bien! —dijo el conde—; eso es, el señor Noirtier y el señor d'Epinay se habrán encontrado en esas trifulcas políticas. El general d'Epinay, aunque sirvió a Napoleón, tenía en el fondo del corazón sentimientos realistas, y fue asesinado una noche al salir de un club de partidarios de Napoleón, adonde le habían atraído con la esperanza de encontrar en él un hermano.

Villefort miró al conde con terror.

—¿Estoy, acaso, equivocado? —dijo Montecristo.

—No, caballero —dijo la señora de Villefort—, y ésa, al contrario, es la causa por la que el señor de Villefort ha querido que se amasen dos hijos cuyos padres se habían aborrecido.

—¡Sublime idea...! —dijo Montecristo—,idea llena de caridad y que debía ser aplaudida por el mundo. En efecto, sería hermoso ver llamar a la señorita Noirtier de Villefort, señora Franz d'Epinay.

Villefort se estremeció y miró al conde como si hubiese querido leer en el fondo de su corazón la intención que había dictado las palabras que acababa de pronunciar.

Pero el conde conservó su bondadosa sonrisa en los labios, y tampoco esta vez, a pesar de la profundidad de sus miradas, pudo el procurador del rey traspasar su epidermis.

—Así, pues —repuso Villefort—, aunque sea una gran desgracia para Valentina el perder los bienes de su abuelo, no pienso que por eso se desbarate esa boda; no lo creo, dado el carácter del señor d'Epinay: tal vez conozca el sacrificio que yo he hecho por cumplir su palabra, calculará que Valentina es rica por su madre y por el señor y la señora de Saint—Merán, sus abuelos maternos, que la aman tierna-mente, amor al que mi hija, a su vez, corresponde.

—Y bien merecen ser amados —dijo la señora de Villefort—; además, van a venir a París dentro de un mes a lo sumo, y Valentina, después de tal afrenta, tendrá que refugiarse, como lo ha hecho hasta aquí, al lado del señor Noirtier.

El conde escuchaba complacido la voz contraria de estos amores propios heridos, y de estos intereses destruidos.

—Pero yo opino —dijo Montecristo tras una pausa—, y os pido perdón de antemano por lo que voy a deciros; yo opino que si el señor Noirtier deshereda a la señorita de Villefort por querer ésta casarse con un joven a cuyo padre él ha detestado, no tiene que echar en cara lo mismo al pobre Eduardito.

—Tenéis razón, caballero —exclamó la señora de Villefort con una entonación imposible de describir—; eso es injusto, odiosamente injusto; ese pobre Eduardo tan nieto es del señor Noirtier como Valentina, y con todo, si Valentina no se casase con el señor d'Epinay, el señor Noirtier le dejaría toda su fortuna; además, Eduardo lleva también el nombre de la familia, lo cual no impide que de todos modos Valentina sea tres veces más rica que él. El conde seguía escuchando muy atento.

—Mirad —dijo Villefort—, mirad, señor conde, dejemos esas pequeñeces de familia; sí, es verdad, mi caudal aumentará la renta de los pobres, que son ahora los verdaderos ricos. Mi padre me habrá frustrado una legítima esperanza, sin razón; pero yo habré obrado como un hombre de gran corazón. El señor d'Epinay, a quien yo había prometido esta suma, la recibirá, aunque para ello tuviera que imponerme las mayores privaciones.

—No obstante —repuso la señora de Villefort volviendo a la única idea que bullía en su corazón—, tal vez sería mejor confiar este suceso al señor d'Epinay, y que volviese de su palabra.

—¡Oh!, ¡sería una gran desgracia! —exclamó Villefort.

—¡Una gran desgracia! —repitió Montecristo.

—Sin duda —repuso Villefort—; un casamiento desbaratado, y por razones pecuniarias, favorece muy poco a una joven; luego volverían a nacer antiguos rumores que yo quería apagar. Pero no, no sucederá tal cosa; el señor d'Epinay, si es honrado, se verá más comprometido que antes con motivo de la desherencia; si no, obraría como un avaro: no, ¡es imposible!

—Yo soy del mismo parecer que el señor de Villefort —dijo el señor de Montecristo fijando su mirada en la señora de Villefort—; y si fuese bastante amigo vuestro para daros un consejo, os invitaría, puesto que el señor d'Epinay va a volver pronto, a anudar ese asunto de modo que fuese imposible desatarlo; le comprometería de tal manera, que no tuviese más remedio que acceder a los deseos del señor de Villefort.

Este último se levantó, transportado de una visible alegría, mientras que su mujer palidecía ligeramente.

—Bien —dijo—; eso es todo lo que yo pedía, y me alegraría infinito ser tan buen consejero como vos —dijo, presentando la mano a Montecristo—. Así, pues, que todos consideren lo que ha sucedido hoy, como si nada hubiera pasado: nada se ha modificado en nuestros proyectos.

—Caballero —dijo el conde—, el mundo, por injusto que sea, sabrá apreciar como es debido vuestra resolución, os respondo de ello; vuestros amigos se enorgullecerán, y el señor d'Epinay, aunque tuviese que tomar sin dote a la señorita de Villefort, tendrá un gran placer de entrar en una familia que sabe elevarse a la altura de tales sacrificios para cumplir su palabra y su deber.

Y al acabar de pronunciar estas palabras se había levantado y se disponía a partir.

—¿Nos dejáis ya, señor conde? —preguntó la señora de Villefort.

—Es necesario, señora; venía sólo a recordaros vuestra promesa: hasta el sábado.

—¿Temíais que la hubiese olvidado?

—Sois demasiado buena, pero el señor de Villefort tiene a veces tan graves y tan urgentes ocupaciones...

—Mi marido ha dado su palabra, caballero —dijo la señora de Villefort—; bien veis que la cumple aun cuando sea en perjuicio suyo; ¿cómo no la cumpliría cuando con ello sale ganando?

—¿Y será la reunión Campos Elíseos?

—No —dijo Montecristo—, y por eso tendrá más mérito

vuestra asistencia. Será en el campo.

—¿En el campo?

—Sí.

—¿Y dónde?, cerca de París, supongo.

—A media milla de la barrera, en Auteuil.

—¡En Auteuil! —exclamó Villefort—. ¡Ah!, ¡es verdad!, mi mujer me ha dicho que vivíais allí algunas veces, puesto que teníais una preciosa casa. ¿Y en qué sitio?

—En la calle de La Fontaine.

—¿Calle de La Fontaine? —repuso el procurador del rey con voz ahogada—; ¿y en qué número?

—En el 28.

—¡Oh...! —exclamó Villefort—. ¿Entonces es a vos a quien han vendido la casa del señor de Saint—Merán?

—¿Del señor de. Saint—Merán? —inquirió Montecristo—. ¿Pertenecía esa casa al señor de Saint—Merán?

—Sí —repuso la señora de Villefort—; ¿y creeréis una cosa, señor conde?

—¿Qué?

—Encontráis linda esa casa, ¿no es verdad?

—Encantadora.

—Pues bien, mi marido no ha querido habitarla nunca.

—¡Oh! —repuso Montecristo—; en verdad, caballero, es una prevención cuya causa no puedo adivinar.

—No me gusta vivir en Auteuil —respondió el procurador del rey haciendo un grande esfuerzo por dominarse.

—Pero no seré tan desgraciado ——dijo con inquietud Montecristo— que esa antipatía me prive de la dicha de recibiros.

—No, señor conde..., así lo espero..., creed que haré todo cuanto pueda —murmuró Villefort.

—¡Oh! —repuso Montecristo—, no admito excusas. El sábado a las seis os espero; y si no vais, creeré..., ¿qué sé yo...? Que hay acerca de esa casa inhabitada después de veinte años..., alguna lúgubre tradición, alguna sangrienta leyenda.

Villefort dijo vivamente: —Iré, señor conde, iré.

—Gracias —dijo Montecristo—. Ahora es preciso que me permitáis despedirme de vos.

—En efecto, habéis dicho que era necesario que nos dejaseis

—dijo—. Villefort—. Y creo que ibais a decirnos la causa de vuestra marcha repentina.

—En verdad, señor —dijo Montecristo—, no sé si me atreveré a deciros dónde voy.

—¡Bah! No temáis.

—Pues voy a visitar una cosa que me ha hecho pensar horas enteras.

—¿El qué?

—Un telégrafo óptico.

—¡Un telégrafo! —repitió entre curiosa y asombrada la señora de Villefort.

—Sí, sí, un telégrafo. Varias veces he visto en un camino sobre un montón de tierra, levantarse esos brazos negros semejantes a las patas de un inmenso insecto, y nunca sin emoción, os lo juro, porque pensaba que aquellas señales extrañas hendiendo el aire con tanta precisión, y que llevaban a trescientas leguas la voluntad desconocida de un hombre sentado delante de una mesa, a otro hombre sentado en el extremo de la línea delante de otra mesa, se dibujaban sobre el gris de las nubes o el azul cielo, sólo por la fuerza del capricho de aquel omnipotente jefe; entonces creía en los genios, en las sílfides, en fin, en los poderes ocultos, y me reía. Ahora bien, nunca me habían dado ganas de ver de cerca a aquellos inmensos insectos de vientres blancos, y de patas negras y delgadas, porque temía encontrar debajo de sus alas de piedra al pequeño genio humano pedante, atestado de ciencia y de magia. Pero una mañana me enteré de que el motor de cada telégrafo era un pobre diablo de empleado con mil doscientos francos al año, ocupado todo el día en mirar, no al cielo, como un astrónomo, ni al agua, como un pescador, ni al paisaje, como un cerebro vacío, sino a su correspondiente insecto, blanco también de patas negras y delgadas, colocado a cuatro o cinco leguas de distancia. Entonces sentí mucha curiosidad por ver de cerca aquel insecto y asistir a la operación que usaba para comunicar las noticias al otro.

—¿De modo que vais allá ahora?

—Sí.

—¿A qué telégrafo? ¿Al del ministerio del Interior o al del Observatorio?

—¡Oh!, no; encontraría en ellos personas que me querrían

obligar a comprender cosas que yo quiero ignorar, y me explicarían a mí pesar un misterio que ellos mismos ignoran. ¡Diablo!, quiero conservar las ilusiones que tengo aún sobre los insectos; bastante es el haber perdido las que tenía sobre los hombres. No iré, pues, al telégrafo del ministerio del Interior, ni al del Observatorio. Lo que deseo ver es el telégrafo del campo, para encontrar en él a un hombre honrado petrificado en su torre.

—Sois un personaje realmente singular —dijo Villefort.

—¿Qué línea me aconsejáis que estudie?

—Aquella de la que más se ocupan todos hasta ahora.

—¡Bueno!, de la de España, ¿eh?

—Exacto.

—¿Queréis una carta del ministro para que os expliquen?

—No —dijo Montecristo—, porque os repito que no quiero comprender nada. Tan pronto como comprenda algo, ya no habrá telégrafo, no habrá más que una señal del señor Duchatel o del señor Montivalet transmitida al prefecto de Bayona en dos palabras griegas: telégraphos. El insecto de la palabra espantosa es lo que yo quiero conservar en toda su pureza y en toda mi veneración.

—Marchaos, entonces, porque dentro de dos horas, será de noche y no veréis nada.

—¡Diablo!, ¡me asustáis!, ¿cuál es el más próximo?

—El del camino de Bayona.

—¡Bien, sea el del camino de Bayona!

—El de Chatillón.

—¿Y después del de Chatillón?

—El de la torre de Monthery, me parece.

—¡Gracias!, hasta la vista; el sábado os contaré mis impresiones.

A la puerta encontróse el conde con los dos notarios que acababan de desheredar a Valentina, y que se retiraban, encantados de haber extendido un acta de tal especie que no podía menos de hacerles mucho honor.

El conde de Montecristo no fue, como había dicho aquella tarde, a visitar el telégrafo; pero la mañana siguiente salió por la barrera del Infierno, tomó el camino de Orleáns, pasó el pueblo de Linas sin detenerse en el telégrafo, que precisamente en el momento en que pasaba el conde hacía mover sus largos y descarnados brazos, y llegó a la torre de Monthery, situada, como es sabido, en el punto más elevado de la llanura de este nombre.

Al pie de la colina, el conde echó pie a tierra, y por un pequeño sendero de dieciocho pulgadas de ancho, empezó a subir la montaña; así que hubo llegado a la cima, se encontró detenido por un vallado sobre el cual los frutos verdes habían sucedido a las flores sonrosadas y blancas.

Montecristo buscó la puerta del pequeño jardín, y no tardó en hallarla. Consistía ésta en una especie de enrejado de madera, que rodaba sobre goznes de mimbre, y cerrada por medio de un clavo y de un bramante bastante grueso. En un instante quedó el conde enterado del mecanismo, y la puerta se abrió.

Encontróse entonces en un jardincito de veinte pies de largo por doce de ancho, limitado a un lado por la parte de cerca en la cual estaba colocada la ingeniosa máquina que hemos descrito bajo el nombre de puerta; y el otro por la antigua torre cubierta de musgo, de hiedra y de alhelíes silvestres.

Nadie hubiera creído al verla tan florecida que podría contar tantos dramas terribles, si uniese una voz a los oídos amenazadores que un antiguo proverbio atribuye a las paredes.

Recorríase este jardín siguiendo una calle de árboles cubierta de arena roja. Esta calle tenía la forma de un 8, y daba vueltas enlazándose de modo que en un jardín de veinte pies formaba un paseo de sesenta. jamás fue honrada Flora, la risueña y fresca diosa de los jardineros latinos, con un culto tan minucioso y tan puro como lo era el que le rendían en este jardincito.

Efectivamente, de veinte rosales que brotaban en el jardín, de cuyas hojas no había una que no llevase señal de las picaduras de los moscones, ni siquiera una planta que no estuviese dañada por los pulgones o insectos que asolan y roen las plantas que nacen sobre un terreno húmedo, no era, sin embargo, humedad lo que faltaba a este jardín; la tierra negra, el opaco follaje de los árboles lo denotaban bien; por otra parte la humedad ficticia hubiera suplido pronto a la humedad natural, gracias a un pequeño estanque redondo lleno de agua encenagada que había en uno de los ángulos del jardín, y en el cual permanecían constantemente sobre una capa de verdín, una rana y un sapo, que, sin duda por la contrariedad de humor, se volvían continuamente la espalda en los dos puntos opuestos del círculo del estanque.

Por otra parte, no se veía una hierba en la calle de árboles, ni un mal retoño parásito; y sin embargo, sería imposible cuidar aquel jardín con más esmero del que lo hacía su dueño, hasta entonces invisible.

Montecristo se detuvo, después de haber sujetado la puerta con el clavo y la cuerda, y abarcó de una mirada toda la propiedad.

De repente tropezó con un bulto oculto detrás de una especie de matorral; este bulto se levantó dejando escapar una exclamación que denotaba asombro, y Montecristo se encontró frente a un buen hombre que representaba unos cincuenta años y que recogía fresas, las cuales iba colocando sobre hojas de parra.

Tenía doce hojas de parra y casi el mismo número de fresas.

El buen hombre, al levantarse, estuvo a pique de dejar caer las fresas, las hojas y un plato que también llevaba consigo.

—¡Hola!, estáis recogiendo fresas, ¿eh? —dijo Montecristo sonriendo.

—Perdonad, caballero —respondió el buen hombre quitándose su gorra—, no estoy allá arriba, es verdad; pero ahora mismo acabo de bajar.

—Que no os incomode yo en nada, amigo mío —dijo el conde—, coged vuestras fresas, si aún os queda alguna por coger.

—Todavía quedan diez —dijo el hombre—, porque aquí hay once, y yo conté ayer veintiuna, cinco más que el año pasado. Pero no es extraño; la primavera ha sido este año muy calurosa, y ya sabéis, que lo que las fresas necesitan es el calor. Ahí tenéis por qué en lugar de dieciséis que cogí el año pasado tengo este año, mirad, once cogidas, trece..., catorce..., quince..., dieciséis..., diecisiete..., dieciocho... ¡Oh! ¡Dios mío!, me faltan tres, pues ayer estaban, caballero, ayer estaban, no me cabe duda, las conté muy bien. Nadie sino el hijo de la tía Simona puede habérmelas quitado; ¡esta mañana me pareció haberlo visto andar por aquí! ¡Robar en un jardín, no sabe él bien a lo que esto puede conducirle.

—En efecto —dijo Montecristo—, eso es muy grave, pero vos os vengaréis del niño ese, no ofreciéndole ninguna fresa ni a él ni a su madre.

—Desde luego —dijo el jardinero—; sin embargo, no es por

eso menos desagradable... Pero os pido perdón, de nuevo, caballero: ¿es tal vez a algún jefe a quien hago esperar?

E interrogaba con una mirada respetuosa y tímida al conde y a su frac azul.

—Tranquilizaos, amigo mío —dijo el conde con aquella sonrisa que tan terrible y tan bondadosa podía ser, según su voluntad, y que esta vez no expresaba más que bondad—, no soy un jefe que vengo a inspeccionar vuestras acciones, sino un simple viajero conducido por la curiosidad, y que empieza a echarse en cara su visita al ver que os hace perder vuestro tiempo.

—¡Oh!, tengo tiempo de sobra —repuso el buen hombre con una sonrisa melancólica—. Sin embargo, es el tiempo del gobierno, y yo no debiera perderlo; pero había recibido la señal que me anunciaba que podía descansar una hora —y miró hacia un cuadrante solar, porque de todo había en la torre de Monthery—, y ya veis, aún tenía diez minutos de qué disponer; además, mis fresas estaban maduras y un día más... Por otra parte, ¿creeríais, caballero, que los lirones me las comen?

—¡Toma! Pues no lo hubiera creído —respondió gravemente Montecristo—, es una vecindad muy mala la de los lirones, particularmente para nosotros que no los comemos empapados en miel como hacían los romanos.

—¡Ah!, ¿los romanos los comían...? —preguntó con bastante asombro el jardinero—, ¿se comían los lirones?

—Yo lo he leído en Petronio —dijo el conde.

—¿De veras...?, pues no deben estar buenos, aunque se diga: gordo como un lirón. Y no es extraño, caballero, que los lirones estén gordos, puesto que no hacen más que dormir todo el santo día, y no se despiertan sino para roer y hacer daño durante la noche. Mirad, el año pasado tenía yo cuatro albaricoques, me comieron uno. Yo tenía también un abridero, uno solo, es verdad que ésta es fruta rara; pues me lo devoraron..., es decir, la mitad; un abridero soberbio y que estaba excelente. ¡Nunca he comido otro igual!

—¿Pues cómo lo comisteis...? —preguntó Montecristo.

—Es decir, la mitad que quedaba, ya comprenderéis. Estaba exquisito, caballero. ¡Ah!, ¡diantre!, esos señores no escogen los peores bocados. Lo mismo que el hijo de la tía Simona, no ha escogido las peores fresas. Pero este año —continuó el jardinero— no sucederá eso, aunque tenga que pasar la noche de centinela cuando yo vea que estén prontas a madurar.

El conde había visto ya bastante para poder juzgar. Cada hombre tiene su pasión, lo mismo que cada fruta su gusano; la del hombre del telégrafo era, como se ha visto, una extremada afición al cultivo de las flores y de las frutas.

Entonces Montecristo empezó a quitar las hojas que ocultaban a las uvas los rayos del sol, conquistando así la voluntad del jardinero, que dijo:

—¿El señor habrá venido tal vez para ver el telégrafo?

—Sí, señor, si no está prohibido por los reglamentos.

—¡Oh!, no, señor —dijo el jardinero—, puesto que no hay nada de peligroso, ya que nadie sabe ni puede saber lo que decimos.

—Me han dicho, en efecto —repuso el conde—, que repetís señales que vos mismo no comprendéis.

—Así es, caballero, y yo estoy así más tranquilo —dijo riendo el hombre del telégrafo.

—¿Por qué?

—Porque de este modo no tengo responsabilidad. Yo soy una máquina, y con tal que funcione, no me piden más.

—¡Diablo! —se dijo Montecristo—, ¿pero habré dado por casualidad con un hombre que no tuviese ambición...?, sería jugar con desgracia.

—Caballero —dijo el jardinero echando una ojeada hacia su cuadrante solar—, los diez minutos van a expirar, yo vuelvo a mi puesto. ¿Queréis subir conmigo?

—Ya os sigo.

Montecristo entró en la torre, que estaba dividida en tres pisos: el bajo contenía algunos instrumentos de labranza, como azadones, picos, regaderas, apoyados contra la pared; esto era todo.

El segundo piso era la habitación ordinaria, o más bien nocturna del empleado; contenía algunos utensilios sencillos, como una cama, una mesa, dos sillas, una fuente de barro, además algunas hierbas secas colgadas del techo, y que el conde identificó como manzanas de olor y albaricoques de España, cuyas semillas conservaba el buen hombre; todo esto lo tenía tan bien guardado como hubiera podido hacerlo un maestro botánico del jardín de plantas.

—¿Hace falta mucho tiempo para aprender la telegrafía, amigo mío...? —preguntó Montecristo.

—No es tan largo el estudio como el de los supernumerarios.

—¿Y qué sueldo tenéis...?

—Mil francos, caballero.

—No es mucho.

—No; dan la vivienda gratis, como veis.

Montecristo miró el cuarto.

Pasaron después al tercer piso; éste era la pieza destinada al telégrafo. Montecristo miró a su vez las dos máquinas de hierro, con ayuda de las cuales hacía mover la máquina el empleado.

—Esto es muy interesante —dijo—, pero es una existencia que deberá pareceros un poco insípida.

—Sí, al principio duelen un poco los ojos a fuerza de tanto mirar, pero al cabo de uno o dos años se acostumbra uno a ello; luego, también tenemos nuestras horas de recreo y nuestros días de vacaciones.

—¿Días de vacaciones?

—Sí, señor.

—¿Cuáles?

—Los nublados.

—¡Ah!, es natural.

—Esos son mis días de fiesta; bajo al jardín estos días, planto, cavo, siembro..., y en fin..., se pasa el rato...

—¿Cuánto tiempo hace que estáis aquí?

—Diez años, y cinco de supernumerario..., son quince...

—Vos tenéis...

—Cincuenta y cinco años...

—¿Cuánto tiempo de servicio os hace falta para obtener la pensión?

—¡Oh!, caballero, veinticinco años.

—¿Y a cuánto asciende esa pensión...?

—A cien escudos.

—¡Pobre humanidad! —murmuró Montecristo.

—¿Qué decís...? —inquirió el empleado.

—Que eso es muy interesante...

—¿El qué...?

—Todo lo que decís..., ¿y vos no comprendéis nada de vuestras señales?

—Nada absolutamente.

—¿Ni lo habéis intentado?

—Jamás: ¿de qué me serviría?

—Sin embargo, hay señales que se dirigen a vos.

—Sin duda.

—Y ésas sí las comprendéis.

—Siempre son las mismas.

—¿Y dicen?

—Nada de nuevo..., tenéis una hora..., o hasta mañana...

—Eso es muy inocente —dijo el conde—; pero, mirad, ¿no veis a vuestro telégrafo opuesto que empieza a moverse?

—Ah, es verdad; gracias, caballero.

—¿Y qué os dice?, ¿comprendéis algo?

—Sí, me pregunta si estoy preparado.

—¿Y le respondéis?

—Por la misma señal, que revela a mi correspondiente de la derecha que le atiendo, mientras que invita al de la izquierda que se prepare a su vez.

—Eso es muy ingenioso —dijo Montecristo.

—Vais a ver —repuso con orgullo el buen hombre—, dentro de cinco minutos va a hablar.

—Todavía dispongo de cinco minutos —dijo el conde—, esto es más de lo que necesito—. Amigo mío, permitid que os haga una pregunta.

—¿Sois aficionado a los jardines? —En extremo.

—¿Y seríais feliz si en lugar de tener un jardincillo de veinte pies, tuvieseis una huerta y jardín de dos fanegas de tierra?

—Señor, eso sería un paraíso.

—¿Vivís mal con vuestros mil francos?

—Bastante mal; pero vivo, después de todo.

—Sí, pero no tenéis más que un miserable jardín.

—¡Ah!, es verdad, el jardín no es grande...

—Y..., pequeño como es, devorado por los lirones.

—Eso es una plaga...

—Decidme, ¿y si tuvierais la desgracia de volver la cabeza

cuando vuestro correspondiente hablase...?

—No lo vería.

—Entonces, ¿qué ocurriría?

—Que no podría repetir sus señales...

—¿Y qué?

—Y no repitiéndolas, por descuido o por lo que fuese..., me exigirían el pago de la multa.

—¿A cuánto asciende esa multa?

—A cien francos.

—La décima parte de vuestro sueldo; ¡qué bonito!

—¡Ah! —exclamó el empleado.

—¿Os ha ocurrido eso alguna vez? —dijo Montecristo.

—Una vez, caballero, una vez que estaba regando un rosal.

—Bien. ¿Y si ahora cambiaseis alguna señal o transmitieseis otra?

—Entonces, eso es diferente, sería despedido y perdería mi pensión.

—¿Trescientos francos?

—Cien escudos, sí señor; de modo que ya podéis suponer que nunca haré tal cosa.

—¿Ni por quince años de vuestro sueldo? Mirad que vale la pena que lo penséis.

—¿Por quince mil francos?

—Sí.

—Caballero, me asustáis.

—¡Bah!

—Caballero, vos queréis tentarme.

—¡Justamente! Quince mil francos.

—Caballero, dejadme mirar a mi correspondiente de la derecha.

—Al contrario, no le miréis y mirad esto, en cambio.

—¿Qué es eso?

—¡Cómo! ¿No conocéis estos papelitos?

—¿Billetes de banco?

—Exacto; quince hay.

—¿Y a quién pertenecen?

—A vos, si queréis.

—¡A mí! —exclamó el empleado, sofocado.

—¡Oh, Dios mío!, a vos, sí, a vos.

—Caballero, ya empieza a moverse mi correspondiente de la derecha.

—Dejadle que se mueva...

—Caballero, me habéis distraído y me van a exigir la multa.

—Eso os costará cien francos; bien veis que tenéis interés en tomar mis quince billetes de banco.

—Caballero, mi correspondiente de la derecha se impacienta, redobla sus señales.

—Dejadle hacer; y vos tomad.

El conde puso el fajo de billetes en las manos del empleado.

—Ahora —dijo—, esto no basta; con vuestros quince mil francos no podréis vivir.

—Conservaré mi puesto.

—No; ¡lo perderéis!, porque vais a hacer otra señal que la de vuestro correspondiente.

—¡Oh!, caballero, ¿qué es lo que me proponéis?

—Una travesura sin importancia.

—Caballero, a menos de obligarme...

—Pienso obligaros, efectivamente... Y Montecristo sacó de su bolsillo otro paquete.

—Tomad, otros diez mil francos —dijo—, con los quince que están en vuestro bolsillo, son veinticinco mil. Con cinco mil francos compraréis una bonita casa y dos fanegas de tierra; con los veinte mil podréis procuraros mil francos de renta.

—¿Un jardín de dos fanegas?

—Y mil francos de renta.

—¡Santo cielo!

—¡Tomad, pues...!

Y Montecristo puso a la fuerza en la mano del empleado el otro paquete de diez mil francos.

—¿Qué debo hacer...?

—Nada que os cueste trabajo, algo muy sencillo.

—Bien, ¿pero qué...?

—Repetir las señales que os voy a dar.

Montecristo sacó de su bolsillo un papel en el que había trazadas tres señales y otras tantas cifras indicaban el orden con que debían ejecutarse.

—No será muy largo, como veis.

—Sí, pero...

—¡Por este poco trabajo tendréis albaricoques buenos...!

El empleado empezó a maniobrar; con el rostro colorado y sudando a mares, el buen hombre ejecutó una tras otra las tres señales que le dio el conde, y a pesar de las espantosas dislocaciones del correspondiente de la derecha, que no comprendiendo nada de este cambio, comenzaba a pensar que el hombre de los albaricoques se había vuelto loco.

En cuanto al correspondiente de la izquierda, repitió concienzudamente las mismas señales, que fueron aceptadas en el ministerio del Interior.

—Ahora sois ya rico —dijo Montecristo.

—Sí —respondió el empleado—, ¿pero a qué precio?

—Escuchad, amigo mío —dijo Montecristo—, no quiero que tengáis remordimientos; creedme, porque, os lo juro, no habéis causado ningún perjuicio a nadie, y en cambio habéis hecho una buena acción.

El empleado veía los billetes de banco, los palpaba, los contaba, se ponía pálido, se ponía sofocado; al fin corrió hacia su cuarto para beber un vaso de agua; pero no tuvo tiempo para llegar hasta la fuente, y se desmayó en medio de sus albaricoques secos...

Cinco minutos después de haber llegado al ministerio la noticia telegráfica, Debray hizo enganchar los caballos a su cupé, y corrió a casa de Danglars.

—¿Tiene vuestro marido papel del empréstito español? —dijo a la baronesa.

—¡Ya lo creo!, por lo menos, seis millones.

—Que los venda a cualquier precio.

—¿Por qué?

—Porque don Carlos ha huido de Bourges y ha entrado en España.

—¿Cómo lo sabéis?

—¡Diantre! ¡Como sé yo todas las noticias!

La baronesa no se lo hizo repetir, corrió a ver a su marido, el cual corrió a su vez a la casa de su agente de cambio, y le mandó que lo vendiese todo a cualquier precio.

Cuando todos vieron que Danglars vendía los fondos

españoles, bajaron inmediatamente. Danglars perdió quinientos mil francos, pero se deshizo de todo el papel de interés...

Aquella noche se leía en El Messager: Despacho telegráfico:

El rey don Carlos ha huido de Bourges, y ha entrado en España por la frontera de Cataluña. Barcelona se ha sublevado en favor suyo.

Toda la noche no se habló más que de la previsión de Danglars que había vendido sus créditos, y de la suerte que tuvo al no perder más que quinientos mil francos en semejante jugada.

Los que habían conservado sus vales, o los que habían comprado los de Danglars, se consideraron arruinados, y pasaron una mala noche.

Al día siguiente se leía en El Moniteur:

Carecía de todo fundamento la noticia del Messager de anoche que anunciaba la f uga de don Carlos y la sublevación de Barcelona.

El rey don Carlos no ha salido de Bourges, y la Península goza de la más completa tranquilidad.

Una señal telegráfica, mal interpretada a causa de la niebla, ha dado lugar a este error.

Los fondos subieron al doble de lo que habían bajado.

Esto ocasionó a Danglars la pérdida de un millón.

—¡Bueno! —dijo Montecristo a Morrel, que estaba en su casa en el momento en que le anunciaba la extraña jugada de que había sido víctima Danglars—; acabo de efectuar por veinte mil francos un descubrimiento por el que hubiera dado cien mil.

—¿Qué habéis descubierto? —preguntó Maximiliano.

—Acabo de descubrir el medio de librar a un jardinero de los lirones que le comían sus albaricoques...

IV. LOS FANTASMAS

Examinada por fuera y a simple vista la casa de Auteuil, nada tenía de espléndida, nada de lo que se debía esperar de una morada destinada al conde de Montecristo; pero esta sencillez dependía de la voluntad de su dueño, que había mandado no variasen el exterior; mas apenas se abría la puerta, presentaba qn espectáculo diferente.

El señor Bertuccio estuvo muy acertado en la elección y gusto de los muebles y adornos y en la rapidez de la ejecución; así como en otro tiempo el duque de Antin había hecho que derribasen en una noche una alameda que incomodaba a Luis XIV, el señor Bertuccio había hecho construir en tres días un patio completamente descubierto, y hermosos álamos y sicómoros daban sombra a la fachada principal de la casa, delante de la cual, en lugar de un enlosado medio oculto entre la hierba, se extendía una alfombra de musgo, que había sido plantado aquella misma mañana, y sobre el cual brillaban aún las gotas de agua con que había sido regado. Por otra parte, las órdenes habían partido del conde, que entregó a Bertuccio un plano indicando el número y lugar en que los árboles debían ser plantados, la forma y el espacio de musgo que debía suceder al enlosado.

En fin, la casa estaba desconocida. El mayordomo hubiera deseado que se hicieran algunas transformaciones en el jardín, pero el conde se opuso a ello, y prohibió que se tocase siquiera una hoja. Mas Bertuccio se desquitó, llenando de flores y adornos las antesalas, las escaleras y chimeneas.

Todo anunciaba la extraordinaria habilidad del mayordomo, la profunda ciencia de su amo, el uno para servir, el otro para hacerse servir: esta casa desierta después de veinte años, tan sombría y tan triste aun dos días antes, impregnada de ese olor desagradable que se puede llamar olor de tiempo, habíase transformado en un solo día. Al entrar en ella el conde, tenía al alcance de su mano sus libros y sus armas; a su vista, sus cuadros preferidos; en las antesalas, los perros, cuyas caricias le eran agradables, los pájaros que le divertían con sus cantos; toda esta casa, en fin, despertada de un largo sueño, vivía, cantaba, parecida a esas casas que hemos amado por mucho tiempo, y en las que dejamos una parte de nuestra alma si por desgracia las abandonamos.

Los criados iban y venían por el patio, todos contentos y alegres; los unos encargados de las cocinas y caminando por aquellas escaleras y corredores como si hiciese algún tiempo que los habitaban: otros se dirigían a las caballerizas, donde los caballos relinchaban respondiendo a los palafreneros, que les hablaban con más respeto del que tienen muchos criados para con sus amos.

La biblioteca estaba dispuesta en dos cuerpos, en los dos lados de la pared, y contenía dos mil volúmenes; una sección estaba destinada a las novelas modernas, y la que había acabado de publicarse el día anterior, la tenía ya en su estante encuadernada en tafilete encarnado y oro.

En otro lugar estaba el invernadero, lleno de plantas raras y flores que se abrigaban en grandes macetas del Japón, y en medio del invernadero, maravilla a la vez agradable a la vista y al olfato, un billar que parecía haber sido abandonado dos horas antes por los jugadores.

Una sola habitación había sido respetada por el signor Bertuccio. Delante de este cuarto, situado en el ángulo izquierdo del piso principal, al cual podía subirse por la escalera principal y salir por una escalerilla falsa, los criados pasaban con curiosidad, y Bertuccio con terror.

El conde llegó a las cinco en punto, seguido de Alí, delante de la casa de Auteuil. Bertuccio esperaba esta llegada con una impaciencia mezclada de inquietud. Ansiaba alguna alabanza y temía un fruncimiento de cejas. Montecristo descendió al patio, recorrió toda la casa y dio la vuelta al jardín, silencioso y sin dar la menor señal de aprobación o de disgusto.

Pero al entrar en su alcoba, situada en el lado opuesto a la pieza cerrada, extendió la mano hacia el cajón de una preciosa mesita de madera de rosa.

—Esto no puede servir más que para guardar guantes —dijo.

—En efecto, excelencia —respondió Bertuccio encantado—, abridlo y los hallaréis.

En los otros muebles el conde halló lo que deseaba; frascos de todos los tamaños y con toda clase de aguas de olor, cigarros y joyas...

—¡Bien, bien! —dijo.

Y el señor Bertuccio se retiró contentísimo de que su amo lo hubiese quedado de los muebles y de la casa.

A las seis en punto se oyeron las pisadas de un caballo delante de la puerta principal: era nuestro capitán de spahis conducido por Medeah.

Montecristo lo esperaba en la escalera con la sonrisa en los labios.

—Estoy seguro de que soy el primero —le gritó Morrel—; lo he hecho a propósito para poder estar un momento a solas con vos antes de que llegue nadie. Julia y Manuel me han dado mil recuerdos. ¡Ah!, ¿sabéis que esto es estupendo? Decidme, ¿me cuidarán bien el caballo vuestros criados?

—Tranquilizaos, mi querido Maximiliano; entienden de eso.

—Precisa de mucho cuidado. ¡Si supieseis qué paso ha traído!, ¡ni un huracán...!

—¡Diablo!, ya lo creo, ¡un caballo de cinco mil francos! —dijo Montecristo con el mismo tono con que un padre podría hablar a su hijo.

—¿Lo sentís? —dijo Morrel con su franca sonrisa.

—¡Dios me libre...! —respondió el conde—. No; sentiría que el caballo no fuese bueno.

—Es tan estupendo, mi querido conde, que el señor de Chateau-Renaud, el hombre más inteligente de Francia, y el señor Debray, que monta los mejores caballos, vienen corriendo en pos de mí en este momento, y han quedado un poco atrás, como veis; van acompañando a la baronesa, cuyos caballos van a un trote con el que podrían andar seis leguas en una hora...

—Entonces pronto deberán llegar —repuso Montecristo.

—Mirad, ahí los tenéis.

En efecto, en el mismo instante, un cupé arrastrado por dos soberbios caballos de tiro, llegó delante de la reja de la casa, que se abrió al punto. El cupé describió un círculo, y paróse delante de la escalera, seguido de dos jinetes.

Debray echó pie a tierra en un segundo, y se plantó al lado de la portezuela. Ofreció su mano a la baronesa, que le hizo al bajar un gesto imperceptible para todos, excepto para Montecristo.

Pero el conde no perdía ningún detalle, y al mismo tiempo que el gesto, vio relucir un billetito blanco tan imperceptible como el gesto, y que pasó con un disimulo que indicaba la costumbre de esta maniobra, de las manos de la señora Danglars a las del secretario del ministro.

Detrás de su mujer bajó el banquero, pálido como si hubiese salido del sepulcro en lugar de salir de su carruaje.

La señora Danglars lanzó en derredor de sí una mirada rápida e investigadora que sólo Montecristo pudo comprender y con la que abarcó el patio, el peristilo, la fachada de la casa; pero, conteniendo una emoción que se pintó ligeramente en su semblante, subió la escalera diciendo a Morrel:

—Caballero, si fueseis del número de mis amigos, os preguntaría si vendéis vuestro caballo.

Morrel se sonrió, mirando al conde, como suplicándole que le sacase del apuro en que se hallaba.

Montecristo le comprendió.

—¡Ah!, señora —respondió—, ¿por qué no se dirige a mí esa pregunta?

—Con vos, caballero, no se puede desear nada, porque está una segura de obtenerlo todo; por eso era al señor Morrel...

—Por desgracia —repuso el conde—, yo soy testigo de que el señor Morrel no puede ceder su caballo, pues está comprometido su honor en conservarlo.

—¿Pues cómo?

—Ha apostado que domaría a Medeah en el espacio de seis meses. Ahora, baronesa, podréis comprender que si se deshiciese de él antes del término fijado por la apuesta, no solamente la perdería, sino que se diría que tiene miedo; y un capitán de spahis, aun por complacer al capricho de una hermosa mujer, lo que en mi concepto es una de las cosas más sagradas de este mundo, no puede dejar que cunda semejante rumor.

—Ya lo veis, señora... —dijo Morrel dirigiendo a Montecristo una sonrisa de agradecimiento.

—Creo —dijo Danglars con un tono de zumba mal disimulado por su grosera sonrisa— que tenéis bastantes caballos como ése.

La señora Danglars no solía dejar pasar semejantes ataques sin responder a ellos, y, sin embargo, con gran asombro de los jóvenes hizo como que no había oído, y no respondió.

Montecristo se sonrió al ver este silencio que denunciaba una humildad inusitada, mostrando a la baronesa dos inmensos jarrones de porcelana de China, sobre los cuales serpenteaban vegetaciones marinas de un cuerpo y de un trabajo tales, que sólo la naturaleza puede poseer estas riquezas.

La baronesa estaba asombrada.

—¡Oh!, qué hermoso es eso —dijo—; ¿y cómo se han podido conseguir tales maravillas?

—¡Ah, señora! —dijo Montecristo—, no me preguntéis eso; es un trabajo de otros tiempos, es una especie de obra de los genios de la tierra y del mar.

—¿Cómo? ¿Y de qué época data eso?

—Lo ignoro: he oído decir solamente que un emperador de la China había mandado construir expresamente un horno, donde hizo cocer doce jarros semejantes a éste; dos se rompieron, los otros diez los bajaron al fondo del mar. El mar, que sabía lo que querían de él, arrojó sobre ellos sus plantas, torció sus corales a incrustó sus conchas; todo quedó olvidado por espacio de doscientos años, porque una revolución acabó con el emperador que quiso hacer esta prueba, y no dejó más que el proceso verbal que hacía constar la fabricación de los jarrones y el descenso al fondo del mar. Al cabo de doscientos años encontraron este proceso verbal y se pensó en sacar los jarrones. Unos buzos, con máquinas a propósito, fueron destinados al efecto y les indicaron el sitio donde habían sido arrojados. Pero de diez que eran no se hallaron más que tres, pues los demás fueron dispersados y destruidos por las olas. Yo aprecio infinitamente estos jarrones, en el fondo de los cuales me figuro a veces que monstruos deformes, horribles, misteriosos y semejantes a los que ven los buzos, han fijado con asombro su mirada apagada y fría, y en los que han dormido los pequeños peces que se refugiaron en ellos para huir del furor de sus enemigos.

Todo este tiempo Danglars, poco amante de curiosidades, arrancaba maquinalmente, y una tras otra, las flores de un magnífico naranjo; así que hubo acabado con él se dirigió a un cactus; pero entonces el cactus, de un carácter menos dócil que el naranjo, le picó encarnizadamente.

Entonces se estremeció y se frotó los ojos como si saliese de un sueño.

—Caballero —le dijo Montecristo sonriendo—, a vos que sois amante de cuadros y que tenéis obras tan valiosas, no os recomiendo los míos. Sin embargo, aquí tenéis dos Hobbema, un Paul Potter, un Mengs, dos Gerardo Dou, un Rafael, un Van—Dyk, un Zurbarán y dos o tres Murillos dignos de seros presentados.

—¡Oh! —dijo Debray—, aquí hay un Hobbema que yo conozco.

—¡Ah! ¿De veras?

—Sí, fueron a proponerlo al Museo para que lo adquiriese.

—No tiene ninguno, según creo—dijo Montecristo.

—No, y sin embargo no quiso comprar éste.

—¿Por qué? —preguntó Chateau—Renaud.

—¿Por qué había de ser...? Porque el gobierno no es bastante rico para efectuar gastos de ese género...

—¡Ah!, perdonad —dijo Chateau—Renaud—, siempre estoy oyendo decir eso..., y jamás he podido acostumbrarme...

—Ya os acostumbraréis —dijo Debray.

—No lo creo —repuso Chateau—Renaud.

—El mayor Bartolomé Cavalcanti... El señor conde Andrés Cavalcanti —anunció Bautista.

Con una corbata de raso negro acabada de salir de manos del fabricante, unos bigotes canos, una mirada tranquila, un traje de mayor adornado con tres placas y con cinco cruces, en fin, con el atuendo completo de un antiguo soldado, se presentó Bartolomé Cavalcanti, el tierno padre a quien ya conocemos.

A su lado, luciendo un traje nuevo, se hallaba, con la sonrisa en los labios, el conde Andrés Cavalcanti, el respetuoso hijo que ya conocen también nuestros lectores.

Los tres jóvenes hablaban juntos; sus miradas se dirigieron del padre al hijo, y se detuvieron naturalmente más tiempo sobre este último, a quien examinaron detenidamente.

—¡Cavalcanti! —exclamó Debray. —Bonito nombre —dijo Morrel.

—Sí —dijo Chateau—Renaud—, es verdad; estos italianos tienen unos nombres bellos; pero visten tan mal.

—¡Oh!, sois muy severo, Chateau—Renaud —repuso Debray—; esos trajes están hechos por uno de los mejores sastres, y están perfectamente nuevos.

—Eso es precisamente lo que me desagrada. Este caballero parece que se viste por primera vez.

—¿Quiénes son esos señores? —preguntó Danglars al conde de Montecristo.

—Ya lo habéis oído; los Cavalcanti.

—Eso no me revela más que su nombre.

—¡Ah!, es verdad, vos no estáis al corriente de nuestras

noblezas de Italia; quien dice Cavalcanti, dice raza de príncipes.

—¿Buena fortuna? —inquirió el banquero.

—Fabulosa.

—¿Qué hacen?

—Procuran comérsela sin poder acabar con ella. Por otra parte, tienen créditos sobre vos, según me han dicho, cuando vinieron a verme anteayer. Yo mismo los invité a que fuesen a veros. Os los presentaré.

—Creo que hablan el francés con bastante pureza —dijo Danglars.

—El hijo ha sido educado en un colegio del Mediodía, en Marsella o en sus alrededores, según creo. Le encontraréis entusiasmado...

—¿Con qué? —inquirió la baronesa.

—Con las francesas, señora. Quiere absolutamente casarse en París.

—¡Me gusta la idea! —dijo Danglars encogiéndose de hombros.

La señora Danglars miró a su marido con una expresión que, en cualquier otro momento, hubiera presagiado una tempestad; pero se calló por segunda vez.

—El barón parece hoy muy taciturno —dijo Montecristo a la señora Danglars—; ¿quieren hacerlo ministro tal vez?

—No, que yo sepa. Creo más bien que habrá jugado a la bolsa, que habrá perdido, y no sabe con quién desfogar su malhumor.

—¡Los señores de Villefort! —gritó Bautista.

Las dos personas anunciadas entraron; el señor de Villefort, a pesar de su dominio sobre sí mismo, estaba visiblemente conmovido. Al tocar su mano Montecristo notó que temblaba.

—Decididamente sólo las mujeres saben disimular —dijo Montecristo mirando a la señora Danglars que dirigía una sonrisa al procurador del rey.

Tras los primeros saludos, el conde vio a Bertuccio, ocupado en arreglar los muebles de un saloncito contiguo a aquel en que se encontraban, y se dirigió a él.

—Su excelencia no me ha indicado el número de convidados.

—¡Ah!, es cierto.

—¿Cuántos cubiertos?

—Contadlos vos mismo.

—¿Han venido todos, excelencia?

—Sí.

Bertuccio miró a través de la puerta entreabierta.

Montecristo le observaba atentamente.

—¡Ah! ¡Dios mío! —exclamó Bertuccio.

—¿Qué ocurre? —preguntó el conde.

—¡Esa mujer...!, ¡esa mujer...!

—¿Cuál?

—¡La que lleva un vestido blanco y tantos diamantes! ¡La rubia!

—¿La señora Danglars?

—Ignoro cómo se llama. ¡Pero es ella...! ¡Señor, es ella...!

—¿Quién es ella...?

—¡La mujer del jardín...!, ¡la que estaba encinta...!, la que se paseaba esperando... esperando...

Bertuccio quedóse boquiabierto, pálido y con los cabellos erizados.

—Esperando, ¿a quién?

Bertuccio, sin responder, mostró a Villefort con el dedo, casi con el mismo ademán con que Macbeth mostró a Banco.

—¡Oh...!, ¡oh...! —murmuró al fin—; ¿no veis...?

—¿El qué...? ¿A quién...?

—¡A él...!

—¡A él...!, ¿al señor procurador del rey, Villefort...? Sin duda alguna le veo.

—Pero no le maté... ¡Dios mío!

—¡Demonios!, yo creo que os vais a volver loco, señor Bertuccio —señaló el conde.

—¡Pero no murió...!

—No murió puesto que se encuentra delante de vos; en lugar de herirle entre la sexta y la séptima costilla izquierda, como suelen hacer vuestros compatriotas, errasteis el golpe y heriríais un poco más arriba o más abajo; o no será verdad nada de lo que me habéis contado; habrá sido un sueño de vuestra imaginación; os habríais quedado dormido y delirabais en aquel momento. ¡Ea!, recobrad vuestra calma y contad: el señor y la señora de Villefort, dos; el señor y la señora Danglars, cuatro; el señor de Chateau—

Renaud, el señor Debray y el señor Morrel, siete; el señor mayor Bartolomé Cavalcanti, ocho.

—¡Ocho...! —repitió Bertuccio con voz sorda.

—¡Esperad...!, ¡esperad...!, ¡qué prisa tenéis por marcharos...!, ¡qué diablo...!, olvidáis a uno de mis convidados. Mirad hacia la izquierda..., allí..., el señor Andrés Cavalcanti, aquel joven vestido de negro que mira la Virgen de Murillo, que se vuelve.

Pero esta vez, Bertuccio no pudo contenerse y empezó a articular un grito que la mirada de Montecristo apagó en sus labios.

—¡Benedetto...! —murmuró con voz sorda—; ¡fatalidad!

—Las seis y media están dando en este momento, señor Bertuccio —dijo severamente el conde—; ésta es la hora en que os di la orden de sentaros a la mesa, y sabéis que no me gusta esperar.

Y el conde entró en el salón donde le esperaban sus convidados, mientras que Bertuccio se dirigía hacia el comedor apoyándose en las paredes.

Cinco minutos más tarde, las dos puertas del salón se abrieron. Bertuccio se presentó en ella, y haciendo como Vatel en Chantilly el último y heroico esfuerzo:

—El señor conde está servido —dijo.

Montecristo ofreció el brazo a la señora de Villefort.

—Señor de Villefort —dijo—, conducid a la señora Danglars al salón, os lo ruego.

Así lo hizo Villefort, y todos pasaron al salón.

Era evidente que al entrar, un mismo sentimiento animaba a todos los convidados, que se preguntaban qué extraña influencia los había conducido a aquella casa; sin embargo, a pesar de lo asombrados que estaban la mayor parte de ellos, hubieran sentido muy de veras no haber asistido a aquel banquete.

Y a pesar de que lo reciente de las relaciones, la posición excéntrica y aislada del conde, la fortuna desconocida y casi fabulosa obligaban a los caballeros a estar circunspectos, y a las damas a no entrar en aquella casa donde no había señoras para recibirlas: hombres y mujeres habían vencido los unos la circunspección, las otras las leyes de la etiqueta, y la curiosidad los impelía a todos hacia un mismo punto.

Asimismo Cavalcanti, padre a hijo, estaban preocupados, el

uno con toda su gravedad, y el otro con toda su desenvoltura.

La señora Danglars había hecho un movimiento al ver acercarse a ella al señor de Villefort, ofreciéndole el brazo; sintió turbarse su mirada bajo sus lentes de oro al apoyarse en él la baronesa.

Ninguno de estos movimientos pasó inadvertido al conde, y este simple contacto, entre los invitados, ofrecía un gran interés para el observador de esta escena.

El señor Villefort tenía a su derecha a la señora Danglars, y a Morrel a su izquierda.

El conde se hallaba sentado entre la señora de Villefort y Danglars.

Los otros espacios estaban ocupados por Debray sentado entre los Cavalcanti, y por Chateau—Renaud, entre la señora de Villefort y Morrel.

La comida fue magnífica; Montecristo había procurado completamente destruir la simetría parisiense y satisfacer más la curiosidad que el apetito de sus convidados.

Todas las frutas que las cuatro partes del mundo pueden derramar intactas y sabrosas en el cuerno de la abundancia de Europa estaban amontonadas en pirámides en jarros de la China y en copas del Japón.

Las aves exóticas con la parte más brillante de su plumaje, los pescados monstruosos tendidos sobre fuentes de plata; todos los vinos del Archipiélago y del Asia Menor, encerrados en botellas de formas raras, y cuya vista parecía aumentar su sabor, desfilaron, como una de aquellas revistas que Apicio pasaba con sus invitados, por delante de aquellos parisienses que comprendían que se pudiesen gastar mil luises en una comida de diez personas, si a ejemplo de Cleopatra bebían perlas disueltas, o como Lorenzo de Médicis, oro derretido.

Montecristo vio el asombro general, y empezó a reír y a burlarse en voz alta.

Dijo:

—Señores, todos vosotros convendréis, sin duda, en que habiendo llegado a cierto grado de fortuna, nada es más necesario que lo superfluo, así como convendrán estas damas en que llegando a cierto grado de exaltación, ya nada hay más positivo que lo ideal. Ahora bien, prosiguiendo este raciocinio, ¿qué es la maravilla?: lo que no comprendemos. ¿Qué es un bien verdaderamente deseado...?, el que no podemos tener. Pues ver cosas que no puedo comprender, procurarme cosas imposibles de tener, tal es el estudio de toda mi vida. Voy llegando a él por dos medios: el dinero y la voluntad. Yo me empeño en mi capricho, por ejemplo, con la misma perseverancia que vos ponéis, señor Danglars, en crear una línea de ferrocarril; vos, señor de Villefort, en hacer condenar a un hombre a muerte; vos, señor de Debray, en apaciguar un reino; vos, señor de Chateau—Renaud, en agradar a una mujer, y vos, Morrel, en domar un potro que nadie puede montar; así, pues, por ejemplo, mirad estos dos pescados nacidos el uno a cincuenta leguas de San Petersburgo, y el otro a cinco leguas de Nápoles, ¿no resulta en extremo agradable el verlos reunidos aquí?

—¿Qué clase de pescados son? —preguntó Danglars.

—Aquí tenéis a Chateau—Renaud, que ha vivido en Rusia; él os dirá el nombre de uno —respondió Montecristo—; y el mayor Cavalcanti, que es italiano, os dirá el del otro.

—Este —dijo Chateau—Renaud— creo que es un esturión.

—Perfectamente.

—Y éste —dijo Cavalcanti— es, si no me engaño, una lamprea.

—Exacto. Ahora, señor Danglars, preguntad a esos dos señores dónde se pescan uno y otro.

—¡Oh! —dijo Chateau—Renaud—, los esturiones se pescan solamente en el Volga.

—¡Oh! —dijo Cavalcanti—, sólo en el lago Fusaro es donde se pescan lampreas de ese tamaño.

—¡Imposible! —exclamaron a un mismo tiempo todos los invitados.

—¡Pues bien!, eso precisamente es lo que me divierte —dijo Montecristo—. Yo soy como Nerón, cupitor impossibilium; y por eso mismo, esta carne, que tal vez no valga la mitad que la del salmón, os parecerá ahora deliciosa, porque no podíais procurárosla en vuestra imaginación, y sin embargo la tenéis aquí.

—¿Pero cómo han podido transportar esos dos pescados a París?

—¡Oh! ¡Dios mío...!, nada más sencillo; los han traído cada uno en un gran tonel, rodeado uno de matorrales y algas de río, y el otro de plantas de lago; se les puso por tapadera una rejilla, y han vivido así, el esturión doce días y la lamprea ocho, y todos vivían perfectamente cuando mi cocinero se apoderó de ellos para aderezarlos como lo veis. ¿No lo creéis, señor Danglars?

—Mucho lo dudo al menos —respondió sonriéndose.

—Bautista —dijo Montecristo—, haced que traigan el otro esturión y la otra lamprea, ya sabéis, los que vinieron en otros toneles y que viven aún.

Danglars se quedó admirado; todos los demás aplaudieron con frenesí.

Cuatro criados presentaron dos toneles rodeados de plantas marinas, en los cuales coleaban dos pescados parecidos a los que se habían servido en la mesa.

—¿Y por qué habéis traído dos de cada especie...? —preguntó Danglars.

—Porque uno podía llegar a morirse —respondió sencillamente Montecristo.

—Sois un hombre maravilloso —dijo Danglars—. Bien dicen los filósofos, no hay nada como tener una buena fortuna.

—Y sobre todo tener ideas —dijo la señora Danglars.

—¡Oh!, no me hagáis ese honor, señora; los romanos hacían esto con mucha frecuencia, y Plinio cuenta que enviaban de Ostia a Roma, con esclavos que los llevaban sobre sus cabezas, pescados de la especie que ellos llaman mulas, y que según la pintura que hacen de él es probablemente la dorada. También constituía un lujo tenerlos vivos, y un espectáculo muy divertido el verlos morir, porque en la agonía cambiaban tres o cuatro veces de color, y como un arco iris que se evapora, pasaban por todos los colores del prisma, después de lo cual los enviaban a las cocinas. Su agonía tenía también su mérito. Si no los veían vivos, les despreciaban muertos.

—Sí —dijo Debray—; pero de Ostia a Roma no hay más de seis a siete leguas.

—¡Ah!, ¡es cierto! —dijo Montecristo—; pero ¿en qué consistiría el mérito si mil ochocientos años después de Lúculo no se hubiera adelantado nada...?

Los dos Cavalcanti estaban estupefactos; pero no pronunciaban una sola palabra.

—Todo es admirable —dijo Chateau—Renaud—; sin embargo, lo que más me admira es la prontitud con que sois servido. ¿Es verdad, señor conde, que esta casa la habéis comprado hace cinco días?

—A fe mía, todo lo más —respondió Montecristo.

—¡Pues bien!, estoy seguro de que en ocho ha experimentado una transformación completa; porque, si no me engaño, tenía otra entrada, y el patio estaba empedrado y vacío, al paso que hoy está convertido en un magnífico jardín, con árboles que parecen tener cien años a lo menos.

—¿Qué queréis...?, me gusta el follaje y la sombra —dijo Montecristo.

—En efecto —dijo la señora de Villefort—, antes se entraba por una puerta que daba al camino, y el día en que me libertasteis tan milagrosamente, me hicisteis entrar por ella a la casa.

—Sí, señora —dijo Montecristo—; pero después he preferido una entrada que me permitiese ver el bosque de Bolonia a través de mi reja.

—En cuatro días —dijo Morrel—, ¡qué prodigio...!

—En efecto —dijo Chateau—Renaud—, de una casa vieja hacer una nueva, es milagroso; porque la casa estaba muy vieja y era muy triste. Recuerdo que mi madre me encargó que la viese cuando el señor de Saint—Merán la puso en venta hará dos o tres años.

—El señor de Saint—Merán —dijo la señora de Villefort—; ¿pero esta casa pertenecía al señor de Saint—Merán antes de haberla comprado vos?

—Así parece —respondió Montecristo.

—¡Cómo que así parece...! ¿No sabéis a quién habéis comprado esta casa?

—No, a fe mía: mi mayordomo es quien se ocupa de todos estos pormenores.

—Al menos hace diez años que no se habitaba —dijo Chateau-Renaud—, y era una lástima verla con sus persianas, sus puertas cerradas, y todo el patio lleno de hierba. En verdad que si no hubiese pertenecido al suegro del procurador del rey, la hubieran podido tomar por una de esas malditas casas donde ha sido cometido algún nefasto crimen.

Villefort, que hasta entonces no había tocado los tres o cuatro vasos llenos de vinos extraordinarios, colocados delante de él, tomó uno maquinalmente y lo apuró de una vez.

Montecristo dejó pasar un instante; después, en medio del silencio que había seguido a las palabras de Chateau—Renaud:

—Es extraño —dijo—, señor barón; pero la misma idea me asaltó en cuanto entré en esta casa, y me pareció tan lúgubre, que jamás la hubiera comprado si mi mayordomo no lo hubiese hecho por mí. Probablemente el pícaro habría recibido algún regalillo.

—Es probable —murmuró Villefort esforzándose en sonreír—; pero creed que yo no pienso del mismo modo que vos. El señor de Saint—Merán ha querido que se vendiese esta casa, que formaba parte del dote de mi hija, porque si seguía tres o cuatro años más se hubiera arruinado...

Esta vez fue Morrel quien palideció.

—Había una alcoba sobre todo —prosiguió Montecristo—, ¡ah, Dios mío...!, muy sencilla en la apariencia, una alcoba como todas las demás, forrada de damasco encarnado, que me ha parecido, no sé por qué, dramática en extremo.

—¿Por qué? —preguntó Debray—, ¿por qué decís que era dramática?

—¿Puede uno acaso darse cuenta de las cosas instintivas? —dijo Montecristo—; ¿no hay sitios donde parece que se respira tristeza? ¡Por qué!, yo no sé: por una cadena de recuerdos; por un capricho del pensamiento que os transporta a otros tiempos, a otros sitios que aquellos en que nos hallamos; en fin, esta alcoba me recordaba la de la marquesa de Gange o la de Desdémona. Pues bien, mirad; puesto que hemos acabado de comer, es preciso que os la enseñe a todos: después bajaremos a tomar café al jardín; después del café, al teatro.

Montecristo hizo una señal para interrogar a sus invitados. La señora de Villefort se levantó; Montecristo hizo otro tanto; todos siguieron su ejemplo.

Villefort y la señora Danglars permanecieron un instante como clavados en su asiento; se interrogaban con los ojos y se quedaron fríos, mudos y helados...

—¿Habéis oído? —dijo al fin la señora Danglars.

—Es preciso ir, no hay medio de evadirnos —respondió Villefort, levantándose y ofreciéndole el brazo.

Todos salieron apresuradamente, porque calculaban que la visita no se limitaría a aquella alcoba, y que al mismo tiempo recorrerían el resto de aquella pobre casa, de que Montecristo había hecho un palacio. Cada cual se lanzó por diferentes habitaciones hasta que se fueron a encontrar en un saloncito, donde Montecristo les aguardaba. Cuando todos estuvieron reunidos, el conde cerró la marcha con una sonrisa que, si hubiesen podido comprenderla, habría espantado a los convidados más que la alcoba que iban a visitar.

Empezaron, en efecto, a recorrer las habitaciones amuebladas a la oriental con divanes y almohadones, camas, pipas y armas, y los salones alfombrados, los cuadros más hermosos, cuadros de los antiguos pintores; las piezas forradas de telas de la China, de caprichosos colores, de fantásticos dibujos, de maravillosos tejidos; al fin llegaron a la famosa alcoba.

Nada tenía de particular, a no ser que, aunque declinase el día, no estaba iluminada, y había permanecido intacta, cuando todas las demás habitaciones habían sido adornadas de nuevo.

Estas dos causas eran suficientes para darle un aspecto lúgubre.

—¡Oh! —exclamó la señora Villefort—, en efecto, esto es espantoso.

La señora Danglars procuró articular algunas palabras que nadie oyó.

Hiciéronse muchas observaciones, cuyo resultado fue que, en efecto, la alcoba forrada de damasco encarnado tenía un aspecto siniestro.

—¡Oh!, mirad —dijo Montecristo—, mirad qué bien colocada está esta cama, envuelta en un tono sombrío; y esos dos retratos al pastel, cuyos colores ha apagado la humedad, ¿no parecen decir con sus labios descoloridos que vieron algo horrible?

Villefort palideció; la señora Danglars cayó sobre una silla que estaba colocada junto a la chimenea.

—¡Oh! —dijo la señora de Villefort sonriendo—, ¿tenéis valor para sentaros sobre esa silla donde tal vez ha sido cometido el crimen?

La señora Danglars se levantó vivamente.

—Pues no es esto todo —dijo Montecristo.

—¿Hay más aún? —preguntó Debray, a quien la emoción de la señora Danglars no pasó inadvertida.

—¡Ah!, sí, ¿qué hay? —preguntó Danglars—; porque hasta ahora no veo nada de particular. ¿Y vos, qué pensáis de esto, señor Cavalcanti?

—¡Ah! —dijo éste—, nosotros tenemos en Pisa la torre de Ugolino, en Ferrara la prisión de Tasso, y en Rímini la alcoba de Francesca y de Paolo.

—Pero no tenéis esa pequeña escalera —dijo Montecristo abriendo una puerta perfectamente disimulada en la pared—: miradla, y decidme, ¿qué os parece?

—¡Siniestra, en verdad! —dijo Chateau—Renaud riendo.

—El caso es —dijo Debray—, que yo no sé si el vino de Quios produce la melancolía, pero todo lo veo triste en esta casa.

En cuanto a Morrel, desde que se habló de la dote de Valentina, se quedó triste, pensativo, y no pronunció una palabra más.

—¿No os imagináis —dijo Montecristo— a un Otelo o a un abate de Ganges cualquiera, descendiendo a pasos lentos, en una noche sombría y tempestuosa, esta escalera con alguna lúgubre carga que trata de sustraer a las miradas de los hombres, ya que no lo pudo hacer a las de Dios?

La señora Danglars casi se desmayó en los brazos de Villefort, que también se vio obligado a apoyarse en la pared.

—¡Ah! ¡Dios mío!, señora —exclamó Debray—, ¿qué os ocurre? ¡Cuán pálida estáis!

—Nada más sencillo —respondió la señora de Villefort—; porque el conde nos cuenta historias espantosas con la única intención de hacernos morir de miedo.

—Sí..., sí —dijo Villefort—; en efecto, conde, asustáis a estas señoras. —¿Qué os ocurre? —dijo en voz baja Debray a la señora Danglars.

—Nada, nada —respondió ésta haciendo un esfuerzo—, tengo necesidad de aire y nada más.

—¿Queréis bajar al jardín? —preguntó Debray ofreciendo su

brazo a la señora Danglars y adelantándose hacia la escalera falsa.

—No —dijo—, no; prefiero estar aquí.

—En verdad, señora —dijo Montecristo—, ¿es verdadero ese terror?

—No, señor —dijo la señora Danglars—; pero es que tenéis una manera de contar las cosas, que da a la ilusión un aspecto de realidad.

—¡Oh! ¡Dios mío!, sí —dijo Montecristo—, y todo eso depende de la imaginación; y si no, ¿por qué no nos habíamos de representar esta habitación como la alcoba de una honrada madre de familia? Esta cama con sus matices de púrpura, como una casa visitada por la diosa Lucina, y esta escalera misteriosa, el camino por donde, despacio, y para no turbar el sueño reparador de la paciente, pasa el médico o la nodriza, o el mismo padre, llevando en sus brazos al niño que duerme...

Esta vez la señora Danglars, en lugar de tranquilizarse al oír esta dulce descripción, lanzó un gemido y se desmayó completamente.

—La señora Danglars está enferma... —murmuró Villefort—, tal vez será preciso transportarla a su carruaje.

—¡Oh! ¡Dios mío! —dijo Montecristo—, ¡y yo que he olvidado mi pomo!

—Yo tengo aquí el mío —dijo la señora de Villefort.

Y dio a Montecristo un pomo de un licor rojo, parecido a aquel cuya bienhechora influencia ejerció sobre Eduardo, administrado por el conde.

—¡Ah! —dijo Montecristo, recibiéndolo de las manos de la señora de Villefort.

—Sí —murmuró ésta—, lo he probado siguiendo vuestras instrucciones.

—Perfectamente.

Transportaron a la señora Danglars a la alcoba contigua. Montecristo dejó caer sobre sus labios una gota de licor rojo, que la hizo volver en sí.

—¡Oh! —dijo—, ¡qué sueño tan horrible!

Villefort le apretó con fuerza el brazo, para hacerle comprender que no había soñado.

Buscaron al señor Danglars, que, poco sensible a las

impresiones poéticas, había bajado al jardín, y hablaba con el señor Cavalcanti padre, de un proyecto de ferrocarril de Liorna a Florencia.

Montecristo parecía desesperado; dio el brazo a la señora Danglars y la llevó al jardín, donde encontraron al señor Danglars totnando el café entre los dos Cavalcanti.

—En verdad, señora —dijo—, ¿tanto os he asustado?

—No, señor; pero sabéis que las cosas nos hacen más o menos impresión, según la disposición de ánimo en que nos encontramos.

Villefort hizo un esfuerzo para sonreírse.

—Y entonces, ya comprendéis —dijo—; basta una suposición, una...

—Sí, sí —dijo Montecristo—, creedme, si queréis, estoy persuadido de que se ha cometido un crimen en esta casa.

—Cuidado —dijo la señora de Villefort—, mirad que tenemos aquí al procurador del rey.

—¡Oh! —dijo Montecristo—, tanto mejor, y me aprovecho de esta circunstancia para hacer mi declaración.

—¿Vuestra declaración...? —dijo.

—Sí, y en presencia de testigos.

—Todo eso es muy interesante —dijo Debray—, y si hay crimen, vamos a hacer admirablemente la digestión.

—Hay crimen —dijo Montecristo—. Venid por aquí, señores; venid, señor de Villefort; venid y os haré la declaración.

Montecristo se cogió del brazo de Villefort, y al mismo tiempo que estrechaba con el suyo el de la señora Danglars, condujo al procurador del rey debajo del plátano, donde la sombra era más densa.

Todos los demás convidados les siguieron.

—Mirad —dijo Montecristo—, aquí, en este mismo sitio —y daba con el pie contra la tierra—, aquí, para rejuvenecer estos árboles muy viejos ya, mandé que levantasen la tierra para que echasen estiércol; mis trabajadores, mientras estaban cavando, desenterraron un cofre, o más bien los pedazos de un cofre, que contenía un niño recién nacido; yo creo que esto no es ilusión.

Montecristo sintió crisparse sobre el suyo el brazo de la señora Danglars y estremecerse el de Villefort.

—Un niño recién nacido —repitió Debray—, ¡diablos!, eso es

más serio de lo que yo creía.

—Ya veis —dijo Chateau—Renaud— que no me equivocaba cuando decía hace poco que las casas tenían un alma y un rostro como los hombres, y que llevan en su fisonomía un reflejo de sus entrañas. La casa estaba triste porque tenía remordimientos y tenía remordimientos porque ocultaba un crimen.

—¡Oh! ¿Quién puede asegurar que se trate de un crimen? —repuso Villefort haciendo el último esfuerzo.

—¡Cómo! ¿Un niño enterrado vivo en un jardín, no es un crimen? —exclamó Montecristo—. ¿Cómo llamáis a esa acción, señor procurador del rey?

—Pero ¿quién dice que haya sido enterrado vivo?

—Si estaba muerto, ¿para qué lo habían de enterrar aquí? Este jardín no ha sido nunca cementerio.

—¿Qué castigo tienen en este país los infanticidas? —preguntó el mayor Cavalcanti.

—¡Oh!, se les corta la cabeza —respondió Danglars.

—¡Ah!, se les corta la cabeza —repitió Cavalcanti.

—Ya lo creo..., ¿no es verdad, señor de Villefort? —dijo Montecristo.

—Sí, señor conde —respondió éste con un acento que nada tenía de humano.

Comprendiendo Montecristo que ya habían sufrido bastante las dos personas para quienes había preparado esta escena, y no queriendo llevarla más lejos:

—¡Señores —dijo—, nos hemos olvidado de tomar el café!

Y condujo a sus invitados a una mesa colocada en medio de una alameda.

—En verdad, señor conde —dijo la señora Danglars—, me avergüenzo de confesar mi debilidad; pero todas estas espantosas historias me han transtornado mucho; dejadme sentar y descansar un momento, os lo ruego.

Y cayó sobre un asiento.

Montecristo la saludó y se aproximó a la señora de Villefort.

—Creo que la señora Danglars tiene necesidad otra vez de vuestro pomo —dijo.

Pero antes de que la señora de Villefort se hubiese acercado a su amiga, el procurador del rey había dicho ya, al oído de la señora

Danglars.

—Es necesario que os hable.

—¿Cuándo?

—Mañana.

—¿Dónde?

—En el tribunal, si queréis, que es el sitio más seguro.

—No faltaré.

En aquel instante se acercó la señora de Villefort.

—Gracias, querida amiga —dijo la señora Danglars procurando sonreírse—, no es nada, y me siento mucho mejor.

Iba oscureciendo; la señora de Villefort había manifestado deseos de volver a París, lo cual no se atrevió a hacer la señora Danglars, a pesar del malestar que sufría.

Al oír el deseo de su mujer, el senior de Villefort se apresuró a dar la orden de partida; ofreció un lugar en su carretela a la señora Danglars, a fin de que la cuidase su mujer. En cuanto al señor Danglars, absorto en una conversación industrial de las más interesantes con el señor Cavalcanti, no prestaba ninguna atención a lo que pasaba.

Montecristo, al pedir el pomo a la señora de Villefort, notó que el señor de Villefort se había aproximado a la señora Danglars, y guiado por la situación, adivinó lo que había dicho, aunque Villefort habló tan bajo que apenas la señora Danglars pudo oírlo. Dejó partir a Morrel, a Debray y a Chateau—Renaud a caballo, y subir a las dos señoras a la carretela de Villefort; por su parte Danglars, cada vez más encantado con Cavalcanti padre, le invitó a que subiese con él en su cupé.

En cuanto al hijo Cavalcanti se acercó a su tílburi que le aguardaba delante de la puerta, y cuyo caballo tenía del bocado un groom levantado sobre las puntas de sus pies y que afectaba las maneras inglesas.

Durante la comida, Andrés no había hablado mucho, porque era un joven inteligente, y había experimentado naturalmente el temor de decir alguna tontería en medio de aquellos invitados ricos y poderosos, entre los cuales sus ojos no veían con gusto a un procurador del rey.

Había simpatizado con Danglars, que después de haber lanzado una mirada escudriñadora al padre y al hijo, pensó que el padre sería algún nabab que había venido a París para perfeccionar la educación de su hijo. Había contemplado con indecible complacencia el enorme diamante que brillaba en el dedo pequeño del mayor, porque éste, a fuer de hombre prudente y experimentado, temiendo que sucediese algún accidente a sus billetes de banco, los había convertido en seguida en un objeto de valor.

Después de la comida, bajo pretexto de industria y de viaje, preguntó al padre y al hijo acerca de su modo de vivir, y el padre y el hijo, prevenidos de que era en casa de Danglars donde debía serles abierto, al uno su crédito de cuarenta y ocho mil francos, y al otro su crédito anual de cincuenta mil libras, estuvieron muy amables y simpáticos con Danglars.

Había algo que de un modo especial aumentó la consideración, casi diremos la veneración de Danglars, hacia Cavalcanti. Este, fiel al principio de Horacio, nihil admirari, se había contentado, como se ha visto, con dar una prueba de su ciencia, diciendo en qué lago se pescaban las famosas lampreas. Había comido además su parte sin decir una sola palabra. Danglars dedujo de esto que esta especie de suntuosidades eran familiares al ilustre descendiente de los Cavalcanti, el cual se alimentaría en Luca de truchas que mandaría traer de Suiza y de langostas que le enviarían de Bretaña por medio de procedimientos semejantes a aquellos de que se había servido el conde para hacer traer lampreas del lago Fusaro, y esturiones del Volga.

Así, pues, fueron acogidas con gran satisfacción las palabras de Cavalcanti:

—Mañana, caballero, tendré el honor de haceros uña visita y hablaremos de negocios.

—Y yo, caballero —respondió Danglars—, os agradeceré sumamente esa visita.

Después de esto, propuso a Cavalcanti, si esto no le privaba del placer de estar al lado de su hijo, volverle a conducir al Hotel des Princes.

A lo cual Cavalcanti respondió que de algún tiempo a aquella parte su hijo llevaba la vida de joven soltero; que, por consiguiente, tenía sus caballos y su carruaje, y que no habiendo venido juntos, no veía ninguna dificultad en que se fuesen separados. El mayor subió, pues, al carruaje de Danglars, y el banquero se sentó a su lado, cada vez más encantado de las ideas de orden y de economía de aquel hombre, que destinaba sin embargo a su hijo cincuenta mil francos al año. Por lo que a Andrés se refiere, empezó a darse tono, riñendo a su groom, porque en lugar de venirle a buscar al pie de la escalera, le esperaba a la puerta de entrada, lo cual le había causado la molestia de andar treinta pasos más para buscar su tílbury. El groom recibió el sermón con humildad, cogió, para contener el caballo que pateaba de impaciencia, el bocado con la mano izquierda, entregó con la mano derecha las riendas a Andrés, que las tomó y apoyó ligeramente su bota charolada sobre el estribo.

En aquel momento sintió que una mano se apoyaba sobre su hombro.

El joven se volvió, creyendo que Danglars y Montecristo se habían olvidado de decirle alguna cosa, y venían a decírselo en el momento de partir.

Sin embargo, en lugar del uno o del otro, vio un rostro extraño, tostado por el sol, rodeado de una barba espesa, ojos brillantes, y una sonrisa burlona, que movía unos labios gruesos que dejaban ver dos filas de dientes blancos, unidos y salientes como los de un lobo o un chacal.

Un pañuelo de cuadros encarnados cubría aquella cabeza de cabellos canos y crespos, un chaquetón grasiento y desgarrado cubría aquel cuerpo delgado y huesoso; en fin, la mano que se apoyó sobre el hombro de Andrés, y que fue lo primero que vio el joven, le pareció de una dimensión gigantesca.

Si reconoció el joven esta fisonomía a la luz de las farolas de su tílbury, o se admiró solamente del terrible aspecto de este interlocutor, no podemos decirlo; el caso es que se estremeció y retrocedió vivamente.

—¿Qué queréis? —dijo.

—Disculpad, caballero —respondió el hombre llevando la mano a su pañuelo encarnado—; os incomodo tal vez, pero tengo que hablaros.

—No se pide limosna por la noche —dijo el groom haciendo un movimiento para desembarazar a su amo de este importuno.

—Yo no pido limosna, señorito —dijo el hombre desconocido al lacayo, fijándole una mirada tan irónica y una sonrisa tan espantosa que éste se apartó—; deseo tan sólo decir dos palabras a vuestro amo, que me encargó de una comisión hace quince días.

—Veamos —dijo Andrés a su vez levantando la voz para que el lacayo no notase su turbación—; ¿qué queréis? Despachad pronto.

—Quisiera... quisiera... —dijo en voz baja el hombre del pañuelo encarnado—, que me ahorraseis el trabajo de tener que volver a pie a París. Estoy cansado y como no he comido tan bien como tú, apenas puedo tenerme en pie.

El joven se estremeció ante semejante familiaridad.

—Pero, en fin —dijo—, veamos, ¿qué queréis de mí?

—¡Y bien!, quiero que me dejes subir en tu lindo carruaje y que me conduzcas a París.

Andrés palideció, pero no respondió.

—¡Oh!, sí, sí —dijo el hombre del pañuelo encarnado metiendo sus manos en los bolsillos y mirando al joven con ojos provocadores—; se me ha ocurrido esta idea, ¿lo has oído, querido Benedetto?

Al oír este nombre el joven reflexionó sin duda, porque se acercó al groom y le dijo:

—Este hombre ha sido, en efecto, encargado por mí de una comisión cuyo resultado me tiene que contar. Id a pie hasta la barrera; allí tomaréis un cabriolé, de este modo no iréis a pie hasta casa.

El lacayo se alejó sorprendido.

—Dejadme al menos acercarme a la sombra —dijo Andrés.

—¡Oh!, en cuanto a eso, yo voy a conducirte a un sitio bueno —repuso el hombre del pañuelo encarnado.

Y cogió por el bocado al caballo, conduciendo el tílbury a un sitio donde, en efecto, nadie podía presenciar el honor que le hacía Andrés.

—¡Oh!, no vayas a creer que esto lo hago por tener la gloria de ir en un lindo carruaje, no, lo hago solamente porque estoy agobiado de fatiga, y luego, porque tengo que decirte dos palabras.

—Veamos; subid —dijo el joven.

Lástima que no fuera de día, porque hubiera sido un espectáculo curioso el ver a este pordiosero sentado sobre los almohadones del tílbury junto al joven y elegante conductor del carruaje.

Andrés llevó su caballo al trote largo hasta la última casa del pueblo sin hablar con su compañero, quien, por su parte, se sonreía y guardaba silencio, como encantado de pasearse en un carruaje tan cómodo y elegante.

Una vez fuera de Auteuil, Andrés miró en derredor para asegurarse sin duda de que no podían verlos ni oírlos, y entonces, deteniendo su caballo y cruzando los brazos delante del hombre del pañuelo encarnado:

—Veamos —le dijo—, ¿por qué venís a turbarme en mi tranquilidad?

—Y tú, muchacho, ¿por qué desconfías de mí?

—¿Y por qué decís que yo desconfío de vos?

—¿Por qué...?, ¡diablo!, nos separamos en el puerto de Var, me dices que vas a viajar por el Piamonte y por Toscana, y en vez de hacerlo así, lo vienes a París.

—¿Y qué tenéis que ver con eso?

—¿Yo?, nada...; al contrario, confío en que me servirá de mucho.

—¡Ah!, ¡ah! —dijo Andrés—, ¿es decir, que especuláis o pensáis especular conmigo?

—¡Bueno! ¡Así me gusta, al grano, al grano!

—Pues no lo creáis, señor Caderousse, os lo advierto.

—¡Oh!, no lo enfades, chiquillo, tú bien debes saber lo que es la desgracia; la desgracia hace a los hombres celosos. Yo lo creía recorriendo el Piamonte y la Toscana, obligado a servir de facchino o de cicerone para poder comer; lo compadezco en el fondo de mi corazón, es decir, ¡te compadecía como lo hubiera hecho con mi hijo! Bien sabes, Benedetto, que yo lo he llamado siempre mi hijo y que lo he tratado como tal, y que...

—¡Adelante, adelante...!

—Paciencia, amiguito, que nadie nos persigue.

—Paciencia tengo; veamos..., acabad.

—Pues, señor, lo veo, cuando menos lo pensaba, atravesar la barrera de Bonshommes con un groom, con un tílbury, ¡con un traje precioso! Dime, chico, has descubierto alguna mina o...

—En fin, como decíais, confesáis que estáis celoso...

—No, estoy satisfecho, tan satisfecho que he querido darte mi enhorabuena, chiquillo; pero, como no estaba tan bien vestido como tú, no he querido comprometerte...

—¡Vaya manera de tomar precauciones! —dijo Andrés—, ¡os acercáis a mí delante de mi criado!

—¿Y qué quieres, hijo mío? Me acerco a ti cuando puedo echarte la mano, tienes un caballo muy vivo, un tílbury muy ligero, tú eres naturalmente escurridizo como una anguila; si lo me llegas a escapar esta noche, tal vez no lo hubiera encontrado nunca.

—Ya veis que no trato de ocultarme...

—¡Dichoso tú! Yo quisiera decir otro tanto; yo sí, me oculto, sin contar con que temía que no me conocieses; pero, felizmente, me has reconocido —añadió Caderousse con una sonrisa maligna—, ¡eres un buen muchacho!

—Veamos —dijo Andrés—, ¿qué es lo que necesitáis?

—¿No me tuteas ya? ¡Haces mal, Benedetto, a un antiguo camarada...!, ten cuidado, o harás que me vuelva exigente.

Esta amenaza apaciguó la cólera del joven, que, habiéndose levantado un aire violento, puso su caballo al trote.

—Haces mal, Caderousse —dijo—, en tratar así a un antiguo compañero, como decías hace poco; tú eres marsellés, yo soy...

—¿Sabes tú lo que eres...?

—No, pero he sido educado en Córcega; tú eres viejo y terco, yo soy joven y testarudo. Entre personas como nosotros, la amenaza es cosa mala, y no se debe abusar; ¿tengo yo la culpa si la fortuna que sigue siéndote adversa, me favorece a mí ahora?

—De modo que es buena lo fortuna, ¿eh? ¿Y ése no es tílbury prestado, ni tus vestidos son tampoco prestados? Bueno, ¡tanto mejor! —dijo Caderousse cuyos ojos brillaron de codicia.

—¡Oh!, bien lo ves y bien lo sabes, cuando lo acercaste a mí —dijo Andrés animándose cada vez más—. Si yo llevase un pañuelo como el tuyo en mi cabeza, un chaquetón grasiento sobre mis hombros, tampoco tú me reconocerías a mí.

—Es decir, que me desprecias, y haces mal; ahora que lo he encontrado, nada me impide ir bien vestido, puesto que conozco lo buen corazón; si tienes dos vestidos me darás uno; yo lo daba antes mi ración de sopa y de albaricoques cuando tenías mucha hambre.

—Es cierto—dijo Andrés.

—¡Qué apetito tenías! ¿Sigues teniéndolo tan bueno?

—Sí, siempre —dijo Andrés riendo.

—¡Qué bien habrás comido en casa de este príncipe de donde sales!

—No es un príncipe, es sólo conde.

—¡Un conde!, pero rico, ¿no?

—Sí, ¡pero es un hombre muy raro!

—Nada tengo yo que ver con lo conde, contigo solamente es con quien yo tengo mis proyectos, y después lo dejaré en paz. Pero —añadió Caderousse con aquella sonrisa maligna que ya había brillado en sus labios—, pero es menester que me des algo para eso, ya comprendes.

—Veamos: ¿cuánto lo hace falta?

—Yo creo que con cien francos al mes...

—¡Y bien!

—Viviría.

—¿Con cien francos?

—Pero mal, ya me entiendes, pero con...

—¿Con...?

—Ciento cincuenta francos, sería muy feliz.

—Aquí tienes doscientos —dijo Andrés.

Y entregó a Caderousse diez luises de oro.

—Está bien —dijo Caderousse.

—Preséntate en casa del portero todos los días primeros de mes y lo entregarán otro tanto.

—Bueno: ¡eso es humillarme!

—¿Cómo?

—Ya me obligas a tener que andar metido con lo gente; nada, nada, yo no quiero tratar con nadie más que contigo.

—¡Pues bien!, sea así, pídemelo a mí todos los días primeros del mes; mientras tenga yo mi renta, tú tendrás la tuya:

—¡Vamos! ¡Vamos!, ya veo que no me había equivocado, eres un buen muchacho, y es una felicidad que la fortuna se muestre propicia con la gente de lo ralea, vaya, cuéntame tus aventuras.

—¿Para qué quieres saber eso? —preguntó Cavalcanti.

—¡Bueno! ¡Ya vuelves a desconfiar!

—No; ¡he encontrado a mi padre...!

—¡Un verdadero padre!

—¡Diantre!, mientras pague...

—Tú creerás y honrarás, es justo. ¿Cómo llamas a lo padre?

—El mayor Cavalcanti.

—¿Y está contento de ti?

—Hasta ahora, así parece.

—¿Y quién lo ha hecho encontrar a ese padre?

—El conde de Montecristo.

—¿Es el conde en cuya casa has estado?

—Sí.

—Vamos, chico, procura colocarme en su casa, diciéndole que soy un pariente tuyo.

—Bien, le hablaré de ti; mientras tanto, ¿qué vas a hacer?

—¡Yo!

—Sí, tú.

—¡Qué bueno eres, que lo preocupas por mí!

—Me parece que, puesto que tú lo interesas por mí —repuso Andrés—, yo debo también tomar algunos informes.

—Es justo... Voy a alquilar un cuarto en una casa honrada, cubrirme con un traje decente, afeitarme todos los días, y después iré a leer los periódicos al café. Por la noche entraré en algún teatro y pareceré un panadero retirado, éste es mi sueño.

—Vamos, no está mal. Si quieres poner en práctica ese proyecto, y obrar con prudencia, todo lo saldrá bien.

—Y tú qué vas a ser..., ¿par de Francia?

—¡Oh! —dijo Andrés—, ¿quién sabe?

—El mayor Cavalcanti lo es tal vez... pero...

—Déjate de política, Caderousse... Y ahora que tienes lo que quieres y que estamos a punto de llegar, apéate y esfúmate.

—¡No, no, amigo!

—¿Cómo que no?

—Pero reflexiona, muchacho: con un pañuelo encarnado en la cabeza, casi sin zapatos, sin pasaporte y con doscientos francos en el bolsillo, me detendrían sin duda en la barrera. Entonces me vería obligado, para justificarme, a decir que tú me habías dado estos diez napoleones de oro; de aquí resultarían los informes, las pesquisas; averiguarían que me había escapado de Tolón y me llevarían de brigada en brigada a las orillas del Mediterráneo. Volvería a ser el número 106, y ¡adiós mi sueño de querer pasar por un panadero retirado! No, hijo mío, prefiero quedarme y vivir honradamente en la capital.

Andrés frunció el entrecejo; una idea sombría pasó por su mente. Se detuvo un instante, arrojó una mirada a su alrededor, y cuando su mirada acababa de describir el círculo investigador, su mano descendió inocentemente hacia su bolsillo, donde empezó a acariciar la culata de una pistola.

Pero mientras tanto Caderousse, que no perdía de vista a su compañero, llevaba sus manos detrás de su espalda y sacaba poco a poco un cuchillo que llevaba siempre consigo por lo que pudiera suceder.

Los dos amigos, como se ha visto, eran dignos de comprenderse, y se comprendieron; la mano de Andrés salió inofensiva de su bolsillo y se dirigió a su bigote, que acarició durante cierto rato.

—¡El bueno de Caderousse! —dijo—; ¿de modo que ahora vas a ser feliz?

—Haré todo lo posible —respondió el posadero del puente de Gard, introduciendo el cuchillo en su manga.

—Vamos, vamos, entremos en París. ¿Pero cómo vas a arreglártelas para pasar la barrera sin despertar sospechas? Yo creo que más lo expones yendo en carruaje que a pie.

—Espera —dijo Caderousse—, ahora verás.

Cogió el capote que el groom había dejado en su asiento, lo echó sobre sus hombros, se apoderó después del sombrero de Cavalcanti y se lo puso. Entonces afectó la postura de un lacayo cuyo amo va conduciendo el carruaje.

—Y yo —dijo Andrés— me voy a quedar con la cabeza descubierta.

—¡Psch! —dijo Caderousse—; hace tanto aire, que muy bien puede haberte llevado el sombrero.

—Vamos —dijo Andrés—, y acabemos de una vez.

—¿Qué es lo que lo detiene? No soy yo, según creo.

—¡Silencio! —dijo Cavalcanti.

Atravesaron la barrera sin incidente alguno.

En la primera travesía, Andrés detuvo su caballo, y Caderousse se bajó del tílbury.

—¡Y bien! —dijo Andrés—, ¿y el capote de mi lacayo, y mi sombrero?

—¡Ah! —respondió Caderousse—, tú no querrás que vaya a resfriarme, ¿verdad?

—¿Pero y yo?

—Tú eres joven, al paso que yo empiezo ya a envejecer; hasta la vista, Benedetto.

Dicho esto, dirigióse a una callejuela, por donde desapareció.

—¡Ay! —dijo Andrés arrojando un suspiro—, ¡no puede uno ser completamente feliz en este mundo!

En la plaza de Luis XV, los tres jóvenes se habían separado, es decir, que Morrel tomó por los bulevares; Chateau—Renaud, por el puente de la Revolución, y Debray siguió a lo largo del muelle.

Morrel y Chateau—Renaud, según toda probabilidad, se dirigieron cada cual a su casa: pero Debray no imitó su ejemplo.

Así que hubo llegado a la plaza del Louvre, echó hacia la izquierda, atravesó el Carrousel al trote largo, se metió por la calle de San Roque, desembocó en la de Michodière, y llegó a la puerta de la casa del señor Danglars, justamente en el momento en que la carretela del señor Villefort, después de haberlos dejado a él y a su mujer en el barrio de Saint—Honoré, se detenía para dejar a la baronesa en su casa.

Debray, conocido ya de la casa, entró primeramente en el patio, entregó la brida a un criado, y volvió a la portezuela para recibir a la señora Danglars, a la cual ofreció el brazo para volver a sus habitaciones. Una vez cerrada la puerta, y la baronesa y Debray en el patio:

—¿Qué tenéis, Herminia—, dijo Debray—, y por qué os indispusisteis tanto al oír aquella historia o más bien aquella fábula que contó el conde?

—Porque esta tarde ya me encontraba muy mal, amigo mío —dijo la baronesa.

—No, no, Herminia —dijo Debray—, no me haréis creer eso. Estabais perfectamente cuando fuisteis a la casa del conde. El señor Danglars era el único que estaba un poco cabizbajo, es verdad, pero yo sé el caso que vos hacéis de su malhumor; ¿os han hecho algo? Contádmelo; bien sabéis que no sufriré nunca que os causen algún pesar.

—Os engañáis, Luciano, os lo aseguro —repuso la señora Danglars—, y no ha habido más que lo que os he dicho; estaba de mal humor, sin saber yo siquiera la causa.

Era evidente que la señora Danglars se hallaba bajo la influencia de una de esas irritaciones nerviosas de las que apenas pueden darse cuenta a sí mismas las mujeres, o que, como había adivinado Debray, había experimentado alguna conmoción oculta que no quería confesar a nadie; a fuer de hombre acostumbrado a conocer el talante de las mujeres, no insistió más, esperando el momento oportuno, ya sea para una nueva interrogación o para una confesión motu proprio.

La baronesa encontró en la puerta de su cuarto a Cornelia.

Cornelia era la camarera de confianza de la baronesa.

—¿Qué hace mi hija? —preguntó la señora Danglars.

—Ha estado estudiando toda la tarde —respondió Cornelia—, y luego se ha acostado.

—Creo que oigo su piano.

—Es la señorita Luisa de Armilly que está tocando, mientras que la señorita está en la cama.

—Bien —dijo la señora Danglars—; venid a desnudarme.

Entraron en la alcoba. Debray se recostó sobre un sofá, y la señora Danglars pasó a su gabinete de tocador con Cornelia.

—Querido Luciano —dijo la señora Danglars a través de la puerta

del gabinete—, ¿os seguís quejando aún de que Eugenia no os dispensa el honor de dirigiros la palabra?

—Señora —dijo Luciano jugando con el perrito americano de la baronesa, el cual, reconociéndole por amigo de la casa, le hacía mil caricias—; no soy yo el único que os da esas quejas, y creo haber oído a Morcef quejarse a vos el otro día de que no podía sacar una palabra siquiera a su futura esposa.

—Es cierto —dijo la señora Danglars—, pero yo creo que una de estas mañanas cambiará todo eso, y veréis entrar en vuestro gabinete a Eugenia.

—¿En mi gabinete?

—Es decir, en el del ministro.

—¿Para qué?

—Para pediros que la contratéis en la ópera; ¡oh!, nunca he visto tal pasión por la música, ¡es ridícula esa afición en una persona de mundo!

Debray se sonrió.

—Pues bien —dijo—; que vaya con el consentimiento del barón y con el vuestro, y la contrataré, aunque somos muy pobres para pagar un talento tan notable como el suyo.

—Podéis marcharos, Cornelia, ya no os necesito —dijo la señora Danglars.

Cornelia desapareció y un instante después la señora Danglars salió de su gabinete con un negligé encantador y fue a sentarse al lado de Luciano.

Quedóse un momento pensativa, acariciando a su perrito. Luciano la miró un instante en silencio.

—Veamos, Herminia —dijo al cabo de un rato—, responded francamente, tenéis un pesar, ¿no es así?

—No, ninguno —respondió la baronesa.

Y sin embargo parecía sofocada; levantóse, procuró respirar y fue a mirarse a un espejo.

—Esta noche estoy terrible—dijo.

Debray se levantó sonriendo, para desengañar a la baronesa, cuando de repente se abrió la puerta. Danglars entró en la habitación y Debray se volvió a sentar. Al ruido que la puerta produjo al abrirse, se volvió la señora Danglars, y miró a su marido con un asombro que no trató de disimular.

—Buenas noches, señora —dijo el banquero—; buenas noches, señor Debray.

Sin duda creyó la baronesa que esta visita imprevista significaba una especie de deseo de reparar las palabras amargas que se le escaparon al barón durante aquella tarde.

Adoptó un aire de dignidad, y volviéndose hacia Luciano, sin responder a su marido:

—Leedme algo, señor Debray —le dijo.

Debray, a quien esta visita inquietara algún tanto de momento, recobró su calma al observar la de la baronesa, y extendió la mano hada un libro abierto.

—Perdonad —le dijo el banquero—, pero os vais a fatigar, baronesa, velando hasta tan tarde; son las once, y el señor Debray vive bastante lejos.

Debray se quedó estupefacto, no porque el tono con que el banquero dijera estas palabras dejase de ser sumamente cortés y tranquilo, sino porque a través de esta cortesía y de esta tranquilidad, percibía un vivo deseo de parte del banquero por contrariar aquella noche la voluntad de su mujer...

La baronesa se quedó tan asombrada, y manifestó su asombro por una mirada tal, que sin duda hubiera dado que pensar a su marido si éste no hubiera tenido los ojos fijos en un periódico.

Así, pues, esta mirada tan terrible fue lanzada al vacío, y quedó completamente sin efecto.

—Señor Luciano —dijo la baronesa—, debo deciros que me siento sin ganas de dormir esta noche, tengo mil cosas que contaros, y vais a pasarla escuchándome, aunque para ello tuvieseis que dormir en pie.

—Estoy a vuestras órdenes, señora —respondió Luciano con flema.

—Querido señor Debray —dijo el banquero a su vez—, no os incomodéis en escuchar ahora las locuras de la señora Danglars, porque tendréis tiempo de escucharlas mañana; pero esta noche la consagraré yo, si así me lo permitís, a hablar con mi mujer de graves asuntos.

El golpe iba tan bien dirigido esta vez, y caía tan a plomo, que dejó aturdidos a Debray y a la señora Danglars; ambos se interrogaron con la mirada como para buscar un recurso contra aquella agresión; pero el irresistible poder del dueño de la casa triunfó, y el marido ganó la partida.

—No vayáis a creer que os despido, querido señor Debray —prosiguió Danglars—; no, no; una circunstancia imprevista me obliga a desear tener esta noche una conversación con la baronesa; esto me sucede muy pocas veces, para que se me guarde rencor.

Debray balbució algunas palabras, saludó y salió.

—¡Es increíble —dijo así que hubo cerrado tras sí la puerta—, cuán fácilmente saben dominarnos estos maridos a quienes tan ridículos creemos...!

No bien hubo partido Luciano, cuando Danglars se acomodó en el sofá, cerró el libro abierto, y tomando una postura altamente aristocrática a su modo de ver, siguió jugando con el perrito. Pero como éste no simpatizaba lo mismo con él que con Debray, intentó morderle; entonces le cogió por el pescuezo y lo arrojó sobre un sillón al otro lado del cuarto.

El animal lanzó un grito al atravesar el espacio; pero apenas llegó al término de su camino aéreo se ocultó detrás de un cojín, y estupefacto de aquel trato a que no estaba acostumbrado, se mantuvo silencioso y sin moverse.

—¿Sabéis, caballero —dijo la baronesa, sin pestañear—, que hacéis progresos? Generalmente, no sois más que grosero, pero esta noche estáis brutal.

—Es porque estoy de peor humor que otros días —respondió Danglars.

Herminia miró al banquero con desdén. Estas ojeadas exasperaban antes al orgulloso Danglars; pero ahora no pareció darse cuenta de ellas.

—¿Y qué tengo yo que ver con vuestro malhumor? —respondió la baronesa, irritada por la impasibilidad de su marido—; ¿me importa algo? Buen provecho os hagan vuestros malos humores, y puesto que tenéis escribientes y empleados a vuestra disposición, desahogaos con ellos.

—No —respondió Danglars—; desvariáis en vuestros consejos, señora; así, pues, no los seguiré. Mis escribientes son mi Pactolo, como dice, según creo, el señor Demoustier, y yo no quiero alterar su curso ni su calma. Mis empleados son personas honradas, que me labran mi fortuna, y a quienes pago menos de lo que se merecen; no, no, me guardaré bien de encolerizarme con ellos; con los que me encolerizaré es contra las personas que se comen mi dinero, que usan de mis caballos, abusando ya, y que están arruinando mi caja.

—¿Y quienes son las personas que arruinan vuestra caja? Explicaos con más claridad, caballero.

—¡Oh!, tranquilizaos, si hablo por enigmas, no tardaré en daros la solución —repuso Danglars—. Las personas que arruinan mi caja son las personas que sacan de ella la suma de setecientos mil francos.

—No os comprendo, caballero —dijo la baronesa tratando de disimular a la vez la emoción de su voz y el carmín que iba cubriendo sus mejillas.

—Al contrario, comprendéis perfectamente —dijo Danglars—; pero si vuestra mala voluntad continúa así, os diré que acabo de perder setecientos mil francos.

—¡Ah!, ¡ah! —dijo la baronesa—, ¿acaso tengo yo la culpa de esa pérdida?

—¿Por qué no?

—¿Conque es culpa mía que vos hayáis perdido setecientos mil francos?

—Pues mía tampoco es.

—Acabemos de una vez, caballero —repuso agriamente la baronesa—, os he dicho que no me habléis de caja; es una lengua que no he aprendido ni en casa de mis padres, ni en casa de mi primer marido.

—Yo lo creo, sí, ¡diablo! —dijo Danglars—, porque ni los unos ni los otros tenían un centavo.

—Razón de más para que no haya aprendido esa jerigonza del banco, que me desgarra los oídos desde la mañana hasta la noche; ese dinero que cuentan y vuelven a contar me es odioso, y el sonido de vuestra voz me es aún más desagradable.

—¡Qué raro es lo que decís! —dijo Danglars—, ¡qué extraño es eso! ¡Y yo que había creído que os tomabais el más vivo interés en mis operaciones!

—¡Yo! ¿Y quién os ha podido decir semejante tontería?

—¡Vos misma!

—¡Yo!

—Sin duda.

—Quisiera saber cuándo os he dicho tal cosa.

—¡Oh!, es muy fácil. En el mes de febrero último vos fuisteis la primera que me hablasteis de los fondos de Haití; soñasteis que un buque entraba en el puerto de Havfe, y traía la noticia de que iba a efectuarse un pago que se creía remitido a las calendas griegas; hice comprar inmediatamente todos los vales que pude encontrar de la deuda de Haití, y gané cuatrocientos mil francos, de los cuales os fueron religiosamente entregados cien mil. Habéis hecho con ellos lo que os dio la gana, eso no me interesa.

"En el mes de marzo, tratábase de una concesión de caminos de hierro. Tres sociedades se presentaban ofreciendo garantías iguales. Me dijisteis que vuestro instinto, y aunque os presumíais enteramente extraña a las especulaciones, yo lo creo por el contrario muy desarrollado en esta materia; me dijisteis que vuestro instinto os anunciaba que se daría el privilegio a la

Sociedad llamada del Mediodía. En seguida adquirí las dos terceras partes de las acciones de esta Sociedad. Se le concedió, efectivamente, el privilegio, como habíais previsto: las acciones triplicaron de valor, y gané un millón, del cual os fueron entregados doscientos cincuenta mil francos. ¿En qué habéis empleado esta suma? Esto no me interesa.

—¿Pero adónde queréis ir a parar? —exclamó la baronesa estremeciéndose de despecho y de impaciencia.

—Paciencia, señora, tened paciencia.

—Acabad de una vez.

—En el mes de abril fuisteis a comer a casa del ministro: hablaron de España, y oísteis una conversación secreta: tratábase de la expulsión de don Carlos; compré fondos españoles, la expulsión tuvo lugar, y gané seiscientos mil francos el día en que Carlos V pasó el Bidasoa. De estos seiscientos mil francos os fueron entregados cincuenta mil escudos, habéis dispuesto de ellos a vuestro capricho, y yo no os pido cuentas de ello, pero no por eso es menos cierto que habéis recibido quinientas mil libras este año.

—¿Y qué?

—¿Y qué? ¡Pues bien!, hete aquí que de pronto perdéis vuestro tino y todo se lo lleva el demonio.

—En verdad..., tenéis un modo de explicaros...

—El modo que necesito para que me entiendan, nada más. Luego hará unos tres días hablasteis de política con el señor Debray, y creísteis oír en sus palabras que don Carlos había entrado en España; entonces vendo mi renta, se esparce la noticia, hay sospechas, no vendo, doy; al día siguiente se sabe que la noticia era falsa y esta falsa noticia me ha hecho perder setecientos mil francos.

—¿Y bien?

—¡Y bien!, puesto que yo os doy la cuarta parte cuando gano, vos tenéis que dármela cuando pierdo. La cuarta parte de setecientos mil francos son ciento setenta y cinco mil.

—Pero esto que me decís es una extravagancia, a ignoro en realidad por qué mezcláis el nombre de Debray en todo esto.

—Porque si no tenéis por casualidad esos cientos setenta y cinco mil francos que reclamo, los habréis prestado a vuestros amigos, y el señor Debray es uno de ellos.

—¡Cómo! —exclamó la baronesa.

—¡Oh!, nada de aspavientos ni de gritos, ni de escenas dramáticas, señora, si no me obligaréis a deciros que el señor Debray se estará regocijando de haber recibido cerca de quinientas mil libras este año, y dirá que al fin ha encontrado lo que no han podido descubrir nunca los más hábiles jugadores, es decir, un modo de jugar en el que no se expone ningún dinero y en el que no se pierde cuando se pierde.

La baronesa no podía contener su indignación.

—¡Miserable! —dijo—, ¿os atreveríais a decir que no sabíais lo que os atrevéis a echarme en cara hoy?

—Yo no os digo si lo sabía, o si no lo sabía; sólo os digo: observad mi conducta después de cuatro años que hace que no sois mi mujer y que yo no soy vuestro marido, veréis si ha sido consecuente consigo misma. Algún tiempo después de nuestra ruptura deseasteis estudiar la música con ese famoso barítono que se estrenó con tan feliz éxito en el teatro italiano; yo quise estudiar el baile con aquella bailarina que había adquirido tan buena reputación en Londres. Esto nos ha costado lo mismo, cien mil francos. Yo nada dije, porque en los matrimonios debe reinar una completa tranquilidad; cien mil francos porque el hombre y la mujer conozcan bien a fondo la música y el baile no es muy caro. Pronto os disgustasteis del canto, y os da la manía por estudiar la diplomacia con un secretario del ministro; os dejo estudiar. Ya comprenderéis; ¿qué me importaba mientras que vos pagaseis las lecciones de vuestro bolsillo? Pero hoy me he dado cuenta de que lo sacáis del mío, y que vuestro aprendizaje puede costarme setecientos mil francos al mes. Alto ahí, señora; esto no puede seguir así, o el diplomático dará sus lecciones... gratis, y entonces lo toleraré, o no volverá a poner los pies en mi casa; ¿habéis oído bien, señora?

—¡Oh!, eso es ya el colmo, caballero —exclamó Herminia sofocada—, ¡y es un modo muy innoble de portarse con una señora!

—Pero —dijo Danglars— veo con placer que no habéis seguido adelante, y que habéis obedecido a aquel axioma del Código: La mujer debe seguir al marido.

—¡Injurias!

—Tenéis razón: no pasemos más allá, y razonemos fríamente. Yo nunca me mezclo en vuestros asuntos sino por vuestro bien; haced vos lo mismo. ¿Mi caja no os interesa, decís? Bien; operad con la vuestra, pero ni llenéis ni vaciéis la mía. Por otra parte, ¿quién sabe si todo eso no será un ardid político? ¿Si el ministro, furioso de verme en la oposición y celoso de las simpatías populares que despierto, no está de acuerdo con el señor Debray para arruinarme?

—¡Como es muy probable!

—Sin duda: ¡quién ha visto nunca... una noticia telegráfica, es decir, una cosa imposible, o lo que es lo mismo, señales enteramente diferentes dadas por los últimos telégrafos!, es decir, expresamente en perjuicio mío.

—Caballero —dijo con acento de mayor humildad la baronesa—y no ignoráis, me parece, que ese empleado ha sido destituido de su empleo, que se ha hablado de formarle proceso, que se dio orden de prenderle, y que esta orden hubiera sido ejecutada si no se hubiera sustraído a las primeras pesquisas por medio de una huida que demuestra su locura o su culpabilidad... Es un error.

—Sí, que hace reír a los necios, que hace pasar una mala noche al ministro, que hace emborronar unos cuantos pliegos de papel a los señores secretarios de Estado, pero que a mí me cuesta setecientos mil francos.

—Pero, caballero —dijo de pronto Herminia—, puesto que todo eso proviene del señor Debray, ¿por qué en lugar de ir a decírselo directamente a él venís a darme a mí las quejas? ¿Por qué acusáis al hombre y reprendéis a la mujer?

—¿Conozco yo por ventura al señor Debray? —dijo Danglars—; ¿quiero acaso conocerle? ¿Quiero saber si da o no consejos? ¿Quiero seguirlos? ¿Soy yo el que juego? No; ¡vos sois la que lo hacéis todo, y no yo!

—Me parece que puesto que os aprovecháis...

Danglars se encogió de hombros.

—¡Son, en verdad, criaturas locas las mujeres que se creen genios, porque han conducido una o dos intrigas!, pero suponed que hubieseis ocultado vuestros desórdenes a vuestro mismo marido, lo cual es el ABC del oficio, porque la mayor parte del tiempo los maridos no quieren ver; ¡no seríais sino una débil copia de lo que hacen la mitad de vuestras amigas las mujeres de mundo! Pero no sucede lo mismo conmigo; todo lo he visto: en dieciséis años me habréis ocultado tal vez un pensamiento, pero no un paso, una acción, una falta. Mientras vos os felicitabais por vuestro ingenio y habilidad y creíais firmemente engañarme, ¿qué ha resultado? Que gracias a mi pretendida ignorancia, desde el señor de Villefort hasta el señor Debray, no ha habido uno solo de vuestros amigos que no haya temblado delante de mí. Ni uno que no me haya tratado como amo de la casa, mi único deseo respecto a vos; ni uno que se haya atrevido a deciros de mí lo que yo mismo os digo hoy; os permito que me tengáis por odioso, pero os impediré tenerme por ridículo, y sobre todo, os prohíbo que me arruinéis.

Hasta el momento en que pronunció el nombre de Villefort, la baronesa había manifestado algún valor contra todas aquellas quejas; pero al oír este nombre, levantóse como movida por un resorte, extendió los brazos como para conjurar una aparición, y dio tres pasos hacia su marido como para arrancarle el secreto que éste no conocía, o que tal vez algún cálculo odioso, como lo eran todos los de Danglars, no quería dejar escapar enteramente.

—¡El señor de Villefort! ¿Qué significa eso? ¿Qué queréis decir?

—Quiere decir, señora, que el señor de Nargone, vuestro primer marido, como no era filósofo ni banquero, o siendo tal vez lo uno y lo otro, y viendo que no podía sacar ningún partido del procurador del rey, murió de pesar o de cólera al encontraros embarazada de seis meses después de una ausencia de nueve. Soy brutal, no solamente lo sé, sino que me jacto de ello; me he valido para ello de uno de mis medios en mis operaciones comerciales. ¿Por qué en lugar de matar se hizo matar él mismo? ¡Porque no tenía caja que salvar, pero yo, yo tengo que salvar mi caja! El señor Debray, mi asociado, me hace perder setecientos mil francos; que sufra su parte de la pérdida, y proseguiremos adelante con nuestros asuntos; si no, que me haga bancarroto de esas ciento cincuenta mil libras, y que unido a los que quiebran, que desaparezca. ¡Oh! ¡Dios mío!, es un buen muchacho, lo sé, cuando sus noticias son exactas; pero cuando no lo son, hay cincuenta en el mundo que valen más que él.

La señora Danglars estaba aterrada; sin embargo, hizo un esfuerzo sobre sí misma para responder a aquel ataque. Dejóse caer sobre un sillón, pensando en Villefort, en la escena de la comida, en aquella serie de desgracias que abrumaban una tras otra su casa, y cambiaban en escandalosas disputas la tranquilidad de aquel matrimonio.

Danglars no la miró, aunque ella hizo todo lo posible por desmayarse. Abrió de una patada la puerta de la alcoba, la volvió a cerrar sin añadir una sola palabra, y entró en su cuarto.

De suerte que al volver en sí, la señora Danglars creyó que había sido presa de una pesadilla atroz.

Al día siguiente, a la hora que Debray solía elegir para hacer una visita a la señora Danglars, su cupé no se presentó en el patio.

A esta hora, es decir, hacia las doce y media, la señora Danglars pidió su carruaje y salió.

Danglars, detrás de una cortina, vio esta salida que esperaba. Dio la orden de que le avisasen en cuanto volviese la señora, pero a las dos aún no había vuelto.

A las dos pidió a su vez su carruaje y se dirigió a la Cámara.

Desde las doce, hasta las dos, Danglars había permanecido en su gabinete, abriendo su correspondencia, trabajando en las operaciones, y recibiendo entre otras visitas la del mayor Cavalcanti, que, siempre tan risueño y tan puntual, se presentó a la hora anunciada para terminar su negocio con el banquero.

Al salir de la Cámara, Danglars, que dio algunas muestras de agitación durante la sesión, y había hablado más que ningún otro en contra del ministerio, volvió a montar en su carruaje, y dio al cochero la orden de conducirle al número 30 de la calle de los Campos Elíseos.

Le dijeron que el señor de Montecristo estaba en casa, pero que tenía una visita, y suplicaba al señor Danglars que esperase un instante en el salón.

Mientras el banquero esperaba, la puerta se abrió, y vio entrar a un hombre vestido de abate que, en lugar de esperar como él, más familiar en su casa, le saludó, entró en las habitaciones interiores y desapareció.

Un instante después, la puerta por donde había entrado el abate se volvió a abrir y Montecristo apareció en el salón.

—Perdonad, querido barón ——dijo el conde—, pero uno de mis mejores amigos, el abate Busoni, a quien habréis visto pasar, acaba de llegar a París; hacía mucho tiempo que estábamos separados, y no he tenido valor para dejarle tan pronto; espero que me dispensaréis haberos hecho esperar.

—¡Cómo! —dijo Danglars—; yo soy el indiscreto por haber elegido un momento tan malo, y voy a retirarme.

—Al contrario, sentaos; ¡pero Dios mío!, ¿qué tenéis?, parecéis disgustado, me asustáis; un capitalista apesadumbrado es lo mismo que los cometas, presagia siempre una desgracia más en el mundo.

—No parece sino que la rueda de la fortuna ha cesado estos días de rodar para mí —dijo Danglars—; pues he recibido una siniestra noticia.

—¡Ah! ¡Dios mío! —dijo Montecristo—, ¿habéis perdido a la bolsa?

—No, ya me repondré; sólo se trata de una bancarrota en Trieste.

—¿De veras? ¿Sería tal vez la víctima Jacobo Manfredi?

—¡Exacto! Figuraos, un hombre que ganaba para mí desde hace mucho tiempo unos ocho o novecientos mil francos al año. Ni siquiera dejaba nunca de pagarlo, ni siquiera un retraso; me aventuré a darle un millón..., ¡y hete aquí que al señor Manfredi se le ocurre suspender sus pagos!

—¿De veras?

—Es una fatalidad. Le mando seiscientas mil libras que no me son pagadas; además, soy portador de cuatrocientos mil francos en letras de cambio firmadas por él, y pagaderas al fin del corriente en casa de su corresponsal de París. Estamos a treinta, ¡envío a cobrar!, ¡ya!, ¡ya!, el corresponsal había desaparecido. Con un negocio de España me he fastidiado este mes totalmente.

—¿Pero habéis perdido en vuestro negocio de España?

—Ciertamente; ¿no lo sabíais? Setecientos mil francos de mi caja, ¡un verdadero desastre!

—¿Y cómo diablos os habéis dejado engañar, vos que sois ya perro viejo?

—¡No es culpa mía! Mi mujer es la culpable, soñó que don

Carlos había entrado en España; ella cree mucho en los sueños. Cuando ha soñado una cosa, según dice ella, sucede infaliblemente. Convencido yo también, la permito jugar, ella tiene su bolsillo y su agente de cambio, juega y pierde. Es verdad que no es mi dinero, sino el suyo el que ella juega. Con todo, no importa, ya comprenderéis que cuando salen del bolsillo de la mujer setecientos mil francos, el marido se resiente un poco de ello. ¡Cómo! ¿No sabéis nada? ¡Pues sí ha causado mu-cho ruido tal negocio...!

—Sí, había oído hablar de ello; pero ignoraba los detalles. Además, soy un ignorante respecto a todos los negocios de bolsa.

—¿No jugáis?

—¡Yo! ¿Y cómo queréis que juegue? Yo, que tanto trabajo me cuesta arreglar mis rentas. Me vería en la precisión de tomar un agente, y un cajero además de mi mayordomo; nada, nada, no pienso en eso. Pero, a propósito de España, me parece que la baronesa no había soñado enteramente la entrada de don Carlos. Los periódicos han hablado de ello también.

—¿Vos creéis en los periódicos?

—Yo no, señor; pero creía que el Messager estaba exceptuado de la regla, y que siempre las noticias telegráficas eran ciertas.

—¡Y bien!, lo que es inexplicable —repuso Danglars— es que esa entrada de don Carlos era en efecto una noticia telegráfica.

—¿De suerte —dijo Montecristo—— que este mes habéis perdido cerca de un millón setecientos mil francos?

—¡No cerca, ésa es exactamente mi pérdida!

—¡Diablo!, para un caudal de tercer orden —dijo Montecristo con compasión—, es un golpe bastante rudo.

—¡De tercer orden! —dijo Danglars algo amostazado—, ¿qué diablo entendéis por eso?

—Sin duda —prosiguió Montecristo— yo divido los caudales en tres categorías: fortuna de primer orden a los que se componen de tesoros que se palpan con la mano, las tierras, las viñas, las rentas sobre el Estado, como Francia, Austria a Inglaterra, con tal que estos tesoros, estas minas y estas rentas formen un total de unos cien millones; considero capital de segundo orden a las explotaciones de manufacturas, las empresas por asociación, los virreinatos y principados que no pasan de un millón quinientos mil francos de renta, formando todo una suma de cuarenta millones; llamo, en fin, capital de tercer orden a los que están expuestos al azar, destruidos por una noticia telegráfica, las bandas, las especulaciones eventuales, las operaciones sometidas, en fin, a esa fatalidad que podría llamarse fuerza menor, comparándola con la fuerza mayor, que es la fuerza natural, formando todo reunido un caudal ficticio o real de unos quince millones. ¿No es ésta, aproximadamente, vuestra posición?

—Sí, sí —respondió Danglars.

—De aquí resulta que con seis meses como éste —continuó Montecristo con el mismo tono imperturbable—, un capital de tercer orden se encontrará en su hora postrera, es decir, agonizando.

—¡Oh! —dijo Danglars con sonrisa forzada—, ¡bien seguro!

—¡Pues bien!, supongamos siete meses —repuso Montecristo en el mismo tono—. Decidme, ¿pensasteis alguna vez que siete veces un millón y setecientos mil francos hacen cerca de doce millones...? ¿No...?, tenéis razón; con tales reflexiones nadie comprometería sus capitales; nosotros tenemos nuestros hábitos más o menos suntuosos, éste es nuestro crédito; pero cuando el hombre muere, no le queda más que su piel, porque las fortunas de tercer orden no representan más que la tercera o cuarta parte de su apariencia, así como la locomotora de un tren no es, en medio del humo que la envuelve, sino una máquina más o menos fuerte. ¡Pues bien!, de esos cinco o seis millones que forman su capital real, acabáis de perder dos; no disminuyen, por lo tanto, vuestra fortuna ficticia o vuestro crédito; es decir, mi querido Danglars, que vuestra piel acaba de ser abierta por una sangría, que reiterada cuatro veces arrastraría tras sí la muerte. Vamos, señor Danglars; ¿necesitáis dinero...? ¿Cuánto queréis que os preste...?

—Qué mal calculador sois ——exclamó Danglars llamando en su ayuda toda la filosofía y todo el disimulo de la apariencia—; a estas horas, el dinero ha entrado en mi caja por otras especulaciones que han salido bien. La sangre que salió por la sangría ha vuelto a entrar por medio de la nutrición. He perdido una batalla en España, he sido batido en Trieste; pero mi armada naval de la India habrá conquistado algunos países, mis peones de México habrán descubierto alguna mina.

—¡Muy bien!, ¡muy bien! Pero queda la cicatriz, y a la primera pérdida volverá a abrirse.

—No, porque camino sobre seguro —prosiguió el banquero con el tono y los ademanes de un charlatán que, sabiéndose vencido, quiere probar lo contrario——; para eso, sería menester que sucumbiesen tres gobiernos.

—¡Diantre!, ya se ha visto eso.

—O bien, que la tierra no diese sus frutos.

—Acordaos de las siete vacas gordas y las siete flacas.

—O que se separen las aguas del mar como en tiempo de Faraón; aún quedan muchos mares, y mis buques tendrían por donde navegar.

—Tanto mejor, tanto mejor, señor Danglars —dijo Montecristo- conozco que me había engañado y que podéis entrar en los capitales de segundo orden.

—Creo poder aspirar a ese honor —dijo Danglars con una de aquellas sonrisas gruesas, por decirlo así, que le eran peculiares—; pero ya que hemos empezado a hablar de negocios —añadió, satisfecho de haber hallado un motivo para variar de conversación—, decidme, ¿qué es lo que puedo yo hacer por el señor Cavalcanti?

—Entregarle dinero, si tiene un crédito sobre vos, y si este crédito os parece bueno.

—¡Magnífico!, esta mañana se presentó con un vale de cuarenta mil francos, pagadero a la vista contra vos, firmado por el abate Busoni, y endosado a mí por vos; ya comprenderéis que al momento le entregué sus cuarenta billetes.

Montecristo hizo un movimiento de cabeza que indicaba su aprobación.

—Sin embargo, no es esto todo —continuó Danglars—; ha abierto a su hijo un crédito en mi casa.

—Sin indiscreción, ¿cuánto tiene señalado al joven?

—Unos cinco mil francos al mes.

—Sesenta mil al año. Ya me figuraba yo que esos Cavalcanti no habían de ser muy desprendidos. ¿Qué queréis que haga un joven con cinco mil francos al mes?

—Ya comprenderéis que si precisa de algunos miles de francos...

—No hagáis nada de eso, el padre os lo dejará por vuestra cuenta; no conocéis a todos los millonarios ultramontanos; ¿y quién le ha abierto ese crédito?

—¡Oh!, la casa French, una de las mejores de Florencia.

—No quiero decir que vayáis a perder; pero, sin embargo, no ejecutéis punto por punto más que lo que os diga la letra.

—¿No tenéis confianza en ese Cavalcanti?

—Por su firma sola le daría yo diez millones. Esto corresponde a las fortunas de segundo orden, de que os hablaba hace poco, señor Danglars.

—Y yo le hubiera tomado por un simple mayor.

—Y le hubierais hecho mucho honor, porque razón tenéis, no satisface a primera vista su aspecto. Al verle por primera vez, me pareció algún viejo teniente; pero todos los italianos son por ese estilo, parecen viejos judíos cuando no deslumbran como magos de Oriente.

—El joven es mejor —dijo Danglars.

—Sí, un poco tímido, quizá; pero, en fin, me ha parecido bien. Yo estaba inquieto.

—¿Por qué?

—Porque le visteis por primera vez en mi casa, se puede decir acabado de entrar en el mundo, según me han dicho. Ha viajado con un preceptor muy severo, y no había venido nunca a París.

—Todos esos italianos acostumbran a casarse entre sí, ¿no es verdad? —preguntó Danglars—; les gusta asociar sus fortunas.

—Esto es lo que suelen hacer; pero Cavalcanti es muy original, y no quiere imitar a nadie. Nadie me quitará de la cabeza que ha traído a su hijo a París para buscarle una mujer.

—¿Vos lo creéis así?

—Estoy seguro de ello.

—¿Y habéis oído hablar de sus bienes?

—No se trata de otra cosa; pero unos pretenden que tiene millones, y otros que no tiene un cuarto.

—Y vamos a ver..., ¿cuál es vuestro parecer...?

—¡Oh!, no os fundéis en lo que yo diga..., porque...

—Pero en fin...

—Mi opinión es que todos esos antiguos podestás, todos esos antiguos condottieri, porque esos Cavalcanti han mandado armadas, han gobernado provincias; mi opinión, repito, es que han escondido los millones en esos rincones que conocen sus antepasados, y que van revelando a sus hijos de generación en generación, y la prueba es que son amarillos y secos como sus florines de la época republicana, de los que conservan un reflejo a fuerza de mirarlos.

—Perfectamente —dijo Danglars—, y eso es tanto más cierto, cuanto que ninguno posee ni siquiera un pedazo de tierra.

—Nada; yo sé de seguro que en Luca no tienen más que un palacio.

—¡Ah!, tienen un palacio —dijo Danglars riendo—, ya es algo.

—Sí, y se lo alquilan al ministro de Hacienda, y él vive en una casucha cualquiera. ¡Oh!, ya os lo he dicho, lo creo muy tacaño.

—Vaya, vaya, no le lisonjeáis, por lo visto.

—Escuchad, apenas le conozco; creo haberle visto tres veces en mi vida; lo que sé, me lo ha dicho el abate Busoni; esta mañana me hablaba de sus proyectos acerca de su hijo, y me hacía ver que, cansado de ver dormir fondos considerables en Italia, que es un país muerto, quisiera encontrar un medio, ya sea en Francia o en Inglaterra, de emplearlos, pero habéis de notar que, aunque yo tengo mucha con-fianza en el abate Busoni, no respondo de nada.

—No importa, no importa, yo saco mis propias deducciones con todos esos informes; decidme, sin que esta pregunta tenga ningún interés, ¿cuando esas personas casan a sus hijos, suelen darles dote?

—¡Psch!, eso según. Yo he conocido a un príncipe italiano, rico como un Creso, uno de los personajes principales de Toscana, que cuando sus hijos se casaban a gusto suyo, les daba millones, y cuando lo hacían a su pesar, se contentaba con darles, por ejemplo, una renta de treinta escudos al mes. Si era con la hija de un banquero, por ejemplo, probablemente tomaba algún interés en la casa del suegro de su hijo; después da media vuelta a sus cofres, y hete aquí dueño al señor Andrés de unos pocos millones.

—Luego ese muchacho encontrará una mayorazga, querrá una corona cerrada, un El Dorado atravesado por el Potosí.

—No, todos esos grandes señores se casan generalmente con simples mortales; son como Júpiter, cruzan las razas. Pero cuando me hacéis tantas preguntas, tal vez llevaréis alguna mira... ¿Queréis casar por ventura a Andrés, señor Danglars?

—Me parece —dijo Danglars—, no sería ésa mala especulación, y yo soy especulador.

—¿No será con la señorita Danglars, supongo? ¿Porque no querréis que luego se ahorque Alberto de desesperación?

—Alberto —dijo el banquero encogiéndose de hombros—, ah, sí, no le importará mucho.

—¡Pero está prometido a vuestra hija, según creo!

—Es decir, el señor de Morcef y yo hemos hablado dos o tres veces de ese casamiento, pero la señora de Morcef y Alberto...

—No vayáis a decirme que no es buen partido...

—Bueno, creo que la señorita Danglars merece al señor de Morcef.

—El dote de la señorita Danglars será muy bonito, en efecto, y yo no lo dudo, sobre todo si el telégrafo no vuelve a cometer más locuras.

—¡Oh!, no es sólo el dote, porque después de todo... Pero decidme...

—¿Qué?

—¿Por qué no convidasteis a Morcef y a su familia a vuestra comida?

—Ya lo había hecho, pero tuvo que hacer un viaje a Dieppe con la señora de Morcef, a quien recomendaron los aires del mar.

—Sí, sí —dijo Danglars riendo—, deben de resultarle saludables.

—¿Por qué?

—Porque son los que ha respirado en su juventud.

Montecristo dejó pasar el chiste sin dar a entender que hubiera fijado la atención en él.

—Pero, en fin —dijo el conde—, si Alberto no es tan rico como la señorita Danglars, no podéis negar que lleva un hermoso apellido.

—Me río yo de su apellido, que es tan bueno como el mío —dijo Danglars.

—Ciertamente, vuestro nombre es popular, y ha adornado el título con lo que le ha parecido; pero sois un hombre harto inteligente para no haber comprendido que, según ciertas preocupaciones muy arraigadas para que se puedan extinguir, una nobleza de cinco siglos vale más que una nobleza de veinte años.

—He aquí por qué —dijo Danglars con una sonrisa que procuraba hacer sardónica—, he aquí por qué preferiría yo al señor Andrés Cavalcanti a Alberto de Morcef.

—No obstante —dijo Montecristo—, yo supongo que los Morcef no le ceden en nada a los Cavalcanti.

—¡Los Morcef! Mirad, querido conde, ¿creeréis lo que voy a deciros...?

—Seguramente.

—¿Sois entendido en blasones?

—Un poco.

—¡Pues bien!, mirad el color del mío; más sólido es que el del conde de Morcef.

—¿Por qué?

—Porque yo, si no soy barón de nacimiento, me llamo al menos Danglars.

—¿Y qué más?

—Que él no se llama Morcef.

—¡Cómo! ¿Que no se llama Morcef?

—No, señor, no se llama así.

—No puedo creerlo.

—A mí me han hecho barón; así, pues, lo soy; él se ha apropiado del título de conde; así, pues, no lo es.'

—Imposible.

—Escuchad, mi querido conde —prosiguió Danglars—, el señor de Morcef es mi amigo, o más bien mi conocido, después de treinta años: yo soy franco, y no hago caso del qué dirán; no he olvidado cuál es mi primitivo origen.

—Hacéis bien, y yo apruebo vuestra manera de pensar —dijo Montecristo—; pero me decíais...

—¡Pues bien! ¡Cuando yo era escribiente de una oficina, Morcef era un simple pescador!

—Y entonces, ¿cómo se llamaba?

—Fernando.

—¿Fernando, y nada más?

—Fernando Mondego.

—¿Estáis seguro?

—¡Diablo! ¡Me ha vendido bastante pescado para que no le conozca.

—Entonces, ¿por qué le dais vuestra hija a su hijo?

—Porque Fernando y Danglars eran dos pobretones, ennoblecidos a un mismo tiempo, y enriquecidos también; en realidad, tanto vale uno como otro, salvo ciertas cosas que han dicho de él, y no de mí.

—¿El qué?

—Nada.

—¡Ah!, sí, comprendo; lo que me decís me hace recordar el nombre de Fernando Mondego. Yo lo he oído pronunciar en Grecia, si mal no recuerdo.

—¿Respecto a Alí—Bajá?

—Exacto.

—Ahí está el misterio —repuso Danglars—, y confieso que hubiera dado cualquier cosa por descubrirlo.

—No era difícil, si lo hubieseis deseado.

—¿Pues cómo?

—¿Tenéis acaso algún corresponsal en Grecia?

—¡Oh!

—¿En Janina?

—¡En todas partes!

—¡Pues bien!, escribid a vuestro corresponsal de Janina, y preguntad qué papel desempeñó en el desastre de Alí—Tebelín un francés llamado Fernando.

—¡Tenéis razón! —exclamó el banquero, levantándose vivamente—¡hoy mismo escribiré!

—Hoy, sí.

—Voy a hacerlo en seguida.

—Y si recibís alguna noticia escandalosa...

—¡Os la comunicaré!

—Me haréis con ello un gran placer.

Danglars se lanzó fuera del salón, y apenas llegó a la puerta, montó de un salto en su carruaje.

V. EL GABINETE DEL PROCURADOR DEL REY

Dejemos al banquero que se dirija apresuradamente a su casa, y sigamos a la señora Danglars en su paseo matutino.

Ya hemos dicho que a las doce y media la señora Danglars pidió sus caballos y salió en su carruaje.

Dirigióse al barrio de Saint—Germain, tomó por la calle Mazarino e hizo parar junto al Puente Nuevo.

Bajó y atravesó el puente: Iba vestida con suma sencillez, como conviene a una mujer de gusto que sale por la mañana.

En la calle de Guenegand subió a un coche de alquiler, diciendo al cochero que parase en la calle de Harlay.

No bien estuvo dentro, sacó de su bolsillo un velo muy espeso que colocó sobre su sombrero de paja; se lo puso después, y vio con placer, al mirarse en un espejito de bolsillo, que no se distinguían en absoluto sus facciones.

El coche entró por la plaza Dampline en el patio de Harlay; fue pagado el cochero al abrir la portezuela, y la señora Danglars, lanzándose hacia la escalera, que subió ligeramente, llegó sin tardanza a la sala de los Pasos Perdidos.

Debido a que por la mañana hay siempre muchos asuntos y ocupaciones en el palacio, los empleados y porteros apenas repararon en aquella mujer; la señora Danglars atravesó la sala de los Pasos Perdidos sin ser observada más que de otras diez o doce mujeres que esperaban a su abogado.

Apenas llegó a la antesala del gabinete del señor de Villefort no tuvo necesidad la señora Danglars de decir su nombre; tan pronto como la vieron, se presentó un ujier, se levantó, dirigióse a ella, le preguntó si era la persona que esperaba el señor procurador del rey, y ante su respuesta afirmativa, la condujo por un pasadizo reservado al gabinete del señor de Villefort.

El magistrado escribía sentado en un sillón, vuelto de espaldas a la puerta; oyó abrir la puerta, oyó también al ujier pronunciar estas palabras: "H ¡Entrad, señora!", y oyó volverse a cerrar la puerta, sin hacer un solo movimiento; pero tan pronto como sintió perderse los pasos del ujier que se alejaba, se volvió vivamente, corrió los cerrojos y las cortinillas, a inspeccionó cada rincón del gabinete.

Cuando se hubo cerciorado de que no podía ser visto ni oído, quedó al parecer tranquilo, y dijo:

—Gracias, señora, gracias, por vuestra puntualidad.

Y le ofreció un sillón, que la señora Danglars aceptó, porque se sentía tan turbada que temía caerse.

—Mucho tiempo hace, señora, que no tengo la dicha de hablar a solas con vos, y con gran sentimiento mío nos volvemos a encontrar para tratar de un asunto muy penoso.

—No obstante, caballero, bien veis que he acudido al punto a la cita, a pesar de que seguramente esta conversación es más penosa para mí que para vos.

Villefort se sonrió amargamente.

—Verdad es, señora —dijo respondiendo más bien a su propio pensamiento que a las palabras de su interlocutora—; ¡verdad es que todas nuestras acciones dejan huellas, las unas sombrías, las otras luminosas, en nuestro pasado! ¡Verdad es también que nuestros pasos en esta vida se asemejan a la marcha del reptil sobre la arena y dejan un surco! ¡Ay!, para muchos este surco es el de sus lágrimas.

—Caballero, vos comprendéis mi emoción, ¿no es verdad? —dijo la señora Danglars—, ¡pues bien!, este despacho por donde han pasado tantos culpables temblorosos y avergonzados, ese sillón donde yo me siento a mi vez temblorosa y turbada... ¡Oh!, necesito de toda mi razón para no ver en mí una mujer muy culpable y en vos un juez amenazador.

Villefort dejó caer la cabeza sobre el sillón y exhaló un suspiro.

—Y yo —repuso—, yo digo que mi lugar no es el sillón del juez..., sino el del acusado.

—¿Vos? —dijo la señora Danglars asombrada.

—Sí, yo.

—Me parece que exageráis la situación, caballero —dijo la señora Danglars, cuyos ojos se iluminaron por un fugitivo resplandor—. Esos surcos de que hablabais hace un instante han sido trazados por todas las juventudes ardientes. En el fondo de las pasiones, más allá del placer, hay siempre un poco de remordimiento; por esto el Evangelio, ese recurso eterno de los desgraciados, nos ha dado por sostén a nosotras, pobres mujeres, la hermosa parábola de la pecadora y de la mujer adúltera. Así, pues, os lo confieso, recordando esos delirios de mi juventud, pienso algunas veces que Dios me los perdonará, porque, si no la excusa, al menos se ha encontrado la compensación en mis sufrimientos; pero vos, ¿qué tenéis que temer en todo esto, vosotros los hombres a quienes el mundo disculpa todo, y a quienes el escándalo ennoblece?

—Señora —repuso Villefort—, vos me conocéis; yo no soy hipócrita, o por lo menos no lo soy sin razón. Si mi frente es severa, es porque muchas desgracias la han oscurecido; si mi corazón se ha petrificado, es a fin de poder sobrellevar las fuertes emociones que ha recibido. No era yo así en mi juventud, no era yo así aquella noche de bodas en que todos estábamos sentados alrededor de una mesa en la calle del Cours de Marsella... Pero después todo ha cambiado en mí y a mi alrededor; mi vida ha transcurrido en perseguir cosas difíciles y en destruir en las dificultades a los que voluntaria o involuntariamente, por su libre albedrío o debido al azar, se cruzaban en mi camino. Es raro que lo que uno desea ardientemente no les esté prohibido a las personas de quienes quiere uno obtenerlo, o a quienes piensa arrancárselo. Así, pues, la mayor parte de las malas acciones de los hombres les salen al encuentro disfrazadas bajo la forma que el caso requiere; una vez cometida la mala acción en un momento de exaltación, de temor o delirio, se comprende que uno habría podido evitarla. El medio que se debiera emplear en aquel momento se presenta entonces a vuestros ojos fácil y sencillo, decís: ¿cómo no he hecho esto en lugar de hacer aquello? Vosotras, al contrario, rara vez sois atormentadas por los remordimientos, porque rara vez sois las que decidís; vuestras desgracias os son impuestas casi siempre; vuestras faltas son casi siempre la culpa de otros.

—Pero, al menos, caballero, convenid en que, si yo he cometido una falta personal, ayer recibí un severo castigo.

—¡Pobre mujer! —dijo Villefort estrechándole la mano—, muy severo para vuestras fuerzas, porque dos veces estuvisteis a punto de sucumbir, y sin embargo...

—¿Qué?

—Debo deciros..., haced acopio de ánimo y valor, señora, ¡porque aún no lo sabéis todo...!

—¡Dios mío! —exclamó la señora Danglars aterrada—, ¿qué más hay?

—Vos no miráis más que lo pasado, y seguramente es sombrío. ¡Pues bien!, figuraos un porvenir más sombrío aún..., espantoso..., ¡sangriento tal vez!

La baronesa conocía la serenidad de Villefort, y se asombró tanto de su exaltación, que abrió la boca para gritar, pero el grito murió en su garganta y preguntó:

—¿Cómo ha resucitado ese pasado terrible?

—¿Cómo? —exclamó Villefort—. ¡Del fondo de la tumba y del fondo de nuestros corazones, donde dormía, ha salido como un fantasma, para hacer palidecer nuestras mejillas y enrojecer nuestras frentes!

Herminia dijo:

—¡Ay!, ¡sin duda por casualidad!

—¡Por casualidad! —repuso Villefort—; ¡no, no, señora, no existe la casualidad!

—¿Pero no es una casualidad la que ha conducido esto? ¿No ha sido una casualidad que el conde de Montecristo comprase aquella casa? ¿No hizo cavar la tierra en aquel mismo sitio por casualidad? ¿No ha sido casualidad que aquel desgraciado niño fuese enterrado debajo de los árboles? ¡Pobre inocente criatura, a quien jamás he podido dar un beso y a quien tantas lágrimas he dedicado! ¡Ah!, mi corazón palpitó fuertemente cuando oí hablar al conde de aquella infeliz criatura cuyos despojos encontró debajo de las flores.

—¡Pues bien!, ahí está el error, señora.

—¡Cómo!

—Sí —respondió Villefort con voz sorda—, esto es la terrible noticia que tenía que comunicaros; no, no ha habido tales despojos debajo de las flores; no, no se le debe llorar; no, no se debe gemir, sino temblar.

—¿Qué queréis decir...? —exclamó la señora Danglars estremeciéndose convulsivamente—, ¡explicaos, por Dios!, aclarad el misterio que encierran vuestras palabras.

—Me refiero a que el conde de Montecristo, al cavar al pie de aquellos árboles, no ha podido encontrar ni esqueleto de niño, ni cofre..., porque debajo de aquellos árboles no había una cosa ni otra.

—¡Que no había una cosa ni otra! —repitió la señora Danglars fijando en el señor de Villefort sus ojos, cuyas pupilas dilatándose espantosamente indicaban un extraño terror—, ¡no había una cosa ni otra! —volvió a decir con el tono de una persona que procura fijar con el sonido de sus palabras y de su voz, sus ideas prontas a huir de su mente.

—¡No! —dijo Villefort dejando caer su frente sobre sus manos—; no, ¡cien veces no!

—¿Pero no fue allí donde dejasteis a la pobre criatura, caballero? ¿Por qué me habéis engañado? ¿Con qué objeto, decid?

—Allí fue, pero escuchadme, escuchadme, señora, y me compadeceréis; ¡preparaos a recibir un golpe fatal!

—¡Dios mío! ¡Me asustáis!, pero no importa, hablad, ya os escucho.

—Ya sabéis lo que ocurrió aquella dolorosa noche en que estabais en vuestra cama casi expirando, en aquel cuarto forrado de damasco rojo, mientras que yo casi sufriendo tanto como vos esperaba vuestra libertad.

Recibí al niño en mis brazos sin movimiento, sin voz; le creímos muerto.

La señora Danglars hizo un movimiento rápido, como si quisiera lanzarse fuera del sillón. Pero Villefort la detuvo cruzando las manos como para implorar su atención.

—Le creímos muerto —repitió—, le puse en un cofre que había de hacer las veces de ataúd, bajé al jardín, cavé una fosa y le enterré apresuradamente. Apenas acababa de cubrirle de tierra, se extendió hacia mí el brazo del corso. Vi elevarse una sombra, vi relucir un relámpago. Sentí un dolor agudo, quise gritar, un estremecimiento helado me recorrió todo el cuerpo y se me ahogó la voz en la garganta..., caí moribundo y me creí muerto. Jamás olvidaré vuestro sublime valor; cuando una vez vuelto en mí me arrastré expirante hasta el pie de la escalera, donde expirante vos también me salisteis a recibir. Era preciso guardar silencio acerca de la horrible desgracia; vos tuvisteis valor para volver a vuestra casa, sostenida por vuestra nodriza; un duelo fue el pretexto de mi herida. Contra lo que vos y yo esperábamos, el secreto permaneció oculto, me transportaron a Versalles; durante tres meses luché contra la muerte; al fin, cuando ya parecía volver a la vida, me recomendaron el sol y los aires del Mediodía.

Cuatro hombres me llevaron de París a Chalons, andando seis leguas al día. La señora de Villefort seguía la camilla en su carruaje; en Chalons, me pusieron en el Saona, después pasé al Ródano; con la fuerza de la corriente llegamos hasta Arlés; desde Arlés tomé mi litera y proseguí mi viaje hasta Marsella. Mi convalecencia duró diez meses; no oí pronunciar vuestro nombre, no me atreví a informarme de lo que había sido de vos. Cuando volví a París supe que, viuda del señor Nargonne, habíais contraído nuevas nupcias con el señor Danglars.

¿En qué había yo pensado desde que recobré el conocimiento? Siempre en la misma cosa, siempre en aquel cadáver del niño que en mis sueños se elevaba del seno de la tierra y se me aparecía amenazándome con su gesto y su mirada; así, pues, apenas estuve de vuelta en París me informé, la casa no había sido habitada desde que salimos de ella, pero acababa de ser alquilada por nueve años. Fui a ver al inquilino, fingí tener un gran deseo de no ver pasar a manos extrañas aquella casa que pertenecía al padre y a la madre de mi mujer; ofrecí una indemnización por que rescindiesen la escritura de arrendamiento; me pidieron seis mil francos, yo hubiera dado diez mil, veinte mil. Los tenía en mi mano; hice firmar en seguida y delante de mí el permiso, y apenas me lo entregaron, partí a galope con dirección a Auteuil. Nadie había entrado en la casa desde que yo había salido de ella.

Eran las cinco de la tarde, subí a la alcoba de damasco encarnado, y esperé a que se hiciera de noche.

en mitad de la plazoleta para encenderla y en seguida continué mi camino. Allí se presentó a mi imaginación todo lo que me había ocurrido.

El mes de noviembre tocaba a su fin; todo el verdor del jardín había desaparecido.

Los árboles se asemejaban a esqueletos con brazos descarnados, y oíase el crujir de las hojas secas a cada Paso mío...

Era tal mi espanto, que al acercarme al árbol, saqué mi pistola y la monté.

Siempre creía ver aparecer a través de las camas la figura amenazadora del torso...

Dirigí la luz de mi linterna al árbol: no había nadie... »Miré en derredor; me hallaba completamente solo...

Ningún ruido turbaba el silencio de la noche, salvo el lúgubre canto de la lechuza que parecía evocar los fantasmas de la noche.

Coloqué mi linterna en el suelo, en el mismo sitio donde la colocara un año antes para cavar la fosa.
"La hierba había brotado más espesa hacia aquel punto en el otoño, y nadie se había cuidado de arrancarla. Sin embargo había un sitio en que no había casi nada: era evidente que allí fue donde le enterré. Así pues, puse manos a la obra.

¡Al fin había llegado aquella horas tan esperada hacía un año!

Seguía trabajando, creyendo sentir una resistencia cada vez que dejaba caer el azadón, ¡pero nada!, y no obstante hice un hoyo dos veces mayor que el primero. Creí haberme equivocado de sitio; miré los árboles, procuré reconocer los detalles que se habían quedado grabados en mi imaginación; una brisa fría y aguda silbaba a través de las camas despojadas de sus hojas, y, sin embargo, mi frente estaba bañada en sudor. ¡Recordé haber recibido la puñalada en el momento de estar apisonando la tierra para volver a cubrir la fosa! Haciendo esta operación, me apoyé contra un sauce; detrás de mí había una roca artificial destinada a servir de banco a los paseantes, porque al dejar caer la mano, sentí el frío de aquella piedra; a mi derecha estaba el sauce, detrás de mí, la roca. Caí aniquilado sobre la piedra, me volví a levantar, y me puse a ensanchar el agujero; nada, siempre nada; el cofre no estaba allí.

—¡No estaba el cofre! —murmuró la señora Danglars sofocada por el espanto.

—No creáis que me limité a esta sola tentativa —continuó Villefort—; no: registré perfectamente todo aquel lugar; yo pensaba que el asesino, habiendo desenterrado el cofre y creyendo que era un tesoro, querría apoderarse de él y se lo lleva; dándose cuenta después de su error, haría a su vez otro hoyo donde lo depositase, pero nada.

Aquel torso que había jurado vengarse, que me había seguido de Nimes a París, aquel torso, que estaba escondido en el jardín, que me había herido, me había visto cavar la fosa, me había visto enterrar al niño, podía conoceros, tal vez os conocía... ¿No podía hacer pagar algún día el secreto de aquella terrible escena? ¿No sería una venganza más dulce para él, cuando se enterase de que yo no había muerto de su puñalada? ¡Era, pues, urgente que antes de nada hiciese yo desaparecer las huellas de aquel pasado, destruyese todo vestigio material; demasiada realidad había en mi imaginación y en mis recuerdos!

Por esto había anulado la escritura de arrendamiento, por esto había ido al jardín, por esto esperaba.

Llegó la noche, dejé que transcurrieran varias horas; yo estaba sin luz en aquel cuarto, donde las ráfagas de viento hacían temblar las vidrieras y las puertas, detrás de las cuales creía yo ver siempre emboscado algún espía; de vez en cuando, me estremecía, me parecía oír detrás de mí vuestros lastimeros quejidos, y no me atrevía a volverme.

Mi corazón latía en silencio, y yo lo sentía latir tan violentamente que temía volviese a abrirse mi herida; al fin fueron extinguiéndose, uno tras otro, todos esos diversos ruidos del cameo.

Conocí que no tenía nada que temer, que no podía ser visto ni oído, y me decidí a bajar.

Escuchad, Herminia —prosiguió Villefort—, me considero tan valiente como el que más, pero cuando saqué de mi pecho aquella llavecita de la escalera, aquella llave a la que tanto cariño profesábamos, cuando abrí la puerta, cuando a través de las ventanas vi el pálido reflejo de la luna caer sobre los escalones en espiral como una ráfaga blanca parecida a un espectro, me apoyé en la pared y estuve a punto de gritar.

¡Creí volverme loco!

Al fin supe dominar mis nervios.

Bajé la escalera, escalón por escalón: lo único que no pude contener fue un extraño temblor en las rodillas. Me agarré al pasamanos, puesto que si le suelto un instante habría rodado por la escalera.

Llegué a la puerta que está al pie de la escalera; un azadón estaba apoyado contra la misma. Lo cogí y me adelanté hacia la alameda que está enfrente de la puerta. Yo llevaba una linterna sorda; me detuve.

Después me ocurrió la idea de que tal vez no habría tomado tantas precauciones y lo habría arrojado a algún rincón. Así, pues, para cerciorarme de ello, tenía que esperar a que llegase el día: volví a la alcoba y esperé.

—¡Oh! ¡Dios mío!

—Cuando amaneció, bajé de nuevo. Mi primera visita fue al árbol; esperaba encontrar en él algunas señales que me hubieran pasado inadvertidas durante la oscuridad. Yo había levantado la tierra sobre una superficie de más de veinte pies cuadrados y sobre una profundidad de más de dos pies. Apenas hubiera sido suficiente un día a un jornalero para lo que yo había hecho en una hora. Nada, no vi absolutamente nada.

Entonces me puse a buscar el cofre por donde yo había supuesto que tal vez estaría. Por lo tanto, me dirigí al camino que conducía a la puerta de salida; pero esta nueva investigación fue tan inútil como la primera, y me volví al árbol con el corazón oprimido.»

—¡Oh! —exclamó angustiada la señora Danglars—, ¡era para volverse loco...!

—Es lo que por un momento pensé que iba a ocurrirme; pero no tuve esa dicha; sin embargo, reuniendo mis fuerzas y por consiguiente mis ideas:

"¿Para qué se habrá llevado ese hombre el cadáver?", me pregunté a mí mismo.

—Vos mismo lo habéis dicho —repuso la señora Danglars—; para tener una prueba.

—No, señora, no podía ser así; no se guarda un cadáver un año; se le muestra a un magistrado y se le hace una declaración. Ahora, pues, nada de esto había sucedido.

—¿Entonces...? —inquirió Herminia, anhelante.

—Entonces hay una cosa más terrible, más fatal, más espantosa para nosotros: que el niño estaba vivo tal vez y que el asesino le salvó la vida.

La señora Danglars lanzó un grito terrible, y agarrando las dos manos de Villefort:

—¡Mi hijo estaba vivo! —exclamó—; ¡enterrasteis vivo a mi hijo, caballero! ¡No teníais seguridad de que estaba muerto, y le habéis enterrado! ¡Ah!

La señora Danglars se había levantado y estaba en pie delante del procurador del rey, cuyas manos estrechaba entre las suyas con ademán amenazador.

—¿Qué sé yo? Os digo esto como podría deciros cualquier otra cosa —respondió Villefort con una mirada que indicaba que aquel hombre tan poderoso estaba rozando... los límites de la desesperación y de la locura.

—¡Ah! ¡Hijo mío! ¡Pobre hijo mío! —exclamó la baronesa, cayendo sobre su silla y ahogando en su pañuelo los sollozos.

Villefort volvió en sí, y comprendió que, para aplacar la tempestad maternal que le amenazaba, era preciso comunicar a la señora Danglars el terror que él mismo experimentaba.

—Ya podéis figuraros que si es así —dijo levantándose y acercándose a la señora Danglars para hablarle en voz más baja—, estamos perdidos. Ese niño vive, alguien lo sabe, y alguien sabe nuestro secreto, y teniendo en cuenta que Montecristo habla delante de nosotros de un niño desenterrado, siendo así que este niño no estaba, él es quien posee el secreto.

—¡Dios! ¡Dios justo! ¡Dios vengador! —murmuró la baronesa.

Villefort no respondió más que con una especie de rugido.

—¿Pero ese niño, ese niño, caballero? —repuso aquélla con obstinación.

—¡Oh! ¡Cuánto le he buscado! —prosiguió Villefort retorciéndose los brazos—. ¡Cuántas veces le he llamado en mis largas noches de insomnio! ¡Cuántas veces he deseado una riqueza real para comprar un millón de secretos a un millón de hombres, y para encontrar mi secreto entre los suyos! En fin, un día que por centésima vez tomaba mi azadón, me pregunté por la centésima vez, ¿qué podía haber hecho el corso con el niño? Un recién nacido estorba mucho a un fugitivo; ¡tal vez, al reparar que estaba vivo, lo habría arrojado al río!

—¡Oh, imposible! —exclamó la señora Danglars—; se asesina a un hombre por venganza; ¡pero no se ahoga a un niño a sangre fría!

—Tal vez —continuó Villefort—, ¿lo habría puesto en el torno de la inclusa?

—¡Oh!, sí, sí —exclamó la baronesa—, ¡mi hijo está allí, caballero!

—Corrí al. hospicio, y me enteré de que aquella noche misma, la del 20 de septiembre, había sido depositado un niño en el torno;

estaba envuelto en la mitad de una toalla de tela fina, cortada con intención. Esta mitad de toalla llevaba la parte de una corona de barón y la letra H.

—¡Eso es!, ¡eso es! —exclamó la señora Danglars—, toda mi ropa estaba marcada así; el señor de Nargonne era barón y yo me llamo Herminia. ¡Gracias, Dios mío! ¡Mi hijo no había muerto!

—No, no había muerto.

—¡Y me lo decís así! ¿Sin temor de matarme de alegría, caballero? ¿Dónde está, dónde está mi hijo?

Villefort se encogió de hombros.

—¿Lo sé yo acaso? —dijo—; ¿y creéis que si lo supiera os haría sufrir todas estas pruebas? ¡No!, ¡ay!, no lo sé. Me informaron de que una mujer fue a reclamarlo hacía seis meses con la otra mitad de la toalla, y habiendo presentado todas las garantías que exige la ley, se lo entregaron.

—Pero vos debíais haberos informado de aquella mujer, debíais haberla descubierto.

—¿Y qué es lo que creéis que hice, señora? Fingí una instrucción criminal, y empleé todos los medios de la policía para descubrirla. Siguieron sus huellas hasta Chalons, en donde las perdieron.

—¿Las perdieron?

—Sí, las perdieron para siempre.

La señora Danglars había escuchado esta relación sin proferir un grito, sin derramar una lágrima, pero al llegar a este punto no pudo contenerse y rompió en amargo llanto.

—¿Y no habéis hecho más? —dijo— ¿Os habéis limitado únicamente a eso...?

—¡Oh!, no —dijo Villefort—, jamás he cesado de averiguar, de buscar, de informarme. Sin embargo, hacía unos cuantos años que habían cesado mis pesquisas. Pero hoy voy a volver a empezar con más perseverancia y encarnizamiento que nunca, y triunfaré, porque no es sólo la conciencia la que me remuerde y la que me impele, es el miedo.

—Pero el conde de Montecristo —replicó la señora Danglars— no sabe nada; si así no fuera, no obraría como lo hace, es decir, que haría su declaración.

—¡Oh!, ¡la maldad de los hombres es muy profunda! —dijo

Villefort—, puesto que es más profunda que la bondad de Dios. ¿Habéis notado las miradas de aquel hombre mientras nos hablaba?

—No.

—¿Pero le habéis examinado detenidamente?

—Sin duda es extraño, pero nada más; una cosa me ha admirado notablemente, y es que de toda aquella exquisita comida que nos ofreció, él no probó ningún plato.

—Sí, sí —dijo Villefort—, también yo lo he notado. Si yo hubiera sabido lo que sé ahora, no hubiera probado tampoco ningún plato; hubiera creído que nos había querido envenenar.

—Y os hubierais engañado, como veis.

—Sí, sin duda; pero, creedme, ese hombre lleva otras intenciones; por esto he querido veros, por esto os he pedido una conferencia, por esto he querido preveniros contra todo el mundo, pero contra él sobre todo. Decidme —continuó Villefort, fijando más profundamente sus ojos en la baronesa—; ¿no habéis hablado a nadie de nuestras relaciones? —jamás, a nadie.

—Me comprendéis —replicó afectuosamente Villefort—, cuando digo a nadie, perdonadme esta insistencia, a nadie en el mundo, ¿no es verdad?

—¡Oh!, sí, sí, comprendo muy bien —dijo la baronesa sonrojándose—; nunca, os lo juro.

—¿No acostumbráis escribir por la noche lo que hacéis durante el día? ¿No escribís vuestro diario?

—¡No!, mi vida es arrastrada por la frivolidad; yo misma me olvido luego de lo que hago.

—¿No soñáis en voz alta, al menos, que sepáis?

—Tengo un sueño de niño..., ¿no os acordáis?

Sonrojóse la baronesa, y el rostro de Villefort se cubrió de una viva palidez.

—Es verdad —dijo en voz tan baja que apenas se oyó.

La baronesa inquirió:

—¿Y bien?

—¡Y bien!, comprendo lo que tengo que hacer —respondió el procurador del rey—; antes de ocho días sabré quién es el conde de Montecristo, de dónde viene, adónde va, y por qué habla delante de nosotros de niños desenterrados en su jardín.

Villefort dijo estas palabras con un acento que hubiera hecho estremecer al conde si hubiera podido oírlas.

Estrechó después la mano, que la baronesa vacilaba en darle, y la condujo con respeto hasta la puerta.

La señora Danglars tomó otro coche de alquiler que la condujo al Puente Nuevo, cerca del cual encontró su carruaje y su cochero, que la esperaba durmiendo apaciblemente sobre el pescante.

El mismo día, a la hora en que la señora Danglars acudía a la cita que hemos referido en el despacho del señor de Villefort, un coche de viaje, entrando por la calle Helder, atravesaba la puerta de la casa número 27, y se detenía en el patio.

Un instante después se abrió la portezuela y la señora de Morcef bajó apoyada en el brazo de su hijo.

Apenas hubo conducido Alberto a su madre a su habitación, man-dando que diesen un baño a sus caballos, y después de cambiar de vestido, se hizo conducir a los Campos Elíseos, a casa del conde de Montecristo.

Recibióle éste con su sonrisa habitual. Era una cosa extraña; nunca se podía adelantar un paso en el corazón o en el espíritu de aquel hombre. Los que intentaban, por decirlo así, atravesar la barrera de su intimidad, tropezaban con un muro.

Morcef, que corría a su encuentro con los brazos abiertos, los dejó caer al verle, a pesar de su sonrisa amistosa, y se atrevió todo lo más a darle la mano.

Montecristo, por su parte, tocó como siempre aquella mano pero sin estrecharla.

—¡Y bien!, aquí me tenéis, querido conde—dijo.

—Muy bien venido seáis.

—He llegado hace cosa de una hora.

—¿De Dieppe?

—De Treport.

—¡Ah!. ¡es verdad!

—Y mi primera visita es para vos.

—Sois muy amable ——dijo Montecristo con indiferencia.

—Y bien, veamos, ¿qué noticias hay?

—¡Noticias! ¿Me las pedís a mí, a un extranjero?

—Yo me entiendo; cuando os pregunto si hay noticias, pregunto si habéis hecho algo por mí.

—¿Pues qué? ¿Me habíais encargado alguna comisión? —dijo Montecristo fingiendo sorpresa.

—¡Vamos, vamos —dijo Alberto—, no os hagáis el indiferente! Dicen que hay avisos simpáticos que atraviesan la distancia: pues bien, en Treport he recibido una sacudida eléctrica; vos habéis, si no trabajado, al menos pensado en mí.

—Es muy posible —dijo Montecristo—. En efecto he pensado en vos; pero la corriente magnética de que yo era conductor reconozco que obraba independientemente de mi voluntad.

—¡De veras! ¡Contadme eso, os lo suplico...!

—Nada más fácil; el señor Danglars ha comido en mi casa.

—¡Eso ya lo sé, puesto que mi madre y yo nos marchamos huyendo de su presencia!

—Pero ha comido con el señor Andrés Cavalcanti.

—¿Vuestro príncipe italiano?

—No exageremos. El señor Andrés se da sólo el título de conde.

—¿Se da, decís?

—Se da, es lo que digo.

—¿Acaso no lo es?

—¡Eh!, qué sé yo, él se da el título de conde; yo se lo doy, todos se lo dan; ¿no es lo mismo que si lo tuviera?

—Qué hombre tan extraño sois, ¿y bien?

—¡Y bien...!, ¿qué queréis decir?

—¿Ha comido aquí el señor Danglars?

—Sí.

—¿Con vuestro conde Andrés Cavalcanti?

—Con el conde Andrés, con el marqués su padre, con el señor Danglars, los señores de Villefort, el señor Debray, Maximiliano Morrel, ¿y quién más...?, esperad... ¡Ah!, ¡ya...!, el señor de Chateau-Renaud.

—¿Hablaron de mí?

—Ni una palabra siquiera.

—Tanto peor.

—¿Por qué? Yo creo que si os han olvidado no han hecho sino lo que vos deseabais.

—Si no hablaban de mí es porque pensaban mucho, querido conde, y por eso estoy desesperado.

—¿Qué os importa, puesto que la señora Danglars no era del número de los que pensaban así? ¡Ah!, verdad es que podia pensar en su casa.

—¡Oh!, en cuanto a eso no, estoy seguro, o si pensaba, seguramente era del mismo modo que yo.

—¡Oh!, ¡tierna simpatía...! —dijo el conde—. ¿De modo que tanto os detestáis?

—Escuchad —dijo Morcef—, si la señorita Danglars se apiadase del martirio que yo no sufro por ella, y me recompensase sin casarse conmigo, me vendría a las mil maravillas; para abreviar, yo creo que la señorita Danglars sería como amante, encantadora; ¡pero como mujer...!, ¡diablo!

—¡Vaya! —dijo Montecristo—, ¿es ese vuestro modo de pensar respecto a vuestra futura?

—¡Oh!, sí, esto es una barbaridad, pero es exacto. Mas como no se puede hacer de este sueño una realidad, como para alcanzar cierto objeto... es preciso que la señorita Danglars sea mi mujer, es decir, que viva conmigo, que piense a mi lado, que haga versos y ponga música también a mi lado, y durante toda mi vida, esto me espanta; a una querida se la puede dejar cuando uno quiere; ¡pero a una esposa, demonio!, eso es otra cosa: preciso es quedarse con ella eternamente, teniéndola cerca o lejos, y sería horrible tener que quedarse con la señorita Danglars siempre, aunque fuese de lejos.

—Sois muy descontentadizo, vizconde.

—Sí, porque no dejo de pensar en una cosa irrealizable.

—¿Cuál?

—El encontrar una mujer como mi padre ha encontrado para él.

Montecristo palideció y miró a Alberto, mientras jugaba con unas pistolas magníficas, cuyos gatillos montaba y desmontaba rápida. mente.

—¿De modo que vuestro padre ha sido muy feliz? —dijo.

—Ya sabéis mi opinión acerca de mi madre, señor conde; un ángel del cielo; ahí la tenéis hermosa aún, siempre espiritual, más buena que nunca. Acabo de llegar de Treport; para otro hijo cualquiera acompañar a su madre habría sido una condescendencia o una gabela; pues bien, yo he pasado cuatro días en conversación con ella, más satisfecho, más contento, más poético que si hubiera llevado conmigo a Treport a la reina Mak o a Tirania.

—¡Esa es una perfección y una cualidad bellísima! Y hacéis entrar a los que os escuchan en deseos de permanecer en el celibato.

—Exacto —dijo Morcef—; porque sé que existe en el mundo una mujer perfecta, no tengo ganas de casarme con la señorita Danglars. ¿No habéis notado algunas veces cómo siembra nuestro egoísmo de colores brillantes todo lo que nos pertenece? El diamante que poseían Marlé o Fossin es mucho más hermoso desde que es nuestro; pero si la evidencia os enseña que existe un brillo más puro, y vos os veis obligado a llevar eternamente el inferior al otro, ¿comprendéis lo que se debe sufrir?

—¡Mundano! —murmuró el conde.

—Por eso mismo saltaré de alegría el día en que la señorita Eugenia se dé cuenta de que yo no soy tan rico como ella, y de que apenas tengo tantos cientos de miles de francos como ella millones.

Montecristo se sonrió.

—Yo había pensado en una cosa —continuó Alberto—; Franz ama todo lo excéntrico; yo he querido hacer que se enamorase de la señorita Danglars, pero a pesar de cuatro cartas que he escrito en el estilo más entusiasta y ponderativo, Franz me ha respondido imperturbablemente:

"Es verdad que soy excéntrico, pero mi excentricidad no se extiende hasta retirar mi palabra cuando ya la he dado.»

—Eso es lo que se llama un sacrificio de amistad; endosar a otro la mujer que uno no desea sino para querida.

Alberto se sonrió.

—A propósito —prosiguió—, dentro de pocos días llega ese querido Franz, pero a vos os importa poco, no le queréis, según creo.

—¡Yo! —dijo Montecristo—, querido vizconde, ¿quién os ha contado que yo no le quiero? Yo quiero a todo el mundo.

—Y a mí me englobáis en todo el mundo... Gracias.

—¡Oh!, no nos confundamos —dijo Montecristo—; yo amo a todo el mundo como Dios manda que amemos al prójimo, cristianamente, pero no aborrezco más que a ciertas personas.

Volvamos al señor Franz d'Epinay. Decís que va a llegar.

—Sí, mandado llamar por el señor de Villefort, que tiene tanta impaciencia por casar a la señorita Valentina, como el señor Danglars por casar a la señorita Eugenia. Decididamente, no parece sino que es un oficio muy fatigoso el de padre de hijas casaderas. Creen que no pueden vivir hasta verlas casadas, y que su pulso late noventa veces por minuto hasta verse libres de tal carga.

—Pero el señor Franz no se parece a vos; yo creo que lleva su mal con paciencia.

—Mejor todavía, él lo toma por lo grave; se pone corbata blanca y habla ya de su familia. Además, tiene en grande estima a todos los Villefort.

—Estima merecida, ¿no es cierto?

—Ya lo creo; el señor de Villefort ha pasado siempre por un hombre severo, pero justo.

—Enhorabuena —dijo Montecristo—, al fin encontré a uno al que no tratáis como a ese pobre señor Danglars.

—Eso consistirá quizás en que no tengo que casarme con su hija —respondió Alberto riendo.

—Es cierto, amigo mío —dijo Montecristo—, sois un inocente.

—¡Yo!

—Sí, vos. Tomad un cigarro.

—Con mucho gusto. ¿Y por qué decís que soy un inocente?

—Porque no hacéis más que defenderos y hacer por evitar el casamiento con la señorita Danglars. ¡Oh! ¡Dios mío!, dejad marchar las cosas, y probablemente no seréis vos quien retire primero su palabra.

—¡Bah! —exclamó Alberto estremeciéndose de gozo.

—Sin duda, querido vizconde, no os harán casar a la fuerza, ¡qué diablo!, pero hablando en serio, ¿tenéis ganas de una ruptura?

—Daría por ello cien mil francos.

—¡Pues bien!, alegraos: el señor Danglars está pronto a dar el doble por el mismo deseo.

—¿Será verdad? —dijo Alberto, que no pudo, sin embargo, al decir esto, impedir que pasase por su frente una nube imperceptible—. Pero mi querido conde, ¿tiene el señor Danglars razones para ello?

—¡Ah! ¡Ya lo encontré, naturaleza orgullosa y egoísta! Enhorabuena, tengo delante al hombre que quiere agujerear el amor propio de otro a fuerza de hachazos, y que gime y grita cuando intentan hacer lo mismo al suyo con una aguja.

—No, no, pero me parece que el señor Danglars...

—¿Debía estar encantado de vos, no es verdad? Pues bien, el señor Danglars es un hombre de mal gusto, está más encantado de otro...

—¿De quién?

—Lo ignoro; estudiad, mirad, coged al paso las alusiones, y aprovechaos de ellas.

—Bueno, comprendo; escuchad, mi madre..., no; mi madre no, me engaño; a mi padre le ha ocurrido la idea de dar un baile.

—¡Un baile en este tiempo!

—Los bailes en verano están de moda.

—Aunque así no fuera, si la condesa quisiera, se pondrían de moda.

—Gracias; son bailes puramente parisienses; los que se quedan en París en el mes de julio son verdaderos parisienses. ¿Queréis encargaros de invitar a los señores Cavalcanti?

—¿Cuándo será el baile?

—El sábado.

—Quizá se haya marchado el señor Cavalcanti padre.

—Pero se queda aquí su hijo. ¿Queréis encargaros de llevar al señor Andrés Cavalcanti?

—Escuchad, vizconde, yo no le conozco.

—¿Decís que no le conocéis?

—No; le he visto por primera vez hará tres o cuatro días, y no respondo de nada.

—¿Pero le recibís?

—Eso es otra cosa; me fue recomendado por un buen abate que también pudo haberse engañado. Invitarle indirectamente, bien; pero no me digáis que le presente; si fuese luego a casarse con la señorita Danglars, me acusaríais de entrometido, y querríais romperos la cabeza conmigo; por otra parte yo tampoco sé si iré.

—¿Adónde?

—A vuestro baile.

—¿Por qué no?

—En primer lugar, porque aún no me habéis invitado.

—Pues precisamente he venido a invitaros.

—¡Oh!, sois muy amable; pero puedo estar ocupado.

—Cuando os haya dicho una cosa, creo que seréis tan amable que asistáis.

—Decid.

—Mi madre os lo suplica.

—¿La señora condesa de Morcef? —repuso Montecristo estremeciéndose.

—¡Ah, conde! —dijo Alberto—, os advierto que la señora de Morcef habla libremente conmigo; y si vos no habéis sentido latir en vuestro cuerpo las fibras simpáticas de que os hablaba yo hace poco, es porque no tenéis esas fibras, porque hace cuatro días que no hablamos más que de vos.

—¡De mí!, en verdad que me hacéis demasiado honor...

—Nada de eso, escuchad: ése es el privilegio de vuestro empleo, ¡como sois un problema viviente...!

—¡Ah! ¿También soy problema para vuestra madre? ¡Oh!, yo no la creía tan falta de juicio que fuese a creer tamaños desvaríos.

—Problema, mi querido conde, problema para todos, lo mismo para mi madre que para los demás, problema aceptado, pero no adivinado; seguís siendo un enigma, y mi madre no hace más que preguntar cómo sois tan joven. Yo creo que en el fondo, mientras que la condesa G... os toma por lord Ruthwen, mi madre os toma por Cagliostro o el conde San Germán. La primera vez que vayáis a ver a la señora de Morcef, confirmadla en esta opinión; no os será difícil, poseéis la fisonomía del uno y el talento del otro.

—Gracias por habérmelo advertido —dijo el conde sonriendo—, procuraré hacer lo posible para confirmarlo, como decís, en su opinión.

—¿De modo que iréis el sábado?

—Puesto que la señora de Morcef me lo suplica...

—Sois muy galante.

—¿Y el señor Danglars?

—¡Oh!, ya habrá recibido su invitación; mi padre se encargó de ello. Procuraremos también que vaya el señor de Villefort, pero no le esperamos.

—No hay que desesperar de nada, dice el proverbio.

—¿Bailáis, querido conde?

—¿Yo?

—Sí, vos. ¿Qué tiene eso de extraño?

—¡Ah!, en efecto, cuando todavía no se ha llegado a los cuarenta... No, no bailo, pero me gusta ver bailar. ¿Y la señora de Morcef, baila?

—Nunca; hablaréis, tanto mejor; ¡tiene tantos deseos de hablar con vos!

—¿De veras?

—Palabra de honor. Y os declaro que sois el primer hombre por quien haya manifestado curiosidad mi madre.

Alberto tomó su sombrero y se levantó; el conde lo condujo hasta la puerta.

—Una cosa me estoy reprochando —dijo, deteniéndole en medio de la escalera.

—¿Cuál?

—He sido indiscreto; no debía hablaros del señor Danglars.

—Al contrario, habladme, habladme de él siempre; pero del mismo modo que lo habéis hecho.

—Bien; me tranquilizáis. A propósito, ¿cuándo llega el señor d'Epinay?

—¡Psch!, dentro de cinco o seis días a más tardar.

—¿Y cuándo se casa?

—En cuanto lleguen el señor y la señora de Saint—Merán.

—Traédmele en cuanto esté en París. Aunque digáis que no le quiero, tendré sumo gusto en verle.

—Vuestras órdenes serán cumplidas.

—Hasta la vista.

—Si no os veo antes, hasta el sábado, ¿no es cierto?

—¡Oh!, sí, sí; he dado mi palabra.

El conde siguió con la vista a Alberto, saludándole con la mano. Así que subió en su tílbury, se volvió y vio detrás de él a Bertuccio.

—¿Y bien? —inquirió.

—Ha ido al palacio —respondió el mayordomo.

—¿Ha permanecido allí mucho tiempo?

—Hora y media.

—¿Y ha vuelto a su casa?

—Directamente.

—Pues bien, mi querido Bertuccio —dijo el conde—, si queréis seguir mi consejo, creo que debierais ir a Normandía, a ver si encontráis aquel terreno de que ya os he hablado.

Bertuccio saludó, y como sus deseos estaban en perfecta armonía con la orden que había recibido, partió aquella misma noche.

El señor de Villefort cumplió la palabra dada a Danglars, procurando averiguar de qué modo había podido saber Montecristo la historia de la casa de Auteuil.

Aquel mismo día escribió a un tal señor Boville, que, después de haber sido inspector de prisiones, adquirió un grado superior en la Policía de Seguridad, para tener los informes que deseaba, y éste pidió dos días de plazo para saber de seguro los informes que pudiera obtener.

Expirado el plazo, el señor de Villefort recibió la nota siguiente:

"La persona llamada el conde de Montecristo es conocido muy particularmente de Lord Wilmore, rico extranjero que viene a París algunas veces, y que está en él hace algunos meses; es también cono-cido del abate Busoni, sacerdote siciliano de gran reputación en Oriente, y he aquí los informes que recibió:

El abate, que no se encontraba en París más que por un mes, vivía detrás de San Sulpicio, en una casita compuesta de un solo piso y unos bajos; cuatro piezas, dos arriba y dos abajo, formaban toda la morada, de la que él era el único inquilino.

Las dos piezas bajas constaban de un comedor con mesas, sillas y un bufete de nogal, y un salón blanqueado, sin adornos, sin tapices y sin reloj. Se conocía que el abate no se servía sino de los objetos que le eran más necesarios.

Verdad es que el abate habitaba con preferencia el salón del piso principal. Este salón, en el que abundaban los libros de teología y los pergaminos, en medio de los cuales se le veía enterrarse, según decía su criado, meses enteros, era en realidad, más una biblioteca que un salón.

Este criado miraba a través de un ventanillo a las personas que iban a visitar a su señor, y cuando su fisonomía le era desconocida, o no le agradaba, respondía que el señor abate no estaba en París, con lo cual muchos quedaban satisfechos, pues sabían que viajaba a menudo y permanecía largo tiempo de viaje.

Además, ora estuviese en su casa o no estuviese, ora se hallase en París o en El Cairo, el abate daba siempre, por el ventanillo que servía de torno, limosnas que el criado repartía en nombre de su amo.

El otro aposento, situado junto a la biblioteca, era una alcoba. Una cama sin cortinas, cuatro sillones y un sofá de terciopelo de Utrecht amarillo eran, junto con un reclinatorio, todos los muebles de la pieza.

En cuanto a lord Wilmore, vivía en la calle de Fontaine—Saint-Georges. Era uno de esos ingleses ambulantes que gastan toda su fortuna en viajes.

Tenía alquilada la habitación a la cual iba a pasar dos o tres horas al día, y donde rara vez dormía.

Una de sus manías era la de no querer absolutamente hablar la lengua francesa, que, sin embargo, escribía con extraordinaria perfección.

Al día siguiente en que fueron entregados estos informes al procurador del rey, un hombre que se apeaba de un coche de alquiler en la esquina de la calle de Feron, detrás de San Sulpicio, fue a llamar a una puerta pintada de verde, y preguntó por el abate Busoni.

—Ya os he dicho que no está —repitió el criado.

—Entonces, cuando vuelva, dadle esta carta y este papel. ¿Estará el señor abate esta tarde a las ocho?

—¡Oh!, sin falta, caballero, a no ser que esté trabajando, y entonces es lo mismo que si hubiese salido.

—Volveré esta noche a la hora convenida —repuso el desconocido.

Y se retiró.

En efecto, a la hora indicada, el mismo hombre volvió en otro coche, que en vez de pararse esta vez en la esquina de la calle de Feron, se detuvo delante de la puerta verde.

Llamó, le abrieron y entró.

En las señales de respeto que prodigó el criado al desconocido conoció éste que su carta había hecho el efecto deseado.

—¿Está en casa el señor abate? —inquirió.

—Sí; trabaja en su biblioteca, pero os espera —respondió el criado.

El desconocido subió una escalera bastante angosta, y delante de una mesa cuya superficie estaba iluminada por la luz que despedía una gran lámpara, mientras que el resto de la habitación se hallaba sumergida en la sombra, vio al abate con traje eclesiástico y cubierta la cabeza con un sombrero negro de anchas alas.

—¿Es al señor Busoni a quien tengo el honor de hablar? —preguntó el desconocido.

—Sí, señor —respondió el abate—; ¿y vos sois la persona que el señor de Boville me envía de parte del señor prefecto de policía?

—Exacto, caballero.

—¡Uno de los agentes de Seguridad de París!

—Sí, señor —respondió el desconocido con cierta indecisión y sonrojándose.

El abate se puso sus anteojos, que no sólo cubrían los ojos, sino las sienes, y volviéndose a sentar, hizo señas de que se sentase el agente.

—Os escucho, caballero —dijo el abate con un pronunciado acento italiano.

—El encargo que me han hecho, señor abate, se reduce a saber de parte del señor prefecto de policía, como magistrado que es, una cosa que interesa a la seguridad pública, en nombre de la cual vengo a informarme. Confiamos, pues, que no habrá lazos de amistad, ni consideración humana, que puedan induciros a ocultar la verdad a la justicia.

—Con tal que las cosas que queréis saber no perjudiquen a los escrúpulos de la conciencia. Soy sacerdote, y los secretos de la confesión deben permanecer callados, como fácilmente concebiréis.

—¡Oh!, tranquilizaos, señor abate —dijo el desconocido—; en todo caso, pondremos a cubierto vuestra conciencia.

A estas palabras el abate acercó hacia sí la pantalla, la levantó del lado opuesto, de suerte que, iluminando de lleno el rostro del desconocido, el suyo permanecía siempre en la sombra.

—Disculpadme, señor abate —dijo el enviado del prefecto—;

pero esta luz me fatiga horriblemente la vista.

El abate bajó la pantalla verde.

—Ahora, caballero, os escucho, hablad.

—¿Conocéis al señor conde de Montecristo?

—¿Supongo que queréis hablar del señor de Zaccone?

—¡Zaccone...! ¿No se llama Montecristo?

—Montecristo es un nombre de tierra, o más bien un nombre de roca, y no un nombre de familia.

—Pues bien, sea; no discutamos más, y puesto que el señor de Montecristo y el señor Zaccone son el mismo hombre...

—El mismo, absolutamente.

—Hablemos del señor de Zaccone.

—Bien.

—Os preguntaba si le conocíais.

—Mucho.

—¿Qué es?

—Es hijo de un rico naviero de Malta.

—Sí, ya lo sé; eso se dice, pero ya comprenderéis que la policía no se puede contentar con un "se dice».

—No obstante —repuso el abate con una sonrisa afable—, cuando ese se dice es la verdad, es preciso que todo el mundo se contente, y que la policía haga lo mismo que todo el mundo.

—¿Pero estáis seguro de lo que decís?

—¡Cómo que si estoy seguro!

—Caballero, os repito, que yo no sospecho de vuestra buena fe y os digo: ¿estáis seguro?

—Escuchad, yo he conocido al señor Zaccone padre.

—¡Ah!, ¡ah...!

—Sí, cuando era niño he jugado muchas veces con su hijo.

—No obstante, ¿ese título de conde...?

—Ya sabéis que se compra...

—¿En Italia...?

—En todas partes.

—Pero según todo el mundo asegura, esas riquezas sin inmensas.

—Inmensas, sí, ésa es la palabra.

—¿Cuánto creéis que poseerá, vos que le conocéis?

—¡Oh! Tendrá de ciento cincuenta a doscientas mil libras de

renta.

—¡Ah!, eso es algo —dijo el agente—; ¡pero decían que de tres a cuatro millones...!

—Doscientas mil libras de renta, caballero, son cuatro millones justos de capital.

—Pero aseguraban que de tres a cuatro millones de renta.

—¡Oh!, eso no es creíble.

—¿Y conocéis su isla de Montecristo?

—Seguramente; todo el que haya venido de Palermo, de Nápoles o de Roma a Francia por mar, la conoce, puesto que tiene que pasar junto a ella.

—¿Es una morada encantadora, según se dice?

—Es una roca.

—¿Y por qué ha comprado el conde una roca?

—Precisamente para poder ser conde. En Italia, para ser conde, se necesita un condado.

—¿Sin duda habéis oído hablar de las aventuras del señor Zaccone?

—¿El padre?

—No, el hijo.

—¡Ah!, aquí empiezan mis incertidumbres, porque aquí he perdido de vista a mi joven camarada.

—¿Ha sido militar?

—Creo que sí.

—¿En qué cuerpo?

—En el de marina.

—Veamos: ¿no sois su confesor?

—No señor: me parece que es luterano.

—¿Cómo, luterano?

—Digo que creo; no lo afirmo. Por otra parte, yo creía restablecida en Francia la libertad de cultos.

—Sin duda; pero no nos ocupamos de sus creencias, sino de sus acciones; en nombre del señor prefecto de policía, decidme todo lo que sepáis.

—Dícese que es un hombre muy caritativo. Nuestro Santo Padre el Papa le ha hecho Caballero de Cristo, favor que no concede más que a los príncipes, por los servicios eminentes que ha hecho a los cristianos de Oriente; tiene cinco o seis cordones conquistados por los servicios hechos a los príncipes o a los Estados.

—¿Y los lleva?

—No, pero se siente muy orgulloso de ellos; dice que quiere mejor las recompensas concedidas a los bienhechores de la humanidad que las que se conceden a los destructores de los hombres.

—¿Ese hombre es algún cuáquero?

—Una cosa por el estilo.

—¿Sabéis si tiene algunos amigos?

—Para él todos los que conoce son amigos suyos.

—Pero, en fin, ¿tiene algún enemigo?

—Uno solo.

—¿Cuál es su nombre?

—Lord Wilmore.

—¿Dónde está?

—En París en este momento.

—¿Y puede darme informes...?

—Preciosos. Estaba en la India al mismo tiempo que el señor Zaccone.

—¿Conocéis sus señas?

—En la Chaussée d'Antin; pero ignoro la calle y el número.

—¿No os lleváis bien con ese inglés?

—Le aprecio y le detesto: nos tratamos con mucha frialdad.

—Señor abate, ¿creéis que haya venido otra vez a Francia Montecristo antes de ahora?

—¡Ah!, en cuanto a eso puedo responderos positivamente. No, señor, no ha venido nunca, puesto que se dirigió a mí hace seis meses para adquirir las noticias que deseaba. Pero como yo ignoraba en qué época estaría yo en París a punto fijo, le dirigí al señor Cavalcanti.

—¿Andrés?

—No, Bartolomé, el padre.

—Muy bien, señor abate; no me resta ahora preguntaros más que una cosa, y os suplico en nombre del honor de la humanidad y de la religión, que me respondáis pronto.

—Hablad, caballero.

—¿Sabéis con qué objeto ha comprado el señor de Montecristo

una casa en Auteuil?

—Cierto que sí, pues me ha hablado de ello.

—¿Con qué objeto?

—Con el de hacer un hospital de locos semejante al que ha fundado el barón de Pisani en Palermo. ¿Conocéis ese hospital?

—He oído hablar de él, señor abate.

—Es una institución magnífica.

Y dichas estas palabras, el abate saludó al desconocido como con deseo de que le dejase proseguir su interrumpido trabajo. El agente, ya sea que hubiera comprendido los deseos del abate, ya que hubiese acabado su interrogatorio, se levantó. El abate le condujo hasta la puerta.

—Dais limosnas a menudo, y limosnas bastante crecidas —dijo el agente—, y aunque seáis rico, me atreveré a ofreceros algo para vuestros pobres; ¿tendréis a bien aceptar mi oferta?

—No, gracias, caballero, pues deseo que todo el bien que haga provenga de mí.

—Sin embargo...

—Nada, es una resolución invariable. Además, caballero, buscad; ¡ay!, ¡habrá tantos por el camino que tengan necesidad de vuestro socorro!

El abate saludó por última vez abriendo la puerta; el desconocido respondió a su saludo y salió.

El carruaje le condujo a casa del señor de Villefort.

Una hora después, el carruaje salió de nuevo, y esta vez se dirigió a la calle de Fontaine—Saint—Georges. Detúvose en el número 5.

Aquí vivía lord Wilmore.

El desconocido había escrito a lord Wilmore para pedirle una cita, que éste fijó a las diez. Así, pues, como el enviado del prefecto de policía llegó a las diez menos diez minutos, le respondieron que lord Wilmore, que era sumamente puntual no había vuelto todavía, pero que volvería a las diez en punto.

El desconocido aguardó en el salón.

Este salón nada tenía de notable, y era como todos los salones de las fondas.

Una chimenea con dos jarrones de Sèvres modernos, un reloj con un cupido extendiendo su arco, un espejo roto en dos pedazos;

a cada lado de este espejo dos grabados representando el uno a Homero con su guía, el otro a Belisario pidiendo limosna; un papel gris; sillería de paño en encarnado labrado de negro; tal era el salón de lord Wilmore.

Estaba iluminado por globos de cristal deslustrado que esparcían un débil reflejo muy a propósito para la fatigada vista del enviado del prefecto de policía.

Después de esperar diez minutos, el reloj dio las diez: a la quinta campanada se abrió la puerta y apareció lord Wilmore.

Era éste un hombre más alto que bajo, con unas patillas pequeñas y rojas, la tez blanca, y los cabellos también rojos. Vestía con toda la excentricidad inglesa; es decir, que llevaba un frac azul con botones de oro y un cuello sumamente alto, un chaleco de casimir blanco y un pantalón de nankin, cuatro pulgadas más corto de lo regular, pero al que unas trabillas de la misma tela impedían que llegase a la rodilla.

Las primeras palabras que pronunció al entrar fueron éstas:

—Ya sabéis, caballero, que yo no hablo francés.

—Sé al menos que no os gusta nuestro idioma —respondió el enviado del prefecto de policía.

—Pero vos podéis expresaros en esa lengua —repuso lord Wilmore—, porque si yo no la hablo, la comprendo.

—Y yo —respondió el enviado del prefecto cambiando de idioma— hablo el inglés con bastante soltura para sostener la conversación en esta lengua. No os incomodéis, pues, caballero.

—¡Hallo! —exclamó lord Wilmore con esa entonación que no pertenece más que a los naturales de la Gran Bretaña.

El desconocido presentó a lord Wilmore su carta de introducción. Este la leyó con esa flema particular de los ingleses, y así que hubo terminado su lectura:

—Comprendo —dijo el inglés—, comprendo perfectamente.

Entonces empezaron las interrogaciones.

Fueron poco más o menos las mismas que las que había dirigido al abate Busoni. Pero como lord Wilmore, en su calidad de enemigo del conde de Montecristo, no tenía tanta reserva, fueron más extensas; contó la juventud de Montecristo, que había entrado a la edad de diez años al servicio de uno de esos pequeños soberanos de la India que hacen la guerra a los ingleses; allí se encontraron y combatieron uno contra otro; en aquella guerra Zaccone fue hecho prisionero, enviado a Inglaterra y arrojado a presidio, de donde se escapó a nado. Luego empezaron sus viajes, sus duelos, sus pasiones; entonces aconteció la insurrección de Grecia, y sirvió en las filas de los griegos. Mientras estaba a su servicio, descubrió una mina de plata en las montañas de Tesalia, pero se guardó muy bien de hablar a nadie de tal descubrimiento.

Después de Navarino, y así que hubo consolidado el gobierno griego, pidió al rey Otón un privilegio para explotar aquella mina, el cual se lo concedió. De aquí provenía aquella inmensa fortuna, que según lord Wilmore, podría ascender a uno o dos millones de renta, fortuna que podía agotarse de repente, si la mina dejaba de producir.

—Pero —preguntó el desconocido— ¿para qué ha venido a Francia?

—Ha venido a especular en los caminos de hierro —dijo lord Wilmore—; y después, como es hábil químico y físico no menos distinguido, ha descubierto un nuevo telégrafo cuya aplicación prosigue.

—¿Cuánto gastará al año? —preguntó el enviado.

—¡Oh!, quinientos o seiscientos mil francos a lo sumo —dijo lord Wilmore—; es avaro.

Era evidente que el odio hacía hablar al inglés, y no teniendo nada que achacar al conde, le acusaba de avaro.

—¿Sabéis algo de su casa de Auteuil? —Sí, señor.

—¡Y bien! ¿Qué sabéis? ¿Querréis decirme con qué objeto la ha comprado?

—El conde es un especulador que seguramente se va a arruinar en pruebas y descubrimientos; ha creído que hay en Auteuil, en los alrededores de la casa que acaba de adquirir, una corriente de agua mineral que puede rivalizar con las de Bagnéres, de Luchón y de Cauterest. Quiere hacer de su adquisición un badhaus, como dicen los alemanes. Varias veces ha mandado ya remover la tierra de su jardín para encontrar la famosa corriente de agua, y como no la ha descubierto, no tardará en comprar las casas de los alrededores. Ahora, pues, como yo le detesto y ando buscando una ocasión de burlarme de él, le observo para ver si se acaba de arruinar un día a otro con ese descubrimiento y otras especulaciones, lo cual tiene que suceder de todos modos.

—¿Y por qué le detestáis? —preguntó el desconocido.

—Porque... porque al pasar por Inglaterra sedujo a la mujer de uno de mis amigos.

—¿Y por qué no os vengáis...?

—Ya me he batido tres veces con él —dijo el inglés—: la primera vez a pistola, la segunda a espada y la tercera a sable.

—Y el resultado de esos duelos ha sido...

—Que la primera vez me rompió un brazo, la segunda estuvo a punto de atravesarme el pulmón, y la tercera me hizo esta herida.

El inglés bajó el cuello de su camisa, que le llegaba a las orejas, y mostró una cicatriz, cuyo color rojo indicaba que no había sido hecha hacía mucho tiempo.

—De suerte que le detesto hasta más no poder —repitió el inglés—, y seguramente morirá a mis manos.

—Pues según veo no lleváis el mejor camino —dijo el enviado del prefecto.

—¡Hallo! —dijo el inglés—, cada día voy al tiro, y cada dos días viene a mi casa Grisier.

Esto era cuanto quería saber el desconocido, o más bien lo que parecía saber el inglés. El agente se levantó, y se retiró después de haber saludado a lord Wilmore, que por su parte le respondió con la gravedad y cortesía que son peculiares de los habitantes de su país.

Lord Wilmore, después de haber oído cerrar la puerta de la calle habiendo dado paso al agente, entró en su gabinete donde en menos de dos minutos desaparecieron sus cabellos rubios, sus patillas rajas y su cicatriz, para dar lugar a los cabellos negros, a la blanca tez y los dientes de perla del conde de Montecristo. Verdad es que tampoco fue el enviado del prefecto de policía quien entró en casa de Villefort, sino el señor de Villefort en persona. El procurador del rey quedó algo tranquilizado con esta doble visita que nada le había revelado de seguro, pero que, sin embargo, le hizo dormir con algún sosiego después de la comida de Auteuil.

VI. EL BAILE

El verano había llegado a su punto más caluroso cuando llegó el sábado designado para el baile del señor de Morcef.

Eran las diez de la noche: los corpulentos árboles del jardín de la casa del conde se destacaban vivamente sobre un cielo en que se deslizaban, mostrando un inmenso manto azul sembrado de estrellas doradas de oro, los últimos vapores de una tempestad que había rugido amenazadora durante todo el día.

En los salones del piso bajo se oía una música estrepitosa; sucedíanse los valses a los galopes, mientras numerosas y deslumbradoras ráfagas de luz penetraban en el jardín a través de las persianas.

En este momento, el jardín estaba a merced de una docena de criados, a los que la dueña de la casa, tranquilizada en cuanto al tiempo, cada vez más sereno, había dado orden de disponer la mesa para la cena.

Hasta entonces se vacilaba entre cenar en el comedor o debajo de una larga tienda de cutí que se había erigido en una verdadera alameda. Aquel hermoso cielo sembrado de estrellas acababa de decidir el pleito en favor de la tienda y de la alameda.

Las calles del jardín se habían iluminado con faroles de colores, como se acostumbra en Italia, y estaban cargando de bujías y de flores la mesa, como se hace en todos los países donde se comprende un poco este lujo de mesa, el más raro de todos cuando se le quiere completo.

Cuando la condesa de Morcef entró en los salones, después de dar sus últimas órdenes, empezaban éstos a llenarse de convidados atraídos más por la encantadora hospitalidad de la condesa de Morcef, que por la posición distinguida del conde; porque todos estaban seguros de antemano de que aquella fiesta ofrecería algunos detalles dignos de ser contados.

La señora Danglars, a quien los sucesos de que hemos hablado habían inspirado profundas inquietudes, vacilaba en ir a casa de la señora de Morcef, cuando se encontró por la mañana su carruaje con el del señor de Villefort. Villefort le hizo una seña, los dos carruajes se habían acercado, y a través de las portezuelas entablaron el siguiente diálogo:

—Vais a casa de la señora de Morcef, ¿no es verdad? —preguntó el procurador del rey.

—No —respondió la señora Danglars—, me encuentro aún muy afectada.

—Hacéis mal —repuso Villefort con una mirada significativa—, sería importante que os viesen en ella.

—¡Ah! ¿Lo creéis así? —preguntó la baronesa.

—Sí.

—En tal caso, iré.

—¿Qué queréis decir?

—Quiero decir que esto marcha muy bien —repuso el vizconde riendo—, y que ya me han preguntado diecisiete veces por él; ¡diablo con el conde...!, ya le daré mi parabién.

—¿Y a todo el mundo respondéis lo mismo que a mí?

—¡Ah!, tenéis razón, aún no os he respondido, tranquilizaos, señora; tendremos aquí esta noche al hombre de moda, somos de sus privilegiados.

—¿Estabais ayer en la ópera?

—No.

—Pues él estaba.

—Sí..., el excéntrico conde hizo alguna de sus originalidades.

—¿Puede acaso prescindir de ellas? Essler bailaba en "El Diablo enamorado"; la princesa griega estaba deslumbrante. Después de la Cachucha, ató una magnífica sortija a un ramillete, y lo arrojó a la encantadora bailarina, que en el tercer acto se presentó para darle las gracias con su sortija en un dedo. ¿Y vendrá también su princesa griega?

—No, no vendrá; su posición en casa del conde no se conoce aún a punto fijo.

—Mirad, dejadme; id a saludar a la señora de Villefort —dijo la baronesa—; veo que está deseando hablaros.

Alberto saludó a la señora de Danglars, se dirigió a la de Villefort, que abrió la boca a medida que se acercaba.

—Apostaría —dijo Alberto interrumpiéndola— a que sé lo que me vais a preguntar.

—Me parece que no —dijo la señora de Villefort.

—¿Me lo confesaréis si lo adivino?

—Sí.

—¿Palabra de honor?

—Palabra de honor.

—Ibais a preguntarme si había entrado el conde de Montecristo, o si vendría.

—No era eso. No me ocupo de él en este momento. Os iba a preguntar si habíais recibido noticias del señor Franz.

—Sí, ayer.

—¿Qué os decía?

—Que salía para París al mismo tiempo que su carta.

—Decidme, pues, ahora, ¿y el conde?

—El conde vendrá, tranquilizaos.

—¿Sabéis que tiene otro nombre, además de Montecristo?

—Lo ignoraba.

—Montecristo es un nombre de isla, y él tiene un nombre de familia.

—No lo he oído pronunciar.

—¡Pues bien! Yo estoy más enterada que vos; se llama Zaccone.

—Es posible.

—Es maltés.

—Muy posible también.

—Hijo de un armador.

—¡Oh!, os aseguro que debíais referir esas cosas en voz alta, tendríais el éxito más feliz.

—Ha servido en la India, explota en la Tesalia una mina de plata, y viene a París para abrir en Auteuil un establecimiento de aguas minerales.

—¡Bien!, enhorabuena —dijo Morcef—, buenas noticias; ¿me permitís que las repita por ahí?

—Sí, pero poco a poco, una a una, sin decir que yo os las he contado.

—¿Por qué?

—Porque es un secreto.

—¿De quién?

—De la policía.

—Entonces esas noticias corrían...

—Ayer noche, en casa del prefecto. Todo París se había conmovido, como sabéis, a la vista de ese lujo inusitado, y la policía obtuvo informes...

—¡Bien...!, sólo les falta prender al conde como un vagabundo, so pretexto de que es demasiado rico.

—A fe mía, os aseguro que eso le habría podido suceder, si los informes no hubieran sido tan favorables.

—¡Pobre conde! ¿Y sospecha el peligro que ha corrido?

—Creo que no.

—Entonces es una obra de caridad advertírselo. En cuanto llegue, no dejaré de hacerlo.

En este momento, un gallardo joven de ojos negros y vivos, de cabellos negros, de negro y lustroso bigote, fue a saludar respetuosamente a la señora de Villefort. Alberto le estrechó una mano.

—Señora —dijo Alberto—, tengo el honor de presentaros al señor Maximiliano Morrel, capitán de spahis, uno de nuestros mejores y más distinguidos oficiales.

—Ya he tenido el gusto de encontrar a este caballero en Auteuil en casa del conde de Montecristo —respondió la señora de Villefort, volviéndose con marcada frialdad.

Esta respuesta, y sobre todo, el tono con que fue pronunciada, dejaron helado a Morrel; pero le estaba preparada una compensaron; al volverse vio en el quicio de la puerta un hermoso y blanco rostro, cuyos ojos azules, dilatados y sin expresión aparente, se fijaban en él mientras el ramillete de jazmines subía lentamente a sus labios.

Fue tan bien comprendido este saludo, que Morrel, con la misma expresión de mirada, acercó a su vez su pañuelo a la boca, y las dos estatuas vivas, cuyo corazón latía con tanta violencia bajo el mármol de su rostro, separadas por toda la longitud de la sala, se olvidaron un instante o más bien olvidaron el mundo en aquella muda contemplación.

Habrían podido permanecer más tiempo de este modo, perdidas una en otra, sin que nadie notase su olvido de cuanto los rodeaba, pues... el conde de Montecristo acababa de entrar.

Como hemos dicho anteriormente, el conde, fuese prestigio ficticio, fuese prestigio natural, llamaba la atención en todas partes donde se hallaba; no era su frac negro, sencillo y sin condecoraciones; no era su chaleco blanco sin ningún bordado; no era su pantalón, de cuyo botín salía un pie de la forma más delicada, los que llamaban la atención; eran, sí, su blanca tez, sus cabellos negros y rizados ligeramente, su rostro sereno y puro, sus ojos profundos y melancólicos, en fin, su boca dibujada con una delicadeza maravillosa, y que sabía tomar tan fácilmente la expresión del mayor desdén, lo que hacía fijar en él todas las miradas.

Podía haber hombres más apuestos; pero seguramente no los habría más significativos (permítasenos esta expresión); todo en el conde quería decir algo y tenía su valor; porque la costumbre del pensamiento útil había dado a sus facciones, a la expresión de su rostro, y a sus gestos insignificantes, una flexibilidad y una firmeza incomparables.

Y además, el mundo parisiense es tan raro, que no hubiera dado a esto ninguna importancia, si no hubiese habido debajo de todo ello una historia dorada por una inmensa fortuna.

Finalmente, el conde se adelantó bajo el peso de las miradas y a través de los saludos, hasta la señora de Morcef, que estaba en pie delante de una chimenea; le había visto en un espejo que estaba frente de la puerta y se preparó a recibirle.

Volvióse hacia él con una sonrisa encantadora, y en el momento en que se inclinaba delante de ella.

Sin duda creyó que el conde le iba a hablar; sin duda el conde por su parte creyó que iba a dirigirle la palabra; pero ambos permanecieron mudos, y después de saludarse mutuamente, el conde de Montecristo se dirigió hacia Alberto, que corría hacia él con la mano abierta.

—¿Habéis visto a mi madre? —preguntó Alberto.

—Acabo de tener el honor de saludarla —dijo el conde—, pero no he visto a vuestro padre.

—Vedle, allí está hablando, en aquel grupo de grandes celebridades.

—¡Ah! —dijo Montecristo—, ¿aquellos señores que hay allí son celebridades? No sabía nada. ¿Y de qué género? Hay celebridades de toda especie, como sabéis.

—Allí tenéis primeramente un gran sabio, aquel señor alto y flaco; ha descubierto en la campiña de Roma una especie de lagarto que tiene una vértebra más que los otros, y ha venido a participar este descubrimiento al Instituto. Al principio hubo sus disputas. La vértebra causó mucha sensación en el mundo erudito; el señor alto y flaco no era más que caballero de la Legión de Honor y le nombraron oficial.

—¡Enhorabuena! —dijo Montecristo—, esa es una cruz perfectamente merecida; entonces, si encuentra una segunda vértebra ¿le harán comendador?

—Es probable —dijo Morcef.

—¿Y aquel otro que ha tenido la feliz ocurrencia de ponerse un frac azul bordado de verde, quién podrá ser?

—La ocurrencia no fue de él, sino de la República, la cual, como sabéis, era tan poco artista que, queriendo dar un uniforme a los académicos, suplicó a David que les dibujase un traje.

—¡Ah, ya! —dijo Montecristo—. ¿Conque ese caballero es un académico? —Hace ocho días que forma parte de la docta corporación.

—¿Y cuál es su mérito, su especialidad?

—¿Su especialidad? Yo creo que introduce alfileres en la cabeza de los conejos, que hace comer rubia a las gallinas y yo no sé cuántos otros méritos.

—¿Y por eso ha de pertenecer a la Academia de Ciencias?

—No, a la Academia Francesa...

—Pero ¿qué tiene que ver con eso la Academia Francesa?

—Voy a deciros, parece...

—Que sus experimentos han fomentado sin duda el progreso de la ciencia.

—No, pero escribe en muy buen estilo.

—¡Oh! —dijo Montecristo—, eso debe lisonjear soberanamente el amor propio de los conejos en cuyas cabezas introduce alfileres, a las gallinas cuyos huevos tiñe de encarnado, y, etc... Alberto soltó una carcajada.

—¿Y aquel otro? —inquirió el conde.

—¿Aquel otro?

—Sí, el tercero.

—¡Ah!, el del frac azul.

—Eso es.

—Ese es un colega del conde, el que tan encarnizadamente se opuso a que la cámara de los Pares tenga uniforme; ha tenido un gran éxito de tribuna respecto a este punto: se dice que le van a nombrar embajador.

—¿Y cuáles son sus méritos?

—Ha escrito dos o tres óperas bufas; ha adquirido cuatro o cinco acciones en el Siècle, y ha votado cinco o seis veces con el ministerio.

—¡Bravo!, vizconde —dijo Montecristo riendo—, sois un cicerone encantador: ahora me haréis un favor, ¿no es cierto?

—¿Cuál?

—No me presentaréis a esos señores, y si os lo piden, me avisaréis.

En este momento el vizconde sintió que alguien apoyaba la mano en su brazo, se volvió y vio a Danglars.

—¡Ah! ¡Sois vos, barón! —dijo.

—¿Por qué me llamáis barón? —dijo Danglars—; bien sabéis que no use mi título. No soy como vos, vizconde, vos lo usáis, ¿no es verdad?

—Desde luego —respondió Alberto—, porque si no fuese vizconde no sería nada, mientras que vos, aunque sacrifiquéis vuestro título de barón, siempre quedaréis millonario.

—Ese título me parece el más hermoso, en estos tiempos por lo menos —dijo Danglars.

—Por desgracia —dijo Montecristo— no dura tanto ese título como el de barón, el de par de Francia o el de académico; díganlo si no los millonarios de Franck y Polmaun, de Francfort, que acaban de quebrar.

—¿Cómo? —dijo Danglars palideciendo.

—Esta tarde he recibido la noticia; yo tendría aproximadamente un millón en su casa; pero, habiendo sido avisado a tiempo, exigí el reembolso hará un mes.

—¡Ah! ¡Dios mío! —dijo Danglars—, por lo menos me hacen perder doscientos mil francos.

—Pero ya estáis avisado, su firma vale un cinco por ciento.

—Sí, pero avisado demasiado tarde —dijo Danglars—, he hecho honor a su firma.

—¡Bueno! —dijo Montecristo—, juntando esos doscientos mil francos con...

—¡Chist!, ¡silencio! —dijo Danglars—, no habléis de esas

cosas —y acercándose a Montecristo...—, sobre todo delante de Cavalcanti hijo —añadió el banquero, que al pronunciar estas palabras se volvió sonriendo hacia el joven.

Morcef se separó del conde para ir a hablar con su madre.

Danglars le dejó también para ir a saludar a Cavalcanti hijo.

Montecristo se quedó solo un instante.

El calor era excesivo. Los criados circulaban por los salones con bandejas cargadas de dulces, frutas y helados.

Montecristo se enjugó con su pañuelo el rostro bañado en sudor; pero se retiró cuando el criado le presentó una bandeja y no tomó nada para refrescarse.

La señora de Morcef no perdía de vista a Montecristo. Vio pasar la bandeja sin que tomase nada de ella; también observó el movimiento que hizo cuando el criado le presentó la bandeja.

—Alberto —dijo—, ¿no habéis reparado en una cosa?

—¿Qué es ello, madre mía?

—Que el conde no acepta la comida en casa del señor de Morcef.

—Sí, pero aceptó el almuerzo en mi casa, puesto que por ese almuerzo hizo su entrada en el mundo.

—Vuestra casa no es la del conde —murmuró Mercedes—, y desde que está aquí, no le pierdo de vista.

—¿Y qué?

—Que no ha tomado nada.

—El conde es muy sobrio.

Mercedes se sonrió tristemente.

—Acercaos a él, y a la primera bandeja que pase, insistid.

—¿Por qué motivo, madre mía?

—Hacedme ese favor, Alberto —dijo Mercedes.

Alberto besó la mano de su madre y fue a colocarse junto al conde.

Pasó otra bandeja cargada como las precedentes: Alberto insistió aún, tomó un helado y se lo presentó, pero rehusó obstinadamente.

Alberto volvió al lado de su madre; la condesa estaba muy pálida.

—¡Y bien! —dijo—, ya veis como no ha querido tomar nada.

—Sí, ¿pero por qué os preocupa esto tanto?

—Bien lo sabéis, Alberto; las mujeres somos muy singulares. Hubiera visto con placer tomar al conde algo en mi casa, aunque no fuese más que un grano de granada. Quizá no esté al corriente de las costumbres francesas, tal vez tiene preferencia por alguna cosa.

—¡Oh!, no, no, yo le he visto en Italia comer de todo; sin duda está indispuesto esta noche.

—¡Oh!, tal vez —dijo la condesa—, como ha habitado siempre climas ardientes, es menos sensible que cualquier otro al calor.

—No lo creo así, porque se quejaba de que se ahogaba de calor, y preguntaba por qué no han abierto las celosías, puesto que han abierto las ventanas.

—En efecto —dijo Mercedes—, ése es un medio de asegurarme si esa abstinencia es algo premeditado o no.

Y salió del salón.

Un instante después, las persianas se abrieron y a través de los jazmines que rodeaban las ventanas, pudo verse todo el jardín iluminado con linternas, y la cena servida debajo de una tienda.

Los bailadores y los jugadores lanzaron un grito de alegría; todos aquellos pulmones medio sofocados aspiraban con delicia el aire que entraba en abundancia.

Al momento volvió a entrar Mercedes más pálida que había salido, pero con la seriedad que era de notar en ella en ciertas circunstancias. Se dirigió al grupo en medio del cual se hallaba su marido.

—No encadenéis a estos señores, señor conde —dijo—; preferirán tal vez respirar el aire del jardín a ahogarse aquí.

—¡Ah!, señora —dijo un viejo general muy galante—, no creo que iremos solos al jardín.

—Bien—dijo Mercedes—, yo voy a daros el ejemplo.

Y dirigiéndose a Montecristo:

—Señor conde ——dijo—, hacedme el honor de ofrecerme vuestro brazo. El conde vaciló al oír estas sencillas palabras; después miró a Mercedes un momento, rápido como el relámpago, y sin embargo, este momento fue un siglo para la condesa, tantos pensamientos reflejaba aquella mirada.

Ofreció su brazo a la condesa; ella apoyó ligeramente en él su pequeña mano, y los dos bajaron una de las escaleras limitada a un lado y a otro por heliotropos y camelias.

Detrás de ellos y por otra escalera, se lanzaron al jardín, con estrepitosas exclamaciones de alegría, unos veinte convidados.

La señora de Morcef entró con su compañero debajo de una bóveda de follaje; era un paseo de tilos en dirección a un invernadero.

—Hacía mucho calor en el salón, ¿no es verdad, señor conde? —dijo.

—Sí, señora, y vuestra idea de abrir las puertas y las ventanas ha sido excelente.

Al decir estas palabras, el conde notó que la mano de Mercedes temblaba.

—Pero vos —dijo—, con ere vestido tan ligero y con el cuello al aire, tendréis frío, sin duda.

—¿Sabéis adónde os llevo? —dijo la condesa, sin responder a la pregunta de Montecristo.

—No, señora —dijo éste—, pero ya veis que no hago ninguna resistencia.

—Al invernadero, que está al final del paseo que seguimos.

El conde miró a Mercedes como para interrogarla; pero ella siguió su camino sin decir nada, y Montecristo permaneció callado. Llegaron al lugar indicado, lleno de flores y frutas magníficas, que desde el principio de julio, llegaban a su madurez bajo aquella temperatura calculada siempre para reemplazar el calor del sol. La condesa soltó el brazo de Montecristo y fue a coger de una parra un racimo de uva moscatel.

—Tomad, señor conde —dijo con una triste sonrisa, tan triste que casi asomaron dos lágrimas a sus párpados—; tomad, ya sé que nuestros racimos de Francia no son comparables a los de Sicilia o a los de Chipre, más espero que seréis indulgente con nuestro pobre sol del Norte.

El conde se inclinó y dio un paso atrás.

—¿Me despreciáis? —dijo Mercedes con voz temblorosa.

—Señora —dijo Montecristo—, os suplico que me disculpéis, pero no como nunca moscatel.

Mercedes dejó caer el racimo, suspirando. Un precioso albaricoque colgaba de un árbol próximo, calentado lo mismo que la parra, por aquel calor artificial del invernadero. Mercedes se acercó a la fruta y la cogió.

—Tomad entonces ere albaricoque —dijo. Pero el conde hizo el mismo ademán negativo.

—¡Oh!, ¡tampoco! —dijo con un acento tan doloroso que evidentemente ahogaba un gemido—; en verdad tengo desgracia.

Un largo silencio siguió a esta escena; el albaricoque, lo mismo que el racimo de uvas, rodó por la arena.

—Señor conde —repuso Mercedes mirando a Montecristo con ojos suplicantes—, hay una tierna costumbre árabe que hace eternamente amigos a los que han comido el pan y la sal juntos bajo el mismo techo.

—Lo sé, señora —respondió el conde—; pero estamos en Francia y no en Arabia, y en Francis ni se parten el pan y la sal, ni hay amistades eternas.

—Pero, en fin —dijo la condesa, palpitante, y con los ojos fijos en el conde de Montecristo, cuyo brazo estrechó convulsivamente Pntre sus manor—; somos amigos, ¿no es verdad?

Toda la sangre se agolpó al corazón del conde, que se quedó pálido como la muerte, subiendo después del corazón a la garganta, invadió sus mejillas y sus ojos se abrieron desorbitadamente durante algunos

—Claro que somos amigos, señora —replicó—; ¿por qué no habíamos de serlo?

Este tono estaba tan lejos de ser el que deseaba la señora de Morcef que se volvió para dejar escapar un suspiro que más bien parecía un gemido.

—Gracias —dijo.

Y empezó a andar.

Dieron una vuelta al jardín sin pronunciar una palabra.

—Caballero —exclamó de repente la condesa después de diez minutos de paseo silencioso—, ¿es verdad que habéis visto y viajado tanto, que tanto habéis sufrido?

—Es verdad, señora, he sufrido mucho —respondió Montecristo.

—¿Sois feliz ahora?

—Sin duda —respondió el conde—, puesto que nadie me oye quejarme.

—¿Y os dulcifica el alma vuestra felicidad presente?

—Mi felicidad presente iguala a mi miseria pasada —dijo el conde.

—¿No estáis casado? —inquirió la condesa.

—¡Yo casado! —respondió Montecristo estremeciéndose—, ¿quién ha podido deciros tal cola?

No me lo han dicho, pero muchas veces os han visto conducir a la ópera a una hermosísima joven.

—Es una esclava que he comprado en Constantinopla, señora; una hija de príncipe a quien miro mmo hija mía, porque no me liga al mundo ningún otro vínculo.

—¿De modo que vivís solo?

—Solo.

—¿No tenéis hermana..., hijo..., padre?

—No tengo a nadie en el mundo.

—¿Cómo podéis vivir así, sin nada que os haga apreciar la vida?

—No es culpa mía, señora. En Malta amé a una joven; estaba a punto de casarme cuando vino la guerra, y me arrastró lejos de ella como un torbellino. Yo había creído que me amaría bastante para esperarme, para serme fiel aun después de la muerte. Cuando volví, estaba casada. Esta es la historia de todo hombre que ha pasado por la edad de veinte años. Quizá tenía yo el corazón más débil que otro cualquiera, y he sufrido más que otros en mi lugar.

La condesa se detuvo un momento, como si hubiese tenido necesidad de ello para respirar.

—Sí —dijo—, y os ha quedado en el corazón ese amor..., no se ama verdaderamente más que una vez..., ¿y habéis vuelto a ver a esa mujer?

—Nunca.

—¡Nunca!

—No he vuelto al país donde ella vivía.

—¿A Malta?

—Sí, a Malta.

—¿De modo que está en Malta?

—Creo que sí.

—¿Y le habéis perdonado lo que os ha hecho sufrir?

—A ella sí.

—Pero a ella solamente; ¿seguís odiando a los que os alejaron de su lado?

—Yo no: ¿por qué había de odiarlos?

La condesa se colocó frente a Montecristo y volvió a ofrecerle otro racimo de uvas.

—Tomad —dijo.

—No como nunca moscatel, señora —respondió Montecristo, como si fuera la primera vez que la condesa le hacía aquel ofrecimiento.

La condesa arrojó las uvas contra la arena con un ademán lleno de desesperación.

—¡Sois inflexible! —murmuró.

Montecristo permaneció tan impasible como si aquella queja no hubiera sido dirigida a él.

En este momento Alberto corría hacia ellos.

—¡Oh!, ¡madre mía! —dijo—, una gran desgracia.

—¿Qué ha sucedido? —preguntó la condesa como si después de un sueño se despertase y conociese la realidad—; ¡una desgracia!, en efecto, ¡muchas desgracias deben suceder!

—Está aquí el señor de Villefort.

—¿Y bien?

—Viene a buscar a su mujer y a su hija.

—¿Por qué?

—Porque la señora marquesa de Saint—Merán ha llegado a París, ha traído la noticia de que el señor de Saint—Merán ha muerto al salir de Marsella, en la primera parada. La señora de Villefort, que estaba muy alegre, no quería comprender ni dar crédito a aquella desgracia, aunque su padre tomó algunas precauciones, todo lo adivinó; este golpe la aterró como si la hubiese herido un rayo, y cayó desmayada.

—Y el señor de Saint—Merán, ¿qué es de la señorita de Villefort? —preguntó el conde.

—Su abuelo materno. Venía para acelerar el casamiento de Franz y de su nieta.

—¡Ah!, ya...

—He aquí aplazada la boda. ¡Qué lástima que el señor de Saint-Merán no fuese también abuelo de la señorita Danglars!

—¡Alberto! ¡Alberto! —dijo la señora de Morcef con un tono

de dulce reproche—, ¿qué decís? ¡Ah!, señor conde, vos, a quien él tiene tanta consideración, decidle que eso está mal.

Y dio unos pasos hacia adelante.

Montecristo la miró de un modo tan extraño y con una expresión tan pensativa y llena de una admiración tan afectuosa, que Mercedes se volvió.

Cogióle entonces una mano mientras estrechaba la de su hijo, y mirándole exclamó:

—Somos amigos, ¿no es verdad'?

—¡Oh!, vuestro amigo, señora; no aspiro a tanto; pero, en todo caso, soy vuestro más respetuoso servidor.

La condesa se separó de ellos con el corazón tan lastimado y tan conmovido, que antes de haber andado diez pasos, el conde la vio acercarse su pañuelo a los ojos.

—¿Cómo? ¿Os habéis disgustado con mi madre? —preguntó Alberto asombrado.

El conde respondió:

—Al contrario, puesto que acaba de decirme delante de vos que éramos amigos.

Y volvieron al salón, del cual acababan de salir Valentina y el señor y la señora de Villefort.

Excusado es decir que Morrel salió detrás de ellos.

En efecto, tal como había dicho Alberto, acababa de desarrollarse en la casa de Villefort una lúgubre escena.

Después de la partida de las dos mujeres para el baile, adonde por más que insistió la señora de Villefort, no pudo hacer que su marido la acompañase, el procurador del rey se había encerrado, como acostumbraba, en su despacho, adornado de estantes de libros que hubieran espantado a cualquier otro, pero que en sus tiempos apenas bastaban a satisfacer su apetito de hombre estudioso.

Pero esta vez los libros eran inútiles, pues Villefort no se encerraba para estudiar, sino para reflexionar; y una vez cerrada la puerta y dada la orden de que no le incomodasen sino para asuntos de importancia, se sentó en un sillón y empezó a repasar otra vez en su memoria todo lo que, después de siete a ocho días, hacía derramarse la copa de sus sombríos pesares y de sus amargos recuerdos.

Entonces, en vez de atacar a los libros amontonados en derredor suyo, abrió un cajón de su bufete, tocó un resorte y sacó una infinidad de cuadernos con sus notas personales, manuscritos preciosos, entre los cuales había clasificado y anotado con cifras, conocidas de él solo, los nombres de todos los que en su carrera política, en sus asuntos de intereses, en sus persecuciones o en sus misteriosos amores se habían hecho enemigos suyos.

El número era formidable, y, sin embargo, todos aquellos hombres, por poderosos y terribles que fuesen, le habían hecho sonreírse más de una vez, como se sonríe el viajero que desde la elevada cumbre de la montaña mira a sus pies los agudos picachos, los caminos impracticables y los bordes de los precipicios, junto a los cuales ha tenido que caminar largo tiempo para llegar a ella.

Cuando hubo repasado en su memorial todos estos nombres, cuando los hubo leído y vuelto a leer, estudiado y comentado, movió la cabeza a un lado y a otro.

—No —murmuró—, ninguno de estos enemigos hubiera esperado con paciencia hasta este día para aniquilarme con su secreto. Algunas veces, como dice Hamlet, el ruido de las cosas más fuertemente escondidas sale de la tierra, y, como los fuegos fosforescentes, corren por el aire; pero son llamas que iluminan un instante. La historia habrá sido contada por el corso a algún sacerdote, que la habrá propalado a su vez. El señor de Montecristo la habrá sabido, y para enterarse...

—¿Y para qué quería enterarse? —prosiguió el procurador del rey después de un instante de reflexión—; ¿qué interés puede tener el señor de Montecristo, señor Zaccone, hijo de un naviero de Malta, explotador de una mina de plata en Tesalia, que viene a Francia por primera vez, en saber un hecho sombrío, misterioso a inútil para él? De los informes incoherentes que me han proporcionado el abate Busoni y lord Wilmore, aquél amigo y éste enemigo, una sola cosa resulta a mis ojos clara, precisa, patente, y es que en ningún tiempo, en ningún caso, en ninguna circunstancia, ha podido haber el menor punto de contacto entre él y yo.

Sin embargo, Villefort decía estas palabras sin creer él mismo lo que decía. Lo más terrible para él no era la revelación, porque podía negar o responder; le inquietaba poco aquel Mané, Thecel, Pharés, que aparecía de repente en letras de sangre en la pared; lo que le inquietaba era conocer el cuerpo a que pertenecía la mano que los había trazado.

En el momento en que trataba de calmarse, y en que en lugar de aquel porvenir político que había visto algunas veces en sus sueños de ambición, se proponía un porvenir limitado al hogar doméstico, el ruido de un carruaje resonó en el patio; después oyó en la escalera los pasos de una persona de edad, y después gemidos y ayes que tan bien saben fingir los criados cuando quieren aparentar que participan del dolor de sus amos.

Apresuróse a descorrer el cerrojo de su despacho, y al poco rato, sin anunciarse, una señora anciana entró en el mismo con su chal en el brazo y su sombrero en la mano. Sus cabellos canos descubrían una frente mate como el amarillento marfil, y sus ojos, cuyos ángulos había surcado de arrugas la edad, desaparecían casi bajo las lágrimas.

—¡Oh, caballero! —dijo—; ¡ah, qué desgracia!, yo también me moriré; ¡oh, sí, estoy segura de que voy a morirme!

Y cayendo sobre el sillón más próximo a la puerta rompió de nuevo a llorar.

Los criados, en pie en el cancel, y no atreviéndose a ir más lejos, miraban al antiguo criado de Noirtier, que, habiendo oído ruido en la habitación de su señor, se mantenía detrás de los demás.

Villefort se levantó y corrió hacia su suegra, pues era ella.

—¡Oh, Dios mío!, señora —preguntó—, ¿qué ha ocurrido? ¿Por qué estáis tan desazonada? ¿Y por qué no os acompaña el señor de Saint—Merán?

—El señor de Saint—Merán ha muerto —dijo la anciana marquesa sin preámbulos, y con una especie de estupor.

Villefort dio un paso atrás, y dando una palmada:

—¡Muerto! —murmuró—, ¡muerto..., así..., súbitamente!

—Hace ocho días —continuó la señora de Saint—Merán—, subimos juntos al carruaje después de comer. El señor Saint—Merán padecía muchísimo desde hacía algunos días; sin embargo, la idea de ver a mi querida Valentina le animaba, y a pesar de sus dolores quiso partir, cuando a seis leguas de Marsella se apoderó de él, después de haber tomado sus pastillas habituales, un sueño tan profundo que no me parecía natural; sin embargo, yo no quería despertarle, cuando me pareció que su rostro se amorataba, que las venas de sus sienes latían con más violencia que de costumbre. Como había anochecido, yo no veía casi nada y le dejé dormir; al poco rato lanzó un grito sordo y desgarrador, como el de un hombre que sufre en sueños, y dejó caer bruscamente su cabeza hacia atrás. Llamé al camarero, hice parar al postillón, llamé al señor de Saint—Merán, le hice respirar mi frasco de esencias; todo había acabado, estaba muerto, y al lado de su cadáver llegué a Aix.

Villefort quedó estupefacto.

—¿Y llamasteis a un médico, seguramente?

—En seguida; pero como os he dicho, era demasiado tarde.

—Sin duda; pero, al menos, podía conocer de qué enfermedad había muerto.

—¡Oh!, sí, señor, me lo dijo; según parece fue una apoplejía fulminante.

—¿Y entonces, qué hicisteis?

—El señor de Saint—Merán había dicho siempre que si moría lejos de París, deseaba que su cuerpo fuese conducido al panteón de la familia. Yo hice colocarle en un ataúd de plomo y le precedo sólo algunos días.

—¡Oh! Dios mío, ¡pobre madre! —dijo Villefort—; ¡semejantes preocupaciones después de tal golpe..., y a vuestra edad!

—Dios me dio fuerzas hasta el fin; por otra parte él hubiera hecho por mí lo que yo hago por él. Es verdad que desde que le dejé, creo que estoy loca. No puedo llorar, ¿dónde está Valentina, caballero? Por ella es por quien veníamos. Quiero verla.

Villefort pensó que sería espantoso responder que la joven se encontraba en un baile; dijo solamente a la marquesa que su nieta había salido con su madrastra, y que la avisarían en seguida.

—Al instante, caballero, al instante, os lo suplico —dijo la anciana.

Villefort tomó del brazo a la señora de Saint—Merán y la condujo a su habitación.

—Descansad —dijo—, madre mía.

La marquesa levantó la cabeza al oír esta palabra, y al ver a aquel hombre que le recordaba a su tan llorada hija, rompió a llorar de nuevo y cayó de rodillas en un sillón, donde sepultó su venerable cabeza.

Villefort la recomendó a los cuidados de las doncellas, mientras el viejo Barrois subía asustado al cuarto de su amo, porque nada intimida tanto a los ancianos como la muerte, que se aparta un instante de su lado para herir a otro anciano.

Mientras la señora de Saint—Merán, todavía arrodillada, oraba en el fondo de su corazón, Villefort envió a buscar un coche de alquiler, y fue él mismo a casa de la señora de Morcef a recoger a su mujer y a su hija para traerlas a casa.

Tan pálido estaba cuando se presentó en la puerta del salón, que Valentina corrió hacia él, exclamando:

—¡Oh!, padre mío, ¿ha sucedido alguna desgracia?

—Acaba de llegar vuestra abuela, Valentina —dijo el señor de Villefort.

—¿Y mi abuelo? —preguntó la joven temblando.

El señor de Villefort no respondió sino ofreciendo el brazo a su hija.

Lo hizo a tiempo, pues Valentina, sobrecogida de vértigo, vaciló y estuvo a punto de caerse; la señora de Villefort se apresuró a sostenerla, y ayudó a su marido a conducirla a su carruaje, diciendo:

—¡Qué extraño es eso! ¿Quién lo hubiera sospechado? ¡Oh!, sí, sí; es muy extraño.

Y toda esta desolada familia desapareció así, comunicando la tristeza como un velo negro al resto de los convidados.

Al pie de la escalera, Valentina encontró a Barrois esperándola.

—El señor Noirtier desea veros esta noche —dijo en voz baja.

—Decidle que iré en cuanto salga del cuarto de mi abuelita —dijo Valentina.

Con la delicadeza de su alma, la joven había comprendido que quien tenía necesidad de ella entonces era la señora de Saint—Merán.

Halló acostada a su abuela; mudas caricias, gemidos, suspiros ahogados, lágrimas ardientes, tales fueron los detalles que se pueden contar de esta entrevista a la que asistía del brazo de su marido la señora de Villefort, llena de respeto, en la apariencia, hacia la pobre viuda.

Al cabo de un instante, se inclinó hacia su marido y le dijo al oído:

—Con vuestro permiso, es mejor que yo me retire, porque mi presencia parece afligir aún más a vuestra suegra.

La señora de Saint—Merán la oyó.

—Sí, sí —dijo a Valentina también al oído— que se vaya, pero quédate tú; sí, quédate.

Salió la señora de Villefort y Valentina se quedó sola junto a la cama de su abuela, porque el procurador del rey, consternado con aquella muerte imprevista, siguió a su mujer.

Entretanto, Barrois había subido por primera vez al cuarto de Noirtier; éste había oído todo el ruido que había en la casa, y envió a su criado a que se informase.

A su vez, aquellos ojos tan vivos y sobre todo tan inteligentes, interrogaron al mensajero.

—¡Ay!, señor —dijo Barrois—, acaba de ocurrir una tremenda desgracia.

La señora de Saint—Merán ha llegado y su marido ha muerto.

El señor de Saint—Merán y Noirtier no habían estado nunca unidos por los lazos de una gran amistad; no obstante, ya se sabe el efecto que produce siempre en un anciano el anuncio de la muerte de otro.

Noirtier dejó caer la cabeza sobre el pecho como un hombre abatido o pensativo, y después cerró un ojo solo.

—¿La señorita Valentina? —dijo Barrois. Noirtier hizo señas afirmativas.

—Está en el baile, el señor lo sabe bien, puesto que vino a despedirse de vos con su precioso vestido.

Noirtier cerró de nuevo el ojo izquierdo.

—Sí, ¿queréis verla?

El anciano hizo ver que esto era lo que deseaba.

—Entonces, voy a buscarla, estará sin duda en casa del señor de Morcef; la esperaré hasta que salga, le diré que queréis hablarle, ¿no es esto?

—Sí —respondió el paralítico.

Barrois esperó que volviese Valentina, y como hemos visto, le comunicó el deseo de su abuelo.

Valentina subió, pues, al cuarto de Noirtier cuando salió de las habitaciones de la señora de Saint—Merán, que aún muy agitada, sucumbió a la fatiga y quedóse dormida con un sueño febril.

Habían acercado al alcance de su brazo una mesita, sobre la que había un gran jarro de naranjada y un vaso.

Como hemos dicho, la joven subió al cuarto del señor Noirtier tan pronto como abandonó la estancia de la marquesa.

Valentina abrazó al anciano, que la miró con tanta ternura, que la joven sintió de nuevo anegarse sus ojos en lágrimas.

El anciano insistía con su mirada.

—Sí, sí —dijo Valentina—, tú quieres decir que todavía me queda un abuelo, ¿no es verdad?

El anciano respondió que esto era justamente lo que quería decir.

—¡Ay! —repuso Valentina—, a no ser así, ¿qué sería de mí?

Era la una de la madrugada. Barrois, que deseaba acostarse, hizo observar que después de una noche tan dolorosa, todo el mundo tenía necesidad de reposo. El anciano no quiso decir que el reposo suyo era ver a su nieta. Despidió a Valentina a quien efectivamente el dolor y la fatiga daban un aire de sufrimiento.

Al día siguiente, al entrar a ver a su abuela, encontró a ésta en la cama; la fiebre no se había calmado; al contrario, un fuego sombrío brillaba en los ojos de la anciana marquesa, y parecía poseída de una violenta irritación nerviosa.

—¡Oh, Dios mío!, mamá, ¿sufrís mucho? —exclamó Valentina percibiendo todos estos síntomas de agitación.

—No, hija mía, no —dijo la señora de Saint—Merán—; pero esperaba con impaciencia que hubieseis llegado para mandar llamar a lo padre.

—¿A mi padre? —preguntó Valentina con inquietud.

—Sí, quiero hablarle.

Valentina no se atrevió a oponerse al deseo de su abuela, cuya causa ignoraba, y un instante después entró Villefort.

—Caballero —dijo la señora de Saint—Merán, sin más preámbulos, y como si temiese que le había de faltar tiempo—, ¿se trata, me habéis dicho, de casar a mi nieta?

—Sí, señora —respondió Villefort—, es más que un proyecto, es ya una cosa formal.

—¿Vuestro yerno es el señor Franz d'Epinay?

—Sí, señora.

—¿Es hijo del general Epinay, que era de los nuestros, y que fue asesinado algunos días antes de que el usurpador volviese de la isla de Elba?

—Ese mismo.

—¿No le repugna esa alianza con la nieta de un jacobino?

—Nuestras discrepancias civiles se han desvanecido felizmente, madre —dijo Villefort—; el señor d'Epinay era muy niño cuando murió su padre, conoce muy poco al señor Noirtier, y le verá, si no con placer, con indiferencia al menos.

—¿Es un buen partido?

—Bajo todos los conceptos.

—¿El joven...?

—Goza de general consideración.

—¿Es decoroso?

—Es uno de los hombres más distinguidos que conozco.

Durante esta conversación Valentina había permanecido silenciosa.

—¡Y bien!, caballero —dijo tras unos minutos de reflexión la señora de Saint—Merán—, es preciso que os deis prisa, porque me quedan pocos momentos de vida.

—¡A vos!, ¡señora!; ¡a vos!, ¡mamá! —exclamaron a un tiempo Villefort y Valentina.

—Yo sé lo que me digo —repuso la marquesa—; es preciso que os deis prisa, a fin de que, no teniendo madre, tenga al menos a su abuela para bendecir su unión. Yo soy la única que le queda por parte de mi pobre Renata, a quien tan pronto habéis olvidado.

—¡Ah!, señora —dijo Villefort—, ¿no conocéis que era preciso dar una madre a esta pobre niña, que había perdido a la suya?

—Una madrastra no es una madre, caballero. Pero no se trata ahora de esto, se trata de Valentina; dejemos en paz a los muertos.

Todo esto había sido dicho con tal acento, que había algo que se asemejaba a los síntomas de un delirio.

—Se hará como deseáis, señora —dijo Villefort—, y tanto más, cuanto que vuestro deseo está de acuerdo con el mío; y en cuanto llegue el señor d'Epinay a París...

—Mamá —dijo Valentina—, las murmuraciones, el luto

reciente..., ¿queréis, en fin, celebrar una boda bajo tan tristes auspicios?

—Hija mía —interrumpió vivamente la abuela—, no me des esas razones que impiden a los espíritus débiles tener un porvenir feliz. Yo también he sido casada en el lecho de la muerte de mi madre, y no he sido desgraciada por eso.

—¡Siempre esa idea de muerte!, señora—replicó Villefort.

—¡Siempre...! Os digo que voy a morir, ¿me escucháis? ¡Pues bien! ¡Antes de morir quiero haber visto a mi yerno; quiero mandarle que haga feliz a mi nieta; quiero ver en sus ojos si piensa obedecerme; quiero conocerle, en fin, sí! —prosiguió la anciana con una expresión espantosa—, para venir a buscarle desde el fondo de mi tumba si no hace lo que debe.

—Señora —dijo Villefort—, es preciso que alejéis esas ideas exaltadas que casi rayan en locura. Los muertos, una vez colocados en su tumba, duermen sin despertarse jamás.

—¡Oh, sí, sí, mamá, cálmate! —dijo Valentina.

—Y yo, caballero, os digo que no es como vos creéis. Esta noche he dormido y he tenido un sueño terrible, porque dormía como si mi alma hubiese salido ya del cuerpo: mis ojos, que me esforzaba por abrir, se cerraban a mi pesar, y no obstante yo sé bien que esto os parecerá imposible, a vos sobre todo; pues bien, con mis ojos cerrados he visto en el mismo sitio en que estáis y viniendo del ángulo donde hay una puerta que comunica con el gabinete tocador de la señora de Villefort, he visto entrar sin ruido una forma blanca.

Valentina lanzó un grito.

—Era la fiebre que os agitaba —dijo Villefort.

—Dudad cuanto queráis, pero yo estoy segura de lo que digo; he visto una forma blanca; y como si Dios hubiese temido que no la percibiese bien, he oído mover mi vaso, mirad, ese mismo que está aquí sobre la mesa.

—¡Oh, abuelita, era un sueño!

—No era un sueño, no; porque extendí la mano hacia la campanilla, y al ver este movimiento, la sombra desapareció. La camarera entró con una luz.

—¿Pero no visteis a nadie?

—Los fantasmas no se muestran sino a los que deben: era el

alma de mi marido. Pues bien, si el alma de mi marido vuelve a llamarme, ¿por qué mi alma no había de venir para defender a mi nieta?

—¡Oh, señora! —dijo Villefort aterrado—, no deis crédito a esas lúgubres ideas; viviréis con nosotros, viviréis mucho tiempo feliz, querida, honrada, y os haremos olvidar...

—¡Jamás, jamás, jamás! —dijo la marquesa—. ¿Cuándo vuelve el señor d'Epinay?

—Le estamos esperando de un momento a otro.

—Está bien, en cuanto llegue, avisadme. Apresurémonos, apresurémonos. Además, quisiera que viniese un notario para asegurarme de que todos nuestros bienes irán a parar a Valentina.

—¡Oh, madre mía! —murmuró Valentina, apoyando sus labios sobre la abrasada frente de su abuela—; ¿queréis que muera? ¡Dios mío!, tenéis fiebre. ¡No es un notario el que se debe llamar, es un médico!

—¡Un médico! —dijo la abuela encogiéndose de hombros—, no sufro; tengo sed.

—¿Qué bebéis, abuelita?

—Como siempre, ya sabéis, mi naranjada. Mi vaso está ahí sobre la mesa; dádmelo, Valentina.

Esta llenó de naranjada de la jarra un vaso, y lo tomó con cierto espanto porque era el mismo que suponía ella que había tocado la sombra.

La marquesa se bebió la naranjada.

En seguida se volvió sobre su almohada, exclamando: —¡Un notario! ¡Un notario!

El señor de Villefort salió; Valentina se sentó al lado de la cama. La desgraciada joven parecía tener necesidad de aquel médico que había recomendado a su abuela. Un vivo carmín semejante a una llama abrasaba sus mejillas, su respiración era entrecortada y fatigosa, y el pulso le latía como si tuviese fiebre.

La joven pensaba en la desesperación de Maximiliano cuando supiese que la señora de Saint—Merán, en lugar de ser una aliada, obraba sin saberlo, como si hubiese sido una enemiga.

Más de una vez Valentina había pensado decírselo todo a su abuela, y no hubiera vacilado un instante si Morrel se hubiera llamado Alberto de Morcef, o Raúl de Chateau—Renaud; pero

Morrel era de origen plebeyo, y Valentina sabía cuán grande era el desprecio de la señora de Saint—Merán para con todos los que no pertenecían a su nobleza. Cada vez que iba a revelar su secreto, se detenía, porque poseía la triste certeza de que iba a descubrirse inútilmente, y en-tonces todo se habría perdido.

Así transcurrieron dos horas. La señora de Saint—Merán dormía con un sueño agitado y febril.

En este momento anunciaron al notario.

Aunque este anuncio hubiese sido hecho en voz muy baja, la señora de Saint—Merán se incorporó en la cama.

—¡El notario! —dijo—, ¡que venga! ¡Venga!

El notario se hallaba junto a la puerta y penetró en la estancia.

—Vete, Valentina —dijo la señora de Saint—Merán—, y déjame con el señor.

—Pero, madre mía...

—Anda, anda.

La joven besó a su abuela en la frente y salió con el pañuelo sobre los ojos.

En la puerta se encontró con el criado, que le dijo que el médico esperaba en el salón.

Valentina bajó rápidamente. El médico era un amigo de la familia, y al mismo tiempo uno de los hombres más hábiles de la época; amaba mucho a Valentina, a quien casi había visto nacer. Tenía una hija de la edad de la señorita de Villefort, pero su madre padecía del pecho y se temía continuamente por la vida de su hija.

—¡Oh! —dijo Valentina—, querido señor de Avrigny, os esperábamos con impaciencia. Pero, antes de todo, ¿cómo siguen Magdalena y Luisa?

Magdalena era la hija del señor de Avrigny; Luisa, su sobrina.

El señor de Avrigny se sonrió tristemente.

—Luisa, muy bien —dijo—; Magdalena, la pobre, bastante bien. Pero me habéis mandado llamar, según creo —dijo— No será vuestro padre ni la señora de Villefort, supongo. En cuanto a vos, no podemos quitaros el mal de los nervios; pero os recomiendo muy particularmente que no entreguéis con demasía vuestra imaginación a los placeres del campo.

Valentina se puso colorada como la grana, el señor de Avrigny llevaba la ciencia de adivinar casi hasta hacer milagros, porque era uno de esos médicos que tratan lo físico por lo moral.

—No —dijo—, es para mi abuela. Sabréis seguramente la desgracia que ha sucedido.

—No sé nada —respondió el señor Avrigny.

—¡Ay! —dijo Valentina esforzándose por contener las lágrimas—, ¡mi abuelo ha muerto!

—¿El señor de Saint—Merán?

—Sí.

—¿De repente?

—De un ataque de apoplejía fulminante.

—¿De una apoplejía? —repitió el médico.

—Sí; de suerte que mi pobre abuela está tan desconsolada que no piensa más que en ir a reunirse con él. ¡Oh!, señor de Avrigny, os recomiendo a mi pobre abuelita.

—¿Dónde está?

—En su cuarto, con el notario.

—¿Y el señor Noirtier?

—Como siempre, con una perfecta lucidez mental, pero la misma inmovilidad, el mismo silencio.

—Y el mismo amor hacia vos, ¿no es cierto, hija mía?

—Sí —dijo Valentina suspirando—, él me ama mucho.

—¿Quién no os amaría?

Valentina se sonrió tristemente.

—¿Y qué le ocurre a vuestra abuela?

—Una singular excitación nerviosa, un sueño agitado y extraño; esta mañana decía que durante su sueño había visto entrar un fantasma en su cuarto, y haber oído el ruido que hizo al tocar su vaso.

—Es singular —dijo el doctor—, yo no sabía que la señora de Saint—Merán estuviera sujeta a esas alucinaciones.

—Es la primera vez que la he visto así —dijo Valentina—, y esta mañana me dio un gran susto, la creí loca, y mi padre también parecía fuertemente afectado.

—Vamos a ver —dijo el señor de Avrigny—, me parece muy extraño todo lo que me estáis diciendo.

El notario bajaba, y avisaron a Valentina de que su abuela estaba sola.

—Subid —dijo al doctor.

—¿Y vos?

—¡Oh!, yo no me atrevo, me había prohibido que os mandase llamar, y como decís, yo misma estoy fatigada, febril, indispuesta, voy a dar una vuelta por el jardín.

El doctor estrechó la mano de Valentina, y mientras él subía al cuarto de la anciana, la joven bajó la escalera que conducía al jardín.

No tenemos necesidad de decir qué parte del jardín era el paseo favorito de Valentina. Después de haber dado dos o tres vueltas por el parterre que rodeaba la casa, cogió una rosa para ponerla en su cintura o en sus cabellos y se dirigió a la umbrosa alameda que conducía al banco, y del banco a la reja.

Valentina dio esta vez, según su costumbre, dos o tres vueltas en medio de sus flores, pero sin coger ninguna; su corazón dolorido, que aún no había tenido tiempo de desahogarse con nadie, repelía este sencillo adorno; después se encaminó hacia la alameda. A medida que avanzaba, le parecía oír una voz que pronunciaba su nombre y se detuvo asombrada.

Entonces esta voz llegó más caramente a sus oídos, y reconoció la voz de Maximiliano.

VII. LA PROMESA

Era Morrel, en efecto, que, desde la víspera, no vivía ya; con ese instinto particular de los amantes y de las madres, había adivinado que, a consecuencia de la vuelta de la señora de Saint—Merán y de la muerte del marqués, iba a ocurrir algo en casa de Villefort que afectaría a su amor.

Como se verá, sus presentimientos se habían realizado, y ya no era una simple inquietud lo que le llevó tan preocupado y tembloroso a la valla.

Pero Valentina no estaba prevenida de la visita de Morrel; no era aquella la hora en que solía venir, y fue una pura casualidad, o si se quiere mejor, una feliz simpatía la que le condujo al jardín.

En cuanto se presentó en él, Morrel la llamó; ella corrió a la valla.

—¿Vos a esta hora? —dijo.

—Sí, pobre amiga mía —respondió Morrel—; vengo a traer y

a buscar malas noticias.

—¡Esta es la casa de la desgracia! —dijo Valentina—; hablad, Maximiliano; pero os aseguro que la cantidad de dolores es bastante crecida.

—Escuchadme, querida Valentina —dijo Morrel procurando contener su emoción para poderse explicar—, os lo suplico, porque todo lo que voy a decir es solemne: ¿cuándo piensan casaros?

—Escuchad —dijo a su vez Valentina—, no quiero ocultaros nada, Maximiliano. Esta mañana se ha hablado de mi boda, y mi abuela, con la que contaba yo como un poderoso aliado, no solamente se ha declarado a su favor, sino que la desea hasta tal punto, que en cuanto llegue el señor d'Epinay será firmado el contrato.

Un suspiro ahogado exhalóse del pecho del joven, y la miró tristemente.

—¡Ay! —dijo en voz baja—,terrible es oír decir tranquilamente a la mujer que se ama: el momento de vuestro suplicio está fijado, será dentro de algunas horas. Pero no importa, es menester que sea así, y por mi parte no pondré la menor resistencia. ¡Pues bien!, puesto que, según decís, no se espera más que al señor d'Epinay para firmar el contrato, puesto que vais a ser suya al otro día de su llegada, mañana lo seréis, porque ha llegado a París esta mañana.

Valentina lanzó un grito.

—Me hallaba yo en casa de Montecristo hace una hora —dijo Morrel—; hablábamos, él del dolor de vuestra casa, y yo del vuestro, cuando de repente paró un carruaje en el patio. Escuchad: hasta entonces no creía yo en los presentimientos, Valentina; mas ahora conviene que crea en ellos; al ruido del carruaje me estremecí; pronto se oyeron pasos en la escalera; los retumbantes pasos de la estatua del comendador no asustaron tanto a don Juan como me aterraron a mí éstos. Al fin se abrió la puerta, y Alberto de Morcef entró primero, y ya iba yo a dudar de mí mismo, iba a creer que me había equivocado, cuando entró detrás de él un joven, a quien el conde saludó, exclamando:

—¡Ah, señor Franz d'Epinay!

Reuní todas mis fuerzas y todo mi valor para contenerme. Me puse pálido, encarnado; pero seguramente me quedé con la sonrisa en los labios; cinco minutos después salí sin haber oído una palabra de lo que había pasado; ¡estaba loco!

Valentina murmuró: —¡Pobre Maximiliano!

—Veamos, Valentina. Ahora, respondedme como a un hombre al que van a sentenciar a vida o a muerte: ¿qué pensáis hacer?

Valentina bajó la cabeza, estaba anonadada.

—Escuchad —dijo Morrel—, no es la primera vez que pensáis en la situación a que hemos llegado; es grave, es perentoria, es suprema, no creo que sea el momento de abandonarse a un dolor estéril; esto es bueno para los que se avienen a sufrir fácilmente y a beber sus lágrimas en silencio. Hay personas así, y sin duda Dios les recompensará en el cielo su resignación en la tierra; pero el que se siente con voluntad de luchar, no pierde un tiempo precioso, y devuelve inmediatamente a la suerte el golpe que ella le ha dado. ¿Estáis resuelta a luchar contra la suerte, Valentina? Decid, porque eso es lo que vengo a preguntaros.

Valentina se estremeció, y miró a Morrel con asombro.

La idea de luchar contra su padre, contra su abuela, contra toda la familia, no se había presentado a su imaginación.

—¿Qué me decís, Maximiliano? —preguntó Valentina—, ¿y a qué llamáis una lucha? ¡Oh!, decid más bien sacrilegio. ¡Cómo! ¿Habría de luchar yo contra la orden de mi padre, contra los deseos de mi abuela moribunda? ¡Es imposible!

Morrel hizo un movimiento. Valentina añadió:

—Tenéis un corazón demasiado noble para que no me comprendáis, y me comprendéis tan bien, querido Maximiliano, que por eso os veo tan callado. ¡Luchar yo! ¡Dios me libre! No, no; guardo toda mi fuerza para luchar contra mí misma, y para beber mis lágrimas, como vos decís. En cuanto a afligir a mi padre, en cuanto a turbar los últimos momentos de mi pobrecita abuela, ¡jamás!

—Tenéis razón —dijo Morrel con una calma irónica.

—¡Qué modo tenéis de decirme eso, Dios mío! —exclamó Valentina ofendida.

—Os lo digo como un hombre que os admira, señorita —repuso Maximiliano.

—¡Señorita! —exclamó Valentina—; ¡señorita! ¡Oh!, ¡qué egoísta!, me ve desesperada y finge que no me entiende.

—Os equivocáis, y al contrario, os entiendo perfectamente. No queréis contrariar al señor de Villefort, no queréis desobedecer a la marquesa y mañana firmaréis el contrato que debe enlazaros con el señor d'Epinay.

—¡Pero, Dios mío! ¿Puedo yo hacer otra cosa?

—No me preguntéis, señorita, porque yo soy muy mal juez en esta causa y mi egoísmo me cegaría —respondió Morrel, cuya voz sorda y puños apretados anunciaban una creciente exasperación.

—¿Qué me hubierais propuesto, Morrel, si me hallaseis dispuesta a hacer lo que quisierais? Vamos, responded. No se trata de decir: hacéis mal; es preciso que me deis un consejo.

—¿Me habláis en serio, Valentina, y debo daros ese consejo?

—Seguramente, querido Maximiliano, porque si es bueno, lo seguiré sin vacilar.

—Valentina —dijo Morrel rompiendo una tabla ya desunida—, dadme vuestra mano en prueba de que me perdonáis la cólera; ¡oh!, tengo la cabeza trastornada, y hace una hora que pasan por mi imaginación las ideas más insensatas. ¡Oh!, en el caso en que rehuséis mi consejo...

—Vamos, decidme cuál es.

—Escuchad, Valentina.

La joven alzó los ojos y arrojó un suspiro.

—Soy libre —repuso Maximiliano—, soy bastante rico para los dos; os juro ante Dios que seréis mi mujer antes de que mis labios hayan tocado vuestra frente.

Valentina dijo:

—¡Me hacéis temblar!

—Seguidme —continuó Morrel—; os conduzco a casa de mi hermana, que es digna de serlo vuestra: nos embarcaremos para Argel, para Inglaterra o para América, o si preferís nos retiraremos juntos a alguna provincia, o esperaremos a que nuestros amigos hayan vencido la resistencia de vuestra familia para volver a París.

Valentina movió melancólicamente la cabeza.

—Ya lo esperaba, Maximiliano —dijo—; es un consejo de insensato; y yo lo sería más que vos, si no os detuviese con estas palabras: ¡Imposible, Morrel, imposible!

—¿De modo que seguiréis vuestra suerte, sin tratar de modificarla? —dijo Morrel.

—¡Sí, aunque luego hubiera de morirme!

—¡Bien, Valentina! —repuso Maximiliano—, os repetiré que tenéis razón. En efecto, yo soy un loco, y vos me probáis que la pasión ciega los entendimientos más claros: os lo agradezco a vos, que obráis sin pasión. ¡Bien, es cosa decidida! Mañana seréis irrevocablemente la esposa del señor Franz d'Epinay, no por esa formalidad de teatro inventada para el desenlace de las comedias, sino por vuestra propia voluntad.

—¡Por Dios!, no me desesperéis, Maximiliano —dijo Valentina—, ¿qué haríais, decid, si vuestra hermana escuchase un consejo como el que me dais?

—Señorita —repuso Morrel con una amarga sonrisa—, yo soy un egoísta, vos lo habéis dicho, y como tal no me ocupo de lo que harían otros en mi lugar, sino de lo que he de hacer yo. Pienso que os conozco hace un año, que desde que os conocí, todas mis esperanzas de felicidad las cifré en vuestro amor; llegó un día en que me dijisteis que me amabais; desde entonces no deseé más que poseeros; era mi anhelo, mi vida; ahora ya no tengo deseo alguno; solamente digo que la desgracia me persigue, que había creído ganar el cielo y lo he perdido. Eso está sucediendo todos los días; un jugador pierde, no tan sólo lo que tiene, sino lo que no tiene.

Morrel pronunció estas palabras con una calma perfecta; Valentina le miró un instante con sus ojos grandes y escudriñadores, procurando no dejar entrever la turbación que iba sintiendo en el fondo de su pecho.

—Pero, en fin, ¿qué vais a hacer? —preguntó.

—Voy a tener el honor de despedirme de vos, señorita, poniendo a Dios, que oye mis palabras, por testigo, que os deseo una vida tan sosegada y feliz, que no dé cabida en vuestro pecho a un recuerdo mío.

—¡Oh! —murmuró Valentina.

—¡Adiós, Valentina, adiós! —dijo Morrel inclinándose.

—¿Dónde vais? —gritó la joven sacando la mano por la hendidura y agarrando el brazo de Morrel, pues sospechaba que aquella calma de su amado no podía ser real—, ¿dónde vais?

—Voy a tratar de no causar un nuevo trastorno a vuestra familia, y a dar un ejemplo que podrán seguir todos los hombres honrados que se encuentren en mi situación.

—Antes de separaros de mí, decidme lo que vais a hacer, Maximiliano. El joven se sonrió tristemente.

—¡Oh!, ¡hablad! —dijo Valentina—, ¡por favor!

—¿Habéis cambiado de resolución, Valentina?

—¡No puedo cambiar! ¡Desdichado! ¡Bien lo sabéis! —exclamó la joven.

—¡Entonces adiós, Valentina!

Valentina golpeó la valla con una fuerza de que nadie la hubiera creído capaz, y cuando Morrel se alejaba, pasó sus dos manos a través de la misma y cruzándolas, exclamó:

—¿Qué vais a hacer? Yo quiero saberlo; ¿adónde vais?

—¡Oh!, tranquilizaos —dijo Maximiliano deteniéndose a tres pasos de la puerta—; no tengo la intención de hacer a nadie responsable de los rigores a que la suerte me destina. Otro os amenazaría con ir a buscar al señor Franz, provocarle, batirse con él; esto sería una locura. ¿Qué tiene que ver el señor Franz con todo esto? Me ha visto esta mañana por primera vez; ni siquiera sabía que yo existía cuando vuestra familia y la suya decidieron que seríais el uno para el otro. ¡No tengo por qué buscar al señor Franz, y os lo juro, no le buscaré!

—Pero con quién vais a desfogar vuestra cólera? ¿Conmigo?

—¡Con vos, Valentina! ¡Dios me libre! La mujer es sagrada y la que se ama es santa.

—¡Será entonces con vos, Maximiliano, con vos mismo!

—¿No soy yo el culpable, decid? —dijo Morrel.

—Maximiliano —dijo Valentina—, Maximiliano, ¡venid aquí, lo exijo!

Maximiliano se acercó con su dulce sonrisa en los labios; y a no ser por su palidez hubiera podido creerse que estaba en su estado normal.

—Escuchadme, adorada Valentina —dijo con su voz melodiosa y grave—: las personas como nosotros, que jamás han debido reprocharse una mala acción ni un mal pensamiento; las personas como nosotros pueden leer uno en el corazón del otro con la mayor claridad. No, nunca me he considerado un romántico, no soy un héroe melancólico, no soy un Manfredo ni un Antony; pero sin palabras, sin protestas, sin juramentos, he puesto en vos mi vida, vos me faltáis, y obráis con mucha razón, os lo he dicho y os lo repito, pero en fin, me faltáis y mi vida se pierde. Desde el instante en que os alejéis de mí, Valentina, quedo solo en el mundo. Mi hermana es feliz con su marido; su marido es sólo mi cuñado, es decir, un hombre emparentado conmigo por las leyes sociales; nadie tiene necesidad de mi existencia. He aquí lo que voy a hacer: esperaré hasta el último segundo a que estéis casada, porque no quiero perder la sombra de una de esas casualidades imprevistas que pueden suceder; el señor Franz puede morir de aquí a entonces; puede caer un rayo en el altar en el momento en que os acerquéis, todo parece creíble al condenado a muerte, y para él no son imposibles los milagros si se trata de la salvación de su vida. Aguardaré, pues, hasta el último instante, y cuando sea cierta mi desgracia, sin remedio, sin esperanza, escribiré una carta confidencial a mi cuñado, otra al prefecto de policía para darles parte de mi designio; y en lo más escondido de un bosque, a la orilla de algún foso me saltaré la tapa de los sesos, tan cierto como que soy hijo del hombre más honrado que ha vivido en Francia.

Un temblor convulsivo agitó los miembros de Valentina; sus brazos cayeron a ambos lados de su cuerpo, y dos gruesas lágrimas rodaron por sus mejillas.

El joven permaneció delante de ella, sombrío y resuelto.

—¡Oh!, por piedad, por piedad —dijo—, viviréis, ¿no es verdad?

—No, por mi honor —dijo Maximiliano—; ¿pero qué os importa? Vos haréis vuestro deber y no os remorderá la conciencia.

Valentina cayó de rodillas oprimiéndose el corazón, que parecía querer salírsele del pecho.

—Maximiliano —dijo—, Maximiliano, mi amigo, mi hermano sobre la tierra, mi verdadero esposo en el cielo, lo suplico, imítame, vive con el sufrimiento, tal vez llegará un día en que nos veamos reunidos.

—Adiós, Valentina —repitió Morrel.

—Dios mío —dijo Valentina levantando sus dos manos al cielo con expresión sublime—; ya veis que he hecho cuanto he podido por permanecer siempre hija sumisa; no ha escuchado mis súplicas, mis ruegos, mis lágrimas. ¡Pues bien! —continuó enjugándose las lágrimas y recobrando su firmeza—, ¡pues bien!, no quiero morir de remordimiento, quiero morir de vergüenza! Viviréis, Maximiliano, y no seré de nadie sino de vos. ¿A qué hora? ¿Cuándo? ¿En este momento? Hablad, mandad, estoy pronta.

Morrel, que había dado de nuevo algunos pasos para alejarse, volvió, y pálido de alegría, el corazón palpitante de gozo, extendiendo al través de la valla sus dos manos hacia la joven:

—Valentina —dijo—, querida amiga, no me habéis de hablar así, o si no dejadme morir. ¿Por qué os he de deber a la violencia, si me amáis como yo os amo? Me obligáis a vivir por humanidad, eso es todo lo que hacéis; en tal caso prefiero morir.

—Después de todo —murmuró Valentina—, ¿quién me ama en el mundo? ¿Quién me ha consolado de todos mis dolores? ¿En quién reposan mis esperanzas? ¿En quién se fija mi extraviada vista? ¿Con quién se desahoga mi afligido corazón? En él, él, él, siempre él. Tienes razón, Maximiliano, lo seguiré; huiré de la casa paterna. ¡Oh, qué ingrata soy! —exclamó Valentina sollozando—. ¡Me olvidaba de mi abuelo Noirtier!

—No —dijo Maximiliano—, no le abandonarás; el señor de Noirtier ha parecido experimentar alguna simpatía hacia mí; y antes de huir se lo dirás todo; su consentimiento lo servirá de escudo, y una vez casados vendrá a vivir con nosotros: en lugar de un hijo tendrá dos. Tú me has dicho el modo con que os habláis, pues yo aprenderé pronto el tierno lenguaje de los signos, sí, Valentina. ¡Oh!, lo juro, en lugar de la desesperación que nos aguarda, lo prometo la felicidad.

—¡Oh!, mira, Maximiliano, mira si es grande el poder que ejerces sobre mí, que me haces casi creer en lo que dices, a pesar de que es insensato, porque mi padre me maldecirá; le conozco bien, y sé que es inflexible, nunca perdonará. Así, pues, escúchame, Maximiliano: si por artificio, por súplicas, por un accidente, ¿qué sé yo?, en fin, si por un medio cualquiera puedo retrasar el casamiento, esperarás, ¿no es verdad?

—Sí, lo juro, como jures tú también que ese espantoso casamiento no se efectuará, y aunque lo arrastren delante del magistrado, delante del sacerdote, dirás que no.

—Te lo juro, Maximiliano; por lo más sagrado que hay para mí, por mi madre.

—Esperemos, pues —dijo Morrel.

—Sí, esperemos —dijo Valentina, que al oír esta palabra dio un suspiro de alivio——; ¡hay tantas cosas que pueden salvar a unos desgraciados como nosotros!

—En ti confío, Valentina —dijo Morrel—; todo lo que hagas estará bien; pero si son desgraciadas tus súplicas, si lo padre, si la señora de Saint—Merán exigen que el señor d'Epinay sea llamado mañana para firmar el contrato...

—Tienes mi palabra, Morrel.

—En lugar de firmar...

—Vendré a buscarte y huiremos; pero desde ahora hasta entonces no tentemos a Dios, Morrel; no nos veamos, ha sido un milagro que hasta ahora no nos hayan visto; si nos sorprendiesen, si supieran cómo nos vemos, no tendríamos ningún recurso.

—Es verdad, Valentina, ¿pero cómo sabré...?

—Por el notario señor Deschamps.

—Le conozco.

—Y por mí misma. Yo lo escribiré, créeme. ¡Dios mío! Bien sabes cuán odiosa me es a mí también esa boda.

—¡Bien!, ¡bien!, ¡gracias, mi adorada Valentina! —replicó por su parte Morrel—. Entonces ya está todo dicho; vengo aquí, subes a la valla y yo lo ayudo a saltar, un carruaje nos esperará a la puerta del cercado, subimos a él, lo conduzco a la casa de mi hermana; allí, desconocidos de todos o como quieras, tendremos valor, resistiremos, y no nos dejaremos degollar como el cordero que no se defiende sino con sus gemidos.

—Bien —dijo Valentina—; yo también lo diré, Maximiliano, que cuanto hagas está bien hecho.

—¡Oh!

—Pues bien, ¿estás contento de lo mujer? —dijo tristemente la joven.

—¡Mi querida Valentina, es tan poco decir que sí!

—Pues dilo siempre.

Valentina se había acercado, o más bien había acercado sus labios a la valla, y sus palabras y su perfumado aliento llegaban hasta los labios de Morrel, que iba acercando su boca al frío a inflexible cercado.

—Hasta la vista —dijo Valentina—, hasta la vista.

—Me escribirás, ¿no es verdad?

—Sí.

—¡Gracias, gracias, hasta la vista!

Oyóse el ruido de un inocente beso y Valentina desapareció bajo los tilos.

Morrel escuchó un instante el crujido de su vestido y el rumor de sus pies en la arena; levantó los ojos al cielo con una expresión inefable de felicidad, como para dar gracias al divino Creador, que permitía fuese amado de aquella manera, y desapareció a su vez.

Entró en su case y esperó toda la tarde y todo el día siguiente sin recibir nada. A las dos, y cuando se dirigía a casa del señor Deschamps, notario, recibió por fin por la estafeta un billete que sin duda era de Valentina, aunque nunca había visto su letra.

Estaba concebido en estos términos:

Lágrimas, súplicas, ruegos, todo inútil. Ayer, por espacio de dos horas estuve en la iglesia de San Felipe de Roule, y por espacio de dos horas recé con toda mi alma; Dios es insensible como los hombres, y el contrato se firma esta noche a las nueve.

No tengo más que una palabra, como no tengo más que un corazón, Morrel; os he dado esa palabra y el coraxón es vuestro.

Esta noche, a las nueve menos cuarto, en la valla.

Vuestra mujer,

Valentina de Villefort.

P. D.: Mi pobre abuela se encuentra cede vex peor; ayer tuvo un fuerte delirio; hoy no ha sido delirio, sino locura.

Me amaréis mucho, ¿no es verdad, Morrel? Mucho..., para hacerme olvidar que la he abandonado en este estado.

Creo que ocultan a papá Noirtier que el contrato se firma esta noche a las nueve.

Morrel no se limitó a los informes que le diera Valentina, fue a case del notario, que le aseguró la noticia de que el contrato se firmaba aquella noche a las nueve.

Luego pasó a ver a Montecristo; allí supo más detalles: Franz había ido a anunciarle aquella solemnidad; la señora de Víllefort había escrito al conde pare suplicarle que la disculpase si no le invitaba; pero la muerte del señor de Saint—Merán, y el estado en que se hallaba su viuda esparcía sobre aquella reunión un velo de tristeza con el que no quería oscurecer la frente del conde, al cual deseaba toda especie de felicidad.

Franz había sido presentado el día anterior a la señora de Saint-Merán, que se levantó pare esta presentación, volviendo a acostarse en seguida.

Morrel se hallaba presa de una agitación que no podía escapar a una mirada tan penetrante como la del conde; así, pues, Montecristo se mostró con él más afectuoso que nunca; tanto que dos o tres veces estuvo Maximiliano a punto de decírselo todo. Pero se acordó de la promesa formal dada a Valentina, y su secreto no salió de su corazón.

El joven volvió a leer veinte veces la misiva. Era la primera vez que le escribía, ¡y en qué ocasión! Cada vez que la leía, juraba veinte veces hacer feliz a Valentina. En efecto, ¡qué autoridad tiene la joven que tome una resolución tan peligrosa! ¡Qué abnegación no merece de parte de aquel a quien todo se ha sacrificado! ¡Cuán digna es del culto de su amante! ¡Es la reina y la mujer, y no se tiene bastante con un alma pare darle gracias y adorarla...!

Morrel pensaba con una inexplicable agitación en aquel momento en que Valentina llegara diciendo:

—Aquí estoy, Maximiliano, ayudadme a subir a la tapia.

Todo estaba preparado pare la fuga; dos escalas habían sido guardadas en la choza de la huerta; un cabriolé, que debía conducir a Maximiliano, esperaba; ni criados, ni luz; al doblar la primera esquina, se encenderían las linternas, porque podían muy bien caer en manos de la policía.

De vez en cuando se estremecía; pensaba en el momento en que, al lado de aquella cerca, protegería la bajada de Valentina, y sentiría, temblorosa y abandonada en sus brazos, a aquella de quien aún no había estrechado más que una mano.

Pero al llegar la tarde, cuando vio acercarse la hora, sintió una Bran necesidad de estar solo; su sangre le hervía en las venas, las simples preguntas, la sola voz de un amigo le habrían irritado; se encerró en su cuarto procurando leer, pero su mirada se deslizaba sobre las páginas sin comprender nada, y acabó por tirar el libro contra el suelo, pare dibujar por segunda vez su piano, sus escalas y su huerta. Al fin se acercó la hora. Morrel pensó entonces que ya era tiempo de partir, pues eran las siete y media, y aunque el contrato se firmaba a las nueve, era probable que Valentina no esperaría; de consiguiente, después de haber salido a las siete y media en su reloj, de la calle de Meslay, entraba en la huerta cuando daban las ocho en San Felipe de Roule.

El caballo y el cabriolé fueron ocultados detrás de una cabaña arruinada en la que Morrel solía esconderse. Poco a poco el día fue declinando, y los árboles desapareciendo entre las sombras.

Entonces salió de su escondite, y con el corazón palpitante fue a mirar por la tapia: aún no había nadie.

Las ocho y media dieron.

Estuvo esperando una media hora; se paseaba de un lado a otro, y de vez en cuando iba a mirar por la rendija de las tablas.

El jardín se iba oscureciendo más y más, y en vano buscaba en la oscuridad el vestido blanco, en vano procuraba oír en medio del silencio el ruido de los pasos.

La casa que se vislumbraba a través de los árboles permanecía oscura, y no presentaba ninguno de los aspectos que acompañan a un acontecimiento tan importante como el de firmar un contrato de matrimonio.

Consultó su reloj, que señalaba las diez menos cuarto; pero pronto conoció su error, cuando el reloj de la iglesia dio las nueve y media.

Ya era media hora más del término fijado: Valentina le había dicho que a las nueve menos cuarto.

Este fue el momento más terrible para el corazón del joven, para el cual cada segundo que transcurría era un nuevo tormento.

El más débil ruido de las hojas, el menor silbido del viento, le hacían sudar y estremecerse; entonces, con mano convulsiva agarraba la escala, y para no perder tiempo, ponía el pie en el primer escalón.

En medio de estos temblores, en medio de estas crueles alternativas de temor y de esperanza..., dieron las diez en el reloj de San Felipe de Roule.

—¡Oh! —murmuró Maximíliano con terror—; es imposible que dure tanto firmar el contrato, a menos que haya habido algún suceso imprevisto; ya he calculado el tiempo que duran todas las formalidades, algo ha ocurrido.

Y unas veces se paseaba con agitación por delante de la cerca, otras iba a apoyar su ardorosa frente sobre el hierro helado. ¿Se habría desmayado Valentina durante o después del contrato? ¿O habría sido detenida en su fuga? Estas eran las dos hipótesis que bullían sin cesar en el cerebro del joven.

La idea que al fin llegó a obsesionarle fue la de que a la joven, en medio de su fuga, le habían faltado las fuerzas y había caído desmayada en una de las alamedas del jardín.

—¡Oh!, si así fuera —exclamó lanzándose sobre la escala—, ¡la perdería y sería por mi culpa!

El demonio que le había soplado al oído este pensamiento no le abandonó, y siguió atormentándole con esa tenacidad que hace que ciertas dudas, al cabo de un instante y a fuerza de pensar en ellas, se conviertan en certeza. Sus ojos, que procuraban penetrar la oscuridad creciente, creían ver bajo los sombríos árboles una forma humana.

Morrel se atrevió a llamar, a imaginóse oír un quejido inarticulado.

Dieron las diez y media. Era imposible esperar más tiempo; las sienes de Maximiliano latían violentamente; espesas nubes pasaban por sus ojos; al fin trepó por la escalera, subió a la cerca y de un salto estuvo en el jardín.

Estaba en casa de Villefort, acababa de entrar en ella por escalamiento; pensó un instante en las consecuencias que podría tener una acción semejante, pero no había tiempo para retroceder.

Anduvo unos diez pasos hasta internarse en una alameda.

En un minuto se plantó al extremo de ella. Desde allí se descubría la casa.

Aseguróse entonces de una cosa que había ya sospechado, y es que en lugar de las luces que creía ver brillar en cada ventana, como es natural en los días de ceremonia, no vio más que la masa gzís y velada aún por una gran cortina sombría que proyectaba una nube inmensa que se había interpuesto delante de la luna.

Una luz pasaba de vez en cuando como perdida, y lo hacía por delante de tres ventanas del piso principal, que eran de las habitaciones de la señora de Saint—Merán.

Otra luz permanecía inmóvil detrás de unas cortinas

encarnadas que eran de la alcoba de la señora de Villefort.

Morrel adivinó todo esto. Mil veces, para seguir a Valentina en su pensamiento a cualquier hora del día, mil veces, repetimos, había hecho que esta última le describiera minuciosamente la casa; de modo que sin haberla visto casi podría asegurarse que la conocía como su dueño.

El joven se asustó todavía más de aquella oscuridad y del silencio, que de la ausencia de Valentina.

Despavorido, loco de dolor, decidido a arrostrarlo todo por volver a ver a Valentina y asegurarse de la desgracia que presagiaba, cualquiera que fuese, llegó a una plazoleta, la que conducía a la alameda, y se disponía a atravesar con toda rapidez posible el parterre, completamente descubierto, cuando un rumor de voces bastante lejano aún, pero aproximado por el viento, llegó a sus oídos.

Al oírlo dio un paso atrás; había salido fuera de las ramas y do los árboles; pero volvióse a internar en ellos, y permaneció oculto en la oscuridad, inmóvil y mudo.

Había abrazado una resolución: si era Valentína sola, la avisaría con una palabra; si venía acompañada, la vería al menos y se aseguraría de que no le había sucedido desgracia alguna; escucharía algunas palabras de su conversación, y al fin podría comprender aquel misterio incomprensible hasta entonces.

Al fin la luna se desembarazó de la nube que la cubría, y vio aparecer en la puerta de la escalinata a Villefort seguido de un hombre vestido de negro. Bajaron los escalones y se adelantaron hacia la plazoleta. Aún no había andado cuatro pasos y ya Morrel había reconocido al doctor de Avrigny en el hombre vestido de negro.

Al verlos dirigirse hacia donde él estaba, el joven retrocedió maquinalmente hasta que encontró el tronco de un sicómoro, detrás del cual se ocultó.

A los pocos momentos cesó el rumor que en la arena producían los pasos del procurador del rey y del doctor de Avrigny.

—¡Ah!, querido doctor —dijo Villefort—, el cielo se declara contra nuestra casa. ¡Qué muerte tan horrible! No tratéis de consolarme; ¡ay!, no hay consuelo para semejante desgracia; la llaga es demasiado viva y demasiado profunda, ¡muerta!, ¡muerta está!

Un sudor frío heló la frente del joven, cuyos dientes chocaron unos con otros. ¿Quién había muerto en aquella casa que el mismo Villefort maldecía?

—Querido señor de Villefort —respondió el facultativo con un acento que aumentó el terror del joven—, yo no os he conducido aquí para consolaros, al contrario.

—¿Qué queréis decir? —preguntó el procurador del rey asombrado.

—Quiero decir que además de la desgracia que os acaba de suceder, hay otra aún más terrible quizá.

—¡Oh! ¡Dios mío! —murmuró Villefort cruzando las manos—; ¿qué es lo que vais a decirme?

—¿Estamos solos, amigo mío?

—¡Oh!, sí, solos. Pero ¿qué significan todas esas precauciones?

—Significan que tengo que haceros una confidencia —dijo el doctor—; sentémonos.

Villefort cayó sobre el banco. El doctor permaneció en pie frente a él con una mano apoyada sobre un hombro.

Horrorizado, Morrel sostenía su frente con una mano, y con la otra contenía su corazón cuyos latidos temía que fuesen oídos.

"¡Muerta! ¡Muerta! », repetía su pensamiento. Y él mismo se sentía morir.

—Decid, doctor; ya escucho —dijo Villefort—, herid; a todo estoy preparado.

—La señora de Saint—Merán era sin duda de bastante edad, pero gozaba de una salud excelente.

Morrel respiró por primera vez después de diez minutos de agonía.

—La pena la ha matado —dijo Villefort—; ¡sí, el pesar, doctor! Aquella costumbre que tenía de vivir al lado del marqués hacía más de cuarenta años...

—No, no es la pena, mi querido Villefort —dijo el doctor—. El pesar puede matar, aunque son muy raros estos casos; pero no mata en un día, no mata en una hors, no mata en diez minutos.

Villefort no respondió nada, pero levantó la cabeza que hasta entonces había tenido inclinada y miró al doctor con asombro.

—¿Estuvisteis junto a ella durante su agonía? —preguntó el señor de Avrigny.

—Sin duda —respondió el procurador del rey—; vos me dijisteis que no me alejase.

—¿Habéis notado los síntomas del mal a que ha sucumbido la señora de Saint—Merán?

—Desde luego, ha tenido tres accesos consecutivos, y cada vez más graves... Cuando vos llegasteis, hacía algunos minutos que apenas podía respirar; entonces tuvo una crisis que yo tomé por un simple ataque de nervios; pero no empecé a espantarme sino cuando la vi incorporarse sobre el lecho, con los miembros y el cuello crispados. Entonces os miré, y en vuestro rostro conocí que la cosa era más grave de lo que yo pensaba. Pasada la crisis busqué vuestros ojos, ¡pero no los encontré!, le tomabais el pulso, contabais sus latidos, y empezó la segunda crisis, que fue más nerviosa, y sus labios se amorataron y se contrajo su boca. A la tercera expiró. Desde que vi el fin de la primera reconocí que era el tétanos: vos me confirmasteis en esta opinión.

—Sí, delante de todo el mundo —repuso el doctor—; pero ahora estamos solos.

—¿Qué vais a decirme, Dios mío?

—Que los síntomas del tétanos y del envenenamiento por sustancias vegetales son absolutamente los mismos.

El señor de Villefort se levantó, y después de un instante de inmovilidad y de silencio, volvió a caer sobre el banco.

—¡Oh, Dios mío!, señor doctor —dijo——, ¿os dais cuenta de lo que me estáis diciendo?

Morrel no sabía si soñaba o estaba despierto.

—Escuchad —dijo el doctor—, conozco la importancia de mi declaración y el carácter del hombre a quien se la hago.

—¿Estáis hablando al amigo... o al magistrado? —preguntó Villefort.

—Al amigo, al amigo en este momento; la relación que existe entre los síntomas del tétanos y los síntomas del envenenamiento por las sustancias vegetales es tan parecida, que si fuera preciso firmarlo no vacilaría. Os repito, pues, no es al magistrado, sino al amigo, a quien advierto que tres cuartos de hora he estudiado la agonía, las convulsiones, la muerte de la señora de Saint—Merán, y no solamente me atrevo a decir que ha muerto envenenada, sino que aseguraría qué veneno la ha matado.

—¡Doctor, doctor!

—Como habéis visto, todo ha sido una serie de soñolencias interrumpidas por crisis nerviosas, excitaciones cerebrales... La señora de Saint—Merán ha sucumbido a causa de una dosis violenta de brucina o de estricnina que le han administrado por casualidad o por error sin duda.

Villefort cogió una mano del doctor.

—¡Oh, es imposible! —dijo—, ¡yo sueño, Dios mío! ¿Estoy soñando! ¡Es muy cruel oír decir semejantes cosas a un hombre como vos! En nombre del cielo, os lo suplico, querido doctor, decidme que podéis equivocaros.

—Sin duda, puede ser así..., pero...

—¿Pero?

—Yo no lo creo.

—Doctor, apiadaos de mí; desde hace algunos días me están sucediendo cosas tan inauditas, que creo que voy a volverme loco.

—¿Ha visto alguien más que nosotros a la señora de Saint—Merán?

—No, nadie más.

—¿Han ido a buscar a la botica alguna medicina que no fuese recetada por mí?

—Ninguna.

—¿Tenía enemigos la señora de Saint—Merán?

—Que yo sepa, no.

—¿Tenía alguien interés en su muerte?

—¡No, Dios mío, no! Mi hija es su única heredera... Valentina... ¡Oh!, si llegase a concebir tal pensamiento me daría de puñaladas para castigar a mi corazón por haber podido abrigarlo.

—¡Oh! —exclamó a su vez el señor de Avrigny—, querido amigo, no quiera Dios que yo pueda acusar a nadie: no hablo más que de un accidente, ¿comprendéis? ¡De un error! Pero accidente o error, el caso es que mi conciencia me remordía y necesitaba comunicaros lo que pasaba. Ahora es a vos a quien corresponde informaros.

—¿A quién? ¿Cómo? ¿De qué?

—Veamos. ¿No ha podido engañarse Barrois y haberle dado

algu-na poción preparada para su amo?

—¿Para mi padre?

—Sí.

—Pero ¿cómo podía envenenar a la señora de Saint—Merán una poción preparada para mi padre? Le habría envenenado a él también.

—No, señor, nada más sencillo; bien sabéis que en ciertas enfermedades los venenos son un remedio; la parálisis es una de éstas. Hará unos tres meses que, después de haber hecho todo cuanto podía para devolver el movimiento y la palabra al señor Noirtier, me decidí a intentar el último medio; hará unos tres meses, repito, le trato por la brucina; así, pues, en la última bebida que le mandé entraban seis centigramos, que no tienen acción sobre los órganos paralizados del señor Noirtier, y a los cuales se ha acostumbrado además por medio de dosis consecutivas; pero que son suficientes para matar a cualquier otro que no sea él.

—Mi querido doctor, no hay ninguna comunicación entre el cuarto del señor Noirtier y el de la señora de Saint—Merán, y Barrois nunca entraba en el de mi suegra. En fin, doctor, os diré que aunque sepa que sois el hombre más concienzudo, el más hábil, aunque siempre vuestras palabras sean para mí una antorcha que me guíe por la oscuridad, a pesar de todo, tengo necesidad de apoyarme en este axioma: errare humanum est.

—Escuchad, Villefort —dijo el galeno—; ¿hay alguno de mis colegas en quien tengáis tanta confianza como en mí?

—¿Por qué me decís eso? ¿Adónde vais a parar?

—Llamadle, le diré todo lo que he visto, lo que he notado, y haremos la autopsia.

—¿Y encontraréis señales del veneno?

—¡Veneno!, yo no he dicho eso; pero estudiaremos la exasperación del sistema, reconoceremos la asfixia patente, incontestable, y os diremos: querido Villefort, si ha sido por descuido, vigilad a vuestros criados; si ha sido por odio, vigilad a vuestros enemigos.

—¡Oh! ¡Dios mío! ¿Qué es lo que me proponéis, señor de Avrigny? —respondió Villefort abatido—; desde el momento en que otro que vos posea el secreto, será necesario un proceso, ¡y un proceso en el que yo esté interesado es imposible! Sin embargo, si queréis, si lo exigís, haré lo que decís. En efecto, tal vez deba yo seguir este asunto; mi carácter me lo ordena. Pero, doctor, desde ahora me veis aterrado; ¡introducir en mi casa tal escándalo después de tantas desgracias! ¡Oh!, ¡mi mujer y mi hija morirían! Y yo, yo, doctor, bien lo sabéis, no llega un hombre a ser lo que yo soy, no llega un hombre a ser procurador del rey veinticinco años sin haberse acarreado enemigos; los míos son numerosos... Esté acontecimiento los hará saltar de alegría, y a mí me cubrirá de oprobio; doctor, perdonadme estas ideas mundanas. Si fueseis sacerdote, no me atrevería a decíroslo; pero sois hombre, conocéis a los demás; doctor, doctor, no me habéis dicho nada, ¿no es verdad?

—Querido señor de Villefort —respondió el doctor conmovido—, mi primer deber es la humanidad. Yo habría salvado la vida a la señora de Saint—Merán si la ciencia hubiera podido hacerlo; pero una vez muerta, me consagro a los vivos. Sepultemos en lo más profundo de nuestros corazones este terrible secreto. Si los ojos de algunos llegan a sospechar, permitiré que la muerte se achaque a mi ignorancia; pero guardaré fielmente el secreto. Sin embargo, caballero, no dejéis de indagar, porque probablemente esto no quedará así... Y cuando hayáis descubierto al culpable, si llegáis a descubrirlo, yo seré el primero que os diga: "Sois magistrado, obrad como mejor os parezca."

—¡Oh!, gracias, ¡gracias, doctor! —dijo Villefort con indescriptible alegría—, jamás había tenido mejor amigo que vos.

Y como si hubiese temido que el doctor Avrigny se retractase de su determinación, se levantó y le condujo hacia su casa.

Los dos hombres se alejaron, y Morrel, que necesitaba respirar, sacó la cabeza del enramado, y la luna iluminó aquel rostro tan pálido, que más bien parecía el de un fantasma.

"Dios me proteja —dijo— ¡Pero Valentina! ¡Valentina!, ¡pobre amiga! ¿Resistirá tantos dolores?

Al decir estas palabras, miraba alternativamente a la ventana de cortinas encarnadas y a las tres de cortinas blancas.

La luz había desaparecido completamente de la ventana de cortinas encarnadas. La señora de Villefort acababa sin duda de apagar la lámpara, y sólo la lamparilla era la que esparcía un reflejo débil, casi imperceptible.

Al extremo del edificio vio abrirse una de las ventanas de cortinas blancas. Una bujía, colocada sobre la chimenea, arrojó fuera del balcón algunos rayos de su pálida luz, y una sombra se apoyó en la balaustrada.

Morrel se estremeció; parecíale haber oído un gemido.

No era extraño que aquella alma tan intrépida y fuerte, turbada ahora y exaltada por las dos pasiones humanas más fuertes, el amor y el miedo, se hubiese debilitado hasta el punto de sufrir exaltaciones supersticiosas.

Por más que resultaba imposible que la mirada de Valentina le distinguiese, oculto como estaba, creyó oírse llamar por la sombra de la ventana, su espíritu turbado se lo decía, repitiéndoselo su corazón abrasado. Este doble error era para él una certidumbre, y por uno de esos incomprensibles impulsos juveniles salió de su escondite, y en dos saltos, a riesgo de ser visto, de asustar a Valentina, de alarmar a todos los de la casa con algún grito involuntario que pudiera proferir la joven, atravesó aquel parterre que la luna iluminaba en aquel instante de lleno, y habiendo llegado a la calle de naranjos que se extendía delante de la casa, divisó la escalinata, que subió rápidamente, y empujó la puerta, que se abrió sin resistencia.

Valentina no le había visto; sus ojos, levantados hasta el cielo, seguían una nube de plata que se deslizaba sobre el azul, y cuya forma se asemejaba a la de una sombra que sube al cielo; su imaginación poética y exaltada le decía que era el alma de su madre.

Morrel había atravesado la antesala y llegó al pie de la escalera. Alfombras extendidas sobre los escalones apagaron sus pasos. Por otra parte, Morrel había llegado a un punto tal de exaltación, que la presencia de Villefort no le habría extrañado si éste hubiese aparecido ante sus ojos. Su resolución estaba tomada. Se acercaba a él y se lo confesaba todo, rogándole que le escuchase, y aprobase aquel amor que le unía a su hija... Morrel estaba loco.

Afortunadamente no vio a nadie.

Entonces fue cuando le sirvieron de mucho las descripciones que del interior de la casa le había hecho Valentina. Llegó sin accidente alguno al final de la escalera y cuando iba a buscar la habitación, un gemido, cuya expresión reconoció, le indicó el camino que debía seguir. Se volvió. Una puerta entreabierta dejaba salir el reflejo de una luz y el sonido de la voz que antes había exhalado aquel gemido.

Abrió esta puerta y entró en la estancia.

Al fondo de una alcoba, bajo el sudario blanco que cubría su cabeza y dibujaba su forma, yacía la muerta, más espantosa a los ojos de Morrel desde la revelación de aquel secreto del que la casualidad le había hecho poseedor.

Al lado de la cama, de rodillas, con la cabeza sepultada entre unos almohadones, Valentina, estremeciéndose a cada instante, a cada gemido, extendía sobre su cabeza, cuyo rostro no se distinguía, sus dos manos cruzadas y crispadas.

Se había separado del balcón, que había quedado abierto, y rezaba en voz alta con un acento que hubiera conmovido al corazón más insensible.

Las palabras se escapaban de sus labios rápidas, incoherentes, ininteligibles.

La claridad de la luna, que penetraba por el balcón, hacía palidecer el resplandor de la bujía, y azulaba con sus fúnebres tintas este cuadro desolador.

Morrel no pudo resistir esta escena. No era hombre, en verdad, de una piedad ejemplar, no era fácil de conmover, pero ver llorar a Valentina y retorcerse los brazos, era más de lo que podía sufrir en silencio. Arrojó un suspiro, murmuró un nombre, y una cabeza anegada en lágrimas, una cabeza de Magdalena de Correggio se levantó volviéndose hacia él.

Valentina lo vio y no manifestó el menor asombro. No existen emociones intermedias en un corazón ulcerado por una desesperación suprema.

Morrel extendió la mano a su amiga. Valentina, por toda excusa de no haber acudido a la cita, le mostró el cadáver cubierto por el fúnebre sudario, y volvió a sollozar.

Ni uno ni otro se atrevían a hablar en aquel cuarto. Los dos vacilaban en romper aquel silencio que parecía ordenado por la muerte, que se hallaba en algún rincón, con el dedo índice puesto sobre los labios..

Al fin Valentina se atrevió a hablar.

—Si esta emoción hubiera debido recibir al momento su castigo—, es que esa pobre abuela, al morir, dejó dispuesto que terminasen mi boda lo más pronto posible; ¡también ella, Dios mío! ¡Creyendo protegerme, obraba contra mí!

—¡Escuchad! —dijo Morrel.

Los dos jóvenes guardaron silencio.

Oyóse abrir una puerta y unos pesos resonaron en el corredor dirigiéndose a la escalera.

—Es mi padre, que sale de su despacho —díjo Valentina.

—Y que acompaña al doctor —añadió Morrel.

—¿Cómo sabéis que es el doctor? —preguntó Valentina asombrada.

—Lo supongo —dijo Morrel.

Valentina miró al joven.

Oyóse cerrar la puerta de la calle.

El señor de Villefort cerró con llave la del jardín y en seguida volvió a subir la escalera.

Cuando hubo llegado a la antesala, se detuvo un instante como si vacilase en entrar en el cuarto de la señora de Saint—Merán. Morrel se escondió detrás de un biombo. Valentina no hizo el menor movimiento. Hubiérase dicho que un dolor supremo la hacía superior.

—Amigo —dijo—, ¿cómo es que estáis aquí? ¡Ay!, yo os diría de buena gene bien venido seáis, si no fuera la muerte la que os ha abiertoo la puerta de esta casa.

—Valentina —dijo Morrel con voz trémula y las manos cruzadas—, yo esperaba desde las ocho y media. No os veía venir, me ínquieté, salté la cerca, penetré en el jardín, entonces unas votes que hablaban del fatal accidente.

—¿Qué voces? —preguntó Valentina.

Morrel se estremeció, porque toda la conversación del doctor y del El señor de Villefort siguió hacia su habitación. El señor de Villefort se representó en su imaginación, y creía ver a través del paño mortuorio aquellos brazos crispados, aquel cuerpo rígido, aquellos labios amoratados.

—Las voces de vuestros criados me lo han revelado todo.

—Pero venir hasta aquí era perdernos, amigo mío —dijo Valentina, sin espanto ni enojo.

—Perdonadme —respondió Morrel con el mismo tono—, voy a retirarme.

—No —dijo Valentina—, seríais visto, quedaos.

—Pero si viniesen

La joven movió la cabeza con melancolía.

—Nadie vendrá —dijo—. Tranquilizaos, ésta es nuestra salvación. Y le señaló el cadáver cubierto con el paño.

—¿Pero qué ha sido del señor d'Epinay? Decidme, os lo suplico— replicó Morrel.

—El señor Franz vino pare firmar el contrato en el momento en que mi abuela exhalaba el último suspiro.

—¡Ah! —dijo Morrel con alegría egoísta, porque pensaba que aquella muerte retardaba indudablemente el matrimonio de Valentina.

—Ahora —dijo Valentina—, no hay más que una salida permitida y segura, y es la habitación de mi abuelo.

Y se levantó.

—Venid —dijo.

—¿Dónde? —preguntó Maximiliano.

—A la habitación de mi abuelo. —¡Yo al cuarto del señor Noirtíer!

—Sí.

—¡Qué decís, Valentina!

—Bien sé lo que digo, y hace tiempo que lo he pensado. No tengo más amigo que éste en el mundo y los dos necesitamos de él... Venid.

—Cuidado, Valentina —dijo Morrel vacilando—, cuidado, la venda ha caído de mis ojos. Al venir estaba demente. ¿Conserváis íntegra vuestra razón, querida amiga?

—Sí —dijo Valentina—, y no siento más que un escrúpulo, y es el dejar solos los restos de mi pobre abuela, que yo me encargué de velar.

—Valentina —dijo Morrel—, la muerte es sagrada.

—Sí —respondió la joven—. Pronto acabaremos, venid.

Valentina atravesó la estancia y bajó por una escalerilla que conducía a la habitación de Noirtier. Morrel la seguía de puntillas. Cuando llegaron a la meseta en que estaba la puerta, encontraron al antiguo criado.

—Barrois —dijo Valentina—, cerrad la puerta y no dejéis entrar a nadie.

Valentina pasó primero.

Noirtier, sentado aún en su sillón, atento al menor ruido, informado por su criado de todo lo que sucedía, clavaba ansiosas miradas en la puerta del cuarto. Vio a Valentina y sus ojos brillaron.

Había en el andar y en la actitud de la joven cierta gravedad solemne que admiró al anciano. Así, pues, sus brillantes ojos interrogaron vivamente a la joven.

—Escúchame bien, abuelito —le dijo—, ya sabes que mi buena mamá Saint—Merán ha muerto hace una hora, y que ya, excepto a ti, no tengo a nadie que me ame en el mundo.

Una expresión de infinita ternura brilló en los ojos del señor Noirtier.

—¡A ti sólo, pues, debo confesar mis pesares o mis esperanzas!

El paralítico respondió que sí.

Valentina fue a buscar a Maximiliano y le tomó una mano.

—Entonces —dijo Valentina—, mirad a este caballero.

El anciano fijó en Morrel sus ojos escudriñadores y ligeramente asombrados.

—Es el señor Maximiliano Morrel —dijo ella—, hijo de ese honrado comerciante de Marsella, de quien sin duda habréis oído hablar.

—Sí —respondió el anciano.

—Es un nombre que Maximiliano hará sin duda glorioso, pues a los veintiocho años es capitán de spahis y oficial de la Legión de Honor.

El anciano hizo señas de que se acordaba.

—¡Y bien!, abuelito —dijo Valentina hincándose de rodillas delante del anciano, y mostrándole a Maximiliano con una mano—, le amo, y no seré de nadie sino de él. Si me obligan a casarme con otro, me moriré o me mataré.

Sus ojos de paralítico expresaban un sinfín de pensamientos tumultuosos.

—Tú aprecias al señor Maximiliano Morrel, ¿no es verdad, abuelo? —preguntó la joven.

—Sí —respondió el anciano.

—¿Y quieres protegernos a nosotros, que también somos tus hijos, contra la voluntad de mi padre?

Noirtier fijó su inteligente mirada en Morrel, como diciéndole:

—Depende.

Maximiliano comprendió.

—Señorita —dijo—, vos tenéis que cumplir con un deber sagrado en el cuarto de vuestra abuela; ¿queréis permitirme que tenga el honor de hablar un momento con el señor Noirtier?

—Sí, sí, eso es —expresó el anciano, y después miró a Valentina con inquietud.

—¿Cómo hará para comprenderte, quieres decir, abuelo?

—Sí.

—¡Oh!, tranquilízate. Hemos hablado tan a menudo de ti, que conoce bien la forma en que nos entendemos.

Y volviéndose a Maximiliano con una adorable sonrisa, aunque velada por una tristeza profunda, dijo:

—Sabe todo lo que yo sé.

Valentina se levantó, acercó una silla para Morrel, recomendó a Barrois que no dejase entrar a nadie, y después de haber abrazado tiernamente a su abuelo, y haberse despedido con tristeza de Morrel, salió.

Entonces éste, para probar a Noirtier que poseía la confianza de Valentina, y sabía todos sus secretos, tomó el diccionario, la pluma y el papel, y todo lo colocó sobre una mesa donde había una lámpara.

—En primer lugar —dijo Morrel—, permitidme que os cuente quién soy yo, cómo amo a Valentina, y cuáles son mis intenciones respecto a esto último.

—Escucho —dijo Noirtier.

Era un espectáculo imponente el ver a este anciano, inútil en apariencia, y que era el único protector, el único apoyo, el único juez de los dos amantes jóvenes, hermosos, fuertes y que empezaban a conocer el mundo.

Su fisonomía, que expresaba una nobleza y una austeridad notables, impresionaba en extremo a Morrel, que empezó a contar su historia temblando.

Entonces refirió cómo había conocido y amado a Valentina, y

cómo ésta, en su aislamiento y en su desgracia, había acogido su cariño.

Le habló de su nacimiento, de su posición, de su fortuna y más de una vez, al interrogar la mirada del paralítico, vio que ésta le respondía:

—Está bien, continuad.

—Ahora —dijo Morrel así que hubo acabado la primera parte de su historia—, ahora que os he contado también mi amor y mis esperanzas, ¿debo contaros mis proyectos?

—Sí.

—¡Pues bien! Escuchad lo que habíamos decidido.

Y entonces manifestó a Noirtier que un cabriolé esperaba en la huerta, que pensaba raptar a Valentina, llevarla a la casa de su hermana, casarse, y esperar respetuosamente el perdón del señor de Villefort.

—No —dijo Noirtier.

—¿No? —repuso Morrel—, ¿no debemos obrar así?

—No.

—¿De modo que este proyecto no tiene vuestro consentimiento?

—No.

—¡Pues bien!, hay otro medio— dijo Morrel.

La mirada interrogadora del anciano preguntó: "¿Cuál?"

—Buscaré —continuó Maximiliano— al señor Franz d'Epinay, me alegro de poderos decir esto en ausencia de la señorita de Villefort, y me conduciré de modo que no tenga más remedio que acceder a mis proposiciones.

La mirada de Noirtier siguió interrogándole.

—¿Queréis que os diga lo que pienso hacer?

—Sí.

—Escuchad. Le buscaré, como os decía, le diré los lazos que me unen a la señorita de Villefort. Si es un hombre delicado, probará su delicadeza renunciando a la mano de su prometida, y desde entonces puede contar hasta la muerte con mi amistad y mi cariño. Si rehúsa, ya porque le obligue su interés personal, o porque un ridículo orgullo le haga persistir, después de probarle que Valentina me ama y no puede amar a ningún otro más que a mí, me batiré con él, dándole las ventajas que quiera, y le mataré o él me matará. Si yo le mato, no se casará con Valentina. Si él me mata, estoy seguro de que Valentina no se casará con él.

Noirtier contemplaba con un placer inefable aquella noble y sincera fisonomía en que estaban retratados todos los sentimientos que expresaban sus labios.

Cuando Morrel terminó de hablar, Noirtier cerró los ojos repetidas veces, lo cual quería decir que no.

—¿No? —dijo Morrel—. ¿Conque desaprobáis este segundo proyecto lo mismo que el primero?

—Sí —indicó el anciano.

—¿Qué hemos de hacer, caballero? —preguntó Morrel—. Las últimas palabras de la señora de Saint—Merán han sido que el casamiento de su nieta se hiciese al punto. ¿Debo dejar marchar las cosas?

Noirtier permaneció inmóvil.

—Sí, comprendo —dijo Morrel—, debo esperar.

—Sí.

—Pero, señor, una dilación nos perdería —repuso el joven—. Hallándose sola Valentina y sin fuerzas, la obligarán como a un chiquillo. He entrado aquí milagrosamente para saber lo que pasaba. Os he sido presentado milagrosamente y no debo esperar que se renueven tales milagros. Creedme, no hay más que uno de los dos partidos que os he propuesto. Disculpadle a mi juventud esta vanidad, decidme cuál es el mejor, ¿autorizáis a la señorita Valentina a confiarse a mi honor?

—No.

—¿Preferís que yo vaya a buscar al señor Franz d'Epinay?

—No.

—¡Dios mío! ¿De quién nos vendrá el socorro que esperamos del cielo?

El anciano se sonrió con los ojos, como solía cuando le hablaban del cielo. Siempre habían quedado algunos residuos de ateísmo en las ideas del antiguo jacobino.

—¿De la casualidad? —repuso Morrel.

—No.

—¿De vos?

—Sí.

—¿De vos?

—Sí —repitió el anciano.

—Comprendéis lo que os pregunto, caballero, disculpad mi terquedad, porque mi vida depende de vuestra respuesta: ¿Nos vendrá de vos nuestra salvación?

—Sí.

—¿Estáis seguro de ello?

—Sí.

—¿Nos dais vuestra palabra?

—Sí.

Y había en la mirada que daba esta respuesta una firmeza tal, que no había medio de dudar de la voluntad, sino del poder.

—¡Oh!, gracias, caballero, ¡un millón de gracias! Pero, a menos que un milagro del Señor os devuelva la palabra y el movimiento, encadenado en este sillón, mudo a inmóvil, ¿cómo podréis oponeros a ese casamiento?

Una sonrisa iluminó el rostro del anciano, sonrisa extraña, como es la de los ojos de un rostro inmóvil.

—¿De modo que debo esperar? —preguntó el joven.

—Sí.

—¿Pero el contrato?

La misma sonrisa de antes brilló en el rostro de Noirtier.

—¿Queréis decirme que no será firmado?

—Sí —dijo Noirtier.

—¿De modo que el contrato no será firmado? —exclamó Morrel—. ¡Oh!, ¡perdonad, caballero! Cuando se recibe una gran noticia, es lícito dudar un poco. ¿El contrato no será firmado?

—No— dijo el paralítico.

A pesar de esta seguridad, Morrel vacilaba en creerlo.

Era tan extraña esta promesa de un anciano impotente, que en lugar de provenir de una fuerza de voluntad, podía provenir de una debilidad de los órganos. Nada más natural que el insensato que ignora su locura pretenda realizar cosas superiores a su poder. El débil habla de los grandes pesos que levanta; el tímido, de los gigantes que ha vencido; el pobre, de los tesoros que maneja; el más humilde campesino se llama Júpiter.

Sea que Noirtier hubiese comprendido la indecisión del joven, sea que no diese fe a la docilidad que había mostrado, le miró fijamente.

—¿Qué queréis, caballero? —preguntó Morrel—. ¿Que os reitere mi promesa de no hacer nada?

La mirada de Noirtier permaneció fija y firme como para indicar que no bastaba una promesa. Después pasó del rostro a la mano.

—¿Queréis que lo jure? —preguntó Maximiliano.

—Sí —dio a entender el paralítico con la misma solemnidad—, lo quiero así.

Morrel comprendió que el anciano daba una gran importancia a este juramento.

Y extendió la mano.

—Os juro por mi honor —dijo— esperar que hayáis decidido lo que tengo que hacer.

—Bien —expresaron los ojos del anciano.

—Ahora, caballero —preguntó Morrel—, ¿queréis que me retire?

—Sí.

—¿Sin volver a ver a Valentina?

—Sí.

Morrel dijo que estaba dispuesto a salir.

—¿Y permitís —continuó— que vuestro hijo os abrace como lo acaba de hacer vuestra hija?

No había la menor duda en cuanto a lo que querían expresar los ojos de Noirtier.

El joven aplicó sus labios sobre la frente del anciano en el mismo sitio en que la joven había puesto los suyos, y saludando al señor Noirtier por segunda vez, salió.

En la pieza contigua encontró al antiguo criado prevenido por Valentina. Este esperaba a Morrel, y lo guió por las revueltas de un corredor sombrío que conducía a una puerta que daba al jardín.

Una vez allí, se dirigió al cercado en un instante, subió al tejadillo de la tapia y por medio de su escala bajó a la huerta, encaminándose a la choza, al lado de la cual le esperaba su cabriolé.

Subió en él, y agobiado por tantas emociones, pero con el corazón más libre, entró a medianoche en la calle de Meslay, se arrojó sobre su cama y durmió como si hubiera estado sumergido en una profunda embriaguez.

A los dos días de ocurridas estas escenas, una multitud considerable se hallaba reunida, a las diez de la mañana, a la puerta de la casa del señor de Villefort, y ya se había visto pasar una larga hilera de carruajes de luto y particulares por todo el barrio de Saint—Honoré y de la calle de la Pepinière.

Entre ellos había uno de forma singular, y que parecía haber sido hecho para un largo viaje. Era una especie de carro pintado de negro, y que había acudido uno de los primeros a la cita.

Entonces se informaron y supieron que, por una extraña coincidencia, este carruaje encerraba el cuerpo del marqués de Saint—Merán, y que los que habían venido para un solo entierro acompañarían dos cadáveres.

El número de las personas era grande. El marqués de Saint—Merán, uno de los dignatarios más celosos y fieles del rey Luis XVII y del rey Carlos X, había conservado gran número de amigos que, unidos a las personas relacionadas con el señor de Villefort, formaban un considerable cortejo.

Mandaron avisar a las autoridades, y obtuvieron el permiso para que aquellos dos entierros se hicieran al mismo tiempo. Un segundo carruaje, adornado con la misma pompa mortuoria, fue conducido delante de la puerta del señor de Villefort, y el ataúd fue también transportado del carro a la carroza fúnebre.

Los dos cadáveres debían ser sepultados en el cementerio del Padre Lachaise, donde hacía ya mucho tiempo el señor de Villefort había hecho edificar el panteón destinado para toda su familia. En él había sido enterrada ya la pobre Renata, con quien su padre y su madre iban a reunirse después de diez años de separación.

París, siempre curioso, siempre conmovido ante las pompas fúnebres, vio pasar con un silencio religioso el espléndido cortejo que acompañaba a su última mansión a dos de los nombres de aquella aristocracia, los más célebres por el espíritu tradicional y por la fidelidad a sus principios.

En el mismo carruaje de luto, Beauchamp y Chateau—Renaud hablaban de aquellas muertes casi repentinas.

—Vi a la señora de Saint—Merán el año pasado en Marsella —decía Chateau—Renaud—, yo volvía de Argel. Parecía destinada a vivir cien años, gracias a su perfecta salud, a su mente tan clara y despierta y a su prodigiosa actividad. ¿Qué edad tenía?

—Setenta años —respondió Alberto—. Al menos así me han asegurado. Pero no es la edad la que le ha causado su muerte. Al parecer, la pena causada por la del marqués la había trastornado completamente, no estaba en sus cabales.

—Pero, en fin, ¿de qué ha muerto? —preguntó Debray.

—De una congestión cerebral, según se dice, o de una apoplejía fulminante. ¿No viene a ser lo mismo?

—¡Psch...!, poco más o menos...

—De apoplejía —dijo Beauchamp— es difícil de creer. La señora de Saint—Merán, a quien he visto una o dos veces en mi vida, era alta, delgada y de una constitución más bien nerviosa que sanguínea. Son muy raras las apoplejías producidas por la pena en una constitución física como la de la señora de Saint—Merán.

—En todo caso —dijo Alberto—, sea cual fuere la enfermedad que la ha llevado al sepulcro, he aquí que el señor de Villefort, o más bien Valentina, o nuestro amigo Franz, entran en posesión de una pingüe herencia, ochenta mil libras de renta, según creo.

—Herencia que será duplicada a la muerte de ese viejo jacobino de Noirtier.

—Vaya un abuelo tenaz —dijo Beauchamp—: Tenacem praepositi virum. Ha apostado con la Muerte, según creo, a que enterraría a todos sus herederos. A fe mía, que se saldrá con la suya. Lo mismo que aquel viejo soldado del 93, que decía a Napoleón en 1814: "Decaéis porque vuestro Imperio es lo mismo que una espiga joven fatigada de crecer tanto. Tomad por tutora a la República, volvamos con una buena Constitución a los campos de batalla y yo os prometo quinientos mil soldados, otro Marengo y un segundo Austerlítz. Las ideas no mueren, señor, se adormecen de vez en cuando, pero despiertan más fuertes que antes".

—Parece —dijo Alberto— que para él los hombres son como las ideas, pero una sola cosa me inquieta, y es saber cómo se las arreglará Franz d'Epinay con un abuelo que no puede pasar sin su nieta; ¿pero dónde está Franz?

—Va en el primer carruaje con el señor de Villefort, que le considera ya como de la familia.

La conversación de todos los que seguían a las carrozas fúnebres era poco más o menos la misma. Admirábanse de aquellas dos muertes seguidas la una a la otra con tanta rapidez, pero nadie sospechaba el terrible secreto que la noche anterior había revelado el señor de Avrigny al señor de Villefort en el jardín.

Después de una hora de marcha, llegaron a la puerta del cementerio. El tiempo estaba tranquilo, pero sombrío, y por consiguiente bastante en armonía con la fúnebre ceremonia que tenía lugar. Entre los grupos que se dirigieron al panteón de la familia, Chateau—Renaud reconoció a Morrel, que solo y en cabriolé, iba también muy pálido por la calle de los cipreses.

—¿Vos aquí? —dijo Chateau—Renaud cogiendo del brazo al joven capitán—. ¿Conocéis al señor de Villefort? ¿Cómo es que nunca os he visto en su casa?

—No es al señor de Villefort a quien conozco —respondió Morrel—, a quien conocía es a la señora de Saint—Merán.

En este momento Alberto se acercó a ellos acompañado de Franz.

—El momento no es muy adecuado para una presentación —dijo Alberto—, pero no importa, no somos supersticiosos. Señor Morrel, permitid que os presente al señor Franz d'Epinay, mi querido compañero de viaje por Italia. Mi querido Franz, el señor Maximiliano Morrel, un excelente amigo que he adquirido en lo ausencia, y cuyo nombre oirás en mis labios, siempre que tenga que hablar acerca de los buenos sentimientos, del talento y de la amabilidad.

Morrel quedóse un instante indeciso. Dijo para sí que era una infame hipocresía aquel saludo casi amistoso dirigido al hombre que detestaba interiormente, pero recordó su juramento y la gravedad de las circunstancias, se esforzó por que su rostro no expresase ningún senti-miento de odio, y saludó a Franz disimulando lo que sentía.

—La señorita de Villefort estará muy triste, ¿no es verdad? —dijo Debray a Franz.

—¡Oh!, caballero —respondió Franz—, sumamente triste. Esta mañana estaba tan pálida y tan demudada que apenas la conocí.

Estas palabras, en apariencia tan sencillas, desgarraron el corazón de Morrel. Aquel hombre había visto ya a Valentina, había hablado con ella.

Entonces fue cuando el joven oficial necesitó de toda su fuerza para resistir al vehemente deseo de violar su juramento.

Cogió el brazo de Chateau—Renaud y le arrastró consigo rápidamente hacia el panteón, delante del cual los empleados de las pompas fúnebres acababan de depositar dos ataúdes.

—Magnífica habitación —dijo Beauchamp dirigiendo una mirada al mausoleo—, palacio de verano y de invierno. Vos lo habitaréis también algún día, mi querido Epinay, porque pronto seréis de la familia. Yo, en mi calidad de filósofo, quiero una casita de campo, una fosa debajo de árboles sombríos, y nada de piedras sobre mi cuerpo. Al morir, diré a los que me rodean lo que Voltaire escribía a Pirón: Eo rus y punto concluido... ¡Vamos, qué diantre! ¡Valor, vuestra mujer hereda, después de todo!

—En verdad, Beauchamp —dijo Franz—, sois insufrible. Los asuntos políticos os han acostumbrado a reíros de todo y a no creer en nada. Pero, en fin, Beauchamp, cuando tengáis el honor de presentaros delante de hombres ordinarios, y la felicidad de dejar por un momento la política, tratad de no dejaros olvidado el corazón en la Cámara de los diputados o en la de los pares.

—¡Oh! ¡Dios mío! —dijo Beauchamp—, ¿qué es la vida? Una espera en la antesala de la muerte.

—Dejad a Beauchamp con sus ideas —dijo Alberto.

Y se retiró con Franz, abandonando a Beauchamp a sus discusiones filosóficas con Debray.

El panteón de la familia de Villefort formaba un cuadro de piedras blancas de una altura de veinte pies. Una separación interior dividía en dos departamentos a la familia de Saint—Merán y a la de Villefort, y cada una tenía su puerta. No se veía, como en las otras tumbas, esos innobles cajones superpuestos en los que una económica distribución encierra a los muertos con una inscripción que parece un rótulo. Todo lo que se veía por la puerta de bronce era una antesala sombría y severa, separada de la verdadera tumba por una pared.

En medio de esta pared estaban las dos puertas de que hablábamos hace poco, y que comunicaban con las sepulturas de Villefort y Saint-Merán.

Allí podían exhalarse en libertad los gemidos y los ayes doloridos, sin que los transeúntes, que hacen de una visita al Padre Lachaise, una partida de campo o una cita de amor, pudiesen turbar con su canto, con sus gritos o con sus carreras la muda contemplación o las oraciones bañadas de lágrimas del que visitaba la tumba.

Ambos ataúdes fueron colocados en el panteón de la derecha. Este era el de la familia de Saint—Merán, sobre unos pequeños sepulcros preparados ya, y que esperaban su depósito mortal. Solamente Villefort, Franz y algunos parientes cercanos penetraron en el santuario.

Como las ceremonias religiosas habían sido efectuadas a la puerta, y no había ya que pronunciar ningún discurso, los amigos se separaron al punto. Chateau—Renaud, Alberto y Morrel se retiraron, y Debray y Beauchamp hicieron lo mismo.

Franz permaneció con el señor de Villefort a la puerta del cementerio. Morrel se detuvo bajo un pretexto cualquiera. Vio salir a Franz y al señor de Villefort en un carruaje de luto, y concibió un mal presagio de esta unión. Volvió a París, y aunque iba en el mismo carruaje que Chateau—Renaud y Alberto, no oyó una palabra de lo que dijeron los dos jóvenes.

En efecto. Cuando Franz iba a separarse del señor de Villefort, dijo: —Señor barón, ¿cuándo volveré a veros?

—Cuando gustéis, caballero —respondió Franz.

—Lo más pronto posible.

—Estoy a vuestras órdenes, caballero. ¿Queréis que volvamos juntos?

—¡Si esto no os causa molestia...!

—En absoluto.

Dicho esto, el futuro suegro y el futuro yerno subieron al mismo carruaje, y Morrel al verlos pasar concibió con razón graves inquietudes.

Villefort y Franz volvieron al arrabal Saint—Honoré.

El procurador del rey, sin entrar en el cuarto de nadie, sin hablar a su mujer ni a su hija, hizo pasar al joven a su despacho, a indicándole una silla, le dijo:

—Señor d'Epinay, como la obediencia a los muertos es la primera ofrenda que se debe depositar sobre su ataúd, debo recordaros el deseo que expresó anteayer la señora de Saint—Merán en su lecho de agonía, a saber: que el casamiento de Valentina se efectuara sin tardanza. Vos sabéis que los asuntos de la difunta estaban muy en regla, que su testamento asegura a Valentina toda la fortuna de los Saint-Merán. El notario me mostró ayer las actas que permiten que se firme definitivamente el contrato de matrimonio. Podéis verle de mi parte y hacer que os las comuniquen. El notario es el señor Deschamps, plaza de Beauveau, barrio de Saint—Honoré.

—Caballero —respondió Franz—, no es éste el momento más oportuno para la señorita Valentina, abismada como está en su dolor, para pensar en la boda. En verdad, yo temería...

—Valentina —interrumpió el señor de Villefort— no tendrá otro deseo más vivo que el de cumplir la última voluntad de su abuela; así, pues, los obstáculos no están de su parte, os respondo de ello.

—En ese caso, caballero —dijo Franz—, como tampoco lo están de la mía, podéis obrar como y cuando mejor os parezca. Está empeñada mi palabra, y la cumpliré, no sólo con placer, sino con felicidad.

—Entonces —dijo Villefort—, nada nos detiene. El contrato debía ser firmado dentro de tres días; todo lo encontraremos preparado, podemos firmarlo hoy mismo.

—Pero ¿y el luto? —dijo Franz vacilando.

—Tranquilizaos, caballero, no es en mi casa donde se hará caso de tales cosas. La señorita de Villefort podrá retirarse durante los tres meses primeros a su posesión de Saint—Merán. Digo su posesión, porque desde hoy suya es esa propiedad. Allí, dentro de ocho días, si queréis, sin ruido, sin esplendor, sin fausto, se celebrará el casamiento civil. Era un deseo de la señora de Saint—Merán que su nieta se casase en esa finca. Después, vos podréis volver a París, mientras que vuestra mujer pasará el tiempo del luto con su madrastra.

—Como gustéis, caballero —dijo Franz.

—Entonces —repuso el señor de Villefort—, tomaos el trabajo de aguardar media hora. Valentina va a bajar al salón.

—Yo mandaré llamar al señor Deschamps, leeremos y firmaremos el contrato inmediatamente y esta misma noche la señora de Villefort conducirá a Valentina a su propiedad, donde iremos nosotros dentro de ocho días.

—Caballero —dijo Franz—, tengo que pediros un favor.

—¿Cuál?

—Deseo que Alberto de Morcef y Raúl de Chateau—Renaud estén presentes al acto de firmar el contrato. Bien sabéis que son mis testigos.

—Media hora es suficiente para avisarles. ¿Queréis irlos a buscar vos mismo? ¿Queréis que se les mande llamar?

—Prefiero ir yo mismo, caballero.

—Os esperaré dentro de media hora, barón, y dentro de media hora Valentina estará dispuesta.

Franz saludó al señor de Villefort y salió.

Apenas se hubo cerrado la puerta de la calle detrás del joven, Villefort ordenó que avisasen a Valentina que bajase al salón dentro de media hora, porque se esperaba al notario y a los testigos del señor d'Epinay.

Esta noticia inesperada produjo una gran impresión en la casa. La señora de Villefort no quería creerlo y Valentina se quedó más aterrada que si hubiese sido fulminada por un rayo.

Miró a su alrededor como para buscar a quien pedir socorro.

Quiso subir a ver a su abuelo, pero en la escalera encontró al señor de Villefort, que la cogió del brazo y la condujo al salón.

Valentina encontró en la antesala a Barrois y dirigió al antiguo criado una mirada desesperada.

Un instante después de Valentina, la señora de Villefort entró en el salón con Eduardo. Era evidente que la mujer había tenido su parte en los pesares de la familia. Estaba pálida y parecía horriblemente cansada.

Sentóse, colocó a Eduardo sobre sus rodillas y de vez en cuando estrechaba con movimientos casi convulsivos contra su pecho a aquel niño en el cual parecía concentrarse toda su vida.

Al poco rato se oyó el ruido de dos carruajes que entraban en el patio. Uno era el del notario; el otro, de Franz y sus amigos. Todos estuvieron reunidos en seguida en el salón.

Valentina estaba tan pálida que veían dibujarse las azuladas venas de sus sienes alrededor de sus ojos y de sus mejillas. Franz experimentaba también una viva emoción.

Chateau—Renaud y Alberto se miraron con asombro. La ceremonia que se había concluido poco antes les parecía menos triste que la que iba a empezar.

La señora de Villefort se había colocado en la sombra, detrás de una cortina de terciopelo, y como estaba siempre inclinada hacia su hijo, era difícil leer en su rostro lo que sentía en su corazón.

El señor de Villefort estaba, como siempre, impasible.

El notario, después de colocar los papeles sobre la mesa, tomó asiento en el sillón, púsose los anteojos y volvióse hacia Franz.

—¿Vos sois ——dijo— el señor Franz de Quesnel, barón d'Epinay? —preguntó, aunque lo sabía perfectamente.

—Sí, señor —respondió Franz.

El notario se inclinó.

—Debo preveniros, caballero —dijo—, y esto de parte del señor de Villefort, que vuestro casamiento proyectado con la señorita de Villefort ha cambiado las disposiciones del señor Noirtier respecto a su nieta y que la desposee de la fortuna que antes pensaba dejarle, pero es de advertir —continuó el notario— que no teniendo el testador derecho a separar más que una parte de su fortuna, y habiéndolo separado todo, el testamento no resistirá el ataque, pues será declarado nulo, y como si no hubiese sido hecho.

—Sí —dijo Villefort—, pero prevengo de antemano al señor d'Epinay que mientras yo viva no será impugnado el testamento de mi padre; pues mi posición no me permite que se arme semejante escándalo.

—Caballero —dijo Franz—, me disgusta en extremo que se haya promovido semejante cuestión delante de la señorita Valentina. Yo nunca me he informado de su caudal, que, por reducido que sea, será más considerable que el mío. Le que mi familia ha buscado en la alianza de la señorita de Villefort conmigo es la consideración social; lo que yo busco es la felicidad.

Valentina hizo un gesto imperceptible de agradecimiento, mientras que dos lágrimas silenciosas rodaban por sus mejillas.

—Por otra parte, caballero —dijo Villefort dirigiéndose a su futuro yerno—, además de la frustración de una gran parte de vuestras esperanzas, este testamento inesperado no tiene nada que deba heriros personalmente. Todo se explica con la debilidad de espíritu del señor Noirtier. Lo que desagrada a mi padre no es que la señorita de Villefort se case con vos, sino que la señorita de

Villefort se case. Una unión con otro cualquiera le hubiera causado la misma impresión. La vejez es muy egoísta, y la señorita de Villefort le servía de compañera fiel, lo cual no podrá hacer siendo ya baronesa d'Epinay. El lamentable estado en que se encuentra mi padre hace que se le hable muy pocas veces de asuntos graves que la debilidad de su cerebro no podría seguir, y yo estoy perfectamente convencido de que ahora, conservando el recuerdo de que su hija se casa, el señor Noirtier ha olvidado hasta el nombre del que va a casarse con su nieta.

No bien acababa Villefort de pronunciar estas palabras, a las que Franz respondía por medio de una cortesía, cuando se abrió la puerta del salón y Barrois entró en él.

—Señores —dijo con una voz muy firme para un criado que habla a sus amos en una circunstancia tan solemne—, señores, el señor Noirtier de Villefort desea hablar inmediatamente al señor Franz de Quesnel, barón d'Epinay.

También el criado, al igual que el notario, daba todos sus títulos al prometido, a fin de que no pudiese haber un error de personas.

Villefort se estremeció y la señora de Villefort soltó a su hijo, a quien tenía sobre sus rodillas, y Valentina se levantó pálida y muda como una estatua.

Alberto y Chateau—Renaud cambiaron una segunda mirada más sorprendidos que antes.

El notario miró a Villefort.

—Es imposible —dijo el procurador del rey—. Por otra parte, el señor d'Epinay no puede salir del salón en este momento.

—Precisamente ahora es cuando el señor Noirtier, mi amo, desea hablar al señor Franz d'Epinay de asuntos muy importantes —repuso el criado con la misma firmeza.

—¡Pues qué! ¿Habla ya papá Noírtier? —preguntó Eduardo con su impertinencia habitual.

Pero esta salida no hizo sonreír ni siquiera a la señora de Villefort, tan preocupados estaban los ánimos y tan grave era la situación.

—Decid al señor Noirtier —repuso Villefort— que no se puede acceder a lo que pide.

—En ese caso, el señor Noirtier me encarga que prevenga a

estos señores que va a hacerse conducir aquí.

El asombro llegó a su colmo.

En el rostro de la señorita de Villefort dibujóse una especie de sonrisa.

Valentina, como a pesar suyo, levantó los ojos hacia el cielo como para darle gracias.

—Valentina —dijo el señor de Villefort—, os suplico que vayáis a saber qué significa ese nuevo capricho de vuestro abuelo.

Valentina dio algunos pasos para salir, pero luego el mismo señor de Villefort la detuvo.

—Esperad —dijo—, ¡yo os acompañaré!

—Perdonad, caballero—dijo Franz a su vez—, me parece que, puesto que por mí es por quien pregunta el señor Noirtier, yo soy quien debo acudir a su habitación; por otra parte, me aprovecharé de esta ocasión para presentarle mis respetos, no habiendo tenido ocasión de solicitar este honor.

—¡Oh! ¡Dios mío! —dijo Villefort con visible inquietud—. No os incomodéis.

—Dispensadme, caballero —dijo Franz con el tono de un hombre que ha tomado una resolución—. Deseo no desperdiciar esta ocasión de probar al señor Noirtier que no ha tenido razón en concebir contra mí una aversión que estoy decidido a vencer con mi cariño.

Y sin dejarse detener más por Villefort, Franz se levantó a su vez y siguió a Valentina, que bajaba ya la escalera con la alegría de un náufrago que logra al fin asirse a una roca.

El señor de Villefort los siguió.

Chateau—Renaud y Alberto de Morcef cambiaron una tercera mirada, más llena de asombro aún que las dos primeras.

VIII. LAS ACTAS DEL CLUB

El señor Noirtier esperaba vestido de negro, instalado en un sillón.

Cuando hubieron entrado las tres personas a las que deseaba ver, miró a la puerta, que al punto cerró su criado.

—Cuidado —dijo Villefort en voz baja a Valentina, que no podía disimular su alegría—, cuidado, pues si el señor Noirtier quiere comunicaros algo que impida vuestro casamiento, debéis hacer como si no le comprendierais.

Valentina se sonrojó, pero no respondió.

Villefort se acercó a Noirtier.

—Aquí tenéis al señor Franz d'Epinay —le dijo—. Le habéis llamado, y al punto acude a vuestra llamada. Sin duda todos nosotros deseábamos esta entrevista hace mucho tiempo, y me alegraré de que os demuestre cuán poco fundada era vuestra oposición al casamiento de Valentina.

Noirtier no respondió sino por una mirada que hizo estremecer a Villefort. Y con sus ojos hizo seña a Valentina de que se acercase.

En un momento, gracias a los medios de que se solía servir en las conversaciones con su abuelo, encontró la palabra llave.

Consultó entonces la mirada del paralítico, que estaba fija en el cajón de una cómoda colocada entre los dos balcones. Abrió el cajón y efectivamente encontró una llave.

Así que el anciano le hizo seña de que era lo que él pedía, los ojos del paralítico se dirigieron hacia un viejo buró, olvidado hacía muchos años, y que según todos creían no encerraba más que papeles inútiles.

—¿Queréis que abra el buró? —preguntó Valentina.

—Sí —dijo el anciano.

—Bien. Ahora, ¿abro los cajones?

—Sí.

—¿Los de ambos lados?

—No.

—¿El de en medio?

—Sí.

Valentina lo abrió y sacó un legajo de papeles.

—¿Es esto, abuelo, lo que queréis? —dijo.

—No.

Sacó nuevamente todos los demás papeles, hasta que no quedó uno solo en el cajón.

—¡Pero el cajón está vacío ya! —dijo la joven.

Los ojos de Noirtier se fijaron en el diccionario.

—Sí, abuelo, os comprendo —dijo la joven.

Y fue repitiendo una tras otra todas las letras del alfabeto hasta llegar a la S. En esta letra la detuvo Noirtier.

Abrió el diccionario y buscó hasta la palabra secreto.

—¡Ah! ¿Conque tiene un secreto? —dijo Valentina.

—Sí.

—¿Y quién lo conoce?

Noirtier miró a la puerta por donde había salido el criado.

—¿Barrois? —dijo Valentina.

—Sí —respondió Noirtier.

—¿Queréis que le llame?

—Sí.

La joven se dirigió a la puerta y llamó a Barrois.

Durante todo este tiempo, el sudor de la impaciencia bañaba la frente de Villefort, y Franz estaba estupefacto.

El antiguo criado entró en el aposento.

—Barrois —dijo Valentina—, mi abuelo me ha mandado que tome la llave que estaba en esta cómoda, que abriese con ella este secreter, y luego sacase este cajón. Ahora, pues, este cajón tiene un secreto, dice que vos lo conocéis; abridlo.

Barrois miró al anciano.

—Obedeced —dijo la inteligente mirada del anciano.

Barrois obedeció. Abrió un doble cajón que dejó al descubierto un paquete de papeles atado con una cinta negra.

—¿Es esto lo que deseáis, señor? —preguntó Barrois.

—Sí —respondió Noirtier.

—¿A quién he de entregar estos papeles? ¿Al señor de Villefort?

—No.

—¿A la señorita Valentina?

—No.

—¿Al señor Franz d'Epinay?

—Sí.

Franz, asombrado, se adelantó un paso.

—¿A mí, caballero? —dijo.

—Sí.

Franz recibió los papeles de manos de Barrois, y echando una mirada sobre la cubierta, leyó:

Para que se deposite después de mi muerte en casa de mi amigo el general Durand; quiero al morir legar estos papeles a su hijo, recomendándole que los conserve, pues son de la mayor importancia.

—¡Y bien! —dijo Franz—. ¿Qué queréis que haga yo con estos papeles, caballero?

—¡Que los conservéis cerrados como están! —respondió el procurador del rey.

—No, no —respondió vivamente Noirtier.

—¿Tal vez deseáis que el señor los lea? —preguntó Valentina.

—Sí —respondió el anciano.

—Ya lo oís, señor barón; mi abuelo os ruega que los leáis —repuso Valentina.

—Entonces, sentémonos —dijo Villefort con impaciencia—, porque esto durará cierto tiempo.

—Sentaos —dijo el anciano.

Hízolo así Villefort, pero Valentina permaneció en pie al lado de su abuelo, apoyada en su sillón, y Franz en pie delante de él.

Tenía en la mano el misterioso papel.

—Leed —dijeron los ojos del anciano.

Franz quitó la cinta y rompió el sobre. Un profundo silencio reinaba en la estancia. En medio de este silencio, leyó:

Extracto de las actas de una reunión del club bonapartista de la calle de Saint—Jacques, efectuada el 5 de febrero de 1815.

Franz se detuvo.

—¡El 5 de febrero de 1815 —dijo— fue el día que asesinaron a mi padre!

Valentina y Villefort permanecieron silenciosos, mas los ojos del anciano dijeron claramente:

—Continuad.

—¡Al salir de ese club fue asesinado mi padre...!

La mirada de Noirtier continuaba diciendo: Leed. Y Franz prosiguió en estos términos:

"Los abajo firmantes, Luis Santiago Beaurepaire, teniente coronel de artillería; Esteban Duchampy, general de brigada, y Claudio Lecharpal, director de las aguas y de los bosques:

"Declaran que el 4 de febrero de 1815 llegó una carta de la isla de Elba recomendando a la bondad y a la confianza de los miembros del club bonapartista, al general Flavio de Quesnel, el cual, habiendo servido al emperador desde 1804 hasta 1814, debía ser adicto a la dinastía Bonapartista, a pesar del título de barón que Luis XVIII acababa de agregar a sus tierras de Epinay.

"De consiguiente, se dirigió un billete al general de Quesnel, en que se rogaba que asistiese a la reunión del 5.

"El billete no indicaba la calle ni el número de la casa donde se debía celebrar la reunión. No llevaba firma alguna, pero anunciaba al general que si quería, le irían a buscar a las nueve de la noche.

"Las reuniones tenían lugar de nueve a doce de la noche.

"A las nueve, el presidente del club se presentó en casa del general, que estaba pronto. El presidente le dijo que una de las condiciones de su entrada era que ignoraría el lugar de la reunión, y que se dejaría vendar los ojos, jurando que no procuraría quitarse la venda.

"El general Quesnel aceptó la condición, y prometió por su parte que no trataría de ver adónde le conducían.

"El general había hecho preparar su carruaje, pero el presidente le dijo que era imposible ir en él, ya que no servía de nada que le vendasen los ojos al amo, si el cochero permanecía con los ojos abiertos y reconocía las calles por donde iban a pasar...

—¿Cómo haremos entonces? —inquirió el general.

—Yo tengo mi carruaje —contestó el presidente.

—¿Estáis seguro de vuestro cochero... para confiarle un secreto que juzgáis imprudente decir al amigo?

"—Nuestro cochero es un miembro del club —dijo el presidente—, seremos conducidos por un consejero de Estado.

"—Entonces, ¿corremos peligro de volcar? —dijo el general riendo.

"Consignamos esta broma para probar que el general no fue obligado a asistir a la reunión, sino que fue por su voluntad.

Así que hubieron subido al carruaje, el presidente recordó al general la promesa que había hecho de dejarse vendar los ojos. El general no opuso ninguna resistencia. Un pañuelo negro y espeso, preparado ya en el carruaje, sirvió para ello.

En el camino, el presidente creyó notar que el general procuraba mirar por debajo de su venda. Recordóle su juramento y el general respondió:

"—¡Ah, es cierto!

El carruaje se detuvo delante de la calle de Saint—Jacques. El general bajó, apoyándose en el brazo del presidente, cuya dignidad ignoraba y a quien tomaba por un miembro del club. Atravesaron la calle, subieron un escalón y entraron en la sala de las deliberaciones.

La sesión había empezado. Los miembros del club, prevenidos de la especie de presentación que debía tener lugar aquella noche se habían reunido todos. Así que llegó en medio de la sala, dijeron al general que podía quitarse la venda. Accedió a esta invitación, y pareció muy asombrado de encontrar un número tan crecido de fisonomías conocidas en una sociedad cuya existencia ignoraba hasta entonces.

"Le preguntaron acerca de sus sentimientos, pero limitóse a responder que las cartas de la isla de Elba los habrían enterado ya de...

Franz se interrumpió en la lectura.

"—Mi padre era realista —dijo— No tenían necesidad de preguntarle sobre sus sentimientos, harto conocidos eran.

"—Y de allí —dijo Villefort— provenía mi estrecha alianza con vuestro padre, mi querido Franz. Fácilmente se forman íntimas amistades, cuando se profesan las mismas ideas.

"—Leed —dijo el anciano con la mirada.

Franz continuó:

"El presidente tomó entonces la palabra para decirle al general que se explicase con más claridad, pero el señor de Quesnel respondió que, ante todo, deseaba saber qué era lo que querían de él.

"Entonces le hablaron de aquella misma carta de la isla de Elba que le recomendaba al club como hombre con quien podían contar. Un párrafo entero explicaba la vuelta probable de la isla de Elba, y prometía una nueva carta y detalles más amplios a la llegada del Faraón, buque perteneciente al naviero Morrel de Marsella, y cuyo capitán pertenecía en cuerpo y alma al emperador.

"Mientras duró esta lectura, el general, con quien habían creído contar como un hermano, dio señales visibles de disgusto y repugnancia.

"Terminada la lectura, se quedó silencioso y frunció las cejas.

—¡Y bien! —preguntó el presidente—, ¿qué decís de esta carta, señor general?

—Digo que hace muy poco tiempo que se ha prestado juramento al rey Luis XVIII para violarlo ya en beneficio del ex emperador.

"Esta vez era demasiado clara la respuesta para poder dudar de sus sentimientos.

—General —dijo el presidente—, para nosotros no hay rey Luis XVIII ni ex emperador. No hay más que la Majestad.

"El emperador y rey, alejado después de seis meses de Francia por la violencia y la traición.

—Perdonad, señores —dijo el general—, puede ser muy bien que para vosotros no haya rey Luis XVIII, mas para mí lo hay, puesto que me ha hecho barón y mariscal de campo, y que nunca olvidaré que esos títulos los debo a su regreso a Francia.

—¡Caballero! —dijo el presidente con tono grave y poniéndose en pie—, mirad lo que decís; vuestras palabras nos demuestran que se equivocan respecto a vos en la isla de Elba, y que nos han engañado. La comunicación que él os ha hecho se basa en la confianza que se tenía de vos, y por consiguiente sobre un sentimiento que os honra. Ahora veo que padecemos un error: un título y un grado os hacen que seáis adicto al nuevo gobierno que todos queremos derribar. No os obligaremos a que nos prestéis vuestra ayuda. No obligamos a nadie contra su voluntad, pero os obligaremos a obrar como caballero, aunque a ello no estéis dispuesto.

—¡Vos llamáis ser caballero a conocer vuestra conspiración y no revelarla!, pues yo llamo a eso ser vuestro cómplice. Ya veis que soy mucho más franco que vosotros...

—¡Ah!, ¡padre mío! —dijo Franz interrumpiéndose—, ahora comprendo por qué lo asesinaron.

Valentina no pudo menos de arrojar una mirada a Franz. El joven estaba realmente hermoso y arrogante en su entusiasmo filial.

Villefort se paseaba de un lado a otro detrás de él.

Noirtier seguía con los ojos la expresión de cada uno de los hombres y conservaba su actitud digna y severa.

Franz volvió al manuscrito y continuó:

—Caballero —dijo el presidente—, se os dijo que fuerais al seno de la asamblea, no se os obligó por la fuerza, se os propuso que os vendaríais los ojos, vos aceptasteis. Cuando accedisteis a esta doble demanda, sabíais perfectamente que no nos ocupábamos de asegurar el trono de Luis XVIII, pues a ser así no habríamos tomado tantas precauciones para ocultarnos a los ojos de la policía. Ahora ya comprendéis que nada es más fácil que cubrirse de una máscara, con ayuda de la cual se sorprenden los secretos de las personas, y quitársela después para perder a los que se han fiado de vos. No, no; vais a contestar francamente si estáis por el rey que actualmente reina o por Su Majestad el emperador.

—Yo soy realísta —respondió el general—, he prestado juramento a Luis XVIII y lo cumpliré.

A estas palabras siguió un murmullo general, y en las miradas de la mayor parte de los miembros del club era fácil conocer que todos tenían vivos deseos de hacer que el señor d'Epinay se arrepintiera de sus imprudentes palabras.

El presidente se levantó de nuevo a impuso silencio.

"—Caballero —le dijo—, sois hombre demasiado grave y sensato para no comprender las consecuencias de la situación en que nos hallamos los unos respecto a los otros y vuestra misma franqueza nos dicta las condiciones que hemos de imponer. Vais a jurar por vuestro honor no revelar nada de lo que habéis oído.

"El general llevó la mano a la espalda y exclamó:

"—Si habláis de honor, empezad por conocer sus leyes y no impongáis nada por la violencia.

"—Y vos, caballero —continuó el presidente con una calma más terrible que la cólera del general—, no llevéis la mano a vuestra espada. Es un consejo que quiero daros.

"El general dirigió a su alrededor unas miradas que demostraban cierta inquietud.

"Sin embargo, no dio su brazo a torcer, al contrario, reuniendo toda su fuerza, dijo:

—No juraré.

—Entonces moriréis, caballero —respondió tranquilamente el presidente.

"El señor d'Epinay palideció. Miró por segunda vez a su alrededor. La mayor parte de los miembros cuchicheaban y buscaban armas bajo sus capas.

"—General —dijo el presidente—, sosegaos, estáis entre

personas de honor, que procurarán por todos los medios convenceros antes de recurrir al último extremo, pero también vos lo habéis dicho, estáis entre conspiradores, sabéis nuestro secreto y es preciso que nos lo devolváis.

"Un silencio significativo siguió a estas palabras, y en vista de que el general no respondía, dijo el presidente a los porteros:

"—Cerrad esas puertas.

"El mismo silencio de muerte sucedió a estas palabras.

"Entonces el general se adelantó y haciendo un violento esfuerzo sobre sí mismo, dijo:

"—Tengo un hijo, y no puedo menos de pensar en él al hallarme entre asesinos.

"—General —dijo con nobleza el jefe de la asamblea—, un hombre solo tiene siempre derecho debilidad. Pero hacéis jurad y no nos insultéis.

"El general, dominado vaciló un instante, pero preguntó:

a insultar a cincuenta, tal es el privilegio de la mal en usar de ese derecho. Creedme, general, por aquella superioridad del jefe de la asamblea, al fin, adelantándose hacia la mesa del presidente,

"—¿Cuál es la fórmula?

"—Esta es:

"Juro por mi honor no revelar jamás a nadie en el mundo, lo que he visto y oído el cinco de febrero de mil ochocientos quince, entre nueve y diez de la noche, y declaro merecer la muerte si violo mi juramento.

"El general pareció sufrir una convulsión nerviosa que le impidió responder durante algunos segundos. Al fin, con repugnancia manifiesta, pronunció el juramento exigido, pero con una voz tan baja que apenas se oyó, así que muchos miembros exigieron que lo repitiese en voz más alta y más clara. Él lo hizo así.

"—Ahora deseo retirarme —dijo el general—. ¿Estoy ya libre?

"El presidente se levantó y designó a tres miembros de la asamblea para que le acompañasen, y subió al carruaje con el general, después de haberle vendado los ojos.

"En el número de estos tres miembros figuraba el cochero que los había conducido.

"Los otros miembros del club se separaron en silencio.

"—¿Dónde queréis que os conduzcamos? —preguntó el presidente.

"—A cualquier parte, con tal que me vea libre de vuestra presencia —fue la respuesta de d'Epinay.

"—Caballero —repuso entonces el presidente—, os advierto que ahora no estamos en la asamblea, y que estáis frente a hombres solos. No los insultéis si no queréis tenerles que dar una satisfacción del insulto.

"Pero en lugar de comprender este lenguaje, el señor d'Epinay respondió:

"—Sois tan valientes en vuestro carruaje como en el club, por la sencilla razón de que cuatro hombres son más fuertes que uno solo.

"El presidente mandó que se detuviese el carruaje.

"En aquel momento, estaban junto al muelle de Ormes, frente a la escalera que conduce al río.

"—¿Por qué mandáis detener aquí? —preguntó el general d'Epinay.

"—Porque habéis insultado a un hombre —dijo el presidente—, y este hombre no quiere dar un paso sin pediros lealmente una reparación.

"—¡Otro modo de asesinar! —dijo el general encogiéndose de hombros.

"—Nada de miedo, caballero —contestó el presidente—, si no queréis que os mire como a uno de esos hombres que designabais hace poco, es decir, como a un cobarde que toma por escudo su debilidad. Estáis solo, un hombre solo os responderá. Tenéis una espada al lado, y yo tengo una en este bastón. Nó tenéis testigo, uno de estos señores lo será de vos. Ahora, si queréis, podéis quitaros la venda.

El general arrancó en seguida el pañuelo que le cubría los ojos.

»—Al fin—dijo—, voy a conocer a mi antagonista.

2Abrieron la portezuela. Los cuatro hombres bajaron...

Franz se interrumpió de nuevo. Enjugóse un sudor frío que corría por su frente. Era, en efecto, espantoso ver a aquel hijo tembloroso y pálido, leer en alta voz los detalles ignorados hasta entonces de la muerte de su padre. Valentina cruzó las manos como si orase interiormente. Noirtier miraba a Villefort con una expresión casi sublime de desprecio y de orgullo.

Franz prosiguió:

"Era, como hemos dicho, el cinco de febrero. Hacía tres días que había helado a cinco o seis grados. La escalera estaba enteramente cubierta de hielo. El general era grueso y alto, el presidente le ofreció el lado del pasamanos para bajar.

"Los dos testigos los seguían.

"Hacía una noche muy oscura, el terreno de la escalera estaba húmedo y resbaladizo por el hielo. Detuviéronse en la mitad de la escalera, en una grande superficie cubierta enteramente de nieve no derretida.

"Uno de los testigos fue a buscar una linterna a una barca de carbón, y al resplandor de esta linterna examinaron las armas.

"La espada del presidente era cinco pulgadas más corta que la de su adversario y no tenía guarnición.

"El general d'Epinay propuso que echaran suertes sobre las dos espadas, pero el presidente respondió que él era quien había provocado, y que al provocarles dijo que cada cual se sirviera de sus armas.

"Los testigos insistieron. El presidente les impuso silencio.

"Pusieron en el suelo la linterna. Los dos adversarios se colocaron uno a cada lado... y el combate empezó.

"La luz hacía brillar siniestramente las dos espadas; en cuanto a los hombres, apenas se les veía, tan densa era la oscuridad.

"El general d'Epinay pasaba por uno de los mejores espadachines del Ejército. Pero se vio tan vivamente atacado a los primeros golpes, que retrocedió y al hacerlo cayó.

"Los testigos le creyeron muerto, pero su adversario, que sabía que no le había tocado, le ofreció la mano para ayudarle a levantarse. Esta circunstancia, en lugar de calmarle, irritó al general, que atacó a su adversario con una furia terrible.

"Pero su adversario no retrocedió siquiera un paso. Recibióle con un quite que hizo retroceder al general, pues se vio comprometido. Dos veces volvió a la carga y a la tercera cayó de nuevo.

"Los testigos creyeron que había resbalado como la primera vez; sin embargo, como no se levantaba, se acercaron a él y procuraron ponerle en pie, pero el que le había cogido por la cintura para levantarle sintió bajo su mano un calor húmedo. Era sangre.

"El general, que estaba medio desvanecido, recobró sus sentidos.

"¡Ah! —dijo—, me han enviado algún espadachín, algún profesor de regimiento.

"El presidente, sin responder, se acercó al testigo que sostenía la linterna, y levantando su manga mostró su brazo atravesado por dos heridas, y desabrochando su levita y su chaleco, mostró el pecho cubierto de sangre por una tercera herida.

"Y sin embargo, no había arrojado ni tan siquiera un ligero suspiro.

"El general d'Epinay, tras una agonía que duró un cuarto de hora, expiró...»

Franz leyó estas últimas palabras con una voz tan ahogada, que apenas pudieron oírlas, y después de haberlas leído, se detuvo, pasando una mano por sus ojos, como para disimular una nube.

Pero, después de una pausa, prosiguió:

"—El presidente subió la escalera, después de haber introducido su espada en su bastón. Un reguero de sangre iba señalando su camino sobre la nieve. Aún no había subido toda la escalera, cuando oyó un ruido sordo en el agua. Era el cuerpo del general que los testigos acababan de precipitar al río, tras haberse cerciorado de que estaba muerto.

"El general ha sucumbido, pues, en un duelo leal, y no en una emboscada, como después habría de sospecharse.

2En fe de lo cual hemos firmado el presente documento para establecer la verdad de los hechos, temiendo que llegue un momento en que alguno de los actores de esta escena terrible sea acusado de asesinato con premeditación, o de haberse salido de las leyes del honor.

"Firmado,
BEAUREPAIRE, DUCH AMPY, LECHARPAL."

Cuando Franz hubo terminado esta lectura tan terrible para un hijo, y Valentina, pálida de emoción, se enjugó una lágrima;

cuando Villefort, temblando en un rincón, hubo tratado de conjurar la tempestad por medio de miradas suplicantes dirigidas al implacable anciano, dijo Franz a Noirtier:

—Caballero, puesto que vos sabéis esa terrible historia con todos sus detalles, puesto que la habéis hecho atestiguar por firmas honrosas, puesto que, en fin, parecéis interesaros por mí, no me rehuséis una gracia: decidme el nombre del presidente del club, conozca yo al que mató a mi pobre padre.

Villefort buscó maquinalmente el pestillo de la puerta. Valentina, que había comprendido antes que nadie la respuesta del anciano, y que varias veces había visto en su brazo dos cicatrices, retrocedió horrorizada.

—¡En nombre del cielo, señorita —dijo Franz dirigiéndose a su prometida—, unid vuestros ruegos a los míos, para que yo sepa el nombre del que me dejó huérfano a los dos años de edad!

Valentina permaneció inmóvil y silenciosa.

—Mirad, caballero —dijo Villefort—, creedme, no prolonguéis esta terrible escena. Los nombres han sido ocultados a propósito. Mi padre no conoce tampoco a ese presidente, y si lo conoce, no lo podría decir, pues los nombres propios no están en ese diccionario.

—¡Oh, desgraciado! —exclamó Franz—, la única esperanza que me ha sostenido durante toda esta lectura, y que me ha dado fuerzas para llegar hasta el fin, era saber el nombre del que mató a mi padre. ¡Señor, señor! —exclamó volviéndose hacia Noirtier—, ¡en nombre del cielo!, haced lo que podáis..., intentad indicarme el nombre de...

—Sí —dijo Noirtier.

—¡Oh, señorita, señorita! —exclamó Franz—, vuestro abuelo ha hecho señas de que podía indicarme... ese nombre... Ayudadme... Vos lo comprendéis..., prestadme vuestro auxilio...

Noirtier miró al diccionario.

Franz pronunció temblando las letras del alfabeto.

Noirtier le detuvo con una mirada significativa en la Y griega.

—¿La Y griega? —preguntó Franz.

Aproximó el diccionario, y el dedo del joven iba apuntando todas las palabras que empezaban con Y griega.

Valentina ocultaba la cabeza entre sus manos.

Aquí Franz llegó a la palabra... Yo...

—¡Sí, eso es! —afirmó el anciano con una mirada llena de nobleza.

—¿Vos, vos...? —exclamó Franz, cuyos cabellos se erizaron de horror—. ¿Vos, señor Noirtier, vos sois quien mató a mi padre..., vos...?

—Sí —repuso Noírtier, fijando en el joven una segunda y majestuosa mirada.

Franz cayó anonadado sobre un sillón.

Villefort abrió la puerta y salió por ella rápidamente, porque no deseaba arrancar aquel resto de existencia que quedaba aún en el corazón del terrible anciano.

IX. LOS PROGRESOS DEL SEÑOR CAVALCANTI HIJO

Entretanto, el señor Cavalcanti padre, había partido para volver a su servicio, mas no al ejército de su majestad el emperador de Austria, sino a su pueblo de Luca, de donde era uno de los más asiduos cortesanos.

No olvidemos decir que había llevado consigo hasta el último franco de la suma que le fue entregada para su viaje, y en recompensa al modo majestuoso y solemne con que supo representar su papel de padre.

Andrés había heredado en esta partida todos los papeles que atestiguaban que tenía el honor de ser hijo del señor Bartolomé Cavalcanti y de la marquesa Leonor Corsinari.

Ya había sido introducido en una sociedad parisiense, tan fácil en recibir a los extranjeros, y en tratarlos, no como lo que son, sino como lo que quieren ser.

Por otra parte, ¿qué es lo que exigen en París a un joven? Que hable su lengua, que vaya vestido con elegancia, que sea buen jugador y que pague en oro.

Añadamos que tratan con más indulgencia a un extranjero que a un parisiense nativo.

Andrés había, pues, adquirido en quince días una buena posición. Llamábanle señor conde, decíase que tenía cincuenta mil libras de renta, y ya se hablaba de tesoros inmensos de su señor padre, enterrados en Saravezza.

Un sabio, delante del cual hablaron de estos tesoros, dijo que cuando hizo su viaje a Italia pasó por Saravezza, lo cual bastó para que todo el mundo creyese en la existencia de los tesoros.

Un día fue Montecristo a hacer una visita al señor Danglars. Este había salido, pero propusieron al conde si quería entrar a ver a la baronesa, que estaba visible. Montecristo aceptó.

Después de la comida de Auteuil, la señora Danglars se estremecía cada vez que oía pronunciar el nombre de Montecristo. Si la presencia del conde no seguía a su nombre, la sensación dolorosa era más intensa. Si, por el contrario, se presentaba, su fisonomía franca, sus ojos brillantes, su galantería para con ella, disipaba al momento de su mente el menor recelo. Parecía imposible a la baronesa que un hombre tan encantador pudiese abrigar malos designios contra ellos.

Por otra parte, los corazones más corrompidos no pueden creer en el daño sino apoyándolo en un interés cualquiera. El mal inútil y sin causa repugna como una anomalía. Cuando Montecristo entró en el gabinete donde ya hemos introducido a nuestros lectores, y donde la baronesa seguía con miradas inquietas unos dibujos que le presentaba su hija, después de haberlos mirado el señor Cavalcanti hijo, su presencia produjo un efecto ordinario, y después de haberse trastornado un poco al oír su nombre, trató de sonreír y saludó al conde. Este, por su parte, abarcó toda la escena de una ojeada.

Al lado de la baronesa estaba Eugenia sentada sobre una butaca, delicadas. y Cavalcanti, en pie, a su lado. Andrés, vestido de negro como un héroe de Goethe, con zapatos bajos de charol y medias de seda blanca, pasaba una mano bastante blanca y cuidada por sus rubios cabellos, en medio de los cuales brillaba un diamante, que a pesar de los consejos del conde de Monte-Cristo, el vanidoso joven no había podido resistir al deseo de poner en su dedo meñique. Este movimiento iba acompañado de miradas asesinas lanzadas a la señorita Danglars, y suspiros enviados en la misma dirección que las miradas.

La señorita Danglars continuaba siendo la misma, es decir, hermosa, fría a irónica. Ni siquiera una de las miradas, uno de los suspiros del joven Andrés pasaron inadvertidos para ella, pero hubiérase dicho que resbalaban sobre la coraza de Minerva, coraza con que algunos filósofos cubren el pecho de Safo.

Eugenia saludó al conde con frialdad, y se aprovechó de las primeras preocupaciones de la conversación para retirarse a su gabinete de estudio, donde pronto se oyeron dos votes alegres y ruidosas, mezcladas a los primeros acordes de un piano. Montecristo comprendió que la señorita Danglars prefería a la suya y a la del señor Cavalcanti, la compañía de las eñorita Luisa de Armilly, su maestra de canto.

Entonces fue cuando, mientras hablaba con la señora Danglars, notó el conde la solicitud del señor Andrés Cavalcanti, cómo iba a escuchar la música a la puerta, que no se atrevía a abrir, y su manera de expresar su éxtasis y admiración.

Al cabo de un rato entró el banquero; su primera mirada fue para Montecristo, más la segunda para Andrés. En cuanto a su mujer, saludó ésta a su marido, como solía hacerlo, con una frialdad y una ceremonia poco adecuada a un matrimonio de veinte años.

—¡Cómo! ¿No os han invitado eras señoritas a cantar con ellas? —preguntó Danglars a Andrés.

—¡Ah!, no señor—respondió éste, lanzando otro suspiro.

Danglars se adelantó hacía la puerta y la abrió.

Entonces se pudo ver a las dos jóvenes sentadas en el mismo sillón delante del mismo piano. Cada una acompañaba con una mano, ejercicio al cual se habían acostumbrado por capricho, y en el que habían adquirido una facilidad admirable.

La señorita de Armilly, que entonces pudo verse, gracias a la puerta, formando con Eugenia un cuadro encantador, era también de una belleza notable o más bien de una dulzura y una gratis.

Era delgada y rubia como un hada, con unos rizos largos que caían sobre su esbelto cuello, como suele pintar Perugino para sus vírgenes, y unos ojos grandes, rasgados y velados por la fatiga. Decían que tenía la voz un poco débil, y que, como Antonia, del Violín de Cremona, moriría un día cantando.

El conde de Montecristo dirigió a aquel grupo una mirada rápida y curiosa; era la primera vez que veía a la señorita de Armilly, de quien tanto había oído hablar en la cara.

—¡Y bien! —preguntó el banquero a su hija—, nos habéis excluido, ¿verdad?

Condujo entonces al joven al saloncito, y fuese por casualidad o por astucia, detrás de Andrés se entornó la puerta, de modo que desde el sitio en que estaban Montecristo y la baronesa, no pudiesen ver nada. Pero como el banquero siguió a Andrés, la señora Danglars no pareció notar esta circunstancia.

Unos momentos más tarde, el conde oyó la voz de Andrés unida a los acordes del piano, acompañando una canción corsa.

Mientras el conde escuchaba sonriendo esta canción que le hacía olvidar a Andrés, para atraerle a la memoria Benedetto, la señora Danglars alababa a Montecristo la serenidad de su marido, que había perdido aquella misma mañana tres o cuatrocientos mil francos.

Y en verdad, el elogio era merecido, porque si el conde no lo hubiera sabido por la baronesa, o tal vez por uno de los medios que tenía de saberlo todo, la fisonomía del banquero no le habría revelado nada.

—¡Bueno! —dijo para sí Montecristo—, ya oculta lo que pierde; hace un mes se vanagloriaba de ello.

Luego dijo en voz alta:

—¡Oh!, señora, el señor Danglars conoce tan bien la Bolsa que siempre recobrará el doble de lo que ha perdido.

—Veo que participáis del error común —dijo la baronesa Danglars.

—¿Y qué error es ése? —dijo Montecristo.

—Que el señor Danglars no juega nunca.

—¡Ah!, sí, es verdad, señora; me acuerdo de que el señor Debray me dijo... a propósito, ¿qué ha sido de él...?, hace tres o cuatro días que no le veo.

—Yo tampoco —señaló la señora Danglars con un aplomo milagroso—. Pero comenzasteis una frase que no habéis acabado.

—¿Cuál?

—Que el señor Debray os había dicho...

—¡Ah!, es verdad. Me ha dicho que sacrificabais al demonio del juego.

—He tenido afición durante algún tiempo, lo confieso —dijo la señora de Danglars—, pero ya no juego nunca.

—Y hacéis mal, señora. ¡Oh!, las casualidades, hijas de la fortuna, son precarias, y si yo fuese mujer, y mujer de un banquero, por mucha confianza que tuviese—en la buena suerte de mi marido, porque en cuanto a especulación todo es gracia y desgracia, pues bien, por mucha confianza que tuviese en la buena suerte de mi marido, comenzaría por asegurarme una fortuna independiente, aunque tuviese que adquirirla poniendo mis intereses en manos que le fuesen desconocidas.

La señora Danglars se sonrojó.

—Mirad —dijo Montecristo, como si nada hubiese visto—, se habla mucho de una jugada muy buena sobre los intereses de Nápoles.

—Bien, bien, no quiero pensar en ello —dijo vivamente la baronesa—. Pero verdaderamente, señor conde, ya hablamos demasiado de Bolsa. Parecemos dos agentes de cambio. Hablemos un poco de esos pobres Villefort, tan atormentados en este momento por la fatalidad.

—¡Oh!, ya lo sabéis. Después de haber perdido al señor de Saint-Merán tres o cuatro días después de su partida, acaban de perder a la marquesa, tres o cuatro días después de su llegada.

—¡Ah!, es verdad —dijo Montecristo—, ya me he enterado, pero como dice Claudio en Hamlet, es una ley de la naturaleza. Sus padres habían muerto antes que ellos, y los habrán llorado. Ellos morirán antes que sus hijos y sus hijos los llorarán.

—Pero aún no es eso todo.

—¿Qué queréis decir?

—Vos sabéis que iban a casar a su hija...

—Con el señor Franz d'Epinay... ¿Se ha desbaratado tal vez el casamiento?

—Ayer por la mañana, según parece, Franz les ha devuelto su palabra.

—¡Ah, de veras...! ¿Y se conocen las causas de esa ruptura?

—No.

—¿Qué me decís, señora...? Y el señor de Villefort, ¿cómo acepta esa desgracia?

—Como siempre, con filosofía.

En este momento entró Danglars solo.

—¡Y bien! —dijo la baronesa—. ¿Dejáis al señor Cavalcanti solo con vuestra hija?

—Y la señorita de Armilly —dijo el banquero—, ¿es que no es nadie? Volvióse en seguida a Montecristo, diciendo:

—Qué joven tan encantador, el príncipe Cavalcanti, ¿no es verdad...?; pero, decidme, ¿sabéis que es príncipe?

—No respondo de ello —dijo Montecristo—. Me presentaron a su padre como marqués. Sería conde, pero yo creo que él no hace mucho caso de ese título.

—¿Por qué? —dijo el banquero—, si es príncipe, hace mal en no vanagloriarse de ello. Cada cual en su derecho. No me gusta que reniegue de su origen.

—¡Oh!, sois un auténtico demócrata —dijo Montecristo sonriendo.

—Pero mirad a lo que os exponéis —dijo la baronesa—. Si el señor de Morcef viniese por casualidad, encontraría al señor Cavalcanti en un cuarto, donde el prometido de Eugenia no ha podido nunca entrar.

—Hacéis bien en decir por casualidad —repuso el banquero—, porque diríase que era la casualidad la que le traía, puesto que se le ve en tan contadas ocasiones.

—En fin, si viniese y encontrase aquí a este joven al lado de vuestra hija, podría disgustarse.

—¡El! ¡Oh, Dios mío! Os equivocáis. El señor Alberto no nos hace el honor de estar celoso de su prometida, no la ama tanto para eso. Por otra parte, ¿qué me importa que se disguste o no?

—No obstante, en el estado en que nos hallamos...

—Sí, el estado en que nos hallamos, ¿queréis saberlo? Que en el baile de su madre no ha bailado más que una vez con mi hija, que el señor Cavalcanti ha bailado tres veces con ella, y ni siquiera se ha enterado.

Un criado anunció:

—¡El señor vizconde de Morcef!

La baronesa se levantó vivamente. Iba a pasar al salón de estudio para prevenir a su hija, cuando Danglars la detuvo.

—Dejadle —dijo.

Ella le miró asombrada.

Monte—Eristo fingió no haber observado esta escena.

Alberto entró. Estaba alegre y satisfecho. Saludó a la baronesa con gracia, a Danglars con familiaridad, a Montecristo con afecto, y volviéndose hacia la baronesa, dijo:

—Señora, ¿me permitís que os pregunte por la señorita

Danglars?

—Muy bien, caballero —respondió vivamente el banquero—. En este momento está cantando en su salón de estudio con el señor Cavalcanti.

Alberto conservó su sire tranquilo a indiferente. Tal vez sufría algún despecho interior, pero observó la mirada de Montecristo clavada en la suya.

—El señor Cavalcanti tiene una hermosa voz de tenor —dijo—, y la señorita Eugenia es una magnífica soprano, sin contar con que toca el piano cual otro Thalberg. Debe ser un concierto encantador.

—El caso es —dijo Danglars— que concuerdan perfectamente.

Alberto pareció no haber notado este equívoco tan grosero, que hizo sonrojar a la señora Danglars.

—Yo también canto —continuó el joven—. Canto, según dicen mis maestros al menos; pues bien, ¡cosa extraña!, nunca he podido arreglar mi voz a ninguna otra, ni a las de soprano. ¡Es particular!

Danglars se sonrió de un modo significativo y exclamó:

—Enfadaos, enhorabuena. En cambio, mi hija y el príncipe —prosiguió, esperando sin duda conseguir el objeto deseado— han excitado la admiración general. ¿No os encontrabais allí, señor de Morcef?

—¿Qué príncipe? —preguntó Alberto.

—El príncipe Cavalcanti —repuso Danglars, que siempre se obstinaba en dar este título al joven.

—¡Ah!, ¡perdonad! —dijo Alberto—. Yo ignoraba que lo fuese. ¡Ah!, ¡el príncipe Cavalcanti cantó ayer con la señorita Eugenia! Estaría encantador, y siento vivamente no haberme hallado presente. Pero no pude asistir, porque tuve que acompañar a la señora de Morcef a casa de la baronesa de Chateau—Renaud, donde cantaban los alemanes.

Tras un momento de silencio, y como si nada hubiera ocurrido, repitió Morcef:

—¿Me será permitido saludar a la señorita Danglars?

—¡Oh!, aguardad, aguardad —dijo el banquero deteniendo al joven—. ¿Oís esa deliciosa cavatina...? Ta, ta, ra, ra, ti, ta, ti, ta...

eso es magnífico, ahora va a concluir..., dentro de un segundo. ¡Perfectamente! ¡Bravo, bravísimo, bravo!

Y el banquero empezó a aplaudir frenéticamente.

—En efecto —dijo Alberto—, eso es magnífico, y es imposible comprender mejor la música de su país que como lo hace Cavalcanti. Habéis dicho que es príncipe, ¿no es verdad?, ¡pues bien!, si no lo es, lo harán, en Italia eso es muy fácil. Mas volviendo a nuestros adorables cantantes, deberíais hacernos un favor, señor Danglars; sin decir que hay un extraño, deberíais suplicar a la señorita Danglars y al señor Cavalcanti que cantasen un poco. ¡Es tan hermoso gozar de la música a cierta distancia y sin ver a los músicos, a fin de que ellos puedan entregarse a todo el entusiasmo de su corazón!

Esta vez Danglars se desconcertó al ver la irónica calma del joven. Llamando a Montecristo aparte le dijo:

—¡Y bien! ¿Qué os parece nuestro amante?

—¡Diantre! ¡Me parece frío, indudablemente, pero qué queréis, estáis comprometido!

—Sin duda, estoy comprometido. Pero a dar a mi hija a un hombre que la ame, y no a uno que no la ame. Ahí tenéis a ese amante frío como un mármol, orgulloso, como su padre. Si fuese rico, si poseyese la fortuna de los Cavalcanti, podría perdonársele. Todavía no he consultado a mi hija, pero si tuviese buen gusto...

—¡Oh! —dijo Montecristo—, no sé si me cegará mi amistad hacia él, pero os aseguro que el señor de Morcef es un joven muy simpático que hará feliz a vuestra hija, y que tarde o temprano llegará a ser algo, porque, en fin, la posición de su padre es excelente.

—¡Hum!, ¡hum! —exclamó Danglars.

—¿Por qué dudáis?

—Siempre queda el pasado..., ese pasado oscuro...

—Pero el pasado del padre nada tiene que ver con el hijo.

—¡No digáis eso!

—Veamos, no os acaloréis. Hace un mes encontrabais ese casamiento bajo todos conceptos excelente..., ya comprenderéis, yo estoy desesperado, en mi casa es donde habéis visto a ese joven Cavalcanti, a quien yo no conozco, os lo repito.

—Pues yo sí le conozco —dijo Danglars—, y esto me basta.

—¿Vos le conocéis? ¿Habéis pedido informes? —preguntó Montecristo.

—¿Hay acaso necesidad de ello? ¿No se conocen a primera vista todas las ventajas de una persona? En primer lugar, es rico.

—Yo no lo aseguro.

—Sin embargo, ¿respondéis de él?

—De cincuenta mil libras, una miseria.

—Tiene una educación esmerada.

—¡Hum! —exclamó Montecristo a su vez.

—Es músico.

—Como todos los italianos.

—Vamos, conde. Sois injusto con ese joven.

—¡Pues bien!, sí, lo confieso, veo con disgusto que, conociendo vuestros compromisos con los Morcef, venga a interponerse y a dar al traste con el casamiento.

Danglars soltó una carcajada.

—¡Oh, sois un puritano! —dijo—, pero eso sucede todos los días en el mundo.

—Sin embargo, no podéis romper así como así, querido señor Danglars. Los Morcef cuentan con la boda.

—¿De veras?

—Desde luego.

—Entonces que se expliquen ellos. Vos deberíais decir dos palabritas al padre respecto a este asunto, conde, vos que lo tratáis tan íntimamente.

—¡Yo! ¿De dónde habéis sacado eso?

—En un bade. ¡Cómo!, la condesa, la orgullosa Mercedes, la desdeñosa catalana, que apenas se digna abrir la boca para saludar a sus antiguos conocidos, os cogió del brazo, salió con vos al jardín, se fue por una de las alamedas y no volvió sino media hora después.

—¡Ah!, barón, barón —dijo Alberto—, nos impedís que oigamos, ¡eso es una tiranía!

—Está bien, está bien, señor burlón —dijo Danglars. Y volviéndose hacia Montecristo añadió:

—¿Os encargáis de decir esto al conde?

—Con mucho gusto, si así lo deseáis.

—Mas, por esta vez, que lo haga de manera más explícita y

definitiva. Sobre todo, que me pida a mi hija, que fije una época, que declare sus condiciones pecuniarias, a fin de que todos nos entendamos; pero no más dilaciones.

—¡Pues bien!, daremos ese paso.

—No os diré que le espero con placer, pero en fin, le espero. Un banquero debe ser esclavo de su palabra.

Y Danglars arrojó uno de esos suspiros que momentos antes arrojaba Cavalcanti.

dúo.

—¡Bravo, bravo! —exclamó Morcef, aplaudiendo el final de un Danglars empezaba a mirar a Alberto de reojo, cuando vinieron a decirle unas palabras al oído.

—Vuelvo al momento —dijo el banquero a Montecristo—, esperadme, tal vez tenga algo que deciros.

Y salió. La baronesa se aprovechó de la ausencia de su marido para abrir la puerta del salón de estudio de su hija, y Andrés se puso en pie rápidamente, pues estaba sentado delante del piano, al lado de Eugenia.

Alberto saludó sonriendo a la señorita Danglar, que sin manifestar la menor turbación, le devolvió un saludo con su frialdad habitual.

Cavalcanti pareció evidentemente turbado. Saludó a Morcef, que le devolvió el saludo con la mayor impertinencia del mundo.

Entonces Alberto empezó a hacer mil elogios sobre la voz de la señorita Danglars, y sobre el sentimiento que experimentaba, por no haber asistido el día anterior a la soirée.

Cavalcanti empezó a hablar con Montecristo.

—Basta de música y de cum-plidos. —dijo la señora Danglars—, venid a tomar el té.

—Ven, Luisa —dijo la señorita Danglars a su amiga.

Pasaron al salón próximo, donde en efecto, estaba preparado el té. En el momento en que empezaba a dejar, a la inglesa, las cucharillas en las tazas, abrióse la puerta y Danglars se presentó, visiblemente agitado.

Montecristo observó al punto esta agitación a interrogó al banquero con una mirada.

—¡Y bien! —dijo Danglars—, acabo de recibir un correo de Grecia.

—¡Ah, ah! —exclamó el conde—, ¿para eso os llamaron?

—Sí.

—¿Cómo está el rey Otón? —preguntó Alberto con tono jovial.

Danglars le miró de reojo sin responderle, y Montecristo se volvió para ocultar la expresión de lástima que apareció en su rostro, pero que se borró instantáneamente.

—Nos marcharemos juntos, ¿verdad?

—Como queráis —dijo Alberto al conde.

Alberto no podía comprender aquella mirada del banquero. Así, pues, volviéndose hacia Montecristo, que le había comprendido muy bien, dijo:

—¿Habéis visto cómo me ha mirado?

—Sí —respondió el conde—, pero ¿halláis algo de particular en su mirada?

—Sí, pero ¿qué quiere decir con sus noticias de Grecia?

—¿Cómo queréis que yo lo sepa...?

—Porque supongo que vos tenéis relaciones en ese país.

Montecristo se sonrió como persona que trata de eludir una respuesta.

—Mirad —dijo Alberto—, ahora se acerca a vos, y yo voy a hablar un poco a la señorita Danglars. Mientras tanto el padre tendrá tiempo de deciros algo.

—Si le habláis, habladle de su voz, por lo menos —dijo Montecristo.

—No; eso lo haría todo el mundo.

—Mi querido vizconde —dijo Montecristo— a veces sois un hombre muy raro.

Alberto se dirigió a Eugenia con la sonrisa en los labios. Durante este tiempo Danglars se inclinó al oído del conde.

—Me habéis dado un excelente consejo —dijo—, estas dos palabras encierran toda una historia: Fernando y Janina.

—¡Ah, ah! —exclamó Montecristo.

—Sí. Ya os lo contaré. Pero llevaos al joven. Sólo de verle me turbo, a pesar mío.

—Eso es lo que hago. Va a acompañarme. Ahora, decidme, ¿persistís en que os envíe el padre?

—Más que nunca.

—Bien.

El conde hizo una seña a Alberto.

Los dos saludaron a las señoras y salieron. Alberto, con un aire indiferente a los desdenes de la señorita Danglars. Montecristo, repitiendo a la señora Danglars los consejos acerca de la prudencia que debe tener la mujer de un banquero en asegurarse su porvenir.

El señor Cavalcanti quedó dueño del campo de batalla.

Apenas los caballos del conde doblaron la esquina del bulevar, cuando Alberto se volvió hacia el conde, soltando una carcajada demasiado fuerte para no ser un poco forzada.

—¡Y bien —le dijo— Yo os preguntaré lo que el rey Carlos IX preguntaba a Catalina de Médicis después de la noche de San Bartolomé: ¿Qué tal he desempeñado mi papel?

—¿Cuándo y sobre qué? —preguntó Montecristo.

—Sobre la instalación de mi rival en casa del señor Danglars...

—¿Qué rival?

—¿Quién ha de ser? Vuestro protegido, el señor Andrés Cavalcanti.

—¡Oh!, dejémonos de bromas, vizconde. Yo no protejo al señor Cavalcanti, al menos en casa del señor Danglars...

—Y yo no me quejaría si lo hicieseis. Pero, felizmente, puede pasar sin vuestra protección.

—¡Cómo! ¿Creéis que hace la corte...?

—Os lo aseguro. ¿No os habéis dado cuenta de sus miradas, sus suspiros, las modulaciones de sus sonidos armoniosos...? ¡Nada!, aspira a la mano de la orgullosa Eugenia. Palabra de honor, lo repito, aspira a la mano de la orgullosa Eugenia.

—¿Y eso qué importa, si no piensa más que en vos?

—No digáis eso, mi querido conde, ¿no veis la amabilidad con que me han tratado?

—¡Cómo! ¿Quién...?

—Sin duda, la señorita Eugenia apenas me ha respondido, y la señorita de Armilly, su confidente, no me ha contestado en absoluto.

—Sí, pero el padre os adora —dijo Montecristo.

—¿El padre? Al contrario, me ha hundido mil puñales en el corazón. Puñales que sólo se introducen en la ropa, es verdad; puñales de tragedia, pero no era esa su intención.

—Los celos indican que hay cariño.

—Sí, pero yo no estoy celoso.

—¡El sí lo está!

—¿De quién? ¿De Debray?

—No, de vos.

—¿De mí? Apuesto a que antes de ocho días me da con la puerta en las narices.

—Os equivocáis, mi querido vizconde.

—¿Una prueba?

—¿La queréis?

—Sí.

—Estoy encargado de indicar al señor conde de Morcef que dé un paso definitivo sobre el casamiento.

—¿Quién os lo ha encargado?

—El propio barón.

—¡Oh! —dijo Alberto con tono suplicante—. No haréis eso, ¿verdad, señor conde?

—Os equivocáis, Alberto, lo haré, pues lo tengo prometido.

—Vamos —dijo Alberto—, ¡qué empeño tenéis también vos en casarme!

—Quiero estar bien con todo el mundo. Pero, a propósito de Debray, ya no le veo en casa de la baronesa.

—Está reñido.

—¿Con ella?

—No, con él.

—¿Se ha dado cuenta de algo?

—Vaya con lo que ahora salís.

—Pues qué, ¿sospechaba antes...? —dijo Montecristo con una sencillez encantadora.

—¡Ah! ¡Diantre! ¿De dónde venís, mi querido conde?

—Del Congo, si queréis.

—Pues no está muy lejos.

—¿Conozco por ventura a vuestros maridos parisienses...?

—¡Ah!, mi querido conde, los maridos son iguales en todas partes. Desde el momento en que estudiéis al individuo en un país cualquiera, conocéis la raza.

—Entonces, ¿qué causa ha podido indisponer a Danglars con Debray? Parecían tan amigos... —añadió Montecristo con mayor sencillez aún.

—¡Ah!, atañe ya a los misterios de familia. Cuando el señor Cavalcanti se case, se lo podéis preguntar.

El carruaje se detuvo.

—Ya hemos llegado —dijo Montecristo—. No son más que las diez y media, subid.

—Con mucho gusto.

—Mi carruaje os llevará.

—No, gracias; mi cabriolé ha debido seguirnos.

—Ahí viene, en efecto —dijo Montecristo, bajando de su carruaje.

Entraron en la casa y luego en el salón, que estaba iluminado.

—Decid que nos hagan té, Bautista —dijo Montecristo.

Bautista salió sin hablar una palabra. Dos segundos después volvió con una bandeja con el servicio del té, como si hubiera surgido de debajo de la tierra.

—En verdad —dijo Morcef—, lo que admiro en vos, mi querido conde, no es vuestra riqueza, otros habrá más ricos que vos. No es vuestro talento, Beaumarchais no tendría más, pero sí tanto como vos. Es vuestro modo de ser servido, sin que nadie os responda una palabra, al minuto, al segundo, como si adivinasen en la manera con que llamáis lo que deseáis, y como si todo lo que deseáis estuviese preparado.

—Lo que decís no deja de tener fundamento. Ya conocen mis costumbres. Por ejemplo, ahora veréis. ¿No deseáis hacer algo después de beber el té?

—¡Diantre!, deseo fumar.

Montecristo se acercó al timbre y llamó una vez.

Al instante se abrió una puerta particular y Alí se presentó con dos pipas llenas de excelente latakié.

—Eso es maravilloso—dijo Morcef.

—No —repuso Montecristo—, es muy sencillo. Alí sabe que cuando se toma café o té, se fuma generalmente. Sabe que he pedido té, sabe que he entrado con vos, oye que le llamo, sospecha la causa y como es de un país donde se ejerce la hospitalidad, con la pipa sobre todo, en lugar de una, trae dos.

—Seguramente esa es una explicación como otra cualquiera, pero no es menos cierto que sólo vos..., ¿pero qué es lo que oigo...?

Y Morcef se inclinó hacia la puerta, por la que, en efecto, entraban sonidos parecidos a los de un arpa.

—A fe mía, mi querido vizconde, esta noche la música os persigue.

Acabáis de oír el piano de la señorita Danglars, para oír luego la guzla de Haydée.

—Haydée, ¡oh, qué nombre tan adorable! ¿Puede haber mujeres que se llamen Haydée, además de las que así se llaman en los poemas de Byron?

—Desde luego. Haydée es un nombre muy raro en Francia, pero muy común en Albania y en Epiro. Es lo mismo que si dijeseis castidad, pudor, inocencia.

—¡Oh! ¡Eso es encantador! —dijo Alberto—. ¡Cómo me gustaría el que se llamasen nuestras francesas señorita Bondad, señorita Silencio, señorita Caridad cristiana! Decidme, si la señorita Danglars, en lugar de llamarse Clara—María—Eugenia, como la llaman, se llamase señorita Castidad—Pudor—Inocencia Danglars, ¡diablo! ¿No sería mucho más hermoso?

—¡Loco! —dijo el conde—. No habléis tan alto, podría oíros Haydée.

—¿Y se enojaría, tal vez?

—No —dijo el conde con aire altanero.

—¿Es amable? —preguntó Alberto.

—No es bondad, es deber; una esclava no se enfada nunca contra su amo.

—¡Vamos!, no os burléis. ¿Hay todavía esclavos?

—Sin duda, puesto que Haydée lo es mía.

—En efecto, vos no hacéis ni tenéis nada semejante a los demás. Esclava del señor conde de Montecristo es una posición en Francia. A juzgar por el modo con que empleáis vuestro dinero, ¿es un destino que le valdrá cien mil escudos al año?

—¡Cien mil escudos! La pobre ha poseído mucho más. Ha venido al mundo sobre tesoros, al lado de los cuales no son nada los de las Mil y una noches.

—¿Es una princesa?

—Vos lo habéis dicho, y una de las principales de su país.

—Ya lo —sospechaba. ¿Pero cómo siendo princesa ha podido

llegar a ser esclava?

—¿Y cómo llegó a ser Dionisio el Tirano, maestro de escuela? El azar de la guerra, mi querido vizconde, el capricho de la fortuna.

—¿Y su nombre es un secreto?

—Para todo el mundo, sí. No para vos, mi querido vizconde, que sois uno de mis amigos, y que lo guardaréis, ¿no es verdad que guardaréis el secreto?

—¡Oh, palabra de honor!

—¿Sabéis la historia del bajá de Janina?

—¿De Alí—Tebelín?; sin duda, puesto que a su servicio fue donde adquirió mi padre su fortuna.

—Es verdad, lo había olvidado.

—¡Y bien! ¿Qué tiene que ver Alí—Tebelín con Haydée?

—Es su hija.

—¡Cómo! ¿Hija de Alí—pachá?

—Y de la hermosa Basiliki.

—¿Y es esclava vuestra?

—¡Oh, Dios mío, sí!

—¿Pues cómo?

—¡Diantre!, un día que pasaba yo por el mercado de Constantinopla, la compré.

—¡Eso es magnífico!, con vos, señor conde, no se vive, se sueña. Ahora, escuchad, voy a pediros una cosa, seré discreto.

—Hablad.

—Pero puesto que salís con ella, puesto que la lleváis a la ópera...

—¿Y qué más?

—Bien puedo pediros esto.

—Podéis pedir lo que queráis.

—Entonces, mi querido conde, os pido que me presentéis a vuestra princesa.

—Con mucho gusto, pero bajo dos condiciones.

—Las acepto antes de conocerlas.

—La primera, que no confiaréis a nadie esta presentación.

—¡Muy bien, lo juro! —dijo Morcef extendiendo la mano.

—La segunda, que no le diréis que vuestro padre ha servido al suyo.

—Lo juro también.

—Muy bien, vizconde, tendréis presentes estos dos juramentos, ¿no es verdad?

—¡Oh! —exclamó Morcef.

—Perfectamente. Sé que cumpliréis vuestra palabra. El conde volvió a llamar con el timbre.

Alí se presentó.

—Es preciso que avises a Haydée —le dijo—, de que voy a tomar café con ella, y hazle comprender que le pido permiso para presentarle uno de mis amigos.

Alí se inclinó y salió.

—De modo que es cosa convenida. Cuidado con las preguntas directas, querido vizconde. Si deseáis saber algo, preguntádmelo a mí y yo se lo preguntaré a ella.

—Convenido.

Alí compareció por tercera vez, y tuvo levantado el tapiz para indicar a su amo y a Alberto que podían pasar.

Montecristo dijo:

—Entremos.

Alberto pasó una mano por sus cabellos y se retorció el bigote. El conde tomó su sombrero, se puso los guantes y precedió a Alberto a la estancia guardada por Alí en la antesala, y defendida por las tres camareras mandadas por Myrtho.

Haydée esperaba en la primera pieza, que era el salón, con sus ojos un tanto dilatados por la sorpresa, porque era la primera vez que otro, además de Montecristo, penetraba hasta sus aposentos. Estaba sentada sobre un sofá, en un ángulo, con las piernas cruzadas a lo oriental, y había hecho, por decirlo así, un nido en las ricas telas de seda rayadas y bordadas, las más hermosas de Oriente. Junto a ella estaba el instrumento cuyos sonidos la habían descubierto. Estaba encantadora.

Al ver a Montecristo se levantó con aquella su peculiar sonrisa, que expresaba a la par los sentimientos de hija y de enamorada. Montecristo se dirigió hacia donde ella estaba, y le presentó su mano, sobre la cual, como siempre, imprimió sus labios.

Alberto se había quedado junto a la puerta, subyugado por aquella belleza extraña que veía por primera vez, y de la que nadie podía formarse una idea en Francia.

—¿A quién me traes? —preguntó en griego la joven a Montecristo —. ¿A un hermano, a un amigo, a un simple conocido o a un enemigo?

—A un amigo —dijo Montecristo en la misma lengua.

—¿Su nombre?

—El conde Alberto, es el mismo a quien yo libré de las manos de los bandidos en Roma.

—¿En qué lengua quieres que le hable? Montecristo se volvió a Alberto y le preguntó:

—¿Sabéis el griego moderno?

—¡Ah! —dijo Alberto—, ni el moderno, ni el antiguo, mi querido conde. Ni Homero ni Platón han tenido nunca un discípulo más pobre y, casi me atrevo a decir, más desdeñoso.

—Entonces ——dijo Haydée, probando por la pregunta que hacía, que había entendido la de Montecristo, y la respuesta de Alberto—, hablaré en francés o italiano, si mi señor lo permite.

Montecristo reflexionó un instante.

—Hablarás en italiano —dijo.

Y volviéndose a Alberto:

—Lástima que no sepáis el griego moderno o el griego antiguo, pues Haydée los habla admirablemente. La pobre tendrá que hablaros en italiano, lo cual os dará una idea falsa de ella.

E hizo una seña a Haydée.

—Bien venido seas, amigo, que vienes con mi señor y amo —dijo la joven en excelente toscano y con su dulce acento romano que hace la lengua de Dante tan sonora como la de Homero—. Alí, café y pipas.

Y Haydée manifestó a Alberto que se aproximase mientras que Alí se retiraba para ejecutar las órdenes de su señora. Montecristo mostró a Alberto dos almohadones, y cada cual fue a buscar el suyo para acercarse a un magnífico velador cargado de flores naturales, dibujos y libros de música.

Entró Alí, trayendo el café y las pipas. En cuanto a Bautista, la entrada a aquella parte de la casa le estaba prohibida. Alberto rehusó la pipa que le presentaba el nubio.

—¡Oh!, tomad, tomad —dijo Montecristo—. Haydée está casi tan civilizada como una parisiense. Le desagrada el habano porque no le gustan los malos olores, pero el tabaco de Oriente es un perfume, bien lo sabéis.

Alí salió.

Las tazas estaban preparadas, pero habían añadido un azucarero para Alberto. Montecristo y Haydée tomaban el licor árabe a la usanza de los árabes, es decir, sin azúcar.

La joven extendió la mano y tomó con el extremo de sus afilados dedos la taza de porcelana del Japón, que llevó a sus labios con el sencillo placer de un niño que bebe o come una cosa que ama con pasión.

Al mismo tiempo entraron dos mujeres con dos bandejas cargadas de helados y sorbetes que colocaron sobre dos mesitas destinadas a tal efecto.

—Mi querido huésped, y vos, signora —dijo Alberto, en italiano—, disculpad mi estupor. Estoy aturdido, y es natural. Me encuentro en Oriente, en el verdadero Oriente, no como yo lo he visto, sino como lo he soñado. En el seno de París, hace poco oía rodar los ómnibus y sonar las campanillas de los vendedores de limonada. ¡Oh!, signora, ¡que no sepa yo hablar griego!, entonces vuestra conversación, unida a este conjunto mágico, me haría recordar esta noche, como la noche más deliciosa de toda mi vida.

—Hablo bastante bien el italiano para dialogar con vos, caballero —dijo tranquilamente Haydée—, y haré todo lo posible, si os gusta el Oriente, para que lo encontréis aquí.

—¿De qué le he de hablar? —preguntó en voz baja Alberto a Montecristo.

—De lo que queráis. De su juventud, de sus recuerdos, y si queréis, de Roma, de Nápoles o de Florencia.

—¡Oh! —dijo Alberto—, no vale la pena teniendo una griega delante, hablarle de todo lo que debía de hablarse a una francesa. Dejadme que le hable de Oriente.

—Como gustéis, querido Alberto. Por otra parte, es la conversación que más le agrada.

Alberto se volvió hacia Haydée.

—¿A qué edad salisteis de Grecia? —preguntó.

—A los cinco años —respondió Haydée.

—¿Y os acordáis de vuestra patria? —preguntó Alberto.

—Cuando cierro los ojos, veo todo lo que he visto. Hay dos miradas: La mirada del cuerpo puede olvidar a veces, pero la del alma recuerda siempre.

—¿Y cuál es la época más remota de que tenéis memoria?

—Apenas andaba. Mi madre, a quien llaman Basiliki, Basiliki quiere decir real —añadió la joven levantando la cabeza— mi madre me cogía de la mano y cubiertas las dos con un velo, después de haber puesto en el fondo de la bolsa todo el oro que poseíamos, íbamos a pedir limosna para los prisioneros, diciendo:

—El que da a los pobres presta al Eterno. Luego, cuando estaba llena la bolsa, volvíamos al palacio, y sin decir nada a mi padre, enviábamos este dinero que nos habían dado, tomándonos por unas mendigas, a un convento que lo repartía entre los prisioneros.

—Y en esa época, ¿qué edad teníais?

—Tres años —dijo Haydée.

—Entonces o; tiempo.

—De todo.

—Conde —dijo en voz baja Morcef a Montecristo—, debierais permitir a la signora que nos contase algo de su historia. Me habéis prohibido que le hable de mi padre, pero tal vez ella me hablará de él, y no sabéis cuánto gusto tendré en oír pronunciar mi nombre por una boca tan hermosa.

Montecristo se volvió hacia Haydée, y con una seña que indicaba prestase la mayor atención a la recomendación que iba a hacerle, le dijo en griego:

—Patros men aten, ma de onoma prodotu kai prodosiam, eipe emin.

Haydée lanzó un suspiro y una nube sombría pasó por su frente tan pura.

—¿Qué le decís? —preguntó en voz baja Morcef.

—Le repito que sois mi amigo y que no tiene por qué ocultarse delante de vos.

—Así, pues —dijo Alberto—, aquella piadosa cuestación para los prisioneros es vuestro primer recuerdo, ¿cuál es el otro?

—¿El otro...? Me veo bajo la sombra de los sicómoros, junto a un lago cuyas aguas temblorosas percibo a través de las hojas de los árboles. Contra el más viejo y el más frondoso estaba mi padre sentado sobre almohadones, y yo, débil niña, mientras mi madre estaba recostada a sus pies, jugaba con su larga barba blanca, que le llegaba hasta el pecho, y con el alfanje de puño de diamantes que de su cintura pendía. Luego, veo cuando se le acerca un albanés que le decía algunas palabras a las cuales daba muy poca importancia y respondía con el mismo tono de voz: Matadle o ¡perdonadle!

—Es extraño —dijo Alberto— oír tales cosas de boca de una joven, fuera del teatro y pudiendo decir: Esto no es ficción, no es mentira. ¡Ah! —añadió—. ¿Cómo halláis Francia después de haber visto aquel Oriente tan poético, aquellos paisajes tan maravillosos?

—Creo que es un hermoso país —dijo Haydée—, pero yo miro a Francia tal cual es, porque la miro con ojos de mujer. Mientras que, al contrario, mi país que sólo he visto con mis ojos infantiles, está siempre envuelto en la niebla luminosa o sombría, según mis recuerdos hacen de ella una hermosa patria o un lugar de amargos sufrimientos.

—Tan joven, signora —dijo Alberto, cediendo a pesar suyo a un sentimiento de compasión—, ¿cómo habéis podido sufrir?

Haydée se volvió hacia Monte—Cirsto, que murmuró haciéndola una seña imperceptible.

—¡Eipe!

—Nada hay que forme el fondo del alma como los primeros recuerdos, y excepto los dos que acabo de citaros, todos los demás de mi juventud son tristes.

—Hablad, hablad, signora —dijo Alberto—, sabed que os escucho con un gozo inexplicable.

Haydée se sonrió con tristeza.

—¿Queréis que pase a mis otros recuerdos?

—Os lo suplico —exclamó Alberto.

—¡Pues bien!, tenía yo cuatro años, cuando un día fui despertada por mi madre. Estábamos en el palacio de Janina, me tomó en sus brazos, y al abrir los ojos vi los suyos llenos de lágrimas.

Sin pronunciar una palabra me llevó consigo violentamente. Al ver que lloraba, yo también iba a llorar.

—¡Silencio, niña! —me dijo.

Generalmente, a pesar de los consuelos o de las amenazas maternas, caprichosa como todos los niños, seguía yo llorando, pero esta vez había en la voz de mi madre una entonación tal de terror, que al punto me callé.

Seguía caminando rápidamente.

Entonces vi que descendíamos por una escalera muy ancha. Delante de nosotros todas las servidores de mi madre llevando cofres, cajas, objetos preciosos, adornos, joyas, bolsas llenas de oro, descendían la misma escalera, o más bien se precipitaban por ella.

Detrás de las mujeres venía una guardia de veinte hombres armados con largos fusiles y pistolas, y vestidos con ese traje que conocéis en Francia desde que Grecia llegó a ser nación.

Algo de siniestro había, creedme —añadió Hydée moviendo la cabeza y palideciendo sólo al recordar este incidente—, en aquella larga fila de esclavos y de mujeres, adormecidas aún, o al menos así lo creía, porque lo estaba yo.

En la escalera veía sombras gigantescas que las antorchas hacían temblar en las bóvedas.

—¡Pronto, pronto! ¡No hay que perder un instante! —dijo una voz en el Tondo de la galería.

Esta voz hizo inclinarse a todo el mundo, a la manera que el viento inclina con una de sus bocanadas un campo sembrado de espigas.

A mí también me hizo estremecer. Era la de mi padre. Iba el último, cubierto con un magnífico traje, y llevaba en la mano su carabina, que le había regalado vuestro emperador, y apoyado sobre su favorito Selim, nos conducía delante de sí, como conduce un pastor su rebaño de ovejas.

—Mi padre —dijo Haydée— era un hombre ilustre, conocido en toda Europa bajo el nombre de Alí—Tebelín, bajá de Janina y delante del cual ha temblado Turquía.

Alberto, sin saber por qué, se estremeció al oír estas, palabras, pronunciadas con un acento indefectible de altanería y dignidad. Parecióle ver brillar algo de sombrío y espantoso en los ojos de la joven, cuando, semejante a una pitonisa que evoca un espectro, despertó el recuerdo de aquella sangrienta figura, a quien su muerte hizo aparecer gigantesca a los ojos de Europa.

—Pronto —prosiguió Haydée— se detuvo la comitiva al pie de la escalera y a orillas de un lago. Mi madre me estrechaba contra su palpitante pecho y a dos pasos de donde yo estaba vi a mi padre que dirigía miradas inquietas a todos lados.

Delante de nosotros se extendían cuatro escalones de mármol, y junto al último se mecía blandamente una barca.

Todos bajamos a ella. Todavía recuerdo que los remos no hacían ningún ruido al tocar el agua. Me incliné para mirarlos y vi que estaban envueltos en ceñidores de nuestros soldados griegos, o palicarios.

Después de los barqueros, no había en la barca más que mujeres, mi padre, mi madre, Selim y yo.

Los palicarios se habían quedado a orillas del lago, prontos a sostener la retirada, arrodillados en el último escalón, y dispuestos a hacer con sus cuerpos un muro en el caso de que hubiesen sido perseguidos.

Nuestra barca se deslizaba sobre las aguas, veloz como el viento.

—¿Por qué va tan de prisa la barca? —pregunté a mi madre.

—¡Calla, hija mía! —dijo—, es porque huimos.

No comprendí por qué huía mi padre, mi padre, tan poderoso, delante del cual huían siempre los demás, y que había tomado por divisa:

—¡Me odian, luego me temen!

En efecto, aquello era una fuga. Después me dijeron que la guarnición del castillo de Janina, fatigada de un largo servicio...

Aquí Haydée fijó su mirada en Montecristo, cuyos ojos no se apartaban de los suyos.

La joven continuó, pues, lentamente, como si suprimiera o inventara.

—Signora, decíais —dijo Alberto, que prestaba la mayor atención a este relato— que la guarnición de Janina, fatigada por un largo servicio...

—Había tratado con el seraskier Kourdhid, enviado por el sultán para apoderarse de mi padre, que tomó éntonces la resolución de retirarse, después de haber enviado al sultán un oficial francés, en el cual tenía mucha confianza, al asilo que él mismo se había preparado mucho tiempo antes, y que llamaba Kasaphygion, es decir, refugio.

—¿Y os acordáis del nombre de ese oficial, señora? —

preguntó Alberto.

Montecristo cambió con la joven una mirada rápida como un relámpago, que pasó inadvertida de Morcef.

—No —dijo ella—; no me acuerdo, pero tal vez más tarde lo recuerde, y lo diré.

Alberto iba a pronunciar el nombre de su padre, cuando Montecristo levantó suavemente el dedo en señal de silencio. El joven recordó su juramento y se calló.

—Bogábamos hacia un quiosco.

Un piso bajo, adornado de arabescos que bajaban hasta el agua, y un piso principal, cuyos balcones caían al lago, he aquí lo único visible que este palacio ofrecía a la vista. Sin embargo, debajo del quiosco, internándose en la isla, había un subterráneo, vasta caverna donde nos condujeron a mi madre, a mí y a nuestras mujeres, y donde habían depositado, formando dos montones, sesenta mil bolsas y doscientos toneles. En estas bolsas había veinticinco millones de oro, y en los barriles mil libras de pólvora. Junto a estos barriles estaba Selim, el favorito de mi padre, del cual os he hablado ya. Velaba día y noche con una lama, en el extremo de la cual ardía una mecha encendida constantemente. Tenía orden de hacerlo volar todo, quiosco, guardias, bajá, mujeres y oro, a la primera señal de mi padre.

Recuerdo que nuestras esclavas, sabiendo los proyectiles que las rodeaban, pasaban día y noche orando, llorando y gimiendo.

En cuanto a mí, siempre veo al joven soldado de pálida tez y brillantes ojos, y cuando el ángel de la muerte descienda hasta mí, estoy segura de que reconoceré a Selim.

No sabría decir cuántos días estuvimos así. Aún ignoraba yo lo que era el tiempo en aquella época. Algunas veces mi padre nos mandaba llamar a mi madre y a mí a la azotea del palacio. Estas eran mis horas de fiesta, pues en el subterráneo no veía nunca más que sombras gimientes y doloridas, y la encendida mecha de Selim. Mi padre, sentado delante de una gran abertura, fijaba una mirada sombría en las profundidades del horizonte, interrogando cada punto negro que aparecía en el lago. Mientras mi madre, medio recostada a su lado, apoyaba su cabeza sobre su hombro, jugaba yo a sus pies, admirando con ese asombro de la infancia que hace que los objetos sean mayores de lo que son, las escarpadas montañas que se elevan en el horizonte, los castillos de Janina, que surgían blancos y angulosos del fondo de las aguas del lago, los inmensos árboles que nacen en la montaña y que de lejos parecen otras tantas manchas negras.

Una mañana nos mandó llamar mi padre. Mi madre había llorado toda la noche. Le encontramos bastante tranquilo, pero más pálido que de costumbre.

—Ten paciencia, Basiliki —dijo—. Hoy se acabará todo. Hoy llega el permiso del señor y mi suerte quedará decidida. Si la gracia es entera, volveremos triunfantes a Janina. Si la nueva es mala, huiremos esta noche.

—Pero ¿y si no nos dejan huir? —dijo mi madre.

—¡Oh!, tranquilízate —respondió Alí sonriendo—. Selim y su mecha me responden de ellos. Quisieran verme muerto, mas no bajo la condición de morir junto conmigo.

Mi madre no respondía sino con suspiros a estos consuelos que no salían en verdad del corazón de mi padre.

Preparóle agua helada, que bebía a cada instante, porque después de su retirada al quiosco se hallaba consumido por una fiebre ardiente. Perfumó su blanca barba y encendió su pipa, en la que a veces durante horas enteras seguía distraído con los ojos el humo que se dispersaba en el aire.

De repente hizo un movimiento tan brusco que yo me sobrecogí de miedo. Y sin apartar la vista del punto que reclamaba su atención, pidió su anteojo.

Mi madre se lo entregó, más blanca que el estuco contra el que se apoyaba. Yo vi temblar a mi madre.

—¡Una barca...!, ¡dos...!, tres... —murmuró mi padre—, ¡cuatro!

Y se levantó cogiendo sus armas, llenando de pólvora, me acuerdo, la cazoleta de sus pistolas.

—Basiliki —dijo a mi madre con un visible estremecimiento—, éste es el instante que va a decidir de nosotros. Dentro de media hora sabremos la respuesta del sublime emperador. Retírate al sutr terráneo con Haydée.

—No quiero separarme de vos —dijo Basiliki—, si morís, señor, con vos quiero morir también.

—¡Idos al lado de Selim! —gritó mi padre.

—¡Adiós, señor! —murmuró mi madre, obediente a las órdenes de mi padre.

—¡Acompañad a Basiliki! —gritó mi padre a sus palicarios.

Pero a mí me habían olvidado. Me precipité hacia él y extendí mis manos. Me vio, a inclinándose hacia mí, puso sus abrasados labios sobre mi frente. ¡Oh!, ¡este beso! Este beso fue el último y aún lo siento sobre mi frente.

Al bajar distinguíamos a través de las ventanas las barcas, cuyo tamaño aumentaba sobre la superficie de las ondas, y que, semejantes a puntos negros, parecían ahora aves marinas deslizándose sobre el agua.

Durante este tiempo, veinte palicarios sentados a los pies de mi padre, y ocultos por los pedestales, esperaban con ojos inyectados en sangre la llegada de las barcas, y tenían preparados sus largos fusiles incrustados de nácar y de plata. Cartuchos en gran número estaban esparcidos sobre el pavimento. Mi padre miraba su reloj y se paseaba con angustia.

Fue lo que más me sorprendió cuando me separé de mi padre después de recibir de él su último beso.

Mi madre y yo atravesamos el subterráneo. Selim continuaba en su puesto. Al vernos se sonrió tristemente. Fuimos a buscar unos almohadones a la parte opuesta de la caverna, y nos sentamos al lado de Selim; en los grandes peligros se siente una impresión inexplicable y aunque yo era muy niña, conocía que pesaba sobre nuestras cabezas un grave desastre.

Alberto había oído contar, no a su padre, que jamás hablaba de ello, sino a sus conocidos, los últimos momentos del visir de Janina; había leído varios párrafos que los periódicos dedicaron a describir su muerte. Pero aquella historia, contada por la hija del bajá, y aquel tierno acento, le infundían a la vez un encanto y un horror inexplicables.

En cuanto a Haydée, entregada a aquellos terribles recuerdos, había hecho una pausa. Su frente, como una flor que se dobla en un día de tempestad, descansaba sobre su mano, y sus ojos, perdidos vagamente, parecían ver en el horizonte las montañas y las aguas azules del lago de Janina, espejo mágico que reflejaba el sombrío cuadro que describía.

Montecristo la miraba con una inefable expresión de interés y de piedad.

—Continúa, hija mía —le dijo en griego.

Haydée levantó su frente, como si las sonoras palabras que acababa de pronunciar Montecristo la hubiesen sacado de un sueño, y replicó:

—Eran las cuatro de la tarde. Pero, aunque el día estaba diáfano y brillante, nos hallábamos sumergidos en la sombra del subterráneo.

Un solo resplandor brillaba en la caverna, semejante a una estrella en el fondo de un cielo negro. Era la mecha de Selim.

Mi madre era cristiana, y rezaba.

Selim repetía de cuando en cuando estas palabras.

—¡Dios es grande! Sin embargo, mi madre tenía alguna desconfianza.

Al bajar había creído reconocer al francés que había sido enviado a Constantinopla, y en el cual mi padre tenía toda su confianza, porque sabía que los soldados del suelo francés son por lo general nobles y generosos.

Avanzó hacia la escalera y se puso a escuchar.

—Se acercan —dijo—, ¡con tal que traigan la paz y la vida!

—¿Qué temes, Basiliki? —respondió Selim con su voz suave y fiera a la vez—. Si no traen la vida, les daremos la muerte.

Y atizaba la llama de su lanza con un ademán que le hacía asemejarse al Dionysos de la antigua Creta.

Pero yo, que no era más que una pobre niña, tenía miedo de aquel valor, que me parecía feroz a insensato, y me asustaba aquella muerte espantosa en el aire y en las llamas.

Mi madre sufría las mismas impresiones, porque la veía estremecerse.

—¡Dios mío! ¡Dios mío!, mamá —exclamé—. ¿Vamos a morir?

Y al oír esto, el llanto y los lamentos de las esclavas subieron de punto.

—Hija mía —dijo Basiliki—. ¡Dios lo preserve de llegar a desear esta muerte que tanto temes hoy!

Y después dijo en voz baja:

—Selim, ¿cuál es la orden de lo señor?

—Si me manda su puñal, es que el Sultán se niega a

perdonarle, y prendo fuego. Si me manda su anillo, es que el Sultán le perdona, y apago la mecha.

—Amigo —díjole mi madre—, cuando llegue la orden de lo amo, si lo envía el puñal, en lugar de matarnos a las dos con esa muerte que nos espanta, lo presentaremos el cuello y nos matarás antes con el mismo puñal.

—Está bien, Basiliki —respondió tranquilamente Selim.

De repente oímos unos fuertes gritos. Escuchamos. Eran gritos de alegría. El nombre del francés que había sido enviado a Constantinopla resonaba repetido por nuestros palicarios: Era evidente que traía la respuesta del sublime emperador y que esta respuesta era favorable.

—¿Y no os acordáis de ese nombre? —dijo Morcef pronto a ayudar a la narradora.

Montecristo le hizo una seña.

—No, no me acuerdo —respondió Haydée—. El ruido aumentaba. y oyéronse pasos más cerca de nosotros. Bajaban la escalera del subterráneo. Selim preparó su lama. Pronto apareció una sombra en el crepúsculo azulado que formaban los rayos de luz al penetrar hasta la puerta de la cueva.

—¿Quién eres? —gritó Selim—. Pero quienquiera que seas, no des un paso más.

—¡Gloria al Sultán! —dijo la sombra—. Se le ha concedido el perdón al visir Alí, y no sólo puede vivir, sino que hay que devolverle su fortuna y sus bienes.

Mi madre profirió un grito de alegría y me estrechó contra su corazón.

—¡Detente! —le dijo Selim al ver que se lanzaba ya para salir—. ¡Sabes que necesito el anillo!

—Es verdad —dijo mi madre, y cayó de rodillas, levantándome hacia el cielo, como si al mismo tiempo que rogaba a Dios por mí, quisiera levantarme hacia Él.

Haydée se detuvo por segunda vez, vencida por una emoción tal, que su frente pálida estaba bañada por el sudor, y su fatigada voz parecía incapaz de salir de su garganta.

El conde de Montecristo llenó un vaso de agua helada y se lo presentó, diciendo con una dulzura que dejaba traslucir una gran ternura:

—Valor, hija mía.

Haydée enjugó sus ojos y su frente, y prosiguió:

—Durante este tiempo nuestros ojos, acostumbrados a la oscuridad, habían reconocido al enviado del bajá. Era un amigo.

Selim le había reconocido, pero el valeroso joven no sabía más que una cosa: ¡Obedecer!

—¿En nombre de quién vienes? —dijo.

—Vengo en nombre de vuestro señor Alí—Tebelín.

—¿Sabes lo que debes entregarme, si vienes en nombre de Alí?

—Sí —dijo el enviado—, lo traigo su anillo.

Al mismo tiempo levantó su mano sobre su cabeza, pero estábamos demasiado lejos para conocer qué era lo que en ella tenía.

—No veo lo que tienes ahí —dijo Selim.

—Acércate —dijo el mensajero—, o me acercaré yo.

—Ni uno ni otro —respondió el joven soldado—, deja en el sitio donde estás el objeto que me muestras y retírate hasta que lo haya visto.

—De acuerdo —dijo el mensajero.

Y después de haber colocado la señal de reconocimiento en el sitio indicado, se retiró.

Nuestro corazón palpitaba fuertemente, porque, en efecto, el objeto parecía ser un anillo. Pero... ¿sería el de mi padre?

Selim, siempre con su lanza en la mano y la mecha encendida, se dirigió a la abertura, se inclinó radiante hacia el rayo de luz y recogió la señal.

—¡El anillo del visir! —dijo besándolo—. ¡Dios es grande!

Y agarró la mecha, la tiró contra el suelo y allí la apagó con el pie.

El mensajero lanzó un grito de alegría y dio tres palmadas. Al oír esta señal, cuatro soldados del seraskier Kourchid aparecieron en la puerta y Selim cayó atravesado de cinco puñaladas. Cada cual había dado la suya.

Y, en seguida, ebrios de codicia, aunque pálidos de miedo, se precipitaron en el subterráneo, buscando por todos los rincones y recogiendo sacos de oro.

Entretanto, mi madre me cogió en sus brazos, y con toda la

agilidad de que era capaz, se precipitó hacia unas sinuosidades, llegó a una escalerilla falsa, en la cual reinaba un tumulto espantoso.

Las salas bajas estaban pobladas enteramente por los tehodoars de Kourchid, es decir, por nuestros enemigos.

Cuando mi madre iba a empujar la puertecita, oímos la terrible y amenazadora voz de mi padre.

Mi madre se asomó a las hendiduras de las planchas. Una abertura había también delante de mis ojos y miré.

—¿Qué queréis? —decía mi padre a unos hombres que tenían en la mano un papel con caracteres dorados.

—Queremos —respondió uno de ellos— comunicarte las órdenes de Su Alteza ¿Ves esta firma?

—La veo —dijo mi padre.

—Pues bien, lee. Pide lo cabeza.

Mi padre arrojó una carcajada más espantosa que una amenaza, y aún no había cesado, cuando disparó dos pistoletazos matando a dos hombres.

Los palicaros que se hallaban escondidos alrededor de mi padre se levantaron a hicieron fuego. La sala se llenó de ruido, llamas y humo.

Al momento empezó el fuego en la parte opuesta y las balas agujerearon los tabiques alrededor de nosotras.

¡Oh! ¡Cuán bello y majestuoso estaba el visir Alí—Tebelín, mi padre, en medio de las balas, con la cimitarra empuñada, y el rostro ennegrecido por la pólvora! ¡Cómo huían sus enemigos!

—¡Selim! ¡Selim!, guardián del fuego, ¡cumple con lo deber!

—¡Selim ha muerto! —respondió una voz sorda que parecía salir delas profundidades del quiosco—, y tú, Alí, estás perdido.

Al mismo tiempo se oyó una detonación sorda, y un tabique voló en mil pedazos alrededor de mi padre.

Sin embargo, no estaba herido.

Los tehodoars tiraban por las aberturas de los tabiques. Tres o cuatro palicarios cayeron mortalmente heridos.

Mi padre rugía como un león. Introdujo sus dedos por los agujeros de las balas y arrancó una tabla entera, dejando un hueco bastante grande para poder huir, como pensaba.

Sin embargo, al mismo tiempo, estallaron veinte tiros por esta abertura, y las llamas, que salían como de un volcán, llegaron hasta los arabescos del techo.

En medio de todo este espantoso tumulto, en medio de estos gritos terribles, dos de ellos más fuertes que los demás, dos de ellos más desgarradores que todos, me helaron de espanto.

Aquella última explosión hirió mortalmente a mi padre y él fue quien lanzó los dos gritos.

No obstante, había permanecido en pie y habíase agarrado a una ventana. Mi madre sacudía la puerta para ir a morir con él, pero la puerta estaba cerrada por dentro.

A su alrededor los palicarios luchaban con las convulsiones de la agonía. Dos o tres que no estaban heridos se lanzaron por las ventanas.

Al mismo tiempo, el pavimento se estremeció, mi padre cayó sobre una rodilla. Al punto se extendieron hacia él veinte brazos, armados de sables, pistolas y puñales, a hirieron a la vez a un solo hombre, y mi padre desapareció en un torbellino de fuego, atizado por aquellos demonios rugientes, como si el infierno se hubiera abierto a sus pies.

Yo caí al suelo. Mi madre también se había desmayado.

Haydée dejó caer sus brazos, lanzando un gemido y mirando al conde como para preguntarle si estaba satisfecho de su obediencia.

El conde se levantó, se dirigió a ella, le cogió una mano y le dijo en griego:

—Descansa, hija mía, y recobra un poco de valor pensando que hay un Dios que castiga a los traidores.

—Es una historia espantosa, conde —repuso Alberto asustado de la palidez de Haydée—, y ahora me echo en cara el haber sido tan cruelmente indiscreto.

—Eso no es nada —respondió Montecristo, y poniendo su mano sobre la cabeza de la joven, continuó—, Haydée es una valerosa mujer; algunas veces ha encontrado alivio a sus males hablando de sus dolores.

—Porque mis dolores me recuerdan tus beneficios, señor —dijo vivamente la joven.

Alberto le dirigió una mirada de curiosidad, porque aún no le había contado lo que deseaba saber, es decir, cómo había llegado a ser esclava del conde.

Haydée vio expresado el mismo deseo en las miradas del conde y en las de Alberto y continuó:

—Al recobrar mi madre los sentidos, nos hallábamos delante del seraskier.

—Matadme —dijo—, pero respetad el honor de la viuda de Alí-Tebelín.

—No es a mí a quien tienes que dirigirte —dijo Kourchid.

—¿A quién, pues?

—A lo nuevo amo.

—¿Quién es?

—Mírale ahí.

Y Kourchid nos mostró uno de los que habían contribuido más ka la muerte de mi padre —continuó la joven con cólera sombría.

—Luego —preguntó Alberto—, ¿fuisteis esclavas de aquel hombre?

—No —respondió Haydée—, no se atrevió a quedarse con nosotras, nos vendió a unos mercaderes de esclavos que iban a Constantinopla. Atravesamos Grecia y llegamos moribundas a la Puerta Imperial, atestada de curiosos que se hacían a un lado para dejarnos pasar, cuando de repente mi madre siguió con la vista la dirección de sus miradas, lanzó un grito y cayó, mostrándome una cabeza que había encima de la Puerta. Debajo de esta cabeza estaban escritas estas palabras:

"Esta es la cabeza de Alí—Tebelín, bajá de Janina.»

Yo me eché a llorar, procuré levantar a mi madre, pero estaba muerta.

Me condujeron al bazar. Un armenio rico me compró, me instruyó, me dio maestros, y cuando tuve trece años me vendió al sultán Mahmud.

—Al cual —dijo Montecristo— yo la compré, como os he dicho, Alberto, por la esmeralda compañera de la que me sirve para guardar mis pastillas de hachís.

—¡Oh! ¡Tú eres bueno! ¡Tú eres grande!, señor —dijo Haydée besando la mano de Montecristo—, y yo soy feliz al pertenecerte.

Alberto estaba absorto. Apenas podía dar crédito a lo que acababa de oír.

—Acabad vuestra taza de té —le dijo el conde—, pues la historia ha concluido.

Retrocedamos un poco.

Franz había salido del cuarto de Noirtier tan aterrado, que la misma Valentina tuvo piedad de él.

Villefort, que sólo había articulado algunas palabras incoherentes y que había salido de su despacho, recibió dos horas después la siguiente carta.

"Después de las revelaciones de esta mañana, no podrá suponer el señor Noirtier de Villefort que sea posible una alianza entre su familia y la del señor Franz d'Epinay, que se horroriza al pensar que el señor de Villefort, que parecía conocer los acontecimientos contados esta mañana, no le haya avisado antes.»

El que hubiese visto en este momento al procurador, abatido por el golpe, no hubiese pensado lo que preveía. En efecto, nunca hubiera creído que su padre llevaría la franqueza, más bien la rudeza, hasta contar semejante historia. Es cierto que el señor Noirtier nunca se había ocupado de aclarar este hecho a los ojos de su hijo, y éste había creído siempre que el general Quesnel, o el barón d'Epinay, había muerto asesinado y no en un duelo leal como se le había demostrado.

Esta carta tan dura de un joven hasta entonces tan respetuoso era mortal para el orgullo de un hombre como Villefort.

Apenas acababa de entrar en su despacho cuando entró en él también su mujer.

La salida de Franz, llamado por el señor Noirtier, había asombrado de tal modo a todo el mundo, que la posición de la señora de Villefort, que se quedó sola con el notario y los testigos, era cada vez más embarazosa. Entonces la señora de Villefort tomó un partido y salió anunciando que iba a ver lo que ocurría.

El señor de Villefort se contentó con decirle que, a consecuencia de una discusión entre él, el señor Noirtier y el señor d'Epinay, el casamiento de Valentina con Franz se había desbaratado.

Difícil era comunicar esto a los que esperaban. Así, pues, la señora de Villefort, al entrar, se contentó con decir que el señor Noirtier tuvo al comienzo de la conversación un ataque apopléjico, y que por esta razón el contrato se dilataba, naturalmente, para después de algunos días.

Esta noticia, aunque era falsa, causó tal extrañeza después de las dos desgracias del mismo género, que los testigos se miraron asombrados y se retiraron sin decir una palabra.

Entretanto, Valentina, feliz y espantada a la vez, después de haber abrazado y dado gracias al débil anciano que acababa de romper de un solo golpe una cadena que ella miraba como indisoluble, pidió que la dejasen retirarse a su cuarto, y Noirtier le concedió permiso para ello.

Pero, en lugar de subir a su cuarto, Valentina entró en el corredor, y saliendo por la puertecita, se lanzó hacia el jardín. En medio de todos los acontecimientos que acababan de sucederse unos a otros, un terror sordo había oprimido constantemente su corazón. Esperaba de un momento a otro ver aparecer a Morrel pálido y amenazador como el aire de Ravenswod en el contrato de Lucía de Lammermoor.

En efecto, era tiempo de que llegase a la reja Maximiliano, que había sospechado lo que iba a ocurrir al ver a Franz salir del cementerio con el señor de Villefort. Le había seguido, después de haberle visto salir y entrar de nuevo con Alberto y Chateau—Renaud. Para él ya no había duda. Se dirigió a su huerta preparado a cualquier evento, y seguro de que en su primer momento de libertad, Valentina correría en su busca.

No se había engañado Morrel. Con los ojos arrimados a las tablas de la valla, vio aparecer, en efecto, a la joven que, sin tomar ninguna de las acostumbradas precauciones, corría hacia donde él se encontraba.

A la primera ojeada que le dirigió Maximiliano se tranquilizó. A la primera palabra que pronunció ella, saltó de alegría.

—¡Salvados! —dijo Valentina.

—¡Salvados! —repitió Morrel, no pudiendo creer en semejante felicidad—. ¿Salvados, por quién?

—Por mi abuelo. ¡Oh! ¡Amadle mucho, Morrel!

Morrel juró amar al anciano con toda su alma, y este juramento lo pronunciaba con un placer tanto mayor, cuanto que desde aquel instante no sólo le amaba como a su amigo, sino que le adoraba como a un dios.

—Pero ¿cómo es posible? —preguntó Morrel—. ¿De qué medios se ha valido?

Valentina iba a abrir la boca para contárselo todo, pero se

acordó de que había en el fondo de todo aquello un terrible secreto que no pertenecía sólo a su abuelo.

—Más tarde —dijo— os lo contaré todo.

—¿Pero cuándo?

—Cuando sea vuestra mujer.

Esto era poner la conversación en un estado en que Morrel accedía gustoso a todo cuanto le pedía Valentina. Dijo para sí que bastante era para un día lo que acababa de saber, pero no consintió en retirarse sino después de haber exigido la promesa de que vería a Valentina al día siguiente por la noche.

Esta prometió hacer lo que él quisiera.

Todo había cambiado a sus ojos, y seguramente le era menos difícil creer ahora que se casaría con Maximiliano, que convencerse una hora antes que no se casaría con Franz...

Durante este tiempo, la señora de Villefort había subido al cuarto del señor Noirtier, que la miró con aquellos ojos sombríos y severos con que acostumbraba hacerlo.

—Caballero —le dijo ella—, no necesito comunicaros que el casamiento de Valentina se ha desbaratado, puesto que aquí es donde ha tenido lugar este acto.

Noirtier permaneció inmóvil.

—Pero —continuó la señora de Villefort— lo que vos no sabéis es que yo siempre me había opuesto a tal enlace y que éste se iba a celebrar a pesar mío.

Noirtier miró a su nuera como pidiéndole una explicación.

—Ahora que se ha deshecho ese matrimonio, por el cual yo sabía la repugnancia que sentíais, voy a dar un paso que no podrían dar el señor de Villefort ni su hija.

Los ojos de Noirtier preguntaron qué pasó era éste.

—Vengo a suplicaros —continuó la señora de Villefort—, como la única que tiene derecho a hacerlo, porque no reportaré utilidad alguna de ello. Vengo a suplicaros que devolváis la herencia a vuestra nieta.

Los ojos de Noirtier permanecieron un instante inciertos. Evidentemente buscaba los motivos de este paso y no podía hallarlos.

—¿Puedo esperar, caballero, que vuestras intenciones estén en armonía con la súplica que vengo a haceros?

—Sí —indicó Noirtier.

—Entonces me retiro feliz y llena de reconocimiento hacia vos. Y saludando al señor Noirtier se retiró.

En efecto, al día siguiente mandó Noirtier llamar a un notario. Se rompió el primer testamento y redactóse otro nuevo, en el que dejó todos sus bienes a Valentina, bajo las condiciones de que no la separarían de él.

Algunas personas calcularon entonces que la señorita de Villefort, heredera del marqués y de la marquesa de Saint—Merán, y amada de su abuelo, tendría algún día trescientas mil libras de renta.

Mientras en casa de los Villefort se rompía este casamiento, el conde de Morcef recibió la visita del de Montecristo, y para mostrar sus deseos de complacer a Danglars, se vistió su uniforme de gala de teniente coronel con todas sus cruces, y pidió sus mejores caballos.

Luego se dirigió a la calle de Chaussée d'Antin y se hizo anunciar a Danglars, que en aquel momento estaba efectuando sus pagos de fin de mes. No era éste el momento más a propósito para encontrar a Danglars en su mejor humor.

Así, pues, al ver a su antiguo amigo, Danglars tomó su aire majestuoso y se repantigó en su sillón.

Morcef, tan grave por lo general, había afectado al contrario un aire risueño y afable. De consiguiente, seguro como estaba de que su primera frase produciría una buena acogida, no hizo más cumplidos, y fue derecho al asunto.

—Barón —dijo—, aquí me tenéis. Mucho tiempo ha que no hemos hablado acerca de la palabra que mutuamente nos dimos...

Morcef esperaba que se alegrase la fisonomía del banquero al oír estas palabras, pero, al contrario, volvióse casi más impasible y frío que antes.

Por esto Morcef se detuvo en medio de su frase.

—¿Qué palabra, señor conde? —preguntó el banquero, como si buscase en su imaginación la explicación de lo que el general quería decir.

—¡Oh! —dijo el conde—, vos sois formalista, señor mío, y me recordáis que el ceremonial debe hacerse en toda regla. Disculpadme, ¡qué diantre! Perdonadme, como no tengo más que un hijo, y es la primera vez que pienso casarle, estoy aún en el aprendizaje. Vaya..., veamos ahora.

Y Morcef, con una sonrisa forzada, se levantó, hizo una profunda reverencia a Danglars, y le dijo:

—Tengo el honor, señor barón, de pediros la mano de la señorita Danglars, vuestra hija, para mi hijo, el vizconde Alberto de Morcef.

Pero Danglars, en vez de acoger estas palabras como un favor que Morcef podía esperar de él, frunció las cejas y sin invitar al conde a volverse a sentar, repuso:

—Señor conde, antes de responderos, tengo necesidad de reflexionar.

—¡De reflexionar! —repuso Morcef cada vez más asombrado—. ¿No habéis tenido tiempo todavía de reflexionar después de ocho años que hablamos de ese casamiento por vez primera?

—Señor conde, todos los días están sucediendo cosas que hacen que se renueven las reflexiones.

—¿Pues cómo? —preguntó Morcef—, no os comprendo, barón.

—Me refiero, caballero, a que hace quince días, nuevas circunstancias...

—Permitid —dijo Morcef—, ¿es eso una comedia o no lo es?, quisiera saberlo.

—¿Cómo, una comedia?

—Sí, pongamos las cartas boca arriba.

—No os pido otra cosa.

—¿Habéis visto a Montecristo?

—Le veo muy a menudo —dijo Danglars con petulancia—. Es uno de mis amigos.

—¡Pues bien! Una de las últimas veces que le habéis visto, le dijisteis que yo era un olvidadizo, y que no acababa de tomar una resolución respecto a la boda.

—Es cierto.

—¡Pues bien! Yo no soy olvidadizo ni me falta resolución, bien lo veis, puesto que vengo a recordaros vuestra promesa.

Danglars no respondió.

—¿Habéis mudado tan pronto de parecer? —añadió Morcef—.

¿O no habéis provocado esta demanda sino por el placer de humillarme?

Danglars comprendió que si continuaba la conversación en el tono en que la había emprendido, la cosa no sería muy provechosa para él.

—Señor conde —dijo—, debéis estar sorprendido de mi reserva. Lo comprendo, yo soy el primero en lamentarlo, pero creed que no puedo menos de obrar así, porque circunstancias imperiosas me lo ordenan.

—Esas son disculpas, mi querido amigo —dijo el conde—,con las que se podría contentar un cualquiera, pero el conde de Morcef no es un cualquiera. Y cuando un hombre como él viene a buscar a otro hombre, le recuerda la palabra dada, y cuando este hombre falta a su palabra, tiene derecho a exigir que le den otra razón más convincente.

Dariglars era cobarde, pero no quería aparentarlo. Afectó picarse del tono que tomaba Morcef y dijo:

—No me faltan razones de peso.

—¿Qué vais a decirme?

—Que tengo una razón que os convencería, pero es difícil decirla.

—Sin embargo, vos conocéis —dijo Morcef— que yo no puedo contentarme con vuestras razones y lo único que veo más claro en todo esto es que rechazáis mi alianza.

—No, señor —dijo Danglars—; suspendo mi resolución, que es diferente.

—¡Pero no creo que supondréis que yo me he de someter a vuestros caprichos, hasta el punto de esperar tranquila y humildemente que os dé la gana resolveros!

—Entonces, señor conde, si no podéis esperar, consideremos nuestros proyectos como nulos.

El conde se mordió los labios hasta saltársele la sangre, y sufría en no poder dar rienda suelta a su furor. No obstante, comprendiendo que en tales circunstancias el ridículo estaría de su parte, ya había empezado a acercarse a la puerta del salón, cuando reflexionando, volvió sobre sus pasos.

Por su frente acababa de cruzar una nube, dejando en lugar del orgullo ofendido, las huellas de una vaga inquietud.

—Veamos —dijo—, mi querido Danglars, nosotros nos conocemos desde hace muchos años y por consiguiente debemos tener algunas consideraciones uno con otro. Vos me debéis una explicación, y quiero saber al menos la causa de esta ruptura entre nosotros. ¿Sería mi hijo el que...?

—No se trata de una cuestión personal del vizconde, esto es cuanto puedo deciros, caballero —respondió Danglars con más ironía cada vez.

—¿Y de quién es personal entonces? —preguntó con voz alterada Morcef, cuya frente se cubría de palidez.

Danglars, que espiaba todos sus movimientos, no dejó de notar estos síntomas y clavó en él una mirada más tranquila y penetrante que las demás.

—Dadme gracia porque no soy más explícito —dijo.

Un temblor nervioso, que sin duda provenía de una cólera contenida, agitaba a Morcef.

—Tengo derecho —respondió, haciendo un esfuerzo sobre sí mismo— a exigir que os expliquéis. ¿Tenéis algo contra la señora de Morcef? ¿Es acaso porque mi fortuna no es tan considerable como la vuestra? ¿Es porque mis opiniones son contrarias a las vuestras...?

—Nada de eso, caballero —dijo Danglars—, ello sería imperdonable, porque yo me comprometí sabiendo todo eso. No; no tratéis de indagar, me avergüenzo yo mismo de lo que está ocurriendo. Nada, tomemos el término medio de la dilación, que no es ni un rompimiento ni un compromiso. No hay tanta prisa, ¡qué demonio! Mi hija tiene diecisiete años, y vuestro hijo veintiuno. Durante el plazo, el tiempo mismo os dirá las razones que me impulsan a obrar así. Las cosas que un día le parecen a uno oscuras, al siguiente están claras como el agua. Hay veces en que las calumnias...

—¿Calumnias habéis dicho, caballero? —exclamó Morcef poniéndose lívido—. ¿Me han calumniado a mí?

—Señor conde, no entremos en explicaciones, os lo suplico.

—De modo, caballero, que debo aguantar tranquilamente esa negativa...

—Penosa para mí sobre todo, caballero, sí, más penosa que para vos, porque yo contaba con el honor de vuestra alianza, y un casamiento desbaratado causa siempre más perjuicio a ella que a él.

—Está bien, caballero, no hablemos más —dijo Morcef.

Y arrojando sus guantes con rabia salió de la habitación.

Danglars recordó que aquélla era la primera vez que retiraba su palabra, sobre todo, habiéndosela dado a Morcef.

Aquella noche hubo una larga conferencia con muchos amigos, y el señor Cavalcanti, que había estado constantemente en el saloncito de las señoras, salió el último de casa del banquero.

Al despertarse al día siguiente, Danglars pidió los periódicos. Al punto se los trajeron. Separó tres o cuatro y tomó El Imparcial.

Este era el periódico del que Beauchamp era el redactor principal.

Rompió rápidamente la cubierta, lo abrió con una precipitación nerviosa, pasó desdeñosamente la vista por el artículo de fondo, y habiendo llegado a las noticias varias, se detuvo con una sonrisa diabólica en un párrafo que comenzaba de esta suerte:

"Nos escriben de Janina... "

—Bien, bien —dijo después de haberlo leído—, aquí tengo un parrafito acerca del coronel Fernando, que según toda probabilidad me ahorrará el tener que dar explicaciones al señor conde de Morcef.

Casi al mismo tiempo que ocurría esta escena, es decir, hacia las diez de la mañana, Alberto de Morcef, vestido de negro, con su frac abrochado hasta el cuello, el paso agitado y grave el semblante, se presentaba en la casa de los Campos Elíseos.

—El señor conde acaba de salir hace media hora —dijo el portero.

—¿Le ha acompañado Bautista? —preguntó Morcef.

—No, señor vizconde.

—Llamadle, pues quiero hablarle.

El portero fue a buscar al ayuda de cámara y al instante volvió con él.

—Amigo mío, os pido perdón por mi indiscreción —dijo Alberto—, pero he querido preguntaros a vos mismo si era cierto que vuestro amo había salido.

—Sí, señor —respondió Bautista.

—¿Para mí también?

—Yo sé cuánto gusta mi amo de recibiros, y me guardaría muy bien de incluiros en una medida general, pero ha salido.

—Tienes razón, porque tenía que hablarle de un asunto grave. ¿Crees tú que tardará mucho en volver?

—No, porque ha dicho que tenga preparado su almuerzo para las diez.

—Bien, voy a dar una vuelta por los Campos Elíseos y a las diez estaré aquí. Si el señor conde vuelve antes, suplícale que me espere.

—Podéis estar seguro, descuidad.

Alberto dejó a la puerta del conde el cabriolé de alquiler en que había venido.

Al pasar por delante del Paseo de las Viudas creyó reconocer los caballos del conde esperando a la puerta de tiro de Gosset. Acercóse y después de haber reconocido los caballos, reconoció al cochero.

—¡Hola! ¿Está en el tiro el señor conde? —preguntó Morcef a aquél.

—Sí, señor —respondió el cochero.

En efecto, ya había oído Alberto muchos tiros regulares desde que se iba aproximando a aquel sitio.

Entró. En el jardín se encontraba el mozo.

—Perdonad —dijo—, pero el señor vizconde tendrá la bondad de esperar un instante.

—¿Por qué, Felipe? —preguntó Alberto, que, a fuerza de parroquiano de aquel tiro, se admiraba de que no le dejasen entrar.

—Porque la persona que se ejercita en este momento toma el tiro para él solo y nunca tira delante de nadie.

—¿Ni siquiera delante de vos, Felipe?

—Bien veis, caballero, que estoy a la puerta de mi morada.

—¿Y quién le carga las pistolas?

—Su criado.

—¿Un nubio?

—Un negro.

—Eso es.

—¿Conocéis a ese señor?

—Vengo a buscarle; es amigo mío.

—¡Oh!, entonces eso es otra cosa, voy a pasarle recado.

Y Felipe, llevado también de su curiosidad, entró en el tiro.

Un segundo después apareció Montecristo junto a la puerta por donde salió Felipe.

—Perdonad que os haya perseguido hasta aquí, mi querido conde —dijo Alberto—, pero empiezo por deciros que nadie más que yo tiene la culpa. Me presenté en vuestra casa, me dijeron que habíais salido, pero que volveríais a las diez para almorzar. Yo me paseé a mi vez esperando que fuesen las diez, y mientras estaba paseando vi vuestros caballos y vuestro carruaje.

—Eso me hace creer que almorzaremos juntos.

—Muchas gracias, no se trata de almorzar ahora. Tal vez almorzaremos más tarde, pero en mala compañía, ¡voto a...!

—¿Qué diablos me estáis contando?

—Querido, me bato hoy mismo.

—¡Vos! ¿Qué me decís?

—¡Que voy a batirme en duelo!

—Sí, lo entiendo. ¿Pero por qué? Uno se bate por mil cosas, ya comprenderéis.

—Por el honor.

—¡Ah!, eso es más grave de lo que imaginaba.

—Tan grave que vengo a pediros un favor.

—¿Cuál?

—El de que seáis mi padrino.

—Entonces, eso es todavía más grave. No hablemos más de esto y volvamos a casa. Dame agua, Alí.

El conde se subió las mangas de su camisa, y pasó al vestíbulo que precede a los tiros y donde los tiradores solían lavarse las manos.

—Entrad, señor vizconde —dijo Felipe en voz baja—. Veréis algo bueno. Morcef entró. En lugar de hitos, la tabla estaba llena de cartas.

De lejos, Morcef creyó que era un juego completo. Había desde el as hasta el diez.

—¡Ah!, ¡ah! —dijo Alberto—. ¿A qué jugáis?

—¡Psch! —dijo el conde—, estaba terminando una jugada.

—¿Cómo?

—Sí, como veis no había más que ases y doses, pero mis balas han hechos treses, cincos, sietes, ochos, nueves y dieces.

Alberto se acercó.

En efecto, las balas, con líneas perfectamente exactas y distancias iguales, habían reemplazado los signos ausentes, agujereando el cartón en el sitio en que debiera estar pintado.

Al dirigirse a la plancha, Morcef recogió también dos o tres golondrinas que habían tenido la imprudencia de pasar por delante del conde y que éste mató implacablemente.

—¡Diablo! —exclamó Morcef.

—¿Qué queréis?, mi querido vizconde —dijo Montecristo enjugándose las manos en una finísima toalla que le trajo Alí—, en algo he de consumir mis ratos de ocio. Pero vámonos, os espero.

Ambos subieron al carruaje de Montecristo, que los condujo en pocos instantes a la casa número 30.

Montecristo condujo a Morcef a su gabinete, y le mostró un sillón. Ambos se sentaron.

—Ahora hablemos con toda calma y sosiego —dijo el conde.

—Bien veis que estoy perfectamente tranquilo.

—¿Con quién vais a batiros?

—Con Beauchamp.

—¿Uno de vuestros amigos?

—Con los amigos es con los que se bate uno siempre.

—Dadme al menos una razón.

—Tengo una.

—¿Qué os ha hecho?

—En su periódico de ayer hay... pero no, leed vos.

Alberto mostró a Montecristo un periódico en que se leían estas palabras:

Nos escriben de Janina:

Hemos llegado a conocer un hecho importante ignorado hasta ahora, o al menos inédito. Los castillos que defendían la ciudad fueron entregados a los turcos por un oficial francés, en quien el visir Alí-Tebelín había depositado toda su confianza. Este oficial se llamaba Fernando.

—Y bien —preguntó Montecristo—, ¿qué es lo que os sorprende en ese párrafo?

—¿Qué es lo que me sorprende?

—Sí. ¿Qué os importa que los castillos de Janina hayan sido entregados por un oficial llamado Fernando?

—Me importa, puesto que mi padre, el conde de Morcef, se llama Fernando.

—¿Y vuestro padre servía a Alí—Bajá?

—Es decir, combatía por la independencia de los griegos. Esa es precisamente la calumnia.

—¡Ah, vizconde, hablemos razonablemente!

—No es otro mi deseo.

—Decidme: ¿Quién diablos sabe en Francia que el oficial Fernando es el mismo conde de Morcef, y quién se ocupa ahora de Janina, que fue tomada en 1822 o en 1823, según creo?

—Ahí está precisamente la perfidia. Han dejado pasar tiempo para salir ahora con un escándalo que pudiera empañar una elevada posición. Pues bien, yo, heredero del nombre de mi padre, no quiero que sobre él haya ni aun la sombra de una duda. Voy a mandar a Beau-champ, cuyo periódico ha publicado esta nota, dos testigos, y la retractará.

—Beauchamp no la retractará. —Entonces nos batiremos.

—No, no os batiréis, porque os responderá que tal vez había en el ejército griego cincuenta oficiales que se llamasen Fernando.

—A pesar de esa respuesta, nos batiremos. ¡Oh, quiero que esto desaparezca! Mi padre, un soldado tan noble..., una carrera tan ilustre...

—O bien pondrá: "estamos seguros de que este Fernando nada tiene que ver con el conde de Morcef, cuyo nombre de pila es también Fernando".

—Quiero que se retracte de una manera más completa. No me contentaré con eso.

—¿Y vais a enviarle vuestros padrinos?

—Sí.

—Haréis mal.

—Lo cual quiere decir que me negáis el favor que venía a pediros.

—¡Ah!, ya sabéis mi teoría respecto al duelo; creo habéroslo dicho en Roma, ¿no os acordáis?

—Esta mañana, hace un momento, os encontré en una ocupación que está poco en consonancia con esa teoría.

—Porque, amigo mío, vos comprenderéis que algunas veces es menester salir de sus casillas. Cuando se vive con locos, es preciso también aprender a ser insensato. De un momento a otro, algún calavera, aunque no tenga más motivo para buscar camorra que el que tenéis vos para buscársela a Beauchamp, puede venirme con cualquier necedad, enviarme sus testigos o insultarme en público. Pues bien, tengo que matar a ese calavera.

—¡Ah! Luego, ¿también vos os batiríais?

—Naturalmente.

—¡Pues bien! Entonces, ¿por qué queréis que yo no me bata?

—No digo que no os batáis, sino que un duelo es cosa muy grave y de reflexionar.

—¿Y él ha reflexionado para insultar a mi padre?

—Si no ha reflexionado, y os lo confiesa, no debéis atentar contra él.

—¡Oh!, mi querido conde, sois demasiado indulgente.

—Y vos, demasiado riguroso. Veamos, yo supongo..., escuchad con atención. Yo supongo..., ¡no os vayáis a enojar por lo que voy a deciros!

—Escucho.

—Supongo que el hecho sea cierto...

—Un hijo no debe nunca admitir semejantes suposiciones sobre el honor de su padre.

—¡Oh, Dios mío! ¡Estamos en una época en que se admiten tantas cosas!

—Ese es precisamente el defecto de la época.

—¿Y pretendéis reformarla?

—Sí; por lo que a mí respecta.

—¡Oh! ¡Dios mío!, buen reformista haríais, amigo mío.

—No lo puedo remediar.

—Sois inaccesible a los consejos que os dan de buena fe.

—No cuando proceden de un amigo.

—¿Creéis que yo lo sea vuestro?

—Sí.

—¡Pues bien!, antes de enviar a Beauchamp vuestros padrinos, informaos.

—¿De quién?

—¡Oh...! De Haydée, por ejemplo.

—Mezclar en todo esto a una mujer, ¿y qué podrá hacer?

—Decir que vuestro padre no tiene nada que ver con la derrota o con la muerte del suyo, o deciros la verdad, si por casualidad vuestro padre hubiese tenido la desgracia...

—Ya os he dicho, mi querido conde, que no podía admitir esa suposición.

—Entonces, ¿rehusáis ese medio?

—Lo rehúso.

—¿Absolutamente?

—Absolutamente.

—Oíd, entonces, mi último consejo.

—Bien, pero que sea el último.

—¿No queréis oírlo?

—Al contrario, os lo pido.

—No enviéis a Beauchamp vuestros padrinos.

—¿Cómo?

—Id vos mismo a buscarle.

—Eso va contra la costumbre.

—Ese duelo nada tiene que ver con los comunes, veamos.

—¿Y por qué debo ir yo mismo?

—Porque de ese modo el asunto quedará entre vosotros dos.

—Explicaos.

—Si Beauchamp está dispuesto a retractarse, preciso es dejarle el mérito de la buena voluntad; no por eso dejará de hacer lo que le parezca. Si por el contrario, entonces será tiempo de revelar el secreto a los dos extraños.

—No serán dos extraños, serán dos amigos.

—Los amigos de hoy son enemigos mañana.

—¡Oh! ¡Cómo...!

—Dígalo Beauchamp.

—Así, pues...

—Así, pues, os recomiendo prudencia.

—¿Y me aconsejáis que vaya yo mismo a buscar a Beauchamp?

—Sí.

—¿Solo?

—Solo. Cuando se quiere obtener algo del amor propio de un hombre, es preciso salvar a ese amor propio hasta la apariencia del sufrimiento.

—Me parece que tenéis razón.

—¡Gracias a Dios!

—Iré solo.

—Escuchad. Creo que mejor haríais en no ir ni solo ni acompañado.

—Pero eso es imposible.

—Haced lo que os digo, os tendrá más cuenta.

—Pero en este caso, veamos: si a pesar de todas mis preocupaciones, llega a efectuarse el desafío, ¿me serviréis de testigo?

—Mi querido vizconde —dijo Montecristo con una gravedad extremada—, ya conoceréis que en todo estoy pronto a serviros. Pero lo que me pedís sale ya del círculo de lo que puedo hacer por vos.

—¿Por qué?

—Quizás un día lo sabréis.

—Pero mientras tanto...

—Dispensadme, es un secreto.

—Está bien. Elegiré a Franz y Chateau—Renaud.

—Perfectamente. ¡Franz y Chateau—Renaud son muy a propósito para el caso!

—Pero, en fin, si me bato, ¿me daréis una leccioncita de espada o de pistola?

—No; eso también es imposible.

—¡Oh! ¡Qué singular sois! ¿Conque en nada queréis mezclaros?

—En nada absolutamente.

—No hablemos entonces más de ello. Adiós, conde.

—Adiós, vizconde.

Morcef tomó su sombrero y salió.

A la puerta encontró su cabriolé, y conteniendo cuanto pudo su cólera, se hizo conducir a casa de Beauchamp, que estaba en la redacción.

Entonces Alberto se hizo conducir allí.

Beauchamp estaba en un salón sombrío y oscuro como suelen ser las redacciones de periódicos.

Anunciáronle a Alberto de Morcef. Dos veces se hizo repetir el anuncio, y mal convencido aún, gritó:

—Entrad.

Alberto entró. Beauchamp lanzó una exclamación de sorpresa al ver a su amigo atravesar por entre los papeles y pisotear con la torpeza hija de la poca costumbre que tenía, los periódicos de todos tamaños que cubrían, no el pavimento, sino la mesa en que estaba escribiendo.

—¡Por aquí, por aquí, mi querido Alberto! —dijo, presentando al joven—. ¿Qué es lo que os trae por acá? ¿Venís a almorzar conmigo? Veamos, buscad una silla. Mirad, allí hay una junto a aquel geranio, que es lo único que recuerda que haya hojas en el mundo además de las de papel.

—Beauchamp —dijo Alberto—, vengo a hablaros de vuestro periódico.

—¡Vos, Morcef! ¿Qué deseáis?

—Deseo una rectificación.

—¡Una rectificación! ¿Respecto a qué, Alberto? Pero sentaos.

—Gracias —respondió Alberto por segunda vez y con un ligero movimiento de cabeza.

—Vamos, explicaos.

—Una rectificación sobre un hecho que ataca el honor de mi familia.

—¡Vamos! —dijo Beauchamp sorprendido—. ¿Qué hecho? Me parece que no se podrá...

—Lo que os han escrito de Janina.

—¿De Janina?

—Sí, de Janina. No os hagáis el ignorante.

—¡Palabra de honor que nada sé...! ¡Bautista, un número de ayer! —gritó Beauchamp.

—Es inútil. Traigo el mío en el bolsillo.

Beauchamp leyó:

"Nos escriben de Janina..., etc."

—Ya podéis ver que el hecho es grave —dijo Morcef, así que Beauchamp hubo leído.

—¿Ese oficial es pariente vuestro? —preguntó el periodista.

—Sí —dijo Alberto sonrojándose.

—Pues bien, ¿qué queréis que haga por serviros? —dijo Beauchamp con dulzura.

—Quisiera que retractaseis este hecho, mi querido Beauchamp.

Beauchamp miró a Alberto con una atención que anunciaba

seguramente mucha bondad.

—Veamos —dijo—, es cosa de tomarlo despacio, porque una retractación es siempre asunto de gravedad. Sentaos. Voy a leer otra vez estas tres o cuatro líneas.

Alberto se sentó y Beauchamp volvió a leer las líneas acriminadas por su amigo, con más cuidado que antes.

—Ya lo veis —dijo Alberto con firmeza y hasta con sequedad—, en vuestro periódico se ha insultado a un miembro de mi familia, y exijo una retractación.

—Exigís...

—Sí, exijo una retractación.

—Permitidme que os diga, mi querido vizconde, que vuestro lenguaje no es parlamentario.

—No trato de que lo sea —replicó el joven levantándose—, quiero la retractación de un hecho que habéis anunciado ayer, y la obtendré. Sois bastante amigo —prosiguió Alberto, apretando los dientes, viendo que Beauchamp empezaba a levantar la cabeza con aire desdeñoso—, sois bastante amigo, y por lo mismo supongo que me conocéis suficientemente para comprender mi tenacidad en semejante caso.

—Con palabras como las que acabáis de decir, Morcef, conseguiréis hacerme olvidar que soy amigo vuestro, como decís. Pero, veamos, no nos enfademos o dejémoslo para más adelante... ¡Sepamos quién es ese pariente que se llama Fernando!

—Es mi padre, nada menos —dijo Alberto—, el señor Fernando Mondego, conde de Morcef, un veterano que ha visto veinte campos de batalla y cuyas cicatrices se trata de cubrir con fango impuro.

—¡De vuestro padre! —replicó Beauchamp—, la cosa ya cambia.

Ahora comprendo vuestra incomodidad, querido Alberto. Volvamos a leer.

Y leyó otra vez la nota, deteniéndose a cada palabra.

—Pero ¿en dónde veis —preguntó Beauchamp— que el Fernando del periódico sea vuestro padre?

—En ninguna parte. Pero lo verán otros, y por eso quiero que se desmienta el hecho.

Al oír la palabra quiero, Beauchamp levantó la vista para mirar a Morcef, pero bajándola al instante se quedó un momento pensativo.

—Desmentiréis este hecho, ¿no es verdad? —repitió Morcef con una cólera que iba en aumento y que procuraba reprimir.

—Sí —respondió Beauchamp.

—¡Está bien! —dijo Alberto.

—Pero después que me haya cerciorado de que es falso.

—¡Cómo!

—Sí; la cosa merece la pena de que se aclare, y yo la aclararé.

—Y qué tenéis que aclarar —dijo Alberto fuera de sí—. Si creéis que no es mi padre, decidlo sin rodeos, y si, por el contrario, creéis que es de él de quien se trata, explicadme los motivos que para ello tenéis.

Beauchamp miró a Alberto con esa sonrisa que le era peculiar y que sabía adaptarse a todas las pasiones.

—Caballero —repuso—, puesto que ya debemos tratarnos así, si habéis venido a exigirme una satisfacción, debíais haberlo hecho desde el principio, y no haberme hablado de amistad y de otras cosas ociosas como las que tengo la paciencia de oír hace media hora. Sepamos, ¿es por este terreno por el que debemos marchar en lo sucesivo?

—Sí; en el caso de que no retractéis la infame calumnia.

—Entendámonos y dejemos a un lado las amenazas, señor Alberto Mondego, vizconde de Morcef. No acostumbro sufrirlas de mis enemigos, y con mucho más motivo de mis amigos. Es decir, que tenéis formal empeño en que desmienta el hecho acerca del general Fernando, hecho en que, bajo mi palabra de honor, aseguro no haber tenido parte.

—¡Sí, lo quiero! —dijo Alberto, cuya mente empezaba a extraviarse.

—¿Sin lo cual nos batiremos? —continuó Beauchamp con la misma calma.

—Sí —replicó Alberto levantando la voz.

—Pues bien —dijo Beauchamp—. Ahí va mi contestación. Yo no he insertado ese hecho ni lo conozco, pero con vuestra conducta me habéis llamado la atención acerca de él. Subsistirá, pues, hasta que sea desmentido o confirmado por quien corresponda.

—¡Caballero! —dijo Alberto levantándose—. Tendré el honor

de enviar mis padrinos. Discutiréis con ellos el sitio y las armas.

—Está bien.

—Y esta tarde, si os parece, o mañana, a más tardar, nos veremos.

—¡No, no! Estaré en el campo cuando deba estar, y me parece estoy en mi derecho, toda vez que soy el provocado, y me parece, digo, que todavía no ha llegado la hora. Sé que sois buen espadachín, mientras que yo manejo medianamente la espada; de seis blancos, soléis quitar tres, poco más o menos me sucede a mí. Sé que un desafío entre nosotros sería un desafío formal, porque vos sois va-liente, y yo... lo soy también. No quiero, pues, exponerme a mataros o a que me matéis sin fundado motivo. Ahora voy a preguntaros a vos categóricamente: ¿Insistís en conseguir esa retractación hasta el extremo de matarme si no la hago, a pesar de haberos dicho, a pesar de repetiros y aseguraros bajo mi palabra de honor que no conocía el hecho, y a pesar, en fin, de declararos que nadie que no sea un visionario como vos, puede reconocer al señor conde de Morcef bajo ese nombre de Fernando?

—Este es mi empeño.

—Pues bien, señor mío, consiento en darme de estocadas con vos. Pero quiero tres semanas. Dentro de tres semanas me encontraréis para deciros: "Sí, el hecho es falso, y lo retracto, o bien: "Sí, el hecho es cierto», y desenvaino la espada, o saco las pistolas de la caja. Lo que vos elijáis.

—Tres semanas —exclamó Alberto—, pero tres semanas son tres siglos, durante los cuales estaré deshonrado.

—Si hubieseis seguido siendo mi amigo, os habría dicho: Paciencia, amigo mío; pero os habéis hecho mi enemigo, y os digo: ¿Qué me importa?

—¡Está bien! ¡Dentro de tres semanas! —dijo Morcef—. Pero, expirado ese plazo, no habrá dilación ni subterfugio que pueda dispensaros...

—Caballero Alberto de Morcef —repuso Beauchamp levantando-, no puedo arrojaros por la ventana hasta tres semanas, es decir, en veinticuatro días, y hasta esta época no tenéis derecho para insultarme. Estamos a 29 de agosto, hasta el 21 de septiembre. Hasta entonces, creedme, y es un consejo de caballero el que voy a daros, excusemos los ladridos de dos perros encadenados a larga distancia uno de otro.

Y saludando con gravedad al joven, Beauchamp le volvió la espalda y entró en la imprenta.

Alberto se vengó en un montón de periódicos que dispersó a latigazos, después de lo cual se marchó, no sin haberse encaminado antes dos o tres veces hacia la puerta de la imprenta.

Mientras Alberto fustigaba el caballo de su cabriolé, vio al atravesar el bulevar a Morrel, que con la cabeza erguida pasaba por delante de los baños chinescos, viniendo por la puerta de San Martín y encaminándose hacia la Magdalena.

—¡Ah! —dijo suspirando—. ¡He ahí un hombre feliz! Casualmente Alberto no se equivocaba. Efectivamente Morrel era feliz.

El señor Noirtier le había mandado llamar y tenía tanta ansiedad por saber la razón de ello, que no tomó un carruaje, fiándose más de sus dos piernas que de las cuatro de un caballo de alquiler. Partió, pues, ligero como un rayo, y se dirigió por la calle Meslay al arrabal de Saint—Honoré.

Caminaba con paso gimnástico, y el pobre Barrois apenas podía seguirle. En algo había de verse que Morrel tenía treinta y un años y Barrois sesenta. El primero estaba ebrio de amor, y el segundo sofocado por el gran calor. Estos dos hombres de intereses y de edad tan diversos, semejaban las dos líneas que forman el triángulo, que separadas de su base se reúnen en el vértice.

El vértice era el señor Noirtier, que envió a buscar a Morrel, recomendándole la prontitud, recomendación que, con gran disgusto de Barrois, seguía al pie de la letra.

Al llegar, Morrel no estaba cansado. El amor confiere alas; pero Barrois, que hacía mucho tiempo que no amaba, apenas podía moverse.

El viejo servidor hizo entrar a Morrel por la puerta secreta, cerró la del despacho y no tardó mucho en oírse el rumor de un vestido cuyos bordes rozaban el suelo y anunciaba la visita de Valentina. Estaba encantadora con el traje de luto.

Noirtier acogió benévolamente al joven, y recibió con agrado las muestras de gratitud que éste le daba, por la maravillosa intervención que había salvado a Valentina y a él de la desesperación. Su mirada se dirigió en seguida a la joven, que sentada a cierta distancia, esperaba que se la invitase a hablar, y aquella mirada era toda una pregunta.

Noirtier la miró también a su vez.

—¿Digo lo que me habéis encargado? —preguntó ella.

—Sí —respondió Noirtier.

—Señor Morrel —añadió entonces Valentina al joven que la miraba absorto——, mi abuelo tenía mil cosas que deciros; hace tres días que me las ha confiado, y os ha enviado a buscar hoy para que yo os las repita. Lo haré, ya que me ha escogido como su intérprete, sin cambiar una sílaba ni separarme en lo más mínimo de sus intenciones.

—¡Ah!, os escucho, espero con impaciencia. Hablad, hablad.

Valentina bajó los ojos, lo que pareció de buen agüero a Morrel, porque ella era débil en los momentos en que se sentía dichosa.

—Mi padre quiere dejar esta casa —dijo— Barrois se ha encargado de buscar una que nos convenga.

—Pero, señorita, vos a quien el señor Noirtier quiere y necesita... —dijo Morrel.

—Yo —dijo la joven— no dejaré a mi abuelo. Estamos ya de acuerdo en esto. Mi habitación será contigua a la suya. O el señor de Villefort me dará su consentimiento para vivir junto a mi abuelo, o me lo rehusará. En el primer caso, parto ahora mismo; en el segundo, esperaré a ser mayor, lo que sólo tardará diez meses, y entonces, libre, independiente, con una buena fortuna, y...

—¿Y...? —preguntó Morrel.

—Y con la autorización de mi abuelo, os cumpliré la promesa que os he hecho.

Pronunció Valentina estas palabras con una voz tan débil que Morrel no las hubiera comprendido sin el grande interés que en ello tenía.

—¿He expresado bien vuestras intenciones, mi querido abuelo? —añadió Valentina dirigiéndose al señor Noirtier.

—Sí —respondió el anciano.

—Establecida en casa de mi abuelo, el señor Morrel podrá venir a verme en casa de este bueno y digno protector, y si el lazo que nuestros corazones ignorantes o caprichosos han empezado a formar, parece suave, y presenta garantías de una dicha futura, ¡ay!, según dicen, los corazones inflamados por los obstáculos se enfrían fácilmente al cesar éstos, entonces el señor Morrel me pedirá a mí misma y yo le atenderé.

—¡Oh! —dijo Morrel, queriendo arrodillarse ante el anciano, como ante un dios, y ante Valentina como ante un ángel—. ¡Oh! ¡Qué he hecho yo en toda mi vida para merecer tanta ventura!

—Hasta entonces —continuó la joven con su voz pura y severa—, es necesario respetar las conveniencias, la voluntad de nuestros padres, con tal que no signifique separarnos para siempre. En una palabra, y la repito porque ella lo dice todo: Esperaremos.

—Y los sacrificios que esta palabra impone —dijo Morrel—, os juro que sabré cumplirlos con resignación y con honor.

—Así, pues —continuó Valentina dirigiendo una dulce mirada, que penetró hasta el corazón de Maximiliano—, no más imprudencias, amigo mío, no comprometáis a la que de hoy en adelante se considera destinada a llevar pura y dignamente vuestro nombre.

Morrel puso la mano sobre su corazón.

Noirtier los contemplaba con la mayor ternura. Barrois, que había permanecido en el fondo del gabinete, como persona para quien nada hay oculto, sonreía, enjugando las gotas de sudor que se desprendían de su calva frente.

—¡Ay, Dios mío!, qué calor tiene este buen Barrois —dijo Valentina.

—¡Ah!, es que he corrido mucho, señorita, pero debo hacer justicia al señor Morrel, corría más que yo.

Noirtier indicó con los ojos una salvilla en que había una botella de limonada y un vaso. La limonada que faltaba la había tomado poco antes el señor Noirtier.

—Toma, buen Barrois, toma, porque veo que diriges una mirada codiciosa a la limonada:

—Es cierto —dijo Barrois— que me muero de sed, y que bebería de buena gana un vaso de limonada a vuestra salud.

—Bebe, pues —le dijo Valentina—, y vuelve en seguida.

Barrois se llevó la salvilla, y apenas había llegado al corredor, cuando por entre la puerta que dejó medio abierta le vieron echar atrás la cabeza para apurar el vaso que había llenado Valentina.

Despidióse ésta de Morrel en presencia de su abuelo, cuando se oyó resonar en la escalera la campanilla del señor de Villefort. Ello era señal de que llegaba alguna visita, y Valentina miró al reloj.

—Son las doce —dijo—, hoy es sábado, querido abuelo, es sin duda el médico.

Noirtier hizo una señal afirmativa.

—Va a venir aquí, es necesario que el señor Morrel se retire. ¿No es verdad, abuelo?

—Sí —respondió éste.

—Barrois —gritó Valentina—. Barrois, ven. Oyóse la voz del criado que respondía.

—Voy, señorita.

—Barrois va a acompañaros hasta la puerta, y ahora acordaos de una cosa, y es que mi abuelo os encarga no deis ningún paso que Pudiera comprometer nuestra dicha.

En este momento entró Barrois.

—¿Quién ha llamado? —preguntó Valentina.

—El doctor d'Avrigny —dijo Barrois, que no podía tenerse en pie.

—¿Qué os ocurre, Barrois? —le preguntó Valentina.

El anciano no respondió, miraba a su amo con ojos desencajados, y con las manos agarrotadas buscaba apoyo para poder sostenerse.

—Pero va a caer —gritó Morrel.

En efecto, el temblor que se había apoderado de Barrois aumentaba gradualmente, y sus facciones, alteradas por los movimientos convulsivos de los músculos de la cara, anunciaban un ataque nervioso de los más intensos.

Las miradas de Noirtier, al ver así a Barrois, dejaban traslucir todas las emociones capaces de agitar el corazón de un hombre.

Barrois dio algunos pasos para acercarse a su amo.

—¡Ah! ¡Dios mío! ¡Dios mío! ¡Señor! —dijo—, pero qué tengo yo para... padezco mucho..., no veo... Mil puntas aceradas me atraviesan el cráneo. ¡Oh! ¡No me toquéis, no me toquéis!

Tenía los ojos completamente fuera de las órbitas, la cabeza caída hacia atrás y el cuerpo frío y rígido.

Valentina, espantada, lanzó un grito. Morrel la tomó en sus brazos, como queriéndola defender de un peligro desconocido.

—¡Señor d'Avrigny, señor d'Avrigny! —gritó Valentina con voz apagada—. ¡Venid, socorrednos!

Barrois dio una vuelta sobre sí mismo, retrocedió cuatro o cinco pasos atrás, tropezó y fue a caer a los pies del señor Noirtier, sobre cuya rodilla apoyó una mano gritando:

—¡Amo mío, mi buen amo!

En aquel instante el señor Villefort, atraído por los gritos, se presentó a la puerta del cuarto.

Morrel abandonó a Valentina, medio desmayada, y se retiró, escondiéndose en un ángulo de la sala, detrás de una cortina.

Pálido, cual si una venenosa serpiente hubiera aparecido a sus ojos, dejó caer una mirada helada sobre el desgraciado que agonizaba.

Noirtier estaba impaciente y aterrorizado. Su alma volaba al socorro del pobre anciano, su amigo, más que su criado. Se veía en su frente el terrible combate entre la vida y la muerte, sus venas estaban hinchadas y sus músculos contraídos.

Barrois, con la faz fatigada, los ojos sanguinolentos y el cuello caído, yacía en tierra, dando golpes en el suelo con las manos, mientras que sus piernas, tiesas y endurecidas, no podían doblarse. Una ligera espuma cubría sus labios y apenas respiraba.

Villefort permaneció un instante espantado, fijos los ojos en este cuadro que se le ofreció a sus ojos al entrar en el cuarto, y sin haber visto a Morrel.

—¡Doctor, doctor! —gritó, dirigiéndose a la puerta—, ¡venid, venid pronto!

—¡Señora, señora! —gritaba Valentina llamando a su madrastra, y sosteniéndose en la pared de la escalera—, venid, venid pronto, y traed vuestro frasco de sales.

—¿Qué ocurre? —preguntó con voz metálica la señora de Villefort.

—¡Oh, venid, venid!

—¿Pero dónde está el médico? —gritaba Villefort.

La señora de Villefort bajó lentamente, se oían resonar sus pisadas. En una mano traía un pañuelo con el que enjugaba su frente. En la otra, un frasco de sales inglesas. Su primera mirada al llegar a la puerta fue para el señor Noirtier, cuya cara, aparte de la emoción, anunciaba una salud perfecta. La segunda fue al moribundo; palideció y sus ojos se apartaron del criado para fijarse en el amo.

—Pero, en nombre del cielo, señora, ¿dónde está el médico? Entró en vuestro cuarto. Esto es una apoplejía fulminante, y con una sangría se le salvará.

—¿Hace mucho rato que ha comido? —preguntó la señora de Villefort, eludiendo la cuestión.

—Señora —dijo Valentina—, aún no se ha desayunado, pero esta mañana ha andado mucho para cumplir ciertas diligencias que le encargó mi abuelo, y a su vuelta ha tornado solamente un vaso de limonada.

—¡Ah! —dijo la señora de Villefort—, ¿por qué no lo tomó de vino? La limonada es muy mala.

—La limonada estaba ahí, en la botella de mi abuelo, el pobre Barrois tenía sed, y ha bebido lo que encontró.

La señora de Villefort se estremeció. Noirtier le dirigió una profunda mirada.

—Señora —dijo Villefort—, os he preguntado dónde está el señor d'Avrigny, responded, en nombre del cielo.

—Está en el cuarto de Eduardo, que se halla algo indispuesto —contestó, no pudiendo eludir por más tiempo su respuesta.

Villefort se encaminó hacia la escalera para ir a buscarle en persona.

—Esperad —dijo su mujer, dando su frasco a Valentina—, van a sangrarlo sin duda. Me vuelvo a mi cuarto, porque no puedo soportar la vista de la sangre—y siguió a su marido.

Morrel salió del ángulo sombrío en que se había ocultado; nadie había reparado en él, tanta era la confusión que reinaba en la casa.

—Marchaos en seguida, Maximiliano —le dijo Valentina—, y esperad a que os avise antes de volver. Partid.

Morrel consultó con un gesto al señor Noirtier, que había conservado su sangre fría y que le respondió afirmativamente con otro. Apretó contra su corazón la mano de Valentina y salió por el pasadizo secreto, al mismo tiempo que el señor de Villefort y el doctor entraban por la puerta del lado opuesto.

Barrois empezaba a volver en sí, la crisis había pasado, y el infeliz quería hincarse de rodillas. El señor d'Avrigny y Villefort le llevaron a un sillón.

—¿Qué ordenáis, doctor? —preguntó Villefort.

—Que me traigan agua y éter. ¿Tenéis en casa?

—Sí.

—Que vayan inmediatamente a buscar aceite de terebinto y un emético.

—Id—dijo el señor de Villefort.

—Y ahora, que todos se retiren.

—¿Yo también? —preguntó tímidamente Valentina.

—Sí, señorita —dijo el doctor—, vos antes que todos.

Valentina miró con asombro al señor d'Avrigny, abrazó al señor Noirtier y salió. En seguida, el doctor cerró la puerta con un aire sombrío.

—Mirad, mirad, doctor, vuelve en sí, era un ligero ataque. El señor d'Avrígny sonrió con tristeza.

—¿Cómo os sentís, Barrois? —preguntó al enfermo.

—Algo mejor, señor.

—¿Podréis beber este vaso de agua con éter?

—Lo intentaré, pero no me toquéis.

—¿Por qué?

—Porque me parece que si me tocáis, aun cuando sea con la punta de un dedo, me volverá a dar el accidente.

—Bebed.

Barrois tomó el vaso, lo llevó a sus labios amoratados y bebió casi la mitad. —¿Qué es lo que os duele? —preguntó el facultativo.

—Todo el cuerpo, siento calambres espantosos.

—¿Tenéis mareos?

—Sí.

—¿Os zumban los oídos?

—Muchísimo.

—¿Cuándo os ha atacado el mal?

—Hace un momento.

—¿Así, de repente?

—Como el rayo.

—¿No habéis sentido nada ayer ni anteayer?

—Nada.

—¿Ni sueño, ni pesadez?

—No.

—¿Qué habéis comido hoy?

—Nada, únicamente he bebido un vaso de la limonada del amo.

Y Barrois hizo un movimiento con la cabeza para indicar al señor Noirtier, que inmóvil en su sillón no perdía un solo movimiento, una sola palabra, contemplando horrorizado esta terrible escena.

—¿Dónde está esta limonada? —preguntó repentinamente el doctor.

—Abajo, en una botella.

—¿Pero dónde abajo?

—En la cocina.

—¿Queréis que vaya por ella, doctor? —preguntó Villefort.

—No; permaneced aquí, y procurad que el enfermo beba el resto de este vaso de agua.

—Pero esa limonada...

—Yo mismo iré a buscarla.

El señor d'Avrigny se levantó, abrió la puerta, bajó precipitadamente la escalerá interior, y por poco echa a rodar a la señora de Villefort, que bajaba también a la cocina. Esta dio un grito, d'Avrigny no hizo caso, y dominado fuertemente por una idea, saltaba los escalones de cuatro en cuatro. Entró precipitadamente en la cocina y vio la botella vacía al menos en tres cuartas partes. Se lanzó sobre ella como un águila sobre su presa, volvió a subir y entró en la sala.

La señora de Villefort tomó lentamente el camino de su cuarto.

—¿Es ésta la botella que estaba aquí? —preguntó d'Avrigny.

—Sí, señor doctor.

—¿Esta limonada es la que habéis bebido?

—Así lo creo.

—¿Qué sabor le habéis encontrado?

—Un sabor amargo.

El doctor vertió unas cuantas gotas de limonada en la palma de la mano, las aspiró con los labios, y después de enjuagarse con ellas la boca, como se hace cuando se quiere tomar el gusto al vino, arrojó el líquido a la chimenea.

—Es la misma —dijo— ¿Y vos también habéis bebido de ella, señor Noirtier?

—Sí —dijo el anciano.

—¿Y le habéis encontrado el sabor amargo?

—Sí.

—¡Ah, doctor! —gritó Barrois—, ¡otra vez el ataque! ¡Dios mío! ¡Señor, tened piedad de mí!

El facultativo se acercó al enfermo.

—El emético, señor; ved si lo han traído.

Nadie respondía. En la casa reinaba el terror más profundo.

—Si hubiese un medio para introducirle el aire en los pulmones —dijo d'Avrigny, mirando por todas partes—, quizá podría contener la asfixia. ¡Pero no! ¡Nada, nada!

—¡Ay, señor!, ¡me dejáis morir sin prestarme auxilio! —gritaba Barrois—. ¡Ay, Dios mío! ¡Me muero! ¡Me muero!

—Una pluma, una pluma —decía el facultativo, y vio una sobre una mesa. Procuró introducirla en la boca del enfermo, que atacado de violentas convulsiones, hacía esfuerzos inútiles para vomitar, pero tenía tan apretados los dientes, que fue imposible hacer pasar la pluma. Había caído del sillón al suelo, y se revolcaba en él. El facultauvo le dejó, no pudiendo aliviarle, y se dirigió al señor Noirtier.

—¿Cómo os sentís? —le dijo rápidamente y en voz baja—, ¿bien?

—Sí.

—¿Con el estómago ligero o pesado?

—Ligero.

—¿Como cuando tomáis la píldora que os doy los domingos?

—Sí.

—¿Ha sido Barrois quien ha probado vuestra limonada?

—Sí.

—¿Sois vos el que le ha hecho beber?

—No.

—¿Fue el señor de Villefort?

—No.

—¿Su esposa?

—Tampoco.

—¿Valentina?

—Sí.

Un suspiro de Barrois llamó la atención de d'Avrigny, el cual dejó a Noirtier y se acercó al enfermo.

—Barrois, ¿podéis hablar?

Este balbució algunas palabras ininteligibles.

—Haced un esfuerzo, amigo mío.

Barrois abrió sus ojos, inyectados en sangre.

—¿Quién preparó la limonada?

—Yo.

—¿La habéis traído en seguida a vuestro amo?

—No.

—¿Dónde la dejasteis?

—En la repostería, porque me llamaban.

—¿Quién la trajo?

—La señorita Valentina.

D'Avrigny se dio una palmada en la frente.

—¡Oh! ¡Dios mío! ¡Dios mío! —dijo a media voz.

—Doctor, doctor —gritó Barrois, que presentía el tercer acceso.

—Pero ¿no llega el vomitivo? —gritó el facultativo.

—Aquí está —dijo Villefort, presentando un vaso.

—¿Quién lo ha traído?

—El dependiente del boticario que ha venido conmigo.

—Bebed.

—No puedo, doctor, ya es tarde, la garganta se me aprieta, me ahogo. ¡Oh! ¡Mi corazón...!, mi corazón... ¡Qué infierno...! ¿Sufriré de este modo mucho tiempo?

—No, no, amigo mío. Dentro de poco ya no sufriréis.

—¡Ah!, os comprendo —gritó el desgraciado—. ¡Dios mío!, ¡tened piedad de mí! —y profiriendo un agudo grito, cayó de espaldas, como herido por un rayo. D'Avrigny le puso una mano sobre el corazón y acercó un espejo a sus labios.

—¿Y bien? —preguntó Villefort.

—Bajad a la cocina y decid que me traigan al instante el jarabe de violetas.

Villefortfue en seguida.

—No os asustéis, señor Noirtier —dijo d'Avrigny—, me llevo

al enfermo a otro cuarto para sangrarlo. Ciertamente estos ataques son espantosos —y tomando a Barrois por debajo de los brazos, le llevó casi arrastrando a la habitación próxima, volviendo inmediatamente por la botella de limonada.

Noirtier cerraba el ojo derecho.

—¿Queréis que venga Valentina, es verdad? Voy a decírselo al momento.

Villefort subía, y d'Avrigny le encontró en el corredor.

—¿Y bien? —le dijo.

—Venid —respondió el facultativo, y le condujo al cuarto.

—¿No ha vuelto en sí? —preguntó el procurador del rey.

—Está muerto.

Villefort dio tres pasos atrás, púsose las manos en la cabeza, y exclamó con un acento de conmiseración inequívoca, mirando el cadáver:

—¡Muerto! ¡Y tan pronto...!

—¡Oh!, sí, muy pronto —dijo d'Avrigny—, pero eso no debe admiraros. El señor y la señora de Saint—Merán murieron también de repente. ¡Ah! ¡Y se tarda poco en morir en vuestra casa, señor de Villefort!

—¿Qué? —gritó el procurador del rey con un acento de horror y desesperación—. ¿Volvéis a esa terrible idea?

—Sí, siempre, siempre la he tenido, y para que os convenzáis de que esta vez no me engaño, escuchad, señor de Villefort.

Este temblaba convulsivamente.

—Hay un veneno que mata sin dejar rastro ni señal. Lo conozco, y he estudiado sus accidentes, todos los fenómenos que produce, lo he reconocido en el pobre Barrois, como lo reconocí en el señor y la señora de Saint—Merán. Es fácil de observar. Este veneno da un color azul al papel tornasolado, enrojecido por un ácido, y tiñe de verde el jarabe de violetas. No tenemos papel tornasolado, pero he aquí que me traen el jarabe de violetas que había pedido.

Efectivamente se oían pasos en el corredor. El doctor entreabrió la puerta, tomó de manos de la criada un vaso en el que había dos o tres cucharadas de jarabe, y volvió a cerrar.

—Mirad —dijo al procurador del rey—, ved aquí el jarabe y en esa botella el resto de la limonada que han bebido el señor

Noirtier y Barrois. Si la limonada está pura, el jarabe no cambiará su color. Si, por el contrario, está envenenada, el jarabe se pondrá verde. Mirad.

El doctor vertió algunas gotas de limonada en el vaso, y al instante una especie de nube se formó en el fondo, tomó al principio un color azulado, después el de zafiro opaco, y últimamente, verde esmeralda. Al llegar a este color se fijó, por decirlo así, en él para no variar. El experimento no dejaba duda alguna.

—El desdichado Barrois ha sido envenenado con la nuez de San Ignacio —dijo d'Avrigny—, y lo afirmaré así ante Dios y ante los hombres.

Villefort no respondió, levantó los brazos al cielo, abrió sus espantados ojos y cayó sobre un sillón, como si le hubiese herido un rayo.

QUINTA PARTE:
LA MANO DE DIOS

I. LA ACUSACIÓN

El señor d'Avrigny hizo que el magistrado, que parecía cadáver, recobrara en seguida el conocimiento.

—¡Ah! ¡La muerte se ha apoderado de mi casa! —dijo el señor de Villefort.

—Decid más bien el crimen —respondió el doctor.

—¡Señor d'Avrigny! —gritó Villefort—, no puedo expresar lo que pasa por mí en este instante, no sé si es miedo, pesar o locura.

—Sí, lo creo —respondió d'Avrigny con calma—, pero me parece que es tiempo de obrar, es tiempo de que opongamos un dique a ese torrente de mortalidad. En cuanto a mí, me siento incapaz de guardar por más tiempo este secreto, si no es con la esperanza de vengar muy pronto a la sociedad y a las víctimas.

Villefort lanzó en derredor suyo una mirada sombría y murmuró:

—En mi casa —murmuró—, en mi casa.

—Vamos, magistrado —dijo d'Avrigny—, sed hombre. Intérprete de la ley, honraos a vos mismo por medio de una inmolación completa.

—¡Me hacéis estremecer, doctor! ¿Una inmolación?

—Ya lo he dicho.

—¿Sospecháis, pues, que alguien...?

—No sospecho de nadie. La muerte llama a vuestra puerta y va, no ciega, sino inteligente, de cuarto en cuarto, escogiendo sus víctimas. Y bien, sigo sus pasos, adopto la prudencia de los antiguos. Busco por todas partes, porque mi cariño para vos y el respeto a vuestra familia es una doble venda que cubre mis ojos...

—¡Oh!, hablad, hablad, doctor, tendré valor...

—Pues bien, señor, tenéis en vuestra casa, tal vez en el seno de vuestra familia, uno de esos fenómenos espantosos que aparecen una vez cada siglo. Locusta y Agripina, viviendo al mismo tiempo, son una excepción, que prueba el furor con que la Providencia quiso perder de una vez al Imperio romano, manchado con tantos crímenes. Brunequilda y Fredegunda son los resultados del trabajo de una civilización complicada, en la que el hombre aprende a dominar al espíritu por medio del enviado de las tinieblas. Todas estas mujeres habían sido o eran aún hermosas. En su frente había florecido o florecía aún aquella inocencia que se percibe también en la culpable que tenéis en vuestra casa.

Villefort lanzó un agudo grito, juntó sus manos y miró al doctor con ademán suplicante. Este prosiguió:

—Indaga a quién aprovecha el crimen, dice un axioma de jurisprudencia.

—¡Doctor! ¡Desdichado doctor! —exclamó Villefort—. ¡Cuántas veces la justicia de los hombres se ha equivocado debido a esas funestas palabras! Lo ignoro, pero creo que este crimen...

—¡Ah! ¿Confesáis que el crimen existe?

—Sí. Lo reconozco, es preciso. Pero dejadme continuar. Me parece que este crimen recae sobre mí y no sobre las víctimas. Sospecho algún desastre para mí en medio de todo esto.

—¡Oh, hombre! —murmuró d'Avrigny—, el más egoísta de todos los animales, la más personal de todas las criaturas, que crees siempre que la tierra se mueve, que el sol brilla y que la muerte siega solamente para ti. Hormiga maldiciendo a Dios desde el tallo de una hierbecilla. Y los que han perdido la vida, ¿nada perdieron? El señor y la señora de Saint—Merán, el señor Noirtier...

—¿Cómo el señor Noirtier?

—Sí. ¿Creéis por ventura que fue al desgraciado criado al que quisieron envenenar? No, no; como el Polonio de Shakespeare, ha muerto por otro. El señor Noirtier debía beber la limonada y la bebió según el orden lógico de las cosas. El otro sólo la tomó por casualidad y aunque Barrois es el muerto, el señor Noirtier era el que debía morir.

—Pero ¿cómo no ha sucumbido mi padre?

—Ya os lo dije una tarde en el jardín después de la muerte de la señora de Saint—Merán: porque su cuerpo está acostumbrado a ese veneno. Porque la dosis insignificante para él, es mortal para cualquier otro. En fin, porque nadie sabe, ni aun el asesino, que desde hace un año estoy combatiendo con la nuez de San Ignacio la parálisis del señor Noirtier, mientras que el asesino no ignora que es un veneno sumamente activo.

—¡Dios mío! ¡Dios mío! —exclamó Villefort.

—Seguid los pasos del criminal. Este mata al señor de Saint—Merán.

—¡Oh! ¡Doctor!

—Lo juraría. Lo que se me ha dicho sobre los síntomas está de acuerdo con lo que yo he visto.

Villefort dejó de contradecir y lanzó un gemido sordo.

—Mata al señor de Saínt—Merán —repitió el doctor—, asesina también a la señora de Saint—Merán. El fruto debe ser una herencia doble.

Villefort enjuga el copioso sudor de su frente.

—Escuchad atentamente.

—¡Desdichado de mí! No pierdo una sola palabra.

—El señor Noirtier —siguió con su tono despiadado— había intentado, antes de ahora, perjudicaros tanto a vos como a vuestra familia, dejando sus bienes a los pobres. Nada se espera de él, y esto le salva. Pero no bien ha destruido su principal testamento, no bien ha hecho el segundo, cuando de miedo que haga un tercero, se le Mere. Su testamento es de anteayer, creo; veis que no han perdido el tiempo.

—¡Oh, piedad, señor d'Avrigny!

—Nada de piedad, señor. El médico tiene una misión sagrada sobre la tierra, y para cumplirla debidamente es preciso que se remonte hasta el principio de la vida y baje hasta las tenebrosas regiones de la muerte. Cuando se ha cometido un crimen, y Dios espantado sin duda aparta su vista del criminal, el médico debe decir: ¡Vedle ahí!

—¡Gracia para mi hija! —dijo el señor de Villefort.

—¡Veis bien que vos, su padre mismo, la nombráis!

—¡Gracia por Valentina! Escuchad, es imposible. Mejor querría acusarme a mí mismo. Valentina, un corazón tan puro, una azucena en la inocencia...

—No hay gracia, señor procurador del rey. El delito es evidente y manifiesto, la señorita de Villefort ha empaquetado las medicinas que se enviaron al señor de Saint—Merán, y él ha muerto. La señorita de Villefort preparó las tisanas que se administraron a la señora de Saint—Merán, y ella murió. Recibió de las manos de Barrois la botella de limonada que su abuelo toma todas las mañanas, y este anciano ha escapado milagrosamente. Es culpable. Es una envenenadora. Señor procurador del rey, cumplid con vuestro deber, yo os denuncio a la señorita de Villefort.

—Doctor, no os resisto más; no me defiendo, pero por piedad, compadeceos de mi vida, de mi honor.

—Hay circunstancias, señor de Villefort —respondió el médico—, en que yo traspaso los límites de la imbécil circunspección humana. Si vuestra hija hubiese cometido el primer crimen, y la viese prepararse para cometer el segundo, os diría: advertidla, castigadla y que pase el resto de sus días en un convento, entre la oración y las lágrimas. Si fuera su segundo crimen, os diría: señor de Villefort, he aquí un veneno que no conoce la envenenadora. Un veneno para el que no hay antídoto, pronto como el pensamiento, rápido como el relámpago, mortal como el rayo. Dádselo, encomendad su alma a Dios. Salvad de este modo vuestro honor y vuestra vida, porque se atenta contra ella y me parece verla ya acercarse a vuestra cabecera con su hipócrita sonrisa y dulces exhortaciones. ¡Desgraciado si no herís el primero! He aquí lo que os diría, si solamente hubiese asesinado a dos personas.

Pero ha presenciado tres agonías, ha contemplado tres moribundos, se ha arrodillado junto a tres cadáveres. Al verdugo la envenenadora, al verdugo. Me habláis de vuestro honor, y yo os digo que la inmortalidad os espera.

Villefort cayó de rodillas.

—Escuchad —dijo—, no tengo esa fuerza de ánimo que manifestáis y que quizá no tendríais si se tratara de vuestra bija Magdalena.

El médico palideció.

—Doctor, todo hombre nacido de mujer ha venido al mundo para sufrir y morir. Sufriré y esperaré la muerte.

—Cuidado —dijo d'Avrigny—, quizá sería lenta esa muerte..., la veríais acercarse poco a poco, después de haberse llevado a vuestro padre, a vuestra mujer, a vuestro hijo.

Villefort, casi sin conocimiento, apretó el brazo del doctor.

—Escuchadme —le dijo—, compadecedme y socorredme... Presentaos ante un tribunal... No, mi bija no es culpable, os diría siempre... No es culpable, no hay crimen en mi familia... No quiero..., ¿lo oís...?, no quiero que haya un crimen en ella, porque el crimen es como la muerte, jamás viene solo. ¿Qué os importa que muera asesinado? ¿Sois mi amigo? ¿Sois hombre? ¿Tenéis valor...? ¡No; vos sois médico...! Pues bien, os aseguro que no seré yo el que entregue a mi hija a manos del verdugo. ¡Ah!, ¡ved una idea que me devora, que cual un insensato me impele a desgarrar con mis uñas mi pecho...! ¡Y si os engañaseis, doctor, si otro que mi hija...! Si un día me presentase pálido como un espectro a deciros... ¡Asesino! ¡Tú has muerto a mi hija...! Si esto sucediese, soy cristiano, señor d'Avrigny, y sin embargo, os mataría.

—Bien —dijo el doctor, tras un silencio—, esperaré.

Villefort le miró como si dudase aún de sus palabras.

—Sólo que —continuó d'Avrigny, con voz lenta y solemne—, si cualquiera de vuestra familia cae malo, si os sentís vos mismo atacado, no me llaméis, porque no vendré. Quiero compartir con vos este secreto terrible, pero no quiero la vergüenza y el remordimiento que destrozarían mi conciencia, porque estoy seguro de que el crimen y la desgracia fructificarán en vuestra casa.

—¡Es decir, que me abandonáis, doctor!

—Sí, porque no puedo seguiros más lejos y me detengo al pie del cadalso. Llegará el momento en que alguna otra revelación terrible ponga fin a ese espantoso secreto. Adiós.

—Doctor, os ruego...

—Los horrores que manchan vuestra casa la hacen odiosa y fatal. Adiós.

—Una palabra, una sola palabra aún, doctor, me dejáis en una situación espantosa que habéis aumentado con vuestras revelaciones. ¿Qué se dirá de la muerte de este antiguo criado?

—Es verdad —dijo el doctor—, acompañadme.

Salió el primero y le siguió el señor de Villefort. Los demás criados, impacientes, se hallaban en los corredores y escalera por donde debía pasar el doctor.

—Señor —dijo d'Avrigny a Villefort, hablando recio, para que todos lo oyesen—, el pobre Barrois llevaba una vida sedentaria hace algunos años, después de estar acostumbrado a correr a caballo o en coche con su amo por las cuatro partes de Europa, y el servicio monótono, junto a un sillón, ha concluido con su existencia. La sangre ha aumentado, había plétora, le atacó un apoplejía fulminante y me avisaron muy tarde. ¡Ah! —añadió—, tened cuidado de echar al sumidero el vaso de violetas.

Y sin dar la mano a Villefort, sin hablar más, salió acompañado de las lágrimas y lamentos de todas las personas de la casa.

Aquella misma noche todos los criados de Villefort se reunieron en la cocina, hablaron detenidamente, resolvieron presentarse a la señora de Villefort y pedirle permiso para abandonar su servicio. Nada les detuvo, ni aumento de salario, ni nada, nada; a todo respondían:

—Queremos irnos, porque la muerte está rondando esta casa.

Se marcharon, pues, a pesar de los ruegos que les hicieron, no sin dar a conocer con todo el sentimiento el dolor que les causaba dejar a tan buenos amos, y sobre todo a la señorita Valentina, tan buena, tan bienhechora y tan dulce.

A estas palabras Villefort miró fijamente a Valentina. Lloraba ésta, y, ¡cosa extraña!, en medio de la emoción que le causaron estas lágrimas, al mirar a la señora de Villefort, vio agitarse en sus labios una sonrisa fría y siniestra, que pasó por sus delgados labios, como uno de esos meteoros siniestros que corren entre dos nubes en una atmósfera tempestuosa.

La misma tarde del día en que el conde de Morcef salió de casa de Danglars con la vergüenza y la cólera que dejan adivinar la negativa del banquero, el signor Andrés Cavalcanti, con el cabello rizado y lustroso, bigotes retorcidos y guantes blancos, entró casi de pie en su faetón, en el zaguán del banquero, calle de Chaussée d'Antin.

A los diez minutos de su llegada al salón, halló el medio de retirarse con Danglars al hueco de una ventana, y allí, después de un preámbulo sumamente diestro, le expuso los tormentos que sufría desde el viaje que emprendió su noble padre. Desde aquel momento, decía, había hallado en la familia del banquero, que le recibiera como a un hijo, toda la dicha que un hombre debe buscar antes que la efímera satisfacción de un capricho, y en cuanto a la pasión, había tenido la felicidad de leerla en los ojos de la señorita de Danglars. Escuchábale éste con la mayor atención. Hacía dos o tres días que esperaba esta declaración, y al oírla se dilataron sus órbitas, que habían estado cubiertas y sombrías mientras escuchaba a Morcef. Sin embargo, no dejó de hacer algunas concienzudas observaciones al joven antes de acoger su proposición.

—Señor Cavalcanti —le dijo—, sois muy joven para pensar en casaros.

—¡Bah!, no, señor; al menos, a mí no me lo parece. En Italia los grandes señores se casan generalmente muy jóvenes. Es una costumbre lógica. La vida es tan incierta, que la felicidad debe aprovecharse en el momento en que se presenta.

—Y bien, señor —replicó Danglars—, admitiendo que vuestras proposiciones, que me honran ciertamente, gustasen del mismo modo a mi mujer y a mi hija, ¿con quién trataríamos la cuestión de intereses? Me parece es una cuestión importante, y que tan sólo los padres saben tratar de un modo conveniente para la dicha de sus hijos.

—Señor —respondió—, mi padre es un hombre de talento, lleno de prudencia y moderación. Ha previsto el caso probable de que desease establecerme en Francia, y me ha dejado al marchar, con los papeles que aseguran mi identidad, una carta en la que me asegura, en el caso de que escoja una mujer que no tenga motivo para que le disguste, ciento cincuenta mil libras de renta desde el día de mi matrimonio. Lo que vendrá a ser, según cálculo, la cuarta parte de las suyas.

—Yo —dijo Danglars— he tenido siempre intención de dar a mi hija quinientos mil francos de dote. Además, es mi única heredera.

—Ya veis, pues —dijo Cavalcanti—, que todo está arreglado. Suponiendo que mi petición no sea desechada por la señora baronesa de Danglars, ni por la señorita Eugenia, henos, pues, con ciento sesenta y cinco mil libras de renta. Supongamos una cosa: que obtengo del marqués que en lugar de pagarme la renta me dé el capital; esto no será fácil, desde luego, pero puede suceder; vos haréis producir estos dos o tres millones, y dos o tres millones en manos hábiles pueden dar el diez por ciento.

—Nunca tomo capitales más que al cuatro —dijo el banquero—, y algunas veces al tres y medio, pero a mi yerno lo haré al cinco y partiremos los beneficios.

—Perfectamente, querido suegro —dijo Cavalcanti, sin poder ocultar las maneras algo vulgares que de vez en cuando se manifestaban, a pesar de sus esfuerzos, y del barniz aristocrático con que procuraba encubrirlas. Pero volviendo de pronto sobre sí, dijo—: Perdonad, señor; veis que solamente la esperanza me vuelve loco. ¿Qué será la realidad?

—Pero —dijo Danglars, que por su parte no advirtió que esta conversación, tan distinta en su principio, había tomado ya el cariz de un asunto de intereses—, vuestro padre no puede rehusaros una parte de vuestra fortuna.

—¿Cuál? —preguntó el joven.

—La que procede de vuestra madre.

—Es verdad, la que procede de mi madre, Leonor Corsinari.

—¿Y a cuánto podrá ascender?

—Por vida mía —dijo Andrés—, os aseguro que nunca me he ocupado en averiguarlo, pero creo que serán dos millones por lo menos.

Danglars experimentó aquella especie de sofocación causada por el placer y que sienten el avaro, que encuentra un tesoro perdido, o el hombre que está para ahogarse y halla bajo sus pies la tierra firme en lugar de la profundidad en que creía iba a sumergirse.

—Y bien, señor ——dijo Andrés, saludando afectuosamente al ban-quero—, puedo esperar...

—Señor Andrés —respondió éste—, esperad, y creed que si no hay algún obstáculo por parte vuestra que retarde la ejecución, es ya un negocio concluido.

—¡Ah! ¡Me llenáis de alegría! —dijo Andrés.

—¡Pero...! ¿Cómo es que el conde de Montecristo, vuestro padrino en este mundo parisiense, no ha venido con vos al dar este paso?

Cavalcanti se sonrojó imperceptiblemente.

—Vengo de su casa —respondió—, es un hombre muy simpático, pero de una originalidad inconcebible. Ha aprobado mi resolución, me ha dicho que no dudaba un instante que mi padre me daría el capital en vez de la renta, pero me ha dicho formalmente que no daría un paso en persona, y que no echaría sobre sí la responsabilidad de hacer una petición matrimonial, añadiéndome que si alguna vez había sentido tener esta repugnancia, era ahora que se trataba de mí y cuando creía este matrimonio conveniente en todos conceptos. Por lo demás, no quiere hacer nada oficialmente y se reserva responderos cuando le habléis.

—¡Ah!, ¡ah!, está bien.

—Ahora —repuso Andrés con una sonrisa encantadora— he concluido de hablar al suegro y me dirijo al banquero.

—¿Qué queréis de él? Veamos —dijo a su vez sonriendo Danglars.

—Pasado mañana he de cobrar unos cuatro mil francos en vuestra caja, pero el conde ha conocido que el mes que va a empezar me traerá quizá gastos para los que no es bastante mi presupuesto de soltero, y he aquí un pagaré de veinte mil francos, no diré que me ha dado, pero que me ha ofrecido. Está, como veis, firmado por él. ¿Os conviene tomarlo?

—Traedme valor de un millón como éste y todos os los tomaré —dijo Danglars metiendo en su bolsillo el pagaré—; decidme a qué hora queréis que vaya mañana mi criado a vuestra casa con veinticuatro mil francos.

—A las diez, si queréis, lo más temprano, porque pienso ir al campo.

—Sea en buena hora. A las diez, fonda del Príncipe, ¿no es eso?

—Sí.

Al día siguiente, a las diez, los veinticuatro mil francos estaban en poder del joven, puntualidad que hace honor al banquero. Andrés salió en seguida, dejando doscientos francos para Caderousse. Su salida tenía por objeto el evitar encontrarse con su peligroso amigo. Así que por la noche volvió muy tarde, pero no bien puso el pie en la fonda cuando se le presentó el portero, que le esperaba con la gorra en la mano.

—Señor —le dijo—, aquel hombre ha venido.

—¿Qué hombre? —preguntó con indiferencia Andrés, como si hubiese olvidado a aquel a quien tenía demasiado presente.

—Aquel hombre a quien vuestra excelencia da esa pequeña renta.

—¡Ah!, sí, el antiguo criado de mi padre. Y bien, ¿le habéis entregado los doscientos francos que dejé para él?

—Sí, excelencia —respondió, pues Andrés se hacía dar este tratamiento—. Pero —continuó el portero— no ha querido tomarlos.

Cavalcanti palideció. Gracias a la oscuridad de la noche nadie se dio cuenta de ello.

—¿Cómo? —dijo—, ¿no ha querido recibirlos?

Su voz estaba alterada.

—No. Quería hablar con su excelencia. Le dije que habíais salido, insistió, pero finalmente se convenció y me entregó esta carta, que traía preparada.

—Veamos —dijo Andrés, y leyó a la luz de la linterna de su faetón: Sabes dónde vivo. Te espero en mi casa mañana a las nueve.

Andrés examinó el sello por si había sido abierta, y algún indiscreto había visto el contenido de la carta. Pero la había cerrado de tal modo, y con tales pliegues y dobleces, que para leerla hubiera sido necesario romper el sello y éste estaba intacto.

—Muy bien —dijo—, pobrecito. Es un buen hombre.

Dejando al portero edificado con estas palabras, y sin saber a quién admirar más, si al joven amo o al viejo criado.

—Desengancha y sube —dijo Andrés a su jockey.

El joven subió en dos saltos a su cuarto, quemó la carta de Caderousse y echó al aire las cenizas. Al acabar esta operación entró el criado.

—Tienes mi estatura, ¿verdad, Pedro?

—Tengo esa honra.

Debes tener una librea nueva que lo trajeron ayer.

—Sí, señor.

—Tengo que ver a una muchacha, a una griseta, a quien no quiero dar a conocer ni título ni clase. Tráeme lo librea y dame tus papeles, por si es necesario dormir en alguna posada.

Pedro obedeció.

Cinco minutos después Andrés, completamente disfrazado, salió de su casa sin que nadie le conociera, tomó su cabriolé y se dirigió a la posada del Caballo Rojo, en Picpus. Al día siguiente salió de ésta, del mismo modo que había salido de la fonda del Príncipe, esto es, sin que nadie le conociera. Bajó por el arrabal de San Antonio, tomó el arrabal hasta la calle de Menilmontant, detúvose a la puerta de la tercera casa de la izquierda buscando a quién preguntar en ausencia del portero.

—¿A quién buscáis, joven? —le preguntó la frutera de enfrente.

—Al señor Pailletin, señora —respondió Andrés.

—¿Un antiguo panadero? —preguntó la frutera.

—Eso es.

—Al final del patio, al tercer piso a la izquierda.

Andrés tomó el camino que le indicaban, llegó al tercer piso y con una mezcla de impaciencia y malhumor, agitó la campanilla. Al momento la figura de Caderousse apareció en el ventanillo de la puerta.

—¡Ah!, eres puntual —dijo, y descorrió el cerrojo.

—¡Vive Dios! -dijo Andrés al entrar.

Arrojó al suelo la gorra, que rodó por el mismo.

—Vaya, vaya —dijo Caderousse—, no lo enfades, chico. He pensado en ti, lo he preparado un buen desayuno, todo aquello que más lo gusta.

Andrés percibió, en efecto, un olor a cocina, cuyos groseros aromas no dejaban de tener atractivo para un estómago hambriento. Componíase de una mezcla de grasa fresca y ajo, que indicaba los guisados favoritos del populacho provenzal. Además, el de pescado frito, y sobre todo sobresalía la nuez moscada y el clavo. Veíase en la habitación inmediata una mesa con dos cubiertos, dos botellas de vino lacradas y porción de aguardiente en otra botella y una macedonia de frutas colocada con maestría en un plato de porcelana.

—¿Qué lo parece, chico? —dijo Caderousse—. ¡Eh! ¡Qué bien huele! ¡Por vida de Baco! Era yo muy buen cocinero allá abajo, ¿te acuerdas? Se lamían los dedos tras mis guisotes, y tú, tú, que has probado mis salsas, no las despreciarás.

Dicho esto, Caderousse se puso a mondar una cebolla.

—Bien, bien —dijo Andrés con muy malhumor—. Si me has incomodado solamente para que almuerce contigo, llévate mil veces el diablo.

—Pero, muchacho —dijo con gravedad Caderousse—, comiendo se habla y además, ingrato, ¿no lo gusta pasar un rato con lo amigo? ¡Ah! Yo estoy llorando de alegría.

Caderousse lloraba en efecto, sólo que hubiera sido difícil averiguar si era de alegría o porque el jugo de la cebolla había llegado hasta sus ojos.

—¡Calla, hipócrita! —le dijo Andrés—. ¿Tú me amas?

—Sí, lo amo. Lléveme el diablo, es una debilidad —dijo Caderousse—, lo sé, pero no puedo remediarlo.

—Pero ese cariño no lo ha impedido el hacerme venir aquí para alguna bribonada de las tuyas.

—Vamos, vamos —dijo Caderousse limpiando el cuchillo de cocina en su delantal—, si no lo amase, ¿soportaría esta miserable existencia? Mira, tú traes puesto el vestido de lo criado, cosa que yo no tengo, y me veo obligado a servirme a mí mismo. Haces ascos a mis guisos, porque comes en la mesa redonda de la fonda del Príncipe o en el café de París. Pues bien, yo también podría tener un criado, comer donde se me antojase y me privo de todo, ¿por qué? Por no dar un disgusto a mi Benedetto. Vaya, confiesa que podría hacerlo, ¿verdad? —y una significativa mirada terminó la frase.

—Anda, quiero creer que me amas, pero si es así, ¿por qué me obligas a venir a almorzar contigo?

—Para verte, muchacho.

—Para verme. ¿Y qué necesidad tenías de ello? ¿No tenemos ya arregladas las condiciones de nuestro trato?

—¡Eh!, querido amigo —dijo Caderousse—, hay testamentos que tienen codicilos, pero has venido para almorzar, siéntate y empecemos por hacer los honores a estas sardinas y la manteca fresca. ¡Ah!, miras mi cuarto, mis cuatro sillas de paja y mis grabados a tres francos el cuadro, qué quieres, ésta no es la fonda del Príncipe.

—Vamos, ahora estás disgustado, ya no eres feliz, cuando hace un momento que lo contentabas con parecer un panadero que ha dejado el oficio.

Caderousse dio un suspiro.

—Vamos, amigo mío, ¿qué tienes que decir? Has visto realizado lo sueño.

—Lo que tengo que decir, que es un sueño. Un panadero que deja el oficio, mi buen Benedetto, suele ser rico y tener rentas.

—Rentas tienes tú, voto a tal.

—¿Yo?

—Sí. ¿Acaso no lo traigo tus doscientos francos? Caderousse se encogió de hombros.

—Es humillante ——dijo—, tener que recibir un dinero que se

da de mala gana, un dinero efímero que puede faltarme de hoy a mañana. Bien conoces que tengo que hacer economías para el caso en que lo prosperidad viniese a menos. ¡Ay, amigo mío!, la fortuna es muy veleidosa, como decía el capellán del... regimiento. Yo no ignoro que la tuya es inmensa, buena pieza, puesto que vas a casarte con la hija de Danglars.

—¿Qué es eso de Danglars?

—Lo que oyes, ¡de Danglars! Me parece que no es cosa de que yo diga del barón Danglars. Sería lo mismo que si dijera del conde Benedetto. Danglars era un amigo, y si no tuviera tan mala memoria, debería convidarme a lo boda, porque asistió a la mía... ¡Sí, sí, sí, a la mía! ¡Diablo! Entonces no gastaba tantos humos, era dependiente de la casa del señor Morrel. He comido muchos días con él y con el conde de Morcef... Ya ves que tengo buenas relaciones, y que si quisiera cultivarlas nos encontraríamos en los mismos salones.

—Vaya, vaya, los celos lo hacen ver visiones, Caderousse.

—Lo que tú quieras, Benedetto mío, pero yo bien sé lo que me digo. Tal vez vendrá día en que yo me ponga también los trapitos de cristianar y llame a la puerta de la casa de algún amigo. Mientras tanto, siéntate y comamos.

Caderousse dio el ejemplo y se puso a almorzar con buen apetito, y haciendo el elogio de todos los platos que servía a su huésped. Este se resignó al parecer. Destapó con mucho desenfado las botellas y dio un avance a un guisado de pescado y al bacalao asado con alioli.

—Compadre —dijo Caderousse—, creo que haces buenas migas con lo antiguo cocinero.

—Ya lo creo —dijo Andrés, en quien, como joven y vigoroso, podía más que nada el apetito.

—¿Y lo gusta eso, buena pieza?

—Me gusta tanto que no puedo alcanzar cómo un hombre que guisa y come tan buenas cosas puede quejarse de la vida.

—Ello es debido —dijo Caderousse— a que una sola idea amarga todos mis goces.

—¿Y qué idea es ésa?

—La de que estoy viviendo a expensas de un amigo, cuando siempre me he ganado la vida por mí mismo.

—¡Bah, no lo preocupes! —dijo Andrés—, tengo bastante para dos, no lo apures.

—No. Puede que no me creas, pero al fin de cada mes tengo remordimientos.

—¡Buen Caderousse!

—Y esto es tan cierto como que ayer no quise tomar los doscientos francos.

—Sí, ya sé que querías hablarme. Pero, seamos francos, ¿eran efectivamente los remordimientos?

—No lo dudes. Además, se me había ocurrido una idea.

Andrés se estremeció. Siempre le hacían estremecer las ideas de Caderousse.

—Mira, es tan mezquino —continuó— tener que estar siempre esperando los fines de mes.

—¡Bah! —dijo filosóficamente Andrés, decidido a ver venir a su compañero—. ¿No se pasa la vida esperando? Yo, por ejemplo, ¿qué hago más que esperar? Tengo paciencia, y Cristo con todos.

—Sí, porque en vez de esperar doscientos francos miserables, esperas cinco o seis mil, tal vez diez, y quién sabe si hasta doce mil, porque eres un carcelero. Cuando íbamos juntos no lo faltaba lo hucha, que tratabas de ocultar al pobre amigo Caderousse. Afortunadamente tenía buen olfato el amigo Caderousse, ya sabes.

—Ya vuelves a divagar —dijo Andrés—, siempre estás hablando del pasado. ¿A qué viene eso?

—¡Ah!, tú tienes veintiún años, y puedes olvidar el pasado, yo cuento cincuenta y tengo necesidad de recordarlo. Pero no importa, volvamos a los negocios.

—Sí.

—Quería decir que si yo estuviera en lo lugar...

—¿Qué harías?

—Realizaría...

—¡Cómo!, realizarías...

—Sí; pediría un semestre adelantado, pretextando que quería comprar una hacienda, y después pondría los pies en polvorosa, llevándome el dinero del semestre.

—¡Vaya! ¡Vaya! —dijo Andrés—. ¡Tal vez no está tan mal pensado!

—Querido amigo —dijo Caderousse—,come de mi cocina y

sigue mis consejos, y no lo irá mal física ni moralmente.

—¡Está bien! Pero dime, ¿por qué no sigues tú el consejo que me das? ¿Por qué no me pides un semestre, o un año, y lo retiras a Bruselas? En vez de parecer un panadero retirado, parecerías un comerciante arruinado en el ejercicio de sus funciones.

—¿Pero cómo quieres que me retire con mil doscientos francos?

—¡Ah! ¡Te vuelves muy exigente! Ya no lo acuerdas de que hace dos meses estabas muriéndote de hambre.

—El apetito viene comiendo —dijo Caderousse enseñándole los dientes como un mono que ríe, o como un tigre que ruge. Y partiendo con aquellos mismos dientes tan blancos y tan agudos a pesar de la edad, un enorme pedazo de pan, añadió—: Tengo un plan.

Los planes de Caderousse asustaban a Andrés mucho más todavía que sus ideas. Las ideas no eran más que el germen. El plan era la realización.

—Veamos ese plan —dijo—. ¡Debe ser magnífico!

—¿Y por qué no? El plan por medio del cual dejamos el establecimiento del señor Chose, ¿a quién se debe, eh? ¡Me parece que a mí...! Y no sería tan malo, cuando nos encontramos en este sitio.

—No lo niego —contestó Andrés—. Algunas veces aciertas, pero en fin, sepamos lo plan.

—Veamos —prosiguió Caderousse—, ¿eres capaz, sin desembolsar un cuarto, de hacerme obtener quince mil francos...? No, quince mil francos no son bastante, necesito treinta mil para ser hombre honrado.

—No —respondió secamente Andrés—, no puedo.

—Creo _que no me has comprendido —respondió Caderousse fríamente—. Te he dicho que sin desembolsar tú un cuarto.

—¿Quieres ahora que yo robe, para que nos perdamos y vuelvan a llevarnos allá abajo...?

—¡Oh!, a mí me importa poco —dijo Caderousse—; tengo una condición sumamente original. jamás me fastidian mis antiguos camaradas. No soy como tú, que no tienes corazón y no deseas volver a verlos.

Esta vez Andrés palideció.

—Vaya, Caderousse, no digas tonterías.

—¡Qué! No; vive tranquilo, mi buen Benedetto, pero indícame un medio para ganar estos treinta mil francos, sin mezclarte tú en nada. Déjame obrar a mí, ¡he aquí todo!

—Pues bien, lo intentaré ——dijo Andrés.

—Pero, entretanto elevarás mi renta a quinientos francos, ¿no es verdad, chico? Tengo una manía, quiero tomar una criada.

—Bien. Tendrás quinientos francos, pero la carga es mucha, Caderousse, y tú abusas...

—¡Bah! —dijo éste—, puesto que los sacas de unos cofres que no tienen fondo.

Habríase dicho que Andrés esperaba en aquel punto a su compañero. Sus ojos brillaron de pronto, pero volviendo a su calma habitual, dijo:

—Sí, es verdad, mi protector es excelente para mí.

—¡Querido protector! —repuso Caderousse—. Ello es que lo da todos los meses...

—Cinco mil francos —respondió Andrés.

—Tantos miles, como tú me das cientos. En verdad que no hay nadie tan dichoso como un bastardo. Cinco mil francos todos los meses. ¿Qué haces con tanto dinero?

—En seguida se gasta. Siempre estoy sin dinero, y por eso desearía, como tú, tener un capital.

—Un capital..., sí..., comprendo..., todo el mundo tendría ganas de poseer un capital.

—Pues yo tendré uno.

—Y quién lo dará, ¿tu príncipe?

—Sí, mi príncipe; pero por desgracia tengo que esperar.

—¿Esperar qué? —preguntó Caderousse.

—Su muerte.

—¿La muerte de lo príncipe?

—Sí.

—¿Cómo es eso?

—Porque soy heredero testamentario.

—¿De veras?

—Palabra de honor.

—¿Y cuánto lo deja?

—Quinientos mil francos.

—Solamente eso. Gracias por la friolera.

—Es como lo digo.

—Eso es imposible.

—Caderousse, ¿eres mi amigo?

—Ya lo sabes, hasta la muerte.

—Pues bien. Voy a confiarte un secreto.

—Di.

—Pero escucha.

—Mudo como una estatua.

—Pues bien, creo... —y Andrés se detuvo para echar una mirada al rededor.

—¿Crees...? No tengas miedo. Estamos solos.

—Creo que he encontrado a mi padre.

—¿A lo verdadero padre?

—¿No a Cavalcanti?

—No, puesto que éste se ha marchado.

—¿Y lo padre es...?

—Creo, Caderousse, que es el conde de Montecristo.

—¡Bah!

—Sí. Te lo explicaré y lo comprenderás. Esto lo explica todo. El no puede reconocerme públicamente, pero hace que me reconozca el señor Cavalcanti y por esto le da cincuenta mil francos.

—¿Cincuenta mil francos por confesar que era lo padre? Yo lo hubiera hecho por la mitad del precio, por veinte mil, por quince mil. ¿Cómo no pensaste en mí, ingrato?

—¿Y sabía yo nada de esto? Todo se hizo mientras estábamos allá abajo.

—¡Ah!, es verdad. Y dices que en su testamento...

—Me deja quinientos mil francos.

—¿Estás seguro de ello? ¿Hay un codicilo, como decía yo hace poco?

—Quizá.

—Yen ese codicilo...

—Me reconoce.

—¡Ah! ¡Qué buen padre! ¡Qué honrado padre! ¡Qué hombre de bien! —dijo Caderousse haciendo el molinete con el plato que tenía en la mano.

—He aquí todo. Ve aún diciendo que tengo secretos para ti.

—No, y lo confianza lo honra a mis ojos. ¿Y el príncipe, lo padre, es rico, riquísimo?

—Creo que él mismo no Babe lo que tiene.

—¿Es posible?

—Así lo creo. Y tengo motivos para ello. A todas horas entro en su casa, y he visto el otro día a un mozo del banco que le traía cincuenta mil francos en billetes en una cartera que abultaba tanto como lo servilleta. Ayer mismo vi que su banquero le llevaba cinco mil francos en oro.

Caderousse estaba absorto. Le parecía que las palabras del joven tenían el sonido del metal y que oía rodar los montones de luises.

—¿Y tú vas a esa casa? —dijo con sencillez.

—Cuando quiero.

Caderousse quedóse reflexionando un buen rato. Era fácil ver que le ocupaba algún pensamiento profundo.

—Desearía ver todo eso —dijo—. ¡Cuán hermoso debe ser!

—Desde luego —respondió Cavalcanti—. Es magnífico.

—¿Y no vive a la entrada de los Campos Elíseos?

—Número 30.

—¡Ah! —dijo Caderousse—, ¿número 30?

—Sí; una hermosa casa, con jardín a la entrada, tú la conoces.

—Es posible, pero no me ocupo del exterior, sino del interior. ¡Qué hermosos muebles debe haber en ella! ¿Eh?

—¿Has visto las Tullerías?

—No.

—Pues aún son más hermosos.

—Dime, Andrés, debe ser algo estupendo bajarse para recoger la bolsa de ese Montecristo, cuando la deje caer.

—¡Qué! No es necesario esperar ese momento —dijo Andrés—. El dinero rueda en aquella casa como las frutas en un jardín.

—Escucha. Deberías llevarme un día contigo.

—¡Es imposible! ¿Y con qué pretexto?

—Es verdad, pero has excitado mi curiosidad, y es absolutamente necesario que yo vea todo eso.

—No hagas una barbaridad, Caderousse.

—Me presentaré como un criado para encerar las habitaciones.

—Están todas alfombradas.

—¡Qué lástima! Será menester que me conforme con verlo sólo en mi imaginación.

—Es lo mejor que puedes hacer, créeme.

—Procura al menos darme una idea de cómo está aquello.

—¿Y cómo?

—Es facilísimo. ¿Es grande?

—Ni grande ni pequeño.

—Pero ¿cómo está distribuido?

—Necesitaría tintero y papel para trazar el plano.

—Ahí lo tienes —dijo prontamente Caderousse, sacando de un armario antiguo papel blanco, tinta y pluma—. Toma, trázame el plano.

Andrés tomó la pluma con una imperceptible sonrisa y empezó a explicarle:

—La casa, como lo he dicho, tiene la entrada por el jardín —y la dibujó.

— ¿Paredes altas?

—No, ocho o diez pies a lo más.

—No es prudente —dijo Caderousse.

—A la entrada, varios naranjos y flores.

—¿Y no hay trampas para los lobos?

—No.

—¿Las cuadras?

—A los dos lados de la verja que ahí ves —y Andrés continuó dibujando su plano.

—Veamos el piso bajo —dijo Caderousse.

—Un comedor, dos salones, un billar, la escalera en el vestíbulo y una escalera secreta.

—¿Y ventanas?

—Ventanas magníficas, y tan anchas que un hombre como tú podría pasar a través del espacio correspondiente a un vidrio.

—¿Y para qué sirven las escaleras con semejantes ventanas?

—Qué quieres, el lujo. Tienen puertas, pero para nada sirven. El conde de Montecristo es un original que le gusta ver el cielo de noche.

—¿Y los criados duermen cerca?

—Tienen habitaciones aparte. Imagínate una pequeña casa al entrar. La parte baja sirve para guardar varias cosas, y encima los cuartos de los criados con campanillas que corresponden al principal.

—¡Ah! ¿Con campanillas?

—¿Qué decías?

—Nada. Digo que cuesta muy caro poner esas campanillas, y que no sirven para nada.

—Antes había un perro, que soltaban por la noche, pero le has llevado a Auteuil, a la casa que tú conoces.

—¿Sí?

—Es una imprudencia, le decía yo, señor conde, porque cuando vais a Auteuil y os lleváis todos vuestros criados, la casa queda abandonada.

—Y bien, me preguntó, ¿y qué?

—Pues que el mejor día os roban.

—¿Y qué lo contestó?

—¿Qué me contestó?

—Sí.

—Bien, ¿qué me importa que me robes?

—Andrés, ¿sabes si tiene algún secreter con máquina?

—¿Cómo?

—Sí, de estas que sujetan al ladrón, y suena en seguida una pieza de música. Me han dicho que había una últimamente en la exposición.

—Tiene un secreter corriente, de caoba, y siempre está la nave puesta.

—¿Y no le roban?

—No, todos sus criados son fieles.

—Mucho dinero debe tener en ese secreter.

—Tendrá quizá... Es imposible saber lo que tiene.

—¿Y dónde está?

—En el primer piso.

—Dibuja el plano, como has hecho con la planta baja.

—Es fácil —y Andrés tomó de nuevo la pluma.

—Aquí, una antecámara y salón. A la derecha del salón, biblioteca y gabinete de trabajo; a la izquierda, otro salón, el cuarto en que duerme y el gabinete en que se viste. En éste tiene el secreter.

—¿Y tiene ventana ese gabinete?

—Dos, aquí y aquí —y Andrés trazó las dos ventanas, que figuraban en el plano formando ángulo y como una prolongación del dormitorio.

Caderousse estaba pensativo.

—¿Va con frecuencia a Auteuil? —preguntó.

—Dos o tres veces por semana. Mañana debe ir y dormirá allí.

—¿Estás seguro?

—Me ha invitado a comer.

—¡Qué vida! —dijo Caderousse—. Cama en París y casa en el campo.

—Son las ventajas de ser rico.

—¿Irás a comer?

—Probablemente.

—¿Cuando vas, pasas allá la noche?

—Si quiero. En casa del conde estoy como en mi propia casa.

Caderousse miró atentamente al joven, queriendo leer en sus ojos la verdad de sus palabras, pero Andrés sacó la petaca, cogió un habano, lo encendió tranquilamente y se puso a fumar sin afectación.

—¿Cuándo quieres tus quinientos francos? —preguntó a Caderousse.

—Si los tienes, ahora mismo.

Andrés sacó veinticinco luises.

—Amarillo —dijo Caderousse—, no, no, gracias.

—¡Y bien! ¿Los desprecias?

—Te lo agradezco, pero no lo quiero.

—Ganarás en el cambio, imbécil; el oro vale cinco sueldos más.

—Ya. Y luego el que me los cambie hará que sigan al amigo Caderousse, y me echarán el guante, y luego será preciso que diga quiénes son los arrendadores que le pagan en oro las rentas. Nada de tonterías, niño. Venga el dinero en monedas sencillas con el busto de cualquier rey. Una moneda de cinco francos puede tenerla cualquiera.

—Pero ya sabes que yo no puedo tener aquí quinientos francos en esa moneda, porque habría tenido que traer conmigo uno que los llevase.

—Pues bien. Déjaselos a lo portero, que es un buen hombre, y yo los recogeré.

—¿Hoy mismo?

—No, mañana; hoy no tendré tiempo.

—Está bien, mañana lo los dejaré, antes de salir para Auteuil.

—¿Puedo contar con ellos?

—Con toda seguridad.

—Es que voy a tomar en seguida una criada.

—Bien. Pero no volverás a molestarme, ¿estamos?

—No temas.

Caderousse se había puesto tan sombrío, que Andrés temió verse obligado a manifestar que notaba esta mudanza. Así fue que redobló su frívola algazara.

—¡Qué alegre estás y qué bullicioso!, no parece sino que has atrapado la herencia.

—Todavía no, por desgracia, pero el día que la atrape...

—¡Qué!

—¿Qué? Que nos acordaremos de los amigos, no digo más.

—Ya se ve, como tienes tan buena memoria...

—¿Qué quieres? Creí que lo que querías era despojarme de todo.

—¿Quién, yo? Ah, ¡qué idea! Por el contrario. Voy a darte un consejo de amigo.

—¿Cuál?

—Que lo dejes aquí ese diamante que traes en el dedo. ¿Quieres que nos prendan? ¿Quieres perdernos con semejante descuido?

—¿Por qué dices eso?

—¿Por qué? ¿Pues no lo pones una librea, lo disfrazas de lacayo y lo dejas en el dedo un diamante que valdrá cuatro o cinco mil francos?

—Caramba..., acertaste el precio..., ¿por qué no lo dedicas a joyero?

—Es que yo entiendo de diamantes. He tenido uno.

—Y puedes vanagloriarte de ello —dijo Andrés, que sin incomodarse, como temía Caderousse, le entregó el diamante sin disgusto.

Caderousse se puso a examinarlo tan de cerca que Andrés conoció que examinaba si los rayos de la piedra brillaban bastante.

—Este diamante es falso —dijo Caderousse.

—¿Te burlas? —respondió Andrés.

—No lo incomodes, ahora lo veremos.

Caderousse se dirigió a la ventana, y aplicando y pasando el diamante por los vidrios, éstos crujieron al momento.

—¡Laus Deo, es verdad —dijo Caderousse, colocándose el anillo en el dedo meñique—, me equivoqué, pero esos ladrones de diamantistas imitan de tal manera las piedras preciosas, que ya es inútil el ir a robar nada de sus almacenes. Esta industria se ha perdido.

—Conque —dijo Andrés—. ¿Hemos acabado? ¿Tienes alguna otra cosa que pedirme, quieres mi vestido? ¿Quieres mi gorra? Vamos, no tengas reparo en pedir.

—No; en el fondo eres un buen camarada. Anda ya con Dios. Haré lo posible por curarme de mi ambición.

—Pero ten cuidado que al vender el diamante no lo suceda lo que temías que lo sucediera por las monedas de oro.

—No lo venderé. No temas.

—Hoy o mañana, a más tardar —dijo el joven para sí.

—Tunantuelo afortunado —añadió Caderousse—, ¿ahora vas a buscar tus lacayos, tus caballos, lo carruaje y lo novia?

—Sí —dijo Andrés.

—Mira, espero que el día que lo cases con la hija de mi amigo Danglars me harás un buen regalo.

—Ya lo he dicho que se lo ha puesto esa tontería en la cabeza...

—¿Qué dote tiene?

—Ya lo digo...

—¿Un millón?

Andrés se encogió de hombros.

—Vamos, sea un millón. Nunca tendrás tanto como yo lo deseo.

—Gracias.

—Lo digo de corazón —añadió Caderousse riendo fuertemente—. Espera, lo acompañaré.

—No lo molestes.

—Es preciso.

—¿Por qué?

—¡Oh!, porque la puerta tiene un pequeño secreto. Una medida de precaución, que me ha parecido conveniente adoptar. Una cerradura de Huret y Fichet, revisada y añadida por Gaspar Caderousse. Cuando seas capitalista, lo haré otra igual.

—Gracias —dijo Andrés—. Te lo avisaré con ocho días de anticipación.

Y se separaron. Caderousse permaneció en la escalera, hasta que vio a Andrés bajar todos los pisos y atravesar el patio. Entonces entró precipitadamente, cerró la puerta, y se puso a estudiar como un concienzudo arquitecto el plano que había trazado Andrés.

—Me parece —dijo— que mi querido Benedetto desea cobrar cuanto antes su herencia y que no será mal amigo suyo el que le anticipe el día de entrar en posesión de sus quinientos mil francos...

II. LA FRACTURA

Al día siguiente, el conde de Montecristo marchó efectivamente a Auteuil con Alí, con muchos criados y con los caballos que quería probar. La llegada de Bertuccio, que volvía de Normandía, con noticias de la casa y de la corbeta, determinó este viaje, en el que el conde no pensaba la víspera.

La casa estaba dispuesta y la corbeta hacía ocho días que se hallaba al ancla en una rada pequeña después de haber cumplido con las formalidades exigidas, y pronta a darse de nuevo a la vela. El conde alabó el celo de Bertuccio. Le dijo que se preparase a partir pronto, pues su permanencia en Francia podría durar un mes.

—Ahora —le dijo— puede que me sea necesario ir en una noche desde París a Treport; quiero ocho relevos de caballos en el camino, para poder recorrer las cincuenta millas en diez horas.

—Vuestra excelencia me había manifestado ya este deseo —respondió Bertuccio—, y los caballos están prontos, los he comprado yo mismo, y los he colocado en los sitios más cómodos, es decir, en pueblecitos retirados, donde generalmente no pasa nadie.

—Está bien —dijo Montecristo—, quédate aquí un día o dos.

Cuando Bertuccio iba a salir para dar las órdenes

correspondientes a consecuencia de la conversación que había tenido con su amo, Bautista abrió la puerta y se presentó con una carta en la mano.

—¿Qué traéis? —le preguntó el conde, al verle llegar cubierto de polvo—. No os he llamado, según creo.

Bautista, sin responder, se acercó al conde y le entregó la carta.
—Importante y urgente —dijo.

El conde la abrió y leyó lo siguiente:

"Señor de Montecristo: Debe saber que esta misma noche se introducirá furtivamente un hombre en su casa de los Campos Elíseos para sustraer varios documentos que cree están encerrados en el secreter que se halla en el gabinete de vestir. Se sabe que el señor de Montecristo tiene bastante corazón para no recurrir a la intervención de la policía, lo que podría comprometer grandemente a la persona que le da este aviso. El señor conde puede tomar sus precauciones, esconderse en el gabinete y hacerse justicia por su propia mano. Precauciones ostensibles o un aumento de criados, alejarían ciertamente al malhechor, y harían perder al señor de Montecristo la ocasión de conocer un enemigo que la casualidad ha hecho descubrir a la persona que le da este aviso, el cual ya no tendría ocasión de renovar, en el caso de que, saliendo con éxito el malhechor de esta primera tentativa, intentase otra."

El primer impulso del conde fue creer que se trataba de un burdo lazo tendido por los ladrones, que señalaban un mediano peligro para exponerle a otro mucho mayor. Lo primero que pensó fue enviar la carta a un comisario de policía, a pesar de la recomendación, y quizás a causa de ella misma, cuando de repente se le presentó la idea de que podría ser un enemigo particular a quien sólo él conociese, y en este caso nadie más que él podía sacar partido de esto, como había hecho Fieschi con el moro que quiso asesinarle.

Ya conocen al conde nuestros lectores y es inútil decirles que las dificultades no lo abatían y la vida que había vivido y su resolución de no retroceder ante el peligro le habían dado ocasión de saborear los goces desconocidos a los demás hombres, goces que encontraba en la lucha que muchas veces sostenía contra la naturaleza, que es Dios, y contra el mundo, que puede muy bien llamarse el diablo.

—No quieren robarme mis papeles —pensó Montecristo—, quieren matarme. No son ladrones, son asesinos. No quiero que el prefecto de policía se mezcle en mis asuntos particulares. Soy bastante rico para poder excusarme de ser gravoso en esto a su presupuesto.

El conde llamó a Bautista, que había salido después de entregarle la carta.

—Ahora mismo vais a París, y haréis venir a todos mis criados, les necesito en Auteuil.

—¿Y no queda ninguno en la casa, señor conde? —preguntó Bautista.

—Sí, el portero.

—Reflexionad, señor conde, que hay mucha distancia desde la portería a la casa.

—¡Y bien!

—Que podrían robarlo todo sin que el portero oyese el menor ruido.

—¿Y quién?

—¿Quién? Los ladrones.

—Sois un tonto, señor Bautista. Si me robasen cuanto hay en casa me importaría menos que si me faltase lo más mínimo en mi servicio tal cual lo quiero.

Bautista hizo un profundo saludo.

—¿Me habéis comprendido? Que todos vuestros compañeros vengan con vos. Lo dejaréis todo como de costumbre y únicamente tendréis cuidado de cerrar las ventanas del piso bajo.

—¿Y las del primero?

—Sabéis que nunca se cierran; ahora podéis marchar.

El conde advirtió que comería solo, y que no quería le sirviera la comida otro criado más que Alí.

Comió con la tranquilidad acostumbrada y cuando terminó, hizo seña a Alí de que le siguiese. Salió por una puerta pequeña que daba al bosque de Bolonia y como si fuese a dar un paseo, tomó sencillamente el camino de París. Al anochecer se hallaba frente a su casa de los Campos Elíseos.

Todo se hallaba sumido en la oscuridad, salvo el cuarto del portero, donde se veía el débil reflejo de una vela.

Montecristo se arrimó a un árbol, y con aquella mirada penetrante que todo lo descubría, examinó los árboles, las entradas y aun las calles próximas, hasta que se convenció de que no había nadie emboscado.

Se dirigió en seguida a la puerta secreta, entró apresuradamente con Alí, subió por la escalera excusada, cuya llave tenía, entró en su dormitorio sin descorrer ni una cortina, y sin que el portero pudiera pensar que había alguien en la casa que él creía vacía en aquel momento.

Llegados al dormitorio, el conde hizo señas a Alí de que se detuviese. Pasó en seguida al gabinete, que examinó con cuidado, todo estaba como de costumbre. El secreter en su sitio y la llave puesta. Dio dos vueltas a ésta. Volvió al dormitorio, quitó las anillas dobles del cerrojo, y entró de nuevo.

Entretanto, Alí ponía sobre la mesa las armas que el conde le había pedido, una carabina corta y un par de pistolas de dos cañones, seguras como pistolas de tiro. Armado de este modo, el conde tenía en sus manos la vida de cinco hombres.

Serían las nueve poco más o menos, cuando el conde y Alí tomaron un poco de pan y un vaso de vino generoso. Aquél levantó una puerta secreta, que le permitía ver lo que pasaba en ambas habitaciones; había traído sus armas, y Alí, en pie junto a él, tenía en la mano un hacha de abordaje, arábiga, como las que usaban los turcos en tiempos de las Cruzadas. Por la ventana de enfrente, que estaba en el dormitorio, el conde podía ver lo que sucedía en la calle.

Así transcurrieron dos horas. La oscuridad era completa, y con todo, Alí, gracias a su naturaleza casi salvaje, y el conde a una cualidad adquirida, distinguían en medio de aquella oscuridad tan profunda las menores oscilaciones de los árboles del jardín. Hacía ya mucho tiempo que no se percibía luz en el cuarto del portero.

Era de presumir que si se efectuaba el ataque proyectado sería por la escalera, y no por una de las ventanas. Según las ideas de Montecristo, los malhechores querían su vida y no su dinero. Pensaba, pues, que se dirigirían al dormitorio, por la escalera o por la ventana del despacho.

Las once y tres cuartos sonaron en un reloj de los Inválidos. Un viento húmedo del Oeste trajo el sonido de los tres golpes. Al concluir el tercero, el conde creyó oír un ruido casi imperceptible hacia el despacho. A este ligero rumor siguieron otros dos. Otro después, y ya el conde estaba seguro de lo que era, cuando una mano firme y ejercitada se había ocupado en cortar los cuatro lados de uno de los cristales con un diamante.

Montecristo sintió latir con más violencia su corazón. Por acostumbrados que estén los hombres al peligro, y por prevenidos que se hallen, conocen, sin embargo, en el momento supremo la diferencia que existe entre el sueño y la realidad, entre el proyecto y la ejecución.

El conde hizo una seña a Alí. Este comprendió que el peligro estaba por la parte del despacho, y dio un paso para acercarse a su amo. Este deseaba con impaciencia saber cuántos eran sus enemigos.

La ventana en que éstos trabajaban se hallaba situada frente al sitio desde donde el conde observaba el despacho. Sus ojos se fijaron, pues en ella. Vio dibujarse una sombra en la oscuridad. En seguida, uno de los cristales se oscureció, como si sobre él hubiesen puesto un papel. Crujió, pero sin caer al suelo. Un brazo pasó por la abertura buscando el pestillo y un minuto después se abrió la ventana, entrando por ella un hombre. Estaba solo.

—He aquí un pillo muy atrevido —pensó Montecristo.

Entonces sintió que Alí le tocaba suavemente en el hombro. Se volvió, y éste le indicó la ventana de enfrente, que daba a la calle.

Montecristo dio tres pasos hacia la ventana, conocía la fina sensibilidad de su servidor, y efectivamente, vio otro hombre que se separaba de una puerta, subía sobre un poste y procuraba ver lo que sucedía en el interior de la casa.

—Bien —dijo—, son dos. El uno trabaja y el otro le guarda las espaldas.

Hizo una señal a Alí para que no perdiese de vista al hombre de la calle, mientras él volvía al del despacho. El ladrón había entrado y procuraba reconocer el terreno, extendiendo hacia adelante sus brazos. Finalmente, después de orientarse, corrió los cerrojos de las dos puertas que había en el despacho. Al acercarse a la del dormitorio, Montecristo creyó que iba a entrar, y preparó una de sus pistolas, pero pronto se convenció de lo contrario por el ruido de los cerrojos. Era una medida de precaución únicamente.

El visitante nocturno, que ignoraba que el conde había quitado los aros, podía creerse en toda seguridad y obrar tranquilamente.

El hombre sacó de su bolsillo un objeto que el conde no pudo distinguir. Lo puso sobre la mesa y se dirigió en seguida al secreter. Palpó el lugar de la cerradura y se convenció de que estaba cerrada. Pero venía prevenido. Pronto oyó el conde el ruido que produce un hierro contra otro, y que provenía de un manojo de ganzúas con las que los cerrajeros suelen abrir las puertas, y a las que los ladrones han dado el nombre de ruiseñores, sin duda por el placer que les causa el chirrido producido por ellas.

—¡Ah, ah! —díjose a sí mismo Montecristo—, no es más que un ladrón.

Pero el hombre, que en la oscuridad no podía encontrar el instrumento que necesitaba, recurrió al objeto que había puesto sobre la mesa. Tocó un resorte y en seguida una luz pálida, pero bastante viva, iluminó la habitación.

—¡Cómo...! —dijo Montecristo retrocediendo con un movimiento de sorpresa—. Es...

Alí levantó el hacha.

—No lo muevas —le dijo Montecristo muy bajo—, deja el hacha, no tenemos necesidad de armas.

Añadió algunas otras palabras, bajando más la voz, porque, aun cuando imperceptible, bastó la exclamación que le arrancara su sorpresa para hacer que el hombre se quedara inmóvil como una estatua.

El conde debió dar alguna orden a Alí, porque éste se retiró de puntillas, descolgó de la pared de la alcoba un vestido negro y un sombrero triangular. Entretanto, Montecristo se quitó la levita, la corbata y dobló el cuello de su camisa. En seguida se le vio con una sotana, y sus cabellos ocultos por una peluca tonsurada, el sombrero triangular le acabó de disfrazar completamente, cambiándole en un abate.

El hombre, que no había vuelto a oír nada, se había levantado, y mientras el conde concluía su metamorfosis, se había acercado al secreter, haciendo esfuerzos por abrirlo con la ganzúa.

—Trabaja, que para rato tienes —dijo el conde para sí, pues la cerradura no era de las comunes, y el ladrón no conocía el secreto. Dirigióse a la ventana.

El hombre que había visto subido en el poste había vuelto a bajar y se paseaba inquieto por la calle. Cosa extraña, en lugar de observar si venía alguien bien por la entrada de los Campos Elíseos, bien por el arrabal de Saint—Honoré, parecía que solamente se ocupaba de lo que pasaba en casa del conde. Montecristo llevó la mano a la frente y una sonrisa se escapó de sus labios entreabiertos, y acercándose a Alí le dijo:

—Quédate aquí, oculto en la oscuridad, y oigas lo que oigas no salgas, si no lo llamo por lo nombre.

Alí hizo con la cabeza señal de que había comprendido y que obedecería.

Montecristo sacó entonces de un armario una vela encendida, y en el momento en que el ladrón estaba más atareado con la cerradura, abrió la puerta sin hacer ruido, cuidando de que la luz que tenía en la mano diese toda de lleno en la cara del ladrón. La puerta se había abierto tan sigilosamente, que éste no se dio cuenta, y con admiración suya vio iluminarse de pronto el cuarto. Volvióse de repente.

—Buenas noches, querido señor Caderousse —dijo Montecristo—, ¿qué venís a buscar aquí a esta hora?

—¡El abate Busoni...! —gritó Caderousse.

Y no sabiendo cómo aquella extraña aparición se había efectuado, pues él había cerrado las puertas, dejó caer de la mano las ganzúas y permaneció inmóvil, como herido por un rayo.

El conde se colocó entre Caderousse y la ventana, cortando de este modo al ladrón aterrado su única retirada.

—¡El abate Busoni! —exclamó de nuevo Caderousse clavando en el conde sus espantados ojos.

—¡Y bien! Sin duda: el abate Busoni —respondió Montecristo—, el mismo en persona, y tengo un placer en que me hayáis reconocido, mi querido señor Caderousse; eso prueba que tenéis buena memoria, porque si no me equivoco, hace diez años que no nos vemos.

Aquella calma, aquel poder, aquella fuerza hirieron el ánimo de Caderousse de un terror espantoso.

—¡El abate! ¡El abate! —murmuró, con los dedos crispados y dando diente con diente.

—¿Queremos, pues, robar al conde de Montecristo? —

continuó el fingido abate.

—Señor abate —decía Caderousse, procurando acercarse a la ventana que le interceptaba el conde—, os ruego que creáis..., os juro...

—Un cristal cortado —dijo el conde—, una linterna sorda, un manojo de llaves falsas, secreter medio forzado, claro está...

Caderousse se ahogaba, buscaba un sitio donde ocultarse, un agujero por donde escapar.

—Vaya, veo que sois siempre el mismo, señor asesino.

—Señor abate, puesto que lo sabéis todo, no ignoráis que no fui yo, sino Carconte, así se reconoció por los jueces, y por eso me condenaron solamente a galeras.

—Habéis concluido vuestra condena y os hallo en camino para volver a ellas.

—No, señor abate, hubo uno que me libertó.

—Ese tal hizo un buen servicio a la sociedad.

—¡Ah!, yo había prometido...

—¿Sois un evadido de presidio? —interrumpió Montecristo.

—¡Desdichado de mí! Sí, señor——dijo Caderousse inquieto.

—Mala broma... Esta os conducirá, si no me engaño, a la plaza de Grève. Tanto peor, tanto peor, diabolo, como dicen en mi país.

—Señor abate, he cedido a un mal pensamiento.

—Todos los criminales dicen lo mismo.

—La necesidad...

—Dejadme ——dijo desdeñosamente Busoni—. La necesidad puede conduciros a pedir limosna, a robar un pan a un panadero. Pero no a venir a forzar un secreter en una casa que se cree deshabitada y cuando el joyero Joannés acababa de contaros cuarenta y cinco mil francos por el diamante que os di y le asesinasteis para quedaros con el diamante y el dinero. ¿Era también la necesidad?

—Perdón, señor abate —dijo Caderousse—, ya me habéis salvado la vida una vez; salvádmela otra.

—Esto me anima.

—¿Estáis solo, señor abate —preguntó Caderousse—, o tenéis cerca a los gendarmes para prenderme?

—Estoy solo —dijo el abate—, y todavía me compadecería de vos y os dejaría ir, a pesar de las nuevas desgracias que puede producir mi debilidad, si me dijeseis la verdad.

—¡Ah, señor abate! —exclamó Caderousse, juntando las manos y dando un paso hacia el conde—, puedo llamaros mi salvador.

—¿Decís que os libertaron de presidio?

—Sí, a fe de Caderousse, señor abate.

—¿Y quién fue?

—Un inglés.

—¿Cuál era su nombre?

—Lord Wilmore.

—Lo conozco y sabré si decís la verdad.

—Señor abate, la he dicho.

—¿Este inglés es, pues, vuestro protector?

No, pero lo es de un joven corso, mi compañero en la cadena.

—¿Cómo se llama ese corso?

—Benedetto.

—¿Ese será su nombre de pila?

—No tenía otro, era un expósito.

—¿Y ese joven se fugó con vos? ¿Y cómo?

—Trabajamos en San Mandrier, cerca de Tolón. ¿Conocíais San Mandrier?

—Sí.

—Pues bien, mientras estaban durmiendo de las doce a la una...

—¡Forzados que duermen la siesta, compadecedlos! —dijo el abate.

—¡Cómo! —dijo Caderousse—, no se puede trabajar, no somos perros.

—Más valen los perros —dijo Montecristo.

—Mientras los otros dormían la siesta nos alejamos un poco, limamos nuestras cadenas con una lima que nos dio el inglés, y escapamos nadando.

—¿Y qué ha sido de Benedetto?

—No lo sé.

—Debes saberlo.

—No, en verdad, no lo sé. Nos separamos en Hyéres.

Y como para dar mayor peso a su afirmación, Caderousse dio un paso hacia el abate, que permaneció inmóvil, siempre tranquilo e interrogador.

—Mientes —dijo Busoni con terrible acento.

—Señor abate...

—¡Mientes! Ese hombre es aún lo amigo, y quizá lo sirvas de él como de un cómplice.

—¡Oh, señor abate...!

—¿Cómo has vivido desde que saliste de Tolón? Responde.

—Como he podido.

—¡Mientes! —dijo por tercera vez el abate con acento aún más imperativo.

Caderousse miró al conde aterrado.

—Has vivido —prosiguió éste— con el dinero que aquel hombre lo ha dado.

—Y bien, es verdad. Benedetto ha sido reconocido como el hijo de un gran señor.

—¿Cómo puede ser hijo de un gran señor?

—Hijo natural.

—¿Y quién es ese gran señor?

—El conde de Montecristo, en cuya casa estamos.

—¿Benedetto, hijo del conde? —respondió Montecristo sorprendido a su vez.

—Es necesario creerlo, puesto que el conde le ha hallado un padre ficticio. Le da cuatro mil francos todos los meses y le deja quinientos mil en su testamento.

—¡Ah!, ¡ah! —dijo el falso abate, que empezaba a comprender—. ¿Y cómo se llama ahora ese joven?

—Se llama Cavalcanti.

—¡Ah! ¿Es el joven que mi amigo el conde de Montecristo recibe a menudo en su casa y va a unirse en matrimonio con la señorita Danglars?

—Exacto.

—¿Y podéis consentir eso, miserable, vos que le conocéis?

—¿Y por qué queréis que impida a un camarada el hacer fortuna? —dijo Caderousse.

—Es justo; a mí me toca advertírselo.

—No hagáis eso, señor abate.

—¿Por qué?

—Porque nos haríais perder nuestra suerte.

—¿Y creéis que para conservársela a unos miserables como vosotros me haría cómplice de sus engaños y sus crímenes?

—Señor abate... —dijo Caderousse, aproximándose todavía más.

—Lo diré todo.

—¿A quién?

—Al señor Danglars.

—¡Trueno de Dios! —exclamó Caderousse sacando de debajo del chaleco un cuchillo y dando en medio del pecho del conde—. ¡Nada dirás, abate!

Con gran admiración de Caderousse, el puñal retrocedió con la punta rota en lugar de penetrar en el pecho del conde; ignoraba que éste llevaba puesta una cota de malla.

Al mismo tiempo el fingido abate agarró con la mano izquierda la del asesino por la muñeca y le torció el brazo con una fuerza tal que sus dedos se abrieron y el puñal cayó al suelo. Caderousse profirió un agudo grito arrancado por el dolor, pero el conde, sin hacer caso, continuó torciendo el brazo del bandido, hasta que se lo dislocó. Cayó primero de rodillas, y después con la cara contra el suelo. El conde puso el pie sobre la cabeza y dijo:

—No sé lo que me detiene, y por qué no lo salto los sesos.

—¡Ay!, perdón, perdón —gritó Caderousse.

El conde retiró el pie y dijo:

—¡Levántate!

Caderousse se levantó.

—¡Vive Dios, y qué puños tenéis, señor abate! —dijo Caderousse tocando su lastimado brazo—, ¡qué puños!

—¡Silencio! Dios me ha dado la fuerza necesaria para domar a una fiera. He obrado en nombre de Dios. ¡Acuérdate de esto, miserable, y perdonarte en este momento es servir aún los designios de Dios!

—¡Uf! —hizo Caderousse, con el brazo dolorido.

—Toma esa pluma y papel, y escribe lo que voy a dictarte.

—No sé escribir, señor abate.

—Mientes. Toma esa pluma y escribe.

Caderousse, dominado por aquel poder superior, se sentó y escribió:

"Señor: El hombre que recibís en vuestra casa y a quien destináis por marido de vuestra hija, es un antiguo forxado que se escapó del baño de Tolón. Tenía el número 59 y yo el 58.

Se llama Benedetto, pero ignora él mismo su verdadero nombre, porque nunca ha conocido a sus padres.»

—Ahora firma —continuó el conde.

—¿Pero es que queréis perderme?

—¡Majadero! Si quisiera perderte lo llevaría al primer cuerpo de guardia y además es probable que cuando se entregue el billete ya nada tengas que temer. Firma, pues.

Caderousse firmó.

—El sobre. Al señor barón Danglars, banquero, calle de la Chaussée d'Antin.

Caderousse escribió el sobre, y el abate tomó la carta.

—Está bien —dijo— Ahora vete.

—Por dónde.

—Por donde has venido.

—¿Queréis que salte por la ventana?

—Por ella entraste.

—¿Meditáis alguna cosa contra mí, señor abate?

—Imbécil, ¿qué quieres que medite?

—¿Por qué no me abrís la puerta?

—¿Y para qué despertar al portero?

—Decidme que no queréis matarme.

—Quiero lo que Dios quiere.

—Pero juradme que no me heriréis mientras bajo.

—Eres infame y cobarde.

—¿Qué queréis hacer de mí?

—Eso mismo es lo que yo lo pregunto: Quise hacer de ti un hombre honrado y dichoso, y sólo he hecho un asesino.

—Señor abate —dijo Caderousse—, haced la última prueba.

—Sea —dijo el conde—, sabes que soy hombre de palabra.

—Sí —dijo Caderousse.

—Si vuelves a lo casa sano y salvo...

—¿A quién tengo yo que temer, si no es a vos?

—Si vuelves a lo casa sano y salvo, márchate de París, márchate de Francia, y en cualquier parte adonde fueses, si lo conduces con honradez, lo haré pasar una pensión para que puedas vivir, porque si llegas a lo casa sano y salvo...

—¡Y bien! —preguntó Caderousse estremeciéndose.

—Creeré que Dios lo ha perdonado y lo perdonaré también.

—Como soy cristiano —balbuceó Caderousse retrocediendo—, que me hacéis morir de miedo.

—Anda, vete —dijo el conde señalándole la ventana.

Caderousse, no muy tranquilo, a pesar de las promesas del conde, subió a la ventana, y puso el pie en la escala. Detúvose temblando.

—Ahora baja—dijo el abate cruzándose de brazos.

Caderousse comprendió que nada había que temer, y bajó. El conde acercó la luz de modo que podía distinguirse desde los Campos Elíseos al hombre que bajaba por la ventana y al que le alumbraba.

—¡Qué hacéis, señor abate! ¿Y si pasase una patrulla?

—Apago la vela.

Caderousse continuó bajando, pero hasta que sintió la tierra bajo sus pies no se creyó completamente seguro.

Montecristo volvió a su dormitorio, y echando una rápida mirada al jardín y a la calle, vio primero a Caderousse, que después de haber bajado daba la vuelta por el jardín y plantaba su escala a la extremidad del muro para salir por distinta parte de la que entró. Entonces observó la presencia de un hombre que parecía esperar a alguien y corrió paralelamente la calle, viniendo a colocarse en el ángulo mismo por el que Caderousse iba a bajar.

Este subió lentamente la escala, y llegado a los últimos tramos asomó la cabeza por encima del muro para cerciorarse de que la calle estaba desierta. No se veía a nadie, ni se percibía el menor ruido.

La una en el reloj de los Inválidos. Caderousse colocóse a horcajadas sobre el muro, pasó la escala al otro lado y se preparó para bajar, o mejor diremos, para dejarse resbalar por las cuerdas laterales de la escala, maniobra que ejecutó con una destreza que demostraba su costumbre en tales ejercicios. Pero una vez lanzado, le era imposible detenerse. En vano vio acercarse a un hombre, cuando estaba a la mitad de la bajada; en vano vio levantar su brazo en el momento en que sus pies tocaban el suelo. Antes de que hubiese podido defenderse, aquel brazo le descargó tan fuerte puñalada en la espalda, que abandonó la escala gritando:

—¡Socorro!

Diole una segunda puñalada en el costado y cayó al suelo gritando:

—¡Al asesino!

Revolcábase en tierra, y cogiéndole su asesino por los cabellos le asestó un tercer golpe en el pecho. Quiso gritar y su esfuerzo produjo solamente un gemido sordo, saliendo por sus tres heridas un torrente de sangre.

Viendo el asesino que no gritaba, cogióle de nuevo por los cabellos, levantóle la cabeza, tenía los ojos cerrados y la boca torcida. Creyóle muerto, dejó caer la cabeza y desapareció.

Caderousse le sintió alejarse, levantóse inmediatamente, se apoyó sobre el codo y con voz moribunda y haciendo el último esfuerzo, gritó:

—¡Al asesino! ¡Me muero! ¡Socorredme! ¡Señor abate, socorredme!

La lúgubre voz atravesó las sombras de la noche, llegando hasta el conde. Abrióse la puerta de la escalera secreta, en seguida la pequeña del jardín, y Alí y su amo corrieron trayendo luces al sitio donde se hallaba el herido.

Caderousse continuaba gritando con triste voz:

—Señor abate, ¡socorredme!, ¡socorredme!

—¿Qué ocurre? —preguntó Montecristo.

—Socorredme repetía Caderousse—, me han asesinado.

—Aquí estamos, ¡valor!

—¡Ah! ¡No hay remedio! Habéis llegado muy tarde, solamente para verme morir. ¡Qué heridas! ¡Qué de sangre!

Y se desmayó.

Alí y su amo cogieron en brazos al herido, y lo trasladaron a una habitación. Montecristo hizo seña a Ali de que le desnudase y reconoció las tres terribles heridas que le habían infligido.

—¡Dios mío! —dijo— Vuestra venganza se retrasa algunas veces, pero entonces parece que baja del cielo más completa.

Alí miró a su amo como preguntándole lo que debía hacer.

—Ve a buscar al procurador del rey, señor de Villefort, que vive en el arrabal de Saint—Honoré, y ruégale de mi parte venga al instante. De paso despertarás al portero y le dirás que vaya inmediatamente a buscar un facultativo.

Alí obedeció y dejó al abate a solas con Caderousse, que continuaba desmayado. Cuando abrió los ojos, el conde, sentado a corta distancia, le miraba con una tierna expresión de piedad, y según el movimiento de sus labios, parecía rezar algunas oraciones.

—Un cirujano, señor abate, un cirujano —dijo Caderousse.

—Ya han ido a buscar uno.

—Bien sé que es inútil, las heridas son mortales, pero podrá prolongar mi existencia y darme tiempo para declarar.

—¿Sobre qué?

—Sobre mi asesino.

—Entonces, ¿lo conocéis?

—¡Sí que le conozco!, sí. Es Benedetto.

—¿El joven corso?

—El mismo.

—¿Vuestro compañero?

—Sí; después de haberme dado el plano de la casa del conde, creyendo sin duda que yo le mataría, y así sería más pronto su heredero, o que el conde me mataría, y así se libraría más pronto de mí, me ha esperado en la calle y me ha asesinado.

—He enviado también a buscar al procurador del rey.

—Llegarán demasiado tarde. Siento que toda mi sangre se pierde.

—Esperad —dijo Montecristo.

Salió y entró a los cinco minutos con un frasco.

Los ojos del moribundo permanecían fijos en aquella puerta por la que adivinaba que debía llegarle algún socorro.

—Pronto, señor abate, ¡pronto!, voy a desmayarme de nuevo.

Montecristo se acercó. Vertió tres o cuatro gotas del licor entre los labios amoratados del herido. Este dio un suspiro.

—¡Ah! —dijo— Me habéis dado la vida, aún... aún...

—Dos gotas más de este licor os matarían —respondió el abate.

—¡Oh!, que venga, pues, cualquiera a quien yo pueda denunciar a ese miserable.

—¿Queréis que escriba vuestra declaración y vos la firmaréis?

—Sí, sí —dijo Caderousse, cuyos ojos brillaron con la esperanza de una venganza póstuma. Y Montecristo escribió:

"Muero asesinado por el corso Benedetto, mi compañero de ca-dena en Tolón con el número 59."

—Daos prisa —dijo Caderousse—; si no, no podré firmar.

Montecristo presentó una pluma a Caderousse, el cual firmó, y se dejó caer de nuevo sobre la cama, diciendo:

—Contaréis lo demás, señor abate; diréis que se hace llamar Cavalcanti, que vive en la fonda del Príncipe, y que... ¡Ay! ¡Dios mío! ¡Me muero...!

Caderousse volvió a desmayarse. El abate le hizo aspirar el espíritu del licor contenido en el frasco, y el herido abrió los ojos.

Sus deseos de venganza no le habían abandonado durante su desmayo.

—¡Ah! Lo diréis todo. ¿Verdad, señor abate?

—Todo, sí, y otras muchas cosas.

—¿Qué diréis?

—Diré que seguramente os dio el plano de esta casa con la esperanza de que el conde os mataría. Que previno al conde por medio de una carta, que hallándose ausente la recibí yo, y que he velado esperándoos.

—Y le guillotinarán, ¿no es verdad? —dijo Caderousse—, le guillotinarán, ¿me lo prometéis? Muero con esa esperanza, y ella me ayuda a morir.

—Diré —continuó el conde— que llegó detrás de vos, que os esperó, y que cuando os vio salir corrió a la esquina del muro, desde el sitio en que se había ocultado.

—¿Habéis visto todo eso?

—Recordad mis palabras: "Si entras en lo casa sano y salvo, creeré que Dios lo ha perdonado, y lo perdonaré.»

—¡Y no me habéis advertido! —exclamó Caderousse procurando incorporarse sobre el codo—. ¿Sabíais que iban a asesinarme al salir de aquí y no me habéis advertido?

—No; porque en la mano de Benedetto veía el brazo de Dios, y hubiera creído cometer un sacrilegio oponiéndome a las intenciones de la Providencia.

—La justicia de Dios…, no me habléis de ella, señor abate. Si existiese la justicia de Dios, muchos hay que merecen ser castigados, y no lo son.

—¡Paciencia! —dijo el abate con un tono que hizo estremecer al herido—, ¡paciencia!

Caderousse le miró espantado.

—Además, Dios es misericordioso para con todos —dijo el abate— como lo ha sido contigo. Es padre antes de ser juez.

—¡Ah! —dijo Caderousse—. ¿Creéis en Dios?

—Si hubiese tenido la desgracia de no creer en El hasta el presente —dijo Montecristo—, creería ahora, al verte a ti.

Caderousse levantó los puños cerrados, amenazando al Cielo.

—Escucha —dijo el abate, extendiendo la mano sobre el herido como para comunicarle su fe—. He aquí lo que ha hecho por ti ese Dios que rehúsas reconocer en tus últimos momentos. Te había dado salud, fuerzas y ocupación, amigos, y en fin, la vida se lo presentaba tal cual puede desearla el hombre cuya conciencia está tranquila. En lugar de aprovechar estos dones que el Señor rara vez concede con toda su plenitud, he aquí lo que has hecho. Te has entregado a la pereza, a la borrachera y has vendido a uno de tus mejores amigos.

—¡Auxilio! —gritó Caderousse—. No necesito un sacerdote, sino un cirujano. Puede que no esté herido de muerte, que no vaya a morir aún, y pueda salvarme.

—Tus heridas son mortales y de tal naturaleza, que sin las tres gotas de licor que lo he dado hace un momento ya habrías expirado. Escucha, pues.

—¡Ah! —murmuró Caderousse—, pues sois buen sacerdote; desesperáis a los moribundos en vez de consolarlos.

—Óyeme bien —continuó el abate—. Cuando vendiste a lo amigo, empezó Dios, no por castigarte, sino por advertirte. Caíste en la miseria y tuviste hambre, pasaste la mitad de lo vida codiciando lo que hubieras podido adquirir, y ya pensabas en el crimen, dándote a ti mismo la disculpa de la necesidad, cuando Dios obró un milagro, cuando Dios lo envió por mi mano, cuando más miserable estabas, una fortuna inmensa para ti, que nada habías poseído. Pero esta fortuna inesperada a inaudita lo parece insuficiente desde el momento en que empiezas a poseerla.

Quieres doblarla. ¿Y por qué medio? Por el del asesinato. La doblas, pero Dios lo la arranca, conducién-dote ante la justicia humana.

—No soy yo —dijo Caderousse— quien quiso asesinar al judío, fue la Carconte.

—Sí —dijo Montecristo—; Dios, siempre misericordioso, permitió que los jueces se apiadasen de ti y no lo quitasen la vida.

—Para enviarme a presidio por toda la vida. ¡Vaya una gracia...!

—¡Por tal la tuviste, miserable! Tu corazón cobarde, que temblaba ante la muerte, saltó de alegría cuando supiste que estabas condenado a perpetua afrenta, porque dijiste, como todos los presidiarios: El presidio tiene puertas, pero la tumba no. Y tenías razón, porque las puertas del presidio se abrieron para ti de un modo inesperado. Un inglés llega a Tolón, había hecho voto de librar a dos hombres de la ignominia. Tú y lo compañero fuisteis los elegidos. Otra fortuna cae como llovida del cielo para ti. Encuentras dinero y tranquilidad al mismo tiempo. Puedes empezar a vivir otra vez como los demás hombres, cuando estabas condenado a arrastrar la penosa existencia de los presidiarios. Pero por tercera vez, miserable, lo pones a tentar a Dios. No tengo bastante —dijiste—, cuando nunca habías poseído tanto, y cometes otro crimen sin motivo, y que no tiene disculpa. Dios se ha cansado. Dios lo ha castigado.

Caderousse se iba debilitando por momentos.

—¡Quiero beber! —dijo—, tengo sed..., me abraso.

Montecristo le dio un vaso de agua.

—¡Infame Benedetto! —dijo Caderousse devolviendo el vaso—. ¿Y él escapará?

—Nadie escapará, Caderousse. Yo lo prometo. También Benedetto será castigado.

—Entonces —dijo Caderousse— también vos seréis castigado. Porque no habéis cumplido con los deberes que vuestro ministerio os impone..., debíais haber impedido que Benedetto me asesinase.

—¡Yo! —dijo el conde con una sonrisa que heló de espanto al moribundo—. ¿Cómo querías que impidiese que Benedetto lo matara, cuando acababas de romper lo puñal contra la cota de malla que resguardaba mi pecho? Quizá lo hubiera evitado si lo hubiese encontrado humilde y arrepentido. Pero lo encontré orgulloso y sanguinario, y dejé que se cumpliese la voluntad de Dios.

—¡No creo en Dios! —aulló Caderousse—, y tú tampoco crees en El... ¡Mientes, mientes!

—Calla —dijo el abate—, porque obligas a salir de lo cuerpo las últimas gotas de sangre que lo quedan. ¡Ah!, no crees en Dios, y mueres herido por Dios. ¡Ah!, no crees en Dios, y Dios, que sólo exige una súplica, una palabra, una lágrima para perdonar... Dios, que podía dirigir el puñal del asesino de modo que expirases en el acto..., lo concedió un cuarto de hora para arrepentirte... ¡Vuelve en ti, desventurado, y arrepiéntete!

—No —dijo Caderousse—, no me arrepiento; no hay Dios, no hay Providencia, no hay más que casualidad.

—Hay una Providencia, hay un Dios —dijo Montecristo—, y la prueba la tienes en que estás tú ahí, tirado, desesperado y renegando de Dios, cuando me ves a mí rico, feliz, sano y salvo, y rogando a ese mismo Dios en quien tú tratas de no creer, y en quien, no obstante, crees en el fondo de lo corazón.

—Pues entonces, ¿quién sois vos? —preguntó Caderousse clavando sus moribundos ojos en el conde.

—¡Mírame bien! —dijo Montecristo cogiendo la bujía y acercándosela a la cara.

—El abate..., el abate Busoni...

Montecristo se quitó la peluca que le desfiguraba y dejó caer los hermosos cabellos que enmarcaban su pálido rostro.

—¡Oh! —exclamó Caderousse aterrado—, si no fuese por esos cabellos negros, diría que sois el inglés, diría que sois lord Wilmore.

—No soy ni el abate Busoni, ni lord Wilmore —dijo Montecristo—. Mírame con mayor atención, mira más lejos, mira en tus prime-ros recuerdos.

Tenían estas palabras del conde tal majestuosa entonación, que por última vez reanimaron los apagados sentidos de Caderoussè.

—¡Oh!, en efecto —dijo—, me parece que os he visto, que os he conocido en otro tiempo.

—Sí, Caderousse, sí; me has visto. Sí; me has conocido.

—Entonces, ¿quién sois?, y si me habéis visto, si me habéis

conocido, ¿por qué me dejáis morir?

—Porque nada puede salvarte, Caderousse. Porque tus heridas son mortales. Si hubiera sido posible salvarte, yo habría visto en ello otra misericordia del Señor, y por la tumba de mi padre lo juro que hubiera tratado de volverte a la vida y al arrepentimiento.

—¡Por la tumba de lo padre! —dijo Caderousse reanimado sobrenaturalmente a incorporándose para ver más de cerca al que acababa de proferir ese juramento sagrado para todos los hombres—. ¡Ah! ¿Y quién eres? ¿Quién eres?

—Soy... —le dijo al oído—, soy...

Y sus labios, apenas entreabiertos, emitieron una palabra pronunciada tan quedo, que parecía que el mismo conde temía oírla.

Caderousse, que se había incorporado, extendió los brazos, hizo un esfuerzo para retroceder, y luego juntando las manos y levantándose, haciendo un esfuerzo supremo, dijo:

—¡Oh! ¡Dios mío! ¡Dios mío!, perdonadme si existís, y sois el padre de los hombres en el cielo y su juez en la tierra. ¡Dios mío, Señor, por largo tiempo os he conocido! ¡Perdonadme, Señor! ¡Recibid mi alma!

Y cerrando los ojos, Caderousse cayó de espaldas, exhalando el último suspiro.

La sangre se heló en la abertura de sus heridas. Había muerto.

—¡Uno! —dijo misteriosamente el conde, con los ojos clavados en el cadáver, ya desfigurado por una muerte tan horrible.

Diez minutos después llegaron el médico y el procurador del rey, conducidos, uno por el conserje y el otro por Alí. Fueron recibidos por el abate Busoni, que estaba orando al lado del muerto.

Durante quince días, el tema predilecto de las conversaciones de París, fue la tentativa de robo tan audaz hecha en casa del conde; el moribundo había firmado una declaración en la que señalaba a Benedetto como su asesino. La policía se encargó de la persecución del matador y lanzó contra él todos sus agentes.

El cuchillo de Caderousse, la linterna sorda, el manojo de ganzúas y los vestidos, menos el chaleco, que no pudo hallarse, fueron depositados en la comisaría. El cadáver se transportó a la Morgue.

El conde decía a todos que esta aventura había sucedido mientras él estaba en su casa de campo de Auteuil, y que solamente sabía lo que le había contado el abate Busoni, que aquella noche, por una feliz coyuntura, le había pedido permiso para pasarla en su biblioteca, buscando varios libros raros que tenía en ella. Bertuccio palidecía cada vez que se nombraba en su presencia a Benedetto, pero nadie tenía motivo para sospechar de su palidez.

Villefort, llamado para verificar la existencia del crimen, habíase encargado del asunto y proseguía la instrucción con la celeridad y el empeño que tenía en todas las causas criminales. Más de tres semanas habían transcurrido sin que las diligencias más activas produjesen resultados y empezaba ya a olvidarse la tentativa de robo y el asesinato del ladrón por su cómplice, para ocuparse del próximo enlace de la señorita Danglars con el conde Cavalcanti. El joven era ya recibido en casa del banquero como su futuro yerno.

Se había escrito al señor Cavalcanti padre, que contestó aprobando este matrimonio, y diciendo sentía infinito que su servicio le impidiese ausentarse de Parma, por lo que se vería precisado a privarse del placer de asistir al acto de su celebración. Al mismo tiempo declaraba estar pronto a entregar el capital de los ciento cincuenta mil francos de renta.

Se había convenido ya en que los tres millones se colocasen en casa del señor Danglars, el cual los haría producir. Varias personas procuraron infundir sospechas en el joven, sobre la sólida posición de su futuro suegro que había sufrido en la bolsa pérdidas de consideración, pero con un desinterés y confianza sublimes, desdeñó los avisos, teniendo la delicadeza de no decir una palabra sobre ellos al señor Danglars. Así es que el barón adoraba al conde Cavalcanti.

No le sucedía lo mismo a la señorita Eugenia Danglars. Su aborrecimiento instintivo al matrimonio le hizo acoger a Andrés como un medio para alejar a Morcef, y ahora que Andrés se formalizaba, sentía hacia él una visible repugnancia. Quizás el barón se dio cuenta de ello, pero no pudiendo atribuirlo más que a un capricho, hizo como si no lo conociese.

Con todo, el retraso pedido por Beauchamp, había tocado casi a su término. Morcef, por su parte, podía apreciar lo que valían los consejos de Montecristo. Cuando éste le dijo que dejase que las cosas marcharan por sí mismas, nadie había sospechado todavía del general, nadie había reconocido en el oficial que entregó el castillo de Janina, al noble conde que se sentaba en la Cámara de los Pares.

Alberto no por esto se creía menos insultado, porque la intención de la ofensa existía ciertamente en las pocas líneas que le habían herido. Además, el modo con que Beauchamp había puesto fin a su entrevista, había dejado un recuerdo muy amargo en su corazón. Acariciaba, pues, con toda su voluntad, la idea de un duelo, del que pensaba, si Beauchamp consentía, ocultar la causa aun a sus testigos.

No se había vuelto a ver a Beauchamp desde el día de la visita que le hizo Alberto, y a cuantos preguntaban por él se les respondía que estaba ausente por unos días. ¿Dónde había ido? Nadie lo sabía.

Una mañana, Alberto vio entrar a su ayuda de cámara, que le anunció a Beauchamp. Estaba aún medio dormido, se frotó los ojos, dio orden para que introdujesen a Beauchamp en el salón del piso bajo, rogándole esperase un momento. Vistióse de prisa y bajó.

Le halló paseando de un lado a otro del salón, pero al ver a Alberto se detuvo.

—El paso que dais presentándoos en mi casa, sin esperar a que hubiese ido a la vuestra, como me proponía hacerlo hoy, me parece de buen agüero —dijo Alberto—. Veamos, decidme pronto, ¿debo alargaros la mano diciéndoos: Beauchamp, confesad vuestra falta y seamos amigos? ¿O debo preguntaros cuáles son las armas que habéis escogido?

—Alberto —respondió éste con una tristeza que llenó de asombro al joven—, sentémonos y hablemos.

—Creo, caballero, que antes de sentaros debéis responderme.

—Alberto —dijo el periodista—, hay circunstancias en que la dificultad consiste cabalmente en la respuesta.

—Yo os haré que sea fácil, repitiéndoos la pregunta: ¿Queréis retractaros? Sí o no.

—Morcef, no puede uno contentarse con responder sí o no a

las preguntas que interesan al honor, la posición social y la vida de un hombre como el señor teniente general conde de Morcef, par de Francia.

—¿Qué es entonces lo que se dice?

—Lo que yo voy a decir, Alberto, se dice: el dinero, el tiempo y la fatiga son nada, cuando se trata de la reputación a intereses de una familia. Se dice: es necesario más que probabilidades, es menester certezas, para aceptar un duelo a muerte con un amigo. Se dice: si cruzo la espada, o disparo una pistola sobre un hombre a quien durante tres años he apretado la mano como a un amigo, es necesario al menos que sepa por qué lo hago, para poder llegar sobre el terreno con el corazón en reposo, y la tranquilidad de conciencia de que el hombre necesita cuando su brazo debe salvar su vida.

—¡Y bien! ¡Y bien! ¿A qué viene todo eso?

—Eso quiere decir que acabo de llegar de Janina.

—¿De Janina, vos?

—Sí, yo.

—Imposible.

—Mi querido Alberto, aquí tenéis mi pasaporte, ved los refrendos, Génova, Milán, Venecia, Trieste, Delvino, Janina: ¿Creeréis a la policía de una república, un reino y un imperio?

Alberto bajó los ojos sobre el pasaporte y los levantó sorprendido sobre Beauchamp.

—¿Habéis estado en Janina? —dijo.

—Alberto, si hubieseis sido un extranjero, un desconocido, un simple lord como aquel inglés que vino a exigirme una satisfacción hace tres o cuatro meses, y a quien maté para desembarazarme de él, no me hubiese tomado, como conocéis, tanto trabajo, pero he creído que os debía esta consideración. He empleado ocho días en ir, ocho en volver, cuatro de cuarentena y cuarenta y ocho horas que he permanecido en Janina. Llegué anoche y aquí me tenéis ahora.

—¡Dios mío! ¡Dios mío!, cuántos circunloquios, Beauchamp, y cuánto tardáis en decirme lo que espero de vos.

—Es que, en verdad, Alberto...

—Diría que titubeáis.

—Sí, tengo miedo.

—¿Teméis confesar que vuestro corresponsal os engañó? ¡Oh!, dejad el amor propio, Beauchamp, confesadlo, nadie puede dudar de vuestro valor.

—¡Oh!, no es eso—dijo el periodista—, al contrario...

Alberto palideció horriblemente, procuró hablar, pero la palabra expiró en sus labios.

—Amigo mío —dijo Beauchamp con el tono más afectuoso—, creed que me consideraría dichoso al presentaros mis excusas, y que lo haría de todo corazón, pero desgraciadamente...

—¿Pero qué?

—La nota tenía razón, amigo mío.

—¡Cómo! ¿Ese oficial francés...?

—Sí.

—Ese Fernando...

—Sí.

—El traidor que entregó las fortalezas del hombre a quien servía...

—Perdonadme sí os digo lo mismo que vos decís: ¡Ese hombre... es vuestro padre!

Furioso, hizo Alberto un movimiento para lanzarse contra Beauchamp, pero éste le contuvo, más con su dulce sonrisa, que con el brazo que extendió hacia él.

—Tomad, amigo mío —dijo—, ved ahí la prueba.

Y le entregó un papel que había sacado de su bolsillo.

Alberto lo abrió. Era una declaración de cuatro habitantes de los más notables de Janina, asegurando que el coronel Fernando Mondego, coronel instructor al servicio del visir Alí—Tebelín, había entregado el castillo de Janina por la cantidad de dos mil bolsas. Las firmas estaban legalizadas por el cónsul.

Alberto cayó aterrado sobre un sillón. Esta vez no le cabía la me-nor duda, su apellido se hallaba escrito con todas sus letras. Así es que después de un momento de doloroso silencio, su corazón se oprimió, las venas de su cuello se hincharon extraordinariamente, y un torrente de lágrimas brotó de sus ojos.

Beauchamp, que había mirado con profunda compasión al joven, se acercó a él y cediendo al dolor, le dijo:

—Alberto, me comprendéis ahora, ¿no es verdad? He querido verlo todo y juzgar por mí mismo, esperando que la explicación sería favorable a vuestro padre, y que yo podría hacerle justicia. Pero, por el contrario, todos los que me han informado aseguran que ese oficial instructor, ese Fernando Mondego, elevado por Alí—Bajá al título de general gobernador, es el mismo que hoy se llama el conde Fernando de Morcef. Entonces he corrido a vos, recordando que hace tres años me dispensasteis el honor de llamarme vuestro amigo.

Alberto, hundido en un sillón, ocultaba sus ojos con las manos, como si quisiese impedir que penetrase hasta ellos la claridad del día.

—He corrido a vos —continuó Beauchamp— para deciros: Alberto, las faltas de nuestros padres en estos tiempos de acción y de reacción, no pueden llegar hasta sus hijos; pocos han atravesado la revolución, en medio de la cual hemos nacido, sin que su uniforme de soldado o su toga de juez hayan sido manchados de lodo o sangre. Alberto, ahora que tengo todas las pruebas, ahora que soy dueño de vuestro secreto, nadie en el mundo puede obligarme a un combate que estoy seguro que vuestra conciencia os echaría en cara coma un crimen, pero lo que podéis exigir de mí, vengo a ofrecéroslo. ¿Queréis que desaparezcan estas pruebas, estas revelaciones, estas declaraciones que yo sólo poseo? ¿Este espantoso secreto, queréis que permanezca oculto entre los dos? Confiad en mi palabra de honor. Nunca saldrá de mis labios. Decid, Alberto, ¿lo queréis? Decid, ¿lo queréis, amigo mío?

—¡Ah! ¡Noble corazón! —exclamó Alberto, dando un abrazo a Beauchamp. —Tomad —dijo Beauchamp presentando los papeles a Alberto

—Vamos —dijo Beauchamp, cogiéndole ambas manos—. Anima, amigo mío.

—¿Pero de dónde salió era primera nota inserta en vuestro periódico? —dijo Alberto—. Hay en todo esto un odio secreto, un enemigo invisible.

—Y bien —dijo Beauchamp—, razón de más. Alberto, que desaparezcan de vuestro rostro todas las señales de conmoción. Llevad este dolor dentro de vos, como la nube lleva en su seno la desolación y la muerte. Secreto fatal que sólo se conoce cuando se desencadena la tempestad. Reservad vuestras fuerzas, amigo mío, para aquel momento, si llegase.

—¿Pero creéis que no hemos concluido aún? —dijo Alberto.

—Yo nada creo, amigo mío, pero al fin todo es posible. Este los recibió con mano convulsiva, los apretó, los iba a romper, pero temiendo que el viento se llevase la más pequeña partícula, y ésta viniese un día a darle en la frente, se fue a la bujía que ardía y quemó hasta el último fragmento.

—¿Qué? —preguntó Alberto, viendo que Beauchamp titubeaba.

—¡Querido amigo! ¡Excelente amigo! —exclamaba Alberto, —¿Pensáis todavía casaros con la señorita de Danglars?

—¿Por qué me hacéis esta pregunta en este momento, Beauchamp?

—Porque creo que la consumación de este matrimonio tiene relación con el objeto que nos ocupa en este instante.

No —dijo Alberto—, mi matrimonio se ha deshecho.

—Y bien —dijo Beauchamp—, ¿qué más hay aún?

—Hay —respondió Alberto— una cosa que ha destrozado mí corazón. Escuchadme, Beauchamp, no se separa uno así, en un momento, de aquella confianza, de aquel orgullo que inspira a un hijo el nombre sin mancha de su padre. ¡Ay, Beauchamp, Beauchamp! ¿Cómo me acercaré yo ahora al mío? ¿Retiraré mi frente cuando acerque a ella sus labios, mi mano cuando la suya vaya a tocarla? Creedme, soy el más desgraciado de los hombres. ¡Ah, mi madre, mi pobre madre! —dijo Alberto fijando sus ojos llenos de lágrimas en el retrato de su madre.

—Alberto —le dijo—, si queréis seguir mi consejo, vamos a salir. Un paseo al bosque de Bolonia en faetón o a caballo os distraerá, almorzaremos juntos en cualquier parte, y os marcharéis después a vuestros asuntos y yo a los míos.

—Con mucho gusto —dijo Alberto—, pero salgamos a pie, me parece que el cansancio me hará bien.

—Sea —dijo Beauchamp. Y los dos amigos salieron a pie siguiendo el boulevard hasta llegar a la Magdalena.

—Ya que estamos en camino —dijo Beauchamp—, vamos a visitar a Montecristo. Él os distraerá, es un hombre admirable para serenar los espíritus. Jamás pregunta, y según mi modo de pensar, las personas que jamás preguntan son las que con más habilidad consuelan.

—De acuerdo —respondió Alberto—, vamos a su casa. Ya sabéis que le aprecio.

III. EL VIAJE

El conde de Montecristo lanzó un grito de alegría al ver llegar juntos a los jóvenes.

—¡Ah!, ¡ah! —dijo—, muy bien, espero que todo ha podido al fin arreglarse.

—Sí —dijo Beauchamp——, noticias absurdas que han caído en descrédito por sí mismas, y que si se renovasen me tendrían hoy por su primer antagonista: así, pues, no hablemos más del asunto.

—Alberto os dirá el consejo que le había dado. Me encontráis, amigos, acabando de pasar la mañana peor de mi vida.

—¿Qué hacéis? —dijo Alberto—, me parece que arregláis vuestros papeles.

—Mis papeles, a Dios gracias, no; hay siempre en ellos un orden maravilloso, ya que jamás conservo ninguno; pero pongo en orden los del señor Cavalcanti.

—¿Del señor Cavalcanti? —preguntó Beauchamp.

—¡Oh, sí! ¿No sabéis que es un joven a quien el conde ha lanzado al gran mundo? —dijo Morcef.

—No, no —respondió Montecristo—; entendámonos, yo no lanzo a nadie, y menos al señor Cavalcanti que a otro cualquiera.

—Y que contrae matrimonio con la señorita de Danglars —continuó Alberto procurando sonreírse—, y lo podéis conocer, mi querido Beauchamp, pues que esto me afecta cruelmente.

—¡Cómo! ¿Cavalcanti se casa con la señorita de Danglars? —preguntó Beauchamp.

—¿Pero es que llegáis del fin del mundo? —dijo Montecristo—; vos, periodista, el favorito de la Fama: todo París habla de eso.

—¿Y sois vos, conde, el que ha arreglado ese matrimonio?

—¡Yo! Silencio, señor noticiero, no digáis semejante cosa: ¡yo! ¡Dios me libre de arreglar matrimonios! No; vos no me conocéis; por el contrario, me he opuesto cuanto he podido, y he rehusado pedir a su padre la mano de la joven.

—¡Ah! lo comprendo —dijo Beauchamp—; ¿por causa de

nuestro amigo Alberto?

—¿Por mi causa? —dijo el joven—, ¡oh!, no: el conde me hará justicia en atestiguar que le he rogado que desbaratase mi proyectado matrimonio y que afortunadamente lo ha conseguido: el conde dice que no ha sido él, y que no debo darle las gracias; sea, edificaré como los antiguos un altar Deo ignoto.

—Escuchad —dijo Montecristo—, no soy yo, puesto que mi amistad con el futuro suegro se ha enfriado mucho, lo mismo que con el joven; solamente Eugenia me ha conservado su afecto, porque no teniendo ella gran vocación al matrimonio, ha visto cuán poco dispuesto estaba yo a contribuir a que ella perdiera su libertad.

—¿Y decís que ese matrimonio está casi hecho?

—¡Oh! ¡Dios mío! Sí, a pesar de cuanto yo he dicho; conozco muy poco al joven, pretenden que es rico y de buena familia; pero para mí esto no pasa de dicen que dicen: bastantes veces se lo he dicho a Danglars, pero está encaprichado con su Luques. He llegado incluso a hacerle sabedor de una circunstancia sumamente grave: el joven lo cambiaron mientras estaba criándole el ama, robado por unos gitanos, o perdido por su preceptor, en lo que no estoy muy cierto; pero sí sé que su padre le ha perdido de vista por más de diez años, y sólo Dios sabe lo que habrá estado haciendo durante estos diez años de vida errante; pues bien, nada de esto ha sido bastante, me han encargado que escribiese al mayor pidiendo sus papeles; helos aquí, voy a enviárselos, pero, como Pilatos, me lavo las manos.

—Y la señorita de Armilly, ¿qué cara os pone al ver que le quitáis su educanda?

—¡Diantre!, no sé, pero parece que se marcha a Italia; la señora de Danglars me ha hablado de ella, y me ha pedido cartas de recomendación para los empresarios y le he dado una para el director de teatros Valle, que me debe algunos favores. Pero ¿qué os pasa, Alberto? Estáis triste. ¿A que sin saberlo estáis enamorado de la señorita de Danglars?

—No —dijo Alberto sonriendo tristemente. Beauchamp se puso a mirar los cuadros.

—Pero, en fin —continuó Montecristo—, no estáis en vuestro estado normal. ¿Qué os ocurre? Decídmelo.

—Tengo jaqueca —dijo Alberto.

—Pues bien, mi querido vizconde —dijo Montecristo—, tengo entonces un remedio infalible que proponeros, y que me ha salido bien siempre que he sufrido algún contratiempo.

—¿Cuál? —preguntó el joven.

—Un viaje.

—¿De veras? —dijo Alberto.

—Sí, y en este momento, que estoy sumamente contrariado, me marcho. ¿Queréis venir conmigo?

—¿Vos contrariado, conde? —dijo Beauchamp—, ¿y por qué?

—Vive Dios, quisiera veros con la instrucción de un proceso criminal en casa.

—¡Una instrucción...! ¿Qué instrucción?

—¡Eh!, la que el señor Villefort dirige contra mi amable asesino, una especie de bandolero escapado del presidio de Tolón, según parece.

—¡Ah!, es verdad —dijo Beauchamp—, he leído el hecho en los periódicos. ¿Y quién era ese Caderousse?

—Parece que es un provenzal: el señor de Villefort ha oído hablar de él cuando estaba en Marsella, y el señor Danglars se acuerda de haberlo visto; el resultado es que el señor procurador del rey se ha encargado con mucho interés del asunto, según parece, y ha interesado hasta el más alto grado al prefecto de policía; gracias a este interés, al que les estoy sumamente reconocido, hace quince días que me envían a cuantos ladrones pueden coger en París y sus cercanías, bajo el pretexto de que son los asesinos del señor Caderousse, y el resultado será, si esto continúa, que dentro de tres meses no habrá en el bello reino de Francia un ladrón o asesino que no tenga en la uña el plano de mi casa; tomo, pues, el partido de abandonársela toda, y me voy tan lejos como me alcance la tierra. Venid conmigo, vizconde, os llevo de buena gana.

—Con mucho gusto.

—¿Entonces es cosa hecha?

—Sí; pero ¿adónde vamos?

—Ya os lo he dicho, donde el aire es puro, donde el ruido adormece, donde por orgulloso que el hombre sea, se siente humillado y pequeño; amo estas impresiones, yo, a quien llaman el dueño del mundo como a Augusto.

—Pero ¿adónde vais?

—Al mar, vizconde, al mar. Soy un marino; siendo niño me he mecido en los brazos del viejo Océano, y me he reposado en el seno de la bella Anfitrite; he jugado con la verde capa del uno y con el azulado vestido de la otra. Amo al mar como se ama a una mujer, y no puedo estar separado mucho tiempo de él.

—Vamos, conde, vamos.

—¿Al mar?

—Sí.

—¿Aceptáis?

—Desde luego, acepto.

—Pues bien, vizconde, esta tarde estará en mi patio un buen briska de viaje, en el que puede uno recostarse como en su cama. Este briska será conducido por cuatro caballos de posta. Señor Beauchamp, caben cuatro cómodamente. ¿Queréis venir con nosotros?, os llevo también.

—Gracias, vengo del mar.

—¡Cómo! ¿Que venís del mar?

—Sí, he hecho una pequeña excursión a las islas Borromeas.

—¡Qué importa!, venid —dijo Alberto.

—No, mi querido Morcef, debéis conocer que cuando rehúso es porque me es imposible. Además —añadió bajando la voz—, conviene que permanezca en París, aunque no sea más que para cuidar de las comunicaciones que puedan hacerse al periódico.

—¡Ah!, sois un excelente amigo —dijo Alberto—; vigilad, mi querido Beauchamp, y procurad descubrir al enemigo a quien debemos esta fatal revelación.

Alberto y Beauchamp se separaron y estrechándose la mano, se dijeron cuanto delante de un extraño no podían pronunciar sus labios.

—Excelente joven es este Beauchamp —dijo Montecristo después que se marchó el periodista—. ¿Verdad, Alberto?

—¡Ah!, sí; un hombre singular, os lo aseguro, le quiero con toda mi alma; pero ya que estamos solos, aunque me es indiferente, os preguntaré ¿adónde vamos?

—A Normandía, si os parece.

—¿Estaremos completamente en el cameo, sin sociedad, sin

vecinos?

—Sí; no tendremos más que caballos para correr, perros para cazar y una barca para pescar; he aquí todo.

—Es cuanto necesito; voy a prevenir a mi madre, y estoy a vuestras órdenes.

—Pero —dijo Montecristo—, ¿os permitirán venir?

—¿Cómo?

—Venir a Normandía.

—¡A mí! Soy completamente libre.

—Para ir donde os parezca, solo, sí, lo sé, pues os he encontrado en Italia.

—¡Y bien!

—¡Pero viajar con el hombre misterioso, a quien llaman el conde de Montecristo...!

—Poca memoria tenéis, conde.

—¿Por qué?

—Porque habéis olvidado el gran afecto y simpatía que os he dicho que mi madre os profesa.

—Muchas veces la mujer varía, ha dicho Francisco I: la mujer es como la onda, dijo Shakespeare; el uno era un gran rey, el otro un gran poeta, y ambos debían conocer bien a la mujer.

—Sí, la mujer; pero mi madre no es la mujer, es una mujer...

—Permitid a un extranjero ignorar la fuerza de las expresiones de vuestro idioma.

—Quiero decir que mi madre es poco pródiga en sus afectos, pero una vez que los concede, son para siempre.

—¡Ah! —dijo suspirando Montecristo—, ¿y creéis que me haga el honor de dispensarme algún afecto particular y no la más pura indiferencia?

—Oídme bien —respondió Morcef—, os lo he dicho y os lo repito: es preciso que seáis un hombre muy superior.

—¡Oh!

—Sí; porque mi madre ha sido subyugada por vos, le inspiráis un gran interés, y cuando estamos solos no hace sino hablarme de vos.

—¿Os dice que desconfiéis de Manfredo?

—Al contrario, me dice: Morcef, creo al conde noble y generoso, procura que lo quiera.

Montecristo volvió la vista y lanzó un suspiro.

—¡Ah!, verdaderamente —dijo.

—De suerte que —continuó Alberto—, conoceréis que lejos de oponerse a mi viaje, lo aprobará, puesto que entra en las recomendaciones que me hace diariamente.

—Id, pues —dijo Montecristo—, y hasta la tarde: estad aquí a las cinco, llegaremos allá a las doce o a la una, a más tardar.

—¡Cómo! ¿A Treport?

—A Treport o a sus cercanías.

—¿No necesitáis más que ocho horas para andar cuarenta y ocho leguas?

—Y aún es mucho —dijo Montecristo.

—Desde luego. Sois el hombre de los prodigios, y conseguiréis no sólo ir más veloz que los vagones de los trenes, lo que en Francía no es muy difícil, sino que sobrepujaréis en velocidad al telégrafo.

—Con todo, vizconde, como necesitamos siete a ocho horas para llegar allá, sed puntual.

—Descuidad, no tengo hasta esa hora ninguna otra cosa más que hacer que preparar mi viaje.

—Hasta las cinco, pues.

—Hasta las cinco.

Alberto salió. Montecristo, después de saludarle sonriendo, permaneció un instante pensativo y como absorto en una profunda meditación; finalmente, pasando la mano por su frente, como para apartar una molesta idea, se levantó, se acercó a un timbre y llamó dos veces.

Entró Bertuccio.

—Señor Bertuccio —le dijo—, no es ya mañana o pasado mañana, como había pensado antes, sino esta tarde mismo, cuando quiero salir para Normandía; desde ahora hasta las cinco tenéis tiempo sobrado; haced que estén prevenidos los palafreneros del primer relevo; el señor de Morcef me acompaña, id pues.

Bertuccio obedeció; un postillón salió a escape a Poutoise para decir que a las seis en punto pasaría la silla de posta; desde Poutoise transmitió el aviso al relevo siguiente, y así continuó de relevo en relevo, de suerte que seis horas después todos estaban advertidos y prontos.

Antes de salir, el conde subió a ver a Haydée, le anunció su viaje y puso toda la casa a su disposición. Alberto fue puntual; el viaje, triste al principio, se modificó poco a poco: Morcef no tenía idea de un modo de viajar tan acelerado y al mismo tiempo cómodo; manifestólo así al conde, y éste le dijo:

—Es cierto, no podéis tener idea de este modo de viajar con vuestras postas, que corren solamente dos leguas por hora, y mucho menos con la estúpida ley que prohíbe que ningún viajero pase antes que otro, de modo que un enfermo o majadero detiene y encadena, por decirlo así, tras él a los demás, aunque éstos, sanos y alegres, quieran correr doble; para evitar estos inconvenientes viajo siempre con postillones y caballos míos. ¿No es así, Alí?

Y el conde, asomando la cabeza por la portezuela, dio una especie de chillido para excitar a los caballos; parecía como si les hubieran nacido alas.

El coche corría veloz como el rayo, y todos volvían la cabeza al verlo pasar. Alí se sonreía mostrando sus blancos dientes; repetía este chillido, y llevando apretadas las riendas, excitaba a los caballos, cuyas bellas crines flotaban con el viento: Alí, el hijo del desierto, se encontraba en su elemento, y con su cara negra, sus ardientes ojos y su turbante blanco parecía, en medio del torbellino de polvo que levantaban los caballos, el genio del simún o el dios del huracán.

—He aquí un placer que no conocía —dijo Morcef, y desaparecieron de su frente las últimas señales de tristeza—. ¿Pero dónde habéis encontrado semejantes caballos? —preguntó al conde—, ¿los habéis criado ex profeso?

—Adivinasteis. Hace seis años que hallé en Hungría un caballo semental, famoso por la ligereza: lo compré, no me acuerdo en cuánto. Bertuccio lo pagó. En aquel año tuvo treinta y dos hijos; vamos a pasar revista a toda esa prole. Son todos iguales, negros, sin una mancha, excepto una estrella blanca en la frente, porque tuve cuidado de que se le escogiesen yeguas excelentes, como el sultán escoge favoritas.

—¡Es admirable...! Pero decidme, conde, ¿qué habéis hecho con todos esos caballos?

—Ya lo veis, viajo con ellos. Cuando no los necesite, Bertuccio los venderá. Dice que ganará treinta o cuarenta mil francos en ellos.

—Pero no habrá rey en Europa bastante rico para comprarlos todos.

—Los venderá a algún visir del Oriente, que dejará vacío su tesoro para pagarlos y que lo volverá a llenar administrando a sus súbditos la bastonada en la planta de los pies.

—¿Queréis, conde, que os participe una idea que acaba de ocurrírseme?

—Decid.

—Que, después de vos, Bertuccio debe ser el simple particular más rico de Europa.

—Pues bien, os engañáis, vizconde, estoy seguro de que no tiene dos reales.

—¿Es posible? —preguntó el joven—. Ese Bertuccio es un fenómeno; mi querido conde, me contáis cosas maravillosas, casi increíbles.

—Nada hay de maravilloso, Alberto: los números y la razón os lo probarán; escuchad pues: cuando un mayordomo roba, ¿por qué lo hace?

—Porque tal es la condición de todos ellos, según creo —dijo Alberto.

—Os equivocáis. Roba porque tiene mujer, hijos y deseos ambiciosos para él y su familia; roba principalmente porque no tiene la certeza de permanecer siempre con su amo, y quiere asegurar su porvenir. Ahora bien, Bertuccio es solo, no tiene pariente alguno, toma de mi dinero lo que necesita sin tener que darme cuenta, y está seguro de que no se separará nunca de mí.

—¿Por qué?

—Porque no encontraré otro tan bueno.

—No salís de un círculo vicioso, cual es el de las probabilidades.

—¡Oh!, no; estoy en lo cierto: el buen criado para mí es aquel sobre quien tengo derecho de vida y muerte.

—¿Y lo tenéis sobre Bertuccio?

—Sí —respondió con frialdad el conde.

Hay palabras que ponen fin para siempre a una conversación; el sí del conde era una de ellas. El viaje continuó con la misma velocidad; los treinta y dos caballos, divididos en ocho relevos corrieron las cuarenta y ocho leguas en ocho horas.

Llegaron a medianoche a la puerta de un hermoso parque; el conserje tenía la reja abierta, y de pie junto a ella parecía esperar a su amo; le había advertido de su llegada el postillón del último relevo.

A las dos y media de la mañana llevaron a Morcef a su cuarto, halló un baño y la cena preparada; el criado que venía durante el camino sentado detrás estaba a sus órdenes. Bautista, que había venido en la delantera, servía al conde.

Alberto tomó un baño, cenó y se acostó; adormecióle el ruido de las alas, melancólico y triste; al levantarse se fue derecho a la ventana, la abrió y se encontró en una azotea, desde la que veía perfectamente el mar, es decir, la inmensidad, y por la espalda, el hermoso parque y un bosque.

En una rada inmediata mecíase una ligera corbeta, estrecha en la carena, elegante en su armadura, y que llevaba en el árbol mayor un pabellón con las armas de Montecristo, que era un monte de oro, con una cruz sobre un mar azul, lo que podía muy bien ser una alusión a su título, recordando el Calvario, que la pasión de Nuestro Señor convirtió en una montaña más preciosa que el oro, y la cruz, infame antes, que su pasión divina hizo santa, o también alguna alusión personal al sufrimiento y regeneración que se ocultaba en los antecedentes, ignorados de todos, de aquel hombre misterioso.

En torno a la goleta había un grupo de barcas de pescadores de los lugarcillos inmediatos, que parecían súbditos esperando la orden de su reina. Allí, como en cualquier otra parte en que Montecristo se detenía, se encontraban todas las comodidades de la vida tan perfectamente metodizadas, que con facilidad se acostumbraba cualquiera a ellas.

Alberto encontró en su antecámara dos escopetas y todos los utensilios necesarios a un cazador; una pieza situada en el piso bajo estaba destinada a guardar todas las ingeniosas máquinas que los ingleses, grandes pescadores, porque son muy cachazudos y ociosos, no han podido aún hacer adoptar a los rutinarios franceses.

Pasóse el día en estos ejercicios, en los que Montecristo era sobresaliente; mataron una docena de faisanes en el parque, pescaron infinidad de truchas, y tomaron el té en la biblioteca.

Al tercer día por la tarde Alberto, fatigado de una vida tan activa, y que parecía un juego para Montecristo, dormía en un sillón inmediato a la ventana, y el conde trazaba con su arquitecto el plan de un invernadero que quería construir en su jardín, cuando el galope de un caballo despertó al joven; miró por la ventana, y con desagradable sorpresa vio a su camarero, a quien no había querido traer consigo, por no causar tantas molestias a Montecristo.

—¡Florentín, aquí! —gritó levantándose apresurado—. ¿Está mala mi madre?

Y salió con precipitación. Montecristo le siguió con la vista, le vio, acercóse al criado, y éste, sin poder respirar aún, sacó del bolsillo un paquete cerrado y sellado, y se lo entregó: contenía una carta y un periódico.

—¿De quién es esa carta? —inquirió Alberto.

—Del señor Beauchamp —respondió Florentín.

—¿Es Beauchamp el que os ha enviado?

—Sí, señor; me llamó a su casa, me dio el dinero necesario para el viaje, hizo que me entregasen un caballo de posta, y que le prometiera no pararme hasta llegar a veros; he corrido quince horas seguidas.

Alberto abrió la carta conmovido; apenas leyó los primeros renglones, lanzó un grito y cogió el periódico con manos trémulas. De repente oscurecióse su vista, flaquearon sus piernas, y viendo que iba a caerse se apoyó en el brazo que Florentín le presentaba.

—Pobre joven —dijo Montecristo, pero tan bajo que nadie pudo oír aquellas palabras de compasión—. Está escrito que las faltas de los padres recaerán sobre los hijos hasta la tercera y cuarta generación.

Alberto había ido entretanto recobrando sus fuerzas; continuó leyendo, separando con la mano los cabellos que cayeron sobre su frente bañada de sudor, y arrugó entre sus manos la carta y el periódico.

—Florentín —dijo—, ¿vuestro caballo está en disposición de tomar el camino de París?

—Es un mal jaco de posta y está desherrado.

—¡Oh! ¡Dios mío! ¿Y cómo estaban en casa cuando salisteis?

—Bastante tranquilos; pero cuando volví de casa del señor Beauchamp encontré a la señora llorando, me llamó para que la informase de cuándo volveríais; le dije que iba a buscaros de parte del señor Beauchamp, hizo un movimiento como para detenerme, mas luego reflexionó un instante y me dijo:

—Id, Florentín, y que vuelva pronto.

—Sí, madre mía, sí —dijo Alberto—, volveré; ¡ah!, tranquilizaos, ¡y ay del infame...! Pero lo primero es pensar en volver —y dirigióse al cuarto en que había dejado a Montecristo.

No era ya el mismo hombre; cinco minutos habían sido suficientes para producir una triste metamorfosis en Alberto; había salido del cuarto en estado normal; volvió a entrar con la voz alterada, la cara enrojecida, los ojos centelleantes y el modo de andar incierto de un hombre ebrio.

—Conde —dijo—, os doy las gracias por vuestra generosa hospitalidad, hubiera deseado disfrutar de ella más tiempo, pero me es preciso volver a París.

—¿Pues qué ha ocurrido?

—Una gran desgracia; mas permitidme que me vaya: se trata de una cosa que es mil veces más preciosa que la vida; no me preguntéis, conde, os lo suplico; mandad, eso sí, que me den un caballo.

—Todos los míos están a vuestra disposición, vizconde, pero vais a destrozaros corriendo la posta a caballo; tomad mi silla, o si no un cabriolé.

—No; tardaría más, y además, ese mismo cansancio me hará bien, no temáis.

Dio una vuelta en derredor, como un hombre herido por una bala, y fue a caer en un sillón junto a la puerta. Montecristo no vio este segundo momento de debilidad porque estaba asomado a la ventana, gritando:

—Alí, un caballo para el señor de Morcef; pronto, que lleva prisa.

Estas palabras volvieron la vida a Alberto, lanzóse fuera del cuarto y el conde le siguió.

—Gracias ——dijo el joven montando a caballo—, venid tras de mí, lo más pronto que podáis, Florentín. ¿Qué debo decir para que continúen dándome caballos?

—Nada, basta que vean el que montáis para que os ensillen inmediatamente otro.

Alberto iba a partir, pero se detuvo.

—Pensaréis que mi viaje es extraño —dijo el joven—, no comprenderéis cómo algunas líneas escritas en un periódico han podido reducir a un hombre a la desesperación. Pues bien —añadió dándole el periódico—, leed eso, pero solamente cuando yo me haya marchado, a fin de que no veáis mi confusión.

Y mientras el conde recibía el periódico, hincó las espuelas al caballo, que admirado de que hubiese jinete que pudiese creer que las necesitaba, partió a escape, veloz como una flecha.

Siguióle el conde con la vista, y su mirada expresaba un sentimiento de compasión indefinible, y cuando desapareció leyó lo siguiente en el periódico:

El oficial francés al servicio de Alí—Bajá, de Janina, de que hablaba hace tres semanas El Imparcial, y que no solamente vendió el castillo de Janina, sino que entregó a los turcos a su bienhechor, se llamaba, efectivamente, Fernando en aquella época, como dijo nuestro honorable colega, pero después agregó a su nombre un título de nobleza y el de una de sus tierras.

Actualmente se llama el conde de Morcef, y es miembro de la Cámara de los Pares.

Por consiguiente, aquel terrible secreto que Beauchamp había ocultado tan generosamente aparecía como un fantasma armado; y otro periódico cruelmente informado había publicado al día siguiente de la salida de Alberto para Normandía, aquellos pocos renglones que casi volvieron loco al joven.

IV. EL JUICIO

Serían las ocho de la mañana cuando cayó Alberto como un rayo en casa de Bqauchamp. El ayuda de cámara estaba avisado, a introdujo a Morcef en el cuarto de su amo, que acababa de entrar en el baño.

—¡Y bien! —le dijo Alberto.

—Os estaba esperando, amigo mío —contestó Beauchamp.

—Aquí me tenéis. No os diré, Beauchamp, que os creo demasiado honrado y demasiado noble para sospechar que habéis hablado a nadie de nuestro asunto; no, amigo mío. Además, el mensaje que me habéis enviado es una garantía del aprecio que os merezco. Por consiguiente, no perdamos tiempo en preámbulos, ¿tenéis alguna idea de quién puede venir el golpe?

—Os diré lo que sé.

—Sí; pero antes, amigo mío, debéis referirme la historia de esta abominable traición con todos sus pormenores.

Y Beauchamp refirió al joven, abrumado de vergüenza y dolor, los hechos que vamos a referir con toda su sencillez.

La mañana de la antevíspera, el artículo había aparecido en El Imparcial y en otro periódico, y lo que es más todavía, en un periódico muy conocido por pertenecer al gobierno. Beauchamp se hallaba almorzando cuando leyó el artículo: envió inmediatamente a buscar un cabriolé, y sin acabar de almorzar marchó a la redacción del diario ministerial.

Aunque de ideas políticas enteramente opuestas a las del director del periódico acusador, Beauchamp, como sucede algunas veces, y aun diremos siempre, era íntimo amigo suyo.

Halló al director, que tenía en la mano su propio periódico, y parecía que estaba leyendo con la mayor complacencia su articulito sobre el azúcar de remolacha, que probablemente sería de su cosecha.

—¡Ah! —dijo Beauchamp—, puesto que tenéis en la mano vuestro periódico, querido ***, excuso deciros a qué vengo.

—¿Sois acaso partidario de la caña de azúcar? —preguntó el director del periódico ministerial.

—No —contestó Beauchamp—, y hasta hoy soy extraño a la cuestión; vengo por otro asunto.

—¿Cuál?

—Por el artículo acerca de Morcef.

—¡Ah!, ya: ¿no es verdad que es bastante curioso?

—Tan curioso que creo que os exponéis a veros complicado en una causa de dudoso resultado.

—No, por cierto: hemos recibido con la nota todos los documentos justificativos, y estamos perfectamente convencidos de que el señor de Morcef no dará ningún paso; por otra parte, es hacer un bien al país al denunciarle a los miserables, indignos del honor que se les hace.

Beauchamp quedó desconcertado.

—¿Pero quién os ha dado tan completos pormenores? —

preguntó—porque mi periódico, que fue el primero que habló del particular, tuvo que abstenerse por falta de pruebas, y sin embargo, estamos más interesados que vos en arrancar la máscara al señor Morcef, puesto que es par de Francia, y nosotros representamos la oposición.

—¡Oh!, nada más sencillo; no hemos corrido detrás del escándalo, ha venido él a buscarnos. Un hombre que acaba de llegar de Janina nos trajo ayer todos esos documentos, y como manifestásemos algún reparo en insertar la acusación, nos dijo que si nos negábamos se publicaría el artículo en otro periódico. Nadie sabe mejor que vos cuánto vale una noticia interesante; no quisimos desperdiciarla. El golpe está bien dado; es terrible y resonará en toda Europa.

Beauchamp conoció que no había más remedio que bajar la cabeza, y salió a la desesperada para enviar un correo a Morcef.

Pero lo que no había podido escribir a Alberto, porque lo que vamos a referir fue posterior a la salida del correo, es que el mismo día, en la Cámara de los Pares, se había notado una extraordinaria agitación. Los pares iban llegando antes de la hora y hablaban del siniestro acontecimiento que iba a ocupar la atención pública y a fijarla en uno de los miembros más conocidos del ilustre Cuerpo.

Leíase el artículo en voz baja, hacíanse comentarios, y los recuerdos que se suscitaban iban precisando cada vez más los hechos. El conde de Morcef no era querido de sus colegas. Como todos los que han salido de la nada, para conservarse a la altura de la clase, tenía que observar un exceso de altivez. Los grandes aristócratas se reían de él; los talentos le repudiaban y las glorias puras le despreciaban instintivamente. A este fatal extremo de la víctima expiatoria había llegado el conde. Una vez designada por el dedo del Señor para el fatal sacrificio, todos se preparaban para gritar: ¡Justicia!

El conde de Morcef era el único que lo ignoraba todo. No recibía el periódico que publicaba la noticia, y había pasado la mañana en escribir camas y probar su caballo.

Llegó, pues a la hora de costumbre, con la cabeza erguida, mirada orgullosa y andar insolente; se apeó del coche, atravesó los pasillos y entró en la sala, sin notar las vacilaciones de los ujieres, ni la frialdad de sus colegas al saludarle.

Cuando Morcef entró hacía ya media hora que había empezado la sesión.

A pesar de que el conde, ignorante, como hemos dicho, de cuanto había ocurrido, no había alterado en lo más mínimo su aire, ni sus ademanes, su presencia en esta ocasión pareció de tal suerte agresiva a esta asamblea celosa de su honor, que todos vieron en ello una inconveniencia, muchos una bravata y algunos un insulto. Era evidente que la Cámara entera deseaba entablar el debate.

Se veía el periódico acusador en manos de todos los pares; pero, como siempre, nadie quería cargar con la responsabilidad del ataque. Finalmente, uno de los honorables pares, enemigo declarado del conde de Morcef, subió a la tribuna con una solemnidad que anunció que había llegado el momento esperado.

Guardóse un silencio sepulcral. Sólo Morcef ignoraba la causa de la atención profunda que se prestaba a un orador a quien no se acostumbra a oír con tanta complacencia.

El conde dejó pasar tranquilamente el preámbulo, en que el orador establecía que iba a hablar de una cosa tan grave, tan sagrada y tan vital para la Cámara, que reclamaba toda la atención de sus colegas.

A las primeras palabras de Janina y del coronel Fernando, el conde de Morcef se puso intensamente pálido, lo que causó un estremecimiento general en la asamblea, y codas las miradas se fijaron en él.

Las heridas mortales tienen de particular que se ocultan, pero no se cierran: siempre dolorosas, permanecen vivas y abiertas en el corazón.

Terminó la lectura del artículo en medio del mismo silencio, turbado entonces por un rumor que cesó tan pronto como el orador volvió a tomar la palabra. El orador expuso sus escrúpulos, y manifestó cuán difícil era su posición: era el honor del señor de Morcef, el honor de toda la Cámara lo que pretendía defender, provocando un debate en que se iba a entrar en esas cuestiones personales que siempre resultan odiosas. Concluyó pidiendo que se procediese a una investigación bastante rápida para confundir, antes de que tomase cuerpo, la calumnia, y para restablecer al señor de Morcef en la posición en que la opinión pública le había colocado.

Morcef se hallaba tan abatido, que apenas pudo pronunciar algunas palabras ante sus colegas para justificarse: aquella conmoción, que podía atribuirse lo mismo al asombro del inocente que a la vergüenza del culpable, le atrajo algunas simpatías. Los hombres generosos son siempre compasivos, cuando la desgracia de su adversario es mayor que su odio.

El presidente puso a votación la sumaria, y ésta dio por resultado que había méritos para formarla.

Preguntaron al conde cuánto tiempo necesitaba para preparar su justificación. Morcef se había reanimado, sintiendo aún algún vigor después de aquel terrible—suceso, y respondió:

—Señores, no es con tomarse tiempo con lo que se rechaza un ataque, como el que contra mí dirigen enemigos solapados, y que sin duda permanecerán escondidos en las sombras del incógnito; en el momento, y como un rayo, es preciso que yo responda a las inculpaciones que contra mí se han hecho. ¡Ah!, ¡ojalá, en lugar de semejante justificación, me fuese permitido derramar toda mi sangre, para probar a mis nobles compañeros que soy digno de sentarme a su lado!

Tales palabras produjeron en el auditorio una impresión favorable para el acusado.

—Pido —dijo— que la sumaria información se forme lo más pronto posible, y yo exhibiré ante la Cámara los documentos necesarios.

—¿Qué día señaláis para eso? —preguntó el presidente.

—Desde este momento estoy a la disposición de la Cámara.

El presidente tocó la campanilla.

—¿La Cámara —prosiguió— quiere que esta sumaria información se efectúe hoy mismo?

—Sí —fue la unánime respuesta de la asamblea.

Nombróse una comisión integrada por doce miembros para examinar los documentos que debía presentar Morcef; se señaló la hora en que debía celebrarse la primera sesión, y se fijó la de las ocho de la noche, en la sala de comisiones de la Cámara, y se determinó que si fuesen necesarias más sesiones, se celebrasen a la misma hora.

Tomada esta resolución, Morcef pidió permiso para retirarse; debía coordinar los documentos que, para hacer frente a esta tempestad, había guardado durante tanto tiempo; pues su genio cauteloso y previsor la esperaba siempre.

Beauchamp contó al joven cuanto acabamos de referir; sólo que su relato tuvo de ventaja sobre el nuestro la animación producida en él por la amistad.

Alberto le escuchó temblando, tan pronto de esperanza como de cólera, y algunas veces de vergüenza; pero Beauchamp sabía que su padre era culpable, y se preguntaba cómo siéndolo podría llegar a probar su inocencia.

—¿Y después? —preguntó Alberto.

—¿Después? —dijo Beauchamp.

—Sí.

—Amigo mío, eso sí me pone en un terrible compromiso. ¿Queréis saber lo que sucedió?

—Es preciso; prefiero que seáis vos el que me lo cuente, a saberlo por cualquier otro conducto.

—Bien —dijo Beauchamp—, preparaos, Alberto; jamás habéis tenido tanta necesidad como ahora de demostrar vuestro valor.

Alberto pasó la mano por su frente, para asegurarse de su propia fuerza, como el hombre que se prepara a defender su vida, prueba su corazón y la hoja de su espada. Sintióse fuerte, porque tomaba por energía lo que no era más que un estado febril.

—Continuad —dijo.

—Llegó la noche —siguió diciendo Beauchamp—, todo París esperaba el resultado.

"Muchos había que decían que vuestro padre no necesitaba más que presentarse para echar por tierra la acusación; otros decían que el conde no se presentaría, y otros aseguraban por último haberle visto partir para Bruselas; algunos hubo que fueron a la policía a preguntar si era verdad que el conde había sacado su pasaporte.

"Debo confesaros que hice cuanto pude para obtener de uno de los miembros de la Cámara, joven par, amigo mío, que me permitiesen entrar en una tribuna reservada; a las siete vino a buscarme, y antes que nadie llegase, me recomendó a un ujier, el cual me encerró en una especie de palco: ocultábame una columna, y estaba como perdido en la oscuridad; esperaba así ver y oír hasta el fin la terrible escena que iba a presentarse a mis ojos.

"A las ocho en punto todo el mundo había llegado.

"El señor de Morcef entró al sonar la última campanada, traía en la mano algunos papeles y su aspecto era tranquilo; contra su costumbre, su aire era sencillo y su traje austero: llevaba un frac abotonado como suelen usar los militares antiguos. Su presencia produjo el mejor efecto, la comisión le era favorable en general, y muchos de sus miembros se acercaron al conde y le dieron la mano.

El corazón de Alberto se desgarraba al oír estos detalles; pero en medio de su dolor, dejó entrever un sentimiento de gratitud; hubiera querido poder abrazar a los que dieron a su padre aquella señal de amistad en medio del horrible compromiso en que se hallaba su honor.

"En aquel instante se presentó un ujier y entregó una carta al presidente.

"—Señor de Morcef, tenéis la palabra —dijo éste, abriendo la carta.

"El conde empezó su apología, y os aseguro, Alberto, que estuvo hábil y elocuente: presentó los documentos que probaban que el visir de Janina le había honrado hasta el último momento con toda su confianza, puesto que le había encargado una negociación de vida o muerte para con el emperador mismo. Mostró el anillo, signo de amistad, y con el cual Alí—Bajá sellaba ordinariamente sus cartas, y que le había entregado, para que pudiese, a su vuelta, penetrar hasta su habitación, a cualquier hora del día o de la noche, y aunque estuviese en su harén. Desgraciadamente —dijo—, la negociación salió mal, y cuando volvió para defender a su bienhechor, éste había fallecido ya; pero —añadió el conde— al morir Alí—Bajá, era tal su confianza, que me mandó entregar su favorita y su hija.

Alberto tembló, porque a medida que Beauchamp hablaba, acudían a su imaginación las palabras de Haydée, y recordaba que la hermosa griega le había contado algo de aquella negociación, de aquel anillo, y del modo en que fue vendida como esclava.

—¿Y qué efecto produjo el discurso del conde? —preguntó con ansiedad Alberto.

—Confieso que me conmovió, y lo mismo a toda la comisión —dijo Beauchamp.

"Mientras tanto, el presidente pasó ligeramente los ojos por una carta que acababan de traerle; mas a las primeras líneas despertóse su atención, y después de leerla y releerla, fijó los ojos en Morcef, y dijo:

"—Señor conde, ¿habéis dicho que el visir de Janina os había confiado su mujer y su hija?

"—Sí, señor —respondió Morcef—, pero la desgracia me ha perseguido en esto como en todo. A mi vuelta, Basiliki y su hija Haydée habían desaparecido.

"—¿Las conocíais vos?

"—Pude verlas más de veinte veces, debido a mi intimidad con el bajá, y la gran confianza que en mi lealtad tenía.

"—¿Y tenéis alguna idea de la suerte que les ha cabido después?

"—Sí. He oído decir que habían sucumbido a su dolor, y tal vez a su miseria. Yo no era rico; mi vida corría grandes peligros y, con gran pesar mío, no pude consagrarme a buscarlas.

"El presidente frunció imperceptiblemente el ceño.

"—Señores —dijo entonces—. Habéis oído las explicaciones del conde de Morcef. Señor conde, para apoyar vuestra declaración, ¿podéis presentar algún testigo?

"—¡Ay!, no —respondió el conde—, todos cuantos rodeaban al visir, y que me conocieron en su come, han muerto, o desaparecido; únicamente yo, según creo, únicamente yo, al menos entre mis compatriotas, he sobrevivido a guerra tan cruel; no conservo más que las cartas de Alí—Tebelín, y las he presentado; no me queda más que el anillo que me dio en prenda de su voluntad; helo aquí; pero tengo la prueba más convincente que se puede suministrar contra un ataque anónimo, es decir, la ausencia de toda clase de testimonio contra mi palabra de hombre honrado, y la pureza de toda mi vida militar.

"Un murmullo de aprobación circuló por la asamblea; en este momento, Alberto, si no hubiera sobrevenido ningún accidente, la causa de vuestro padre habría vencido.

"Ya no faltaba más que proceder a la votación, cuando el presidente tomó la palabra.

"—Señores —dijo—, y vos, señor conde, presumo no llevaréis a mal oír un testigo muy importante, según asegura, y que viene a ofrecerse *motu proprio*; este testigo, según lo que acaba de decirnos el señor conde, no dudo que es llamado a probar la total inocencia de nuestro colega. Esta es la carta que acabo de recibir acerca del particular: ¿deseáis que se lea, o decidís que se haga caso omiso de este incidente?

"El señor de Morcef se puso pálido, y estrujó los papeles que tenía en las manos.

"La comisión acordó que se leyera: en cuanto al conde, estaba pensativo, y nada dijo.

"El presidente leyó la siguiente misiva:

" Señor presidente:

"Puedo dar datos positivos a la comisión encargada de examinar la conducta que el teniente general, conde de Morcef, observó en Epiro y Macedonia."

"El presidente hizo una breve pausa.

"El conde de Morcef palideció; el presidente interrogó con la vista al auditorio.

—Continuad —dijeron todos a una voz.

"Asistí a los últimos momentos de Alí—Bajá; sé cuál fue la suerte de Basiliki y Haydée; estoy a las órdenes de la comisión, y reclamo el honor de que se me oiga. Estaré en el vestíbulo de la Cámara en el momento en que os entreguen esta carta.»

"—¿Y quién es ese testigo, o por mejor decir, ese enemigo? —inquirió el conde con voz profundamente alterada.

"—Vamos a saberlo —contestó el presidente—. ¿Quiere oír la comisión a ese testigo?

"—¡Sí, sí! —contestaron todos a una.

"El presidente llamó al ujier y le preguntó si había alguna persona esperando en el vestíbulo.

"—Sí, señor presidente.

"—¿Quién es esa persona?

"—Una señora con un criado.

"Y todos le miraron.

"Cinco minutos después volvió a entrar el ujier; todas las miradas se dirigían a la puerta, y yo mismo —dijo Beauchamp— participaba de la ansiedad general.

"Detrás del ujier entró una mujer cubierta con un gran velo negro. Fácilmente se adivinaba, por las formas y por los perfumes que exhalaba, que era una mujer joven y elegante.

"—¡Ah! —dijo Morcef—, era ella.

"—¿Cómo, ella?

"—Sí: Haydée.

"—¿Quién os lo ha dicho?

"—¡Ah!, lo adivino. Pero continuad, Beauchamp, continuad. Ya veis que estoy tranquilo y resignado, y sin embargo, nos vamos acercando al desenlace.

"—El señor de Mórcef —continuó Beauchamp— contemplaba a aquella mujer con sorpresa y espanto. Para él era la vida o la muerte lo que de aquella encantadora boca iba a salir; para los demás era una aventura tan extraña y tan llena de curiosidad, que la salvación o la pérdida del señor de Morcef no entraba ya en tan extraordinario suceso más que como un elemento secundario.

"El presidente indicó a la joven con la mano que tomase asiento, y ella contestó con la cabeza que permanecería de pie.

"El conde estaba sentado en el sillón, y es bien seguro que no hubieran podido sostenerle las piernas.

"—Señora —dijo el presidente—, habéis escrito a la comisión para darle datos acerca del asunto de Janina, diciendo que habíais sido testigo ocular de los acontecimientos.

"—Y lo fui efectivamente —contestó la desconocida con una voz llena de encantadora tristeza, y con aquel eco sonoro, peculiar de las voces orientales.

"—Con todo —replicó el presidente—, permitidme os diga que entonces erais muy joven.

"—Tenía cuatro años; pero como aquellos hechos eran para mí de la mayor importancia, están grabados en mi corazón todos sus pormenores.

"—¿Pero qué importancia tenían para vos esos acontecimientos, y quién sois vos para que esa gran desgracia os haya causado tan profunda impresión?

"—Se trataba de la vida o de la muerte de mi padre —contestó la joven—, y me llamo Haydée, hija de Alí—Tebelín, bajá de Janina, y de Basiliki, su muy amada esposa.

"El carmín de modestia, y al mismo tiempo de orgullo, que coloreó las mejillas de la joven, el fuego de su mirada y la majestad de su presencia, produjeron en la asamblea un efecto imposible de describir.

"En cuanto al conde, no hubiera quedado más aterrado si un rayo hubiera abierto un abismo a sus pies.

"—Señora —dijo el presidente, después de saludarla respetuosamente—, permitidme una simple pregunta, que no es una duda, y esta pregunta será la última: ¿podéis justificar la autenticidad de lo que decís?

"—Puedo justificarla —contestó Haydée, sacando de debajo del velo una bolsa de raso—, porque aquí está la partida de mi nacimiento, redactada por mi padre y firmada por sus oficiales superiores; aquí está la de mi bautismo, pues mi padre consintió que fuese educada en la religión de mi madre, acta que el primado de Macedonia y Epiro autorizó con su sello; y finalmente aquí está, y éste es sin duda el documento más importante, el acta de venta que se verificó de mi persona y de la de mi madre al mercader armenio El Kobbir por el oficial franco que en el infame convenio con la Puerta, se había reservado por su parte de botín a la hija y a la mujer de su bienhechor, a quienes vendió por la cantidad de mil bolsas, es decir, por unos cuatrocientos mil francos.

"Una intensa palidez cubrió las mejillas del conde, y sus ojos se inyectaron de sangre al oír esas terribles imputaciones que fueron acogidas por la asamblea con lúgubre silencio.

"Haydée, sin perder su aparente calma, alargó el acta de venta, redactada en lengua árabe.

"Como se había creído que algunos de los documentos aducidos estarían redactados en árabe o turco, se había avisado al intérprete, de la Cámara; se le llamó.

"Uno de los nobles pares, a quien era familiar la lengua árabe, que había tenido oportunidad de aprender durante la campaña de Egipto, iba siguiendo con la vista en el acta la lectura que el traductor dio en alta voz.

"Yo, El—Kobbir, mercader de esclavas y abastecedor del harén de su alteza, reconozco haber recibido para entregarla al sublime emperador, del señor Conde de Montecristo, una esmeralda, valuada en dos mil bolsas, a cambio de una esclava cristiana, de once años de edad, llamada Haydée, a hija del difunto señor Alí—Tebelín, bajá de Janina, y de Basiliki, su favorita; la cual me había sido vendida hace siete años junto con su madre, que murió al llegar a Constantinopla, por un coronel, al servicio del visir Alí—Tebelín, llamado Fernando Mondego.

"La susodicha venta se me hizo por cuenta de su altexa, mediante la cantidad de dos mil bolsas.

"Firmado en Constantinopla, con autorización de su alteza, el año de mil doscientos cuarenta y siete de la Hégira.

Firmado: El Kobbir."

"Para que esta acta tenga la necesaria fe, crédito y autenticidad será revestida con el sello imperial, de lo cual se encarga el vendedor."

"Al lado de la firma del vendedor se veía efectivamente el sello de la Sublime Puerta.

"Un profundo silencio siguió a esta lectura. El conde no hacía más que mirar a Haydée, y sus miradas parecían de fuego.

"—Señora —dijo el presidente—, ¿no se puede interrogar al conde de Montecristo, que, según tengo entendido, se halla en París a vuestro lado?

"—El conde de Montecristo, mi segundo padre —contestó Haydée—, hace tres días se marchó a Normandía.

"—Pues entonces —dijo el presidente—, ¿quién os ha aconsejado el paso que acabáis de dar, paso que la comisión agradece, y que además es muy natural si se tiene en cuenta vuestro nacimiento y vuestras desgracias?

"—Este paso —contestó Haydée— me lo han aconsejado mi respeto y mi dolor. A pesar de ser cristiana, ¡Dios me perdone!, siempre he pensado en vengar a mi ilustre padre. Cuando puse el pie en Francia, y supe que el traidor vivía en París, mis ojos y mis oídos estuvieron constantemente abiertos. Vivo retirada en la casa de mi noble protector; pero vivo así porque me gusta la soledad y el silencio que me permiten entregarme enteramente a mis pensamientos. Pero el señor conde de Montecristo me rodea de atenciones paternales, y no desconozco nada de cuanto constituye la vida de la sociedad. Leo, pues, todos los periódicos, de la misma manera que me envían todos los álbumes, del mismo modo que recibo todas las melodías; y siguiendo la vida de los demás, sin acostumbrarme a ella, es como he sabido lo que había sucedido esta mañana en la Cámara de los pares, y lo que debía ocurrir esta noche... Entonces he escrito la carta que os han entregado.

"Según eso —dijo el presidente—, ¿el conde de Montecristo no tiene la menor parte en el paso que acabáis de dar?

"—Lo ignora totalmente, y temo que lo desapruebe cuando lo sepa; sin embargo, es para mí un hermoso día éste en que encuentro ocasión de vengar a mi padre —dijo la joven levantando al cielo una ardiente mirada.

"Durante este tiempo el conde no había pronunciado una sola palabra; sus colegas le miraban, y sin duda se compadecían de esa fortuna destruida bajo el perfumado aliento de una mujer; su desgracia se escribía con caracteres siniestros en su rostro.

"—Conde de Morcef —dijo el presidente—, ¿reconocéis a la señora por la hija de Alí—Tebelín, bajá de Janina?

"—No —dijo Morcef, haciendo un esfuerzo para levantarse—, es una trama urdida por mis enemigos.

"Haydée, que estaba mirando a la puerta, como si esperase a alguna persona, se volvió bruscamente, y viendo al conde en pie profirió un terrible grito.

"—No me reconoces ——dijo—; ¡pues yo sí lo reconozco afortunadamente! Tú eres Fernando Mondego, el oficial que instruía las tropas de mi noble padre. ¡Tú eres quien entregó los castillos de Janina! Tú eres quien, enviado por él a Constantinopla para tratar directamente con el emperador de la vida o muerte de tu bienhechor, trajiste un firmán falso que concedía perdón! ¡Tú eres quien con este truhán llegaste a obtener el anillo del bajá que debía hacerte obedecer por Selim, el guarda del fuego! ¡Tú asesinaste a Selim! ¡Tú, quien nos vendiste a mi madre y a mí al mercader El Kobbir! ¡Asesino! ¡Asesino! ¡Asesino!, todavía tienes en la frente sangre de lo amo, miradlo.

"Tal fuerza había en aquellas palabras, y fueron pronunciadas con un acento de verdad tal, que los ojos de todos se fijaron en la frente del conde, y él mismo llevó la mano a ella, como si hubiese sentido caliente aún la sangre de Alí.

"—¿Identificáis, pues, positivamente al señor de Morcef como el mismo oficial Fernando Mondego?

"—¡Sí; es el mismo! —dijo Haydée—. ¡Oh, madre mía! Tú me dijiste: eras libre, tenías un padre a quien amabas, estabas destinada a ser casi una reina; mira bien ese hombre: él es quien lo ha hecho esclava, quien clavó en una pica la cabeza de lo padre; quien nos vendió y nos entregó traidoramente; mira bien su mano derecha, en ella tiene una gran cicatriz; si olvidas sus facciones, le reconocerás por esa señal; por esa mano, en la que cayeron una a una las monedas de oro del mercader El Kobbir! ¡Sí, le conozco! ¡Oh! ¡Que diga él mismo si me conoce!

"Cada palabra hacía perder al señor Morcef parte de su energía; a las últimas palabras ocultó vivamente y sin reflexionar la mano mutilada por una herida, metiéndola en el pecho por entre los botones del frac que tenía abiertos; cayó en su sillón, abrumado bajo el peso de la desesperación.

"Esta escena había conmovido a la asamblea, oíase un murmullo igual al de las hojas de los árboles, movidas por el viento.

"—Señor conde de Morcef —dijo el presidente—, no os dejéis abatir; responded: la justicia de la corte es suprema a igual para todos, como la de Dios; ella no permitirá que os confundan vuestros enemigos, sin daros todos los medios para combatirlos. ¿Queréis una nueva información? ¿Queréis que mande que vayan a Janina dos miembros de la Cámara? Hablad.

"Morcef no respondió.

"Los miembros de la comisión se miraron unos a otros, aterrados. Conocían el carácter enérgico y violento del conde, y era necesario fuese mucha su postración para aniquilar las fuerzas de aquel hombre; era necesario que aquel silencio, que parecía un sueño, fuese al despertar una cosa que semejase al rayo.

"—Y bien, ¿qué decís? —preguntóle el presidente.

"—Nada ——dijo el conde con voz ronca.

"—¿La hija de Alí—Tebelín —dijo el presidente— ha declarado realmente la verdad? ¿Es el testigo terrible al cual jamás se atreve a responder el culpable? ¿No? ¿Habéis hecho las cosas de que os acusa?

"El conde echó en torno una mirada cuya expresión desesperada hubiera conmovido a los tigres; pero no podía desarmar a los jueces, levantó en seguida los ojos a la bóveda, pero los bajó temiendo que aquélla se abriese y dejase ver aquel otro tribunal que se llama el cielo, y a aquel otro juez que se llama Dios.

"Desabrochóse bruscamente el frac que le ahogaba y salió de la sala como un demente; durante un momento se oyeron sus pasos bajo la bóveda sonora, y en seguida el ruido del coche que se alejaba a galope del palacio Florentino.

"—Señores —dijo el presidente cuando se restableció el silencio—, ¿el conde de Morcef está acusado de felonía, traición a indignidad?

"—Sí —respondieron a una todos los miembros de la comisión.

"Haydée había asistido hasta el fin de la sesión; oyó pronunciar la sentencia del conde sin que sus facciones expresasen alegría ni piedad; echándose entonces su velo, saludó majestuosamente a la asamblea, y salió con aquel paso con que Virgilio veía marchar a las diosas.

—Entonces —continuó diciendo Beauchamp—, me aproveché del silencio y de la oscuridad de la sala para salir sin ser visto; el ujier que me había introducido me esperaba a la puerta; me llevó a través de los corredores hasta una salida secreta que da a la calle de Vaugirard; salí con el alma entristecida y gozosa a la vez; entristecida por vos, mi querido Alberto, gozosa al ver la nobleza de aquella joven persiguiendo, hasta lograr vengarse, al enemigo de su padre. Os juro, Alberto, que venga de donde se quiera esta revelación, no puede ser sino de un enemigo; pero éste no es más que un agente de la Providencia.

Alberto tenía la cara oculta entre sus manos; levantó la cabeza mostrando su rostro sonrojado y bañado de lágrimas, y cogiendo del brazo a Beauchamp le dijo:

—Amigo, mi vida ha concluido, únicamente me falta no decir como vos que la Providencia me ha herido, sino buscar al hombre que me persigue con su enemistad; cuando le encuentre le mataré o me matará; confío en vuestra amistad, Beauchamp, si ya no es que el desprecio la haya sustituido en vuestro corazón.

—El desprecio no, amigo mío, ¿qué parte tenéis vos en esta desgracia? Afortunadamente vivimos en un tiempo en que se tienen conocimientos superiores a los antiguos, y en que no se hace a los hijos responsables de las faltas de los padres. Examinad toda vuestra vida, Alberto; data de ayer, es cierto, pero jamás aurora de más hermoso día fue más pura. No, Alberto: creedme, sois joven y rico, salid de Francia; todo se olvida pronto en esta gran Babilonia, donde la vida es tan agitada y los gustos cambian con tanta facilidad; dentro de tres o cuatro años regresaréis casado con alguna princesa rusa, y nadie pensará en lo que pasó ayer, y con mucha menos razón en lo que sucedió hace dieciséis años.

—Gracias, mi querido Beauchamp, gracias por la excelente intención que dictan vuestras palabras; pero eso no puede ser; os he hecho conocer mi deseo, mi voluntad. Bien conocéis que siendo interesado en este asunto no puedo verlo como vos; lo que os parece que trae su origen del cielo, lo creo yo de un origen menos puro; no pienso que la Providencia tenga nada que ver en todo esto, afortunadamente para mí, porque en lugar del mensajero invisible a incorpóreo, encontré un ente palpable y visible, del que me vengaré; ¡oh!, sí; me vengaré de cuanto sufro de un mes a esta parte, ahora os lo repito: si sois mi amigo, como vos decís, ayudadme a buscar la mano de donde ha partido este golpe.

—Sea —dijo Beauchamp—, si queréis que baje a la tierra de nuevo, bajaré; si queréis buscar a un enemigo, lo buscaré con vos, y lo hallaré, porque tengo tanto interés en ello como vos, porque mi honor exige también que lo hallemos.

—Pues bien, Beauchamp, ya veis que no debemos perder tiempo: empecemos nuestras indagaciones; el delator no ha sido aún castigado, y esperará probablemente quedar impune, y por mi honor, si así lo cree, se engaña.

—Entonces, escuchadme, Morcef.

—¡Ah!, Beauchamp, veo que sabéis algo, y ello me da la vida.

—No os diré que sea la realidad, pero al menos es una luz en medio de tantas tinieblas, y siguiéndola llegaremos hasta el fin.

—Hablad, ya veis mi impaciencia.

—Voy a contaros lo que os oculté a mi vuelta de Janina.

—Hablad, entonces.

—He aquí lo que pasó, Alberto; fui naturalmente a casa del primer banquero de la ciudad para tomar informes; apenas pronuncié las primeras palabras, y aun antes de nombrar a vuestro padre:

—¡Ah!, me dijo, adivino lo que os ha traído aquí.

—¿Cómo y por qué?

—Porque hace apenas quince días que he sido interrogado

sobre el mismo punto.

—¿Por quién?

—Por un banquero de París, mi corresponsal.

—¿Y se llama?

—Señor Danglars.

—¡El! —exclamó Alberto—, en efecto, él es quien hace mucho tiempo persigue con su odio a mi pobre padre; él, el hombre que pretende ser popular y que no perdona al conde de Morcef el haber llegado a ser par de Francia; y... sí, el haber dado al traste con la boda sin decir por qué, sí, sí, él es.

—Informaos, Alberto, pero no os dejéis arrebatar por la cólera antes de tiempo; informaos, digo, y si es cierto...

—¡Oh!, sí, es cierto; me pagará cuanto he sufrido.

—Tened presente, Morcef, que es un anciano.

—Respetaré su edad como él ha respetado el honor de mi familia; si a quien quería perder era a mi padre, ¿por qué no le buscó? ¡Oh!, no, él ha tenido miedo de verse cara a cara con un hombre.

—No os diré que no, Alberto; lo que exijo es que os contengáis y obréis con prudencia.

—Descuidad, además me acompañaréis, Beauchamp; las cosas interesantes y solemnes deben tratarse ante testigos; antes que pase el día si el señor Danglars es culpable, habrá dejado de existir o yo habré muerto. Por vida de Dios, Beauchamp, quiero hacer magníficos funerales a mi honor.

—Alberto, cuando se toman semejantes resoluciones es preciso ponerlas en práctica en seguida; ¿queréis ir a casa del señor Danglars...? Pues salgamos.

Enviaron a buscar un coche de alquiler, y al entrar en casa del banquero vieron allí el faetón y el criado del señor Cavalcanti a la puerta.

—¡Ah, ah! —dijo con voz sombría Alberto—, esto va bien; si el señor Danglars no quiere batirse, mataré a su yerno: ¡éste sí se batirá! un

Anunciaron el joven al banquero, que al nombre de Alberto, y sabiendo lo que había ocurrido el día antes, prohibió que le dejasen entrar; pero era ya tarde. Alberto había seguido al lacayo, oyó la orden, forzó la puerta, y penetró, seguido de Beauchamp, en el despacho del banquero.

—Pero, caballero —le dijo éste—, ¿no es uno dueño ya de recibir o no en su casa a las personas que quiere? Me parece que os conducís de un modo muy extraño.

—No, señor —dijo fríamente Alberto—, hay circunstancias, y os halláis en una de ellas, en que, salvo ser un cobarde, os ofrezco ese refugio, es preciso estar visible, al menos para ciertas personas.

—¿Qué queréis de mí?

—Quiero —dijo Morcef, acercándose sin hacer caso, al parecer, de Cavalcanti, que estaba junto a la chimenea— proponeros una cita en un lugar retirado y donde nadie nos interrumpa durante diez minutos; de los dos solamente volverá uno.

Danglars palideció; Cavalcanti hizo un movimiento y Alberto se volvió súbitamente.

—¡Oh, Dios mío! —dijo—, acercaos; venid si gustáis, señor conde; tenéis derecho para ser de la partida, yo doy esta clase de citas a cuantos quieren aceptarlas.

Cavalcanti miró estupefacto a Danglars, el cual, haciendo un esfuerzo se levantó y vino a colocarse entre los dos jóvenes; el ataque de Alberto a Andrés le hizo creer que su visita tenía otra causa distinta de la que creyó en un principio.

—¡Ah!, si venís a buscar querellas con el señor, porque le he preferido a vos, os prevengo que haré un asunto grave de este insulto, y daré parte al procurador del rey.

—Os engañáis —dijo Morcef con sombría sonrisa—, no hablo con relación al matrimonio, y si me he dirigido al señor Cavalcanti, ha sido porque he creído ver en él la intención de intervenir en nuestra discusión, y tenéis razón, hoy estoy con ganas de buscar disputa, pero tranquilizaos, señor Danglars, la preferencia es vuestra.

—Caballero —respondió Danglars, pálido de cólera y de miedo—, os advierto que cuando tengo la desgracia de encontrarme con un dogo rabioso, le mato, y lejos de creerme culpable, pienso que he hecho un servicio a la sociedad; así, os prevengo que si estáis rabioso, os mataré sin piedad. ¿Tengo yo la culpa de que vuestro padre esté deshonrado?

—Sí, miserable, la culpa es tuya —gritó Morcef.

Danglars dio un paso atrás.

—¡La culpa mía! —dijo—, ¿estáis loco? ¿Sé yo la historia griega? ¿He viajado por aquel país? ¿He aconsejado a vuestro padre que vendiese el castillo de Janina y que hiciese traición...?

—¡Silencio! —dijo Alberto—, no sois vos el que directamente ha causado este escándalo; pero lo habéis provocado hipócritamente.

—Sí. ¿Y de dónde procede la revelación?

—Me parece que el periódico ha dicho de Janina.

—¿Quién ha escrito a Janina?

—¿A Janina?

—Sí, ¿quién ha escrito pidiendo informes sobre mi padre?

—Me parece que todo el mundo puede escribir a Janina.

—Una sola persona ha sido quien lo ha hecho.

—¿Una sola?

—Sí, y ésa sois vos.

—He escrito sin duda; me parece que cuando un padre va a casar a una hija, tiene derecho a tomar informes sobre la familia del joven a quien va a unirla, y esto no sólo es un derecho, sino un deber.

—Habéis escrito —dijo Alberto— sabiendo muy bien la respuesta que os darían.

—¡Yo!, ¡ah!, os juro —dijo Danglars con una confianza y una seguridad hijas, menos quizá de su miedo, que de la compasión que sentía por el desgraciado joven—, os juro que jamás habría pensado en escribir a Janína. ¿Conocía por ventura la catástrofe de Alí. Bajá?

—Entonces alguien os incitó para ello.

—Desde luego.

—¿Os han incitado?

—Sí.

—¿Y quién...? acabad...

—Es muy sencillo: hablaba de los antecedentes de vuestro padre; decía que el origen de su fortuna había permanecido siempre ignorado, la persona me preguntó dónde había adquirido vuestro padre su fortuna y respondí que en Grecia; ¡pues bien! —me dijo—, escribid a Janina.

—¿Y quién os dio ese consejo?

—El conde de Montecristo, vuestro amigo.

—¿El conde de Montecristo os dijo que escribieseis a Janina?

—Sí, y así lo hice. Si queréis ver mi correspondencia, os la enseñaré. Alberto y Beauchamp cambiaron una mirada.

—Caballero —dijo Beauchamp, que hasta entonces no había tomado la palabra—, parece que acusáis al conde, que se halla ausente de París, y que en este momento no puede justificarse.

—No acuso a nadie; digo la verdad, y repetiré delante del conde de Montecristo cuanto acabo de deciros ahora.

—¿Y el conde conoce la respuesta que recibisteis?

—Se la enseñé.

—¿Sabía que el nombre de pila de mi padre era Fernando y su apellido Mondego?

—Sí, se lo había dicho yo hace tiempo; por lo demás, no he hecho más que lo que haría cualquier otro en mi lugar, y aun quizá menos. Cuando al día siguiente de recibida esta respuesta, vuestro padre, incitado por Montecristo, vino a pedirme mi hija como se acostumbra, se la negué, es verdad, y se la negué sin darle motivos, sin explicaciones, sin ruido; ¿y qué necesidad tenía yo de un escándalo? ¿Qué me importaba a mí el honor o el deshonor del señor de Morcef? Esto no haría alzar ni bajar la renta.

Alberto sintió que el rubor encendía sus mejillas; no había duda, Danglars se defendía con bajeza, pero con la seguridad de un hombre que dice si no toda la verdad, gran parte de ella, no por conciencia, sino por miedo; y además, ¿qué era lo que buscaba Morcef? No la mayor o menor culpabilidad de Danglars o Montecristo, sino un hombre que le respondiese de la ofensa, que se batiese, y claro era ya que Danglars no se batiría.

Ahora se acordaba de cosas que había olvidado o que habían pasado inadvertidas. Montecristo lo sabía todo, puesto que había comprado la hija de Alí—Bajá, y había, no obstante, aconsejado a Danglars que escribiese a Janina; conociendo la respuesta, había accedido al deseo manifestado por Alberto de ser presentado a Haydée; una vez ante ella, hizo recaer la conversación sobre la muerte de Alí; pero habiendo dicho algunas palabras en griego a la joven, que no permitieron que éste conociese por la relación de la muerte de Alí, a su padre. ¿No había rogado a Morcef que no pronunciase el nombre de su padre delante de Haydée? En fin, se llevó a Alberto a Normandía en el momento en que el gran escándalo iba a producirse. Ya no podía dudar, todo había sido calculado, y sin duda Montecristo estaba de acuerdo con los enemigos de su padre.

Alberto llamó aparte a Beauchamp y le comunicó todas estas reflexiones.

—Es verdad —le dijo—, el señor Danglars no tiene en esto más que una parte material, a Montecristo es a quien debéis pedir una explicación.

Alberto se volvió.

—Caballero —dijo a Danglars—, comprendéis que no me despido aún definitivamente de vos; me queda todavía por averiguar si vuestras inculpaciones son justas: voy a asegurarme de ello en casa del conde de Montecristo.

Y saludando al banquero salió sin hacer caso de Cavalcanti. Danglars le acompañó hasta la puerta y allí aseguró de nuevo a Alberto que ningún motivo de enemistad personal tenía con el conde de Morcef.

V. EL INSULTO

Beauchamp detuvo a Morcef a la puerta de la casa del banquero.

—Escuchad —le dijo—, hace poco que habéis oído en casa de Danglars que al conde de Montecristo debéis pedirle una explicación.

—Sí; ahora mismo vamos a su casa.

—Un momento, Morcef; antes de presentarnos en ella, reflexionad.

—¿Qué queréis que reflexione?

—La gravedad del paso que vas a dar.

—¿Es más que haber venido a ver a Danglars?

—Sí. Danglars es un hombre de dinero, y éstos saben demasiado bien el capital que arriesgan batiéndose; el otro, por el contrario, es un noble, al menos en la apariencia, ¿y no teméis encontrar bajo el noble al hombre intrépido y valeroso?

—Lo único que temo encontrar es un hombre que no quiera batirse.

—¡Oh!, podéis estar tranquilo, éste se batirá; lo único que temo es que lo haga demasiado bien, tened cuidado.

—Amigo —dijo Morcef sonriéndose—, es cuanto puedo apetecer, nada puede sucederme que sea para mí más dichoso que morir por mi padre: esto nos salvará a todos.

—Vuestra madre se moriría.

—¡Pobre madre! —dijo Alberto, pasando la mano por sus ojos—, bien lo sé; pero es preferible que muera de esto que de vergüenza.

—¿Estáis bien decidido, Alberto?

—Vamos.

—Creo, sin embargo, que no le encontraremos.

—Debía salir para París pocas horas ya habrá llegado.

Subieron al carruaje, que les condujo a la entrada de los Campos Elíseos, número 30. Beauchamp quería bajar solo; pero Alberto le hizo observar que, saliendo este asunto de las reglas ordinarias, le era permitido separarse de las reglas de etiqueta del duelo.

Era tan sagrada la causa que hacía obrar al joven, que Beauchamp no sabía oponerse a sus deseos; cedió, y se contentó con seguirle.

De un salto plantóse Alberto del cuarto del portero a la escalera; abrióle Bautista. El conde acababa de llegar, estaba en el baño, y había dicho que no recibiese a nadie.

—¿Y después del baño? —preguntó Morcef.

—El señor conde comerá.

—¿Y después de comer?

—Dormirá por espacio de una hora.

—¿Y a continuación?

—Irá a la ópera.

—¿Estáis seguro?

—Sí, señor; ha mandado que el carruaje esté listo a las ocho en punto.

—Muy bien —dijo Alberto—, es cuanto deseaba saber.

Y volviéndose en seguida a Beauchamp:

—Si tenéis algo que hacer, querido mío, despachad vuestras diligencias en seguida; si tenéis alguna cita para esta noche, aplazadla hasta mañana. Cuento con que me acompañaréis esta noche a la ópera, y que si podéis haréis que venga con vos Chateau—Renaud.

Beauchamp aprovechó el permiso, y se despidió de Alberto, ofreciéndole que iría a buscarle a las ocho menos cuarto.

Alberto volvió a su casa, y avisó a Franz y a Debray que deseaba verles por la noche en la ópera.

Fue en seguida a ver a su madre, que desde el acontecimiento del día anterior no salía de su cuarto ni permitía entrar a nadie:, hallóla en cama, abismada por el dolor de aquella pública humillación.

La vista de Alberto produjo en Mercedes el efecto que debía esperarse; apretó la mano de su hijo, y prorrumpió en copioso llanto. Las lágrimas la aliviaron.

Alberto permaneció un momento en pie y sin proferir una palabra junto a la cama de su madre. Veíase en su pálida cara y sus fruncidas cejas que el deseo de venganza se arraigaba cada vez más en su corazón.

—Madre mía—dijo Alberto—, ¿conocéis algún enemigo del señor Morcef?

Mercedes se estremeció al notar que el joven no había dicho "mi padre".

—Hijo mío —le dijo—, las personas de la posición del conde tienen muchos enemigos a quienes no conocen, y éstos, como sabéis, son los más temibles.

—Lo sé, y por eso recurro a vuestra perspicacia; sois, madre mía, una mujer tan superior, que nada se os oculta.

—¿Por qué me decís eso?

—Supongo que observasteis que la noche del baile, el señor de Montecristo no se permitió tomar nada en casa.

Mercedes, incorporándose sobre el brazo, y con ardiente fiebre, le dijo:

—¡El señor de Montecristo! ¿Y qué tiene que ver eso con la pregunta que me hacéis?

—Sabéis, madre mía, que Montecristo es casi un oriental, y los orientales, para conservar toda su libertad en su venganza, no comen ni beben jamás en casa de sus enemigos.

—¿El señor de Montecristo nuestro enemigo, decís, Alberto? —respondió Mercedes poniéndose pálida como una muerta—.

¿Quién os lo ha dicho? ¿Y por qué? ¿Estáis loco, Alberto? Montecristo nos ha manifestado siempre la mayor amistad, os ha salvado la vida, y vos mismo nos lo presentasteis; ¡oh, hijo mío!, si tenéis semejante idea, desechadla; y si puedo recomendaros, o mejor diré rogaros, una cosa, es que estéis bien con él.

—Madre mía, ¿tenéis sin duda algún motivo personal para recomendarme tanto a ese hombre?

—¡Yo! —replicó Mercedes poniéndose colorada con la misma rapidez con que antes había palidecido, y volviendo de nuevo a su palidez.

—Sí, sin duda, y esa razón no es —dijo Alberto— la de que ese hombre no puede hacernos mal.

—Me habláis de un modo extraño, Alberto, y me hacéis singulares prevenciones. ¿Qué os ha hecho el conde? Hace tres días que estabais con él en Normandía, y le mirabais como a vuestro mejor amigo.

Una sonrisa irónica se asomó a los labios de Alberto; Mercedes la vio, y con el instinto de mujer y de madre lo adivinó todo; pero prudente y valerosa, ocultó su turbación y su miedo.

Alberto permaneció silencioso, y la condesa al poco rato reanudó la conversación.

—¿Veníais a preguntarme cómo estaba? Os responderé francamente, hijo mío, que no me siento bien; debéis quedaros aquí, Alberto; me acompañaréis, necesito no estar sola.

—Con mucho gusto, madre mía. Sabéis que es mi mayor dicha, pero un asunto urgente a importante me impide haceros compañía esta noche.

—¡Ah!, muy bien, Alberto; no quiero que seáis esclavo de vuestra piedad filial.

Alberto hizo como que no oía, saludó a su madre y salió.

Apenas hubo cerrado la puerta, cuando Mercedes mandó llamar a un criado de confianza, le ordenó que siguiese a Alberto a todas partes y viniese a darle cuenta de todo.

En seguida, entró su doncella, y aunque muy débil, se vistió para estar pronta a lo que pudiera presentarse.

La comisión dada al lacayo no era difícil de ejecutar. Alberto entró en su cuarto y se vistió con suma elegancia; a las ocho menos diez minutos llegó Beauchamp; había visto a Chateau—Renaud, el que le había ofrecido encontrarse en la orquesta al levantarse el telón.

Ambos subieron en el coche de Alberto, que no teniendo motivo para ocultar adónde iba, dijo:

—A la Opera.

Tal era su impaciencia que llegó mucho antes de que se alzara el telón.

Chateau—Renaud se hallaba sentado en su butaca, prevenido de todo por Beauchamp, y así Alberto no tuvo necesidad de decirle nada; la conducta de este hijo, que procuraba vengar a su padre, era tan natural, que Chateau—Renaud no pensó en disuadirle, y se contentó con renovarle la promesa de que estaba a su disposición.

Debray no había llegado aún; pero Alberto sabía que rara vez faltaba a la Opera; se paseó de un lado a otro hasta que se levantó el telón. Esperaba encontrar a Montecristo en los corredores o en la escalera. Empezó la ópera, y fue a ocupar su asiento entre Chateau-Renaud y Beauchamp.

Pero su vista no se apartaba de aquel palco entre columnas, que durante todo el primer acto permaneció cerrado.

Finalmente, al mirar Alberto su reloj por centésima vez, al principio del segundo acto, la puerta se abrió, y Montecristo, vestido de negro, entró y se apoyó sobre la baranda para mirar a la sala; Morrel le seguía, buscando con la vista a su hermana y a su cuñado; divisóles en un palco segundo, y les saludó.

Al mirar el conde a la sala, vio sin duda un rostro pálido y dos ojos centelleantes que ávidamente le buscaban: reconoció a Alberto; pero la expresión que notó en aquella fisonomía tan trastornada, le aconsejó sin duda que fingiese no fijarse, cual si no le hubiese distinguido; sin dar, pues, lugar a que pudiese conocerse su pensamiento, se acomodó en su asiento, sacó su lente, y se puso a mirar con la mayor indiferencia a uno y otro lado.

Pero aunque aparentaba no hacer caso de Alberto, no le perdía de vista, y al caer el telón, concluido el segundo acto, su mirada infalible siguió al joven, que salía acompañado de sus dos amigos; al poco tiempo vio aparecer aquella misma cabeza por entre los cristales de un palco frente al suyo; comprendió que la tempestad se avecinaba, y aun cuando hablaba a Morrel con un semblante el más risueño, se había preparado a todo antes que oyese a la llave dar vuelta en la cerradura de su palm; abrióse éste, y Montecristo se volvió y se encontró con Alberto, lívido y temblando; tras él entraron Beauchamp y Chateau—Renaud.

—¡Hola! —exclamó con aquella exquisita finura que siempre le distinguía—, he aquí un caballero que ha llegado al fin. Buenas noches, señor de Morcef.

Y el rostro de aquel hombre tan admirablemente dueño de sí mis-mo manifestaba la más perfecta cordialidad.

Morrel se acordó entonces de la carta que había recibido del vizconde, y en la que sin más explicación le rogaba asistiese a la ópera, y conoció que iba a suceder una terrible escena.

—No venimos aquí para cambiar frases hipócritas o falsas muestras de amistad —dijo el joven—, venimos a pediros una explicación, señor conde.

Su voz era lúgubre, y apenas se dejaba oír por entre sus dientes, fuertemente apretados.

—¿Una explicación en la Opera? —dijo el conde, con aquel tono tranquilo y aquella mirada penetrante en que se distinguía al hombre enteramente dueño de sí mismo—. Por poco versado que esté en las costumbres de París, no me parece, caballero, que sea éste el lugar adecuado para pedir explicaciones.

—Cuando las personas se ocultan, cuando es imposible llegar hasta ellas, porque se excusan con que están en el baño, en la mesa o en la cama, es preciso dirigirse a ellas donde se las encuentra.

—No es difícil hallarme —dijo Montecristo—, porque, si mal no recuerdo, ayer mismo estabais en mi casa.

—Ayer —dijo el joven, que se iba acalorando— estaba en vuestra casa porque ignoraba quién erais.

Y al decir estas palabras, Alberto levantó la voz de modo que pudiesen oírlas las personas de los palcos inmediatos y las que pasaban por los corredores. Las unas volvieron la vista hacia el conde y las otras se detuvieron a la puerta detrás de Beauchamp y Chateau-Renaud, al ruido de aquel altercado.

—¿De dónde venís? —preguntó Montecristo—, me parece que habéis perdido la cabeza.

—Y su semblante no dejó traslucir la menor emoción.

—Con tal que comprenda vuestras perfidias y llegue a vengarme de ellas, tendré toda mi razón —dijo Alberto, furioso.

—No os comprendo —replicó Montecristo—, y aun cuando os comprendiera, no hablaríais más alto: estoy aquí en mi casa, y solamente yo tengo el derecho de levantar la voz sobre los demás. Salid, caballero.

Y mostró la puerta a Alberto con un admirable ademán imperativo.

—¡Ah!, yo soy el que haré que salgáis vos de aquí —respondió Alberto, apretando entre sus manos convulsivas su guante, que el conde no perdía de vista.

—¡Bien! ¡Bien! —dijo flemáticamente Montecristo—, buscáis una querella, caballero, lo veo; pero un consejo, vizconde, y conservadlo bien en la memoria: es muy mala costumbre meter ruido al provocar. No a todos conviene el ruido, señor de Morcef.

Al oír aquel nombre, un murmullo sordo se dejó oír entre los asistentes extraños a esta escena. Todos hablaban de Morcef desde la víspera.

Alberto, mejor que todos, y el primero, comprendió la alusión e hizo la demostración como de ir a tirar el guante al rostro del conde, pero Morrel le sujetó por la muñeca, mientras Beauchamp y Chateau-Renaud le detenían por detrás, temiendo que la escena rebasara los límites de una provocación.

Montecristo, sin levantarse, inclinando su silla solamente, alargó la mano, y cogiendo el guante húmedo y arrugado que el joven tenía en las suyas, le dijo con terrible acento:

—Caballero, tengo por arrojado vuestro guante, y os lo enviaré envuelto con una bala; ahora ya, salid de aquí o llamo a mis criados y os hago poner en la puerta.

Ebrio, trastornado a inyectándosele los ojos en sangre, Alberto dio dos pasos atrás. Morrel aprovechó el momento para cerrar la puerta.

Montecristo volvió a tomar su lente, y se puso a mirar de un lado a otro, como si nada de particular hubiese sucedido.

—¿Qué le habéis hecho? —dijo Morrel.

—Yo, nada, personalmente al menos.

—Sin embargo, esta extraña escena debe tener una causa.

—La aventura del conde de Morcef exaspera al desgraciado joven.

—¿Tenéis alguna parte en ella?

—Haydée es la que ha instruido a la Cámara de los Pares de la traición de su padre.

—Me habían dicho, efectivamente, aunque no quise creerlo, que la esclava griega que he visto con vos en este mismo palco es la hija de Alí—Bajá; pero repito que no quise creerlo.

—Pues es verdad.

—¡Ay, Dios mío!, ahora lo comprendo todo, y esta escena ha sido premeditada.

—¿Cómo es eso?

—Alberto me escribió que no dejase de venir esta noche a la Opera, y fue sin duda para que presenciase el insulto de que quería haceros objeto.

—Probablemente —dijo Montecristo con su imperturbable tranquilidad.

—¿Y qué haréis con él?

—¿Con quién?

—Con Alberto.

—¿Con Alberto? ¿Qué es lo que yo haré, Maximiliano? —respondió el conde en el mismo tono—, tan cierto como estáis aquí y aprieto vuestra mano, le mataré mañana antes de las diez; he aquí lo que haré.

Morrel estrechó la mano de Montecristo entre las suyas, y tembló al sentir aquella mano fría y aquella pulsación tranquila: admirado, soltó la mano de Montecristo.

—¡Conde! ¡Conde! —dijo.

—Querido Maximiliano —interrumpióle Montecristo—, escuchad qué bien canta Duprez esta frase:

"¡Oh! Matilde, ídolo de mi alma.»

»Podéis creerme. Yo he sido el primero que adivinó el gran mérito de Duprez, en Nápoles, y el primero que le aplaudió.

Morrel conoció que era inútil hablar más y aguardó.

Concluyó el acto, cayó el telón, y al poco rato llamaron a la puerta.

—Entrad —respondió Montecristo, sin que su voz mostrase alteración.

Presentóse Beauchamp.

—Buenas noches, señor Beauchamp —dijo Montecristo como si viese al periodista por primers vez en aquella noche—, sentaos.

Beauchamp saludó y se sentó.

—Caballero —dijo a Montecristo—, acompañaba un momento ha, como pudisteis ver, al señor de Morcef.

—Lo cual significa que vendríais de comer juntos —respondió Montecristo riéndose—, me alegro de ver que habéis sido más sobrio que él.

—Convengo en que Alberto no ha tenido razón para arrebatarse de aquel modo, y yo por mi parte vengo a presentaros mis excusas: ahora que están hechas las mías, oíd, señor conde, os diré que os supongo demasiado galante para rehusar el dar alguna explicación de vuestras relaciones con la gente de Janina; y después añadiré dos palabras sobre esa joven griega.

Montecristo le hizo seña de que bastaba.

—Vamos —dijo riéndose—, he aquí todas mis esperanzas destruidas.

—¿Por qué? —preguntó Beauchamp.

—Claro, me habéis creado una reputación de excentricidad; soy, según vos, un Lara, un Manfredo, un lord Ruthwen; y después de pasar por excéntrico, echáis a perder vuestro tipo, y queréis hacerme un hombre cualquiera, común, vulgar: me pedís explicaciones, en fin. Vamos, señor Beauchamp, queréis reíros.

—Sin embargo, hay ocasiones —respondió Beauchamp con altanería—, en que el honor manda...

—Señor de Beauchamp —le interrumpió aquel hombre extraño—, quien manda al conde de Montecristo es el conde de Montecristo; así, pues, no hablemos más de eso, si gustáis; hago lo que quiero, y creedme, siempre está bien hecho.

—Caballero, no se paga a hombres de honor con esa moneda, y éste exige garantías.

—Yo soy una garantía viva —respondió Montecristo, impasible; pero sus ojos centelleaban amenazadores———. Los dos tenemos en nuestras venas sangre que deseamos derramar; he aquí nuestra mutua garantía; llevad esta respuesta al vizconde, y decidle que mañana antes de las diez habré visto correr la suya.

—Sólo me resta, pues —dijo Beauchamp—, fijar las condiciones del combate.

—Me son del todo indiferentes —dijo el conde—, y era inútil venir a distraerme durante el espectáculo por tan poca cosa. En

Francia se baten con espada o pistola, en las colonias con carabina y en Arabia con puñal. Decid a vuestro ahijado que aunque insultado, para ser excéntrico hasta el fin, le dejo el derecho de escoger las armas, y que aceptaré cualquiera sin distinción, cualquiera, entendéis bien, todo, todo; hasta el combate por suerte, que es lo más estúpido; pero yo estoy seguro de una cosa, y es que ganaré.

—Está seguro de ganar —dijo Beauchamp, mirando espantado al conde.

—¡Eh!, ciertamente —dijo Montecristo, alzando ligeramente los hombros—, sin eso no me batiría con el señor de Morcef. Le mataré, es preciso, y sucederá. Os suplico tan sólo que me enviéis esta noche dos líneas, indicándome las armas y la hora, pues no me gusta que me esperen.

—La pistola; a las ocho de la mañana en el bosque de Bolonia —dijo Beauchamp sin saber si tenía que habérselas con un fanfarrón charlatán o con un ser sobrenatural.

—Bien —dijo Montecristo—, ahora que todo está arreglado, dejadme oír la ópera, y decid a vuestro amigo Alberto que no vuelva por aquí esta noche con sus brutalidades de mal género, que se retire a su casa y se acueste.

Beauchamp se retiró admirado.

—Ahora cuento con vos, ¿no es cierto? —dijo Montecristo volviéndose hacia Morrel.

—Ciertamente, y podéis disponer de mí, conde; sin embargo...

—¿Qué?

—Sería importante conocer la verdadera causa...

—¿Luego, rehusáis?

—No.

—¿La verdadera causa, Morrel? —dijo el conde—, ese joven marcha a ciegas y no la conoce él mismo: la verdadera causa la sabemos Dios y yo; pero os doy mi palabra de honor que Dios que la conoce estará por nosotros.

—Eso me basta, conde —respondió Morrel.

—¿Quién es vuestro segundo testigo?

—No conozco a nadie en París, a quien yo quiera hacer este honor más que a vos y a vuestro cuñado Manuel. ¿Creéis que rehusará este servicio?

—Os respondo de él como de mí.

—Bien; es cuanto necesito; por la mañana, a las siete y media, en mi casa. ¿No es eso?

—Estaremos allí.

—¡Chist!, he aquí que se levanta el telón: escuchemos; tengo por costumbre no perder una nota en esta ópera; ¡es tan hermosa la música del Guillermo Tell!

Montecristo esperó, según su costumbre, a que Duprez hubiese cantado su famosa Sígueme, y entonces se levantó y salió.

A la puerta se separó de él Morrel, renovándole la promesa de ir a su casa con Manuel al día siguiente a las siete de la mañana en punto. Subió en seguida a su coche tranquilo y risueño; a los cinco minutos estaba en su casa; solamente el que no conociese al conde podría dejarse engañar al ver el modo con que al entrar dijo a Alí:

—Alí, mis pistolas con culata de marfil.

Trájole la caja, la abrió, y el conde se puso a examinarlas con aquella atención propia del hombre que va a confiar su vida a un poco de hierro y plomo.

Eran pistolas no comunes, que Montecristo había mandado hacer para tirar al blanco dentro de su habitación; una cápsula sola bastaba para hacer salir la bala; el ruido era casi imperceptible, tanto que en la habitación inmediata ninguno hubiera podido dudar de que el conde, como se dice en términos de tiro, se ocupaba en ejercitar su pulso.

Apenas había cogido la pistola, y se preparaba a buscar el blanco en una plancha de plomo que le servía para tal efecto, cuando se abrió la puerta del despacho y entró Bautista.

Pero antes de que éste hablase, el conde vio en la pieza inmediata a una mujer cubierta con un velo, que había seguido al criado; ella, que vio también al conde con la pistola en la mano y dos floretes de combate sobre la mesa, entró inmediatamente en la habitación.

—¿Quién sois, señora? —preguntó el conde a la mujer cubierta aún con el velo.

La desconocida miró en derredor para asegurarse de que estaban solos, a inclinándose después como si hubiese querido arrodillarse, juntando las manos y con el acento de la desesperación:

—¡Edmundo —dijo—, no matéis a mi hijo!

El conde retrocedió; un grito se escapó de sus labios, y dejó caer el arma que tenía en la mano.

—¿Qué nombre acabáis de pronunciar, señora de Morcef? —dijo.

—El vuestro —respondió levantando su velo—, el vuestro, que solamente yo no he olvidado. Edmundo, no es la señora de Morcef la que viene a veros; es Mercedes.

—Mercedes murió, señora, y no conozco ya a ninguna de ese nombre.

—Mercedes vive, y Mercedes se acuerda de vos; no sólo os conoció al veros, sino aun antes, al sonido de vuestra voz; desde entonces os sigue Paso a paso, vela sobre vos y os teme; ella no ha tenido necesidad de adivinar de dónde salió el golpe que ha herido al señor de Morcef.

—Fernando, queréis decir, señora —prosiguió Montecristo con amarga ironía—, puesto que recordamos nuestros nombres propios, recordémoslos todos.

Y Montecristo pronunció aquel Fernando con tal expresión de odio, que Mercedes sintió un frío temblor que se apoderaba de todo su cuerpo.

—Bien veis, Edmundo, que no me había engañado y que con razón os decía: ¡no matéis a mi hijo!

—¿Y quién os ha dicho, señora, que yo quiero hacer algún daño a vuestro hijo?

—¡Nadie, Dios mío!, pero una madre está dotada de doble vista: todo lo he adivinado, le he seguido esta noche a la Opera, y oculta en un palmera, lo he visto todo.

—Así, pues, ya que lo habéis visto todo, ¿habréis visto también que el hijo de Fernando me ha insultado públicamente? —dijo Montecristo con una calma terrible.

—¡Oh! ¡Por piedad!

—Ya habéis visto que me habría arrojado el guante a la cara si uno de mis amigos, el señor Morrel, no le hubiese detenido el brazo.

—Escuchadme: mi hijo todo lo ha adivinado, y os atribuye las desgracias de su padre.

—Señora —dijo Montecristo——, os engañáis, no son

desgracias, es un castigo; no he sido yo, ha sido la Providencia la que ha castigado al señor de Morcef.

—¿Y por qué sustituís vos a la Providencia? —exclamó Mercedes—. ¿Por qué os acordáis, cuando ella olvida? ¿Qué os importan a vos, Edmundo, Janina y su visir? ¿Qué mal os hizo Fernando Mondego al hacer traición a Alí—Tebelín?

—Pero eso, señora, es un asunto que concierne al capitán franco y a la hija de Basiliki. Nada tengo que ver con eso; decís muy bien, y por eso si he jurado vengarme, no es ni del capitán franco, ni del conde de Morcef, sino del pescador Fernando, marido de la catalana Mercedes.

—¡Ah! —dijo la condesa—, ¡qué terrible venganza, por una falta que la fatalidad me hizo cometer!, porque la culpable soy yo, Edmundo, y si queríais vengaros debió ser de mí, que no tuve fuerza para resistir vuestra ausencia y mi soledad.

—Pero ¿por qué estaba yo ausente y vos sola?

—Porque estabais detenido, Edmundo, porque estabais preso.

—¿Y por qué estaba yo preso?

—No lo sé —dijo Mercedes.

—No lo sabéis, señora, así lo creo; pero voy a decíroslo; me prendieron, porque la víspera misma del día en que iba a casarme con vos, en una glorieta de la Reserva, un hombre llamado Danglars escribió esta carta que el pescador Fernando se encargó de poner en el correo.

Y dirigiéndose hacia un escritorio, abrió Montecristo un cajón y sacó un papel, cuya tinta se había ya enrojecido, poniendo a la vista de Mercedes la carta de Danglars al procurador del rey, que el día en que había pagado los doscientos mil francos al señor Boville, el conde, nombrándose agente de la casa de Thompson y French, había sustraído del proceso de Edmundo Dantés.

Mercedes leyó temblando lo siguiente:

"Se advierte al señor procurador del rey, por un amigo del trono y de la religión, que el llamado Edmundo Dantés, segundo del navío El Faraón, llegado esta mañana de Esmirna, después de haber tocado en Nápoles y Porto—Ferrajo, ha sido encargado por Murat de una carta para el usurpador, y por éste de otra para el comité bonapartista de París.

»La prueba de este crimen se adquirirá prendiéndole, pues se le encontrará la carta encima, o en casa de su padre, o en su camarote a bordo.»

—Ay, ¡Dios mío! —dijo Mercedes pasando la mano por su frente, inundada en sudor—, y esta carta...

—Doscientos mil francos me ha costado el poseerla, señora, pero es barata aún, puesto que me permite hoy disculparme a vuestros ojos.

—¿Y el resultado de esta carta?

—Ya lo sabéis, señora, fue mi prisión; pero ignoráis el tiempo que duró, ignoráis que permanecí catorce años a un cuarto de legua de vos en un calabozo en el castillo de If: lo que no sabéis es que cada día durante estos catorce años he renovado el juramento de venganza que había hecho el primero de ellos, y sin embargo ignoraba que os hubieseis casado con Fernando, mi delator, y que mi padre había muerto... ¡de hambre!

—¡Santo cielo! —exclamó Mercedes.

—Pero lo supe al salir de mi prisión; y por Mercedes viva y por mi padre muerto, juré vengarme de Fernando, y me vengo.

—¿Y estáis seguro de que el desgraciado Fernando hizo eso?

—Por mi alma, señora, lo ha hecho como os lo digo; y además ¿no es mucho más odioso el haberse pasado a los ingleses siendo francés por adopción; siendo español de nacimiento haber hecho la guerra a los españoles; estipendiario de Alí, venderle traidoramente y asesinarle? Ante tales hechos, ¿qué es la carta? Una mixtificación galante que debe perdonar, lo reconozco y lo confieso, la mujer que se ha casado con ese hombre, pero que no perdona el amante que debió casarse con ella. Ahora bien, los franceses no se han vengado nunca del traidor: los españoles no le han fusilado. Alí desde su tumba ve sin castigo al asesino; pero yo, engañado, asesinado, enterrado vivo en una tumba, he salido de ella, gracias a Dios, y a Dios debo la venganza; me envía para eso y aquí estoy.

La pobre mujer inclinó la cabeza, dobláronse sus piernas y cayó de rodillas.

—Perdonad, Edmundo, perdonad por Mercedes que os ama aún.

La dignidad de la esposa detuvo el ímpetu de la amante y de la madre.

Su frente se inclinó casi hasta tocar la alfombra.

El conde se acercó a ella y la levantó.

Sentada en un sillón, pudo en medio de sus lágrimas ver el rostro varonil de Montecristo en el que el dolor y el odio se pintaban de un modo amenazador.

—¡Que no haya yo de extirpar esa raza maldita...! ¡Que desobedezca a Dios que me ha sostenido para su castigo...! Imposible, señora, imposible...

—Edmundo —dijo la pobre madre tocando todos los resortes—, Edmundo cuando os llamo por vuestro nombre, ¿por qué no me respondéis Mercedes?

—¡Mercedes! —repitió el conde—, ¡Mercedes! Sí, tenéis razón, aún es grato para mí ese nombre, y he aquí la primera vez hace mucho tiempo que resuena tan claro en mis oídos al salir de mis labios. ¡Oh, Mercedes!, he pronunciado vuestro nombre con los suspiros de la melancolía, con los quejidos del dolor, con el furor de la desesperación; lo he pronunciado helado por el frío, hundido entre la paja de mi calabozo, devorado por el calor, revolcándome en las losas de mi mazmorra. Mercedes, es preciso que me vengue, porque durante catorce años he padecido, he llorado, maldecido; ahora, os lo repito, Mercedes, es preciso que me vengue.

Y temiendo ceder a los ruegos de la que tanto había amado, Edmundo llamaba en su socorro a todos los recuerdos de su odio.

—Vengaos, Edmundo —gritó la pobre madre—, vengaos sobre los culpables, sobre él, sobre mí, pero no sobre mi hijo.

—Está escrito en libro santo —respondió Montecristo—. "Las faltas de los padres caerán sobre sus hijos, hasta la tercera y cuarta generación." Puesto que Dios ha dictado estas palabras a su profeta, ¿por qué seré yo mejor que Dios?

—Porque Dios es dueño del tiempo y de la eternidad, y estas dos cosas escapan a los hombres.

Montecristo dio un suspiro que parecía un rugido, y se mesó los cabellos con desesperación.

—Edmundo —continuó Mercedes—. Edmundo, desde que os conozco he adorado vuestro nombre, he respetado vuestra memoria. Amigo mío, no endurezcáis la imagen noble y pura que guardo en mi corazón. ¡Si supieseis los fervientes ruegos que he dirigido a Dios mientras os creí vivo y después muerto! Sí, muerto; me parecía ver vuestro cadáver sepultado en lo más hondo de una sombría torre, creía ver vuestro cuerpo precipitado en uno de aquellos abismos en que los carceleros arrojan a los prisioneros muertos, ¡y lloraba...! ¿Qué otra cosa podía yo hacer, Edmundo, sino llorar y orar? Escuchadme: durante diez años he tenido todas las noches el mismo sueño: dijeron que habíais querido evadiros, que tomasteis el puesto de uno de los presos que murió, y que arrojaron al vivo desde lo alto de la fortaleza de If; y que el grito que disteis al haceros pedazos contra las rocas lo descubrió todo. Pues bien, os juro, Edmundo, por la vida del hijo por quien os imploro, que durante diez años esa escena se ha presentado a mi imaginación todas las noches, y he oído ese grito terrible que me hacía despertar temblando, despavorida; ¡y yo también, Edmundo, creedme, yo también, por criminal que sea, yo también he sufrido mucho...!

—¿Habéis perdido vuestro padre estando ausente? —preguntó Montecristo—, ¿habéis visto a la mujer que amabais dar su mano a vuestro rival mientras os hallabais en un lóbrego calabozo?

—No —interrumpió Mercedes—, no; pero he visto al hombre que amaba, dispuesto a ser el matador de mi hijo.

Mercedes pronunció estas palabras con un dolor tan intenso y un acento tan desesperado, que un suspiro desgarrador brotó de la garganta del conde.

El león estaba amansado; el vengador, vencido.

—¿Qué me pedís, que vuestro hijo viva? Pues bien, vivirá.

Mercedes profirió un grito que hizo saltar dos lágrimas de los párpados del conde, pero aquellas dos lágrimas desaparecieron muy pronto, porque sin duda Dios había enviado un ángel para recogerlas, siendo mucho más preciosas a los ojos del Señor que las más hermosas perlas de Guzarate y de Ofir.

—¡Ah! —dijo Mercedes tomando la mano de Montecristo y llevándola a sus labios—, ¡ah!, gracias, gracias, Edmundo, lo veo cual siempre lo he visto, cual siempre lo he amado: sí, ahora puedo decírtelo.

—Sobre todo, porque el pobre Edmundo no tendrá ya mucho tiempo que hacerse amar de vos.

—¿Qué decís, Edmundo?

—Digo que, puesto que lo ordenáis, es preciso morir.

—¡Morir! ¿Y quién dice eso? ¿Quién habla de morir? ¿De dónde vienen esas ideas de muerte?

No supondréis que ultrajado públicamente, en presencia de una sala entera, en presencia de vuestros amigos y de los de vuestro hijo, provocado por un niño, que se enorgullecerá de un perdón como de una victoria; no supondréis, digo, que me queda un solo instante el deseo de vivir. Después de vos, Mercedes, lo que más he amado es a mí mismo, quiero decir, mi dignidad; esta fuerza que me hace superior a los demás hombres, esta fuerza es mi vida. En una palabra, vos la destruís; yo muero.

—Pero este duelo no se efectuará, Edmundo, puesto que me perdonáis.

—Se efectuará, señora —dijo solemnemente Montecristo—; sólo que en lugar de la sangre de vuestro hijo que debía beber la tierra, será la mía la que correrá.

Mercedes dio un gran grito, acercóse a Montecristo, pero de repente se detuvo.

—Edmundo —dijo—, hay un Dios sobre nosotros; puesto que vivís y que os he vuelto a ver, a él me confío de todo corazón; esperando su apoyo, descanso en vuestra palabra; habéis dicho que mi hijo vivirá. Y vivirá, ¿es verdad?

—Vivirá, sí, señora —dijo Montecristo, sorprendido de que sin otra exclamación, sin otra sorpresa, Mercedes hubiese aceptado el sacrificio que le hacía.

Mercedes dio su mano al conde.

—Edmundo —le dijo con los ojos arrasados de lágrimas—, ¡cuán hermosa, cuán grande es la acción que acabáis de hacer! Es sublime haber tenido piedad de una pobre mujer que se presentaba a vos con todas las probabilidades contrarias a sus esperanzas. ¡Desdichada!, he envejecido más a causa de los disgustos que por la edad, y ni siquiera puedo recordar a mi Edmundo con una sonrisa, con una mirada; aquella Mercedes que otras veces ha pasado tantas horas contemplándole. Creedme, os he declarado que yo también había sufrido mucho, y os lo repito, es muy triste pasar la vida sin un solo goce, sin conservar una sola esperanza; pero eso prueba que todo no ha concluido aún sobre la tierra. No, todo no ha terminado, y me lo demuestra lo que me queda aún en el corazón; os lo repito, Edmundo, es hermoso, grande, sublime, perdonar como lo habéis hecho ahora.

—Decís eso, Mercedes, ¿y qué diríais si conocieseis la extensión del sacrificio que os hago? Imaginad que el Hacedor Supremo, después de haber creado el mundo y fertilizado el caos, se hubiese detenido en la tercera parte de la creación, para ahorrar a un ángel las lágrimas que nuestros crímenes debían hacer correr un día de sus ojos inmortales; suponed que después de prepararlo y fecundizarlo todo, en el instante de admirar su obra, Dios hubiese apagado el sol, y rechazado con el pie el mundo en la noche eterna; entonces podréis tener una idea o mejor, no, no, ni aun así podéis tenerla, de lo que yo pierdo, perdiendo la vida en este momento.

Mercedes miró al conde con un aire que revelaba su admiración y su gratitud. El conde apoyó su frente sobre sus manos, como si no pudiese soportar el peso de sus ideas.

—Edmundo —dijo Mercedes—, sólo me resta una palabra que deciros.

Montecristo se sonrió con tristeza.

—Edmundo —continuó ella—, veréis que si mi frente ha palidecido, si el brillo de mis ojos se ha apagado, si mi hermosura se ha marchitado, que si Mercedes, en fin, no se parece a ella, más que en los rasgos de su fisonomía, veréis que su corazón es siempre el mismo... Adiós, pues, Edmundo; nada tengo ya que pedir al cielo... Os he vuelto a ver, y os hallo tan noble y grande como otras veces. ¡Adiós, Edmundo, adiós y gracias!

Montecristo no respondió.

Mercedes abrió la puerta del despacho y había desaparecido antes que él volviese del profundo letargo en que su malograda venganza le había sumido.

Daba la una en el reloj de los Inválidos, cuando el ruido del coche que se llevaba a la señora de Morcef hizo levantar la cabeza al conde de Montecristo.

—Fui un insensato —dijo— en no haberme arrancado el corazón el día que juré vengarme.

VI. EL DESAFÍO

Cuando Mercedes hubo salido, todo quedó en silencio en casa de Montecristo; su espíritu enérgico se adormeció, como el cuerpo después de una gran fatiga.

—¡Qué! —dijo entre sí, mientras la lámpara y las bujías se consumían, y sus criados esperaban impacientes en la antecámara—, ¡qué!, ¡el edificio preparado con tanto trabajo, edificado con tanto cuidado, ha venido a tierra de un solo golpe, con una sola mirada, con una palabra! ¡Y qué! Era yo quien me creía algo, quien estaba tan confiado en mí mismo, quien viéndome tan poca cosa en la prisión de If, y quien habiendo sabido llegar a ser tan grande, ¡habré trabajado para ser mañana un poco de polvo! No siendo la muerte del cuerpo, esta destrucción del principio vital ¿no es el reposo al cual todos los desgraciados aspiran? Esa tranquilidad de la materia tras la que he suspirado tanto tiempo y a la que me encaminaba por medio del hambre, cuando Faria se presentó en mi calabozo. ¿Qué es la muerte para mí? Uno o dos grados más en el silencio. No, no es la existencia la que lamento perder, es la ruina de mis proyectos combinados con tanto trabajo, llevados a cabo con tanta constancia. La Providencia que yo creía que les favorecía, les es contraria; Dios no quiere que se cumplan.

"El peso inmenso que sobre mí echara, inmenso como el mundo y que creí poder llevar hasta el fin era según mi voluntad y no según mis fuerzas, y me será preciso abandonarlo a la mitad de mi carrera. ¡Ah!, ¡me convertiré en fatalista cuando catorce años de desesperación y diez de confianza me habían hecho providencial!

"Y todo esto, Dios mío, porque mi corazón, que yo creía muerto, estaba solamente amortiguado, porque se ha despertado y ha latido, porque ha cedido al dolor y la impresión que ha causado en mi pecho la voz de una mujer.

"No obstante —continuó el conde, abismándose cada vez más en la idea del terrible día siguiente que había aceptado Mercedes—, es imposible que esa mujer cuyo corazón es tan noble, haya obrado así por egoísmo, y consentido en que me deje matar yo, lleno de vida y fuerza; es imposible que lleve hasta este punto el amor o delirio maternal; hay virtudes cuya exageración sería un crimen. No, habrá ideado alguna escena patética, vendrá a ponerse entre las dos espadas, y eso será ridículo sobre el terreno, como ha sido sublime aquí.»

El tinte de orgullo se dejó ver en la frente del conde.

—¡Ridículo!, y recaería sobre mí... ¡Yo...!, ridículo. Vamos, prefiero morir. Y a fuerza de exagerarse así la acción del día siguiente, llegó a decidir:

—¡Qué tontería! ¡Dárselas de generoso colocándose como un poste a la boca de la pistola que tendrá en la mano aquel joven! Jamás creerá que mi muerte ha sido un suicidio, y con todo, importa por el honor de mi memoria... no es vanidad, Dios mío, sino un justo orgullo; importa que el mundo sepa que he consentido yo, por mi voluntad, por mi libre albedrío en detener mi brazo. Es preciso, y lo haré.

Y tomando una pluma, sacó un papel de uno de los cajones del secreter, y trazó al final de este papel, que era su testamento, hecho desde su llegada a París una especie de codicilo, en el que hacía comprender su muerte aun a los menos avisados.

—Hago esto, Dios mío —dijo con los ojos levantados al cielo—, tanto por honor vuestro como por el mío: me he considerado durante diez años como el enviado por vuestra venganza, y es preciso que ese miserable Morcef, y un Danglars y un Villefort no se figuren que la casualidad les ha libertado de su enemigo. Sepan que la Providencia, que había ya decretado su castigo, ha variado, pero que les espera en el otro mundo, y solamente han cambiado el tiempo por la eternidad.

Mientras se hallaba vacilante entre estas terribles incertidumbres, verdaderos sueños del hombre despierto por el dolor, el día que entraba por los cristales vino a iluminar sus manos pálidas, ahogadas aún en el azulado papel en que acababa de trazar aquella sublime justificación de la Providencia.

Eran las cinco de la mañana.

De pronto llegó a su oído un pequeño ruido, creyó haber oído un suspiro; volvió la cabeza, miró alrededor y no vio a nadie; el ruido sí, se repitió bastante claro para que la certidumbre sucediese a la duda.

Levantóse de su asiento, abrió con cuidado la puerta del salón, y vio sentada en un sillón, con los brazos caídos y su hermosa cabeza inclinada atrás, a la bella Haydée, que se había sentado frente a la puerta, a fin de que no pudiese salir sin verla; pero qué el desvelo y el cansancio la habían rendido; el ruido que hizo el conde al abrir la puerta no la despertó.

El conde fijó en ella una mirada llena de dulzura.

—Ella se ha acordado —dijo— de que tenía un hijo, y yo he olvidado que tenía una hija —y moviendo la cabeza añadió:— Ha querido verme, ¡pobre Haydée!, ha querido hablarme; teme o adivina lo que ha sucedido... No, yo no puedo irme sin decide adiós, no puedo morir sin confiarla a alguien.

Volvió a entrar en la estancia, y sentándose de nuevo agregó estas líneas:

Lego a Maximiliano Morrel, capitán de spanish, a hijo de mi antiguo patrón Pedro Morrel, armador de Marsella, veinte millones, de los que dará una parte a su hermana y a su cuñado Manuel, en el caso que no crea que un aumento de fortuna puede perturbar su felicidad; estos veinte millones están enterrados en mi gruta de Montecristo. Bertuccio conoce el secreto.

Si su corazón está libre, y quiere casarse con Haydée, hija de Alí, bajá de Janina, a la que he educado con el amor de un padre, y que me ha profesado la ternura de una hija, llenará, no diré mi última voluntad, pero sí mi última esperanza.

El presente testamento ha hecho ya a Haydée heredera del resto de mí fortuna, consistente en tierras, rentas en Inglaterra, Austria y Holanda, muebles de mis diferentes palacios y casas, y que fuera de los legados hechos, asciende aún a más de sesenta millones.

Apenas había terminado de escribir esta última línea, cuando un grito que resonó a su espalda hizo que se le cayese la pluma de la mano.

—Haydée —dijo—, ¿habéis leído?

En efecto, la joven, a quien hizo despertar la luz del día que hería sus párpados, se había levantado, y acercándose al conde sin que se percibiesen sus ligeros pasos sobre la alfombra:

—¡Oh, mi señor! —dijo juntando las manos—, ¿por qué escribís a estas horas? ¿Por qué me legáis toda vuestra fortuna? ¿Os vais a separar de mí?

—Tengo que hacer un viaje —dijo Montecristo con una expresión de inefable ternura—, y si me sucediese una desgracia...

El conde se detuvo.

—¿Y bien? —preguntó la joven con un tono de autoridad que el conde no le conocía aún.

—¡Y bien!, si me sucede una desgracia, quiero que mi hija sea dichosa. Haydée sonrió con tristeza.

—Pues bien, si morís —dijo—, legad vuestra fortuna a otros, porque si morís no tengo necesidad de nada.

Y tomando el papel lo hizo pedazos y lo arrojó en medio del salón; pero aquel esfuerzo la debilitó totalmente y cayó desmayada.

Montecristo la levantó en los brazos, y viendo sus bellos ojos cerrados y su hermoso semblante inanimado, le ocurrió por primera vez la idea de que quizá le amaba de otro modo distinto del de una hija.

—¡Ay! —murmuró—, aún hubiera podido ser dichoso.

Llevó a Haydée hasta su cuarto, y desmayada aún la entregó a sus criadas; volvió a su gabinete, y cerrando la puerta volvió a escribir el testamento.

Al terminar, oyó el ruido de un coche que entraba; acercóse a la ventana y vio bajar a Maximiliano y Manuel.

—¡Bueno! —dijo—, ya era tiempo —y cerró su testamento, poniéndole tres sellos. Un momento después se oyó ruido en el salón, y fue él mismo a abrir la puerta; presentóse Morrel, que se había adelantado veinte minutos a la hora de la cita.

—Quizá vengo muy temprano, señor conde —dijo—, pero os confesaré francamente que no he podido dormir un minuto, y lo mismo ha sucedido a todos los de casa. Tenía necesidad de veros tranquilo y animado tan valiente como siempre, para volver conmigo.

Montecristo no pudo resistir a esta prueba de afecto, y no fue la mano la que alargó al joven, sino los brazos los que abrió.

—Morrel —le dijo emocionado—, es un hermoso día para mí, pues que me veo amado de este modo por un hombre como vos. Buenos días, Manuel. ¿Conque venís conmigo, Maximiliano?

—¡Vive Dios! —dijo el capitán—. ¿Lo habíais dudado?

—Pero si yo no tuviese razón...

—Escuchad: ayer os estuve observando durante toda la escena de la provocación; he pensado toda la noche en vuestra serenidad, y he concluido o que la justicia está de vuestra parte, o que mentirá siempre el exterior de los hombres.

—Sin embargo, Morrel, Alberto es vuestro amigo.

—Un simple conocido, conde.

—Le visteis por primera vez el mismo día que a mí.

—Sí, es verdad, pero ¿qué queréis? Es preciso que me lo recordéis para que lo tenga presente.

—Gracias, Morrel.

Dio en seguida un golpe en el timbre.

—Toma —dijo a Alí, que se presentó inmediatamente—, lleva eso a casa de mi notario. Es mi testamento. Morrel, si muero, iréis a enteraros de él.

—¡Cómo! —exclamó Morrel—, ¿morir vos?

—¿Y qué, no es necesario preverlo todo? ¿Pero qué hicisteis ayer después que nos separamos, amigo querido?

—Fui a casa de Tortoni, adonde encontré a Beauchamp y Chateau- Renaud, y os confieso que les buscaba.

—¿Para qué, puesto que estábamos de acuerdo en todo?

—Escuchad, conde; el asunto es grave, inevitable.

—¿Lo dudabais?

—No. La ofensa fue pública, y todo el mundo habla de ella.

—Y bien, ¿qué?

—Esperaba hacer cambiar las armas, empleando la espada en vez de la pistola; la pistola es ciega.

—¿Lo habéis conseguido? —preguntó vivamente Montecristo, que entreveía alguna esperanza.

—No, porque saben lo bien que tiráis el florete.

—¡Bah! ¿Y quién lo ha descubierto?

—Los maestros de armas con quienes os habéis batido.

—¿Y no habéis logrado al fin nada?

—Han rehusado decididamente.

—Morrel —dijo el conde—, ¿me habéis visto tirar a la pistola?

—No.

—Pues bien, tenemos tiempo; mirad.

El conde tomó las pistolas que tenía cuando Mercedes entró, y pegando una estrella de papel, más pequeña que un franco contra la placa, de cuatro tiros le quitó seguidos cuatro picos.

A cada tiro, Morrel palidecía. Examinó las balas con que Montecristo ejecutaba aquel admirable juego, y vio que eran balines.

—Es espantoso; ved, Manuel —y volviéndose en seguida a Montecristo:

—No matéis a Alberto, conde —le dijo—, tiene una madre.

—Es justo —dijo Montecristo—, y yo no tengo...

Pronunció estas palabras con un tono que hizo estremecer a Morrel.

—Vos sois el ofendido, conde.

—Sin duda, ¿y qué queréis decir con eso?

—Quiero decir que vos tiráis el primero.

—¿Yo tiro el primero?

—¡Oh!, eso es lo que yo le he exigido, pues demasiadas concesiones les hemos hecho ya para poder exigir esto.

—¿Y a cuántos pasos?

—A veinte.

Una espantosa sonrisa se asomó a los labios del conde.

—Morrel —le dijo—, no olvidéis lo que acabáis de ver.

—Por eso sólo cuento con vuestros sentimientos para salvar a Alberto.

—¿Mis sentimientos?—dijo Monte—Cristo.

—O vuestra generosidad, amigo mío; seguro, como estáis, de vuestro golpe, os diría una cosa que sería ridícula si la dijese a otro.

—¿Cuál?

—Rompedle un brazo, heridle, pero no le matéis.

—Morrel, escuchad aún —dijo el conde—: no tengo necesidad de que intercedan por el señor de Morcef; el señor de Morcef, os lo prevengo, volverá tranquilo con sus dos amigos, mientras que yo...

—¿Y bien, vos?

—A mí me traerán.

—¡Vamos, pues! —gritó Maximiliano exasperado.

—Como os lo digo, mi querido Morrel, el señor de Morcef me matará.

Morrel miró al conde como un hombre a quien no se comprende.

—¿Qué os ha sucedido de ayer tarde acá, conde?

—Lo que a Bruto la víspera de la batalla de Filipos: he visto un fantasma.

—¿Y ese fantasma?

—Ese fantasma, Morrel, me ha dicho que ya he vivido bastante. Maximiliano y Manuel se miraron; Montecristo sacó el reloj.

—Vámonos —dijo—, son las siete y cinco minutos, y la cita es a las ocho en punto.

Le esperaba un coche. Montecristo subió a él con sus dos testigos. Al atravesar el corredor, el conde se detuvo a escuchar junto a una puerta, y Maximiliano y Manuel, que, por discreción, siguieron andando, creyeron oírle suspirar.

A las ocho en punto llegaron al lugar de la cita.

—Henos aquí —dijo Morrel, asomándose por la ventanilla del coche—, y somos los primeros.

—El señor me perdonará —dijo Bautista, que había seguido a su amo con un terror indecible—, pero me parece que hay allí un coche entre los árboles.

Montecristo saltó al suelo con ligereza y dio la mano a Manuel y Maximiliano para ayudarlos a bajar. Maximiliano retuvo entre las suyas la mano del conde.

—He aquí —dijo—, una mano como me gusta ver en un hombre que confía en la bondad de su causa.

—En efecto —dijo Manuel—, creo que allí hay dos jóvenes que esperan.

Montecristo, sin llamar aparte a Morrel, se separó dos o tres pasos de su cuñado.

—Maximiliano —le preguntó—, ¿tenéis el corazón libre? Morrel miró a Montecristo con admiración.

—No exijo de vos una confesión, mi querido amigo, os hago solamente una sencilla pregunta.

—Amo a una joven, conde.

—¿Mucho?

—Más que a mi propia vida.

—Vamos —dijo Montecristo—, he aquí una esperanza perdida —y añadió suspirando:— ¡Pobre Haydée...!

—En verdad, conde, que si no supiese lo valiente que sois,

dudaría.

—¡Porque pienso en alguien que voy a dejar y porque suspiro! Morrel, un soldado debe tener más conocimientos en cuanto a valor. ¿Creéis que siento perder la vida? ¿Qué me importa morir o vivir cuando he pasado veinte años entre la vida y la muerte? Además, estad tranquilo, Morrel; esta debilidad, si lo es, es sólo para vos. Sé que el mundo es un gran salón del que es necesario salir con cortesía, saludando y pagando sus deudas de juego.

—Sea enhorabuena, eso se llama hablar razonablemente —le dijo Morrel—; a propósito, ¿habéis traído vuestras armas?

—¡Yo! ¿Para qué? Espero que esos señores traerán las suyas.

—Voy a informarme —dijo Morrel.

—Sí; pero nada de negociaciones, ¿entendéis?

—Sí; descuidad.

Morrel se dirigió hacia Beauchamp y Chateau—Renaud; éstos, al ver el movimiento de Maximiliano, se adelantaron a su encuentro; saludáronse los tres jóvenes, si no con afabilidad, al menos con cortesía.

—Perdón, señores —dijo Morrel—, pero no veo al señor Morcef.

—Esta mañana nos ha avisado que vendría a reunirse con nosotros sobre el terreno.

—¡Ah! —dijo Morrel.

—Son las ocho y cinco minutos; todavía no hay tiempo perdido, señor de Morrel —dijo Beauchamp.

—¡Oh! —dijo Maximiliano—, no lo he dicho con esa intención.

—Además —añadió Chateau—Renaud—, he allí un carruaje.

Efectivamente, venía un carruaje al gran trote hacia el sitio en que ellos estaban.

—Señores —dijo Morrel—,sin duda habréis traído vuestras pistolas. El señor de Montecristo dice que renuncia al derecho que tiene de servirse de las suyas.

—Habíamos previsto que el conde tendría esta delicadeza, señor de Morrel —dijo Beauchamp—; he traído armas que compré hace ocho días, creyendo las necesitaría para un asunto como éste. Son nuevas, y no han servido aún. ¿Queréis examinarlas?

—¡Oh!, señor Beauchamp —dijo Morrel—, me aseguráis que

el señor de Morcef no conoce esas armas y podéis creer que vuestra palabra me basta.

—Señores —dijo Chateau—Renaud—, no era Morcef el que llegaba en aquel coche: son Franz y Debray.

En efecto, se acercaban los dos hombres acabados de nombrar.

—Vosotros aquí, caballeros —les dijo Chateau—Renaud—, ¿y por qué casualidad?

—Porque Alberto nos ha rogado que esta mañana nos encontrásemos aquí.

Beauchamp y Chateau—Renaud se miraron asombrados.

—Señores —dijo Morrel—, me parece que lo comprendo.

—Veamos.

—Ayer a mediodía recibí una carta del señor de Morcef, en la que me rogaba no faltase al teatro.

—Y yo también —dijo Debray.

—Y yo —exclamó Franz.

—Y también nosotros —dijeron Beauchamp y Chateau—Reanud.

—Sí, eso es —dijeron los jóvenes—; Maximiliano, según todas las probabilidades, habéis acertado.

—Sin embargo, Alberto no llega, y ya se retrasa de diez minutos —dijo Chateau—Renaud.

—Allí viene —dijo Beauchamp—, y a caballo; miradlo, corre a escape, y le sigue su criado.

—¡Qué imprudencia, venir a caballo para batirse a pistola, y yo que le he enseñado lo que debía hacer!

—Y además —añadió Beauchamp—,con el cuello por encima de la corbata, frac abierto y chaleco blanco; ¿por qué no se ha hecho pintar un blanco en el estómago, y hubiera sido mucho más rápido concluir con él?

Mientras hacían estos comentarios, Alberto había llegado a diez pasos del grupo que formaban los cinco jóvenes, paró el caballo, se apeó, y alargó la brida a su criado.

Acercóse, estaba pálido, sus ojos enrojecidos a hinchados; se conocía que no había dormido un minuto en toda la noche.

—Gracias, señores —les dijo—, porque habéis tenido la bondad de hallaros aquí como os había rogado: os estoy infinitamente reconocido por esta prueba de amistad.

Al acercarse Morcef, Morrel se había retirado diez o doce pasos, y permanecía aparte.

—Y a vos también os debo gracias, Morrel —dijo Alberto—, acercaos, pues no estáis de más.

—¿Ignoráis quizá —dijo Maximiliano—, que soy testigo de Montecristo?

—No estaba seguro, pero lo sospechaba; tanto mejor: mientras más hombres de honor haya aquí, más satisfecho estaré.

—Señor Morrel —dijo Chateau—Renaud—, podéis anunciar al conde de Montecristo que el señor de Morcef ha llegado, y estamos a su disposición.

Morrel hizo un movimiento como para ir a cumplir su encargo. Al mismo tiempo Beauchamp fue a sacar del coche la caja de las pistolas.

—Esperad, señores —dijo Alberto—, tengo que decir dos palabras al conde de Montecristo.

—¿En particular? —preguntó Morrel.

—No; delante de todos.

Los testigos de Alberto se miraron sorprendidos, Franz y Debray se dijeron algunas palabras en voz baja; Morrel, contento con este incidente inesperado, fue a buscar al conde, que se paseaba por una cercana alameda, hablando con Manuel.

—¿Qué quiere de mí? —preguntó Montecristo.

—Lo ignoro, pero quiere hablaros.

—¡Oh! —dijo Montecristo—, que no tiente a Dios con un nuevo ultraje.

—No creo que sea esa su intención —dijo Morrel.

El conde avanzó acompañado de Maximiliano y de Manuel: su rostro tranquilo y sereno formaba un extraño contraste con la cara descompuesta de Alberto, quien por su parte se acercaba también, seguido de sus cuatro jóvenes amigos; a tres pasos el uno del otro, ambos se detuvieron.

—Señores —dijo Alberto—, aproximaos: deseo no perdáis una palabra de las que tendré el honor de decir al señor conde de Montecristo, porque deberéis repetirlas a todo el mundo, por extrañas que os parezcan.

—Espero, caballero... —dijo el conde.

—Caballero —dijo Alberto, cuya voz conmovida al principio

se serenó poco a poco—. Os provoqué porque divulgasteis la conducta del señor de Morcef en Epiro; porque por culpable que fuese el conde de Morcef, no creía que fueseis vos quien tuviese el derecho de castigarle; pero hoy sé que ese derecho os pertenece. No es la traición de Fernando Mondego con Alí—Bajá lo que me hace excusaros; es, sí, la traición del pescador Fernando con vos y las desgracias nunca oídas que produjo; por esto lo digo y lo proclamo. Tenéis razón para vengaros de mi padre, y yo su hijo os doy gracias porque no habéis hecho más.

El rayo que hubiese caído en medio de los que presenciaban aquella inesperada escena los hubiera admirado menos que la declaración de Alberto.

El conde de Montecristo había levantado lentamente los ojos al cielo con una expresión indecible de reconocimiento; no sabía admirar bastante esta acción conociendo el carácter fogoso y el valor de Alberto a quien había visto inerme en medio de los bandidos italianos. No se cansaba de pensar cómo se había humillado hasta aquel extremo. Reconoció la influencia de Mercedes y comprendió por qué aquel noble corazón no se había opuesto a un sacrificio que sabía era inútil.

—Si creéis ahora, caballero —dijo Alberto—, que las excusas que acabo de haceros son suficientes, dadme vuestra mano, os lo ruego. Después del mérito de la infalibilidad, que parece ser el vuestro, el mayor es saber reconocer una sinrazón, pero esta confesión me corresponde a mí únicamente. Yo obraba bien según los hombres, pero vos obrabais bien según Dios. Un ángel sólo podía salvar a uno de los dos de la muerte, y el ángel ha bajado del cielo, si no para hacer de nosotros dos amigos, porque la fatalidad lo hace imposible, al menos dos hombres que se estiman.

El conde de Montecristo, con los ojos humedecidos, el pecho palpitante y la boca entreabierta, alargó a Alberto una mano, que éste tomó y apretó con un sentimiento de religioso respeto.

—Caballeros —dijo—, el conde de Montecristo acepta mis excusas; obré con precipitación con respecto a él; ya está reparada mi falta, espero que el mundo no me tendrá por un cobarde por haber hecho lo que me mandaba la conciencia, pero en todo caso, si se engañasen —añadió el joven levantando su cabeza con fiereza, y como si dirigiese un mentís a amigos y enemigos—, procuraré rectificar su opinión.

—¿Qué sucedió anoche? —preguntó Beauchamp a Chateau—Renaud—, me parece, en todo caso, que hacemos aquí un papel bien triste.

—En efecto, lo que Alberto acaba de hacer es muy bajo o muy sublime —dijo el barón.

—¡Ah!, veamos —preguntó Debray a Franz—. ¿Qué significa eso? ¡Cómo! ¡El conde de Montecristo deshonra al señor de Morcef, y tiene razón a los ojos de su hijo! Aunque tuviese yo diez Janinas en mi familia, no me creería obligado más que a una cosa, a batirme diez veces.

Con la cabeza inclinada, los brazos caídos, aterrado con el peso de veinticuatro años de recuerdos, Montecristo no pensaba ni en Alberto, ni en Beauchamp, ni en Chateau—Renaud, ni en ninguna de las personas que le rodeaban: pensaba sólo en aquella mujer que había ido a pedirle la vida de su hijo, a la que había ofrecido la suya, y que acababa de libertarla por la confesión de un secreto de familia, capaz de extinguir para siempre en el corazón de aquel joven el sentimiento de piedad filial.

—Siempre la Providencia —murmuró—, ¡ah!, ¡desde hoy sí que estoy persuadido de que soy el enviado de Dios!

VII. LA MADRE Y EL HIJO

Montecristo saludó a los cinco jóvenes con una sonrisa llena de melancolía y dignidad, y montó en su coche con Maximiliano y Manuel.

Alberto, Beauchamp y Chateau—Renaud quedaron solos en el cameo.

El joven dirigió a sus dos testigos una tímida mirada, que parecía pedirles su parecer sobre lo que acababa de ocurrir.

—Por vida mía, mi querido amigo —dijo Beauchamp el primero, sea que tuviese más sensibilidad o menos disimulo—, permitidme que os felicite; he aquí un magnífico fin para una desagradable aventura.

Alberto permaneció silencioso, y como concentrado en su pensamiento. Chateau—Renaud se contentó con dar en su bota con su flexible bastón.

—¿No nos vamos? —dijo después de un instante de silencio.

—Cuando gustéis —dijo Beauchamp—, dejadme solamente el tiempo necesario para cumplimentar al señor de Morcef, que ha dado pruebas hoy de una generosidad tan rara.

—¡Oh!, sí —dijo Chateau—Renaud.

—Es magnífico —continuó Beauchamp— poder conservar sobre sí mismo tanto dominio.

—Seguramente; en cuanto a mí, habría sido incapaz de ello —dijo Chateau—Renaud con una frialdad de las más significativas.

—Señores —interrumpió Alberto—, creo que no habéis comprendido que entre el conde de Montecristo y yo ha ocurrido algo muy grave.

—Sí, sí —dijo al instante Beauchamp—; pero hay muchos majaderos que no están en el caso de comprender vuestro heroísmo, y tarde o temprano os veréis forzado a explicárselo de un modo no muy conveniente a la salud de vuestro cuerpo y a la duración de vuestra vida.

¿Queréis que os dé un consejo de amigo? Partid para Nápoles, La Haya o San Petersburgo, países tranquilos, y donde son más inteligentes en cuanto al honor que nuestros anticuados parisienses. Una vez allí, entreteneos en tirar mucho a la pistola y al florete, y haceos olvidar para volver a Francia dentro de algunos años, tranquilo o bastante ejercitado en las armas para haceros respetar y conquistar vuestra tranquilidad. ¿Es verdad que tengo razón, Chateau—Renaud?

—Soy de vuestro mismo parecer; nada llama tanto los duelos serios como uno sin resultado.

—Gracias, señores; seguiré vuestro consejo —dijo Alberto con una fría sonrisa—, no porque me lo dais, sino porque mi intención era salir de Francia; os las doy asimismo por el servicio que me habéis prestado sirviéndome de testigos; está profundamente grabado en mi.

—¿Por qué? corazón, puesto que después de las palabras que acabo de oír sólo me acuerdo de él.

Chateau—Renaud y Beauchamp se miraron: la impresión era igual en ambos; el acento con que Morcef había pronunciado aquellas palabras era de una resolución tal, que la posición de todos habría sido muy embarazosa si la conversación se hubiera prolongado.

—Adiós, Alberto —dijo de repente Beauchamp, alargando negligentemente la mano al joven, sin que éste saliese por ello de su letargo, y en efecto, no respondió al ofrecimiento de la mano.

—Adiós —dijo Chateau—Renaud, saludándole con la mano derecha.

Los labios de Alberto apenas murmuraron adiós; su mirada era más explícita, encerrábase en ella todo un poema de ira concentrada, fiero desdén y generosa indignación.

Cuando sus dos testigos hubieron montado en el carruaje, permaneció inmóvil por algún tiempo; pidió en seguida su caballo; saltó ligero sobre la silla y tomó a galope el camino de París, y al cuarto de hora entraba en el palacio de la calle de Helder.

Al apearse, le pareció ver tras las cortinas del dormitorio del conde el pálido rostro de su padre. Alberto volvió la cabeza a otra parte; al llegar dio una última mirada á todas aquellas riquezas que le habían hecho tan agradable la vida; fijó los ojos por última vez en aquellas cuyas imágenes parecían sonreírse y cuyos paisajes parecían animarse.

En seguida abrió el medallón que contenía el retrato de su madre, sacó éste dejando vacío el cerco de oro y la cadena de oro también con que lo suspendía; puso en orden sus armas turcas, sus escopetas inglesas, sus porcelanas del Japón y sus juguetes de bronce hechos por los mejores artistas; examinó los armarios y colocó las llaves en los cajones, echó en uno, que dejó abierto, todo el dinero que tenía, y además todas sus joyas, hizo un inventario exacto de todo, y lo puso en el sitio más visible, sobre su mesa, de la que quitó los muchos libros y papeles que la ocupaban. Al empezar a ejecutar estas operaciones entró su criado, a pesar de la orden formal que para lo contrario le había dado.

—¿Qué queréis? ¿No recordáis mis órdenes? —le preguntó Alberto, más triste que enojado.

—Dispensadme, señor; es cierto que me ordenasteis que no entrara, pero el señor conde de Morcef me ha llamado.

—¿Y bien? —preguntó Alberto.

—Y si me pregunta qué ha ocurrido allá abajo, ¿qué debo responder?

—La verdad.

—Entonces diré que el duelo no se ha efectuado.

—Diréis que he dado una satisfacción al conde de Montecristo.

Al concluir de arreglar sus cosas, llamó la atención de Alberto el ruido de los caballos en el peristilo; asomóse y vio a su padre que subía en el carruaje, y salió.

Tan pronto como se cerró la puerta del palacio, Alberto se dirigió a la habitación de su madre, y como no había criado alguno que le anunciase, llegó hasta su dormitorio y con el corazón oprimido por lo que veía y por lo que adivinaba, se detuvo a la puerta.

Todo estaba en orden; los encajes, los adornos, las joyas, el dinero se encontraban colocados en sus respectivos cajones, cuyas llaves juntó con cuidado la condesa.

Alberto vio todos estos preparativos, comprendió lo que significaban y entró exclamando:

—¡Madre mía! —arrojándose en los brazos de Mercedes.

El pintor capaz de plasmar la expresión de aquellas dos caras, hubiese pintado un magnífico cuadro.

En efecto, aquella resolución enérgica que no había atemorizado a Alberto por sí, le espantaba por su madre.

—¿Qué hacéis, pues? —inquirió.

—¿Qué hacíais vos? —respondió ella.

—¡Oh, madre mía! —dijo Alberto, tan conmovido que apenas podía hablar—; hay gran diferencia de vos a mí; no podéis haber resuelto lo que yo he determinado, porque vengo a deciros que voy a dar el último adiós a esta casa..., y a vos.

—Yo también, Alberto —respondió Mercedes—, yo también parto; había contado con que mi hijo me acompañaría. ¿Me he equivocado?

—Madre mía— respondió Alberto con firmeza— no puedo haceros participar del destino a que yo mismo me he condenado; es preciso que viva desde ahora sin nombre y sin fortuna; es necesario que para empezar esta penosa existencia pida a un amigo el pan que comeré de aquí a que lo gane. Así, pues, mi buena madre, voy ahora mismo a casa de Franz a rogarle me preste la cantidad que he calculado.

—¡Tú, sufrir hambre! ¡Tú, padecer miseria! ¡Oh, no digas eso, mi pobre hijo! Cambiarías todas mis resoluciones.

—Pero no las mías —respondió Alberto—. Soy joven, soy robusto, creo que soy valiente, y desde ayer creo que he aprendido lo que vale una firme voluntad. ¡Madre mía! ¡Son tantos los que han sufrido, y no solamente no han muerto, sino que han amasado una nueva fortuna sobre las ruinas de sus anteriores esperanzas! Yo lo sé, madre mía; he visto esos hombres que desde el fondo del abismo donde les había sepultado su enemigo, se han levantado con tanto vigor y gloria, que han dominado a su antiguo vencedor, precipitándole a su vez. No, madre mía, no; he renunciado a contar desde hoy con lo pasado, y no acepto nada, ni siquiera mi nombre, porque vos comprendéis, madre mía, que vuestro hijo no puede llevar un nombre del que deba abochornarse ante otro hombre.

—Hijo mío, Alberto —dijo Mercedes—, si hubiese tenido un corazón más fuerte, ése sería el consejo que lo hubiera dado; lo conciencia ha hablado al callar mi voz; escúchala, hijo mío; tenías amigos, Alberto; rompe de momento con ellos, pero no desesperes, no; lo madre lo ruega. La vida es aún hermosa a lo edad, mi querido Alberto, porque apenas tienes veintidós años, y como a un corazón tan puro como el tuyo le es preciso un nombre sin tacha, toma el de mi padre; se llamaba Herrera. Te conozco, Alberto mío; sea cualquiera la carrera que sigas, pronto, pronto darás lustre a este nombre. Preséntate entonces en el mundo, más brillante aún con el lustre de tus desgracias pasadas, y si así no debiese ser a pesar de mis previsiones, déjame al menos esta esperanza, déjamela a mí, que no tendré más que esta sola idea, este solo porvenir, y para quien el sepulcro empieza a la puerta de esta casa.

—Haré como deseáis, madre —respondió el joven—; sí, mis esperanzas son iguales a las vuestras; la cólera del cielo no perseguirá a vos tan pura, a mí tan inocente; mas ya que estamos resueltos, obremos rápidamente. El señor de Morcef ha salido hace media hora, poco más o menos; la ocasión, como veis, es favorable para evitar el ruido y una explicación.

—Os espero, hijo mío —dijo Mercedes.

Alberto corrió en seguida al paraje más inmediato y tomó un carruaje de alquiler que debía conducirlos fuera del palacio: acordábanse de una casa amueblada en la calle de Santos Padres, donde su madre hallaría un alojamiento modesto, pero decente, y volvió a buscar a la condesa.

Al parar el carruaje ante la casa, en el momento en que Alberto se apeaba, un hombre se acercó y le entregó una carta.

Alberto reconoció al intendente.

—Del conde —dijo Bertuccio.

Alberto tomó la carta, la abrió y leyó; concluida, buscó con los ojos a Bertuccio, pero mientras leía, el hombre había desaparecido.

Con los ojos llenos de lágrimas entró en la habitación de Mercedes, y sin pronunciar una palabra le presentó la carta.

Mercedes leyó:

Alberto:

Al haceros ver que he penetrado vuestro proyecto, creo revelaros que comprendo vuestra delicadeza. Sois libre, vais a abandonar la casa del conde y retiraros con vuestra madre libre como vos; pero reflexionad, Alberto, que le debéis más de lo que podéis pagarle con vuestro noble y pobre corazón. Guardad para vos la lucha, reclamad para vos los padecimientos, pero evitadle la primera miseria que acompañará sin duda a vuestros primeros esfuerxos; porque no merece ni aun la sombra de la desgracia que hoy la persigue, y la Providencia no quiere que pague el inocente por el culpable.

Sé que vais a dejar los dos la casa de la calle de Helder sin llevaros nada: el cómo, no tratéis de averiguarlo; lo sé y basta.

Escuchad, Alberto.

Veinticuatro años atrás volvía yo contento y alegre a mi patria; tenía una prometida, Alberto, una joven santa a la que adoraba, y le traía ciento cincuenta luises que había juntado penosamente con un trabajo sin descanso: este dinero era para ella, se lo había destinado y conociendo cuán pérfido es el mar, enterré nuestro tesoro en el jardín de la casa que mi padre habitaba en Marsella, en la alameda de Meillán.

Vuestra madre, Alberto, conoce bien aquella humilde y querida casa. Ultimamente, al venir de París, he pasado por Marsella, he ido a ver aquella casa de tan dolorosos recuerdos, y por la noche, con un axadón en la mano, he cavado en el rincón en que había escondido mi tesoro. La caja de hierro se encontraba todavía en el mismo sitio; nadie había tocado en el ángulo que cubre con su sombra una hermosa higuera plantada por mi padre el día de mi nacimiento.

Pues bien, Alberto, ese dinero que en otra ocasión debió servir para ayudar a la vida y tranquilidad de aquella mujer a quien yo adoraba, hoy por un azar desgraciado encuentra igual empleo. ¡Oh!, comprended bien mi idea: y que podía ofrecer millones a esa mujer, y sólo le devuelvo el pedaxo de pan negro, olvidado bajo mi pobre techo, desde el día en que me separé de ella para siempre.

Sois un hombre generoso, Alberto; pero es posible que os ciegue el orgullo o el resentimiento; si rehusáis, si pedís a otro lo que yo tengo derecho a ofreceros diré que es poco generoso rehusar la vida de vuestra madre, ofrecida por un hombre a quien vuestro padre hixo morir al suyo entre los horrores del hambre y de la desesperación.

Terminada esta lectura, Alberto permaneció pálido a inmóvil, esperando la decisión de su madre.

Mercedes levantó los ojos al cielo con una expresión inefable.

—Acepto —dijo—, tiene el derecho de pagar el dote que llevaré a un convento.

Y poniendo la carta sobre el corazón, tomó el brazo de su hijo, y con un paso más firme de lo que creía se dirigió a la escalera.

Montecristo también había vuelto a la ciudad con Manuel y Maximiliano.

El regreso fue alegre. Manuel no disimulaba su contento al ver suceder la paz a la guerra, y confesaba altamente sus gustos filantrópicos. Morrel en un rincón del carruaje dejaba que la alegría de su cuñado se manifestase en sus brillantes palabras, y conservaba para sí una alegría más pura, pero que sólo se traslucía en sus miradas.

En la barrera del Troue se encontró a Bertuccio, que le estaba aguardando allí, inmóvil como un centinela en su puesto.

Montecristo sacó la cabeza por la portezuela, le dijo algunas palabras en voz baja, y el intendente desapareció.

Señor conde —dijo Manuel al llegar a la plaza Real—, os agradezco que me dejéis a la puerta de casa, para que mi mujer no tenga un momento de inquietud, ni por vos ni por mí.

—Si no fuese ridículo vanagloriarse de su triunfo, rogaría al conde que entrase en casa; pero él también tendrá corazones a quienes tranquilizar. Hemos llegado, Manuel. Saludemos a nuestro amigo, y bajemos.

—Un momento —dijo Montecristo—, me priváis de una vez de mis dos compañeros; entrad a ver a vuestra encantadora mujer, a la que os ruego presentéis mis respetos, y luego acompañadme vos hasta los Campos Elíseos.

—Con mucho gusto —dijo Maximiliano—, tanto más cuanto que tengo que hacer en vuestro barrio, conde.

—¿Esperamos para almorzar? —preguntó Manuel.

—No—dijo el joven.

La puerta del coche se cerró, y éste continuó su camino.

—Veis como os he traído la dicha —dijo Morrel cuando se quedó solo con el conde—, ¿no habéis pensado en ello?

—Sí —respondió el conde—, y por eso quisiera teneros siempre cerca de mí.

—¡Es milagroso! —continuó Maximiliano Morrel, respondiéndose a sí mismo.

—¿El qué? —dijo Montecristo.

—Lo que acaba de suceder.

—Sí —respondió el conde sonriéndose—, decís bien, Morrel, es milagroso.

—Porque, después de todo —respondió éste—, Alberto es valiente.

—Muy valiente —respondió el conde—, le he visto dormir tranquilo con el puñal suspendido sobre su cabeza.

—Y yo sé que se ha batido dos veces muy bien; comparad eso con lo de esta mañana.

—Siempre vuestra influencia —repitió sonriéndose Montecristo.

—Es una dicha para Alberto no ser militar.

—¿Por qué?

—¡Excusas sobre el terreno! ¡Bah! —dijo el joven capitán moviendo la cabeza.

—Vamos, no incurráis en los prejuicios de los hombres vulgares, Morrel; convendréis en que, puesto que Alberto es valiente, no puede ser cobarde, que debe haber habido alguna razón que le haya movido a obrar como lo ha hecho esta mañana, y por lo tanto su conducta es más heroica que otra cosa.

—Sin duda, sin duda —repuso Morrel—, pero diría como el

español: Ha sido hoy menos valiente que ayer.

—¿Almorzáis conmigo? —dijo el conde para cortar la conversación.

—No; os dejo a las diez.

—¿Vuestra cita era, pues, para almorzar?

Morrel se sonrió y movió la cabeza.

—Pero, después de todo, preciso es que almorcéis en alguna parte.

—¿Y si no tengo hambre? —dijo el joven.

—Sólo conozco dos sentimientos que quiten el apetito: el dolor, y dichosamente os veo muy alegre, y el amor; ahora bien: según lo que me dijisteis de vuestro corazón, me es permitido creer...

—No digo que no, conde.

—¿Y no me contáis eso, Maximiliano? —replicó el conde con un tono tan vivo que revelaba todo el interés que tenía en conocer aquel secreto.

—Ya os he hecho ver esta mañana que tengo un corazón. ¿No es verdad, conde?

Por respuesta, Montecristo alargó la mano al joven.

—Entonces, ya que este corazón no está con vos en el bosque de Vicennes, está en otra parte, y voy a buscarlo.

—Id —dijo el conde—, id, amigo querido; pero si encontráis algún obstáculo, acordaos que puedo algo en este mundo, y que sería dichoso si pudiese ser útil a las personas que amo como a vos, Morrel.

—De acuerdo, me acordaré como los niños egoístas se acuerdan de sus padres cuando los necesitan; cuando os necesite, me acordaré de vos, conde.

—Bien, acepto vuestra palabra.

—Hasta la vista, conde.

Habían llegado a la puerta de la casa de los Campos Elíseos; Montecristo y Morrel se apearon. Bertuccio los esperaba a la puerta.

Morrel desapareció por el lado de Marigny, y Montecristo dirigióse hacia Bertuccio.

—¿Y bien? —le preguntó.

—Ella va a abandonar la casa.

—¿Y su hijo?

—Florentín, su criado, piensa que va a hacer otro tanto.

—Venid.

Montecristo llevó a Bertuccio a su despacho, escribió la carta que ya conocemos, y la entregó a su intendente.

—Id, y despachad pronto; a propósito; haced que avisen a Haydée de mi regreso.

—Heme aquí ——dijo la joven, que había bajado al oír el ruido del coche, y cuya cara rebosaba alegría al ver al conde sano y salvo.

Bertuccio salió.

Todos los transportes de una hija que vuelve a ver a su padre querido, los delirios de una amante que vuelve a ver a su amado, Haydée los sintió en los primeros momentos de aquella vuelta que esperaba con tanta ansiedad.

La alegría de Montecristo no era tan expansiva, pero no por eso no era ciertamente menos grande; el gozo para los corazones que han sufrido mucho tiempo es lo que el rocío para las tierras abrasadas por los ardores del sol; corazones y tierra absorben aquella lluvia bienhechora que cae sobre ellos y no se pierde una gota.

Hacía algunos días que Montecristo conocía lo que no se atrevía a creer hacía mucho tiempo, es decir, que había aún dos Mercedes en el mundo, y que podía aún ser dichoso.

Sus ojos, en los que se traslucía la dicha, buscaban ávidamente las miradas humedecidas de Haydée, cuando de pronto se abrió la puerta.

El conde se incomodó.

—El señor de Morcef —dijo Bautista, como si aquella sola palabra envolviese su disculpa.

En efecto, la cara del conde se serenó.

—¿Cuál? —preguntó—, ¿el conde o el vizconde?

—El conde.

—¡Dios mío! —dijo Haydée—, ¿no ha terminado aún?

—No sé si ha terminado, querida hija —dijo Montecristo tomando las manos de la joven—, pero sé que nada tienes que temer.

—¡Sin embargo, es el miserable...!

—Ese hombre no tiene poder sobre mí, Haydée; cuando tenía que habérmelas con su hijo, era otra cosa.

—Y tampoco sabrás tú jamás lo que he sufrido, mi señor.

Montecristo se sonrió.

—¡Por la tumba de mi padre! —dijo Montecristo poniendo las manos sobre la cabeza de la joven—, lo juro, Haydée, que si sucediese una desgracia no será a mí.

—Te creo como si fuera Dios quien me estuviese hablando —dijo la joven presentando su frente al conde.

Montecristo imprimió en aquella frente pura y hermosa un beso que hizo latir dos corazones a la vez; el uno con violencia, y el otro sordamente.

—¡Oh, Dios mío! —murmuró el conde—, ¡permitiríais aún que yo pudiese amar! Haced entrar al señor conde de Morcef en el salón —dijo a Bautista, acompañando a la hermosa griega hacia una escalera secreta.

Permítasenos unas palabras para explicar esta visita que Montecristo esperaba quizá, pero inesperada para nuestros lectores.

Mientras Mercedes, como hemos dicho, hacía la misma especie de inventario que había hecho Alberto, colocaba sus alhajas, cerraba sus cajones, y reunía las llaves para dejarlo todo en un orden perfecto, no reparó en que un rostro pálido y siniestro había aparecido a la vidriera de su cuarto, desde la que se podía ver y oír. El que así miraba, sin ser visto, vio y oyó cuanto ocurría y se hablaba en el cuarto de Mercedes.

Desde aquella puerta, el hombre pálido se dirigió al dormitorio del conde de Morcef, levantó las cortinas y vio lo que sucedía en el patio de entrada, permaneció allí diez minutos inmóvil, mudo, y escuchando los latidos de su corazón: entonces fue cuando Alberto, que volvía de su cita, vio a su padre tras los cortinajes y volvió la cabeza a otro lado.

Las pupilas del conde se dilataron: sabía que el insulto de Alberto a Montecristo había sido terrible, y que en todos los países del mundo era consiguiente un duelo a muerte. Alberto volvió sano y salvo; el conde, pues, estaba vengado.

Un rayo de indecible alegría iluminó aquella lúgubre cara, como el último rayo del sol al acostarse en las nubes que más parecen su tumba que su lecho.

Pero ya hemos dicho que en vano estuvo esperando que su hijo se presentase a darle cuenta de su triunfo: que éste antes del combate no hubiese querido ver al padre cuyo honor iba a vengar, se comprende; pero vengado el honor del padre, ¿por qué el hijo no iba a arrojarse en sus brazos?

Entonces el conde, no pudiendo ver a Alberto, mandó llamar a su criado, y ya saben nuestros lectores que éste le autorizó para contar la verdad.

Diez minutos después, el conde de Morcef estaba en el peristilo, vestido con una levita negra, corbatín militar, pantalón y guantes negros.

Según parece, había dado sus órdenes con anterioridad, porque apenas bajaba el último escalón cuando llegó el coche para recibirle; su criado puso en el coche un gabán militar, en el que iban envueltas dos espadas, cerró la puerta y fue a sentarse al lado del cochero.

Este se inclinó para recibir la orden.

—A los Campos Elíseos —dijo el general—, a casa del conde de Montecristo. ¡Pronto!

Los caballos salieron a escape, y cinco minutos después se detuvieron a la puerta del palacio del conde.

El señor de Morcef abrió él mismo la portezuela, saltó al suelo con la agilidad de un joven, llamó y entró seguido de un criado.

Un segundo después Bautista anunciaba al señor de Montecristo al conde de Morcef, y éste, acompañando a Haydée a la escalera, daba orden para que se le hiciera pasar al salón.

El general daba la tercera vuelta por la sala, cuando vio a Montecristo en pie a la puerta.

—¡Ah, es el señor de Morcef...! Creí haber entendido mal.

—Sí, yo soy —dijo el conde con una espantosa contracción en los labios que le impedía articular claramente.

—Lo único que me falta saber es lo que me proporciona ver al señor de Morcef tan temprano.

—¿Habéis tenido esta mañana un lance con mi hijo, caballero? —dijo el general.

—¿Os habéis enterado? —respondió el conde.

—Y sé que mi hijo tenía excelentes razones para desear batirse con vos, y hacer cuanto pudiera para mataros.

—En efecto, las tenía —dijo el conde—, pero veis que a pesar de ellas no sólo no me ha matado, sino que ni aun se ha batido.

—Y, con todo, os creía la causa de la deshonra de su padre, y de las desgracias que en este momento abruman su casa.

—Es verdad —dijo Montecristo con su inalterable tranquilidad—, causa secundaria y no principal.

—Seguramente le habéis dado alguna excusa o explicación.

—No le he dado ninguna explicación, y él es el que me ha presentado sus excusas.

—¿Pero a qué atribuir esta conducta?

—A la convicción de que había en esto un hombre más culpable que yo.

—¿Y quién es ese hombre?

—Su propio padre.

—Sea —dijo el conde palideciendo—, pero sabéis que aun el más culpable no gusta de verse convencido de culpabilidad.

—Lo sé, y por eso esperaba lo que sucede en este momento.

—¡Esperabais que mi hijo fuera un cobarde...! —gritó el conde.

—Alberto de Morcef no es ningún cobarde —dijo Montecristo.

—Un hombre que tiene una espada en la mano y a su punta ve a un enemigo y no se bate, es un cobarde. ¡Ah! ¿Por qué no está aquí para poder decírselo?

—Caballero —dijo Montecristo—, no pienso que hayáis venido a contarme vuestros asuntos de familia; id a decir esto a Alberto, él sabrá responderos.

—¡Oh!, no, no —replicó el general con una sonrisa que en seguida se desvaneció—, tenéis razón, no he venido para eso, y sí para deciros que yo también os miro como a mi enemigo, que os odio por instinto, que me parece que os he conocido siempre y siempre os he aborrecido, y que en fin, puesto que los jóvenes de este siglo no se baten, debemos batirnos nosotros... ¿Sois de mi opinión?

—Completamente; por eso cuando os dije que había previsto lo que sucedería, quería hablar del honor de vuestra visita.

—Mejor. ¿Entonces tendréis hechos vuestros preparativos?

—Lo están siempre.

—¿Sabéis que nos batiremos a muerte? —preguntó el general apretando los dientes de rabia.

—Hasta que muera uno de los dos —dijo Montecristo mirando de pies a cabeza al señor de Morcef.

—Partamos, no necesitamos testigos.

—En efecto es inútil; nos conocemos muy bien.

—Al contrario —dijo Morcef— no os conozco.

—¡Bah! —dijo Montecristo con aquella flema desesperadora—. ¿No sois vos el soldado Fernando que desertó la víspera de la batalla de Waterloo? ¿El teniente Fernando que sirvió de guía y espía al ejército francés en España? ¿No sois el capitán Fernando que traicionó y asesinó a su bienhechor Alí? ¿Y todos esos Fernandos reunidos no son el teniente general conde de Morcef, par de Francia?

—¡Oh! —dijo el general herido por estas palabras como por un hierro candente—, ¡oh!, miserable, que me echas en cara mis faltas en el instante en que quizá vas a matarme; no, no he dicho que lo era desconocido; has penetrado en la noche de lo pasado, y tú has leído a la luz de una lámpara que ignoro, cada página de mi vida; pero tal vez hay más honor en mí, en medio de mi oprobio, que en ti bajo ese aspecto pomposo; tú me conoces, lo sé, pero yo no lo conozco, aventurero lleno de oro y pedrerías. Tú que lo haces llamar en París el conde de Montecristo, en Italia Simbad el Marino, y en Malta qué sé yo, ya lo he olvidado. Tu nombre es lo que lo pido, lo verdadero nombre, quiero saber, en medio de tus cien nombres, con objeto de pronunciarlo sobre el terreno del combate en el momento en que mi espada parta en dos lo corazón.

Montecristo palideció terriblemente; sus ojos parecían de fuego; de un salto entró en el despacho inmediato al salón, y en menos de un segundo, quitándose la corbata, levita y chaleco, se vistió una chaqueta y se puso un sombrero de marino, bajo el cual se dejaban ver sus negros cabellos.

Salió así, implacable y avanzando con los brazos cruzados ante el general, que le esperaba y que retrocedió espantado hasta encontrar una mesa, en la que se apoyó.

—Fernando —le dijo—, de mis cien nombres basta uno solo para herirte como un rayo, pero éste lo adivinas o por lo menos lo acuerdas de él, porque a pesar de mis penas, de mis martirios, puedo hoy mostrarte un rostro que la dicha de la venganza rejuvenece, que muchas veces debes haber visto en sueños después de lo matrimonio... con Mercedes, que era mi novia.

El general, con la cabeza caída hacia atrás, las manos extendidas y la vista fija, devoraba en silencio este terrible espectáculo; buscando en seguida la pared para apoyarse en ella, se dejó ir hasta la puerta, por la que salió andando de espaldas, pronunciando con acento lúgubre:

—¡Edmundo Dantés!

Luego, con unos suspiros que nada tenían de humanos, bajó hasta el peristilo de la casa, llegó a la entrada y cayó en brazos de su criado, pronunciando con voz muy débil:

—A casa, a casa.

Por el camino, el aire fresco y la vergüenza de que sus criados vieran el estado en que se hallaba, le permitieron coordinar sus ideas; pero el camino era corto, y al llegar a su casa, todos sus dolores se renovaron.

Antes de llegar hizo parar el carruaje y bajó.

La puerta estaba abierta; un coche de alquiler, que el conde miró con espanto, estaba esperando. No quiso preguntar a nadie y se dirigió a su habitación.

En aquel instante, Mercedes, apoyada en el brazo de su hijo, salía de su casa.

Pasaron a un palmo del desgraciado, que detrás de una mampara de damasco sintió el roce del vestido de seda de Mercedes, y oyó estas palabras pronunciadas por su hijo:

—¡Valor, madre mía! Venid, venid, no estamos ya en nuestra casa.

El general, sosteniéndose en la puerta, ahogó el más triste suspiro que jamás haya salido del pecho de un padre abandonado a la vez por su mujer a hijo.

Al poco rato, oyó la voz del cochero y el ruido del pesado carruaje; entró en su cuarto para mirar por última vez cuanto más había amado en el mundo, pero el coche salió sin que la cabeza de Mercedes o la de Alberto se asomasen a la portezuela para dar la última mirada al padre, al esposo abandonado, para otorgarle el perdón.

En el momento en que pasaron las ruedas por la puerta, y el

ruido del coche resonó en la calle, se oyó un tiro: una espesa humareda salió por uno de los cristales del dormitorio del conde, que se rompió por efecto de la explosión.

VIII. VALENTINA

El lector habrá adivinado seguramente dónde tenía Morrel que hacer y en dónde le esperaban; así es que al dejar a Montecristo se encaminó lentamente a casa de Villefort.

Cuando decimos lentamente es porque Morrel tenía media hora aún para andar quinientos pasos, y sin embargo, se había separado de Montecristo para poder pensar con libertad.

Bien sabía a la hora que podía hallar a Valentina, que era cuando ésta hacía compañía al señor Noirtier, mientras éste estaba desayunando. El anciano y la joven le habían permitido viniese dos veces a la semana.

Llegó; Valentina le esperaba inquieta; casi fuera de sí, le cogió por la mano y le llevó delante de su abuelo.

Aquella inquietud extremada provenía del ruido que la aventura de Morcef había hecho en el mundo elegante; nadie dudaba que un duelo se produciría, y Valentina, con el instinto de la mujer, había adivinado que Morrel sería el testigo del conde de Montecristo; conociendo además el valor del joven y su gran amistad con el conde, temía que no se contentase con la parte pasiva que le correspondía. Cuando le vio fueron infinitas las preguntas, innumerables los detalles dados, y Morrel pudo leer una indecible alegría en los ojos de su amada, cuando supo que el lance había terminado de un modo no menos dichoso que inesperado.

—Ahora —dijo Valentina, haciendo señas a Morrel para que se sentase al lado del anciano, y colocándose ella en el taburete en que éste apoyaba sus pies— hablemos algo de nuestros asuntos. ¿Sabéis, Morrel, que mi abuelo quiso dejar esta casa para que fuésemos a vivir separados del señor Villefort?

—Sí, ciertamente, me acuerdo de aquel proyecto, y lo celebré grandemente.

—Pues bien —dijo Valentina—, celebradlo de nuevo, Maximiliano, porque hemos vuelto a pensar en ello.

—¡Bravo! —exclamó Maximiliano.

—¿Y sabéis la razón que da para salir de casa?

Noirtier miró a su hija para imponerle silencio, pero ésta no lo advirtió, porque sus ojos, sus miradas, sonrisas, todo, todo era para Morrel.

—¡Oh!, cualquiera que sea la razón que dé el señor Noirtier —dijo Morrel—, creo que ha de ser muy buena.

—Excelente: pretende que el aire del arrabal San Honoré no es bueno para mí.

—Y tiene razón, Valentina —dijo Morrel—, hace quince días que vuestra salud se ha alterado.

—Sí, un poco, es verdad —respondió Valentina—; por eso mi abuelo se ha constituido en mi médico, y como sabe de todo, tengo gran confianza en él.

—Pero, en fin, ¿es verdad que sufrís, Valentina? —preguntó vivamente Morrel.

—¡Oh, Dios mío!, no puede llamarse sufrir; experimento un malestar general, eso es todo; he perdido el apetito y me parece que mi estómago sostiene una lucha como para acostumbrarse a alguna cosa.

Noirtier no perdía una palabra de cuanto decía Valentina.

—¿Y qué método seguís para esa enfermedad desconocida?

—Es muy sencillo —dijo Valentina—, todas las mañanas tomo una cucharada de la poción que traen para mi abuelo; cuando digo una cucharada quiero decir que he empezado por una; ahora ya tomo hasta cuatro.

Valentina se sonrió, pero había algo de tristeza y sufrimiento en aquella sonrisa.

Ebrio de amor, Maximiliano la miraba en silencio; era muy hermosa, pero su palidez había aumentado, sus ojos brillaban con un fuego más ardiente que de costumbre, y sus manos, blancas como el nácar, parecían de cera que una tinta pajiza se apodera de ella con el tiempo.

El joven apartó sus ojos de Valentina y los fijó en el señor Noirtier. Este, con su extraña y profunda inteligencia, contemplaba a la joven absorta en su amor; pero al igual que Morrel, seguía la huella de un sufrimiento secreto y tan poco visible que sólo se revelaba a los ojos del padre y del amante.

—Pero —dijo Morrel—, esa poción de la que habéis llegado a

tomar cuatro cucharadas, la creo preparada para el señor Noirtier.

—Sé que es muy amarga; tanto, que cuanto bebo después me parece que tiene el mismo gusto.

Noirtier miró a su nieta con ojos interrogadores.

—Sí, abuelo —dijo Valentina—, así es; hace un instante, antes de bajar a vuestro cuarto, bebí un vaso de agua con azúcar; pues bien tuve que dejar la mitad, tan amarga me pareció.

Noirtier palideció, a hizo señas de que quería hablar.

Valentina se levantó para ir a buscar el diccionario: Noirtier la seguía con la vista con una angustia indecible.

En efecto, la sangre subía a la cabeza de la joven. Sus mejillas se enrojecieron.

—Es singular —dijo—, me mareo, parece que el sol ha herido mis ojos. Y se apoyó en la ventana.

—No hay sol —dijo Morrel, más inquieto aún por la expresiva cara de Noirtier que por la indisposición de Valentina, y corrió hacia ella.

Valentina se sonrió.

—¡Tranquilízate, abuelo mío! —dijo a Noirtier—. No os inquietéis, Maximiliano, no es nada, ya pasó; pero escuchad..., ¿no oís el ruido de un carruaje en el patio de entrada?

Abrió la puerta del cuarto de Noirtier, se asomó a la ventana del corredor y regresó precipitadamente.

—Sí —dijo—, la señora Danglars y su hija que vienen a visitarnos; adiós, me marcho, porque vendrían a buscarme aquí, o mejor dicho, hasta la vuelta; permaneced aquí, Maximiliano, os prometo no tardar.

Maximiliano la siguió con la vista, la observó mientras cerraba la puerta, y la oyó subir por la escalera que conducía al mismo tiempo al cuarto de la señora de Villefort y al suyo.

Cuando la joven hubo salido, Noirtier hizo señas a Morrel de que tomase el diccionario.

Morrel obedeció; guiado por Valentina se había acostumbrado a comprender las señas del anciano, mas como era preciso recorrer las letras del alfabeto y buscar palabra por palabra en el diccionario, sólo al cabo de diez minutos pudo traducir el pensamiento de Noirtier.

—Buscad el vaso de agua y la botella que están en el cuarto de

Valentina.

Morrel tiró de la campanilla y se presentó el criado que había sustituido a Barrois, al que dio esta orden en nombre de Noirtier.

El criado volvió al instante; la botella y el vaso estaban vacíos. Noirtier hizo señal de que quería hablar.

—¿Por qué el vaso y la botella están vacíos? —preguntó—. Valentina dijo que no había bebido más que la mitad del vaso.

—No sé —respondió el criado—, pero la camarera está en el cuarto de la señorita Valentina, y ella quizá los habrá vaciado.

—Preguntadle —dijo Morrel, adivinando esta vez el pensamiento del señor Noirtier por su mirada.

El criado salió y volvió en seguida.

—La señorita Valentina ha pasado por su cuarto para ir al de la señora de Villefort —dijo—, y teniendo sed bebió lo que quedaba del vaso; la botella la vació el señorito Eduardo para hacer un estanque para sus pájaros.

Noirtier levantó los ojos al cielo, como hace el jugador que aventura a un solo golpe toda su fortuna.

A partir de aquel momento, los ojos del anciano se fijaron en la puerta y no se apartaron de aquella dirección.

Eran la señora Danglars y su hija las que vio Valentina; las hicieron pasar a la habitación de la señora de Villefort, que dijo recibiría en ella y he aquí por qué Valentina había pasado por su cuarto que comunicaba con el de Eduardo y el de la señora de Villefort.

Las dos mujeres penetraron en el salón con aquella seria frialdad que anunciaba una comunicación oficial.

Entre las personas del gran mundo, pronto se conoce y se adopta un sistema: la señora de Villefort tomó una actitud igual a la de sus visitas; Valentina se presentó en aquel momento y empezaron de nuevos los cumplidos.

—Querida amiga —dijo la baronesa, mientras las jóvenes se daban las manos—, vengo con Eugenia a anunciaros su próximo enlace con el príncipe Cavalcanti.

Danglars daba siempre a éste el título de príncipe; al banquero le parecía que sonaba mejor que el de conde.

—Permitidme, pues, que os dé mis sinceros parabienes —respondió la señora de Villefort—. El príncipe Cavalcanti parece un joven dotado de excelentes cualidades.

—Si hablamos como dos amigas —dijo sonriéndose la baronesa—, debo deciros que el príncipe no es aún lo que será: hay todavía en él algunas de aquellas rarezas que hacen que los franceses reconozcamos a primera vista al gentilhombre italiano o alemán. Parece, con todo, que tiene muy buen corazón, bastante talento, y en cuanto a lo demás, dice Danglars, que su fortuna es majestuosa: estas son sus palabras.

—Y además —añadió Eugenia, pasando las hojas del álbum de la señora de Villefort—, añadid, señora, que tenéis una inclinación particular a ese joven.

—Y —dijo la señora de Villefort— considero inútil preguntaros si participáis de esa inclinación.

—¡Yo! —respondió Eugenia con serenidad imperturbable—, ¡oh!, nada de eso, señora, mi vocación no es la de encadenarme, sujetándome a los cuidados de una casa y a los caprichos de un hombre, sea el que quiera: mi vocación es la de artista, y tengo siempre libre el corazón, mi persona y mi pensamiento.

Eugenia dijo estas palabras con un tono tan enérgico y resuelto que Valentina se sonrojó; la tímida joven no podía comprender aquella naturaleza vigorosa que parecía no participar en nada de la timidez de la mujer.

—Por lo demás —continuó—, puesto que estoy destinada al matrimonio, debo dar gracias a la Providencia, que me ha procurado los desdenes del señor Alberto de Morcef, porque sin eso me vería hoy convertida en la esposa de un hombre perdido.

—Es cierto —dijo la baronesa, con aquella extraña sencillez que se encuentra a veces en las señoras, y que el trato con personas de otra esfera no les hace perder— A no ser por las dudas de Morcef, mi hija se casaba con Alberto; el general tenía mucho empeño en ello, y había venido expresamente a ver a Danglars para que consintiese: de buena nos hemos librado.

—Pero —observó Valentina—, ¿la deshonra del padre recae sobre el hijo? Alberto me parece muy inocente de la traición del general.

—Escuchadme, mi buena amiga —dijo la implacable Eugenia—. Alberto recibirá y merece su parte; después de haber provocado ayer en la Opera al conde de Montecristo, hoy le ha presentado sus excusas sobre el terreno.

—¡Eso es imposible! —dijo la señora de Villefort.

—¡Ay!, amiga mía ——dijo la señora Danglars, con aquella sencillez que ya hemos visto en ella—, es cierto, lo sé por Debray que se halló presente.

Valentina también sabía la verdad, pero guardó silencio. Aquella conversación llevó su pensamiento a la habitación de Noirtier, adonde la esperaba Morrel.

Absorta en estas ideas hacía ya un momento que no tomaba parte en la conversación, y aun le hubiera sido imposible el decir de lo que hablaban hacía rato, cuando de pronto la mano de la señora de Danglars, que se apoyaba en su brazo, la sacó de su ensimismamiento.

—¿Qué hay, señora? —dijo Valentina, como si hubiese recibido una descarga eléctrica.

—Hay, mi querida Valentina —dijo la baronesa—, que sufrís sin duda alguna.

—¿Yo? —dijo la joven pasando la mano sobre su frente, que ardía.

—Sí; miraos en ese espejo. Os habéis puesto encarnada y pálida dos veces en menos de un minuto.

—Realmente, estáis muy pálida —dijo Eugenia.

Por poco que lo estuviese, aprovechó la ocasión para retirarse; además, la señora de Villefort vino en su ayuda.

—Retiraos, Valentina —dijo—, sufrís realmente, y estas señoras tendrán la bondad de excusaros; tomad un vaso de agua pura, que os hará bien.

Valentina abrazó a Eugenia, saludó a la señora de Danglars, que estaba ya en pie para retirarse, y salió.

—Esta pobre niña me tiene con cuidado y no me admiraría que le sucediese algún accidente —dijo la señora de Villefort.

Entretanto Valentina, con una especie de exaltación desconocida para ella, sin responder a unas palabras que le dijo el niño, salió a la escalera. Bajó todos los escalones, menos los tres últimos; oyó la voz de Morrel, cuando de repente perdió la vista, su pie perdió el escalón, sus manos no tuvieron fuerza para sujetarse al pasamano y rodó por la escalera.

Morrel abrió la puerta, dio un salto y halló a Valentina en el suelo; ésta abrió los ojos.

—¡Oh! ¡Qué torpe soy! —dijo—, ya no sé andar, ¡había olvidado que aún me faltaban tres escalones!

—¿Os habéis lastimado, Valentina? —exclamó Maximiliano—, ¡Dios mío! ¡Dios mío!

—No, no; os digo que todo ha pasado, no ha sido nada; ahora dejadme que os diga una cosa: dentro de tres días hay un banquete, una comida de boda; todos estamos invitados, mi padre, la señora de Villefort y yo, según he oído.

—¿Cuándo nos ocuparemos nosotros de esos preparativos? ¡Oh! ¡Valentina! Vos que tanto ascendiente tenéis sobre vuestro abuelo, procurad que diga: muy pronto.

—Entonces, ¿contáis conmigo para estimular la lentitud y avivar la memoria de mi abuelo?

—Sí, pero haced que sea pronto; hasta que no seáis mía, Valentina, tengo miedo de perderos.

—¡Oh! —respondió Valentina con un movimiento convulsivo—. ¡Oh!, de veras, Maximiliano, resultáis muy miedoso para ser oficial; vos de quien se dice que jamás conocisteis el miedo. ¡Ah!, ¡ah!, ¡ah!

Y prorrumpió en una risa dolorosa, sus brazos se enderezaron retorciéndose, su cabeza cayó sobre el sillón y quedó sin movió. El grito de terror que Dios había quitado de los labios del anciano salió de su mirada.

Morrel comprendió que se trataba de llamar para que la socorriesen.

El joven tiró fuertemente del cordón de la campanilla. La camarera que estaba en el cuarto de Valentina y el criado que reemplazó a Barrois acudieron al mismo tiempo.

Valentina estaba tan pálida, fría a inmóvil, que sin escuchar lo que les decían, salieron por el corredor, pidiendo socorro; tal era el miedo que reinaba en aquella casa maldita.

La señora de Danglars y Eugenia, que salían, pudieron enterarse de la causa de aquel rumor.

—Ya os lo había dicho —dijo la señora de Villefort—, ¡pobre criatura!

En el mismo instante, oyóse la voz del señor de Villefort, que gritaba desde su despacho:

—¿Qué ocurre?

Morrel consultó con una mirada a Noirtier, que había recobrado su serenidad, y con la vista le indicó el despacho en el que otra vez, en circunstancia semejante, se había refugiado. Apenas tuvo tiempo para coger el sombrero y entrar en el despacho, ya se oían los pasos del procurador del rey en el pasillo.

Villefort entró precipitadamente en la estancia, corrió hacia Valentina y la tomó en sus brazos.

—¡Un médico! ¡Un médico!, el señor d'Avrigny... Pero será mejor que vaya yo mismo —y salió del cuarto. Por la otra puerta se escapó Morrel.

Su corazón acababa de ser herido por un recuerdo terrible. Aquella conversación que oyó entre el doctor y Villefort, la noche en que falleció la señora de Saint—Merán, acudió a su imaginación. Aquellos síntomas, aunque en un grado más espantoso, eran también los que precedieron a la muerte de Barrois.

Al mismo tiempo, parecióle que resonaba en su oído la voz de Montecristo que le había dicho no hacía aún dos horas:

—Cualquier cosa que necesitéis, Morrel, acudid a mí, puesto que yo puedo mucho.

Más veloz que el pensamiento, corrió desde el arrabal San Honoré a la calle de Matignón, y desde allí a la entrada de los Campos Elíseos.

Al mismo tiempo, el señor de Villefort llegaba en un carruaje de alquiler a la puerta de la casa del doctor d'Avrigny. Llamó con tanta energía que el portero salió asustado; subió la escalera sin fuerzas para hablar; el portero, que le conocía, le dejó pasar gritándole solamente:

—En su despacho, señor procurador del rey, en su despacho.

Villefort empujaba ya, o más bien forzaba la puerta.

—¡Ah! —dijo el doctor—. ¿Sois vos?

—Sí —dijo Villefort, cerrando la puerta—; sí, doctor, soy yo, que vengo a preguntaros a mi vez si estamos solos. Doctor, mi casa es una casa maldita.

—¿Qué ocurre? —dijo éste fríamente en apariencia, pero con grande conmoción interior—. ¿Tenéis algún enfermo?

—Sí, doctor —gritó Villefort mesándose los cabellos con

mano convulsiva—; sí, doctor.

La mirada de d'Avrigny significaba:

—Os lo había predicho.

En seguida sus labios pronunciaron lentamente estas palabras:

—¿Quién va a morir? ¿Qué nueva víctima va a acusaros ante Dios de vuestra debilidad?

Un suspiro doloroso salió del corazón de Villefort. Se acercó al médico y le agarró por un brazo.

—¡Valentina! —dijo—. ¡Ha tocado el turno a Valentina!

—¡Vuestra hija! —exclamó d'Avrigny lleno de dolor y de sorpresa.

—¿Veis como estabais equivocado? —dijo el magistrado—, venid a verla, y junto a su lecho de dolor pedidle perdón por haber sospechado de ella.

—Cada vez que me habéis avisado ha sido ya tarde —dijo el doctor—; no importa, voy, pero démonos prisa, no puede perderse tiempo con los enemigos que atacan vuestra casa.

—¡Oh!, esta vez no me echaréis en cara mi debilidad. Esta vez conoceré al asesino y le castigaré.

—Tratemos de salvar la vida a la víctima antes de pensar en vengar su muerte. Vamos.

Y el carruaje en que había ido Villefort le condujo de nuevo rápidamente acompañado de d'Avrigny, al mismo tiempo en que por su parte Morrel llamaba a la puerta de Montecristo.

El conde se hallaba en su despacho, y pensativo leía dos renglones que Bertuccio acababa de escribirle.

Al oír anunciar a Morrel, del que no hacía dos horas que se había separado, el conde levantó la cabeza.

Para él como para el conde, habían ocurrido muchas cosas durante aquellas dos horas, porque el joven que le dejó con la risa en los labios, se presentaba con la fisonomía alterada. El conde se levantó y salió al encuentro de Morrel.

—¿Qué ocurre, Maximiliano? Estáis pálido y con la frente bañada en sudor.

Morrel cayó en un sillón.

—Sí —dijo—; he venido corriendo, tenía necesidad de hablaros.

—¿Todos están bien en vuestra casa? —preguntó el conde con

un tono tan afectuoso que nadie podía dudar de su sinceridad.

—Gracias, conde, gracias —dijo el joven visiblemente perplejo sobre el modo de iniciar la conversación—. Sí, mi familia está bien.

—Tanto mejor. ¿Y sin embargo, tenéis algo que decirme? —le dijo el conde cada vez más inquieto.

—Sí —dijo Morrel—, acabo de salir de una casa en que la muerte ha entrado, para correr a vos.

—¿Venis de casa de Morcef? —dijo Montecristo.

—No —dijo Morrel—; ¿es que ha muerto alguien en casa de Morcef?

—El general se ha saltado la tapa de los sesos —respondió fríamente Montecristo.

—¡Pobre condesa! —dijo Maximiliano—, es a ellos a quien compadezco.

—Compadeced también a Alberto, Maximiliano; porque, creedme, es un hijo digno de la condesa. Sin embargo, volvamos a vos: ¿veníais para decirme algo? ¿Tendría la dicha de que necesitaseis de mí?

—Sí; necesito de vos. Es decir, he creído como un insensato que podríais socorrerme en unas circunstancias en que sólo Dios puede hacerlo.

—Hablad —respondió Montecristo.

—¡Oh! —dijo Morrel—, no sé si me será permitido revelar semejante secreto a oídos humanos, pero la fatalidad me conduce y la necesidad me obliga a ello, conde...

Morrel se detuvo vacilante.

—¿Creéis que os quiero? —le preguntó Montecristo, cogiéndole cariñosamente la mano.

—Vos me animáis, y además hay algo aquí —y puso la mano sobre el corazón— que me dice que no debo tener secretos para vos...

—Tenéis razón, Morrel; Dios habla por vuestro corazón, seguid sus impulsos.

—Conde, ¿me permitís que mande a Bautista a preguntar de parte vuestra por una persona a quien conocéis?

—Me he puesto completamente a vuestra disposición, y con mucha mayor razón mis criados.

—¡Ahl, es que no puedo vivir hasta que no sepa que está mejor.

—¿Queréis que llame a Bautista?

—No; voy a hablarle yo mismo.

Morrel salió, llamó a Bautista, le dijo en secreto algunas palabras, y el criado salió corriendo.

—Y bien, ¿le habéis enviado ya? —preguntó Montecristo, viendo entrar a Morrel.

—Sí; y voy a estar algo más tranquilo.

—Sabéis que estoy esperando —dijo Montecristo sonriéndose.

—Sí, y yo hablo: escuchad. Una tarde que estaba en un jardín oculto entre las flores, y que nadie podía pensar que yo me hallaba allí, pasaron dos personas tan cerca, permitid que calle por ahora sus nombres, que pude oír toda su conversación, sin perder una palabra, aunque hablaban en voz baja.

—Me vais a contar algo terrible, a juzgar por vuestra palidez y vuestro temblor.

—¡Oh!, sí, muy terrible, amigo mío; acababa de morir uno en la casa del amo del jardín en que yo me hallaba: una de las dos personas cuya conversación oía era el amo del jardín, la otra el médico: el primero confiaba al segundo sus temores y sus penas, porque era la segunda vez en un mes que la muerte, rápida a inesperada, se presentaba en aquella casa que se creería designada por algún ángel exterminador, a la cólera del Señor.

—¡Ah!, ¡ah! —dijo Montecristo mirando fijamente al joven y volviéndose en su sillón, de modo que su cara quedó en la sombra, mientras la de Morrel quedaba de lleno inundada por la luz.

—Sí —continuó éste—, la muerte había entrado dos veces en esta casa en un mes.

—¿Y qué respondía el doctor? —inquirió Montecristo.

—Respondía... que aquella muerte no era natural, y debía atribuirse...

—¿A qué?

—Al veneno.

—¿De veras? —dijo Montecristo, con aquella tos ligera que en los momentos de gran emoción le servía para disimular, ya sea lo sonrosado o pálido de su rostro, ya la atención misma con que escuchaba—, ¿de veras, Maximiliano, habéis oído todas esas cosas?

—Sí, querido conde, las he oído, y el doctor añadió que si un suceso como éste se repetía, se creería obligado a dar parte a la justicia.

Montecristo escuchaba o parecía escuchar con la mayor calma y serenidad.

—Y bien, la muerte se ha presentado por tercera vez —dijo Maximiliano—, y ni el amo de la casa, ni el doctor han hecho nada. La muerte va a asestar su cuarto golpe, conde, ¿a qué creéis que me obliga el conocimiento de este secreto?

—Querido amigo —le respondió Montecristo—, me parece que contáis una aventura que todos conocemos. La casa en que habéis oído eso yo la conozco, o al menos una igual, en que hay jardín, padre de familia, doctor y tres muertes extrañas a inesperadas; pues bien, yo que no he interceptado secretos, pero lo sabía como vos, ¿tengo escrúpulos de conciencia? No, nada tengo que ver en todo ello. Decís que un ángel exterminador parece que ha señalado esa casa a la cólera del Señor; ¿y quién os dice que vuestra suposición no es una realidad? No veáis las cosas que no ven los que tienen un interés en ello. Si es la justicia y no la cólera de Dios, la que está en esa casa, Maximiliano, volved la cabeza y dejad paso a la justicia de Dios.

Morrel tembló: había un no sé qué de terrible, lúgubre y solemne en las palabras de conde.

—Además —continuó con un cambio de voz tan marcado que habríase dicho que aquellas palabras no salían de la boca del mismo hombre—, ¿quién os ha dicho que volverá a empezar?

—Empieza de nuevo, conde, y he aquí por qué he venido a buscaros.

—Y bien, ¿qué queréis que haga, Morrel? ¿Quisierais, por casualidad que avisara al procurador del rey?

Montecristo articuló estas últimas palabras con tanta claridad y una acentuación tan marcada, que Morrel se levantó gritando:

—¡Conde!, ¡conde! sabéis de quién quiero hablar, ¿no es verdad?

—Desde luego, mi buen amigo, y voy a probároslo indicándoos las personas; os paseasteis una tarde, en el jardín del señor de Villefort, y según lo que me habéis dicho, presumo que fue la tarde de la muerte de la señora de Saint—Merán; habéis oído a Villefort hablar con d'Avrigny, de la muerte del señor de Saint—Merán y de la no menos espantosa de la baronesa. El doctor decía que creía ver en aquello un envenenamiento, y he aquí vos, hombre de bien por excelencia, hace dos meses ocupado en sondear vuestro corazón para saber si debéis revelar este secreto o callarlo. No nos encontramos en la Edad Media, amigo querido, y no hay Santa Vehma, ni jueces francos: ¿qué diablos queréis con esa gente? Conciencia, ¿qué me quieres?, como dice Sterne. ¡Eh!, querido mío, dejadles dormir, si duermen; dejadles palidecer en sus insomnios, si tienen insomnios, y por el amor de Dios, dormid vos, que no tenéis remordimientos que os impidan el hacerlo.

Un dolor espantoso reflejóse en el rostro de Morrel; cogió la mano de Montecristo.

—¡Pero empieza de nuevo, os he dicho!

—¡Y bien! —dijo el conde, admirado de aquella tenacidad que no comprendía, y mirando con atención a Maximiliano—, dejad que empiece: es una familia de Atridas. Dios les ha condenado, y sufrirán su sentencia. Todos desaparecerán, como frailes que los niños hacen con las cartas, y que caen con un soplo aunque sean doscientos. Hace tres meses fue el señor de Saint—Merán; poco después, su mujer. Hace pocos días, Barrois; hoy será el viejo Noirtier o la joven Valentina.

—¡Vos lo sabíais! —exclamó Morrel con un terror tal, que el propio Montecristo, que si hubiese visto hundirse el cielo hubiera permanecido impávido, tuvo que estremecerse y temblar—. ¿Lo sabíais, y nada me habéis dicho?

—¿Y qué importa? —respondió Montecristo—, ¿conozco yo acaso a esa gente? ¿Y es preciso que pierda a uno por salvar a otro? Por vida mía que entre el culpable y la víctima no sé a quién dar la preferencia.

—¡Pero yo! ¡Yo! —gritó Morrel fuera de sí—. ¡Yo la amo!

—¿Vos amáis? ¿A quién? —dijo Montecristo, cogiendo las dos manos que Morrel elevaba hacia el cielo.

—Amo como un insensato, locamente, como un hombre que daría toda su sangre por evitar que derramase una lágrima; amo a Valentina de Villefort, a quien asesinan en este instante. ¿Lo oís?, la amo, y pido a Dios y a vos que me ayuden a salvarla.

Montecristo dio un grito parecido al rugido del salvaje, y exclamó:

—¡Desdichado! ¡Amas a Valentina! ¡A esa hija de una raza maldita!

Jamás había visto Morrel semejante expresión. Jamás mirada tan terrible se había presentado ante sus ojos; ni el genio del terror, que tantas veces apareciera en los campos de batalla y en las noches homicidas de Argelia, se le había presentado con fulgor más siniestro. Quedóse aterrado.

Montecristo, después de pronunciar aquellas palabras, cerró un momento los ojos, como alucinado por una revelación interior; durante un instante permaneció recogido en sí, con tal poder que poco a poco viose sosegarse su alterado pecho; aquel silencio, aquella lucha duraron unos veinte segundos.

En seguida, el conde, levantando su pálida frente, dijo:

—Ya veis, querido amigo, cómo Dios sabe castigar a los hombres más fanfarrones, a los más indiferentes con los terribles espectáculos que presenta a su vida; yo, que miraba, espectador impasible y curioso, el desenlace de esa lúgubre tragedia; yo, que parecido al ángel malo, reía del mal que hacen los hombres al abrigo del secreto, y el secreto es fácil para los ricos y poderosos, he aquí que a mi vez me siento mordido por la serpiente, cuya tortuosa marcha observaba, y mordido en el mismo corazón.

Morrel dio un suspiro.

—Vamos, vamos —continuó el conde—, basta de quejas. Sed hombre, sed fuerte y esperad, porque estoy yo aquí y velo por vos.

Morrel meneó tristemente la cabeza.

—Os digo que esperéis, ¿me comprendéis? Habéis de saber que jamás miento y nunca me engaño. Son las doce, querido amigo; dad gracias al cielo que habéis venido a esta hora, en lugar de esta tarde o de mañana por la mañana. Prestad atención a lo que voy a deciros, Morrel: si Valentina no ha muerto a la hora presente, no morirá.

—¡Oh, Dios mío! ¡Dios mío! —exclamó Morrel—, ¡yo que la dejé expirando! El conde puso una mano sobre su frente. ¿Qué ocurriría dentro de aquella cabeza llena de tan espantosos secretos? ¿Qué dijo a aquel espíritu implacable y humano a la vez el ángel de la luz o el de las tinieblas? Dios sólo lo sabe. Montecristo levantó la cabeza, y su fisonomía estaba tranquila como el niño que se despierta.

—Maximiliano —dijo—. Regresad tranquilamente a vuestra casa; os recomiendo que no deis un paso, que nada intentéis, que no dejéis ver en vuestro semblante la más pequeña sombra de precaución; yo os daré noticias, id.

—¡Dios mío! —dijo Morrel—, me asustáis, conde, con vuestra sangre fría. ¿Podéis algo contra la muerte? ¿Sois algo más que un hombre? ¿Sois un ángel o—un dios?

Y el joven, a quien ningún peligro había hecho dar un paso atrás, retrocedió ante el conde, lleno de terror indecible.

—Puedo bastante, amigo mío —respondió el conde—; id, tengo necesidad de estar solo.

El pobre joven, fascinado por el ascendiente que el conde ejercía sobre cuantos le rodeaban, no procuró sustraerse a él. Estrechóle la mano y salió.

Detúvose a la puerta, esperando a Bautista, al que vio venir corriendo por la calle de Matignón.

Entretanto Villefort y d'Avrigny, que habían llegado, encontraron a Valentina desmayada aún; el médico examinó a la enferma con el cuidado que reclamaban las circunstancias y con la profundidad que le daba el conocimiento del secreto. Villefort, pendiente de sus miradas y de sus labios, esperaba el resultado de aquel examen; Noirtier, más pálido que la joven y más ansioso de una solución que el mismo Villefort, esperaba también, y todo era en él impaciencia y ansiedad. Al fin, d'Avrigny dijo lentamente estas palabras.

—Aún vive.

—¡Aún! —dijo Villefort—, ¡oh!, doctor, ¡qué palabras tan dulces acabáis de pronunciar!

—Sí —dijo el médico—; repito mi frase; aún vive, y me sorprende mucho.

—¿Pero se salvará? —preguntó el padre.

—Sí, puesto que vive aún.

En aquel momento, la mirada de d'Avrigny se encontró con la de Noirtier; sus ojos brillaban con una alegría extraordinaria; leíase en su vista un pensamiento tan profundo que llamó la atención del facultativo.

Dejó caer de nuevo en el sillón a la joven, cuyos blanquecinos labios apenas se distinguían de su rostro, y permaneció inmóvil, mirando a Noirtier, por el que todos los movimientos del médico eran comentados y comprendidos.

—Caballero —dijo d'Avrigny a Villefort—, llamad a la doncella de Valentina, os lo ruego.

Villefort dejó la cabeza de su hija que sostenía en sus manos, y fue él mismo a llamar a la doncella. En el momento se cerró la puerta; d'Avrigny se acercó a Noirtier.

—¿Queréis decirme algo? —le preguntó.

El anciano cerró y abrió prontamente los ojos; era la única señal afirmativa que podía hacer.

—¿A mí solo?

—Sí —dijo Noirtier.

—Bien, entonces me quedaré con vos.

Villefort entró seguido de la doncella, y tras ésta, la señora de Villefort.

—¿Pero qué le ocurre a esta niña querida? —dijo—, salió de mi cuarto, se quejaba, decía que estaba indispuesta, pero nunca creí que fuese cosa tan seria.

Y con los ojos llenos de lágrimas y con todas las señales de amor de una verdadera madre, se acercó a la joven, cuyas manos cogió.

El médico continuaba mirando a Noirtier. Vio los ojos del anciano dilatarse, abrirse redondos, sus mejillas ponerse cárdenas y temblar, y el sudor inundar su frente.

—¡Ah! —exclamó involuntariamente, siguiendo la dirección de la mirada de Noirtier, es decir, fijando sus ojos en la señora de Villefort, que repetía:

—¡Pobre niña! Mejor estará en su cama; venid, Fanny, la acostaremos.

D'Avrigny, que vio en aquella proposición un medio de quedarse a solas con Noirtier, hizo señal con la cabeza de que efectivamente era lo mejor que podía hacerse, pero prohibió expresamente que to-mase nada sin que él lo mandase.

Lleváronse a Valentina, que había vuelto en sí, pero que no podía moverse ni casi hablar, tal era el estado en que la había dejado aquel ataque.

Saludó con la vista a su abuelo, al que parecía que le arrancaban el alma al verla salir.

D'Avrigny siguió a la enferma, terminó sus recetas, mandó a Villefort que tomase un coche, y fuese en persona a la botica a hiciese preparar a su vista los medicamentos recetados, que los trajese él mismo, y le esperase en el cuarto de su hija. Y renovando la prohibición de darle nada, bajó al cuarto de Noirtier, cerró la puerta, y después de asegurarse de que no podía ser oído por nadie de fuera, le dijo:

—Veamos, ¿sabéis algo de la enfermedad de vuestra nieta?

—Sí —hizo el anciano.

—Escuchad, no podemos perder tiempo; voy a preguntaros, vos me responderéis.

Noirtier hizo señal de que estaba pronto a responder.

—¿Habíais previsto el accidente que ha sucedido hoy a Valentina?

—Sí.

El doctor reflexionó un instante, y luego se acercó a Noirtier.

—Perdonad lo que voy a deciros, pero en las terribles circunstancias en que estamos, no debe descuidarse el menor indicio. ¿Visteis morir al pobre Barrois?

Noirtier levantó los ojos al cielo.

—¿Sabéis de qué murió? —preguntó d'Avrigny, apoyando una mano sobre el hombro de Noirtier.

—Sí —respondió el anciano.

—¿Pensáis que su muerte fue natural?

Algo parecido a una sonrisa quiso asomarse a los inertes labios de Noirtier.

—¿Entonces habéis creído que Barrois fue envenenado?

—Sí.

—¿Creéis que el veneno de que fue víctima se había preparado para él?

—No.

—¿Creéis que sea la misma mano que envenenó a Barrois, queriendo hacerlo con otro, la que ha envenenado a Valentina?

—Sí.

—¿Entonces va a sucumbir? —preguntó d'Avrigny, fijando en Noirtier una profunda mirada y esperando el efecto que producirían en él estas palabras.

—¡No! —respondió con un aire de triunfo que hubiese bastado a desbaratar las conjeturas del más hábil adivino.

—¿Esperáis? —dijo sorprendido d'Avrigny.

—Sí.

—¿Qué es lo que esperáis?

El anciano dio a entender con los ojos que no podía responder.

—¡Ah!, sí; es verdad —dijo d'Avrigny, y volviéndose a Noirtier, dijo—; ¿Esperáis que el asesino se cansará?

—No.

—¿Esperáis que el veneno resulte ineficaz para Valentina?

—Sí.

—No creo enseñaros nada de nuevo, si os digo que han tratado de envenenarla, ¿verdad? —añadió d'Avrigny.

El anciano le hizo seña de que no le quedaba duda de ello.

—¿Cómo esperáis entonces que Valentina se libre de la muerte?

Noirtier mantuvo los ojos obstinadamente fijos en el mismo sitio. D'Avrigny siguió la dirección de los ojos del anciano, y vio que se dirigían a una botella que contenía la poción que tomaba todas las mañanas.

—¡Ah!, ¡ah! —dijo d'Avrigny iluminado por aquella señal—, ¿habéis tenido la idea...?

Noirtier no le permitió acabar la frase.

—Sí —expresó con la mirada.

—De precaverla contra el veneno.

—Sí.

—¿Acostumbrándola paulatinamente?

—Sí, sí, sí —hizo Noirtier con los ojos, encantado de que le comprendiesen.

—En efecto, ¿me habéis oído decir que entraba en la composición de las pociones que os daba?

—Sí.

—Y acostumbrándola a ese veneno, ¿habéis querido neutralizar los efectos de otro semejante?

La misma alegría del triunfo se dejó ver en el semblante de Noirtier.

—Y lo habéis conseguido —dijo el doctor—; sin esa

precaución, Valentina moriría hoy, sin remedio. El ataque ha sido terrible, pero al menos de este golpe Valentina no morirá.

Una alegría sobrenatural brillaba en los ojos del anciano, levantados al cielo con una indecible expresión de reconocimiento.

En aquel momento entró Villefort.

D'Avrigny tomó la botella, vertió algunas gotas del contenido en su mano, y las bebió.

—Bien, subamos al cuarto de Valentina —dijo—; daré mis instrucciones a todo el mundo, y cuidad vos mismo, señor de Villefort, de que nadie se aparte de ellas.

En el instante en que d'Avrigny entraba en el cuarto de Valentina acompañado de Villefort, un sacerdote italiano, con su aire severo, palabras dulces y tranquilas, alquilaba para habitarla la casa inmedita a la de Villefort.

Ignorábase en virtud de qué transacción se mudaron a las dos horas los tres inquilinos que la ocupaban, pero se dijo en el barrio que la casa no estaba segura y amenazaba ruina, lo cual no fue obstáculo para que el nuevo arrendatario se estableciese en ella la misma noche con sus modestos muebles.

El arrendamiento fue por tres, seis o nueve años, que según la costumbre establecida por los propietarios, pagó seis meses adelantados el nuevo arrendatario, que se llamaba Giaccomo Busoni.

En seguida llamaron a unos obreros, y en la misma noche los que se acostaron tarde vieron a los carpinteros empezando las reparaciones necesarias.

IX. EL PADRE Y LA HIJA

Ya vimos en capítulos anteriores que la señora de Danglars fue a anunciar oficialmente a la de Villefort el próximo enlace matrimonial de Eugenia con Cavalcanti.

Este anuncio, que indicaba o parecía indicar que se trataba de una decisión tomada por todos los interesados, había sido precedido de una escena de la que vamos a dar cuenta a nuestros lectores.

Y retrocediendo un poco, volvamos a la mañana misma de aquel día de grandes desastres, al hermoso salón dorado que ya conocemos y que era el orgullo de su propietario, el barón Danglars.

En aquel salón, hacia las diez de la mañana, se paseaba el banquero, pensativo y visiblemente inquieto, mirando a todas las puertas y deteniéndose al menor ruido; apurada ya la paciencia, llamó a un criado.

—Esteban —le dijo—, ved por qué la señorita Eugenia me ha rogado la espere en el salón y cuál es la causa de su tardanza.

Con esto se mitigó un poco su malhumor y recobró en parte su tranquilidad.

Al despertarse, la señorita Danglars había hecho pedir a su padre una entrevista, para lo cual había señalado el salón dorado. La singularidad de aquel paso y su carácter oficial sobre todo habían sorprendido al banquero, que desde luego accedió a los deseos de su hija, y llegó el primero al salón.

Esteban volvió de cumplir su encargo.

—La doncella de la señorita —dijo— me ha encargado diga al señor que la señorita está en el tocador y no tardará en venir.

Danglars hizo una señal con la cabeza, que indicaba que estaba satisfecho. Para con el mundo y aun con sus criados, Danglars afectaba ser el buen hombre y el padre débil; era un papel que representaba en la comedia de su popularidad, una fisonomía que había adoptado por conveniencia.

Preciso es decir que en la intimidad de la familia, el hombre débil desaparecía, para dar lugar al marido brutal y al padre absoluto.

—¿Por qué diantre esa loca que quiere hablarme, según dice —murmuraba Danglars—, no viene a mi despacho, y sobre todo, por qué quiere hablarme?

Por la vigésima vez se presentaba a su imaginación aquella idea, cuando se abrió la puerta y apareció Eugenia, con un traje de raso negro, sin adornos en la cabeza y con los guantes puestos, como si se tratase de ir a sentarse en una butaca del teatro Italiano.

—Y bien, Eugenia, ¿qué hay? —dijo el padre—, ¿y por qué esta entrevista en el salón cuando podríamos hablar en mi despacho?

—Tenéis razón, señor —respondió Eugenia haciendo señal a su padre de que podía sentarse—, y acabáis de hacerme dos preguntas, que resumen toda la conversación que vamos a tener; voy a contestar a las dos, y contra la costumbre, antes a la segunda como a la menos compleja. He elegido este salón a fin de evitar las impresiones desagradables y las influencias del despacho de un banquero: aquellos libros de caja, por dorados que sean; aquellos cajones cerrados, como puertas de fortalezas; aquellos billetes de banco que vienen, ignoro de dónde, la multitud de cartas de Inglaterra, Holanda, España, las Indias, la China y el Perú, ejercen un extraordinario influjo en el ánimo de un padre y le hacen olvidar que hay en el mundo un interés mayor y más sagrado que la posición social y la opinión de sus comitentes; he elegido este salón que veis tan alegre, con sus magníficos cuadros, vuestro retrato, el mío, el de mi madre y toda clase de paisajes. Tengo mucha confianza en el poder de las impresiones externas; tal vez me equivoque con respecto a vos, pero ¿qué queréis?, no sería artista si no tuviese ilusiones.

—Muy bien —respondió Danglars, que había escuchado aquella relación con una imperturbable sangre fría, pero sin comprender una palabra, absorto en sí mismo, como todo hombre lleno de pensamientos serios, y buscando el hilo de su propia idea en la de su interlocutor.

—Ahí tenéis explicado el segundo punto —dijo Eugenia sin turbarse y con aquella serenidad masculina que la caracterizaba—, me parece que estáis satisfecho con esta explicación. Ahora volvamos al primer punto: me preguntáis por qué os he pedido esta audiencia: os lo diré en dos palabras. No quiero casarme con el conde Cavalcanti.

Danglars dio un respingo en el sillón y levantó los ojos y los brazos al cielo.

—¡Oh! ¡Dios mío! Sí, señor —continuó Eugenia con la misma calma—, os admiráis, bien lo veo, porque desde que se planeó este asunto no he manifestado la más pequeña oposición, porque estaba determinada, al llegar la hora, a oponer francamente a las personas que no me han consultado y a las cosas que me desagradan una voluntad firme y absoluta. Esta vez la tranquilidad, la posibilidad, como dicen los filósofos, tenía otro origen; hija sumisa y obediente... —y una ligera sonrisa asomó a los sonrosados labios de la joven—, quería acostumbrarme a la obediencia.

—¿Y bien? —preguntó Danglars.

—Lo he intentado con todas mis fuerzas —respondió Eugenia—, y ahora que ha llegado el momento, a pesar de los esfuerzos que he hecho sobre mí misma, me siento incapaz de obedecer.

—Pero, en fin —dijo Danglars, que con un talento mediocre parecía abrumado bajo el peso de aquella implacable lógica, cuya calma reflejaba tanta premeditación y firmeza de voluntad—, ¿la razón de vuestra negativa, Eugenia?

—La razón —replicó la joven— no es que ese hombre sea más feo, tonto o desagradable que otro cualquiera, no. El señor conde Cavalcanti puede pasar entre los que miran a los hombres por la cara y el talle por un buen modelo. No es porque mi corazón esté menos interesado por ése que por otro. Ese sería motivo digno de una chiquilla, que considero como indigno de mí. No amo a nadie, lo sabéis, ¿no es cierto? No veo por qué sin una necesidad absoluta iré a obstaculizar mi vida con un compañero eterno. ¿No dice el sabio: nada de más, y en otra parte: Llevadlo todo con vos mismo? Me enseñaron estos dos aforismos en latín y en griego, el uno creo es de Fedro y el otro de Bias. Pues bien, mi querido padre, en el naufragio de la vida, porque no es otra cosa el naufragio eterno de nuestras esperanzas, arrojo al mar el bajel inútil, me quedo con mi voluntad, dispuesta a vivir perfectamente sola, y por lo tanto, completamente libre.

—¡Desgraciada! —dijo Danglars palideciendo, porque conocía por experiencia la fuerza del obstáculo que encontraba.

—¿Desgraciada decís, señor? —repitió Eugenia—, al contrario, y la exclamación me parece teatral y afectada. Más bien dichosa, porque os pregunto, ¿qué me falta? El mundo me encuentra bella, y esto basta para que me acoja favorablemente; me gusta que me reciban bien, eso hace tomar cierta expansión a las fisonomías, y los que me rodean me parecen entonces menos feos. Tengo algo de talento y cierta sensibilidad relativa, que me permite aproveche lo que considero bueno de la existencia general, para hacerlo entrar en la mía como el mono cuando rompe una nuez para sacar lo que contiene. Soy rica, porque poseéis una de las mayores fortunas de Francia, y soy vuestra única hija, y no sois tenaz hasta el punto en que lo son los padres de la Puerta de San

Martín y de la Gaité, que desheredan a sus hijas porque no quieren darles nietos. Además, la previsora ley os ha quitado el derecho de desheredarme, al menos del todo, como os ha arrebatado la facultad de obligarme a casarme con éste o con el otro. Así, pues, bella, espiritual, dotada de algún talento, como dicen en las óperas cómicas, y rica, siendo esto la dicha, ¿por qué me llamáis desgraciada, señor?

Viendo Danglars a su hija risueña y altanera hasta la insolencia, no pudo contener un movimiento de brutalidad, que se manifestó con un grito, pero fue el único. Bajo el poder de la inquisitiva mirada de su hija, y ante sus hermosas cejas negras un poco fruncidas, se volvió con prudencia y se calmó, domado por la mano de hierro de la circunspección.

—En efecto, hija mía, sois todo lo que acabáis de decir excepto una cosa; no quiero deciros bruscamente cuál, prefiero que la adivinéis.

Eugenia miró a su padre, sorprendida de que quisiese quitarle una flor de las de la corona de orgullo que acababa de poner sobre su cabeza.

—Hija mía —continuó el banquero—, me habéis explicado muy bien cuáles son los sentimientos que presiden a las descripciones de una joven como vos, cuando ha decidido que no se casará. Ahora voy a deciros los motivos que tiene un padre como yo para decidir que su hija se case.

Eugenia se inclinó, no como hija sumisa, sino como adversario dispuesto a discutir y que se mantiene a la expectativa.

—Hija mía —continuó Danglars—, cuando un padre pide a su hija que se case, siempre tiene alguna razón para desear su matrimonio. Los unos tienen la manía que decíais ha un momento, verse renacer en sus nietos. Empezaré por deciros que no tengo esa debilidad, los goces de familia me son casi indiferentes. Puedo confesarlo así a una hija bastante filósofa para comprender esta indiferencia, sin reprocharme por ello como si se tratara de un crimen.

—Sea en buena hora —dijo Eugenia—, hablemos francamente, así me gusta.

—¡Oh!, veis que sin participar en tesis general de vuestra simpatía por la franqueza, me someto a ella como creo que las circunstancias lo requieren. Proseguiré, entonces. Os he propuesto un marido, no por vos, porque en verdad era lo que menos pensaba en aquel momento. Amáis la franqueza, pues ya veis. Os lo propuse, porque tengo necesidad de que toméis ese esposo, lo más pronto posible, para ciertas combinaciones comerciales que pienso efectuar en estos momentos.

Eugenia hizo un movimiento.

—Como os lo digo, hija mía, y no debéis tomarlo a mal, porque vos misma me obligáis a ello. Es bien a pesar mío que entro en estas explicaciones aritméticas con una artista como vos, que teme penetrar en el despacho de un banquero, por no recibir impresiones desagradables o antipoéticas; pero en aquel despacho de banquero donde entrasteis anteayer para pedirme los mil francos que os entrego mensualmente para vuestros caprichos, sabed, mi querida, que se aprenden mochas cosas útiles, hasta las jóvenes que no quieren casarse. Se aprende, por ejemplo, y os lo diré en este salón por miedo de vuestros nervios, se aprende que el crédito de un banquero es su vida moral y física; que ese crédito sostiene al hombre como el alma anima al cuerpo, y el señor de Montecristo me hizo ayer un discurso que no olvidaré jamás. Se aprende que, a medida que el crédito se retira, el cuerpo llega a ser un cadáver, y eso le sucederá dentro de poco al banquero que se precia de ser padre de una hija de tan buena lógica.

Eugenia alzó la cabeza con orgullo.

—¡Arruinado! —dijo.

—Vos decís la expresión exacta —dijo Danglars metiendo la mano por entre el chaleco, conservando, sin embargo, en su ruda fisonomía la sonrisa de un hombre sin corazón, pero que no carecía de talento—. Arruinado; sí, eso es.

—¡Ah! —dijo Eugenia.

—Sí, arruinado; y bien: he aquí conocido ese secreto lleno de horror, como dice el poeta trágico. Ahora escuchad cómo esta desgracia puede no ser tan grande, no diré para mí, sino para vos.

—¡Oh! —repuso Eugenia—, sois muy mal fisonomista, si os figuráis que siento por mí el desastre que acabáis de contarme. Arruinada yo, ¿y qué me importa? ¿No me queda mí talento? ¿No puedo, como la Pasta, la Malibrán y la Grisi, adquirir lo que vos jamás podríais darme, fuese cual fuese vuestra fortuna? Ciento o ciento cincuenta mil libras de renta, que deberé únicamente a mis propios esfuerzos, y que en lugar de llegar a mis manos como esos miserables dote mil francos que me dais, reprochándome mi prodigalidad, llegarán acompañados de aclamaciones, aplausos y flores. Y aun cuando no tuviese ese talento, del que dudáis, según vuestra sonrisa, ¿no me quedará aún ese furioso amor de independencia, que vale para mí más que todas las riquezas, y que domina en mí hasta el instinto de conservación? No, no lo siento por mí; sabré siempre salir del paso; mis libros, mis pinceles y mi piano, cosas que no cuestan caras, y que podré comprar siempre, me bastan. Pensaréis quizá que me aflijo por la señora Danglars: desengañaos; o estoy muy equivocada, o mi madre ha tornado sus precauciones contra el desastre que os amenaza y que pasará sin alcanzarle; se ha puesto al abrigo, y sus cuidados no le han impedido el pensar seriamente en su fortuna; a mí me ha dejado toda mi independencia, bajo el pretexto de mi amor a la libertad; mochas cosas he visto desde que era niña, y todas las he comprendido; la desgracia no hará en mí más impresión que la que merece; desde que nací no he conocido que me amase nadie, y así a nadie amo; he aquí mi profesión de fe.

—Conque, entonces, señorita, ¿os empeñáis en querer consumar mi ruina? —dijo Danglars, pálido de una cólera, que no provenía de la autoridad paterna ofendida.

—¿Consumar vuestra ruina? ¿Yo...? —dijo Eugenia—, no lo entiendo.

—Tanto mejor; eso me da alguna esperanza. Escuchad.

—Os escucho —dijo Eugenia, mirando tan fijamente a su padre, que fue necesario que éste hiciese un esfuerzo para no bajar los ojos ante la poderosa mirada de la joven.

—El señor de Cavalcanti se casa con vos, y al casarse os trae tres millones que coloca en mi banco.

—¡Ah!, muy bien —dijo Eugenia con olímpico desdén, jugando con sus dedos, y alisando uno contra otro sus guantes.

—¿Pensáis que os haré un mal si tomo esos tres millones? No; están destinados a producir más de diez; he obtenido con otro banquero, un compañero y amigo, la concesión de un ferrocarril, única industria cuyos resultados son fabulosos hoy día; dentro de ocho días debo depositar cuatro millones, y, os lo repito, me producirán diez o doce.

—Pero durante la visita que os hice anteayer, y de la que tenéis la bondad de acordaros —dijo Eugenia—, os vi poner en caja cinco millones y medio en dos bonos del Tesoro; y por cierto, os admirabais de que no me llamase la atención un papel que tanto valía.

—Sí, pero esos cinco millones y medio no son míos únicamente, y sí una prueba de confianza que se tiene en mí; mi título de banquero popular me ha valido la de los hospitales, y a ellos pertenecen los cinco millones y medio; en otro tiempo no hubiera titubeado en emplearlos, pero hoy se saben las grandes pérdidas que he sufrido; y, como os he dicho, el crédito empieza a alejarse de mí. De un momento a otro puede la administración reclamar este depósito, y si lo he empleado, me veo en el caso de hacer una bancarrota vergonzosa. Yo desprecio las bancarrotas, creedlo; pero no las que enriquecen, sino las que arruinan. Si os casáis con Cavalcanti y tomo los tres millones de dote, o si al menos se cree que voy a tomarlos, mi crédito se restablecerá, y mi fortuna, que desde hace uno o dos meses se hunde en un abismo abierto bajo mis pies, por una fatalidad inconcebible, vuelve a consolidarse. ¿Me entendéis?

—Perfectamente: ¿me empeñáis por tres millones?

—Cuanto mayor sea la suma, más lisonjero debe ser ello para vos, pues da una idea de vuestro valor.

—Gracias. Una palabra aún: ¿me prometéis serviros de la dote que debe llevar Cavalcanti, pero sin tocar a la cantidad? No lo hago por egoísmo, sino por delicadeza. Os ayudaré a reedificar vuestra fortuna, pero no quiero ser cómplice en la ruina de otros.

—Pero si os digo que esos tres millones...

—Creéis salir adelante sólo con el crédito, y sin tocar a esos tres millones?

—Así lo espero, pero con la condición de que el matrimonio habrá de consolidar mi crédito.

—¿Podéis pagar a Cavalcanti los quinientos mil francos que me dais por mi dote?

—Al volver de la municipalidad los tomará.

—Bien.

—¿Qué queréis decir con ese "bien»?

—Que al pedirme mi firma me dejáis dueña absoluta de mi persona. ¿No es eso?

—Exacto.

—Entonces, bien, como os decía, estoy pronta a casarme con Cavalcanti.

—¿Pero cuáles son vuestros proyectos?

—¡Ah!, es mi secreto: ¿cómo podría mantenerme en superioridad sobre vos si conociendo el vuestro os revelase el mío?

Danglars se mordió los labios.

—Así, pues —dijo—, haced las visitas oficiales que son absolutamente indispensables: ¿Estáis dispuesta?

—Sí.

—Ahora me toca deciros: ¡Bien!

Y Danglars tomó la mano de su hija, que apretó entre las suyas; pero ni el padre osó decir "gracias, hija mía», ni la hija tuvo una sonrisa para su padre.

—¿La entrevista ha terminado? —preguntó Eugenia levantándose. Danglars indicó con la cabeza que no tenía más que decir.

Cinco minutos después el piano sonaba bajo los dedos de la señorita de Armilly, y Eugenia entonaba " La maldición de Brabancio a Desdémona».

Al final entró Esteban, y anunció que los caballos estaban enganchados y la baronesa esperaba.

Hemos visto a las dos ir a casa de Villefort, de donde salieron a proseguir sus visitas.

Tres días después de la escena que acabamos de referir, es decir, hacia las cinco de la tarde del día fijado para firmar el contrato de la señorita Eugenia Danglars y el conde Cavalcanti, que el banquero se empeñaba en llamar príncipe, una fresca brisa hacía mover las hojas de los árboles del jardín que daba acceso a la casa del conde de Montecristo, y cuando éste se disponía a salir, y sus caballos le esperaban piafando, refrenados por el cochero, sentado hacía ya un cuarto de hora en su sitio, el elegante faetón, que ya conocen nuestros lectores, arrojó, más bien que dejó bajar, al conde de Cavalcanti, tan dorado y pagado de sí mismo como si fuese a casarse con una princesa.

Preguntó por la salud del conde con aquella franqueza que le era habitual, y subiendo en seguida al primer piso, se encontró con él al fin de la escalera.

Al ver al joven, se detuvo Montecristo, pero Cavalcanti estaba llamando, y ya nada le detenía.

—¡Eh!, buenos días, mi querido señor de Montecristo— dijo al conde.

—¡Ah! —exclamó éste con su voz medio burlona—, señor mío, ¿cómo estáis?

—Perfectamente, ya lo veis: vengo a hablaros de mil cosas; pero, ante todo, ¿salíais o entrabais?

—Salía.

—Entonces, para no deteneros subiré en vuestro carruaje, y Tom nos seguirá conduciendo el mío.

—No —dijo con una leve sonrisa de desprecio el conde, a quien no gustaba sin duda que el joven le acompañara—, no; prefiero daros audiencia aquí: se habla mejor en un cuarto, y no hay cochero que sorprenda vuestras palabras.

El conde entró en uno de los salones del primer piso, se sentó y, cruzando sus piernas, hizo señas a Cavalcanti para que acercase un sillón. El joven asumió un aire risueño.

—¿Sabéis, querido conde —dijo—, que la ceremonia se celebra esta noche? A las nueve se firma el contrato en casa del futuro suegro.

—¡Ah! ¿De veras? —dijo Montecristo.

—¡Cómo! ¿No lo sabíais, no os ha prevenido el señor Danglars?

—Sí; recibí ayer una carta, pero me parece que no indica la hora.

—Es posible que se le haya olvidado.

—Y bien —dijo el conde—, ya sois dichoso, señor Cavalcanti; es una de las mejores alianzas, y además, la señorita de Danglars es bonita.

—Sí —respondió Cavalcanti con modestia.

—Y, sobre todo, es muy rica; al menos, según creo.

—¡Muy rica! ¿Vos lo creéis? —repitió el joven.

—Sin duda; se dice que el señor Danglars oculta por lo menos la mitad de su fortuna.

—Y confiesa que posee de quince a veinte millones —dijo

Cavalcanti, en cuyos ojos brillaba la alegría.

—Sin contar —añadió Montecristo— que está en vísperas de entrar en una negociación, ya muy usada en los Estados Unidos y en Inglaterra, pero que en Francia es completamente nueva.

—Sí, sí; sé de lo que queréis hablar, del camino de hierro, cuya adjudicación acaba de obtener, ¿no es eso?

—Exacto. Ganará en ella por lo menos diez millones.

—¡Diez millones!, es magnífico —decía Cavalcanti, a quien embriagaban las doradas palabras del conde.

—Aparte de que toda esa fortuna será vuestra un día, y que es justo, pues la señorita de Danglars es hija única: vuestra fortuna, al menos vuestro padre me lo ha dicho, es casi igual a la de vuestra futura; pero dejemos por un momento las cuestiones de dinero; ¿sabéis, señor Cavalcanti, que habéis conducido admirablemente este asunto?

—Sí, no muy mal —respondió el joven—; yo había nacido para ser diplomático.

—Pues bien, entraréis en la diplomacia. Ya sabéis que no es cosa que se aprenda, es instintiva... ¿Tenéis interesado el corazón?

—En verdad, lo temo —respondió el joven con tono teatral.

—¿Y os ama?

—Preciso es que me ame un poco cuando se casa; sin embargo, no olvidemos una cosa esencial.

—¿Cuál?

—Que me han ayudado eficazmente en ese asunto.

—¡Bah!

—De veras lo digo.

—¿Las circunstancias?

—No; vos mismo.

—¡Yo! Dejadme en paz, príncipe —dijo Montecristo recalcando singularmente el título—. ¿Qué he hecho yo por vos? ¿Vuestro nombre y vuestra posición social no bastan?

—No —dijo el joven—; no, y por más que digáis, señor conde, yo sostendré que la posición de un hombre como vos ha hecho más que mi nombre, mi posición social y mi mérito.

—Os equivocáis —dijo con frialdad Montecristo, que conocía la perfidia del joven, y adónde iban a parar sus palabras— mi protección la habéis adquirido merced al nombre de la influencia y fortuna de vuestro padre; jamás os había visto, ni a vos ni a él, y mis dos buenos amigos, lord Wilmore y el abate Busoni, fueron los que me procuraron vuestro conocimiento, que me ha animado, no a serviros de garantía, pero sí a patrocinaros, y el nombre de vuestro padre, tan conocido y respetado en Italia; por lo demás, yo personalmente no os conozco.

Aquella calma, aquella libertad tan completa, hicieron comprender a Cavalcanti que estaba cogido por una mano fuerte y no era fácil quebrar el lazo.

—¿Pero mi padre es dueño en realidad de esa gran fortuna, señor conde?

—Así parece —respondió Montecristo.

—¿Sabéis si ha llegado la dote que me ha prometido?

—He recibido carta de aviso.

—¿Pero los tres millones?

—Los tres millones están en camino, con toda probabilidad.

—¿Pero los recibiré efectivamente?

—Me parece que hasta el presente el dinero no os ha faltado.

Cavalcanti se sorprendió tanto que permaneció un momento pensativo; luego dijo:

—Me falta solamente pediros una cosa, y ésa la comprenderéis aun cuando deba no seros agradable.

—Hablad —dijo Montecristo.

—Gracias a mi posición, estoy en relaciones con muchas personas de distinción, y en la actualidad tengo una porción de amigos; pero al casarme, como lo hago ante toda la sociedad parisiense, debo ser sostenido por un hombre ilustre, y a falta de mi padre, una mano poderosa debe conducirme al altar; mi padre no vendrá a París, ¿verdad?

—Es viejo, está cubierto de llagas, y sufre una agonía en un viaje.

—Lo comprendo; y ¡bien!, vengo a pediros una cosa.

—¿A mí?

—Sí, a vos.

—¿Y cuál? ¡Dios mío!

—Que le sustituyáis.

—¡Ah!, mi querido joven; ¿después de las muchas conversaciones que he tenido la dicha de tener con vos, me conocéis tan mal que me pedís semejante cosa? Decidme que os preste medio millón, y aunque sea un préstamo raro, os lo daré. Sabed, y me parece que ya os lo he dicho, que el conde de Montecristo no ha dejado de tener jamás escrúpulos; mejor, las supersticiones de un hombre de Oriente en todas las cosas de este mundo; ahora bien, yo que tengo un serrallo en El Cairo, otro en Constantinopla y otro en Esmirna, ¿que presida un matrimonio?; eso no, jamás.

—¿De modo que rehusáis?

—Claro, y aunque fueseis mi hijo, aunque fueseis mi hermano, rehusaría lo mismo.

—¡Ah! ¡Dios mío! —dijo Cavalcanti desorientado—, ¿cómo haré entonces?

—Tenéis cien amigos, vos mismo lo habéis dicho.

—Sí; pero el que me presentó en casa de Danglars, fuisteis vos.

Nada de eso; rectifiquemos los hechos: os hice comer en mi casa un día en que él comió también en Auteuil, y después os Presentasteis solo; es muy diferente.

—Sí; pero habéis contribuido a mi bolo.

—¡Yo!, en nada, creedlo, y acordaos de lo que os respondí cuando vinisteis a rogarme que pidiese a la joven para vos; jamás contribuyo a ningún matrimonio; es un principio del que nunca me aparto.

Cavalcanti se mordió los labios.

—Pero, al fin —dijo—, ¿estaréis presente al menos?

—¿Todo París estará?

—Desde luego.

—Pues estaré como todo París —dijo el conde.

—¿Firmaréis el contrato?

—No veo ningún inconveniente; no llegan a tanto mis escrúpulos.

—En fin, puesto que no queréis concederme más, preciso me será contentarme; pero una palabra aún, conde.

—¿Qué más?

—Un consejo.

—Cuidado, un consejo es más que un favor.

—¡Oh!, éste podéis dármelo sin comprometeros.

—Decid.

—¿El dote de mi mujer es de quinientos mil francos?

—Eso es lo que me dijo el propio Danglars.

—¿Debo recibirlo o dejarlo en las manos del notario?

—Os diré lo que sucede generalmente cuando esas cosas se hacen con delicadeza. Los dos notarios quedan citados el día del contrato para el siguiente; en él cambian los dotes y se entregan mutuamente recibo; después de celebrado el matrimonio los ponen a vuestra disposición, como jefe de la comunidad.

—Es que yo —dijo el joven con cierta inquietud mal disimulada— he oído decir a mi suegro que tenía intención de colocar nuestros fondos en ese famoso negocio del camino de hierro de que me hablabais hace poco.

—Y bien —repuso el conde—, según asegura todo el mundo, es un medio de que vuestros capitales se tripliquen en un año. El barón Danglars es buen padre y sabe contar.

—Vamos, pues, todo va bien, excepto vuestra negativa, que me parte el corazón.

—Atribuidla solamente a mis escrúpulos, muy naturales en estas circunstancias.

—Vaya —dijo Cavalcanti—, de todos modos, sea como queréis: hasta esta noche a las nueve.

—Hasta luego.

Y a pesar de una ligera resistencia de Montecristo, cuyos labios palidecieron, pero que conservó su sonrisa, el joven cogió una de sus manos, la apretó, montó en su faetón y desapareció.

Las cuatro o cinco horas que faltaban hasta las nueve, las dedicó Cavalcanti a visitar a sus numerosos amigos, invitándolos a que se hallasen presentes a la ceremonia, y tratando de deslumbrarles con la promesa de acciones, que volvieron locos después a tantos, y cuya iniciativa pertenecía a Danglars.

En efecto, a las ocho y media de la noche, el gran salón de Danglars, las galerías y tres salones más estaban llenos de una multitud perfumada, a la que no atraía la simpatía, sino la irresistible nece-sidad de la novedad.

No hace falta decir que los salones resplandecían con la claridad de mil bujías y dejaban ver aquel lujo de mal gusto que sólo tenía en su favor la riqueza.

Eugenia Danglars estaba vestida con la sencillez más elegante: un vestido de seda blanco, una rosa blanca medio perdida entre sus cabellos más negros que el ébano, componían todo su adorno, sin que la más pequeña joya hubiese tenido entrada en él. En sus ojos un mentís dado a cuanto podía tener de virginal y sencillo aquel cándido vestido.

La señora de Danglars, a treinta pasos de su hija, hablaba con Debray, Beauchamp y Chateau—Renaud. Debray había vuelto a entrar en la casa para aquella solemnidad, pero como otro cualquiera y sin ningún privilegio especial.

Cavalcanti, del brazo de uno de los más elegantes dandys de la Opera, le explicaba impertinentemente, en atención a que era necesario ser bien atrevido para hacerlo, sus futuros proyectos y el progreso de lujo que pensaba hacer con sus ciento setenta y cinco mil libras de renta.

La multitud se movía en aquellos salones como un flujo y reflujo de turquesas, rubíes y esmeraldas; como sucede siempre, las más viejas eran las más adornadas, y las más feas las que se exhibían con más obstinación. Si había algún blanco lirio o alguna rosa suave y perfumada, era preciso buscarlas en un rincón apartado, custodiadas por una vigilante madre o tía.

A cada instante, en medio de un tumulto y risas se oía la voz de un servidor, que anunciaba un nombre conocido en la Hacienda, respetado en el Ejército o ilustre en las Letras: veíase entonces un ligero movimiento en los grupos; pero para uno que fijase la atención, cuántos pasaban inadvertidos o burlados.

En el momento en que la aguja del macizo reloj de bronce, que representaba a Endimión dormido, señalaba las nueve, y la campana daba aquella hora, el nombre del conde de Montecristo resonó también, y como impelida por un rayo eléctrico, toda la concurrencia se volvió hacia la puerta.

El conde venía vestido de negro, con su sencillez habitual; su chaleco blanco destacaba perfectamente las formas de su hermoso y noble pecho, su corbata negra hacía resaltar la palidez de su rostro; llevaba sobre el chaleco una cadena de oro sumamente fina.

Formóse inmediatamente un círculo alrededor de la puerta. De una ojeada divisó el conde a la señora de Danglars en un lado del salón, a Danglars en el opuesto, y delante de él a Eugenia.

Acercóse a la baronesa, que hablaba con la señora de Villefort, que había venido sola, porque Valentina aún no se hallaba restablecida; y sin variar de camino, porque todos le abrían paso, se dirigió de la baronesa a Eugenia, a quien cumplimentó en términos tan rápidos y reservados, que llamaron la atención de la orgullosa artista. Encontrábase a su lado Luisa de Armilly, que dio gracias al conde por las cartas de recomendación que había tenido la bondad de darle para Italia, y de las que pensaba muy pronto hacer uso. Al separarse de aquellas señoras, se encontró con Danglars, que se había acercado para darle la mano.

Cumplidos aquellos tres deberes de sociedad, se detuvo Montecristo, paseando a su alrededor aquella mirada propia de la gente del gran mundo y que parece decir a los demás: he hecho lo que debía; ahora, que los demás hagan lo que deben.

Cavalcanti, que se hallaba en un salón contiguo, oyó el murmullo que la presencia de Montecristo había suscitado, y vino a saludar al conde. Hallóle rodeado por la muchedumbre, que se disputaba sus palabras, como sucede siempre con aquellos que hablan poco y jamás dicen una palabra en vano.

En aquel momento entraron los notarios, y fueron a situarse junto a la dorada mesa cubierta de terciopelo, preparada para firmar el contrato. Sentóse uno de ellos y permaneció el otro a su lado en pie.

Iban a leer el contrato que la mitad de París presente a aquella solemnidad debía firmar: colocáronse todos; las señoras formaron círculo alrededor de la mesa, mientras los hombres, más indiferentes al estilo enérgico, como dice Boileau, hacían sus comentarios sobre la agitación febril de Cavalcanti, la atención de Danglars, la impasibilidad de Eugenia, y la manera frívola y alegre con que la baronesa trataba aquel importante asunto.

Leyóse el contrato en medio del silencio más profundo, pero concluida la lectura empezó de nuevo el murmullo, doble de lo que antes era: aquellas inmensas sumas, aquellos millones, que venían a completar los regalos de la esposa y las joyas exhibidas en una sala destinada a aquel objeto, habían doblado la hermosura de Eugenia a los ojos de los jóvenes, y el sol se oscurecía entonces ante ella.

Las mujeres, codiciando aquellos millones, consideraban, con todo, que no tenían necesidad de ellos para ser bellas.

Cavalcanti, rodeado de sus amigos, agasajado, adulado, empezaba a creer en la realidad del sueño que se había forjado: poco le faltaba para perder el juicio.

El notario tomó solemnemente la pluma, se levantó y dijo:

—Señores, va a firmarse el contrato.

El barón debía firmar el primero, en seguida el apoderado del señor Cavalcanti padre, la baronesa, los futuros esposos, como se dice en ese lenguaje que es corriente en el papel sellado.

El barón tomó la pluma y firmó. En seguida lo hizo el apoderado de Cavalcanti padre.

La baronesa se asió del brazo de la señora de Villefort.

—Amigo mío —dijo tomando la pluma—, ¿no es algo muy triste que un incidente imprevisto ocurrido en la causa de asesinato y robo de que faltó poco fuese víctima el señor de Montecristo, nos prive del placer de ver al señor de Villefort?

—¡Oh! ¡Dios mío! —dijo Danglars, de un modo que equivalía a decir: "me es absolutamente indiferente».

—Tengo motivos —dijo Montecristo acercándose —para temer que soy la causa involuntaria de esta ausencia.

—¡Cómo! ¿Vos, conde? —dijo la señora Danglars firmando—, cuidado, que si es así no os perdonaré.

Cavalcanti tenía el oído listo y atento.

—No será mía la culpa —dijo el conde—, y por esto quiero manifestarla.

Escuchaban ávidamente a Montecristo, cuyos labios raras veces se desplegaban.

—¿Recordáis —dijo el conde en medio del más profundo silencio— que el desgraciado que había venido a robarme y murió en mi casa fue asesinado al salir de ella por su cómplice, según creo?

—Sí —dijo Danglars.

—Pues bien, al querer auxiliarle, le desnudaron y arrojaron sus vestidos no sé dónde; la justicia los recogió; pero al tomar la chaqueta y el pantalón, olvidó el chaleco.

Cavalcanti palideció visiblemente; veía formarse una nube en el horizonte, le parecía que la tempestad que en ella se escondía iba a descargar sobre él.

—Pues bien, aquel chaleco se ha encontrado hoy, todo lleno de sangre y agujereado en el lado del corazón.

Las señoras dieron un grito; dos o tres se dispusieron a desmayarse.

—Me lo trajeron, nadie podía adivinar de dónde provenía aquel harapo; solamente yo pensé que sería probablemente el chaleco de la víctima. De repente, registrando mi camarero con repugnancia y precaución aquella fúnebre reliquia, encontró un papel en el bolsillo y lo sacó; era una carta dirigida a vos, barón.

—¿A mí? —dijo Danglars.

—¡Oh!, a vos; llegué a leer vuestro nombre, a pesar de las manchas de sangre que tenía el papel —respondió Montecristo, en medio de la general sorpresa.

—Pero —preguntó la señora Danglars mirando a su marido—, cómo impide eso al señor de Villefort...

—Es muy sencillo, señora —respondió Montecristo—; el chaleco y la carta constituyen lo que se llama piezas de convicción, y los he enviado al procurador del rey. Bien conocéis, mi querido barón, que en materias criminales, las vías legales son las seguras. Quizá sería alguna trama urdida contra vos.

Cavalcanti miró fijamente a Montecristo y pasó al segundo salón.

—Es posible —dijo Danglars—; ¿el hombre asesinado, no era un antiguo presidiario?

—Sí —respondió el conde—, un antiguo presidiario llamado Caderousse.

Danglars palideció levemente. Cavalcanti salió del segundo salón, y fue a la antecámara.

—Pero firmad, firmad —dijo Montecristo—. Veo que mis palabras han conmovido a todo el mundo; os pido perdón, señora baronesa, y a vos, señorita Danglars.

La baronesa, que acababa de estampar su firma, entregó la pluma al notario.

—El señor príncipe de Cavalcanti —dijo el Tabelión—. Señor príncipe de Cavalcanti, ¿dónde estáis?

—¡Cavalcanti! ¡Cavalcanti! —repitieron los jóvenes, que habían llegado a tal intimidad con el italiano, que le llamaban por el apellido sin nombrarle por su título.

—Llamad, pues, al príncipe, advertidle que le toca firmar —dijo Danglars a un criado.

Pero, en aquel momento, la multitud de amigos retrocedió espantada hacia el salón principal, como si un espantoso monstruo hubiese invadido la habitación. Había motivo para huir, espantarse y gritar.

Un oficial de gendarmería colocaba a la puerta dos gendarmes, y se dirigía a Danglars precedido de un comisario de policía con su faja puesta.

La señora Danglars lanzó un grito y se desmayó.

Danglars, que se creía amenazado, porque ciertas conciencias jamás están tranquilas, ofreció a la vista de sus convidados un rostro descompuesto por el terror.

—¿Qué ocurre, caballero? —preguntó Montecristo dirigiéndose al comisario.

—¿Cuál de ustedes, señores —preguntó el magistrado sin responder al conde—, se llama Andrés Cavalcanti.

Un grito de estupor se dejó oír por doquier.

Buscaron, preguntaron.

—¿Pero quién es ese Cavalcanti? —inquirió Danglars casi fuera de sí.

—Un presidiario escapado de Tolón.

—¿Y qué crimen ha cometido?

—Se le acusa —dijo el comisario con su voz impasible— de haber asesinado al llamado Caderousse, su antiguo compañero de cadena, en el instante en que salía de robar en casa del señor conde de Montecristo.

El conde dio una rápida ojeada alrededor.

Cavalcanti había desaparecido.

Unos instantes después de la escena de confusión producida en los salones del señor Danglars por la inesperada aparición del oficial de gendarmería y por la revelación que había seguido, el inmenso palacio se había ido quedando vacío con la misma rapidez que habría ocasionado el anuncio de un caso de peste o de cólera morbo que se hubiera producido entre los invitados. En algunos minutos, por todas las puertas, por todas las escaleras, por todas las salidas, se apresuraron todos a retirarse o, mejor dicho, a huir; porque ésa era una de aquellas circunstancias en que incluso están de más aquellas palabras de consuelo que tan importunos hacen hasta a los mejores amigos en las grandes desgracias.

En la casa del banquero no había quedado más que el propio Danglars, encerrado en su despacho y prestando su declaración entre las manos del oficial de gendarmería. La señora de Danglars, aterrada en el tocador que ya conocemos, y Eugenia, que con la mirada altanera se había retirado a su cuarto, con su inseparable compañera, la señorita Luisa de Armilly.

En cuanto a los numerosos criados, todavía más numerosos en esta noche que de costumbre, porque se les había agregado con motivo de la fiesta los encargados de los helados, los cocineros y los reposteros del café de París, formaban corros en las cocinas y en sus cuartos, acusando a sus amos de lo que ellos llamaban su afrenta, cuidándose muy poco del servicio, que por otra parte se encontraba naturalmente interrumpido.

En medio de todas las personas a quienes hacían estremecer distintos intereses, únicamente dos merecen que nos ocupemos de ellas: Eugenio Danglars y Luisa de Armilly.

Como hemos dicho, Eugenia retiróse con aire altanero, y con el paso de una reina ultrajada, seguida de su compañera, más pálida y más conmovida que ella. Al llegar a su cuarto, cerró la puerta por dentro, mientras Luisa cayó en su silla.

—¡Oh! ¡Dios mío! ¡Qué horror! —dijo la joven filarmónica—. ¿Quién lo habría imaginado? El señor Cavalcanti..., un asesino.... un desertor de presidio..., un presidiario...

Una sonrisa irónica contrajo los labios de Eugenia.

—Estaba predestinada —dijo— ¡Me escapo de un Morcef para caer en manos de un Cavalcantí!

—¡Oh!, no confundas a uno con el otro, Eugenia.

—Calla, todos los hombres son unos niños, y me alegro de tener motivo para hacer algo más que aborrecerlos, ahora los desprecio.

—¿Qué vamos a hacer? —preguntó Luisa.

—¿Qué vamos a hacer?

—Sí.

—Lo que habíamos de hacer dentro de tres días..., marchar.

—¡Cómo!, a pesar de que no lo cases, ¿quieres...?

—Escucha, Luisa: detesto esta vida ordenada, acompasada y

sujeta a reglas como nuestro papel de música. Lo que siempre he deseado, querido y ambicionado, es la vida de artista, la vida libre, independiente, en que una no depende más que de sí misma, y en que a nadie debe dar cuenta de sus actos. ¿Para qué me he de quedar? ¿Para qué tratar de nuevo de aquí a un mes de casarme? ¿Y con quién? ¿Con el señor Debray, quizá, como ya se pensó en ello? No, Luisa, no; la aventura de esta noche me servirá de pretexto.

—Qué fuerte y animosa eres —dijo la rubia y delicada joven a su morena compañera.

—¿No me conocías aún? Vamos. Veamos, Luisa, hablemos de todos nuestros asuntos. La silla de posta.

—Por suerte, hace tres días que se ha comprado.

—¿La has hecho llevar al sitio donde debemos tomarla?

—Sí.

—¿Nuestro pasaporte?

—Helo aquí.

Y Eugenia, con su natural aplomo, desdobló un papel impreso y leyó:

"El señor León de Armilly, edad veinte años; profesión artista, pelo negro, ojos negros, viaja con su hermana."

—¡Magnífico! ¿Quién lo ha facilitado ese pasaporte?

—Cuando fui a pedir al conde de Montecristo cartas para los directores de los teatros de Roma y Nápoles, le manifesté mis temores de viajar en calidad de mujer. El conde los comprendió perfectamente, y se puso a mi disposición, para facilitarme un pasaporte de hombre, y dos días más tarde recibí éste, en el que he añadido de mi letra: viaja con su hermana.

—¡Bravo! —dijo Eugenia alegremente—, ya sólo se trata de hacer nuestras maletas.

—Piénsalo bien, Eugenia.

—¡Oh!, todo está reflexionado. Estoy cansada de oír hablar de fines de mes, de alza, de baja, de fondos españoles, de cuentas, etcétera. En lugar de todo eso, Luisa, el aire, la libertad, el canto de los pájaros, las llanuras de Lombardía, los canales de Venecia, los palacios de Roma y la playa de Nápoles. ¿Cuánto tenemos?

Luisa sacó de su bolsillo una cartera, que abrió, y que contenía veintitrés billetes de banco.

—¿Veintitrés mil francos? —dijo.

—Y por lo menos otro tanto en perlas, diamantes y alhajas —añadió Eugenia—. Somos ricas. Con cuarenta y cinco mil francos tenemos para vivir por espacio de dos años como princesas, o discretamente por espacio de cuatro. Pero antes de medio año habremos doblado nuestro capital, tú con lo música y yo con mi voz. Vamos, encárgate del dinero, yo me encargo de las alhajas. De modo que si una de las dos tuviese la desgracia de perder su tesoro, la otra conservaría el suyo. Ahora las maletas, sin pérdida de tiempo.

—Aguarda —dijo Luisa, yendo a escuchar a la puerta de la señora de Danglars.

—¿Qué es lo que temes?

—Que nos sorprendan.

—La puerta está cerrada.

—Que nos manden abrirla.

—Que lo manden. No obedeceremos.

—Eres una verdadera amazona, Eugenia.

Y las dos jóvenes se pusieron con una prodigiosa actividad a colocar en una maleta todos los objetos que creían necesitar.

—Cierra tú la maleta mientras yo me cambio de vestido —dijo Eugenia.

Luisa apoyó sus pequeñas y hermosas manos sobre la tapa de la maleta.

—No puedo —dijo—, no tengo bastante fuerza; ciérrala tú.

—¡Ah!, verdad —dijo riendo Eugenia—, olvidaba que yo soy Hércules y que tú eres la pálida Onfala.

Y la joven Eugenia, apoyando la rodilla sobre la maleta, engarrotó sus blancos y musculosos brazos hasta que juntó las dos divisiones de la maleta y la señorita de Armilly echó el candado a la cadena.

Concluida esta operación, Eugenia abrió una cómoda, cuya llave llevaba siempre consigo, sacó una mantilla de viaje de seda color violeta y dijo:

—Toma, con esto no tendrás frío. Ya ves que he pensado en todo.

—Pero ¿y tú?

—¡Yo! jamás tengo frío, bien lo sabes, y luego con mis

vestidos de hombre...

—¿Vas a vestirte aquí?

—Desde luego.

—¿Tendrás tiempo?

—No temas, cobarde. Todos están ocupados del ruidoso suceso. Además, ¿es extraño que permanezca encerrada, cuando deben suponerme en un estado fatal?

—Tienes razón, con ello me tranquilizas.

—Ven, ayúdame.

Y del mismo cajón de donde sacó la mantilla que acababa de dar a la señorita de Armilly, y que ésta tenía ya puesta, sacó un vestido completo de hombre, desde las botas hasta la levita, con provisión de ropa blanca, y si bien no se veía nada superfluo, tampoco se echaba de menos lo necesario.

Con una rapidez que indicaba que no era la primera vez que por broma se había puesto los vestidos del sexo contrario, Eugenia se calzó las botas, se puso un pantalón, anudó la corbata, abrochó hasta arriba su chaleco y se puso una levita que dejaba ver su fino talle.

—Estás muy bien, de veras, muy bien —dijo Luisa contemplándola con admiración—, pero y esos hermosos cabellos negros, y esas trenzas magníficas que hacen respirar de envidia a todas las mujeres, ¿se disimularán en un sombrero de hombre como el que veo allí?

—Voy a comprobarlo —respondió Eugenia.

Y cogiendo con la mano izquierda la espesa trenza que no cabía entre sus dedos, tomó con la derecha unas largas tijeras. Pronto rechinó el acero entre aquella hermosa cabellera, que cayó a los pies de la joven.

Cortada la trenza superior, pasó a las de las sienes, que cortó sucesivamente sin la menor señal de pesar. Sus ojos, por el contrario, brillaron con más alegría que de costumbre, bajo sus negras pestañas.

—¡Oh! ¡Qué lástima de cabellos tan hermosos! —dijo Luisa.

—¿Y qué, no estoy cien veces mejor así? —dijo Eugenia alisando sus bucles—, ¿no me encuentras más bonita?

—Siempre lo eres —respondió Luisa—. ¿Ahora, adónde vamos?

—A Bruselas, si lo parece. Es la frontera más próxima. De allí iremos a Lieja, a Aquisgrán, subiremos al Rin hasta Estrasburgo, y atravesando Suiza bajaremos a Italia por San Gotardo. ¿Te parece bien así?

—Sí.

—¿Qué miras?

—Te miro; estás adorable así. Diríase que me estás raptando.

—Y, por Dios, tienes razón.

—¡Oh! Creo que has jurado, Eugenia.

Y las dos jóvenes, a las que creían anegadas en llanto, la una por sí misma y la otra por amor a su amiga, prorrumpieron en una risa estrepitosa, al mismo tiempo que hacían desaparecer las señales más visibles del desorden que naturalmente había acompañado a sus preparativos de fuga.

Después apagaron las luces, y con el ojo alerta y el oído atento, las dos fugitivas abrieron la puerta del tocador, que daba a una escalera interior y conducía hasta el patio de entrada. Eugenia iba delante, sosteniendo con una mano la maleta que por el asa opuesta Luisa apenas podía sostener con las dos.

Estaban dando las doce, y el gran patio estaba solitario. El portero velaba aún, o por lo menos estaba levantado.

Eugenia se acercó poco a poco y vio al suizo que dormía en su cuarto, tendido en un sillón. Volvióse a Luisa, tomó el pequeño baúl que habían dejado un instante en el suelo, y las dos siguieron la sombra del muro y se dirigieron al arco de entrada.

Eugenia hizo ocultar a Luisa en el ángulo de la puerta, de modo que el conserje, si se despertaba no viese más que una persona. Luego, colocándose ella en el sitio que daba de lleno el farol que alumbraba la entrada:

—La puerta —dijo con su bella voz de contralto, tocando al vidrio.

El conserje se levantó y dio algunos pasos para reconocer al que salía, como Eugenia había previsto, y viendo un joven que golpeaba impaciente su pantalón con el bastón, abrió al momento.

Luisa se escabulló como una culebra por la puerta entreabierta y saltó fuera. Luego salió Eugenia, tranquila en apariencia, aunque es probable que su corazón latiese con más violencia que de costumbre.

Pasaba un mandadero y le cargaron con el baúl, le indicaron el sitio adonde debía dirigirse, calle de la Victoria, número 3, y marcharon tras aquel hombre cuya compañía daba ánimo a Luisa. Eugenia era tan fuerte como Judit o Dalila.

Llegaron al número indicado y Eugenia dio orden al mandadero de que dejase el baúl en el suelo. Pagóle, retiróse aquél, y entonces llamó a una ventanilla. Vivía en el cuarto una costurera que estaba avisada de antemano y no se había acostado todavía.

—Señorita —dijo Eugenia—, haced sacar por el portero mi silla de posta y enviadle a buscar caballos. Dadle esos cinco francos por su trabajo.

—De veras lo admiro respeto.

La costurera miraba asombrada, pero como le dieron veinte luises no hizo observación alguna.

Al cuarto de hora volvió el conserje con el postillón y los caballos, que éste enganchó, mientras aquél colocaba el baúl en la parte trasera.

—He aquí el pasaporte —dijo el postillón—, ¿qué camino tomamos, mi joven señor?

—El de Fontaineblau —respondió Eugenia con una voz casi masculina.

—¿Qué dices? —preguntó Luisa.

—Le doy unas señas falsas —respondió Eugenia—. Esa mujer a quien damos veinte luises puede vendernos por cuarenta. Al llegar al Boulevard, tomaremos otra dirección.

Y la joven subió al carruaje casi sin tocar el estribo.

—Siempre tienes razón —dijo la maestra de canto, colocándose junto a su amiga.

Al cuarto de hora el postillón, puesto ya en el camino que debían seguir, pasaba la barrera de San Martín, haciendo resbalar su látigo.

—¡Ah! —dijo Luisa respirando—, ya estamos fuera de París.

—Sí, querida mía, el rapto es bello y bien consumado —respondió Eugenia.

—Sí, pero sin violencia.

—Lo haré valer como circunstancia atenuante.

Estás palabras se perdieron en medio del estrépito de las

ruedas sobre el camino de La Villete.

El barón Danglars ya no tenía hija.

—Dijo Luisa—, y casi diría que me inspiras

X. LA FONDA DE LA CAMPANA Y LA BOTELLA

Dejemos de momento a la señorita de Danglars y su amiga, camino de Bruselas, y volvamos al pobre Cavalcanti, tan desgraciadamente detenido al empezar su fortuna.

A pesar de sus pocos años, era un joven listo a inteligente, y así es que a los primeros rumores que penetraron en el salón, le vimos ir ganando gradualmente la puerta. Olvidamos una circunstancia que no debe omitirse, y es que en uno de los salones que atravesó Cavalcanti estaban los regalos de la novia: diamantes, chales de Cachemira, encajes de Valenciennes, velos ingleses, y en fin, todos aquellos objetos que sólo el nombrarlos basta para hacer saltar de alegría a una joven.

Ahora bien, al pasar por aquel cuarto, y esto prueba que Cavalcanti era no solamente un joven diestro a inteligente, sino también previsor, se apoderó del mejor aderezo. Reconfortado con aquel viático, se sintió la mitad más ligero para saltar por una ventana y escaparse de entre las manos, de los gendarmes.

Alto, bien formado como un gladiador antiguo, y musculoso como un espartano, Cavalcanti corrió un cuarto de hora sin saber adónde iba, y con el solo fin de alejarse del sitio en que faltó muy poco para que le prendiesen. Salió de la calle de Mont—Blanc, y por el instinto que los ladrones tienen a las barreras, como la liebre a su madriguera, se halló sin saber cómo al extremo de la calle de Lafayette.

Allí se detuvo jadeante. Estaba completamente solo, tenía a su izquierda el campanario de San Lázaro y a su derecha París en toda su profundidad.

—¿Estoy perdido? —se preguntó a sí mismo—. No, si mi actividad es superior a la de mis enemigos.

Vio que subía por el arrabal Poissonnière un cabriolé de alquiler, cuyo cochero, fumando su pipa, parecía querer ganar la extremidad del arrabal San Dionisio, donde debía sin duda parar ordinariamente.

—¡Eh! ¡Amigo! —le gritó Benedetto.

—¿Qué hay, señor? —preguntó el cochero.

—¿Vuestro caballo está muy cansado?

—¿Cansado? ¡Bah! Si no ha hecho nada en todo el santo día. Cuatro miserables viajes, y un franco para beber, siete francos en total, y debo llevar diez al patrón.

—¿Queréis agregar a esos siete francos otros veinte que veis aquí?

—Con mucho gusto. Veinte francos no son de despreciar; ¿qué he de hacer para ello? Veamos.

—Una cosa muy fácil, si vuestro caballo no está cansado.

—Os aseguro que irá como el viento; basta que me digáis por dónde debo marchar.

—Por el camino de Louvres.

—¡Ah! ¡Ah! *¡Pau de ratafía!*

—Exacto. Se trata solamente de alcanzar a uno de mis amigos, con el que debo cazar mañana en la Chapelle—en—Serva; debía esperarme aquí a las once y media con su cabriolé. Son las doce, se habrá marchado solo, cansado de esperar.

—Es probable.

—Y bien, ¿queréis ver si lo alcanzamos?

—¿Cómo no?

—Pero si no lo alcanzamos hasta Bourget, os daré veinte francos; si tenéis que ir a Louvres, treinta.

—¿Y si lo alcanzamos?

—Cuarenta —dijo Cavalcanti, que había reflexionado un instante y comprendió que con prometer no arriesgaba nada.

—Está bien —dijo el cochero—, subid y adelante. Porrrrruuuu...

Cavalcanti montó en el cabriolé, atravesaron a la carrera el arrabal San Dionisio, costearon el de San Martín, pasaron la barrera y tomaron el camino de la interminable Villete.

No se preocupaba de alcanzar al quimérico amigo, pero, con todo, Cavalcanti se informaba al paso ya de los viajeros, ya de las ventas que estaban aún abiertas; preguntaba por un cabriolé verde tirado por un caballo castaño oscuro, y como en el camino de los Países Bajos circulaban siempre millares de cabriolés y las nueve décimas partes son verdes, llovían señales a cada paso. Acababan de verlo pasar, sólo llevaría de ventaja quinientos pasos, doscientos, ciento solamente. Finalmente, lo alcanzaban, pasaban delante, y veían que no era él.

Una vez le tocó también que pasaran delante de él, pero fue una magnífica silla de posta tirada por cuatro caballos a galope.

—¡Ah! —dijo entre sí Cavalcanti—, ¡si yo tuviera esa silla, sus buenos caballos, y sobre todo, el pasaporte que ha sido preciso sacar para viajar de ese modo! —y lanzó un profundo suspiro.

En ella iban las señoritas Danglars y Armilly.

—Vamos, vamos —dijo Cavalcanti—, no podemos tardar en alcanzarle.

Y el pobre caballo volvió a emprender el trote veloz que había traído desde la barrera y llegó a Louvres lleno de espuma.

—Está visto —dijo Cavalcanti— que no alcanzaré a mi amigo y mataré vuestro caballo. Así, es mejor que me detenga aquí. Ahí tenéis vuestros treinta francos, yo me voy a acostar a la fonda del Caballo Rojo, y en la primera diligencia en que halle un asiento lo tomaré. Buenas noches, amigo mío.

Y poniendo seis piezas de cinco francos en la mano del cochero saltó con presteza del carruaje.

El auriga metió su dinero en el bolsillo y tomó alegremente, al paso, el camino de París.

Cavalcanti hizo como que iba a la fonda del Caballo Rojo. Paróse un instante a la puerta, y cuando ya el ruido del carruaje no se oía emprendió el camino, y con paso bastante acelerado anduvo aún dos leguas. Paróse al fin y calculó que debía estar ya muy cerca de la Chapelle—en—Serval, adonde había dicho que iba...

No se detuvo por cansancio, sino porque convenía tomar una resolución, adoptar un plan. Subir en diligencia era imposible; tomar la posta, todavía más. Para viajar, de uno a otro modo, es preciso un pasaporte. Tampoco era posible quedarse en el departamento del Oise, es decir, en uno de los más descubiertos y vigilados de Francia, sobre todo a un hombre como Cavalcanti, tan experimentado en materia criminal.

Sentóse al borde de una cuneta, dejó caer la cabeza entre sus manos y reflexionó; a los diez minutos se levantó: había tomado ya su resolución.

Llenó de polvo un lado de su paletó, que tuvo tiempo de

descolgar de la antecámara, y abotonárselo por encima de su traje de baile, y entrando en la Chapelle—en—Serval, fue a llamar resueltamente a la puerta de la única posada que hay en la región. Abrióle el posadero.

—Amigo —dijo Cavalcanti—, iba de Morfontaine a Sculis, y mi caballo, que es asombradizo, emprendió la fuga, arrojándome a diez pasos; me precisa llegar esta noche a Compiègne, so pena de causar sumo cuidado a mi familia; ¿tenéis un caballo que alquilarme?

Bueno o malo, un posadero dispone siempre de un caballo. El de la Chapelle—en—Serval llamó al mozo de cuadra, y le dijo que ensillara el Blanco; despertó a su hijo, chico de siete años, que debía montar en grupa y volver a traer el cuadrúpedo.

Cavalcanti dio veinte francos al posadero, y al sacarlos del bolsillo dejó caer una tarjeta; era la de uno de sus amigos del café de París, de suerte que el posadero, cuando Cavalcanti se marchó y recogió la tarjeta que vio en el suelo, se convenció de que había alquilado su caballo al señor conde de Mauleón, calle de Santo Domingo, 25. Era el nombre que había visto en la tarjeta.

El Blanco no iba ligero, pero llevaba un paso igual y constante. En tres horas y media anduvo Cavalcanti las nueve leguas que le separaban de Compiègne. Daban las cuatro en el reloj del Ayuntamiento cuando llegó a la plaza adonde paran las diligencias.

Hay en Compiègne una fonda excelente que no olvidan los que en ella se han alojado una vez. Cavalcanti, que había hecho alto allí en una de sus correrías por los alrededores de París, se acordó de la fonda de la Campana y la Botella. Orientóse y vio a la luz de un reverbero la muestra indicadora, y habiendo despedido al chico, al que dio cuanta moneda menuda tenía, llamó a la puerta, pensando con razón que aún disponía de tres o cuatro horas, y que lo mejor que podía hacer era prepararse con un buen sueño y una buena cena para las fatigas del viaje.

Abrióle un camarero.

—Amigo —le dijo Cavalcanti—, vengo de Saint—Jean—du—Bois, donde he comido. Creía tomar la diligencia que pasa a medianoche, me he desorientado como un imbécil, y hace cuatro horas que me paseo a la ventura. Dadme uno de esos lindos cuartos que dan al patio y subidme un pollo frito y una botella de Burdeos.

El camarero no sospechó nada. Cavalcanti hablaba con la mayor tranquilidad. Tenía el cigarro en la boca y las manos en los bolsillos del paletó. Su vestido era elegante y calzaba botas de charol. Parecía un vecino que llegaba un poco tarde.

Mientras el mozo preparaba el cuarto, se levantó el ama. El joven la recibió con su más lisonjera sonrisa, y le preguntó si no podría darle el número tres, que había ocupado ya otra vez en su último viaje a Compiègne. Desgraciadamente el número tres lo ocupaba un joven que viajaba con su hermana.

Cavalcanti pareció desesperado, pero se consoló cuando el ama le dijo que el número siete, que le preparaban, tenía absolutamente las mismas condiciones que el número tres, y calentándose los pies y hablando de las últimas carreras de caballos de Chantilly, esperó a que le avisasen que el cuarto estaba preparado.

No sin razón había hablado Cavalcanti de los lindos cuartos que daban al patio de entrada. Este, con su triple orden de galerías, que le hacen parecer un teatro, con sus jazmines y sus clemátides, que suben enredadas en las delgadas columnas como una decoración natural, es una de las entradas de fonda más encantadoras que existen en el mundo.

El pollo estaba tierno, el vino era añejo, y en la chimenea ardía un buen fuego. Cavalcanti se quedó sorprendido al ver que cenaba con tan buen apetito, como si nada le hubiese sucedido. Acostóse inmediatamente, y se durmió con aquel sueño que el hombre tiene siempre a los veinte años, aun cuando tenga remordimientos.

Nos vemos precisados a confesar que Cavalcanti podía haber tenido remordimientos, pero no los tenía. He aquí el plan que le había dado la mayor parte de su seguridad.

Levantarse tan pronto como amaneciese. Salir de la fonda después de haber pagado rigurosamente su cuenta, internarse en el bosque; comprar, bajo el pretexto de hacer estudios de pintura, la hospitalidad de un campesino, procurarse un traje de leñador y un hacha, despojarse del traje del elegante para vestir el del obrero; luego, con las manos llenas de tierra, oscurecidos los cabellos con un peine de plomo, y ennegrecido el rostro con una receta que le habían dado sus compañeros, ir de bosque en bosque hasta la frontera más cercana, caminando de noche y durmiendo de día, sin acercarse a lugares habitados más que de vez en cuando para comprar un pan.

Cuando hubiere pasado la frontera, reduciría a dinero sus diamantes, y juntando su importe a unos diez billetes de banco que llevaba siempre consigo para caso de apuro, se hallaba aún con cincuenta mil libras, lo que según su filosofía, no era malo del todo.

Contaba además con el interés que Danglars tenía en echar tierra a aquel asunto. Por estas razones y por el cansancio, Cavalcanti se durmió en un momento.

Para despertarse temprano, dejó abierta la ventana, pasó el cerrojo de la puerta y dejó abierto sobre la mesa de noche un cuchillo de aguda punta y excelente temple que llevaba siempre consigo.

Serían las siete cuando un brillante rayo de sol hirió su rostro, despertándose al mismo tiempo.

En todo cerebro bien organizado, la idea dominante, y siempre hay una, es la primera que se presenta al despertarse, como es también la última que se tiene al dormirse. Cavalcanti no había aún abierto bien los ojos cuando ya conoció que había dormido más tiempo del que debía. Saltó de la cama y se dirigió a la ventana.

Un gendarme cruzaba por el patio.

El gendarme es el objeto que más llama la atención hasta del hombre que no tiene que temer, pero para una conciencia intranquila, y con motivo para estarlo, el pajizo, azul y blanco de que se compone su uniforme, toman unas tintas espantosas.

—¿Por qué un gendarme? —se preguntó Cavalcanti.

En seguida se respondió a sí mismo con aquella lógica que el lector ha debido ya observar en él:

—Un gendarme nada tiene que deba espantar en una fonda. No nos espantemos, pues, pero vistámonos.

Y el joven se vistió con una rapidez que no había perdido con la costumbre de servirse del ayuda de cámara, durante el tiempo que como un gran señor vivía en París.

—Bueno —dijo Cavalcanti vistiéndose—, esperaré, y cuando se marche me iré.

Diciendo estas palabras, acababa de vestirse, se acercó a la ventana y levantó la cortina de muselina.

No sólo no se había marchado el primer gendarme, sino que el joven vio un segundo uniforme azul, pajizo y blanco, al pie de la escalera, única por donde él podía bajar, mientras que otro tercero, a caballo y con la carabina en la mano, estaba de centinela en la puerta de entrada, única por la que podía salir.

Este tercer gendarme era muy significativo, pues delante de él había formado un semicírculo por una turba de curiosos que sitiaban la puerta de la fonda.

"Me buscan a mí —pensó Cavalcanti—, ¡diablo! »

La palidez se apoderó de su frente, miró en derredor con ansiedad. Su cuarto, como todos los de aquel piso, no tenía más salida que la galería exterior, que estaba precisamente a la vista de todos.

"Estoy perdido», fue su segundo pensamiento.

Efectivamente, para un hombre en la situación de Cavalcanti, la prisión significa el jurado, el juicio, la muerte; pero la muerte sin misericordia y sin dilación.

Durante un momento oprimió su cabeza entre sus manos, y poco le faltó para enloquecer de miedo; pero en seguida, en medio de aquella multitud de ideas contrarias, se dejó ver una, llena de esperanza.

Dejóse ver una triste sonrisa sobre sus cárdenos labios. Miró nuevamente a su alrededor, y vio sobre una mesa los objetos que necesitaba, pluma, tinta y papel.

Con mano bastante segura trazó las siguientes líneas:

No tengo dinero para pagar, peso joy hombre de bien, y dejo empeñado mi alfiler, que vale diez veces más que el gasto que he hecho: He salido al ser de día, porque me daba vergüenza hacer esta declaración personalmente al ama.

Quitóse el alfiler de la corbata y lo puso sobre el papel. Luego, en lugar de dejar corridos los cerrojos, los abrió, y aun dejó la puerta entornada como si hubiese salido del cuarto olvidándose de cerrar. Encaramóse a la chimenea como hombre acostumbrado a esta suerte de acrobacias, borró las pisadas con anticipación y se preparó a escalar el cañón que le ofrecía el único medio de salvación en que esperaba.

Tuvo el tiempo preciso para esconderse, pues el primer gendarme subía la escalera, acompañado del comisario de policía, sostenido por el segundo, que estaba al pie de ella, al que a su vez sostenía el colocado en tercera línea a la puerta de la fonda.

Veamos ahora a qué circunstancia debía Cavalcanti aquella visita que con tanto trabajo trataba de evitar.

Al despuntar el día el telégrafo había empezado a funcionar en todas direcciones, y cada localidad, prevenida instantáneamente, había despertado a las autoridades y lanzado la fuerza pública en busca del asesino de Caderousse.

Compiègne, residencia real, pueblo de caza, ciudad de guarnición, está ampliamente provista de autoridades y gendarmes. Las visitas habían empezado tan pronto como llegó la orden telegráfica, y siendo la fonda de la Campana y la Botella la primera de la ciudad, naturalmente fue la primera que visitaron.

Además, según el parte dado por el centinela que había estado de guardia en la casa del Ayuntamiento, que está junto a la fonda, constaba que muchos viajeros habían llegado durante la noche.

El centinela que había sido relevado a las seis de la mañana recordaba que en el momento en que acababan de dejarle en su puesto, es decir a las cuatro y algunos minutos, había visto un hombre montado en un caballo blanco, con un chico a la grupa, que se apeó en la plaza, despachó al chico y llamó a la fonda de la Campana, en la que se quedó. Sospechaban, pues, de aquel joven que llegó tan tarde, y éste era precisamente Cavalcanti.

Con tales antecedentes, el comisario de policía y el gendarme, que era un sargento, se dirigieron al cuarto de Cavalcanti. La puerta estaba entreabierta.

—¡Vaya! —dijo el sargento, perro viejo y acostumbrado a todos los ardides del oficio—, mal indicio da una puerta abierta. Hubiera preferido verla con tres cerrojos.

En efecto, el alfiler y la carta, dejados por Cavalcanti encima de la mesa, confirmaron, o mejor dicho, apoyaron esta triste verdad. El sujeto había huido.

Merced a las precauciones que tomó, no se conocían sus pisadas en las cenizas, pero como era una salida, en aquellas circunstancias debía ser objeto de una seria investigación.

El sargento hizo traer un manojo de sarmientos y paja, llenó la chimenea y la encendió. El fuego hizo crujir los ladrillos, una espesa columna de humo se levantó hacia el cielo, igual a la que sale de un volcán, pero no vio caer al que buscaba, contrariamente a lo que había pensado.

Es que Cavalcanti, que desde su infancia había estado en lucha con la sociedad, valía tanto como un gendarme, aunque éste hubiese llegado al respetable grado de sargento. Y previendo lo que había de suceder, había salido al tejado y se escondió junto al cañón.

Durante un instante conservó la esperanza de escapar, porque oyó al sargento llamar a los gendarmes y gritarles: "No está."Pero estirando un poco el cuello vio que los gendarmes en lugar de retirarse como era natural a semejante anuncio, vio, decimos, que por el contrario redoblaban su atención.

Miró a su alrededor, vio a su derecha la casa del Ayuntamiento, edificio colosal, desde cuyas claraboyas se distinguía perfectamente el tejado, como desde una elevada montaña se divisa el valle.

Comprendió que muy pronto iba a ver asomarse por alguna de las claraboyas la cabeza del sargento. Si le descubrían, estaba perdido; una caza sobre el tejado no le ofrecía favorables perspectivas. Resolvió, pues, bajar, no por el mismo camino por el que había venido, sino por otro parecido.

Buscó una chimenea que no humease, dirigióse a ella andando a gatas, y se deslizó por ella sin haber sido visto por nadie.

En el mismo instante, una ventanilla de la casa del Ayuntamiento se abría, y por ella asomaba la cabeza del sargento de gendarmería. Permaneció inmóvil un momento como uno de los relieves de piedra que adornan el edificio, y dando en seguida un gran suspiro, desapareció.

—¿Y bien? —le preguntaron los dos gendarmes.

—Hijos míos —respondió el sargento—, preciso es que el tunante se haya marchado esta mañana muy temprano. Vamos a enviar al camino de Villers—Coterete y de Nogon para registrar el bosque, y le hallaremos indudablemente.

Apenas había pronunciado aquellas palabras el honrado funcionario, cuando un grito, acompañado del agudo sonido de una campanilla tirada con fuerza, dejóse oír en el patio de la fonda.

—¡Oh!, ¡oh! ¿Qué es eso? —preguntó el sargento.

—He ahí un viajero que lleva mucha prisa —añadió el amo—

¿En qué número llaman?

—En el tres.

—Corre, muchacho, pronto.

En aquel momento, los gritos y los campanillazos redoblaron, y el mozo echó a correr.

—No —dijo el sargento deteniendo al criado—, el que llama necesita sin duda algo más que un criado. Vamos a mandarle un gendarme. ¿Quién se aloja en el número tres?

—Un joven que llegó anoche con su hermana en una silla de posta y pidió un cuarto con dos camas.

La campanilla resonó por tercera vez, como si la agitase una persona llena de angustia.

—Venid conmigo, señor comisario —gritó el sargento—, seguidme, y acelerad el paso.

—Un momento —dijo el amo—, en el cuarto número tres hay dos escaleras, una interior y otra exterior.

—Bueno —dijo el sargento—, yo tomaré la interior, es mi departamento. ¿Están cargadas las carabinas?

—Sí, sargento.

—Pues bien, vigilad vosotros la exterior, y si quiere huir, haced fuego. Es un gran criminal, según dice el telégrafo.

El sargento, seguido del comisario, desapareció por la escalera interior, acompañado del rumor que sus revelaciones sobre Cavalcanti habían hecho nacer en la multitud de ociosos que presenciaban aquella escena.

He aquí lo que había sucedido:

Cavalcanti había bajado diestramente hasta dos tercios de la chimenea; pero al llegar allí le falló un pie, y a pesar del apoyo de sus manos, bajó más rápido, y sobre todo con más ruido del que hubiera querido; nada hubiese importado esto si el cuarto no estuviera ocupado como estaba.

Dos mujeres dormían en una cama, y el ruido las despertó. Sus miradas se fijaron en el sitio en que habían oído el ruido, y por el hueco de la chimenea vieron aparecer un hombre.

Una de las dos, la rubia fue la que dio aquel terrible grito que se oyó en toda la casa; mientras que la otra, que era pelinegra, corrió al cordón de la campanilla, y dio la alarma tirando de ella con toda su fuerza.

Cavalcanti jugaba la partida con desgracia.

—¡Por piedad! —decía pálido, fuera de sí, sin ver a las personas a las que estaba hablando—, ¡por piedad! ¡No llaméis! ¡Salvadme!, no quiero haceros daño.

—¡Cavalcanti, el asesino! —gritó una de las dos mujeres.

—¡Eugenia, señorita Danglars! —dijo Cavalcanti, pasando del miedo al estupor.

—¡Socorro! ¡Socorro! —gritaba la señorita de Armilly, cogiendo el cordón de la campanilla de manos de Eugenia, y tirando con más fuerza que antes.

—¡Salvadme, me persiguen! ¡Por piedad! ¡No me entreguéis!

—Es tarde, ya suben —respondió Eugenia.

—Pues bien, ocultadme en cualquier parte. Diréis que tuvisteis miedo sin motivo. Haréis desaparecer las sospechas, y me salvaréis la vida.

Las dos jóvenes, arrimadas la una a la otra y tapándose completamente con las colchas, permanecieron mudas ante aquella voz que les suplicaba. Mil ideas contrarias y la mayor repugnancia se leía en sus ojos.

—Pues bien, sea —dijo Eugenia—, tomad el camino por el cual habéis venido, y nada diremos. ¡Marchaos, desgraciado!

—¡Aquí está! ¡Aquí está! —gritó una voz casi ya junto a la puerta—, ¡aquí está!, ya le veo.

En efecto, mirando el sargento por el ojo de la cerradura, había visto a Cavalcanti en pie y suplicando.

Un fuerte culatazo hizo saltar la cerradura; otros dos los cerrojos, y cayó la puerta al suelo.

Cavalcanti corrió a la otra puerta que daba a la galería, y la abrió para precipitarse por ella. Los dos gendarmes que estaban allí se prepararon para hacer fuego.

Cavalcanti se detuvo, en pie, pálido, con el cuerpo un poco echado hacia atrás, y con su inútil cuchillo en la mano.

—Huid —le dijo la señorita de Armilly, en cuyo corazón empezaba a entrar la piedad a medida que se retiraba el miedo—. Huid, pues, si podéis.

—¡Oh!, mataos —dijo Eugenia con un tono semejante al que usaban las vestales al mandar en el circo al gladiador que concluyese con su enemigo vencido.

Cavalcanti tembló, miró a la joven con una sonrisa de desprecio, que demostraba que su corrupción le impedía conocer la sublime ferocidad del honor.

—¿Matarme? —dijo, arrojando su cuchillo—, ¿y por qué?

—¿Pues no habéis dicho —replicóle Eugenia— que os condenarán a muerte y que os ejecutarán inmediatamente como al último de los criminales?

—¡Bah! —respondió Cavalcanti cruzando los brazos—, de algo servirán los amigos.

El sargento se dirigió a él sable en mano.

—Vamos, vamos —dijo Cavalcanti—, guardad ese sable, buen hombre, no hay necesidad de tanto ruido; me rindo.

Y alargó las manos a las esposas.

Las jóvenes miraban con terror aquella espantosa metamorfosis que se efectuaba ante su vista. El hombre de mundo, despojándose de su traje y volviendo a ser el hombre de presidio.

Cavalcanti se volvió hacia ellas y con la sonrisa de la imprudencia les dijo:

—¿Queréis algo para vuestro padre, señorita Eugenia? Porque según todas las probabilidades vuelvo a París.

Eugenia ocultó su rostro entre sus manos.

—¡Oh! ¡Oh!, no hay por qué avergonzarse. No tiene nada de particular que hayáis tomado la posta para correr tras de mí. ¿No era yo casi vuestro marido?

Después de su burla, Cavalcanti salió, dejando a las dos fugitivas entregadas a la vergüenza y a los chismes de la gente.

Una hora después, vestidas ambas con su traje de señora, subían a la silla de posta.

Habían cerrado la puerta de la fonda para librarlas de las primeras miradas, pero con todo fue necesario pasar por medio de dos hileras de curiosos que murmuraban.

—¡Oh! ¿Por qué el mundo no es un desierto? —dijo Eugenia bajando las persianas de la silla para que no la viesen.

Al día siguiente se apeaban en la fonda de Flandes, en Bruselas.

Desde el día anterior, Cavalcanti se hallaba en la cárcel de la Conserjería.

Hemos visto la tranquilidad con que las señoritas de Danglars y de Armilly habían hecho su transformación y emprendido su fuga. Debieron esta tranquilidad a que cada cual estaba bastante ocupado en sus asuntos para no mezclarse en los de los demás.

Dejaremos al banquero, con la frente bañada de sudor, alinear, a la vista de la bancarrota, las inmensas columnas de su pasivo, y seguiremos a la baronesa, que después de haber permanecido un instante aterrada con la violencia del golpe que la hiriera, había ido en busca de su consejero ordinario, Luciano Debray.

Contaba la baronesa con que aquel matrimonio la libraría de una tutela que con una muchacha del carácter de Eugenia no dejaba de ser incómoda, porque en la especie de contrato tácito que sostiene los lazos de la jerarquía social, la madre no es verdaderamente dueña de su hija, sino con la condición de ser continuamente para ella un ejemplo de moralidad y un tipo de perfección.

Ahora bien, la señora Danglars temía la perspicacia de Eugenia y los consejos de Luisa de Armilly. Había observado ciertas miradas desdeñosas lanzadas por su hija a Debray, las que parecían significar que su hija conocía todo el misterio de sus relaciones amorosas y Pecuniarias con el secretario íntimo, mientras que una interpretación más sagaz y más profunda hubiese, por el contrario, demostrado a la baronesa que Eugenia la detestaba, no porque era la piedra de escándalo de la casa paterna, sino porque la colocaba en la categoría de los bípedos que Platón no llama hombres, y Diógenes designa con la denominación de animales de dos pies y sin plumas.

La señora Danglars, a su modo de ver, y desgraciadamente todos en el mundo tenemos nuestro modo de ver que nos impide conocer el de los demás, la señora Danglars, decimos, lamentaba infinitamente que el matrimonio de Eugenia se hubiese desbaratado; no porque fuese o dejase de ser conveniente, sino porque la privaba de su entera libertad.

Corrió, pues, como hemos dicho, a casa de Debray, que después de haber asistido como todo París a la firma del contrato y al escándalo que hubo en ella, se retiró a su club, donde con algunos amigos hablaba del suceso que era tema de todas las conversaciones en las tres cuartas partes de la ciudad eminentemente chismosa, llamada la capital del mundo.

Cuando la señora Danglars, vestida de negro y cubierta con un velo, subía la escalera que conducía a la habitación de Debray, a pesar de haberle dicho el conserje que no estaba, se ocupaba él en rechazar las insinuaciones de un amigo que procuraba demostrarle que después del suceso escandaloso que se había producido, era su deber, como amigo íntimo de la casa, casarse con Eugenia y sus dos millones.

Debray se defendía como hombre que quiere ser vencido, porque aquella idea se había presentado muchas veces a su imaginación. Mas como conocía a Eugenia, y sabía su carácter independiente y altanero, tomaba de vez en cuando una actitud defensiva diciendo que aquella unión era imposible, dejándose con todo dominar interiormente por aquella mala idea que, según todos los moralistas, preocupa incesantemente al hombre más puro y honrado, velando en el fondo de su alma cual tras la cruz el diablo.

El té, el juego y la conversación, interesante como se ve, pues se discutían graves intereses, duraron hasta la una de la madrugada.

Entretanto, la señora Danglars, introducida por el criado de Luciano en su habitación, esperaba con el velo echado sobre el rostro y con el corazón palpitante, en el pequeño salón verde, entre dos grandes floreros que ella misma le envió por la mañana, y que Debray había arreglado tan cuidadosamente que hizo que la pobre mujer le perdonara su ausencia.

A las once y cuarenta minutos la señora Danglars, cansada de esperar inútilmente, montó en un carruaje y se hizo conducir a su casa. Las mujeres de cierto rango tienen de común con las grisetas, que no vuelven jamás después de medianoche, cuando van a alguna aventura. La baronesa entró en su casa con la misma precaución con que Eugenia había salido de ella. Subió pronto y con el corazón oprimido la escalera de su cuarto, contiguo, como se sabe, al de Eugenia. Temía dar lugar a comentarios, y creía firmemente la pobre mujer, respetable al menos en este punto, en la inocencia de su hija y en su fidelidad al hogar paterno.

Cuando llegó a su cuarto, escuchó a la puerta de Eugenia, y no oyendo ruido, quiso entrar, pero estaba corrido el pestillo. Creyó que Eugenia, fatigada de las terribles emociones de la tarde, se había acostado y dormía. Llamó a la camarera y le preguntó:

—La señorita —respondió ésta— ha entrado en su cuarto con la señorita Luisa, han tomado el té juntas, y me han despedido en seguida, diciéndome que no me necesitaban.

La camarera había estado desde entonces en la repostería, y creía a las dos jóvenes acostadas.

La señora Danglars se retiró sin la menor sospecha, pero tranquila en cuanto a las personas, su espíritu se fijó en el hecho mismo. A medida que sus ideas eran más claras, las proporciones de la escena del contrato se engrandecían. Era ya algo más que un escándalo, era no una vergüenza, y sí una ignominia.

A pesar suyo, la baronesa recordó que no había tenido piedad de la pobre Mercedes, que tanto sufrió con lo ocurrido a su marido y a su hijo.

—Eugenia —dijo— está perdida y nosotros también. El suceso, tal cual va a contarse, nos cubre de oprobio, porque en una sociedad como la nuestra ciertos ridículos son llagas vivas, sangrantes a incurables. ¡Qué dicha que Dios haya dado a Eugenia ese carácter extravagante que tantas veces me ha hecho temblar!

Y elevó al cielo una mirada de gratitud hacia aquella Providencia misteriosa que lo dispone todo, según los sucesos que deben tener lugar, y hace que un defecto o un vicio sirvan a veces para nuestra dicha.

Luego, su imaginación tomó un rápido vuelo, y se detuvo en Cavalcanti.

Ese era un miserable, un ladrón, un asesino, y con todo, sus maneras indicaban una mediana educación, si no completa. Cavalcanti había hecho su aparición en el mundo con las apariencias de una gran fortuna y el apoyo de hombres ilustres.

¿Cómo orientarse en aquel inmenso dédalo? ¿A quién dirigirse para salir de aquella situación?

Debray, a quien había ido a buscar en el primer impulso de la mujer que ama y quiere ser socorrida y ayudada por el hombre a quien dio su corazón y muchas veces le pierde, Debray no podía darle más que un consejo; debía, pues, dirigirse a persona más poderosa.

Pensó en Villefort. Este era quien había hecho prender a Cavalcanti y quien sin piedad había venido a turbar la paz en el seno de su familia como si hubiera sido una familia extraña.

Mas, pensándolo bien, no era un hombre sin piedad el procurador del rey; era un magistrado esclavo de sus deberes, un amigo leal y firme, que brutalmente, pero con mano segura, había dado el golpe de escalpelo en la parte enferma; no era un verdugo, era un cirujano que había visto perder ante el mundo el honor de los Danglars por la ignominia del joven que había presentado al mundo como su yerno.

Puesto que Villefort, amigo de la familia Danglars, obraba así, era de suponer que el banquero nada sabía de antemano, y era inocente, no teniendo participación alguna en los manejos de Cavalcanti. Reflexionándolo bien, la conducta del procurador del rey se explicaba ventajosamente.

Pero hasta allí debía llegar su inflexibilidad. Se propuso ir a verle al día siguiente y obtener de él, si no que faltase a sus deberes de magistrado, al menos que tuviera la mayor indulgencia posible.

La baronesa invocaría el tiempo pasado, rejuvenecería sus recuerdos; suplicaría en nombre de un tiempo culpable, pero dichoso. El señor de Villefort atajaría el asunto, o por lo menos, y para eso le bastaba volver los ojos a otra parte, dejaría escapar a Cavalcanti, y no perseguiría al criminal sino en contumacia. Entonces durmióse más tranquilizada.

El día siguiente a las nueve se levantó, y sin llamar a su camarera, y sin dar señal de que existía en el mundo, se vistió con la misma sencillez que el día anterior, bajó la escalera, salió de casa, marchó hasta la calle de Provenza, tomó allí un carruaje de alquiler y se dirigió a casa de Villefort.

Desde hacía un mes, aquella casa maldita presentaba el aspecto lúgubre de un lazareto, en el que se hubiese declarado la peste. Una parte de las habitaciones estaban cerradas por dentro y por fuera, las ventanas encajadas de continuo, sólo se abrían para dejar entrar un poco el aire. Veíase entonces asomarse a ellas la figura de un lacayo, y en seguida se cerraban como la losa que cae sobre el sepulcro. Los vecinos se preguntaban: ¿Veremos salir hoy otro cadáver de la casa del procurador del rey?

Un temblor se apoderó de la señora Danglars al contemplar aquella casa desolada. Bajó del coche, acercóse a la puerta, que estaba cerrada, y llamó.

Cuando con lúgubre sonido resonó la campanilla por tres veces, apareció el conserje, entreabriendo la puerta lo suficiente sólo para ver quién llamaba.

Vio una señora elegantemente vestida, perteneciente, por lo visto, a la alta sociedad, y sin embargo, la puerta permaneció cerrada.

—Abrid —dijo la baronesa.

—Ante todo, señora, ¿quién sois? —inquirió el conserje.

—¿Quién soy? Bien me conocéis.

—No conocemos ya a nadie, señora.

—Pero ¿estáis loco? —dijo la baronesa.

—¿De parte de quién venís?

—¡Oh!, eso ya es demasiado.

—Señora, es orden expresa, excusadme. ¿Vuestro nombre?

—La baronesa de Danglars, a quien habéis visto veinte veces.

—¡Es posible, señora! Ahora, ¿qué queréis?

—¡Oh! ¡Qué cosa tan rara!, me quejaré al señor de Villefort de la impertinencia de sus criados.

—Señora, no es impertinencia, es precaución. Nadie entrará aquí sin una orden del doctor d'Avrigny, o sin haber hablado al señor de Villefort.

—Pues bien, precisamente quiero ver para un asunto al procurador del rey.

—¿Es urgente?

—Bien debéis conocerlo, cuando no he vuelto a tomar el coche, pero concluyamos; he aquí una tarjeta, llevadla a vuestro amo.

—La señora aguardará mi vuelta.

—Sí, id.

El portero cerró, dejando a la señora Danglars en la calle.

Verdad es que no esperó mucho tiempo; un momento después se abrió la puerta lo suficiente solamente para que entrase la baronesa, cerrándose inmediatamente.

Una vez hubieron llegado al patio, el conserje, sin perder de vista la puerta un momento, sacó del bolsillo un pito y lo tocó.

Presentóse a la entrada el ayuda de cámara del señor Villefort.

—La señora excusará a ese buen hombre —dijo presentándose a la baronesa—, pero sus órdenes con categóricas, y el señor de

Villefort me encarga decir a la señora que le ha sido imposible obrar de otro modo.

Había en el patio un proveedor introducido del mismo modo, y cuyas mercancías examinaban.

La baronesa subió. Sentíase profundamente impresionada al ver aquella tristeza, y conducida por el ayuda de cámara llegó al despacho del magistrado sin que su guía la perdiese de vista un solo instante.

Por mucho que preocupase a la señora Danglars el motivo que la conducía, empezó por quejarse de la recepción que le hacían los criados, pero Villefort levantó su cabeza inclinada por el dolor, con tan triste sonrisa, que las quejas expiraron en los labios de la baronesa.

—Excusad a mis criados de un terror que no puede constituir delito; de sospechosos, se han vuelto suspicaces.

La señora Danglars había oído hablar varias veces del terror que causaba el magistrado; pero si no lo hubiese visto, jamás hubiera podido creer que llegase hasta aquel extremo.

—¿Vos también —le dijo— sois desgraciado?

—Sí —respondió el magistrado.

—¿Me compadeceréis, entonces?

—Sí, señora, sinceramente.

—¿Y comprendéis el motivo de mi visita?

—¿Vais a hablarme de lo que os ha sucedido?

—Sí; una gran desgracia.

—Es decir, un desengaño.

—¡Un desengaño! —exclamó la baronesa.

—Desgraciadamente, señora, he llegado a no llamar desgracias más que a las irreparables.

—¿Y creéis que se olvidará?

—Todo se olvida —respondió Villefort—; mañana se casará vuestra hija; dentro de ocho días, si no mañana. Y en cuanto al futuro que ha perdido Eugenia, no creo que lo echéis mucho de menos.

Admirada de aquella calma casi burlona, la señora Danglars miró a Villefort.

—¿He venido a ver a un amigo? —le preguntó con un tono lleno de dolorosa dignidad.

—Sabéis que sí —respondió Villefort, cuyas pálidas mejillas se cubrieron de un vivo rubor al dar aquella seguridad que hacía alusión a otros sucesos muy distintos de los que los ocupaban en el momento.

—Pues bien, entonces sed más afectuoso, mi querido Villefort, y al verme tan desdichada, no me digáis que debo estar contenta.

Villefort se inclinó.

—Cuando oigo hablar de desgracias, señora, hace tres meses que he adquirido el vicio, si queréis, de hacer una comparación egoísta con las mías, y al lado de ellas la vuestra no es nada. Ahí tenéis por qué vuestra posición me parece envidiable. ¿Decíais, señora?

—Venía a saber de vos, amigo mío, ¿en qué estado se halla el asunto de ese impostor?

—¡Impostor! —repitió Villefort—, estáis resuelta a disminuir ciertas cosas y exagerar otras. ¡Impostor el señor Cavalcanti, o mejor Benedetto! Os engañáis, señora, el señor Benedetto es un hermoso ejemplar de asesino.

—No niego la rectitud de vuestra enmienda, pero mientras más severo seáis con ese desgraciado, más haréis contra nosotros. Olvidadle un momento, y en lugar de seguirle, dejadle huir.

—Llegáis tarde, señora, ya están dadas las órdenes.

—Y si lo prenden... ¿Creéis que lo prenderán?

—Así lo espero.

—Si lo prenden, considerar esto, entonces: siempre he oído decir que las prisiones no se desocupan; pues bien, dejadle en ella.

El procurador del rey hizo un signo negativo.

—Por lo menos, hasta que esté casada mi hija —añadió la baronesa.

—Imposible, señora, la justicia tiene sus trámites.

—¿Los tiene también para mí? —dijo la baronesa medio seria, medio risueña.

—Para todos —respondió Villefort—, y para mí como para los demás.

—¡Ah! —exclamó la baronesa, sin añadir con palabras el pensamiento que encerraba esta exclamación.

Villefort se puso a contemplarla con aquella mirada con que solía sondear el pensamiento de sus interlocutores.

—Ya; comprendo lo que queréis decir —le dijo—, aludís a esos terribles rumores esparcidos por ahí, de que todas esas muertes que hace tres meses me visten de negro, que esa muerte de que Valentina ha escapado como por milagro, no son naturales, ¿no es eso lo que queréis decir?

—No pensaba en eso —dijo vivamente la señora Danglars.

—¡Sí!, pensabais, señora, y con razón, porque no podía ser de otra manera, y decíais para vos misma: "Tú, que persigues el crimen, responde: ¿por qué hay a lo alrededor crímenes que permanecen impunes?" Eso es lo que os decíais, ¿no es así, señora?

—Verdad es, lo confieso.

—Ahora voy a contestaros.

Villefort acercó su sillón a la silla de la señora Danglars, y luego, apoyando ambas manos en su pupitre, y tomando una entonación más sorda que de costumbre, añadió:

—Hay crímenes que quedan impunes, porque se desconoce a los criminales, y porque se teme herir en una cabeza inocente, en vez de herir en una cabeza culpable; pero cuando sean conocidos esos criminales.

—Villefort extendió la mano hacia un crucifijo de gran tamaño colocado delante del pupitre—, cuando esos criminales sean conocidos —repitió—, por Dios vivo, señora, morirán, sean quienes fueren. Ahora, pues, después del juramento que acabo de hacer, y que cumpliré, ¡atreveos, señora, a pedirme gracia para ese miserable!

—¿Y estáis seguro de que sea tan culpable como se dice? —preguntó la señora Danglars.

—Escuchad, escuchad su registro. Benedetto, condenado primero a cinco años de presidio por falsificador a la edad de dieciséis años: el mozo prometía, según veis. Luego prófugo, después asesino.

—Pero ¿quién es ese desgraciado?

—¿Quién lo sabe? Un vagabundo, un corso.

—¿Y nadie se ha presentado a reclamar por él?

—Nadie, no se conoce a sus padres.

—Pero ¿ese hombre que había venido de Luques?

—Otro tal; su cómplice quizá.

La baronesa cruzó las manos.

—¡Villefort! —exclamó con el tono más dulce y cariñoso.

—¡Por Dios, señora! —respondió el procurador del rey con una firmeza que no carecía de sequedad—, ¡por Dios! jamás me pidáis gracia para un criminal. ¿Qué soy yo?: la ley. ¿Y tiene ojos la ley para ver vuestra tristeza? ¿Tiene oídos la ley para oír vuestra dulce voz? ¿Tiene memoria la ley para comprender con delicadeza vuestro pensamiento? No, señora, la ley manda, y cuando manda la ley, hiere en seguida. Me diréis que yo soy un ser viviente, y no un código, un hombre, y no un libro; pero miradme, mirad, señora, a mi alrededor: ¿me han tratado a mí los hombres como hermano? ¿Me han tenido consideración? ¿Me han perdonado? ¿Ha pedido nadie gracia para Villefort, ni se le ha concedido a nadie esa gracia?

"No, no; lastimado, siempre lastimado. Todavía insistís vos, que sois ahora una sirena más bien que una mujer, en mirarme con esa mirada encantadora y expresiva que me recuerda que debo avergonzarme. Entonces, sea; sí, ¡avergonzarme de lo que vos sabéis, y tal vez de otra cosa más! Pero al fin, después de que yo he sido culpable, y acaso más culpable que otros, desde que yo he sacudido los vestidos del prójimo para buscar detrás de ellos la llaga, y siempre he encontrado, siempre con gozo, con alegría, ese sello de la debilidad o de la perversidad humana. ¡Cada hombre culpable que hallaba y cada criminal que yo castigaba, me parecía una demostración viva, una nueva prueba de que no era yo una repugnante excepción! ¡Ay!, ¡ay!, ¡ay!, ¡todo el mundo es malo, señora; demostrémoslo, y castiguemos al malo!

Villefort dijo estas últimas palabras con una rabia nerviosa que confería a su lenguaje una feroz elocuencia.

—¿Pero decís —continuó la señora Danglars intentando el último esfuerzo—, decís que ese joven es vagabundo, huérfano y desamparado?

—Sí, y tanto peor, o mejor dicho, tanto mejor; la Providencia lo ha permitido así para que nadie llore por él.

—Es encarnizarse contra el débil, señor procurador del rey.

—El débil que asesina.,

—Su deshonor repercute sobre mi casa.

—¿No tengo yo la muerte en la mía?

—¡Oh! —dijo la baronesa—, no tenéis piedad para los demás; pues bien, no la tendrán de vos.

—¡Así sea! —dijo Villefort levantando al cielo su rostro amenazador.

—Dejad la causa de ese desgraciado para los jurados venideros; eso nos dará seis meses para que lo olviden.

—No —dijo Villefort—; todavía me quedan cinco días; la instrucción está terminada; me sobra tiempo. Además, conocéis, señora, que yo también necesito olvidar; pues bien, cuando trabajo noche y día, hay momentos en que nada recuerdo, y soy dichoso como los muertos, pero aún vale más esto que sufrir.

—Si se ha fugado, dejadle huir; la inercia es una clemencia fácil.

—Os he dicho que era demasiado tarde, que al ser de día funcionó el telégrafo, y...

—Señor —dijo el ayuda de cámara entrando—, un soldado trae este despacho del ministro del Interior.

Villefort tomó la carta y la abrió.

—Preso, le han apresado en Compiègne. Esto ha terminado.

—Adiós —dijo la señora Danglars levantándose.

—Adiós, señora —respondió el procurador del rey, acompañándola hasta la puerta.

Luego, volviendo a su despacho, añadió:

—Vamos; tenía un delito de falsificación, tres robos, dos incendios; me faltaba un asesinato, y hele aquí; la sesión será interesante.

Como había dicho el procurador del rey a la señora Danglars, Valentina no estaba aún restablecida; quebrantada por la fatiga, se hallaba en cama, y en ella, y por la señora de Villefort, supo los sucesos que acabamos de contar, es decir, la huida de Eugenia y la prisión de Cavalcanti o Benedetto y la acusación de asesinato intentada contra él. Pero Valentina se hallaba en un estado tan débil, que no le causó aquélla noticia el efecto que hubiera producido en ella en su estado habitual. En efecto, algunas ideas vagas, algunos fantasmas fugitivos se presentaron al cerebro de la enferma, o pasaron ante su vista, pero bien pronto se borraron, dejando tomar toda su fuerza a las sensaciones personales.

Durante el día, Valentina se mantenía en la realidad por la

presencia del señor Noirtier que se hacía conducir al cuarto de su nieta, y permanecía en él protegiendo a Valentina con su paternal mirada. Después, cuando regresaba del tribunal, era Villefort quien pasaba una hora entre su padre y su hija. A las seis se retiraba el señor de Villefort a su despacho, a las ocho llegaba el señor d'Avrigny, quien preparaba por sí mismo la poción nocturna para la joven. En seguida se llevaban a Noirtier. Una enfermera escogida por el médico reemplazaba a los demás, y no se retiraba hasta las diez o las once, hora en que Valentina quedaba ya dormida. Al bajar, daba las llaves del cuarto al señor Villefort, de suerte que no podía nadie entrar en la habitación de la enferma sin atravesar por la habitación de la señora de Villefort y por el cuarto del pequeño Eduardo.

Todas las mañanas iba Morrel a la habitación de Noirtier para saber de Valentina, y, ¡cosa extraordinaria!, cada día parecía menos inquieto. Primeramente, porque Valentina, aunque en medio de una grande exaltación, estaba cada día mejor; y después, ¿no le había dicho Montecristo cuando fue a verle que si dentro de dos horas Valentina no había muerto, se salvaría? Valentina vivía, y ya habían transcurrido cuatro días.

La exaltación nerviosa a que hemos hecho alusión perseguía a Valentina hasta durante el sueño, o más bien en el estado de somnolencia que sucedía a la vigilia. Entonces, en medio del silencio de la noche, y a la débil luz de la lámpara de alabastro puesta sobre la chimenea, veía pasar esas sombras que pueblan el cuarto de los enfermos y que sacude con sus alas la fiebre. Tan pronto se le aparecía su madrastra que la amenazaba, como Morrel que le tendía sus brazos. Veía otras veces extraños a su vida habitual, como el conde de Montecristo. Hasta los muebles parecían animados y errantes; duraba aquel estado hasta las dos o las tres de la madrugada, y entonces un sueño de plomo se apoderaba de la joven y duraba hasta que era de día.

La noche del día en que supo Valentina la fuga de Eugenia y la prisión de Benedetto, y en que después de mezclarse a las sensaciones de su existencia, empezaban a borrarse de su imaginación aquellos sucesos, retirados ya Villefort, Noirtier y d'Avrigny, dando las once en San Felipe de Roul, y que habiendo colocado la enfermera cerca de la cama la poción preparada por el doctor y cerrado la puerta, se retiró a la antecámara, a juzgar por los lúgubres comentarios que en ella se oían desde hacía tres meses, una escena inesperada tenía lugar en aquella habitación tan cuidadosamente cerrada.

Hacía diez minutos poco más o menos que se había retirado la enfermera. Valentina, atacada de aquella fiebre que se presentaba todas las noches, dejaba que su imaginación, que no podía dominar, continuase aquel trabajo monótono, ímprobo a implacable de un cerebro que reproduce incesantemente los mismos pensamientos o crea las mismas imágenes. Mil y mil rayos de luz, todos llenos de significaciones extrañas, se escapaban de la lámpara, cuando de repente a su reflejo incierto, creyó ver Valentina que su biblioteca, colocada al lado de la chimenea en un rincón de la pared, se abría poco a poco sin que los goznes hiciesen el menor ruido.

En cualquier otra ocasión Valentina hubiese tirado de la campanilla, pidiendo ayuda, pero de nada se admiraba en su actual situación. Sabía que todas aquellas visiones que la rodeaban eran hijas de su delirio, y esta convicción se afianzó en ella, porque por la mañana no se veía traza alguna de aquellos fantasmas de la noche que desaparecían con la aurora.

Detrás de la puerta apareció una figura humana.

Valentina, merced a su fiebre, estaba demasiado familiarizada con aquellos fantasmas para espantarse de ellos; abrió solamente los ojos esperando ver a Morrel.

La figura continuó avanzando hacia su cama, detúvose, y pareció escuchar con una atención profunda.

Un rayo de luz dio entonces de lleno en el rostro de la nocturna visita.

—No es él—dijo Valentina

Esperaba, convencida de que soñaba, que aquel hombre, como sucede en los sueños, desapareciese o se cambiase en otro.

Solamente tocó su pulso, y sintiéndolo latir con violencia, recordó que el mejor medio para hacer desaparecer aquellas visiones importunas era beber: la frescura de la bebida, compuesta con el fin de calmar las agitaciones de Valentina, que se había quejado de ellas al doctor, haciendo disminuir la calentura, renovaba las sensaciones del cerebro, y después de haber bebido se sentía durante un rato más sosegada.

Extendió el brazo con el fin de coger el vaso que estaba junto a la cama, y en aquel instante y con bastante viveza la aparición dio dos pasos hacia la cama, y llegó tan cerca de la joven, que le pareció oír su respiración, y creyó sentir la presión de su mano.

Esta vez la ilusión, o mejor dicho la realidad, sobrepujaba a cuanto Valentina había experimentado hasta entonces. Sintió que estaba despierta y viva, vio que gozaba de toda su razón y se echó a temblar.

La presión que Valentina había sentido tenía por objeto detenerle el brazo, y ella lo retiró lentamente.

Entonces aquella figura, de la que no podía apartar su vista, y que más bien parecía protegerla que amenazarla, tomó el vaso, se acercó a la lámpara y examinó el contenido, como si hubiese querido juzgar su colorido y transparencia.

Pero aquella primera prueba no fue suficiente. Aquel hombre o fantasma, porque caminaba de un modo que sus pasos no resonaban en la alfombra, tomó una cucharada de la poción y la tragó.

Valentina contemplaba lo que ocurría ante sus ojos con una sensación indefinible. Creía que todo aquello iba a desaparecer para dar lugar a otra escena, pero el hombre, en lugar de desvanecerse como una sombra, se acercó a ella y alargándole la mano con el vaso le dijo con una voz en la que vibraba la emoción:

—Ahora, bebed.

Valentina tembló. Era la primera vez que una de sus visiones le hablaba de aquel modo. Abrió la boca para dar un grito. El hombre puso un dedo sobre sus labios.

—¡El conde de Montecristo! —murmuró Valentina.

Al miedo que se pintó en los ojos de la joven, al temblor de sus manos y al movimiento que hizo para ocultarse entre las sábanas, se reconocía la última lucha de la duda contra la convicción. Con todo, la presencia de Montecristo en su cuarto a semejante hora, su entrada misteriosa, fantasmagórica a inexplicable, a través de un muro, parecía imposible a la quebrantada razón de Valentina.

—No llaméis a nadie, ni os espantéis —le dijo el conde—, no tengáis el menor recelo ni la más pequeña inquietud en el fondo de vuestro corazón. El hombre que veis delante de vos, porque esta vez tenéis razón, Valentina, y no es una ilusión, es el padre más tierno y el más respetuoso amigo que podáis desear.

Valentina no respondió. Tenía un miedo tan grande a aquella voz que le revelaba la presencia real del que hablaba, que temió asociar a ella la suya, pero su mirada espantada quería decir: "Si vuestras intenciones son puras, ¿por qué estáis aquí?»

El conde, con su maravillosa sagacidad, comprendió cuanto sucedía en el corazón de la joven.

—Escuchadme —le dijo—, o mejor, miradme: ¿veis mis ojos enrojecidos y mi cara más pálida aún que de costumbre? Es porque desde hace cuatro noches no he podido dormir un instante. Hace cuatro noches que velo sobre vos, que os protejo y os conservo a nuestro amigo Maximiliano.

La sangre coloreó rápidamente las mejillas de la enferma, porque el nombre que acababa de pronunciar el conde desvanecía el resto de desconfianza que le había inspirado.

—¡Maximiliano...! —repitió Valentina; tan dulce le era pronunciar aquel nombre—. ¡Maximiliano! ¿Os lo ha contado todo?

—Todo: me ha dicho que vuestra vida era la suya, y le he prometido que viviríais.

—¿Le habéis prometido que viviría?

—Sí.

—En efecto, señor, acabáis de hablar de vigilancia y protección. ¿Sois médico, acaso?

—Sí, y el mejor que el cielo pudiera enviaros en este momento, creedme.

—¿Decís que habéis velado? —preguntó Valentina, inquieta—. ¿Adónde? Yo no os he visto.

Montecristo señaló la biblioteca.

—He estado escondido tras esa puerta que da a la casa inmediata que he alquilado.

Valentina, por un movimiento de púdico orgullo, apartó sus ojos con terror.

—Caballero —dijo—, lo que habéis hecho es de una demencia sin ejemplo, y la protección que me concedéis se asemeja mucho a un insulto.

—Valentina —dijo—, durante esta larga vigilia, esto es lo

único que he visto: qué personas venían a vuestro cuarto, qué alimentos os preparaban, qué bebidas os he dado, y cuando éstas me parecían peligrosas, entraba, como acabo de entrar, vaciaba vuestro vaso, y sustituía el veneno por una poción bienhechora, que en lugar de la muerte que os habían preparado, hacía circular la vida en vuestras venas.

—¡El veneno! ¡La muerte! —dijo Valentina, creyéndose de nuevo bajo el poder de alguna fiebre alucinadora—. ¿Qué estáis diciendo, caballero?

—Silencio, hija mía —dijo Montecristo, volviendo a poner un dedo sobre sus labios—; he dicho el veneno, sí, he dicho la muerte, y repito, la muerte; pero ante todo, debed esto —y el conde sacó de su bolsillo un fresco de cristal que contenía un licor rojo, del que vertió algunas gotas en el vaso—, y cuando hayáis bebido esto no toméis nada más en toda la noche.

La joven alargó la mano; pero apenas tocó el vaso, cuando volvió a retirar la mano llena de miedo.

Montecristo tomó el vaso, bebió un poco y lo presentó a Valentina, que tragó sonriendo el licor que contenía.

—¡Oh!, sí —dijo—; reconozco el gusto de mis bebidas nocturnas, de aquella agua que refrescaba un poco mi pecho y calmaba mi cerebro. Gracias, señor, gracias.

—Considerad cómo habéis vivido hace cuatro noches, Valentina —dijo el conde.

“Yo, en cambio, ¿cómo vivía? ¡Ah!, ¡qué horas tan crueles me habéis hecho pasar! ¡Qué tormentos no he sufrido al ver verter en vuestro vaso el mortífero veneno, temblando siempre de que tuvieseis tiempo para beberlo antes que yo pudiese derramarlo en la chimenea!

—Decís, señor —respondió Valentina en el colmo del terror—, ¿que habéis sufrido mil martirios viendo derramar en mi vaso un mortífero veneno? Pero si lo habéis visto, ¿también debisteis ver quién lo derramaba?

—Sí.

Valentina se incorporó en la cama, y echando sobre su pálido pecho la batista bordada, mojada aún con el sudor del delirio, al que se mezclaba ahora el del terror, repitió:

—¿Lo habéis visto?

—Sí —repitió el conde.

—Lo que me decís, señor, es horroroso; queréis hacerme creer en algo infernal. ¡Cómo! ¡En la casa de mi padre! ¡En mi cuarto! ¡En el lecho del dolor continúan asesinándome! ¡Oh!, retiraos, tentáis mi conciencia; blasfemáis de la bondad divina. Es imposible, no puede ser.

—¿Sois la primera a quien ha herido esa mano, Valentina? ¿No habéis visto caer junto a vos al señor y la señora de Saint—Merán y a Barrois? ¿No hubiera sucedido lo mismo al señor Noirtier sin el método que sigue hace tres años? En él la costumbre del veneno le ha protegido contra el veneno.

—¡Ay! ¡Dios mío! —dijo Valentina—, ahora comprendo por qué mi abuelo exigía de mí hace un mes que tomase de todas sus bebidas.

—Y tenían un sabor amargo como el de la cáscara de naranja medio seca, ¿es verdad?

—Sí, Dios mío, sí.

—¡Oh!, todo lo explica eso —dijo Montecristo—, él sabe que aquí envenenan y quizá quién: ha querido preservaros a vos, su hija amada, contra la mortal sustancia, y ésta ha venido a estrellarse contra ese principio de costumbre. Ved por lo que vivís aún, cosa que me admiraba habiéndoos envenenado hace cuatro días con un veneno que por lo general no tiene remedio.

—Pero ¿quién es el asesino?

—Dejadme que os pregunte: ¿No habéis visto entrar a nadie de noche en vuestro cuarto?

—Sí; muchas veces he creído ver pasar como unas sombras, acercarse, retirarse, y finalmente desaparecer; pero creía que eran visiones de mi calentura, y hace un instante, cuando entrasteis, creía estar soñando o delirando.

—Así, ¿no conocéis a la persona que atenta contra vuestra vida?

—No. ¿Por qué desea mi muerte?

—Vais a conocerla entonces —dijo Montecristo aplicando el oído.

—¿Cómo? —preguntó Valentina, mirando con terror a su alrededor.

—Porque esta noche no tenéis fiebre ni delirio, estáis bien

despierta, son las doce, y es la hora de los asesinos.

—¡Dios mío! ¡Dios mío! —dijo Valentina enjugando el sudor que inundaba su frente.

En efecto, las doce daban lenta y tristemente. Podía decirse que cada golpe del martinete sobre el bronce daba en el corazón de la joven.

—Valentina —continuó el conde—, llamad todas vuestras fuerzas en vuestro socorro, comprimid vuestro corazón en vuestro pecho, detened vuestra voz en vuestra garganta, fingid que dormís, y veréis.

Valentina tomó la mano del conde.

—Me parece que oigo ruido —le dijo—, retiraos.

—Adiós. Hasta más ver —le dijo el conde.

Luego, con una sonrisa tan triste y paternal que llenó de gratitud el corazón de la joven, se dirigió el conde a la puerta de la biblioteca; pero volviéndose antes de cerrarla, dijo:

—No hagáis un gesto, no digáis una palabra, que os crea dormida; si no, os mataría antes que tuviese tiempo para socorreros.

El conde desapareció en seguida, cerrando la puerta tras de sí.

Valentina se quedó sola. Otros dos relojes más atrasados que el de San Felipe de Roul dieron aún las doce a repetidos intervalos, y aparte el lejano ruido de tal o cual carruaje, todo quedó de nuevo sumido en silencio.

Toda la atención de Valentina se fijó en el reloj de su cuarto, cuya aguja marcaba hasta los segundos. Empezó a contarlos, y notó que eran dobles, doblemente más lentos que los latidos de su corazón.

Y con todo, dudaba aún. La inocente no podía figurarse que nadie desease su muerte. ¿Por qué? ¿Con qué fin? ¿Qué mal había hecho que pudiese suscitarle un enemigo?

No había que temer que se durmiese. Una sola idea, una idea terrible la tenía despierta. Existía una persona en el mundo que había intentado asesinarla y lo intentaría aún. Si esta vez aquella persona, cansada de ver la ineficacia del veneno, recurría, como lo había insinuado Montecristo, al hierro: ¡si habría llegado su último momento!, ¡si no debía ver más a Morrel!

Ante aquella idea, que la cubrió a la vez de una palidez lívida y de un sudor helado, le faltó poco para coger el cordón de la campanilla y pedir socorro. Pero le pareció que por entre la cerradura de la biblioteca veía el ojo del conde, que velaba sobre su porvenir, y que cuando pensaba en ello le causaba tal vergüenza, que se preguntaba a sí misma si su gratitud llegaría a borrar el penoso efecto que producía la indiscreta amistad del conde.

Veinte minutos, veinte eternidades pasaron de este modo, y otros diez en seguida; finalmente, el reloj dio las doce y media. En aquel momento, un ruido casi imperceptible de la uña que rascaba la puerta de la biblioteca, le dio a entender que el conde velaba, y le recomendaba que velase.

En efecto, por la parte opuesta, es decir, hacia el cuarto de Eduardo, le pareció que oía pisadas; prestó oído atento reteniendo su respiración. Levantóse el pestillo y se abrió la puerta.

Valentina, que se había incorporado sobre el corazón, apenas tuvo tiempo para volverse a acostar y ocultar sus brazos.

Temblando, agitada y con el corazón oprimido, esperó.

Acercóse una persona a la cama y entreabrió las cortinas.

Valentina hizo un esfuerzo, y dejó oír el murmullo acompasado de la respiración que anuncia un sueño tranquilo.

—Valentina —dijo muy bajo una voz.

La joven tembló hasta el fondo de su corazón, pero no respondió.

—Valentina —repitió la misma voz.

El mismo silencio. Valentina había prometido no despertarse.

Todo volvió a quedar inmóvil. Solamente Valentina oyó el ruido casi imperceptible de un licor que caía en el vaso que acababan de vaciar.

Atrevióse entonces a entreabrir sus párpados, poniendo sobre ellos su brazo. Vio a una mujer con un peinador blanco que vaciaba en su vaso un licor preparado de antemano que tenía en un frasco.

Durante aquel breve instante, Valentina detuvo su respiración e hizo algún pequeño movimiento, porque la mujer se detuvo inquieta, y se puso de bruces sobre su lecho para ver si dormía. Era la esposa del procurador del rey.

Valentina, al reconocer a su madrastra, tembló de tal modo que debió comunicar algún movimiento a su cama. La señora de Villefort desapareció en seguida a lo largo de la pared, y allí, escondida en la colgadura de la cama, muda y atenta, espiaba el menor movimiento de Valentina.

Esta se acordó de las terribles palabras de Montecristo. Parecióle que en una mano tenía el frasco y en la otra un largo y afilado cuchillo.

Haciendo entonces un extraordinario esfuerzo, Valentina procuró cerrar los ojos, pero aquella operación tan sencilla del más temeroso de nuestros sentidos, aquella operación tan común, era en aquel momento imposible. Tales eran los esfuerzos de la ávida curiosidad para rechazar aquellos párpados y observar lo que ocurría en realidad.

Sin embargo, asegurada por el ruido acompasado de la respiración de Valentina, de que ésta dormía, la señora de Villefort extendió de nuevo el brazo, y medio oculta por las cortinas, acabó de vaciar el contenido del frasco en el vaso de la enferma.

Retiróse en seguida, sin que el menor ruido advirtiese a ésta de que se había marchado. Vio desaparecer el brazo, nada más, aquel brazo fresco y torneado de una mujer de veinticinco años, joven y bella, y que derramaba la muerte.

Es imposible describir lo que Valentina sufrió durante el minuto y medio que permaneció en su cuarto la señora de Villefort.

El ruido de la uña que rascaba a la puerta sacó a la joven de aquel estado de abatimiento. Levantó con trabajo la cabeza; la puerta siempre silenciosa se abrió de nuevo, y apareció por segunda vez el conde de Montecristo.

—¿Y bien? —preguntó el conde—, ¿todavía dudáis? —¡Oh! ¡Dios mío! —murmuró la joven.

—¿La habéis visto?

—¡Desdichada!

—¿La habéis conocido?

Valentina lanzó un gemido.

—Sí —dijo—, pero no puedo creerlo.

—¿Entonces, preferís morir y hacer que muera también Maximiliano...?

—¡Dios mío! ¡Dios mío! —repitió la joven fuera de sí—,

¿pero no podría yo salir de casa? ¿Salvarme?

—Valentina, la mano que os persigue os alcanzará en todas partes, a fuerza de oro seducirán a vuestros criados, y la muerte se os aparecerá disfrazada bajo todos aspectos. En el agua que bebiereis, en la fuente y en la fruta que cogiereis del árbol.

—Sin embargo, ¿no me habéis dicho que la precaución de mi abuelo me preservó del veneno?

—Contra un veneno, y no empleado en fuerte dosis. Cambiarán de veneno o aumentarán la dosis.

Tomó el vaso y lo acercó a sus labios.

—Mirad —dijo—, ya lo han hecho: ya no es la brucina: es con un simple narcótico con lo que os envenenan. Reconozco el sabor del alcohol en que lo han disuelto. Si hubieseis bebido lo que la señora de Villefort ha echado en vuestro vaso, Valentina, ¡estabais perdida!

—¡Pero Dios mío! —dijo la joven—, ¿por qué me persigue así?

—¡Cómo! ¿Sois tan ingenua, tan dulce, tan buena, creéis tan poco en el mal, que no lo habéis comprendido, Valentina?

—No —dijo la joven—, jamás he hecho mal a nadie.

—Pero sois rica, Valentina, tenéis doscientas mil libras de renta, y se las quitáis al hijo de esa mujer.

—¿Y cómo es eso? Mi fortuna no es la suya, proviene de mis abuelos maternos.

—Sin duda, y he ahí por qué el señor y la señora de Saint—Merán han muerto; para que los heredaseis vos; he ahí por qué el día que el señor de Noirtier os constituyó su heredera, fue condenado a muerte: ved por qué vos debéis morir, Valentina, para que vuestro padre herede de vos, y vuestro hermano, siendo hijo único, herede a vuestro padre.

—¡Eduardo!, pobre niño. ¿Y por él se cometen tantos crímenes?

—¡Ah!, veo que comprendéis al fin.

—¡Ay! ¡Dios mío!, con tal que todo esto no caiga sobre él.

—Sois un ángel, Valentina.

—¿Pero han renunciado a matar a mi abuelo?

—Han pensado que muerta vos, si no invalidan el testamento, la fortuna era de vuestro hermano; y han reflexionado que el crimen al fin era inútil y doblemente peligroso al cometerlo.

—¡Y de la cabeza de una mujer ha salido semejante combinación! ¡Dios mío! ¡Dios mío!

—¿Os acordáis de Perusa, de la fonda de postas, del hombre con capa oscura a quien vuestra madrastra preguntaba sobre el agua tofana? Pues desde entonces meditaba este infernal proyecto.

—¡Oh!, señor —dijo la joven—, veo bien que si es así, estoy condenada a morir.

—No, Valentina, no, porque he previsto todos los complots; porque nuestra enemiga está vencida, puesto que se la conoce. No, Valentina, viviréis para amar y ser amada; viviréis para ser feliz y para hacer feliz a un noble corazón, pero para vivir, Valentina, es preciso que tengáis en mí ilimitada confianza.

—Mandad, señor, ¿qué debo hacer?

—Es necesario que toméis ciegamente lo que yo os dé.

—¡Oh!, Dios es testigo —dijo Valentina—, de que si estuviese sola preferiría dejarme morir.

—No os confiaréis a nadie, ni aun a vuestro padre. No, y sin embargo, vuestro padre, hombre acostumbrado a las acusaciones criminales, debe sospechar que todas estas muertes no son naturales. El era el que debía velar sobre vos y encontrarse en el sitio que yo estoy ocupando. El debía haber vaciado ya ese vaso y levantándose contra el asesino. Espectro contra espectro —añadió muy bajo.

—Señor —dijo Valentina—, haré cuanto sea preciso para vivir, porque hay dos seres en el mundo que me aman más que la vida, y morirían si yo muriese: ¡mi abuelo, y Maximiliano!

—Velaré sobre ellos como sobre vos.

—Pues bien, señor, disponed de mí —dijo Valentina, y añadió muy bajo:— ¡Dios mío! ¿Qué va a sucederme?

—Suceda lo que suceda, Valentina, no tengáis miedo. Si sufrís, si perdéis la vista, el oído, el tacto, no temáis. Si os despertáis sin saber dónde estáis, no tengáis miedo, aunque os halléis en un sepulcro o encerrada en una caja mortuoria. Recordad en seguida y decid: En este instante, un amigo, un padre, un hombre que quiere mi felicidad y la de Maximiliano, vela sobre mí.

—¡Desdichada! ¡A qué terrible extremo es preciso llegar!

—¡Valentina! ¿Preferís denunciar a vuestra madrastra?

—Preferiría morir cien veces, ¡oh!, sí, morir.

—No; no moriréis, y sea lo que quiera lo que os suceda, no os quejaréis, esperaréis: ¿me lo prometéis, Valentina?

—Pensaré en Maximiliano.

—Sois mi hija querida, Valentina; solamente yo puedo salvaros, y os salvaré.

En el colmo del terror, Valentina juntó las manos, porque conoció que había llegado el momento de pedir a Dios valor. Incorporóse para orar, pronunciando palabras inconexas, y olvidándose de que sus largas espaldas no tenían más velo que sus largos cabellos y que se veía latir su corazón bajo el delicado encaje de su bata de noche.

El conde apoyó ligeramente su mano en el brazo de la joven, estiró hasta taparle el cuello la colcha de terciopelo, y con una sonrisa paternal le dijo:

—Hija mía, creed en mis promesas y en mi afecto, como creéis en Dios, en su bondad y en el amor de Maximiliano.

Valentina fijó en él una mirada de gratitud, y se prestó a todo, dócil como una niña.

El conde sacó del bolsillo del chaleco una cajita de esmeralda, levantó la tapa de oro, y puso en la mano de Valentina una pastilla del tamaño de un garbanzo.

La joven la, tomó con la otra mano, y miró atentamente al conde.

Había en la fisonomía de aquel intrépido protector un reflejo de la majestad y el poder divino. Era evidente que Valentina le estaba interrogando con su mirada.

—Sí —dijo él.

Valentina llevó la pastilla a sus labios y la tragó.

—Y ahora, hasta que nos veamos, hija mía. Voy a descansar, porque ya os he salvado.

—Id —dijo Valentina—, ocurra lo que ocurra, os prometo no tener miedo.

Montecristo tuvo sus ojos fijos en la joven, que se dormía poco a poco, vencida por el poder del narcótico que el conde acababa de darle.

Tomó entonces el vaso, vació las tres cuartas partes en la chimenea, para que creyesen que la enferma había bebido lo que faltaba, volvió a ponerlo sobre la mesa de noche, y se dirigió a la puerta de la biblioteca, no sin antes dar una mirada a Valentina, que se dormía con la confianza y el candor de un ángel acostado a los pies del Señor.

La lámpara continuaba ardiendo sobre la chimenea del cuarto, apurando las últimas gotas de aceite que flotaban aún sobre el agua; ya un círculo rojo coloreaba el alabastro del globo y ya la llama más viva dejaba escapar aquellos últimos reflejos que en los seres inanimados son las últimas convulsiones de la agonía, que tantas veces se han comparado a las de las pobres criaturas humanas; una claridad siniestra teñía con un triste reflejo opaco la colgadura blanca y las sábanas de la cama de la joven.

El ruido de la calle había cesado, y el silencio interior de la casa era completo.

Abrióse la puerta del cuarto de Eduardo y apareció una cabeza que ya conocemos y que se reflejó en el espejo de enfrente. Era la señora de Villefort que volvía para ver el efecto de la bebida.

Detúvose a la entrada, y escuchó el chisporroteo de la lámpara que se apagaba, ruido sólo perceptible en aquella estancia que se hubiera creído desierta; avanzó después poco a poco hasta la mesa de noche para ver si el vaso de Valentina estaba vacío; estaba aún con la cuarta parte de la bebida, como hemos dicho.

Lo tomó y fue a vaciarlo en las cenizas, que procuró remover bien para facilitar la absorción del licor; limpió en seguida cuidadosamente el cristal y lo enjugó con su mismo pañuelo, colocándolo sobre la mesa de noche.

Cualquiera que hubiese podido observar el interior de la cámara, habría visto las dudas que tenía la señora de Villefort para fijar su vista en la enferma y acercarse a la cama.

La enferma no respiraba ya; sus dientes entreabiertos no dejaban escapar el pequeño átomo que revela la vida. Todo movimiento había cesado en sus blanquecinos labios. Sus ojos, anegados en un vapor violeta que parecía haber penetrado bajo la piel, presentaban como un punto blanco en el sitio en que el glóbulo hacía resaltar el párpado, y sus largas cejas negras parecían puestas sobre una figura de cera.

La señora de Villefort contempló aquel rostro tan elocuente en su inmovilidad. Más animada entonces, levantó la colcha y puso la mano sobre el corazón de la joven. No latía, y el movimiento que sentía bajo su mano era la circulación de la propia sangre; retiró la mano con un ligero temblor.

El brazo de Valentina pendía fuera de su lecho. De una perfección completa, aquel brazo se veía un poco crispado, como igualmente los dedos que se apoyaban sobre la caoba; las uñas estaban azuladas hacia su nacimiento.

La envenenadora, que nada tenía ya que hacer en aquella habitación, se retiró con tanta precaución que veíase claramente que temía que el ruido de sus pasos se dejara sentir sobre la alfombra; pero retirándose tenía aún la colgadura levantada en aquel espectáculo de la muerte, que tiene una irresistible atracción mientras la muerte es la inmovilidad y no la corrupción.

Los minutos pasaban, y la señora de Villefort no podía, al parecer, dejar aquella colgadura que tenía suspendida como una mortaja. Sobre la cabeza de Valentina pagaba su tributo a la meditación; la meditación del crimen debe ser el remordimiento.

En aquel instante aumentaron los chisporroteos de la lámpara.

La señora de Villefort al oír aquel ruido tembló y dejó caer la colgadura. Apagóse la lámpara y quedó la habitación en la oscuridad más profunda. En medio de ella dio el reloj las cuatro y media.

La envenenadora, espantada, buscó a tientas la puerta y entró en su cuarto con el sudor y la angustia en la frente.

La oscuridad continuó aún durante dos horas.

Poco a poco fue penetrando la claridad en la habitación, pero sin que pudiera permitir aún reconocer los objetos; aumentó y dióles entonces forma sensible.

En la escalera resonó la tos de la enfermera, que entró en el cuarto de Valentina con una taza en la mano.

La primera mirada de un padre o de un amante hubiera sido decisiva. Valentina había muerto. Para aquella mercenaria, Valentina dormía.

—Bueno —dijo acercándose a la mesa de noche—, ha bebido una parte de la poción, el vaso está vacío en sus dos terceras partes.

Fue a la chimenea, encendió fuego, se instaló en un sillón, y aunque salía del lecho, aprovechóse del sueño de Valentina para dormir otras dos horas.

El reloj, que daba las ocho, la despertó.

Extrañada del obstinado sueño en que permanecía la joven, espantada de aquel brazo que colgaba fuera de la cama y que permanecía siempre en la misma postura, se acercó a la cama, y entonces notó que sus labios estaban fríos y helado su pecho.

Trató de levantar el brazo y ponerlo junto al cuerpo, pero el brazo no obedeció; tan tieso estaba ya que no le quedó duda a la enfermera. Dio un espantoso grito y corrió a la puerta.

—¡Auxilio! —gritaba—. ¡Auxilio!

—¡Cómo! ¿Auxilio? —respondió desde abajo la voz de d'Avrigny. Era la hora en que el doctor tenía costumbre de venir.

—¡Cómo! ¿Auxilio? —gritaba Villefort saliendo precipitadamente de su despacho—. Doctor, ¿habéis oído gritos de socorro?

—Sí, sí, subamos —respondió d'Avrigny—; es en el cuarto de Valentina.

Pero antes de que el padre y el doctor Regasen, los criados que estaban en el mismo piso, en los corredores o aposentos inmediatos, entraron todos, y viendo a Valentina pálida a inmóvil sobre su lecho, levantaron sus manos al cielo y temblaron como azogados.

—Llamad a la señora de Villefort, despertadla —gritaba el procurador del rey desde la puerta, sin atreverse a entrar.

Pero los criados, en lugar de responder, miraban al doctor, que había entrado y corrido hacia Valentina, a la que sostenía en sus brazos.

—¡Aun ésta! —murmuró, dejándola caer—. ¡Dios mío! ¡Dios mío...! ¿Cuándo os daréis por satisfecho?

Villefort entró en el cuarto.

—¡Qué decís! ¡Dios mío! —dijo, levantando las manos al cielo—. ¡Doctor!, ¡doctor!

—Digo que vuestra hija ha muerto —repuso el médico con voz solemne y terrible en su solemnidad.

El procurador del rey cayó cual si le hubiesen quebrado las piernas y su cabeza se posó sobre el lecho de Valentina.

A las palabras del doctor, al grito del padre, los criados huyeron despavoridos, profiriendo sordas imprecaciones.

Oyéronse en las escaleras y corredores sus precipitados pasos. En seguida un gran movimiento en el patio extinguióse al poco tiempo. Todos habían abandonado la casa maldita.

En aquel instante, la señora de Villefort, con un peinador a medio ningún sonido. Vaciló y se sostuvo contra la puerta. Señaló en seguida a la puerta.

—Sí, sí —continuó el anciano.

Maximiliano se lanzó a la escalera, cuyos escalones subió de dos en dos, mientras le parecía que el anciano le decía con los ojos:

—Más de prisa, más de prisa.

Un minuto le bastó para atravesar varias habitaciones solitarias como el resto de la casa, y llegar hasta la de Valentina.

No tuvo necesidad de abrir la puerta, pues estaba abierta de par en par.

Un suspiro fue lo primero que oyó. Vio una figura arrodillada y medio oculta entre la blanca colgadura. El temor y el espanto le clavaron junto a la puerta.

Entonces fue cuando oyó una voz que decía: ¡Valentina ha muerto!, y otra que repetía como un eco:

—¡Muerta! ¡Muerta!

El señor de Villefort levantóse casi avergonzado de haber sido sorprendido en aquel exceso de dolor. La terrible posición que ocupaba hacía veinticinco años había llegado a hacer de él más o menos un hombre. Su mirada, un instante incierta, se fijó en Morrel.

—¿Quién sois —le dijo—, que olvidáis que no se entra así en una casa en que habita la muerte? ¡Salid, caballero, salid!

Pero Morrel permaneció inmóvil, incapaz de apartar los ojos del espantoso espectáculo que presentaba aquella cama en desorden y de la pálida mujer que estaba acostada en ella.

—¡Salid! ¿No oís? —gritaba Villefort, mientras d'Avrigny se adelantaba por su parte para hacer que Morrel se marchase.

Este miraba con aire espantado aquel cadáver, aquellos dos hombres y toda la habitación. Pareció titubear un instante, abrió la boca, y finalmente, no hallando qué responder, a pesar de la multitud de ideas que se agolpaban en su cerebro, volvió atrás cogiéndose los cabellos de tal suerte que Villefort y d'Avrigny, distraídos un momento de su preocupación, le siguieron con la vista y se miraron el uno al otro como diciendo:

—¡Está loco!

Pero no habían transcurrido aún cinco minutos cuando oyeron ruido en la escalera, y vieron a Morrel, que con fuerza sobrenatural traía en brazos el sillón de Noirtier avanzando hacia la cama de Valentina. El rostro de aquel anciano, en el que la inteligencia desplegaba todos sus recursos, cuyos ojos reunían todo el poder del alma para suplir a las demás facultades; la aparición de aquel pálido semblante y de aquella ardiente mirada fue aterradora para Villefort.

—¡Ved lo que han hecho! —gritó Morrel teniendo aún una mano apoyada en el respaldo del sillón que acababa de aproximar al lecho, y la otra extendida hacia la cama de Valentina—. ¡Ved, padre mío, ved!

Villefort retrocedió espantado y miró a aquel joven que le era casi desconocido y que llamaba padre a Noirtier.

En aquel momento, el alma del anciano pasó toda a sus ojos, que inmediatamente se llenaron del rojo de la sangre. Después se le hincharon las venas del cuello, una tinta azulada como la que invade la piel del epiléptico cubrió sus mejillas y sus sienes.

A aquella violenta explosión interior de todo su ser sólo le faltaba un grito.

Este salió, por decirlo así, de todos los poros, horrible en su mutismo, desgarrador en su silencio.

D'Avrigny se precipitó hacia el anciano y le hizo aspirar un violento revulsivo.

—¡Señor! —dijo entonces Morrel tomando la mano inerte del paralítico—, me preguntan quién soy y con qué derecho estoy aquí. ¡Oh!, decidlo, vos, que lo sabéis —y los sollozos ahogaron la voz del joven.

La respiración intensa y jadeante del anciano levantaba su pecho. Al verle parecía sufrir una de aquellas convulsiones que preceden a la agonía.

Al fin, sus ojos se llenaron de lágrimas, más feliz en esto que el joven, que sollozaba sin poder llorar. No pudiendo inclinar la cabeza, cerró los ojos.

—Decid —continuó Morrel con voz ahogada—, ¡decid que yo

era su prometido! ¡Decid que ella era mi noble amiga! ¡Mi único amor sobre la tierra! ¡Decid, decid, decid... que ese cadáver me pertenece!

Y el joven, dando el terrible espectáculo de una gran energía que de pronto se desploma, cayó pesadamente de rodillas ante aquel lecho que sus crispados dedos apretaron con fuerza.

Aquel dolor era tan agudo que d'Avrigny se volvió para ocultar su emoción, y Villefort, sin pedir ninguna explicación, atraído por el magnetismo que nos impele hacia aquellos que aman a los que lloramos, alargó la mano al joven.

Pero Morrel nada veía. Había cogido la helada mano de Valentina, y no pudiendo llorar mordía la colcha dando rugidos.

Durante algún tiempo no se oyeron en aquella habitación más que suspiros, lágrimas, imprecaciones y oraciones.

Y sin embargo, un ruido dominaba a los demás. El de la tarda y ronca respiración de Noirtier, en quien cada aspiración parecía que iba a romper dentro de su pecho los resortes de la vida.

En fin, Villefort, más dueño de sí que los demás, después de haber cedido durante algún tiempo su lugar a Maximiliano, tomó la palabra.

—Caballero —le dijo—, ¿amabais a Valentina, decís? ¿Erais su prometido? Ignoraba este amor, no tenía noticia de semejante compromiso, y con todo, yo, su padre, os lo perdono, porque veo que vuestro dolor es grande, real y verdadero. Además, el mío es muy grande para que quede en mi corazón lugar para otro sentimiento. Sin embargo, como veis, el ángel que esperabais ha abandonado la tierra, y nada tiene que hacer ya de las adoraciones de los hombres, la que a esta hora adora ella misma al Señor. Decid, pues, adiós a esos tristes restos. Tomad por última vez esa mano que esperabais, y separaos de ella para siempre. Valentina sólo necesita ya al sacerdote que la ha de bendecir.

—Os equivocáis, señor —dijo Morrel, quedándose con una rodilla en tierra, y atravesado el corazón con un dolor más agudo que cuantos había sentido—, os equivocáis. Valentina, muerta como ha muerto, necesita no sólo el sacerdote que la bendiga, sino también un vengador. Enviad a buscar el sacerdote, el vengador seré yo.

—¿Qué queréis decir, caballero? —murmuró Villefort,

temblando ante esta nueva inspiración del delirio de Morrel.

—Quiero decir —prosiguió Maximiliano— que hay dos hombres en vos, señor. El padre ha llorado bastante; que el procurador del rey empiece a cumplir su deber.

Los ojos de Noirtier se animaron y d'Avrigny se acercó.

—Señor —prosiguió el joven, recorriendo de una mirada los sentimientos que se retrataban en los semblantes de todos—, sé lo que digo, y sabéis tan bien como yo lo que quiero decir. ¡Valentina ha muerto asesinada!

Villefort bajó la cabeza. D'Avrigny avanzó un paso. Noirtier hizo sí con los ojos.

—Ahora bien —dijo Morrel—, en nuestros días, una criatura aunque no fuese joven, bella, adorable, como era Valentina, no desaparece violentamente del mundo sin que se pida cuenta de su desaparición. ¡Vamos!, señor procurador del rey —añadió Morrel con una vehemencia que cada vez iba en aumento—, ¡no haya piedad! Os denuncio el crimen. Buscad al asesino.

Y sus ojos implacables interrogaban a Villefort, quien a su vez solicitaba con sus miradas tan pronto a d'Avrigny como a Noirtier, pero en lugar de hallar socorro en las miradas de su padre o del doctor, Villefort encontró en ellos la misma inflexibilidad que en Maximiliano.

—Sí —expresó el anciano con los ojos.

—Cierto—dijo el doctor.

—Caballero —repuso Villefort, procurando luchar aún contra aquella triple voluntad y hasta contra su propia emoción—, os engañáis. No se cometen crímenes en mi casa. La fatalidad me persigue. Dios me prueba, ¡es horroroso pensarlo!, pero no se asesina a nadie.

Los ojos de Noirtier relampaguearon. D'Avrigny abrió la boca para hablar, pero Morrel, extendiendo el brazo, hizo señal de que callasen todos.

—Y yo afirmo que aquí se asesina —gritó Morrel, cuya voz bajó sin perder nada de su vibración acostumbrada—. Os digo: ¡ved aquí la cuarta víctima en cuatro meses! Afirmo que intentaron hace cuatro días envenenar a Valentina, y que no lo consiguieron, gracias a las precauciones que tomó el señor Noirtier.

»Afirmo que esta vez han doblado la dosis o cambiado el

veneno, y han conseguido su objeto. Añadiré en fin, que sabéis esto tan bien como yo, pues el señor os ha prevenido como médico y como amigo.

—¡Oh!, deliráis, caballero —dijo Villefort, procurando evadirse del círculo en que se encontraba encerrado.

—¡Que estoy delirando! —gritó Morrel—. Apelo al señor d'Avrigny. Preguntadle si se acuerda de las palabras que pronunció en vuestro jardín la noche de la muerte de la señora de Saint—Merán, cuando los dos, creyéndoos solos, os ocupabais de ella, y en la que esa fatalidad de quien habláis, y Dios, a quien acusáis injustamente, no tuvieron más parte que haber criado al asesino de Valentina.

Villeford y d'Avrigny se miraron.

—Sí, sí —dijo Morrel—. Recordadlo, porque aquellas palabras que creíais pronunciadas en el silencio de la soledad, cayeron en mis oídos. Ciertamente, al ver aquella noche la culpable condescendencia del señor de Villefort para con los suyos, debía haberlo puesto todo en conocimiento de la autoridad, y no sería cómplice como lo soy en este momento de lo muerte, Valentina, ¡mi Valentina querida! Pero el cómplice será el vengador, porque esta cuarta muerte es in fraganti, visible a los ojos de todos, y si lo padre lo abandona, ¡oh, mi Valentina!, lo juro, yo perseguiré a lo asesino.

Y esta vez, como si la naturaleza se apiadase de aquel vigoroso organismo próximo a destrozarse por su excesiva fuerza, las últimas palabras de Morrel expiraron en sus labios, mil suspiros lanzó su pecho, y sus lágrimas, tanto tiempo rebeldes, corrieron en abundancia. Cayó de nuevo, llorando amargamente cerca del lecho de Valentina.

Entonces tomó la palabra d'Avrigny.

—Y yo también —dijo con voz fuerte—, yo también me uno al señor Morrel para pedir justicia contra el crimen, porque mi corazón se levanta contra mí, a la sola idea de que mi cobarde complacencia ha alentado al asesino.

—¡Dios mío! ¡Dios mío! —murmuró Villefort aterrado.

Morrel levantó la cabeza, leyendo en los ojos del anciano que lanzaban chispas.

—Mirad, mirad —dijo—, el señor Noirtier quiere decirnos algo.

—Sí —hizo Noirtier con una expresión tanto más terrible, cuanto que todas las facultades de aquel pobre anciano impotente se concentraban en su mirada.

—¿Conocéis al asesino? —dijo Morrel.

—Sí.

—¿Y vais a guiarnos? —dijo—; escuchemos, señor d'Avrigny, escuchemos.

Noirtier miró a Morrel con una melancólica sonrisa, una de aquellas que tantas veces habían hecho feliz a Valentina, y fijó con esto sus ojos.

Después, mirando fijamente a su interlocutor, señaló hacia la puerta.

—¿Queréis que salga? —dijo dolorosamente Morrel.

—Sí —hizo Noirtier.

—No me mandéis eso, ¡tened piedad de mí!

Los ojos del anciano permanecieron fijos en la puerta.

—¿Podré volver, al menos? —preguntó Morrel.

—Sí.

—¿Debo irme solo?

—No.

—¿Quién ha de venir conmigo, el procurador del rey?

—No.

—¿El doctor?

—Sí.

—¿Queréis quedaros a solas con el señor de Villefort?

—Sí.

—¿Podrá entenderos?

—Sí.

—¡Oh! —dijo Villefort casi contento, porque la conversación iba a tener lugar solamente entre los dos—, estad tranquilo, comprendo muy bien a mi padre.

Y al hablar con esta expresión de alegría, sus dientes daban unos contra otros.

D'Avrigny tomó del brazo a Morrel y salieron juntos.

Un silencio más profundo que el de la muerte reinaba entonces en aquella casa. Al cabo de un cuarto de hora se oyeron pasos, y Villefort apareció a la puerta del salón donde se encontraban Maximiliano y d'Avrigny, absorto éste, sofocado aquél.

—Venid —les dijo.

Y les llevó junto al sillón de Noirtier. Morrel miró atentamente a Villefort.

La cara del procurador del rey estaba lívida. Varias manchas azules se veían en su frente. Tenía en la mano una pluma, que torcida en mil sentidos diferentes, chillaba al hacerse pedazos.

—Señores —dijo con voz ahogada al médico y a Morrel—, señores, ¿me dais vuestra palabra de honor de que este secreto permanecerá sepultado entre nosotros?

Los dos hicieron un movimiento.

—Os lo suplico... —continuó Villefort.

—Pero... —dijo Morrel—, el culpable..., el matador..., el asesino...

—Tranquilizaos, caballero, se hará justicia —dijo Villefort—, mi padre me ha revelado el nombre del culpable, mi padre tiene sed de venganza como vos, y sin embargo, mi padre os conjura también a que guardéis el secreto del crimen. ¿No es cierto, padre?

—Sí —hizo Noirtier.

Morrel dejó escapar un movimiento de horror y de incredulidad.

—¡Oh! —dijo Villefort, deteniendo a Maximiliano por el brazo—, si mi padre, hombre inflexible como conocéis, os lo pide, es porque sabe que Valentina será terriblemente vengada. ¿Es verdad, padre?

—Sí —dijo Noirtier.

Villefort prosiguió:

—El me conoce, y le he dado mi palabra. ¡Tranquilizaos, señores, sólo tres días! ¡Os pido tres días!, es menos de lo que pediría la justicia, y la venganza que tome de la muerte de mi hija hará temblar hasta lo íntimo del corazón al más indiferente de los hombres. ¿No es verdad, padre mío?

Al decir estas palabras rechinaba los dientes, y sacudió con fuerza la muerta mano del anciano.

—¿Cumplirá todas sus promesas el señor de Villefort? —preguntó Morrel, mientras d'Avrigny le interrogaba con su mirada.

—Sí —dijo Noirtier con una mirada de siniestra alegría.

—¿Juráis, pues, caballeros —dijo Villefort juntando las manos de d'Avrígny y de Morrel—, juráis apiadaros del honor de mi casa, y que me dejaréis el cuidado de vengarlo?

D'Avrigny se volvió, y pronunció un sí muy débil; pero Morrél arrancó sus manos de las del magistrado, se precipitó hacia la cama, imprimió un beso en los helados labios de Valentina y huyó con el profundo gemido de un alma consumida por la desesperación.

Hemos dicho que todos los criados habían desaparecido. El señor de Villefort se vio obligado a rogar a d'Avrigny que se encargase de las numerosas y delicadas comisiones que acarrea la muerte en nuestras grandes poblaciones, sobre todo cuando acompañan a la muerte circunstancias tan sospechosas.

Era terrible ver aquel dolor sin movimiento de Noirtier, aquella desesperación sin gestos y aquellas lágrimas sin voz.

Villefort entró en su despacho. D'Avrigny fue a buscar al médico de la ciudad, que desempeñaba las funciones de inspector de muertos, y a quien con bastante razón llaman el médico de los muertos.

Noirtier no quiso apartarse de su nieta.

A la media hora, d'Avrigny volvió con su compañero. Habían cerrado la puerta de la calle, y como el portero había desaparecido con los demás criados, Villefort fue a abrir, pero se detuvo después en la escalera. Le faltaba valor para entrar en el cuarto mortuorio.

Los dos doctores llegaron solos hasta Valentina.

Noirtier permanecía junto a la cama, inmóvil como la muerte, pálido y mudo como ella.

El médico de los muertos se acercó con la indiferencia del hombre que pasa la mitad de su vida con los cadáveres, levantó la sábana que cubría a la joven y le entreabrió los labios.

—¡Oh! —dijo d'Avrigny suspirando—, ¡pobre joven!, está bien muerta.

—Sí —dijo lacónicamente el médico, dejando caer las sábanas.

Noirtier respiró intensamente, se volvió d'Avrigny y vio que los ojos del anciano estaban encendidos y fijos en la cama. El buen doctor comprendió que Noirtier quería ver a su nieta. Acercóle a la cama, y mientras el otro médico mojaba en agua clorurada los dedos que habían tocado los labios de la joven muerta, descubrió aquel tranquilo y pálido rostro que parecía el de un ángel dormido.

Una lágrima que se asomó a los ojos del anciano fueron las gracias que recibió el doctor.

El médico extendió el acta en la misma habitación de Valentina, y cumplida aquella formalidad se retiró acompañado de d'Avrigny.

Villefort los oyó bajar, asomóse a la puerta de su despacho, dio las gracias al médico en pocas palabras, y dirigiéndose a d'Avrigny le dijo:

—¿Y ahora, el sacerdote?

—¿Conocéis a algún eclesiástico a quien queráis encargar con preferencia que vele cerca de Valentina? —preguntó el doctor.

—No —dijo Villefort—, id al más próximo.

—El más próximo —dijo el doctor— es un buen abate italiano que ha venido a vivir a la casa inmediata a la vuestra. ¿Queréis que le avise al pasar?

—D'Avrigny —dijo Villefort—, os ruego que acompañéis a este caballero. Aquí tenéis la llave para que podáis entrar y salir. Traeréis al sacerdote, y os encargaréis de instalarlo en el cuarto de mi pobre hija.

—¿Deseáis hablarle, amigo mío?

—Deseo estar solo. Me disculparéis, ¿verdad? Un sacerdote debe comprender todos los dolores, hasta el de un padre.

Y Villefort dio una llave a d'Avrigny, saludó al otro médico y entró en su despacho, poniéndose en seguida a trabajar.

Para ciertos organismos, el trabajo es el remedio de todos los males. Al bajar a la calle vieron un hombre con sotana que estaba a la puerta de la casa inmediata.

—Ved al eclesiástico de que os he hablado —dijo el médico de los muertos a d'Avrigny.

Este se acercó al sacerdote.

—Caballero —le dijo—, ¿estáis dispuesto a hacer un gran favor a un desgraciado padre que acaba de perder a su hija, al señor procurador del rey, Villefort?

—¡Ah! —respondió el eclesiástico con un acento italiano sumamente marcado—, sí; lo sé, la muerte está en esa casa.

—Entonces no tengo necesidad de deciros qué clase de favor se espera de vos.

—Iba a ofrecerme, caballero; nuestra misión es ir al encuentro de nuestros deberes.

—Es una joven.

—Sí, lo sé; lo he oído decir a los criados que huían de la casa. Llamábase Valentina, y ya he rogado a Dios por ella.

—Gracias, gracias —respondió d'Avrigny—, y puesto que habéis empezado a ejercer vuestro santo ministerio, dignaos continuarlo. Venid a sentaros junto a la difunta, y toda una familia sumida en el dolor os estará agradecida.

—Voy en seguida, caballero, y me atrevo a decir que jamás votos más fervientes subieron al trono del Altísimo.

D'Avrigny tomó por la mano al abate, y sin encontrar a Villefort, que permanecía encerrado en su despacho, le condujo hasta el cuarto de Valentina, de la que los sepultureros no debían encargarse hasta la noche siguiente. Al penetrar en el despacho, la mirada de Noirtier se encontró con la del abate, y sin duda creyó leer algo de particular en ella, porque no se separó de él. D'Avrigny le recomendó no solamente la muerta, sino también el vivo. El sacerdote ofreció rogar por la una y cuidar al otro. Se comprometió solemnemente a hacerlo, y sin duda para que no le estorbasen en el momento en que d'Avrigny salió, corrió el cerrojo de la puerta por la que se marchó el doctor, y el de la que daba a la habitación de la señora de Villefort.

XI. LA FIRMA DE DANGLARS

La mañana siguiente presentóse triste y nebulosa. Durante la noche los sepultureros habían cumplido su fúnebre oficio. Habían cosido el cuerpo de la joven en el sudario que envuelve a los que dejaron de existir, dándoles lo que se llama la igualdad ante la muerte. Aquel sudario no era otra cosa más que una pieza de batista que la joven había comprado quince días antes.

Al comenzar la noche, hombres llamados al efecto, llevaron a Noirtier del cuarto de Valentina al suyo, y contra lo que era de esperar, el anciano no opuso resistencia al alejarlo del cadáver de su nieta querida.

El abate Busoni, que había velado hasta el amanecer, se retiró sin llamar a nadie. A las ocho de la mañana regresó el médico, y encontró a Villefort que pasaba al cuarto de Noirtier, y le acompañó para saber cómo había pasado la noche el anciano. Halláronle en el gran sillón que le servía de cama, durmiendo con un sueño tranquilo y casi sonriendo. Detuviéronse los dos admirados.

—Mirad —dijo d'Avrigny a Villefort, que observaba a su padre dormido—, mirad cómo la naturaleza sabe calmar los más agudos dolores, y ciertamente nadie podía afirmar que el señor Noirtier no amaba a su nieta, y sin embargo duerme.

—Tenéis razón —respondió Villefort con sorpresa—, duerme, y es muy extraño, porque la menor contrariedad le hace pasar en vela noches enteras.

—El dolor le ha rendido —replicó d'Avrigny. Y ambos volvieron pensativos al despacho del magistrado.

—Ved, doctor, yo no he dormido —dijo Villefort mostrando a d'Avrigny su lecho intacto—. El dolor no me rinde a mí. Hace dos noches que no me he acostado, pero en cambio mirad mi mesa. He escrito, ¡Dios mío!, durante dos días y dos noches..., ¡he anotado esa causa, he preparado el acta de acusación del asesino Benedetto...! ¡Oh!, trabajo, trabajo, mi pasión, mi alegría, mi furor, tú sí, ¡me haces sobrellevar todas las penas!

Y apretó la mano del doctor convulsivamente.

—¿Tenéis necesidad de mí? —le preguntó éste.

—No; solamente os ruego que volváis a las once, a mediodía es cuando... se la llevarán... ¡Dios mío! ¡Mi pobre hija! ¡Mi pobre hija!

Y el procurador del rey, volviendo por un instante a ser humano, levantó los ojos al cielo y dio un suspiro.

—¿Estaréis en el salón de recepción?

—No; tengo un primo que se encarga de ese triste honor; yo trabajaré, doctor; cuando trabajo, todo desaparece.

En efecto, antes que el doctor llegase a la puerta, el procurador del rey se había puesto a trabajar.

Al salir, d'Avrigny encontró a aquel pariente del que le había hablado Villefort, personaje tan insignificante en esta historia como en su familia. Uno de aquellos seres destinados desde su nacimiento a representar el papel de útiles en el mundo.

Había sido puntual. Iba vestido de negro, y llevaba un lazo de crespón en el brazo. Pasó a la casa de su primo, habiendo estudiado primero la fisonomía que debía tener mientras fuese necesario, bien resuelto a dejarla en seguida.

A las once se oyó en el patio de entrada el ruido del coche fúnebre. La calle del arrabal Saint—Honoré se llenó de gente, ávida de las alegrías y de los duelos de los ricos, de aquella gente que corre con igual prisa a un entierro suntuoso que al matrimonio de una duquesa.

Poco a poco fue llenándose la casa mortuoria, y llegaron al principio parte de nuestros antiguos conocidos, es decir, Debray, Chateau—Renaud, Beauchamp. Después todas las notabilidades de la curia, de la literatura y del ejército, porque el señor de Villefort ocupaba, menos aún por su posición social que por su mérito personal, uno de los primeros puestos en el mundo parisiense.

El primo habíase apostado a la puerta del salón, y hacía entrar a todo el mundo, y era un gran alivio para los invitados ver allí una figura indiferente que no exigía de ellos una fisonomía engañosa o falsas lágrimas, como hubiese sucedido siendo un padre, un hermano o un esposo.

Los que se conocían se llamaban con la vista y formaban en grupos. Uno de éstos se componía de Debray, Chateau—Renaud y Beauchamp.

—¡Pobre joven! —dijo Debray, pagando como cada cual su tributo a aquel doloroso suceso—, ¡pobre joven!, ¡tan bella y tan rica! ¿Habríais pensado en esto, Chateau—Renaud, cuando nos vimos...? ¿Cuánto hará? ¿Tres semanas o un mes a lo sumo, para firmar el contrato, que no se firmó?

—Yo no —dijo Chateau—Renaud.

—¿La conocíais?

—Había hablado una o dos veces con ella en el baile de la señora de Morcef. Me pareció encantadora, aunque de carácter un poco melancólico. ¿Y su madrastra, dónde está? ¿Lo sabéis?

—Ha ido a pasar el día con la mujer de ese digno caballero que nos atiende.

—¿Quién es ése?

—¿Quién?

—El caballero que nos recibe, ¿es un diputado?

—No —dijo Beauchamp—; estoy condenado a ver a nuestros

honorables todos los días, y esta facha me es enteramente desconocida.

—¿Habéis comentado esta muerte en vuestro periódico?

—El artículo no es mío, pero se ha hablado, y dudo mucho que sea agradable al señor de Villefort. Se dice, según creo, que si hubiesen ocurrido cuatro muertes sucesivas en cualquiera otra parte que en casa del procurador del rey, ciertamente hubiera llamado algo la atención de este magistrado.

—Además —dijo Chateau—Renaud—, el doctor d'Avrigny, que es el médico de mi madre, dice que su dolor es inmenso. ¿Pero a quién buscáis, Debray?

—Busco a Montecristo —respondió el joven.

—Le he encontrado en el boulevard, viniendo yo hacia aquí. Creo que estará de viaje, porque iba a casa de su banquero —dijo Beau-champ.

—¿A casa de su banquero? ¿Su banquero no es Danglars? —preguntó Chateau—Renaud a Debray.

—Creo que sí —respondió el secretario íntimo con alguna turbación—. Pero el conde de Montecristo no es sólo el que falta aquí. Tampoco veo a Morrel.

—¡Morrel! ¿Acaso la conocía? —preguntó Chateau—Renaud.

—Había sido presentado a la señora de Villefort solamente.

—No importa, hubiera debido venir —dijo Debray—. ¿De qué hablaré esta noche? Este entierro es la noticia del día. ¡Pero chitón!, dejadnos, he ahí el ministro de justicia y de Cultos, va a creerse obligado a hacer su discurso al lagrimoso y triste primo.

Y los tres jóvenes aproximáronse a la puerta para oír el discurso del ministro de justicia y de Cultos.

Beauchamp había dicho la verdad. Al venir él al entierro había encontrado a Montecristo que se dirigía a casa de Danglars, calle de la Chaussée d'Antin.

Desde su ventana el banquero vio el carruaje del conde que entraba en el patio, y le salió al encuentro con una fisonomía triste, pero afable.

—Y bien, conde —le dijo alargándole la mano—, ¿venís a condoleros conmigo? En verdad que la desgracia está en mi casa a tal punto, que cuando entrasteis me preguntaba a mí mismo si no habría yo deseado mal a esos pobres Morcef, lo que hubiera justificado el proverbio: Al que desea mal a otro, a ése le sucede. Era un poco orgulloso para un hombre salido de la nada como yo, pero jamás le deseé mal alguno, y después de todo, todo lo debía a su trabajo, lo mismo que yo, pero todos tenemos nuestros defectos. ¡Ah!, conde, las personas de nuestra generación... Pero no, vos no sois de la nuestra; sois joven aún... Las personas de mi tiempo no son felices este año; testigo de ello es nuestro puritano procurador del rey, el señor de Villefort, que acaba de perder a su hija. Recapitulemos: Villefort perdiendo toda su familia de un modo extraño. Morcef, deshonrado y muerto; yo, cubierto de ridículo por la iniquidad de Benedetto, y después...

—¿Después, qué? —preguntó el conde.

—¡Cómo! ¿No lo sabéis todavía?

—¿Alguna nueva desgracia?

—Mi hija...

—¿La señorita Danglars?

—Eugenia nos abandona.

—¡Oh!, Dios mío, ¿qué decís?

—La verdad, mi querido conde. ¡Cuán dichoso sois vos, que no tenéis mujer ni hijos!

—¿Lo creéis?

—¡Ah! ¡Dios mío!

—Y decíais que la señorita Danglars...

—No ha podido soportar la afrenta que nos ha hecho ese miserable, y me ha pedido permiso para viajar.

—¿Y se marchó?

—La otra noche.

—¿Con la señora Danglars?

—No, con una parienta... Pero no por eso dejamos de perder a mi querida Eugenia, porque yo que conozco su carácter, dudo que quiera regresar a Francia.

—¡Qué queréis, mi querido barón! Disgustos de familia que serían fatales para otro cualquier pobre diablo, cuya fortuna fuese solamente su hija, pero soportables para un millonario. Por más que sobre esto digan los filósofos, los hombres prácticos les demostrarán en cuanto a eso que no tienen razón. El dinero consuela de muchas cosas, y vos debéis consolaros más pronto que otro cualquiera si admitís la virtud de este bálsamo soberano, vos, el rey de la hacienda, el punto de intersección de todos los poderes.

Danglars lanzó una mirada oblicua al conde para ver si se burlaba o hablaba en serio.

—Sí —dijo—, es cierto que si la fortuna consuela, debo consolarme, porque soy rico.

—Tan rico, mi querido barón, que vuestra fortuna es semejante a las Pirámides. Quisieran demolerlas, pero no se atreven; si se atreviesen, no podrían.

Danglars se sonrió de aquella confiada honradez del conde.

—Eso me hace recordar que cuando entrasteis estaba haciendo cinco bonos, tenía ya firmados dos, ¿me permitís que concluya los otros tres?

—Concluid, mi querido barón, concluid.

Hubo un instante de silencio, durante el cual sólo se oyó la pluma del banquero, y mientras tanto Montecristo miraba las doradas molduras del techo.

—¿Son bonos de España, de Haití o de Nápoles? —dijo el conde.

—No —respondió Danglars sonriendo—; son bonos al portador sobre el Banco de Francia. Mirad, señor conde, vos que sois el emperador de la hacienda, como yo soy el rey, ¿habéis visto pedazos de papel de este tamaño y que valga cada uno un millón?

Montecristo tomó en la mano, como para sopesarlos, los cinco pedazos de papel que le presentaba orgullosamente el banquero, y leyó:

El señor regente del Banco de Francia hará pagar a mi orden y sobre los fondos por mí depositados, la cantidad de un millón de francos, valor en cuenta.

Barón Danglars.

—Uno, dos, tres, cuatro, cinco —dijo Montecristo—, ¡cinco millones! ¡Demonio! ¡Y cómo vais, señor Creso!

—Ved de qué modo hago yo mis negocios —dijo Danglars.

—Es maravilloso, y sobre todo si, como no dudo, esa suma se gaga al contado.

—Se pagará —dijo Danglars.

—Es algo magnífico tener semejante crédito. En verdad, sólo en Francia sé ven estas cosas, cien miserables pedazos de papel valen cinco millones, es preciso verlo para creerlo.

—¿Dudáis?

—No.

—Es que decís eso con un acento... Haced una cosa, daos el placer de acompañar a mi dependiente al Banco, y le veréis salir con bonos sobre el tesoro por igual cantidad.

—No —dijo Montecristo doblando los cinco billetes—, el asunto es demasiado curioso, y quiero hacer yo mismo la experiencia. Mi crédito en vuestra casa era de seis millones. He tornado novecientos mil francos. Tomo vuestros cinco billetes, que creo pagables solamente con la vista de vuestra firma, y he aquí un recibo general de seis millones que regulariza vuestra cuenta. Lo había preparado de antemano, porque es preciso deciros que tengo hoy gran necesidad de dinero.

Y con una mano metió los billetes en su bolsillo y con la otra alargó su recibo al banquero.

Un rayo que hubiese caído a los pies de Danglars no le hubiera causado mayor espanto.

—¡Qué! —balbució—, señor conde, ¿tomáis ese dinero? Pero dispensad, es dinero que debo a los hospicios, y he ofrecido pagarlo hoy por la mañana.

—¡Ah! —dijo Montecristo—, no importa. No tengo empeño precisamente en que me paguéis con esos billetes, dadme otros valores. Solamente por curiosidad tomé éstos, para poder decir en el mundo que sin aviso alguno, sin pedirme cinco minutos de tiempo, la casa Danglars me había pagado cinco millones al contado. ¡Habría algo notable! Pero tomad vuestros valores, dadme otros.

Y presentó los cinco billetes a Danglars, que, lívido, alargó el brazo para recogerlos, como el buitre alarga la garra por entre los hierros de la jaula para detener la carne que le quitan. De repente mudó de modo de pensar, hizo un esfuerzo violento y se contuvo.

En seguida la sonrisa dibujóse poco a poco en sus labios.

—Después de todo —dijo—, vuestro recibo es dinero.

—¡Oh!, Dios mío. ¡Sí!, y si estuvieseis en Roma, la casa de Thomson y French no os pondría la menor dificultad en pagaros con un recibo mío.

—Perdonad, señor conde, perdonad.

—¿Puedo, pues, guardar este dinero?

—Sí, guardadlo —dijo Danglars enjugando el sudor de su frente.

—Bien; pero reflexionad. Si os arrepentís, todavía estáis a tiempo.

—No —dijo Danglars—; guardad mis firmas, pero, como sabéis, nadie es tan amigo de formalidades como el hombre de negocios. Destinaba esa suma a los hospicios, y hubiera creído robarles no dándoles precisamente ésa. ¡Como si un escudo no valiese tanto como otro! ¡Dispensadme!

Y empezó a reír estrepitosamente.

—Ya estáis dispensado —respondió amablemente el conde de Montecristo.

Y colocó los billetes en su cartera.

—Pero —dijo Danglars—, tenemos aún una cantidad de cien mil francos.

—¡Oh!, bagatelas —dijo Montecristo—. El corretaje debe ascender poco más o menos a esa suma. Guardadla y estamos en paz.

—Conde—dijo Danglars—, ¿habláis en serio?

—Jamás me chanceo con los banqueros —dijo el conde con una seriedad que rayaba en impertinencia.

Y se dirigió a la puerta en el momento en que el ayuda de cámara anunciaba:

—El señor de Boville, receptor general de hospitales.

—¡Por vida mía! —dijo Montecristo—, parece que llegué a tiempo para gozar de vuestras firmas. Se las disputan.

Danglars palideció otra vez y dióse prisa a separarse de Montecristo.

El conde saludó muy cortésmente al señor de Boville, que aguardaba en el salón y fue introducido inmediatamente en el despacho del banquero.

El rostro grave del conde se iluminó con una rápida sonrisa al ver la cartera que tenía en la mano el receptor de hospitales.

Encontró en la puerta su carruaje y se hizo conducir inmediatamente al banco.

Danglars, entretanto, reprimiendo su emoción, salió al encuentro del receptor general.

No es necesario decir que le recibió con la sonrisa en los labios y un semblante el más halagüeño.

—Buenos días —dijo—, mi querido acreedor, porque creo que tal es el que ahora se presenta.

—Habéis adivinado, señor barón —dijo el señor de Boville—, los hospitales acuden a veros en mi persona. Las viudas y los huérfanos vienen por mis manos a pediros una limosna de cinco millones.

—¡Y dicen que los huérfanos son dignos de lástima! —respondió Danglars, prolongando la broma—, ¡pobres niños!

—Pues heme aquí en su nombre —dijo Boville—. ¿Recibisteis mi carta de ayer?

—Sí.

—Pues aquí tenéis mi recibo.

—Mi querido Boville —dijo el banquero—, vuestras viudas y vuestros huérfanos tendrán, si queréis, la bondad de aguardar veinticuatro horas, porque el señor de Montecristo, que habéis visto salir de aquí ahora..., ¿le habéis visto?

—Sí, ¿y qué?

—El señor de Montecristo se lleva sus cinco millones.

—¿Cómo es eso?

—Es que el conde tenía un crédito ilimitado sobre mí. Crédito abierto por la casa de Thomson y French, de Roma. Ha venido a pedirme cinco millones de un golpe, y le he dado un bono sobre el banco, donde tengo depositados mis fondos, y comprenderéis que temo, retirando de las manos del regente diez millones en el mismo día, que le pareciese una cosa extraordinaria. En dos días —añadió Danglars sonriéndose— no digo lo contrario.

—Vamos, pues —exclamó el señor de Boville con el tono de la más perfecta incredulidad—, ¡cinco millones a aquel caballero que acaba de salir ahora y que me saludó sin conocerme!

—Tal vez os conoce sin que vos le conozcáis. El conde de Montecristo conoce a todo el mundo.

—¡Cinco millones!

—Ved aquí su recibo. Haced como santo Tomás: ved y tocad.

El señor de Boville tomó el papel que le presentaba Danglars, y leyó:

Recibidos del señor barón Danglars cinco millones cien mil francos, de que se reembolsará a su voluntad sobre la casa de

Thomson y French de Roma.

—¡Luego es cierto! —exclamó.

—¿Conocéis la casa Thomson y French de Roma?

—Sí —dijo el señor de Boville—, hice una vez un negocio de doscientos mil francos en ella, pero no la había vuelto a oír nombrar.

—Es una de las mejores casas de Europa —dijo Danglars, poniendo sobre su mesa el recibo que acababa de tomar de manos del señor Boville.

—¿Y tenía nada menos que un crédito de cinco millones sobre vos? ¿Pues sabéis que es un nabab el tal conde de Montecristo?

—No sé lo que es, pero tiene tres créditos ilimitados, uno sobre mí, otro sobre Rothschild y otro sobre Laffitte, y como veis me ha dado la preferencia, dejándome cien mil francos por el corretaje.

El señor de Boville dio todas las muestras de una gran admiración.

—Será preciso que vaya a visitarle y que obtenga alguna piadosa fundación para nosotros.

—¡Oh!, es como si la tuvieseis. Solamente sus limosnas ascienden a más de veinte mil francos todos los meses.

—Es magnífico. Además le citaré el ejemplo de la señora de Morcef y su hijo.

—¿Qué ejemplo?

—Han dado toda su fortuna a los hospicios.

—¿Qué fortuna?

—La suya, la del difunto general Morcef.

—¿Y con qué razón?

—Porque dicen que no quieren bienes adquiridos tan miserablemente.

—¿Y de qué van a vivir?

—La madre se ha retirado a una provincia, y el hijo ha entrado en el servicio.

—¡Toma!, ¡toma! —dijo Danglars—, eso sí que son escrúpulos.

—Ayer hice registrar el acta de donación.

—¿Y cuánto poseían?

—No mucho, un millón doscientos o trescientos mil francos. Pero volvamos a nuestros millones.

—Con mucho gusto —dijo el banquero con la mayor naturalidad—. ¿Ese dinero os urge mucho?

—Sí, el arqueo se efectúa mañana.

—Mañana, ¿y por qué no me lo dijisteis antes? ¿Y a qué hora es ese arquco?

—Alas dos.

—Enviad a las doce —dijo Danglars con amable sonrisa.

El señor de Boville apenas respondía. Decía que sí con la cabeza y daba vueltas a la cartera.

—Pero, ahora que recuerdo, haced más.

—¿Qué queréis que haga?

—El recibo del señor de Montecristo es dinero contante. Pasadle a Rothschild o Laffitte y os lo tomarán al instante.

—¡Cómo! ¿Pagadero en Roma?

—Desde luego, os costará sólo un descuento de cinco o seis mil francos a lo sumo.

El receptor dio un salto atrás.

—¡Porvida mía! Prefiero esperar a mañana. ¿Cómo vais a...?

—He creído por un momento, perdonadme —dijo el banquero con una imprudencia sin igual—, he creído que tendríais algún pequeño déficit que llenar.

—¡Ah! —dijo Boville.

—Escuchad. No sería la primera vez que tal cosa ocurriera, y en ese caso se hace un sacrificio.

—Gracias a Dios, no.

—Entonces, hasta mañana, ¿no es verdad, mi querido receptor?

—Sí; hasta mañana, pero sin falta.

—¡Qué! ¿Os burláis? Enviad a mediodía, y el banco estará ya avisado.

—Vendré yo mismo.

—Mejor aún, porque eso me proporcionará el placer de volver a veros.

Y se estrecharon la mano.

—A propósito. ¿No habéis ido al entierro de esa pobre señorita de Villefort, que en este momento tiene lugar?

—No —dijo el banquero—, pesa sobre mí el ridículo del suceso de Benedetto, y no salgo.

—¡Bah!, no tenéis razón. ¿Qué culpa tenéis de ello?

—Amigo mío, cuando se lleva un nombre sin tacha como el mío, se es muy susceptible.

—Todo el mundo os compadece, creedlo, y más aún, a la señorita, vuestra hija.

—¡Pobre Eugenia! —dijo el banquero, dando un profundo suspiro—. ¿Sabéis que ingresa en un convento?

—No.

—Pues desgraciadamente es así. Al día siguiente se decidió a partir con una amiga suya, religiosa ya, y va a buscar un convento severo en Italia o España.

—¡Oh! Es terrible.

Y el señor de Boville se retiró al hacer esta exclamación, cumplimentando al barón.

Mas apenas hubo salido, cuando Danglars, con un gesto enérgico, que comprenderán solamente los que hayan visto a Frederik representar el Robert Hacaire, exclamó:

—¡Imbécil!

Y guardando el recibo del conde en su cartera, añadió:

—Ven a mediodía, que yo estaré ya lejos.

Encerróse, vació todos los cajones de su caja, reunió unos cincuenta mil francos en billetes de banco, quemó diferentes papeles, puso otros a la vista, y escribió una carta que cerró y cuyo sobre dirigió:

A la señora baronesa de Danglars.

—Esta noche —murmuró— yo mismo la colocaré en su tocador. Sacando en seguida un pasaporte de otro cajón, dijo:

—Bueno, aún puede servir dos meses.

XII. EL CEMENTERIO DEL PADRE LACHAISE

El señor de Boville había encontrado en efecto el fúnebre cortejo que conducía a Valentina a la mansión de los muertos.

El tiempo estaba sombrío y nebuloso, un viento cálido aún, pero mortal para las hojas ya secas, las arrancaba, arrojándolas sobre la muchedumbre que ocupaba el boulevard, dejando desnudas las ramas.

El señor de Villefort, parisiense genuino, consideraba el

cementerio del Padre Lachaise como el único digno de recibir los restos mortales de una familia de París. Los demás le parecían cementerios rurales, indignos de recibir los restos mortales de una familia parisiense.

Había comprado cierta porción de terreno, en el que erigió un magnífico monumento que se llenó en poco tiempo con los miembros de la primera familia. Leíase en el frontispicio del mausoleo: "Familias Saint—Merán y Villefort". Porque tal fue el último voto de la pobre Renata, madre de Valentina.

Hacia el cementerio del Padre Lachaise, pues, se encaminaba el pomposo entierro que salió del arrabal Saint—Honoré, atravesó todo París por el arrabal del Temple, pasó en seguida al boulevard exterior, y de allí al cementerio. Más de cincuenta coches de particulares seguían a otros veinte de duelo, y más de quinientas personas componían el acompañamiento.

Eran todos jóvenes, para quienes la muerte de Valentina representaba una gran desgracia, y que a pesar del vapor glacial del siglo y el prosaísmo de la época, sentían vivamente la pérdida de aquella hermosa, casta y adorable joven, muerta en la primavera de su vida.

Al salir de París vieron llegar un carruaje tirado por cuatro fogosos caballos que pasó a la cola. Era el coche de Montecristo, que se apeó y fue a mezclarse con los demás que seguían el coche fúnebre.

Chateau—Renaud y Beauchamp que le vieron llegar se acercaron a él inmediatamente.

El conde miraba con atención a todas partes. Buscaba con mucho interés a alguien. Finalmente, no pudo aguantar más.

—¿Dónde está Morrel? —preguntó—. ¿Alguien lo sabe?

—Ya nos hemos hecho esa pregunta en la casa mortuoria —contestó Chateau—Renaud—, porque nadie le ha visto.

El conde calló, pero continuó observando a su alrededor. Llegaron por fin al cementerio; la penetrante mirada de Montecristo registró de un golpe el bosque de sauces llorones y pinos que rodean las rumbas, y perdió toda inquietud. Una sombra atravesó los árboles, y el conde reconoció al que buscaba.

Todos saben a lo que se reduce un entierro en aquel magnífico palacio de la muerte. Un silencio profundo, el ruido de tal cual rama que se desgaja de los árboles, el triste canto de los sacerdotes y algún suspiro que se escapa de entre un bosquecillo de flores que cubren una rumba, junto a la cual se ve una mujer arrodillada y con las manos juntas. La sombra que había visto Montecristo cruzó rápidamente por detrás del sepulcro de Abelardo y Eloísa, y fue a colocarse junto a los caballos del coche fúnebre, llegando así hasta el sitio destinado para la sepultura. Montecristo no perdía de vista aquella sombra en la que los demás apenas habían reparado. Dos veces se separó Montecristo del acompañamiento para observar si las manos de aquel hombre buscaban algún arma oculta bajo su ropa.

Cuando el acompañamiento se detuvo, viose que aquella sombra era Morrel, que con su levita abotonada hasta arriba, la frente lívida, los pómulos salientes y el sombrero estropeado por sus manos convulsas, se había arrimado a un árbol colocado en un alto desde donde dominaba el mausoleo, de modo que no le estorbaban ver hasta la más pequeña ceremonia del fúnebre suceso que iba a consumarse.

Todo sucedió como de costumbre. Algunos hombres, y como siempre los menos impresionados, pronunciaron discursos. Los unos compadeciendo aquella muerte prematura, los otros extendiéndose sobre el dolor de su padre, y los hubo tan ingeniosos que incluso averiguaron que aquella infortunada joven había solicitado del señor de Villefort en varias ocasiones un poco de misericordia para los culpables, sobre cuya cabeza estaba suspendida la espada de la justicia. Apuraron las metáforas y períodos sentimentales, comentando de mil maneras a Malherbe y Dupérier.

El conde nada escuchaba, nada veía, o por mejor decir, solamente veía a Morrel, cuya tranquilidad a inmovilidad formaban un espectáculo espantoso para el que podía leer lo que sucedía en el fondo del corazón del joven.

—Mirad —dijo Beauchamp a Debray—, mirad a Morrel. ¿Por qué se habrá metido allí?

Y se lo hicieron observar a Chateau—Renaud.

—¡Qué pálido está! —dijo aquél, estremeciéndose.

—Tendrá frío —replicó Debray.

—No; yo creo que está conmovido. Es un joven muy

impresionable.

—¡Bah!, apenas conocía a Valentina, según vos mismo habéis dicho.

—Es cierto. No obstante, recuerdo que en el baile de la señora de Morcef bailó tres o cuatro veces con ella. Vos lo sabéis, conde. Aquel baile en el que tanto efecto causasteis.

—No lo sé —respondió Montecristo, sin saber a lo que respondía, pues sólo le ocupaba Morrel, a quien observaba atentamente y cuyas mejillas se colorearon como les sucede a los que comprimen y retienen la respiración.

—Los discursos han terminado. Adiós, señores —dijo bruscamente el conde.

Y dio la señal de marcha, desapareciendo sin que se supiese por dónde había ido. Terminado todo, los asistentes tomaron el camino de París.

Sólo Chateau—Renaud buscó un instante a Morrel, pero mientras había seguido al conde con la vista, Maximiliano había dejado su sitio, y no encontrándolo, se unió a Beauchamp y Debray. El conde habíase ocultado detrás de un mausoleo y espiaba hasta el menor movimiento de Morrel, que poco a poco se había acercado a la tumba, abandonada primero por los curiosos, después por los operarios.

Morrel miró alrededor lenta y vagamente, y aprovechando el momento en que su vista se dirigía a la parte opuesta, el conde se acercó a unos diez pasos sin que lo notara.

El joven se arrodilló.

El conde, alargando el cuello, con la vista fija y dilatada, y dispuesto a lanzarse a la primera señal, continuaba acercándose a Morrel.

Este inclinó su frente hasta tocar la fría losa, y cogiéndola con ambas manos, exclamó:

—¡Oh! ¡Valentina!

Aquellas dos palabras destrozaron el corazón del conde, dio un paso más y tocando a Morrel en el hombro, le dijo:

—Os buscaba, mi querido amigo.

El conde esperaba un escándalo, reconvenciones, quejas, en fin, cuanto debía presumirse, y se engañó.

Morrel se volvió hacia él, y tranquilo en apariencia, le dijo: —

Ya veis que estaba rezando.

La mirada penetrante del conde examinó al joven de pies a cabeza, y concluida aquella observación quedó más tranquilo.

—¿Queréis que os conduzca a París en el carruaje?

—No, gracias.

—¿Deseáis alguna cosa?

—Dejadme rezar.

El conde se alejó sin hacer ninguna observación, pero fue para colocarse en otro sitio, desde donde veía hasta el menor movimiento de Morrel. Levantóse éste al poco rato, limpió las rodillas de su pantalón y tomó el camino de París sin volver atrás la cabeza. Descendió lentamente por la calle de la Roquette.

El conde mandó retirar su carruaje y le siguió a unos cien pasos de distancia.

Maximiliano atravesó el canal y entró en la calle de Meslay por el boulevard.

Cinco minutos después de haberse cerrado la puerta para Morrel, se abrió para Montecristo.

Julia estaba sentada a la entrada del jardín, adonde miraba trabajar a Penelón, que tomando en serio su profesión de jardinero se entretenía arreglando unos rosales de Bengala.

—¡Ah!, señor conde de Montecristo —exclamó con aquella alegría que solía manifestar cuando el conde hacía una visita a la calle de Meslay.

—Maximiliano acaba de entrar, ¿es verdad, señora? —preguntó el conde.

—Creo que le he visto pasar, sí —respondió la joven—, pero llamad a Manuel, por favor.

—Perdonad, señora, es preciso que suba al cuarto de Maximiliano al instante, tengo que decirle una cosa de la mayor importancia.

—Id, pues —le dijo, acompañándole con una dulce sonrisa hasta dejarle en la escalera.

Montecristo subió rápidamente al segundo piso, llegó al cuarto de Maximiliano, escuchó, pero no se percibía ningún ruido.

Como la mayor parte de las casas habitadas por una sola familia, el cuarto tenía solamente una puerta de cristales, y ésa carecía de llave. Maximiliano estaba encerrado por dentro, y las cortinas de seda encarnada no dejaban ver lo que hacía. La ansiedad del conde se dejaba ver en el color sonrosado de sus mejillas, síntoma de emoción poco común en aquel hombre impasible.

—¿Qué haré? —dijo, y reflexionó un instante.

"¿Llamar? ¡Oh!, ¡no!, muchas veces el ruido de una campanilla, es decir, el anuncio de una visita, acelera la resolución de los que se encuentran en el caso de Maximiliano; y entonces al ruido de la campanilla responde otro ruido."

El conde tembló de pies a cabeza, y como sus decisiones tenían la rapidez del relámpago, dio con el codo a uno de los cristales, que se hizo pedazos, y levantando la cortina vio a Morrel que, sentado ante la mesa y escribiendo, acababa de dar una media vuelta al ruido del cristal roto.

—No es nada —dijo Montecristo—, mi querido amigo; resbalé y di con el codo en la puerta, y puesto que está roto, voy a aprovecharme para abrir sin que tengáis necesidad de incomodaros.

—Y pasando el brazo, el conde abrió la puerta.

Morrel se levantó visiblemente contrariado, y fue al encuentro del conde, menos para recibirle que para impedir que pasara más adelante.

—La culpa es de vuestros criados —dijo el conde—, tienen el suelo tan lustroso como un espejo.

—¿Os habéis lastimado, señor? —preguntó fríamente Morrel.

—No sé. ¿Pero qué hacíais? ¿Estabais escribiendo?

—¿Yo?

—Sí. Tenéis los dedos manchados de tinta.

—Es verdad. Me ocurre algunas veces al escribir mucho; es cosa que me gusta, a pesar de que soy militar.

Montecristo dio algunos pasos por el cuarto, y Maximiliano se vio obligado a dejarlo pasar, pero lo siguió.

—¿Escribíais? —repitió Montecristo mirándole fijamente.

—Creo que ya he tenido el honor de deciros que sí.

El conde miró en derredor.

—¿Vuestras pistolas al lado de la escribanía? —dijo, señalando a Morrel—. ¿Las armas puestas sobre la mesa?

—Voy de viaje —respondió con despecho Maximiliano.

—¡Amigo mío! —le dijo el conde de Montecristo con una dulzura infinita.

—¿Señor?

—Amigo mío, mi querido Maximiliano, nada de decisiones extremadas, os lo ruego.

—¡Yo! —respondió Morrel encogiéndose de hombros—, pues qué, ¿mi viaje es una resolución extremada?

—Maximiliano, dejemos a un lado la máscara que llevamos, no me engañáis con vuestra fingida calma, como tampoco os engaño yo con mi frívola solicitud. Bien conocéis que para haber roto los cristales y violado el secreto de vuestro cuarto, conocéis, digo, que es necesario tenga una inquietud verdadera o mejor una convicción terrible. Morrel, ¿vos queréis suicidaros?

—¡Bueno! —dijo Morrel—. ¿Qué idea es la vuestra?

—Os digo que queréis mataros —continuó el conde con la misma voz—, y he aquí la prueba —y acercándose a la mesa levantó un pliego blanco que el joven había puesto sobre lo que escribía, y tomó la carta empezada.

Morrel se abalanzó hacia él para arrancársela de las manos, pero Montecristo, adivinando el movimiento, cogió el brazo de Maximiliano y le detuvo con mano de hierro.

—Bien veis que queríais mataros, Morrel, ¡está escrito!

—¡Y bien! —dijo Morrel pasando de repente de la apariencia de la tranquilidad a la expresión de violencia—, ¡y bien!, aun cuando así fuera, aun cuando volviese contra mí el cañón de una pistola, ¿quién me lo impediría? ¿Quién tendría valor para impedírmelo? Cuando diga: todas mis esperanzas se han concluido, mi corazón está muerto, aborrezco la vida, no hay más que duelos y disgustos alrededor de mí, la tierra se ha convertido en cenizas, una voz humana es cosa que desgarra mi alma. Al decir: es piedad dejarme morir, porque si no perderé la razón, me volveré loco; decidme, cuando diga esto y vean que lo digo con las angustias y lágrimas del corazón, me responderán: no tenéis razón, ¿o me impedirán el dejar de ser desgraciado? Decidme, ¿tendríais valor para ello?

—Sí, Morrel —dijo Montecristo, cuya voz sosegada formaba un singular contraste con la exaltación del joven.

—Vos —dijo Morrel con una expresión infinita de cólera—,

vos que habéis alimentado en mí una esperanza absurda, que me habéis alentado con vuestras vanas promesas, cuando por algún golpe o una resolución violenta yo hubiera podido salvarla, o al menos verla morir en mis brazos. Vos que afectáis poseer todos los recursos de la inteligencia, todo el poder de la materia, que pretendéis desempeñar en la tierra el papel de la Providencia, y que no habéis podido dar un contraveneno a la infeliz... ¡Ah!, en verdad que me dais lástima, ¡me causáis horror! Morrel...

—Sí; me dijisteis que me quitase la máscara, pues bien, me la quito: cuando me seguisteis al cementerio y me hablasteis os respondí, porque mi corazón es bueno; cuando entrasteis os dejé llegar hasta aquí. Sin embargo, puesto que abusáis, que venís a desafiarme hasta en este cuarto adonde me había retirado como en la tumba, puesto que me dais un nuevo tormento cuando creí haberlos apurado todos, ¡conde de Montecristo, mi pretendido bienhechor, el salvador universal, estad satisfecho, vais a ver morir a vuestro amigo...!

Y con la risa del delirio, Morrel se lanzó por segunda vez sobre las pistolas. Montecristo, pálido como un espectro, con los ojos despidiendo relámpagos y alargando las manos a las pistolas, dijo:

—Y yo os repito que nos os mataréis.

—Impedídmelo, pues —replicó Morrel, haciendo el último esfuerzo, que vino a estrellarse contra el brazo de acero del conde.

—Os lo impediré.

—¿Pero quién sois, en fin, para arrogaros ese derecho tiránico sobre criaturas libres a independientes?

—¿Quién soy? —repitió Montecristo—, soy el único en el mundo que tiene derecho para decirte: Morrel, no quiero que el hijo de lo padre muera hoy.

Montecristo, transfigurado, sublime y cruzando los brazos, se adelantó hacia el joven, que palpitante y vencido a su pesar por la majestuosa divinidad de aquel hombre, dio un paso atrás.

—¿Por qué me habláis de mi padre? —balbució—. ¿Por qué mezcláis su recuerdo a lo que hoy me sucede?

—Porque yo soy el que salvé la vida a lo padre un día que quería matarse como tú lo quieres hoy, porque soy el hombre que envió la bolsa a lo joven hermana y el Faraón al anciano Morrel. ¡Porque soy, en fin, Edmundo Dantés, que cuando niño lo hacía jugar sobre sus rodillas!

Morrel dio un paso atrás, vacilante, sofocado, aterrado. Sus fuerzas le abandonaron y cayó prosternado a los pies de Montecristo.

En seguida hubo un movimiento de regeneración en su hermosa naturaleza; se levantó, dio un salto, y se precipitó a la escalera gritando fuertemente:

—¡Julia! ¡Julia! ¡Manuel! ¡Manuel!

Montecristo quiso salir, pero hubiera sido más fácil matar a Maximiliano que hacerle abandonar la puerta que tenía entre abierta para no dejar salir al conde.

Julia, Manuel, Penelón y algunos criados acudieron asustados al oír los gritos de Maximiliano.

—¡De rodillas! —gritó con una voz ahogada por los sollozos—, ¡de rodillas!, es el bienhechor, el salvador de nuestro padre; es...

Iba a decir Edmundo Dantés, pero el conde le detuvo agarrándole por un brazo.

Julia se arrojó sobre la mano del conde. Manuel le abrazaba como a un dios tutelar; Morrel cayó por segunda vez en tierra, arrodillado ante el conde.

Aquel hombre de bronce sintió que el corazón se dilataba en su pecho. Una llama abrasadora subió a su garganta y a sus ojos, inclinó la cabeza y lloró.

Apenas se hubo recobrado Julia de la fuerte emoción que acababa de sufrir, cuando salió precipitadamente del cuarto, bajó al primer piso, corrió al salón con una alegría infantil, y alzó el globo de cristal que protegía la bolsa dada por el desconocido de las alamedas de Meillán.

Entretanto, Manuel decía al conde con una voz sofocada por los sollozos:

—¡Oh!, señor conde, cómo oyéndonos hablar tantas veces del bienhechor desconocido, cómo viéndonos acatar su memoria con tanto reconocimiento y adoración, ¿cómo habéis esperado hasta hoy para daros a conocer?

—Escuchadme, amigo —dijo el conde—, y puedo llamaros así, porque sin que lo supieseis, sois mi amigo hace ya once años. El descubrimiento de este secreto lo ha producido un gran suceso que debéis ignorar. Dios me es testigo de que deseaba sepultarlo en lo más recóndito de mi alma durante toda mi vida. Vuestro hermano Maximiliano me lo ha arrancado con violencias, de las que estoy seguro se arrepiente.

En seguida, viendo que Maximiliano, permaneciendo aún de rodillas, se había recostado sobre un sillón:

—Velad sobre él —añadió, apretando la mano de Manuel de un modo significativo.

—¿Por qué? —preguntó admirado el joven.

—No puedo decíroslo. Mas vigilad, cuidad de él.

Manuel miró por todas partes, y vio las pistolas de Morrel sobre la mesa. Sus ojos se fijaron espantados en aquellas armas que señaló a Montecristo levantando el dedo hasta la altura de la mesa.

Montecristo bajó la cabeza.

Manuel hizo un movimiento hacia las pistolas.

—Dejad—dijo el conde.

En seguida, acercándose a Morrel, le tomó la mano. Los movimientos tumultuosos que agitaron el corazón del joven habían cedido el lugar al desaliento.

Julia subió trayendo en la mano la bolsa de seda, y dos lágrimas brillantes y alegres caían por sus mejillas como dos gotas de rocío matinal.

—He aquí la reliquia —dijo—, no penséis que me es menos querida después que he conocido al salvador.

—Hija mía —dijo el conde sonrojándose—, permitidme que vuelva a recoger esa bolsa, pues que ya me conocéis, no quiero estar presente a vuestro recuerdo más que por el cariño que os suplico me concedáis.

—¡Oh! —dijo Julia poniendo la bolsa sobre su corazón—, no, no, os lo ruego, porque un día podréis dejarnos, un día desgraciadamente os separaréis de nosotros, ¿no es verdad?

—Habéis adivinado —dijo Montecristo sonriéndose—, dentro de ocho días abandonaré este país, en el que tantas personas que merecían la venganza del cielo vivían contentas y dichosas, mientras mi padre expiraba de hambre y de dolor.

En el instante de anunciar su próximo viaje, Montecristo fijó sus ojos en Morrel, y notó que las palabras ya habré dejado este país, no le habían sacado de su letargo. Conoció que necesitaba aún la última lucha con el dolor de su amigo, y tomando por la mano a Julia y a Manuel, les dijo con la autoridad de un padre.

—Mis buenos amigos, os ruego que me dejéis a solas con Maximiliano.

Era el momento favorable para que se llevase Julia la reliquia, como ella la llamaba, y de la que se había olvidado el conde.

—Dejémosle —dijo, y salió precipitadamente con su marido. Montecristo se quedó con Morre estatua.

—Vamos —dijo el conde, tocándole en un hombro con su dedo de fuego—, ¿vuelves a ser hombre, Maximiliano?

—Sí, porque empiezo a sufrir otra vez.

La frente del conde se contrajo. Parecía entregado a una profunda meditación.

—¡Maximiliano, Maximiliano! —le dijo—, ¡las ideas que lo embargan son indignas de un cristiano!

—¡Oh!, tranquilizaos, amigo —dijo Morrel levantando la cabeza, y mostrando al conde una sonrisa de inefable tristeza—, ya no seré yo el que busque la muerte.

—Así —dijo Montecristo—, nada de armas, nada de desesperación.

—No, porque tengo algo que vale más que el cañón de una pistola o la puma de un puñal.

—¡Pobre loco! ¿Qué es, pues, lo que tenéis? —preguntó el conde con profunda tristeza.

—El dolor, que concluirá con mi existencia.

—Amigo —dijo Montecristo, con una melancolía igual a la suya—, escuchadme. Un día, y en un momento de desesperación igual al tuyo, puesto que me conducía a una idéntica resolución, yo quise matarme. Un día lo padre, desesperado, lo quiso también. Si hubiesen dicho a lo padre en el momento en que apoyaba contra su frente el cañón de una pistola, si me hubiesen dicho a mí cuando separaba de mi cama el pan del prisionero, al que no había tocado en tres días, si a los dos nos hubieran dicho en aquel momento supremo: ¡vivid!, vendrá un día en que seáis dichosos y bendigáis la vida, fuera quien fuera el que nos lo hubiera dicho, su dicho lo hubiéramos recibido con la sonrisa de la duda o la angustia de la incredulidad, y sin embargo, ¡cuántas veces lo padre, abrazándote, bendijo la vida! ¡Cuántas veces he hecho yo lo mismo!

—¡Ah! —dijo Morrel, interrumpiendo al conde—, vos habíais perdido solamente la libertad, y mi padre su fortuna, ¡pero yo he perdido a Valentina!

—Mírame, Morrel —dijo el conde con aquella solemnidad que en ciertas ocasiones le hacía tan grande y tan persuasivo—, mírame. Yo no tengo lágrimas en los ojos, ni fiebre en las venal, ni palpitaciones fúnebres en el corazón. No obstante, lo veo sufrir, Maximiliano, a ti, ¡a quien amo como amaría a mi hijo! Pues bien, ¿esto no lo dice, Morrel, que el dolor es como la vida, que hay algo después de ella? Ahora bien, si yo lo ruego, si lo mando que vivas, es porque tengo la convicción de que un día me darás las gracias por haberte conservado la vida.

—¡Dios mío! ¡Dios mío! ¿Qué me decís, conde? Pensadlo, quizá nunca habéis amado.

—Niño —repuso Montecristo.

—De amor —replicó Morrel—, yo me entiendo. Soy soldado desde que fui hombre, y he llegado a veintinueve años sin amar porque ninguna de las pasiones que he sentido antes merece este hombre. Pues bien, a los veintinueve años vi a Valentina, y hace dos años que la amo, que he podido leer en su corazón las virtudes de la joven y de la mujer escritas por la mano del Señor, en aquel corazón abierto para mí como un libro. Conde, mi felicidad con Valentina era infinita, inmensa, desconocida. Demasiado completa, demasiado grande, demasiado divina para este mundo, puesto que este mundo no me la ha dado. Esto es deciros, conde, que sin Valentina no hay para mí en la tierra más que tristeza y desesperación.

—Os he dicho que esperéis, Morrel —dijo el conde.

—Cuidado, repetiré yo —dijo Morrel—, porque si queréis persuadirme, si lo conseguís creeré que puedo volver a ver a Valentina.

Montecristo se sonrió.

—Amigo mío, padre mío —exclamó Morrel exaltado—, cuidado. Os repetiré por tercera vez: el ascendiente que tomáis sobre mí me espanta. Cuidado con el sentido de vuestras palabras, porque ved que mis ojos se reaniman, mi corazón renace a la esperanza, y en él late la vida, porque me haríais creer en cosas sobrenaturales. Obedeceré si me mandáis que levante la losa que cubre a la hija de Jairo. Caminaré sobre las ondas como el apóstol, si me hacéis señal con la mano de caminar sobre ellas, obedeceré en todo...

—Espera, amigo —dijo el conde.

—¡Ah! —dijo Morrel, pasando del extremo de la exaltación al abismo de la tristeza—, ¡ah!, me engañáis. Hacéis como aquellas madres que calman con palabras dulces a los chicos, cuyos gritos les incomodan. No, amigo mío. Enterraré mi dolor en lo más hondo de mi pecho, le ocultaré tanto que no me veréis sufrir. Adiós, amigo mío, adiós.

—Al contrario —dijo el conde—, desde ahora, Maximiliano, vivirás conmigo, no lo apartarás de mí un solo instante, y dentro de ocho días saldremos de Francia.

—¿Y me decís aún que espere?

—Te lo digo, porque conozco un medio para curarte.

—Conde, me entristecéis más, veis solamente en mi dolor un dolor vulgar, y queréis curarme con un remedio igual, el de hacerme viajar.

Y Morrel movió la cabeza con desdeñosa incertidumbre.

—¿Qué quieres que lo diga? Tengo confianza en mis promesas, déjame hacer el experimento.

—Conde, prolongáis mi agonía, y he aquí todo.

—Así —dijo el conde—, lo débil corazón no quiere conceder unos días a un amigo para la prueba que intenta hacer. ¿Sabes tú de lo que el conde de Montecristo es capaz? ¿Sabes que da órdenes a muchos poderosos de la tierra? ¿Sabes que tiene bastante confianza en Dios para obtener un milagro de aquel que ha dicho que con la fe puede el hombre mover una montaña? Pues bien, ese milagro, yo lo espero, o si no...

—Si no —repitió Morrel.

—Cuidado, Morrel, lo llamaría ingrato.

—Tened piedad de mí, conde.

—Escúchame, Maximiliano. Tengo tanta, que si no lo curo dentro de un mes, día por día, hora por hora, yo mismo lo colocaré delante de dos pistolas cargadas y de una copa del más sutil veneno de Italia, de un veneno, créeme, más pronto y más seguro que el que ha muerto a Valentina.

—¿Me lo prometéis?

—Sí, porque soy hombre, porque he sufrido, y porque, como lo he dicho también, he querido morir, y muchas veces, después que el infortunio se ha alejado de mí, he soñado con las delicias del sueño eterno.

—¡Oh!, ¿me prometéis esto ciertamente, conde?

—Te lo prometo y lo juro —dijo Montecristo alargando el brazo.

—Dentro de un mes, si no me he consolado, ¿me dejáis en libertad para disponer de mi vida, y haga lo que hiciere, no me llamaréis ingrato?

—En un mes, día por día, hora por hora, y la fecha es sagrada, Maximiliano, no sé si has pensado en ello, pero estamos en 5 de septiembre, y hace diez años que salvé a lo padre, que también quería morir.

Morrel cogió las manos del conde y las besó. Este le dejó hacer como si comprendiese que aquella muestra de adoración se le debía.

—Dentro de un mes tendrás en una mesa, a la que estaremos sentados los dos, buenas armas y una muerte dulce, pero hasta entonces prométeme esperar y vivir.

—¡Oh! —dijo Morrel—, os lo juro.

Montecristo atrajo al joven sobre su pecho y le estrechó contra su corazón.

—Desde ahora —le dijo— vienes a vivir conmigo, ocuparás la habitación de Haydée, mi hijo reemplazará a mi hija.

—Haydée —dijo Morrel—, ¿pues qué es de ella?

—Ha partido esta noche.

—¿Para separarse de vos?

—Para esperarme... Prepárate a venir a la casa de los Campos Elíseos, y haz que yo salga de aquí sin que me vean.

Maximiliano bajó la cabeza y obedeció como un niño o como un apóstol.

XIII. LA PARTICIÓN

En la casa de la calle de San Germán de los Prados, que había escogido para su madre y para sí Alberto de Morcef, el primer piso estaba alquilado a un personaje misterioso.

Era un hombre a quien el conserje no había podido nunca ver la cara, entrase o saliese, porque en el invierno la cubría con una bufanda encarnada, como los cocheros de casas grandes que esperan a sus amos a la salida del espectáculo, y en verano se sonaba siempre en el momento de pasar por delante de la portería.

Preciso es decir que contra las costumbres establecidas, nadie espiaba a aquel vecino, y que la noticia de que era un gran personaje poderoso a influyente había hecho respetar su incógnito y sus misteriosas apariciones.

Sus visitas eran ordinariamente fijas, aunque algunas veces se adelantaban o retrasaban, pero casi siempre, lo mismo en invierno que en verano, a las cuatro de la tarde, tomaba posesión de su cuarto y jamás pasaba en él la noche.

La discreta criada, a la que estaba confiado el cuidado de la habitación, encendía la chimenea en el invierno a las tres y media, y a la misma hora en verano subía helados y refrescos.

Como hemos dicho, a las cuatro llegaba el misterioso personaje.

Veinte minutos más tarde un coche se detenía a la puerta de la casa, y una mujer vestida de negro o de azul muy oscuro, pero cubierta siempre con un espeso velo, se apeaba, pasaba como un relámpago por delante de la portería y subía sin que se sintiesen en la escalera sus ligeras pisadas.

Sus facciones, como las del caballero, eran completamente desconocidas a los guardianes de la puerta, conserjes modelos, solos quizás en la inmensa cofradía de porteros de la capital, capaces de semejante discreción, jamás le preguntaron adónde iba.

Inútil es decir que jamás pasaba del primer piso, llamaba a la puerta de un modo particular, abríase ésta, se cerraba en seguida herméticamente, y he aquí todo.

Para salir tomaban las mismas precauciones que para entrar.

Primero salía la desconocida, cubierta siempre con el velo, y tomaba el coche, que desaparecía tan pronto por un lado de la calle como por el otro. A los veinte minutos bajaba el desconocido cubierto con su bufanda o tapándose con el pañuelo.

Al día siguiente a aquel en que el conde de Montecristo hizo la visita a Danglars y tuvo lugar el entierro de Valentina, el misterioso inquilino entró hacia las diez de la mañana en lugar de las cuatro de la tarde.

Casi inmediatamente y sin aguardar el intervalo ordinario, llegó un coche de alquiler, y la señora cubierta con el velo subió rápidamente la escalera.

La puerta se abrió y se cerró, pero antes que estuviese del todo cerrada, la señora había exclamado:

—¡Oh! ¡Luciano! ¡Oh!, ¡amigo mío!

De modo que el conserje, que sin quererlo había oído aquella exclamación, supo por primera vez que su inquilino se llamaba Luciano; pero como era un portero modelo, se propuso no decirlo ni aun a su mujer.

—Y bien, ¿qué hay, amiga querida? —respondió éste, pues la turbación y prisa de la señora le habían hecho conocer quién era—, hablad, decid.

—¿Puedo contar con vos?

—Desde luego, ya lo sabéis. Pero ¿qué ocurre? Vuestro billete de esta mañana me ha producido una terrible preocupación. La precipitación, el desorden de vuestra carta, vamos, tranquilizaos, o acabad de espantarme de una vez. ¿Qué hay?

—¡Luciano, un gran acontecimiento! —dijo la señora, fijando en él una mirada investigadora—, el señor Danglars se ha fugado la pasada noche.

—¡Danglars! ¿Y dónde ha ido?

—Lo ignoro.

—¡Cómo! ¿Lo ignoráis? ¿De modo que es para no volver más?

—¡Sin duda! A las diez su carruaje le condujo a la barrera de Charentón. Allí encontró una silla de posta, subió con su ayuda de cámara, diciendo a su cochero que iba a Fontainebleau.

—Entonces, ¿qué decís?

—Esperad, amigo mío. Me había dejado una carta.

—¿Una carta?

—Sí; leed.

Y la baronesa sacó del bolsillo una carta abierta que presentó a Debray.

Se detuvo un momento antes de leerla, como si hubiese querido adivinar el contenido, o más bien, como si hubiera ya tomado un partido decisivo, cualquiera que fuese el contenido. Firme en su resolución sin duda, empezó a leer al cabo de algunos segundos. He aquí lo que contenía la carta que tal turbación produjera en el ánimo de la señora Danglars.

"Señora y muy cara esposa."

Sin pensar en lo que hacía, Debray miró fijamente a la baronesa, y ésta se puso encendida.

—Leed—le dijo.

Debray prosiguió:

"Cuando recibáis esta carta, ya no tendréis marido. ¡Oh!, no os alarméis, no tendréis marido, como no tenéis hija; es decir, que estaré en uno de los treinta o cuarenta caminos que conducen a la frontera de Francia.

"Os debo algunas explicaciones, y como sois mujer que las comprendéis perfectamente, voy a dároslas.

"Escuchad, pues:

"Esta mañana tuve que rembolsar cinco millones y los he pagado; casi inmediatamente he debido pagar igual suma. La he aplazado para mañana, y me marcho hoy para evitar ese mañana, que me sería, creédmelo, muy desagradable.

"Comprendéis perfectamente, ¿no es cierto, señora y muy querida esposa?

"Digo que comprendéis, porque conocéis tan bien como yo el estado de mis negocios, y aun mejor que yo, puesto que si debiese decir dónde ha ido a parar una gran parte de mi fortuna, antes tan bella, no sería capaz de hacerlo, mientras que vos, por el contrario, lo sabéis perfectamente.

"Porque las mujeres tienen un instinto infalible, y explican por un álgebra de su invención hasta lo maravilloso. Yo, que no conozco más que mis números, nada sé desde el día en que ellos me engañaron.

"¿Habéis admirado alguna vez la prontitud de mi caída, señora? ¿No os ha llamado la atención la pronta fusión de mis barras? Yo solamente he visto el fuego, preciso será que hayáis encontrado algún oro entre las cenizas.

"Me alejo de vos, señora y prudente esposa, con esta consoladora esperanza, sin tener el menor remordimiento de conciencia al abandonaros. Os quedan amigos, las cenizas en cuestión, y para colmo de dicha, la libertad que me apresuro a devolveros.

"Con todo, señora, ha llegado el momento de colocar en este párrafo una palabra de explicación íntima. Mientras creí que trabajabais por el bienestar de nuestra casa y la felicidad de nuestra hija, he cerrado filosóficamente los ojos, pero como habéis hecho de la casa una vasta ruina, no quiero servir de fundamento a la fortuna de otro. Os he tomado por mujer rica, mas no por mujer honrada. Disculpadme si os hablo con esa franqueza, pero como creo no hablar más que para los dos, no veo que nada me obligue a disimular mis palabras. He aumentado nuestra fortuna, que durante quince años ha ido siempre creciendo hasta el momento en que catástrofes desconocidas a ininteligibles hasta para mí han venido a destrozarla, sin culpa de mi parte.

"Vos, señora, habéis trabajado para aumentar la vuestra, y estoy moralmente convencido de que lo habéis conseguido. Os dejo, pues, como os tomé, rica, pero con poca honra.

"Adiós, me marcho, y desde hoy trabajaré por mi cuenta. Creed en mi eterno agradecimiento por el ejemplo que me habéis dado y que voy a seguir.

"Vuestro afectísimo marido, Barón Danglars."

La baronesa seguía con la vista a Debray durante aquella larga y penosa lectura, y vio que el joven, a pesar de su conocido dominio sobre sí, mudó de color dos o tres veces.

Cuando concluyó, cerró lentamente la carta y volvió a su estado pensativo.

—¿Y bien? —le preguntó la señora Danglars con una ansiedad fácil de comprender.

—¡Y bien!, señora—repitió maquinalmente Debray.

—¿Qué idea os inspira esa carta?

Una idea muy sencilla, señora. Me inspira la idea de que el señor Danglars ha partido con sospechas.

—Sin duda, ¿pero es eso cuanto tenéis que decirme?

—No comprendo —dijo Debray con una frialdad glacial.

—¡Se ha marchado!, sí, para no volver más.

—¡Oh! —dijo Debray—, no creáis nada de eso, baronesa.

—Os digo que no volverá, es un hombre de resoluciones invariables y que sólo mira su interés. Si me hubiese juzgado útil para alguna cosa me hubiera llevado consigo. Me deja en París porque nuestra separación puede servir para sus proyectos. Es, pues, irrevocable y está perfectamente libre para siempre —añadió la señora Danglars con el mismo acento de súplica.

Pero en lugar de responder, Debray la dejó en aquella penosa ansiedad producida por una interrogación entre la mirada y el pensamiento.

—¡Qué! —dijo al fin—, ¿no me respondéis, caballero?

—Sólo tengo una cosa que preguntaros. ¿Qué pensáis hacer?

—Eso mismo iba a preguntaros —respondió la baronesa, cuyo corazón palpitaba aceleradamente.

—¡Ah! —dijo Debray—, ¿me pedís un consejo?

—Sí, os lo pido —dijo la baronesa con el corazón oprimido.

—Pues entonces —respondió el joven con frialdad—, os aconsejo que viajéis.

—¿Que viaje? —murmuró la señora Danglars.

—Eso es. Es cierto, como ha dicho Danglars, que sois rica y perfectamente libre, una ausencia de París os es necesaria, según creo, después del doble escándalo del frustrado matrimonio de Eugenia y la fuga de Danglars. Lo que importa es que todo el mundo sepa que os han abandonado y os crea pobre, porque difícilmente se perdonaría a la mujer del bancarrotero la opulencia y el gran tren de vida. Para lo primero basta que permanezcáis quince días en París, repitiendo a todos que os han abandonado, contando el cómo a vuestras mejores amigas, que lo repetirán en todas partes. En seguida dejaréis vuestra casa, abandonaréis alhajas, dinero, muebles, cuanto haya en ella, y todos alabarán vuestro desinterés y generosidad. Todos os creerán entonces abandonada y pobre, menos yo, que conozco vuestra posición, y que estoy pronto a presentaros mis cuentas como un socio leal.

La baronesa, pálida y aterrada, había escuchado aquel discurso con tanto espanto y desesperación, como con calma a indiferencia lo había pronunciado Debray.

—¡Abandonada...! ¡Oh!, sí, tenéis razón, Luciano, y bien abandonada. Tales fueron las únicas palabras que aquella mujer altiva y tan perdidamente enamorada pudo responder a Debray.

—Pero rica y muy rica —prosiguió él sacando una cartera y extendiendo sobre la mesa los papeles que contenía.

La señora Danglars le dejó hacer, sin ocuparse más que de

ahogar sus suspiros y retener sus lágrimas, que a pesar suyo se asomaban a sus ojos.

Sin embargo, al fin pudo más en ella el sentimiento de su dignidad, y si no logró sofocar su corazón, logró al menos contener sus lágrimas.

—Señora —dijo Debray—, hará seis meses o poco más que nos asociamos. Habéis puesto un capital de treinta mil francos.

"En el mes de abril de este año empezó precisamente nuestra asociación.

"En mayo hicimos las primeras operaciones.

"En el mismo mes ganamos cuatrocientos mil francos.

"En junio el beneficio subió a novecientos mil.

"En julio agregamos un millón setecientos mil francos. Vos lo sabéis, el mes de los bonos en España.

"En el mes de agosto perdimos al principio del mes trescientos mil francos, pero al quince los habíamos vuelto a ganar. Ayer ajusté nuestras cuentas desde el día de nuestra asociación, y me dan un activo de dos millones cuatrocientos mil francos, es decir un millón doscientos mil francos para cada uno.

—¿Pero qué quieren decir esos intereses, si jamás habéis hecho valer ese dinero?

—Estáis en un error —dijo fríamente Debray—, tenía vuestros poderes y he usado de ellos. Tenemos, pues, cuarenta mil francos de intereses por vuestra parte, más cien mil francos de la primera remesa de fondos, es decir, vuestra parte asciende a un millón trescientos mil francos.

Ahora bien, anteayer tuve la precaución de movilizar vuestro dinero. No hace mucho tiempo, como veis, y se diría que adivinaba lo que iba a suceder. Vuestro dinero está aquí: la mitad en billetes de banco, la otra mitad en bonos al portador. Cuando digo aquí es porque es verdad, pues no creyendo mi casa bastante segura, y rehuyendo la indiscreción de los notarios, lo he guardado en un cofre sellado, oculto en aquel armario.

—Ahora —dijo Debray, abriendo el armario y sacando un cofrecito pequeño—, he aquí ochocientos billetes de banco de mil francos, un cupón de rentas de veinticinco mil francos y un bono a la vista de ciento diez mil francos, sobre mi banquero, y como éste no es el señor Danglars, podéis estar segura de que se pagará a su presentación.

La señora Danglars tomó maquinalmente el bono, el cupón de ventas y los billetes de banco. Aquella enorme fortuna parecía bien poca cosa puesta sobre la mesa. La señora Danglars, con los ojos secos, pero con el pecho oprimido por mil suspiros, encerró en su bolso los billetes de banco, puso en su cartera el bono y el cupón de rentas, y en pie, pálida a inmóvil, esperó una palabra de amor que la consolase de ser tan rica.

Pero la esperó en vano.

—Ahora tenéis una existencia magnífica —dijo Debray—, sesenta mil libras de renta, suma enorme para una mujer que no podrá tener casa abierta hasta dentro de un año por lo menos. Estáis en el caso de poder contentar todos vuestros caprichos, sin contar con que si vuestra parte os parece insuficiente, podéis tomar de la mía cuanto queráis, pues estoy pronto a ofreceros, a título de préstamo, se entiende, todo lo que poseo, es decir, un millón sesenta mil francos.

—Gracias, caballero, me dais mucho más de lo que necesita una mujer que está resuelta a no presentarse en el mundo, al menos en muchos años.

Debray se admiró por un momento, mas volviendo en sí rápidamente, hizo un gesto que podría traducirse por...

—Como gustéis.

La señora Danglars había esperado hasta entonces, pero al ver la acción de Debray, la mirada oblicua que la acompañó, la reverencia profunda y el silencio significativo que se siguió, levantó la cabeza, abrió la puerta, y sin cólera, sin odio, pero con decisión, encaminóse a la escalera sin dignarse saludar por última vez al que así la dejaba marchar.

—¡Bah! —dijo Debray—, proyectos y nada más. Permanecerá en su casa, leerá novelas y jugará al whist, ya que no puede jugar a la bolsa.

Tomó su cartera, y señaló con cuidado las cantidades que acababa de pagar.

—Me quedan un millón sesenta mil francos —dijo—, ¡lástima que la señorita de Villefort haya muerto! Esa mujer en todos sentidos me convenía y me hubiera casado con ella.

Y flemáticamente, según su costumbre, esperó que

transcurrieran veinte minutos después de la salida de la señora Danglars para marcharse.

Los empleó en hacer números con el reloj sobre la mesa.

Aquel personaje diabólico que cualquier imaginación aventurera hubiera creado si Lesage no se hubiera adelantado a ello, Asmodeo, que levanta los tejados de las casas para ver lo que pasa en el interior, gozaría siquiera de un singular espectáculo, si levantase en el momento a que nos referimos, y en el cual Debray hacía sus cuentas, el techo de la casa de la calle de San Germán de los Prados.

Encima del cuarto en que Debray acababa de partir con la señora Danglars dos millones y medio, había otra habitación ocupada por personas que ya conocemos, las cuales han representado un papel demasiado importante en los sucesos que hemos contado, para que no las veamos de nuevo con interés.

En aquella habitación estaban Mercedes y Alberto.

Mercedes había cambiado mucho en pocos días, no porque en los tiempos de su mayor auge hubiese ostentado el fausto orgulloso que separa todas las condiciones y hace que no se reconozca la misma mujer cuando se presenta más sencillamente vestida, ni tampoco porque hubiese llegado a aquel estado en el que es preciso volver a vestir la librea de la miseria, no; Mercedes había cambiado, porque el brillo de sus ojos se había amortiguado, y se había desvanecido su sonrisa, porque, en fin, una perpetua cortedad de ánimo retenía en sus labios aquella palabra rápida que lanzaba otras veces una imaginación siempre pronta y activa.

La pobreza no había marchitado la imaginación de Mercedes, tampoco la falta de valor le hacía insoportable su pobreza; habiendo bajado de la altura en que vivía, y perdida en la nueva esfera que había escogido, su vida era cual el estado de aquellas personas que salen de un salón brillantemente iluminado para pasar a una habitación completamente oscura; parecía una reina que salía de su palacio para entrar en una cabaña, y que reducida a lo estrictamente necesario, no se la reconocía ni en la vajilla ordinaria que ella misma colocaba sobre su mesa, ni en el catre que sustituyera a su magnífico lecho.

En efecto, la bella catalana, o la noble condesa, no tenía ni su mirada altiva ni su encantadora sonrisa, porque al fijar sus ojos sobre cuanto la rodeaba, sólo veía objetos de tristeza: un cuarto tapizado con papel sobre fondo gris, que los propietarios económicos buscan con preferencia como más duradero; el suelo sin alfombra y los muebles todos llamaban la atención y obligaban a fijarse en la pobreza de un falso lujo, cosas todas que rompían la armonía tan necesaria a las personas acostumbradas a un conjunto elegante.

La señora de Morcef vivía allí desde que había abandonado su palacio. Trastornábale la cabeza aquel silencio monótono, cual a un viajero al llegar al borde de un horrendo precipicio, y viendo que Alberto la miraba disimuladamente a cada momento para sondear el estado de su corazón, se esforzaba en sonreír con los labios, ya que le faltaba el dulce fuego de la sonrisa en los ojos, sonrisa que causa el mismo efecto que la reverberación de la luz, es decir, la claridad sin calor.

Alberto, por su parte, estaba preocupado, hallábase impedido por un resto de lujo que no le permitía presentarse según su condición actual. Quería salir sin guantes, y hallaba sus manos demasiado blancas para caminar a pie por toda la ciudad, y sus botas eran de charol y demasiado lujosas.

Con todo, aquellas dos criaturas, tan nobles a inteligentes, reunidas indisolublemente con los lazos del amor maternal y filial, habían llegado a comprenderse sin hablar y a ahorrarse todos los preámbulos que se deben entre amigos para establecer la verdad material de que depende la vida.

Alberto, en fin, había podido decir a su madre sin hacerla palidecer:

—Madre mía, no tenemos dinero.

Jamás Mercedes había conocido la miseria, muchas veces en su juventud había hablado ella misma de pobreza, pero no es lo mismo necesidad y pobreza; son dos sinónimos, entre los cuales media todo un mundo. Entre los catalanes, Mercedes tenía necesidad de mil cosas, pero nunca le faltaban otras mil, mientras las redes cogían bastante pescado y éste se vendía. Y después, sin amigas, con sólo un amor que no tenía relación alguna con los detalles materiales de la situación, no pensaba más que en sí, y Mercedes, con lo poco que poseía, era aún generosa cuanto podía. Hoy debía pensar en dos y sin poseer nada.

Acercábase el invierno. En aquel cuarto ya frío, Mercedes no tenía fuego, cuando un calorífero del que salían mil ramales calentaba otras veces su casa desde la antecámara al tocador; no tenía ni aun una flor, cuando su habitación estaba antes llena de ellas a peso de oro. ¡Pero tenía a su hijo!

La exaltación de un deber quizás exagerado les había sostenido hasta entonces en las esferas superiores. La exaltación se aproxima mucho al entusiasmo y el entusiasmo nos hace insensibles a las cosas de la tierra. Era preciso al fin hablar de lo positivo después de haber apurado todo lo ideal.

—Madre mía —decía Alberto en el momento en que la señora Danglars bajaba la escalera—, contemos un poco nuestras riquezas. Tengo necesidad de un total para trazar bien mis planes.

—Total, nada —dijo Mercedes con dolorosa sonrisa.

—Sí, madre mía; total, primero tres mil francos. Pretendo que con esos tres mil francos pasemos los dos una vida envidiable.

—¡Niño! —respondió Mercedes suspirando.

—Sí, mi buena madre; os he gastado, por desgracia, mucho dinero, y conozco ya su valor: es enorme. Con esos tres mil francos he edificado un porvenir milagroso y de eterna seguridad.

Mercedes dijo ruborizándose:

—¿Pensáis eso, hijo mío? ¿Pero ante todo aceptaremos esos tres mil francos?

—Es cosa convenida, me parece —dijo Alberto con un tono firme—los aceptaremos, tanto más, cuanto no los tenemos, pues se encuentran, como sabéis, enterrados en el jardín de la pequeña casa de la alameda de Meillán en Marsella. Con doscientos francos, iremos ambos a Marsella.

—¡Con doscientos francos! —dijo Mercedes—. ¿Pensáis lo que decís, Alberto?

—¡Oh!, en cuanto a eso estoy perfectamente informado por las diligencias y los vapores, y mis cálculos están ya hechos. Tomáis vuestro asiento para Chalons, treinta y cinco francos.

Alberto tomó la pluma y escribió:

Berlina, treinta y cinco francos 35 francos

De Chalons a Lyon vais por el vapor, seis francos 6 ”

De Lyon a Avignon, lo mismo, dieciséis francos 16”

De Avignon a Marsella, ídem, siete francos. 7”

Gastos durante el viaje, cincuenta francos 50"

———

Total 114 "

—Pongamos ciento veinte. Veis que soy generoso, ¿verdad, madre mía? —añadió sonriéndose.

—¿Pero y tú, mi pobre hijo?

—¡Yo!, no os preocupéis. Me reservo ochenta francos. Un joven, madre mía, no tiene necesidad de tantas comodidades, y además sé lo que es viajar.

—Sí, con lo silla de posta y lo ayuda de cámara.

—No importa, madre mía.

—Pues bien, sea —dijo Mercedes—, ¿pero y esos doscientos francos?

—Helos aquí, y otros doscientos más. He vendido mi reloj y mis sellos en cuatrocientos francos. Somos ricos, pues en lugar de ciento catorce francos que necesitáis para vuestro viaje, tenéis doscientos cincuenta.

—¿Pero debemos algo en esta casa?

—Treinta francos, que voy a pagar de mis ciento cincuenta, y puesto que sólo necesito ochenta para el camino, veis que estoy nadando en la abundancia.

Y Alberto sacó una pequeña cartera con broches de oro, restos de su anterior opulencia, o quizá tierno recuerdo de una de aquellas mujeres misteriosas, que cubiertas con un velo llamaban a la puerta escondida. La abrió y mostró un billete de mil francos.

—¿Qué es eso? —inquirió Mercedes.

—Mil francos, madre mía. ¡Oh!, es muy bueno.

—Pero ¿de dónde tienes tú mil francos?

—Escuchad y no os conmováis.

Alberto se levantó, besó a su madre en ambas mejillas, y se puso a mirarla fijamente.

—No tenéis idea, madre mía, de cuán hermosa os encuentro —dijo el joven con un profundo sentimiento de amor filial—, sois la más bella, como la más noble de cuantas mujeres he conocido.

—¡Hijo querido! —dijo Mercedes, procurando retener una lágrima que asomaba a sus ojos.

—En verdad, sólo os faltaba ser desgraciada para cambiar mi

amor en adoración.

—No soy desgraciada, puesto que tengo a mi hijo —dijo Mercedes—, y no lo seré mientras siga teniéndolo.

—¡Ah!, precisamente, ved donde empieza la prueba, ¡madre mía!, sabéis que es cosa convenida.

—¿Hemos convenido algo? —preguntó Mercedes.

—Sí; en que viviréis en Marsella, y yo iré a África, donde en lugar del nombre que he dejado, me crearé uno, honrando, el que he escogido.

Mercedes exhaló un suspiro.

—Pues bien, querida madre, desde ayer que estoy enganchado en los spahis —añadió el joven bajando los ojos con cierta vergüenza, porque ignoraba cuán sublime era rebajándose—, o más bien he creído que mi cuerpo era mío y que podía venderlo. Desde ayer reemplazo a uno. Me he vendido, como dicen, más caro de lo que yo creía valer —añadió procurando sonreírse—, es decir, por dos mil francos.

—¿Así esos mil francos...? —dijo temblando Mercedes.

—Constituyen la mitad de la suma; la otra la entregarán dentro de un año.

Mercedes levantó los ojos al cielo con una expresión que nadie sería capaz de pintar, y las dos lágrimas que hacía rato estaban detenidas en sus párpados, corrieron por sus mejillas.

—¡El precio de su sangre! —murmuró.

—Sí, si me matan —dijo sonriéndose Morcef—; pero os aseguro, mi buena madre, que por el contrario, tengo intención de defender encarnizadamente mi existencia. Jamás he tenido tantas ganas de vivir como ahora.

—¡Dios mío! ¡Dios mío! —dijo Mercedes.

—Además, ¿por qué creéis que he de morir? ¿La Moricière, ese Rey del Mediodía, ha muerto? Changarnier, Bèdau, Morrel, a quienes conocemos, ¿no viven? Pensad, madre mía, ¡cuál será vuestra alegría cuando me veáis volver con mi uniforme bordado! Os confieso que creo estar muy bien, y he escogido ese regimiento por coquetería.

Mercedes suspiró. procurando sonreírse. Aquella santa madre comprendió que no debía permitir que su hijo sufriese solo todo el peso del sacrificio.

—Pues bien —replicó Alberto—, ¡me comprendéis, madre mía!, tenéis ya cuatro mil francos; con ellos viviréis bien dos años.

—¿Lo crees? —dijo Mercedes.

A la condesa se le escaparon estas dos palabras con un dolor tan verdadero que no se le ocultó a Alberto: oprimiósele el corazón, y tomando la mano de su madre la apretó entre las suyas.

—Sí, viviréis ——dijo.

—Viviré, sí, pero tú no partirás, ¿verdad, hijo mío?

—Madre mía, partiré —dijo Alberto con voz tranquila y firme—, me amáis demasiado para dejar que permanezca ocioso a inútil, y además he firmado.

—Obrarás según lo voluntad, hijo mío, pero yo obraré según la de Dios.

—No según mi voluntad, madre mía, sino según la razón y la necesidad. Somos dos criaturas sin nada, ¿es verdad? ¿Qué es la vida para vos hoy?, nada. ¿Qué es para mí?, poca cosa sin vos, madre mía. Creedme, bien poca cosa, porque sin vos hubiera cesado desde el día en que dudé de mi padre y rechacé su nombre. En fin, viviré si me prometéis esperar aún, si me confiáis el cuidado de vuestra dicha futura, duplicáis mis fuerzas. Luego iré a ver al gobernador de Argelia, cuyo corazón es leal y enteramente de soldado; le contaré mi lúgubre historia y le rogaré vuelva de vez en cuando la vista hacia mí, y si me cumple su palabra, y si observa mis acciones, antes de seis meses seré oficial o habré muerto. Si soy oficial, tendréis vuestra suerte asegurada, madre mía, porque tendré dinero para vos y para mí, y además un nuevo nombre que ambos llevaremos con orgullo porque será el vuestro. ¡Si muero...!, bien, entonces morid si queréis, y vuestras desgracias tendrán un término en su exceso mismo.

—Bien —respondió Mercedes con noble y elocuente mirada—, tienes razón, hijo mío, probemos a ciertas personas que nos observan y esperan nuestros actos para juzgarnos. Probémosles que somos dignos de compasión.

—Pero nada de ideas tristes, querida madre —dijo el joven—, os juro que somos dichosos en lo que cabe. Sois una persona de talento y resignación. Yo he simplificado mis gustos y no tengo necesidades; una vez en el servicio, ya soy rico. Cuando hayáis llegado a casa del señor Dantés, estaréis tranquila. ¡Probemos! ¡Os lo ruego, madre mía!

¡Probemos!

—Sí, hijo mío, porque tú debes vivir para ser aún dichoso —respondió Mercedes.

—Así, he aquí nuestras particiones hechas —dijo el joven afectando gran serenidad—. Podemos partir hoy mismo. Retengo, como he dicho, vuestro asiento.

—Pero ¿y el tuyo, hijo mío?

—Debo permanecer dos o tres días aquí, madre mía. Esto será un principio de separación, y debemos acostumbrarnos a ella. Preciso de algunas recomendaciones y adquirir ciertas noticias sobre África. Nos veremos en Marsella.

—Pues bien, sea —dijo Mercedes poniéndose un chal, único que había traído y que por casualidad era un cachemira negro de gran precio—, partamos.

Alberto recogió sus papeles, llamó para pagar los treinta francos que debía al amo de la casa, y ofreciendo el brazo a su madre bajó la escalera.

Alguien bajaba delante de ellos, y esa persona, al oír el crujido de un vestido de seda, volvió la cabeza.

—¡Debray! —murmuró Alberto.

—Vos, Alberto —respondió el secretario del ministro deteniéndose en el escalón en que estaba.

Pudo más en él la curiosidad que el deseo de guardar el incógnito, a más de que ya le habían conocido.

Parecía curioso, en efecto, encontrar en aquella casa ignorada al joven cuya aventura había hecho tanto ruido en París.

—Morcef —repitió Debray.

Y viendo en la oscuridad el talle, joven aún, y el velo negro de la señora de Morcef:

—¡Oh!, disculpadme —añadió—, os dejo, Alberto. Este conoció la idea.

—¡Madre mía! —dijo volviéndose a Mercedes—, es el señor Debray, secretario del ministro del Interior y mi ex amigo.

—¡Cómo! —balbució Debray—, ¿qué queréis decir con eso?

—Digo esto porque hoy ya no tengo amigos y no debo tenerlos; os doy gracias por haber tenido la bondad de reconocerme, caballero.

Debray subió dos escalones y fue a dar afectuosamente la mano a su interlocutor.

—Creedme, mi querido Alberto —dijo con toda la emoción de que era capaz—, creedme, he sentido mucho vuestras desgracias, y en todo y por todo estoy a vuestra disposición.

—Gracias —dijo Alberto sonriéndose—, pero en medio de todas nuestras desgracias somos aún bastante ricos para no tener necesidad de incomodar a nadie. Salimos de París, tenemos nuestro viaje pagado, y aún nos quedan cinco mil francos.

Debray, que llevaba un millón en el bolsillo, se sonrojó, y por poco práctico que fuese no pudo menos de reflexionar que la misma casa contenía hacía poco dos mujeres: una, justamente deshonrada, se iba pobre con un millón y quinientos mil francos bajo su capa, y la otra, injustamente perseguida, pero sublime en su desgracia, salía rica con poco dinero.

Tales comparaciones echaron por tierra sus combinaciones políticas. La filosofía del ejemplo le aterró, balbució algunas palabras de urbanidad general y bajó rápidamente.

Aquel día, los empleados del ministerio, sus subordinados, tuvieron que sufrir su malhumor.

Por la tarde compró una hermosa casa en el boulevard de la Magdalena, que le producía de renta cincuenta mil libras.

Al día siguiente y a la hora en que Debray firmaba el contrato, es decir, sobre las cinco de la tarde, la señora Morcef, después de haber abrazado tiernamente a su hijo y recibido los abrazos de éste, montaba en una berlina de la diligencia.

En las mensajerías Laffitte, un hombre estaba oculto tras una ventana del entresuelo que hay encima del despacho. Vio subir a Mercedes, salir la diligencia y alejarse a Alberto.

Pasó la mano por su frente y murmuró:

—¡Cómo haré para devolver a dos inocentes la dicha de que les he privado! Dios me ayudará.

XIV. EL FOSO DE LOS LEONES

Una de las divisiones de la cárcel de la Fuerza, en donde se custodian los presos más peligrosos, lleva el nombre de patio de San Bernardo.

En su lenguaje enérgico, los presos le han dado el sobrenombre de Foso de los Leones, probablemente porque los cautivos muerden frecuentemente los hierros y muchas veces a los guardianes.

Es una prisión dentro de otra. Los muros tienen doble espesor que los demás de la cárcel. Todos los días un guardián registra cuidadosamente las rejas, y es fácil conocer, al observar su estatura hercúlea y sus miradas frías a inquisidoras, que los alcaides han sido escogidos para reinar sobre su pueblo por el terror y la actividad de la inteligencia.

El patio de aquella división está rodeado de muros enormes sobre los que resbala oblicuamente el sol cuando se decide a penetrar en aquel abismo de fealdades morales y físicas. En aquel patio, desde la hora de levantarse, vagan pensativos, espantados y pálidos como espectros, aquellos hombres que la justicia tiene bajo el peso de su aguda cuchilla.

Se les ve arrimarse, formar grupos a lo largo de la pared que recibe y conserva mayor parte de calor. Permanecen allí hablando dos a dos, las más veces solos, con la vista fija en la puerta, que se abre para llamar a alguno de los habitantes de aquella lúgubre mansión, para vomitar en aquel golfo una acerba escoria expulsada del seno de la sociedad.

El patio de San Bernardo posee su locutorio particular, un cuadrílongo dividido en dos partes por dos rejas de hierro colocadas a distancia de tres pies la una de la otra, de suerte que el que visita aquel local no puede dar la mano al preso. Aquel locutorio es som-brío, húmedo y horroroso, sobre todo cuando se tienen en cuenta las espantosas confidencias de que han sido testigos aquellas enmohecidas rejas.

Sin embargo, por espantoso que sea aquel sitio, es el paraíso donde vienen a gozar de una sociedad esperada con impaciencia aquellos hombres cuyos días están contados, pues rara vez sale uno del Foso de los Leones que no vaya a la barrera de Santiago o a presidio perpetuamente.

En el patio que acabamos de describir, y que estaba sumamente húmedo, se paseaba con las manos en los bolsillos del frac un joven a quien examinaban con curiosidad los habitantes de la Fuerza.

Habría podido pasar por hombre elegante, gracias a sus ropas, si éstas no hubiesen estado hechas pedazos. Con todo, no eran viejas. El paño fino y sedoso en los sitios intactos, recobraba fácilmente su brillo al pasarle la mano el joven, que procuraba rehacer su frac.

Con el mismo cuidado, dedicábase a abrocharse una camisa de batista, que había cambiado considerablemente de color desde su entrada en la cárcel, y pasaba sobre sus botas barnizadas un pañuelo de holanda, en cuyos picos estaban bordadas unas iniciales y encima una corona heráldica.

Algunos de los pupilos del Foso de los Leones contemplaban con un interés particular los manejos del preso.

—¡Toma!, mira, mira cómo se compone el príncipe —dijo uno de los ladrones.

—Tiene un aire muy distinguido —respondió otro—, y seguro que si tuviese un peine y pomada, eclipsaría a todos los elegantes de guante blanco.

—Su frac no es aún viejo, y sus botas relucen lindamente. Es muy lisonjero para nosotros tener compañeros de buen tono, y esos tunos de gendarmes son bien villanos. ¡Los envidiosos! ¡Pues no han destrozado tan hermoso traje!

—Parece que es un sujeto famoso —dijo otro—, ha hecho de todo... y en gran estilo..., ¡viene de allá abajo tan joven! ¡Oh! ¡Eso es magnífico...!

Y el que era objeto de aquella vergonzosa admiración parecía saborear los elogios o los vapores de los elogios, porque no oía las palabras.

Cuando hubo dado fin a su aseo, se acercó a la reja de la cantina, contra la que estaba recostado el guardián.

—Veamos —le dijo—, prestadme sólo veinte francos, que pronto os los devolveré. Conmigo no arriesgáis nada. Pensad que tengo parientes que poseen más millones que cuantos tenéis vos. Pronto, prestadme esos veinte francos, necesito comprar algunas cosas, padezco horriblemente de verme todo el día con frac y botas... ¡Qué frac para un príncipe Cavalcanti!

El guardián le volvió la espalda y se encogió de hombros. No se rió de aquellas palabras, que habrían hecho gracia a otro cualquiera porque aquel hombre había oído muchas semejantes, o mejor dicho, siempre oía las mismas cosas.

—Idos de aquí —dijo Cavalcanti—, sois hombre de cruel corazón y os haré perder vuestro destino.

Aquellas palabras hicieron volver la cara al guardián, que soltó una carcajada.

Los presos se acercaron y formaron un corro.

—Os aseguro que con esa pequeña cantidad podría comprar una bata y obtener un cuarto particular para recibir dignamente la ilustre visita que espero de un día a otro.

—¡Tiene razón! ¡Tiene razón! —exclamaron los demás presos—, bien se ve que es hombre de importancia.

—Prestadle, entonces, los veinte francos —dijo el guardián apoyándose contra la reja—. ¿Por ventura no debéis hacer ese favor a un camarada?

—Yo no soy camarada de esas gentes —dijo con altivez el joven—, no me insultéis, porque no tenéis ese derecho.

—¿Lo oís? —dijo el guardián con una maligna sonrisa—, os trata bien, prestadle los veinte francos..., ¿eh?

Los presos se miraron con un murmullo — sordo, y una tempestad levantada por la provocación del guardián más aún que por las palabras de Cavalcanti empezó a formarse contra el preso aristócrata.

El guardián, seguro de poder hacer el Quos ego, cuando las olas fuesen demasiado fuertes, las dejó crecer poco a poco, representando el papel del pretendiente importuno para divertirse luego un buen rato.

Los ladrones se acercaban ya a Cavalcanti, y los unos decían:

—¡El zapato!, ¡el zapato!

Cruel operación, que consiste en azotar, no con una chinela, sino con un zapato lleno de clavos, al que cae en desgracia.

Otros eran de opinión que sufriese la anguila, género de diversión que consiste en llenar de arena, de chinas y monedas, cuando las tienen, un pañuelo, torcerlo, y descargar golpes en la cabeza y en las espaldas de la víctima.

—Azotemos al hermoso caballero —dijeron otros—, ¡al hombre de bien!

Pero Cavalcanti se volvió hacia ellos, guiñó los ojos, infló la mejilla con la lengua, a hizo oír un sonido con los labios, que equivale a mil signos de inteligencia entre los bandidos y les obliga a callarse.

Aquel signo masónico lo aprendió de Caderousse.

Reconocieron en seguida a uno de los suyos.

En seguida estuvieron todos a favor del preso. Se oyeron algunas voces que decían: ¡tiene razón!, ¡puede ser hombre de bien a su modo!, y los presos querían dar el ejemplo de la libertad de conciencia.

La tempestad se apaciguó. El guardián, atónito, tomó las manos de Cavalcanti, las sujetó y empezó a registrarle, atribuyendo aquel repentino cambio de los habitantes del Foso de los Leones a alguna otra señal mucho más significativa.

Cavalcanti le dejó hacer, aunque protestando. De pronto se oyó una voz en la reja.

—¡Benedetto! —gritaba un inspector.

El guardián le dejó.

—¡Al locutorio! —dijo la voz.

—Ya lo veis, vienen a visitarme... ¡Ah!, pronto veréis si se puede tratar a Cavalcanti como a un hombre cualquiera.

Y Cavalcanti salió del patio como una sombra negra, se precipitó por la reja entreabierta, dejando admirados a sus compañeros y hasta al guardián.

Llamábanle al locutorio, y no debemos admirarnos menos que él, porque el tuno, desde su entrada en la cárcel, en vez de escribir para hacerse reclamar como otros, había guardado el más obstinado silencio.

"Estoy protegido por algún poderoso —pensaba—; todo me lo prueba. Mi improvisada fortuna, la facilidad con que he allanado todos los obstáculos, una familia improvisada, un nombre ilustre, magníficas alianzas prometidas a mi ambición, todo, todo está en mi favor. Una mala hora en mi suerte, la ausencia de mi protector quizá, me ha perdido, pero no del todo y para siempre. La mano se ha retirado por un momento, pero pronto llegará de nuevo hasta mí, y me salvará cuando ya me crea yo hundido en el abismo.

»¿Por qué arriesgaré un paso imprudente? Tal vez perdería con ello la confianza de mi protector. Hay dos medios para salir adelante: la evasión misteriosa comprada a peso de oro, o comprometer a los jueces en términos que obtenga la absolución.

Esperemos para hablar y para obrar a estar seguro de que me han abandonado, y entonces...»

Cavalcanti había edificado un plan que podría calificarse de hábil. El miserable era fuerte en el ataque y obstinado en la defensa.

Había soportado las privaciones y escasez de la prisión común, y sin embargo, la costumbre le hacían insoportable el verse mal vestido, sucio y hambriento. El tiempo le parecía eterno.

En aquellos instantes insoportables fue cuando la voz del inspector le llamó al locutorio.

El corazón de Cavalcanti saltó de alegría. No podía ser la visita del juez de Instrucción, ni tampoco podían llamarle el director de Prisiones o el médico. Por consiguiente, sólo podía ser la esperada visita.

A través de la reja del locutorio en que fue introducido, distinguió Cavalcanti la cara sombría a inteligente de Bertuccio, que le miraba con dolorosa admiración, observando cuidadosamente las rejas, las puertas y el triste sitio en que le encontraba.

—¡Ah! —dijo Cavalcanti con el corazón oprimido.

—Buenos días, Benedetto —dijo Bertuccio con voz profunda y sonora.

—¡Vos!, ¡vos! —continuó el joven mirando espantado alrededor.

—¿Me conoces? —dijo Bertuccio—, ¡joven desgraciado!

—¡Silencio!, ¡silencio! —respondió Cavalcanti, que sabía cuán fino era el oído de aquellas paredes—. ¡Dios mío! ¡Dios mío!, ¡no habléis tan alto!

—Tú desearías hablar conmigo a solas, ¿no es cierto? —dijo Bertuccio.

—Sí, sí —respondió Cavalcanti.

—Está bien.

Y Bertuccio metiendo la mano en el bolsillo, hizo señas al guardián, que se veía a través de la reja.

—Leed —le dijo.

—¿Qué es eso? —preguntó Cavalcanti.

—La orden de ponerte en un cuarto solo y dejarte comunicar conmigo.

—¡Oh! —dijo Cavalcanti rebosando alegría, y volviendo sobre sí, pensó: "El protector misterioso no me olvida, el secreto es lo que ante todo se han propuesto obtener, puesto que quieren hable en un cuarto solo..., mi protector es el que ha enviado a Bertuccio."

El guardián habló un momento con el superior, abrió las dos rejas, y condujo al preso a un cuarto del primer piso, que daba al patio. La alegría de Cavalcanti era indescriptible.

La habitación estaba blanqueada según es costumbre en las cárceles. Su aspecto pareció muy alegre al preso; una estufa, una cama, una silla y una mesa; estaba amueblada con lujo.

Bertuccio se sentó en la silla, Cavalcanti se echó sobre la cama y el guardián se retiró.

—Veamos —dijo el intendente del conde— lo que tienes que decirme.

—¿Y vos? —respondió Cavalcanti.

—Pero habla tú primero.

—¡Oh, no; a vos corresponde, puesto que venís a visitarme.

—Pues bien, sea. Has continuado el curso de tus crímenes. Has robado y asesinado.

—Bueno; si me habéis mandado poner en un cuarto aparte únicamente para decirme esto, tanto valía que no os hubieseis molestado. Esas cosas ya me las sé; hay otras que ignoro. Hablemos de ellas, si gustáis. ¿Quién os ha enviado?.

—¡Oh! ¡Oh! Muy ligero andáis, Benedetto.

—No es verdad; solamente voy derecho al fin. Pero excusémonos palabras inútiles. ¿Quién os envía?

—Nadie.

—¿Cómo supisteis que estaba preso?

—Hace mucho que lo he reconocido en el elegante insolente que paseaba a caballo por los Campos Elíseos.

—¡Los Campos Elíseos...!, los Campos Elíseos... No nos apartemos de lo principal. Hablemos de mi padre, ¿queréis?

—¡Qué soy yo, a fin de cuentas!

—Vos, buen hombre, vos sois mi padre adoptivo, pero no pienso que seáis vós quien ha dispuesto en mi favor de cien mil francos, que he devorado en cuatro o cinco meses. No sois vos el que me ha forjado un padre italiano y noble, ni el que me ha presentado en el mundo y convidado a cierta comida en Auteuil, en la que se hallaba reunida la mejor sociedad de Paris y cierto procurador del Rey, cuya amistad he hecho mal en no cultivar, pues me sería muy útil en este momento. No sois vos, finalmente, el que respondió de dos millones cuando me ocurrió el accidente fatal de la descubierta. Vamos, hablad, estimable corso, hablad...

—¿Qué quieres que diga? —Yo os ayudaré.

—Hablabais de los Campos Elíseos hace un instante, mi digno padre postizo.

—¡Y bien!

—En los Campos Elíseos hay un caballero muy rico, muy rico.

—En cuya casa has robado y asesinado, ¿verdad?

—Me parece que sí.

—El señor conde de Montecristo.

—Vos le habéis nombrado, como dice Racine... Pues bien, debo arrojarme en sus brazos, estrecharle contra mi corazón, y exclamar: ¡padre mío!, como dice el señor Pixérécourt.

—Dejemos a un lado las chanzas —respondió gravemente Bertuccio—, y que semejante nombre no se pronuncie jamás como os habéis atrevido a hacerlo.

—¡Bah! —dijo Cavalcanti, algo desconcertado por la solemnidad de Bertuccio—, ¿por qué no?

—Porque el que lleva ese nombre es demasiado favorecido del cielo para ser padre de un miserable como vos.

—¡Bah!, ¡monsergas!

—Os aconsejo que andéis con cuidado.

—¡Amenazas...!, no las temo, diré...

—¿Creéis que tratáis con pigmeos de vuestra especie? —dijo Bertuccio con un tono tan tranquilo y firme que removió hasta las entrañas del joven—. ¿Creéis que tratáis con vuestros malvados compañeros de presidio o con vuestros imbéciles del gran mundo? Benedetto, estáis bajo un poder terrible. Una mano protectora tiene a bien llegar hasta vos, aprovechaos de la ayuda que os ofrece. No juguéis con el rayo, que deja por un instante, pero que volverá a tronar si hacéis la menor demostración para detener su noble curso.

—Mi padre..., yo quiero saber quién es mi padre..., pereceré si es necesario, pero lo sabré. ¿Qué me importa a mí el escándalo? Bienes..., "reclamaciones», como dice el señor de Beauchamp, el periodista. Pero vosotros, los del gran mundo, siempre tenéis algo que perder con el escándalo, a pesar de vuestros millones y vuestros escudos de armas... ¿Quién es mi padre?

—He venido para decírtelo.

—¡Ah! —dijo Benedetto rebosando alegría.

En aquel instante, abrióse la puerta, presentóse el carcelero, y dirigiéndose a Bertuccio, le dijo:

—Escuchadme, caballero. El juez de Instrucción espera al reo.

—Es el final de mi interrogatorio —dijo Benedetto—. Llévese el diablo al importuno.

—Volveré mañana —le dijo Bertuccio.

—¡Bien! —repuso el joven—. Señores gendarmes, estoy a vuestra disposición. ¡Ah!, mi estimable señor, dejad algún dinero en la escribanía para que me den lo que me haga falta.

—Lo haré —dijo Bextuccio.

Benedetto le alargó la mano, Bertuccio metió la suya en el bolsillo e hizo sonar dinero.

—Eso es lo que quería decir —dijo el reo tratando de esbozar una sonrisa; pero subyugado por la extraña impasibilidad de Bertuccio:

—¿Me habré engañado? —se dijo al subir en el carruaje que debía conducirle al gabinete del juez—. Hasta mañana, pues —añadió volviéndose a Bertuccio.

—Hasta mañana—respondió éste.

XV. EL JUEZ

Seguramente recordará el lector que el abate Busoni había quedado solo con Noirtier en el cuarto mortuorio, y que el anciano y el sacerdote se encargaron de velar el cuerpo de Valentina.

Acaso las exhortaciones cristianas del abate, su dulce caridad, su palabra persuasiva, devolvieron el valor al anciano, porque desde el momento en que pudo entrar en relación con el sacerdote, en vez de la desesperación que se había apoderado de él, todo en Noirtier anunciaba una gran resignación, una calma bien sorprendente para todos los que recordaban la afección profunda que profesaba a Valentina.

El señor de Villefort no había vuelto a ver al anciano desde la mañana en que murió su hija. Toda la casa se había renovado.

Tomóse otro criado para él, otro para Noirtier. Entraron dos mujeres al servicio de la señora de Villefort. Todos, hasta el mayordomo, el cochero, ofrecían un aspecto distinto entre los diferentes señores de esta casa maldita, interponiéndose entre las frías relaciones que entre ellos existían. Por otra parte, el jurado se abría dentro de dos o tres días, y Villefort, encerrado en su gabinete, trabajaba febrilmente en los procedimientos contra el asesino de Caderousse. Este asunto, como aquellos en que el conde de Montecristo se hallaba envuelto, había promovido gran ruido en el mundo parisiense. Las pruebas no eran convincentes, puesto que se basaban en algunas palabras escritas por un presidiario moribundo, antiguo compañero de reclusión de un hombre a quien podía acusar por odio o por venganza. El convencimiento sólo existía en la conciencia del magistrado. El señor de Villefort había acabado por adquirir la terrible convicción de que Benedetto era culpable, y debía sacar de esta difícil victoria una de las satisfacciones de amor propio, únicas que conmovían un poco las fibras de su helado corazón.

Instruíase, pues, el proceso, gracias al trabajo incesante de Villefort, que quería inaugurar el próximo jurado. Veíase precisado a ocultarse para evitar el responder al prodigioso número de demandas de billetes de audiencia que se le hacían.

Hacía poco tiempo que la pobre Valentina había sido depositada en el sepulcro, estaba aún tan reciente el dolor de la casa, que nadie se admiraba de ver al padre tan sumamente absorbido por sus deberes, es decir, en la única distracción que podía hallar a sus pesares.

Una sola vez, la víspera del día en que Benedetto recibió la segunda visita de Bertuccio, en que éste debía haber dado el nombre de su padre, la víspera de este día, que era domingo, una sola vez, decimos, Villefort había visto a su padre. Era un momento en que el magistrado, rendido de fatiga, había bajado al jardín de su casa, y sombrío, encorvado bajo el peso de un tenaz pensamiento, parecido a Tarquino dando con su vara en las cabezas de las adormideras más altas, el señor de Villefort daba con su bastón en los largos y macilentos tallos de las enredaderas que se enlazaban por los pilares como los espectros de estas flores tan brillantes en la estación que conducía. Más de una vez había llegado al fondo del jardín, es decir, a la famosa valla que daba al huerto abandonado, volviendo siempre por el mismo punto, y emprendiendo su paseo del propio modo y con igual semblante, cuando sus ojos se dirigieron maquinalmente hacia la casa, en la cual oía jugar alegremente a su hijo, que había vuelto del colegio para pasar el domingo y el lunes cerca de su madre.

A este movimiento, vio en una de las ventanas abiertas al señor Noirtier, que se había hecho arrastrar en su silla de mano hasta ella, para gozar de los últimos rayos del sol, aún tibio, que venían a saludar las flores mustias de las enredaderas y las hojas de las parras que tapizaban el edificio. Los ojos del paralítico estaban clavados, por decirlo así, sobre un punto que Villefort distinguía imperfectamente. Esa mirada de Noirtier era tan repugnante, tan salvaje, tan ardiente de impaciencia, que el procurador del rey, hábil en aprovechar todas las impresiones de un rostro que tan bien conocía, dirigió a otro punto la vista por si distinguía la casa o persona a que aquélla se dirigía.

Entonces vio bajo un bosque de tilos, cuyas ramas estaban ya casi sin hojas, a la señora de Villefort, que sentada y con un libro en la mano interrumpía de vez en cuando su lectura para sonreír a su hijo y devolverle una pelota de goma que lanzaba obstinadamente desde el salón al jardín.

Villefort palideció, porque comprendió lo que quería decir el anciano con su mirada. Noirtier tenía los ojos fijos en el mismo objeto, pero de pronto separó la vista de la mujer para fijarla en el marido, y Villefort tuvo que sufrir el ataque de aquellos ojos aterradores, que al cambiar de objeto habían también cambiado de lenguaje, sin perder nada de su expresión amenazadora.

La señora de Villefort, ignorante de la tempestad que se formaba sobre su cabeza, retenía en aquel momento la pelota del niño y le hizo señas de que viniese a buscarla con un beso, pero Eduardo se hizo rogar por mucho tiempo. La caricia maternal no le parecía suficiente recompensa para el trabajo que iba a tomarse. Finalmente se decidió, saltó por la ventana y corrió hacia su madre con la frente cubierta de sudor. Enjugósela ésta, puso en ella sus labios y le dejó ir con la pelota en una mano y en la otra un puñado de caramelos.

Villefort, atraído como el pájaro por la serpiente, se acercó a la casa, y a medida que se acercaba a ella, la mirada del anciano descendía, siguiéndole de tal modo que le penetraba hasta lo más recóndito del corazón. Aquella mirada era un sangriento vituperio al mismo tiempo que una terrible amenaza. Los ojos de Noirtier se levantaron al cielo como recordando a su hijo el olvido de su juramento.

—Está bien, señor, está bien. Tened paciencia siquiera un día; lo dicho, dicho.

Pareció como si aquellas palabras hubieran tranquilizado a Noirtier, cuya mirada se volvió con indiferencia a otra parte.

La noche fue como de costumbre, todos se acostaron y durmieron. Sólo Villefort no lo hizo, y trabajó hasta las cinco de la mañana, revisando los interrogatorios hechos la víspera por los magistrados instructores y compulsando las declaraciones de los testigos que debían esclarecer una de las actas de acusación más difíciles y bien combinadas que hubiese hecho jamás.

Al día siguiente, lunes, debía celebrarse la primera sesión de los jurados. Villefort vio amanecer aquel día nublado y siniestro. Su azulada luz se reflejó sobre el papel y las líneas que en él trazara con tinta roja. El magistrado se había dormido por un instante, y le despertó el ruido que hacía su lámpara chisporroteando al apagarse. Sus dedos llenos de tinta encarnada parecían mojados en sangre.

Abrió del todo la ventana, una faja anaranjada dividía el horizonte. Un ruiseñor dejaba oír su canto matinal. El aire húmedo de la mañana refrescó la cabeza del magistrado.

—En el día de hoy —dijo con esfuerzo—, el hombre que tiene la espada de la justicia la hará caer en todas partes sobre los culpables.

Sus ojos buscaron ávidamente la ventana en que viera a Noirtier el día antes.

La cortina estaba corrida.

Y sin embargo, tenía tan presente la imagen de su padre, que sus ojos se dirigieron a aquella ventana cerrada como si estuviera abierta, y viese en ella la imagen amenazadora del anciano.

—Sí —murmuró—; sí, vive tranquilo.

Dejó caer la cabeza sobre el pecho y dio unas cuantas vueltas por el despacho. Finalmente, se arrojó vestido sobre un sofá, menos para dormir que para que descansasen sus fatigados miembros.

Poco a poco se despertaron todos. Villefort oyó desde su despacho los diferentes ruidos que constituyen, por decirlo así, la vida de una casa, las puertas, puestas en movimiento, y el sonido de la campanilla de la señora de Villefort, que llamaba a su doncella, y los primeros gritos del niño, que se levantaba alegre, como sucede siempre a su edad.

Villefort tiró de su campanilla. Su nuevo ayuda de cámara entró y le trajo los periódicos.

Al mismo tiempo, le presentó también una taza de chocolate.

—¿Qué me traes ahí? —preguntó Villefort.

—Una taza de chocolate.

—No la he pedido. ¿Quién se ha ocupado de mí?

—Ha dicho la señora que el señor debería hablar mucho hoy ante el jurado, y que necesitaba tomar fuerzas.

Y puso sobre una mesa que había junto al sofá, llena de papeles como todas las demás, la taza de plata.

Villefort contempló un momento la taza con aire sombrío, tomóla en seguida con un movimiento nervioso, y bebió de una sola vez su contenido. Hubiérase dicho que esperaba contuviese el mortal veneno, que llamando a la muerte, le libertara de cumplir con un deber más penoso aún que morir. Levantóse en seguida, y empezó a pasear por el despacho con una sonrisa que hubiera espantado al que lo hubiera estado contemplando.

El chocolate era inofensivo, y el señor Villefort nada sintió.

Llegó la hora del almuerzo, y el señor Villefort no se presentó a la mesa.

El ayuda de cámara entró en el despacho.

—La señora dice que son las once, y la audiencia empieza a mediodía.

—Y bien —dijo Villefort—, ¿y luego?

—La señora está vestida, y pregunta si acompañará al señor.

—¿Adónde?

—Al Palacio de Justicia.

—¿Para qué?

—Dice la señora que desea asistir a esta sesión.

—¡Ah! —dijo Villefort con un acento espantoso—, ¿lo desea?

El criado dio un paso atrás y dijo:

—Si el señor quiere salir solo, iré a decirlo a la señora.

Villefort permaneció un instante silencioso; con sus uñas rascaba su pálida mejilla y retorcía su barba de ébano.

—Decid a la señora que deseo hablarle, y que le ruego me espere en su cuarto.

—Sí, señor.

—Después volveréis para afeitarme y vestirme.

—Al instante.

El ayuda de cámara fue a cumplir su encargo, y volvió al momento, afeitó a Villefort, y le vistió completamente de negro.

Cuando concluyó le dijo:

—La señora ha dicho que esperaba.

—Voy.

Villefort, con los extractos bajo el brazo y el sombrero en la mano, se dirigió a la habitación de su mujer.

La señora de Villefort se hallaba sentada en una otomana, hojeando con impaciencia los periódicos y folletos que Eduardo se entretenía en hacer pedazos antes de que su madre hubiese acabado su lectura.

Estaba completamente vestida para salir. Tenía el sombrero sobre una silla y puestos los guantes.

—¡Ah!, ¿estáis aquí? ——dijo con una voz natural y tranquila—. ¡Dios mío!, ¡estáis muy pálido! ¿Habéis trabajado toda la noche?

¿Por qué no habéis venido a almorzar con nosotros? ¡Y bien!, ¿voy con vos, o sola con Eduardo?

La señora de Villefort había multiplicado las preguntas para obtener una respuesta, pero el señor de Villefort estaba mudo y frío como una estatua.

—Eduardo —dijo Villefort fijando en el niño una mirada imperiosa—, id a jugar al salón, amigo mío, es preciso que hable a vuestra madre.

La señora de Villefort, viendo aquella frialdad y tono resuelto, tembló sin saber la causa de aquellos preámbulos.

Eduardo levantó la cabeza, miró a su madre, y viendo que no confirmaba la orden de Villefort, volvió a jugar con sus soldados de plomo.

—Eduardo —dijo el señor de Villefort tan ásperamente que el chico saltó sobre la silla—, ¿me oís?, id.

El niño, que no estaba acostumbrado a que le tratasen con tanta severidad, se levantó pálido, no sabríamos decir si de cólera o de miedo.

Su padre se acercó a él, le tomó por un brazo y le dio un beso en la frente.

—Vete, hijo mío—dijo—, vete.

Eduardo salió de la estancia.

El señor de Villefort se dirigió a la puerta y pasó el cerrojo.

—¡Oh, Dios mío! —dijo la joven mirando a su marido, y procurando esbozar una sonrisa que heló sobre sus labios la impasibilidad de Villefort—. ¿Qué ocurre?

—Señora, ¿dónde guardáis el veneno de que os servís comúnmente? —dijo claramente y sin preámbulos el magistrado, colocándose entre su mujer y la puerta.

La señora de Villefort sintió lo que una tórtola a la que un milano hinca las garras en la cabeza.

De su pecho brotó un sonido ronco, que no era tú grito ni suspiro, y palideció hasta ponerse lívida.

—Señor—dijo—, yo... no os comprendo.

Y como herida por un accidente mortal, se dejó caer sobre el sofá.

—Os pregunto —repitió Villefort con una voz completamente tranquila—, en qué sitio ocultáis el veneno con el que habéis matado a mi suegro, el señor de Saint—Merán, a mi suegra, a Barrois y a mi hija Valentina.

—¡Ah!, señor —dijo la señora de Villefort—, ¿qué decís?

—No os corresponde preguntar, sino responder.

—¿Al juez o al marido? —balbució la señora de Villefort.

—¡Al juez!, señora, ¡al juez!

Espantosa era la palidez de aquella mujer, la angustia de su mirada y el temblor de todo su cuerpo.

—¡Ah!, ¡señor! —dijo—, ¡señor! —y no pudo continuar.

—¿No respondéis? —prosiguió el terrible inquisidor, y añadió en seguida con una risa más espantosa aún que su cólera:— ¿es verdad que no negáis?

Ella hizo un movimiento.

—Y no podríais negar —añadió Villefort extendiendo el brazo como para cogerla en nombre de la justicia—, consumasteis estos crímenes con impúdica desvergüenza, pero no han podido engañar más que a las personas cuyo afecto hacia vos las cegaba. Desde la muerte de la señora de Saint—Merán, he sabido que existía en mi casa un envenenador; después de la de Barrois, Dios me perdone, mis sospechas recayeron sobre un ángel. Mis sospechas, que aun sin necesidad de crimen están siempre despiertas en el fondo de mi alma; pero después de la muerte de Valentina ya no hay duda para mí, señora, y no solamente para mí, sino ni aun para otros. Así, vuestro crimen, conocido de dos personas y sospechado por muchas, va a hacerse público, y como os dije hace un momento, no habláis, señora, al marido, sino al juez.

La mujer escondió el rostro entre las manos.

—¡Oh!, señor—dijo—, os suplico..., no creáis en apariencias.

—¡Seríais tan cobarde! —gritó Villefort con tono de desprecio—. En efecto, he notado siempre que los envenenadores son cobardes. ¿Seréis cobarde vos, que habéis tenido valor para ver expirar a dos ancianos y una joven asesinados por vos?

—¡Señor! ¡Señor!

—¿Seréis tan cobarde, vos que habéis contado uno a uno los minutos de cuatro agonías? —continuó Villefort con una exaltación que aumentaba a cada instante—. ¿Vos, que habéis combinado vuestros planes infernales y preparado vuestras bebidas con una precisión y habilidad milagrosas? Vos, que todo lo habéis calculado tan bien, habéis olvidado una cosa, es decir, adónde podía conduciros el descubrimiento de vuestros crímenes. ¡Oh!, esto es imposible, sin duda habéis reservado algun veneno más duke, más sutil y más mortífero que los demás para escapar al castigo que merecéis... Lo habéis hecho, al menos yo así lo espero.

La señora de Villefort retorcióse las manos y cayó de rodillas.

—¡Lo sél ¡Lo sé! —dijo el magistrado—, confesáis; pero la confesión hecha a los jueces, la confesión en el último trance, cuando ya es imposible negar, no disminuye el castigo.

—¡El castigo!, ¡el castigo!, ¡señorl, ¡es la segunda vez que pronunciáis esa palabra!

—Sin duda. ¿Creíais escapar porque habéis sido cuatro veces culpable? ¿O porque sois la esposa del que pide la aplicación de la pena, pensasteis sustraeros a ella? No, señora, no. Sea cual fuere la envenenadora, el cadalso la espera, si, como os lo decía hace un momento, no ha tenido cuidado de conservar para ella algunas gotas de su veneno, el más activo.

La señora de Villefort lanzó un grito horrible, un terror espantoso se dejó ver en sus desencajadas facciones.

—¡Oh!, no temáis el cadalso. No quiero deshonraros, porque sería deshonrarme. Al contrario, si me habéis entendido, debéis comprender que no estáis destinada a morir en el patíbulo.

—No os comprendo, ¿qué queréis decir? —balbució la desgraciada mujer, completamente aterrada.

—Quiero decir que la mujer del primer magistrado de la capital no cubrirá de oprobio un nombre sin mancilla, y no deshonrará a la vez a su marido y a su hijo.

—¡No!, ¡oh!, ¡no!

—Pues bien, haréis una buena acción, y os doy por ello las gracias.

—Me dais las gracias, ¿de qué?

—De lo que habéis dicho.

—¿Y qué he dicho? Yo me vuelvo loca. No comprendo nada. ¡Dios mío! ¡Dios mío!

Y se levantó con el cabello suelto y los labios llenos de espuma.

—¿Habéis respondido, señora, a la pregunta que os hice al entrar aquí, dónde está el veneno de que os servís corrientemente?

La señora de Villefort levantó los brazos al cielo y juntó convulsivamente las manos.

—No —vociferó—, no queréis eso...

—Lo que no quiero, señora, es que acabéis en el cadalso, ¿me oís?

—¡Oh!, señor, piedad.

—Lo que quiero es que se haga justicia. Estoy en el mundo para castigar, señora —añadió con una mirada encendida—. A cualquier otra mujer, aunque fuese una reina, la enviaría al verdugo. Pero con vos quiero ser misericordioso, y os digo, señora, habéis guardado algunas gotas del veneno más seguro?

—¡Oh!, perdonadme, dejadme vivir.

—¡Cobarde! —dijo Villefort.

—Pensad que soy vuestra esposa.

—¡Sois una envenenadora!

—En nombre del cielo!

—¡No!

—¡Por el amor que me habéis profesado siempre!

—¡No!, ¡no!

—¡Por mi hijo, por nuestro hijo, dejadme vivir!

—No, no, no, os digo; si os dejase vivir le envenenaríais algún día como a los demás.

—¡Yo! ¡Matar a mi hijo! —gritó aquella madre salvaje arrojándose sobre Villefort—, ¡matar a mi Eduardo! ¡Ah!, ¡ah!, ¡ah!

Una sonrisa infernal, de demonio, de demente, terminó la frase y se perdió en un ronco suspiro.

La señora de Villefort cayó a los pies de su marido.

Escuchaba temblando, aterrada. Sólo había vida en sus ojos, y éstos ocultaban un fuego terrible.

—Pensad en ello, os digo. Si a mi vuelta no lo habéis hecho, os denuncio con mis propios labios, os prendo con mis propias manos.

Villefort se acercó aún más a ella.

—¿Me entendéis? —le dijo—, voy allá abajo a pedir la pena de muerte contra un asesino... Si os encuentro viva a la vuelta, dormiréis esta noche en la Conserjería.

La señora de Villefort lanzó un suspiro. Sus nervios se crisparon y cayó sobre la alfombra.

El procurador del rey sintió un instante de piedad, la miró menos severamente, a inclinándose un poco ante ella:

—Adiós, señora —dijo lentamente—, ¡adiós!

Aquel adiós cayó sobre ella como la mortífera cuchilla.

Cayó al suelo sin sentido.

El señor de Villefort salió y cerró la puerta dando doble vuelta a la llave.

El caso Benedetto, como se decía entonces en el Palacio de justicia y en la sociedad, había producido una enorme sensación. Parroquiano del café de París, del boulevard de Gante y del bosque de Bolonia, el falso Cavalcanti había hecho una porción de amistades y relaciones durante los tres meses de esplendor que había vivido en París. Los diarios habían contado las diversas vicisitudes del acusado, tanto durante su vida elegante, como la de presidiario. Aquello suscitó una curiosidad muy viva.

Sobre todo entre los que habían conocido al príncipe Cavalcanti personalmente, y éstos estaban decididos a no perdonar medio para ir a ver en el banquillo de los acusados a Benedetto, asesino de su compañero de cadena.

A los ojos de muchas personas, Benedetto no era una víctima, sino una equivocación de la justicia. Habían visto al señor Cavalcanti padre, en París, y esperaban verle aparecer de nuevo para reclamar a su ilustre descendiente. Los que no habían oído hablar jamás de la famosa polaca, con la que llegó a casa de Montecristo, se hallaban prevenidos a su favor por el aire de dignidad, nobleza y conocimiento del mundo del anciano patricio, el que, preciso es decirlo, parecía completamente un gran señor cuando no hablaba o se ocupaba de aritmética.

En cuanto al acusado, muchos recordaban haberle visto tan amable, apuesto y liberal, que preferían creer que se había urdido contra él alguna trama por parte de alguno de aquellos enemigos que encuentran en el mundo las personas extraordinariamente ricas, y que poseen los medios de hacer el bien o el mal de un modo maravilloso.

Todo el mundo se apresuró a asistir a la sesión del tribunal del Jurado, unos para divertirse con el espectáculo, otros para comentarlo. Desde las siete de la mañana acudió gente a la reja, y la sala de las sesiones estaba ya llena de privilegiados.

En los días de los procesos famosos, antes de que se constituya el tribunal, y muchas veces aun después, la sala de Audiencia se parece a un salón particular, en el que muchas personas se reconocen, se juntan unas con otras cuando están cerca y se hablan por señas, temiendo perder su sitio, cuando están separadas por el pueblo, los abogados y los gendarmes.

Hacía uno de aquellos magníficos días de otoño que varias veces vienen a consolarnos de la ausencia del estío. Las nubes que el señor de Villefort viera al despuntar la aurora, se disiparon como por arte de magia al rayar el sol, y dejaron lucir con toda su brillantez uno de los días más hermosos de septiembre.

Beauchamp, uno de los magnates de la prensa diaria, tenía su sitio seguro en el tribunal, como en todas partes, lo había ocupado y miraba con sus gemelos a derecha a izquierda. Vio a Chateau—Renaud y a Debray, que habían merecido las consideraciones de un guardia municipal, el cual les cedió su sitio, colocándose detrás para no impedirles la vista. El digno agente había conocido al millonario y secretario del ministro, y se mostró muy cortés con sus nobles vecinos, permitiéndoles se acercasen a Beauchamp, y prometiéndoles guardarles sus sitios.

—Y bien —dijo Beauchamp—, ¿venimos a ver a nuestro amigo?

—Sí, ¡Dios mío!, sí, ¡al digno príncipe! Llévese el diablo a todos los príncipes italianos, ¡bah...!

—Un hombre que tenía a Dante por genealogista, y cuyo origen se remontaba hasta la Divina Comedia.

—Nobleza de cuerda —dijo con sorna Chateau—Renaud.

—Será condenado, ¿no es cierto? —preguntó Debray a Beauchamp

—¡Eh!, querido mío, no sois vos el que debéis preguntarnos eso. ¿Ayer visteis al presidente a la salida del baffle del ministro?

—Sí.

—¿Y qué os dijo?

—Una cosa que os dejará maravillado.

—¡Ah!, entonces hablad pronto, mi querido amigo. Hace mucho tiempo que no me sucede tal cosa.

—Pues bien, me ha dicho que Benedetto, al que suele considerarse como un fénix de sutileza y astucia, es un pillo de orden muy subalterno, a indigno de los experimentos frenológicos que se harán con su cabeza después de guillotinado.

—¡Bah! —dijo Beauchamp—, no representaba del todo mal el papel de príncipe.

—Para vos, Beauclíamp, que detestáis a los príncipes, y que estáis encantado cuando les halláis maneras poco finas, pero para mí, que a la legua descubro el noble, y deduzco el origen de una familia aristocrática, en seguida le conocí.

—¿Así, jamás creísteis en su principado?

—Creí en que era principal, sí; príncipe, no.

—No está mal —dijo Debray—, pero para cualquier otro podría pasar por tal, yo le he visto en casa de los ministros.

—¡Ah!, sí —dijo Chateau—Renaud—, ¡como si vuestros ministros conociesen a los verdaderos nobles!

—Hay mucho de verdad en lo que acabáis de decir, Chateau—Renaud —respondió Beauchamp echándose a reír—; la frase es corta, pero agradable. Os pido permiso para usar de ella cuando dé cuenta a mis lectores de lo que ha sucedido.

—Como gustéis, Beauchamp —dijo Chateau—Renaud—, os doy mi frase por lo que vale.

—Pero —dijo Debray a Beauchamp—, si yo he hablado al presidente, vos debéis haber hablado al procurador del rey.

—Imposible. Hace ocho días que el señor de Villefort se oculta, y es muy natural. Tantas desgracias domésticas, coronadas por la extraña muerte de su hija...

—¡La extraña muerte! ¿Qué decís?

—¡Ah!, sí; haceos el ignorante bajo el pretexto de que eso sucede en casa de la nobleza de toga —dijo Beauchamp llevando su lente a los ojos.

—Permitidme, amigo mío, que os diga que para los gemelos no valéis tanto como Debray. Y vos, Debray, dad una lección al señor Beauchamp.

—Toma —dijo Beauchamp—, no me equivoco.

—¿Qué es, pues?

—Es ella.

—¿Quién?

—Decían que se había marchado.

—¿La señorita Eugenia? —preguntó Chateau—Renaud—, ¿habrá regresado ya?

—No, pero su madre...

—¿La señora Danglars?

—¡Cómo! —dijo Chateau—Renaud—, ¡es terrible, diez días después de haberse fugado su hija, y tres después de la quiebra de su marido!

Debray se sonrojó un poco y miró hacia el sitio que señalaba su amigo Beauchamp.

—Vaya, pues. Es una mujer cubierta con un velo, una desconocida, quizá la madre del príncipe Cavalcanti. ¿Pero decíais o ibais a decir cosas muy interesantes, Beauchamp?

—¿Yo?

—Sí; hablabais de la extraña muerte de Valentina.

—¡Ah!, sí; es verdad. Pero ¿por qué la señora de Villefort no está presente?

—¡Pobre mujer! —dijo Debray—, estará ocupada en destilar agua de melisa para los hospitales, o en preparar cosméticos para ella y sus amigas. ¿Sabéis que gasta en esa diversión dos o tres mil escudos al año? Y en efecto, tenéis razón. ¿Por qué no está aquí la señora del procurador del rey? La habría visto con gran placer. Me gusta mucho esa mujer.

—Y yo la detesto —dijo Chateau—Renaud.

—¿Por qué?

—No lo sé. ¿Por qué amamos? ¿Por qué aborrecemos? La detesto por antipatía.

—O, al menos, por instinto.

—No lo creo... pero volvamos a lo que decíais, Beauchamp.

—¡Y bien! —respondió éste—, ¿tenéis curiosidad por saber cómo hay con frecuencia tantos muertos en casa de Villefort?

—Con frecuencia, ésta es la expresión exacta —dijo Chateau—Renaud.

—Querido, es la que usa San Simón.

—Y la muerte en casa del señor de Villefort es donde se la encuentra. Volvamos, pues, a ella.

—¡Por vida mía!, confieso que hace tres meses tengo fija mi atención en esa casa, y precisamente anteayer la señora me hablaba de ella con motivo de la muerte de Valentina.

—¿Y quién es la señora? —preguntó Chateau—Renaud.

—La mujer del ministro.

—¡Ah!, disculpad mi ignorancia, yo no frecuento las casas de los ministros. Eso queda para los príncipes.

—Erais magnífico y os volvéis divino, barón. Tened piedad de nosotros. Vuestras palabras van a abrasarnos como los rayos de Júpiter.

—No volveré a decir nada. ¡Pero que el diablo tenga piedad de mí! ¡No me deis lugar para replicar!

—Vamos, ¿podremos llegar al fin de nuestro diálogo, Beauchamp? Os decía que la señora me preguntaba anteayer sobre las muertes de Villefort; informadme, y podré satisfacerla.

—Pues bien, señores, en casa de Villefort hay un asesino.

Ambos jóvenes temblaron, porque más de una vez se les había ocurrido la misma idea.

—¿Y quién es el asesino? —preguntaron a una.

—El pequeño Eduardo.

Una risotada de los jóvenes no fue bastante para turbar al orador, que prosiguió:

—Sí, señores; un niño que es un fenómeno, y que mata ya como padre y madre.

—¿Es una broma?

—No. Ayer recibí un criado que sale de casa de Villefort, y ahora escuchad con atención.

—Escuchemos.

—Mañana voy a despedirlo, porque come enormemente para reponerse de los ayunos que se había impuesto voluntariamente en aquella casa. Pues bien. Parece que el niño se sirve de vez en cuando de un frasco de drogas contra los que le desagradan. Primero la tomó con el señor y la señora de Saint—Merán, y les dio tres gotas de su elixir. Después a Barrois, el criado de Noirtier, que le regañó en varias ocasiones, le suministró otras tres gotas, y últimamente, a Valentina, a la que tenía envidia, le suministró también la dosis, y la suerte de ella fue la misma de los demás.

—¿Pero qué diablos nos contáis? —dijo Chateau—Renaud.

—¡Bah!, os cuento una cosa del otro mundo, ¿verdad?

—Eso es absurdo —dijo Debray.

—¡Ah! —dijo Beauchamp—, buscáis medios dilatorios. Preguntad a mi criado qué era lo que se decía en la casa.

—¿Pero ese elixir dónde está? ¿Qué cosa es?

—El chico lo oculta.

—¿De dónde lo ha tomado?

—Del laboratorio de su madre.

—Su madre, pues, ¿tiene venenos en su laboratorio?

—¡Qué sé yo!, me estáis interrogando como si fueseis procuradores del rey. Os repito lo que me han dicho, y he aquí todo. Os cito al autor, no puedo hacer más. Lo cierto es que el pobre diablo no comía de miedo.

—¡Parece increíble!

—Pero no, querido, nada tiene de increíble. Ya visteis el año pasado a un niño de la calle de Richelieu que se entretenía en matar a sus hermanos, introduciéndoles mientras dormían un alfiler en los oídos. ¡Querido, la generación que va a reemplazarnos es muy precoz!

—¡Apuesto a que no creéis una palabra de cuanto decís, pero no veo al conde de Montecristo. ¿Cómo es que no ha venido?

—Tendrá vergüenza de presentarse ante el público, habiendo sido el juguete de los Cavalcanti, que se le presentaron, según parece, con cartas de recomendación que eran falsas, y que hoy tienen unos cien mil francos hipotecados sobre el principado.

—A propósito, Chateau—Renaud, ¿cómo se encuentra Morrel? —preguntó Beauchamp.

—Tres veces he estado en su casa y no he podido verle. Su hermana me ha dicho, sin embargo, que estaba bien.

—¡Ah!, ahora que recuerdo. ¡Montecristo no puede presentarse en la sala! —dijo Beauchamp.

—¿Por qué?

—Porque es actor en el drama.

—¡Cómo! ¿Ha asesinado a alguien? —dijo Debray.

—No, al contrario, querían asesinarle. Sabéis que al salir de su casa fue cuando Benedetto asesinó a su amigo Caderousse; en ella se encontró el famoso chaleco que vino a turbar el contrato, y que está allí sobre la mesa, como una pieza de convicción.

—¡Ah!, ¡es verdad!

—Silencio, señores, he aquí la sala. A vuestro sitio.

En efecto, oíase gran ruido en el pretorio. El agente llamó a sus protegidos y un ujier gritó desde la puerta con aquella entonación que tenían ya en tiempo de Beaumarchais:

—¡Señores, la sala!

Los jueces entraron en sesión en medio del más profundo silencio. Los jurados ocuparon sus asientos. El señor de Villefort, objeto de la atención general, y aun mejor diremos de la admiración, ocupó su sillón, manteniéndose cubierto, y dejó correr una mirada tranquila a su alrededor. Todos contemplaban con admiración aquella cara grave y severa, sobre cuya impasibilidad no tenían dominio los disgustos personales. Consideraban con una especie de terror a aquel hombre tan insensible a las conmociones de la humanidad.

—Gendarmes, introducid al acusado —dijo el presidente.

Al oír aquellas palabras creció la atención del público, y todos los ojos se fijaron en la puerta por donde debía entrar Benedetto. Abrióse ésta poco después y apareció el acusado. La impresión fue igual en todos los asistentes, y ninguno se engañó en la expresión de su fisonomía.

Su fisonomía no presentaba las señales de emoción profunda que detiene la circulación de la sangre y hace palidecer. Llevaba el sombrero en una mano y metida la otra graciosamente en el chaleco, que era de piqué blanco. Sus ojos estaban serenos y hasta brillantes. Tan pronto como entró en la sala, paseó la vista por todas las filas de los jueces y de los asistentes, y se detuvo en el presidente, y muy particularmente en el procurador del rey.

Al lado de Benedetto se colocó el abogado, nombrado de oficio, porque él no había querido ocuparse de aquellos detalles a los cuales parecía no dar importancia. Aquél era joven, rubio, y su fisonomía parecía estar mucho más conmovida que la del acusado.

El presidente ordenó la lectura del acta de acusación, redactada como se sabe, por la pluma hábil a implacable del señor Villefort. Durante la lectura, que fue larga y para cualquier otro hubiera sido aterradora, la atención pública permaneció fija en Benedetto, quien sostuvo aquella prueba con la serenidad de un espartano.

Jamás había estado Villefort tan elocuente. Presentaba el crimen con los colores más vivos. Los antecedentes del acusado, su transfiguración, la reseña de sus acciones desde su primera edad, se pintaban con el talento que la práctica de la vida y el conocimiento del corazón humano daban a un hombre de tan buena imaginación como el procurador del rey.

Con sólo aquel preámbulo, Benedetto estaba perdido para siempre en la opinión pública, en tanto que se acercaba el castigo más material aún que la ley.

Cavalcanti no prestó la menor atención a los cargos sucesivos que contra él se elevaban. El señor de Villefort, que le examinaba cuidadosamente, y que sin duda proseguía en él los estudios psicológicos que había empezado a la vista de otros acusados, no pudo hacerle bajar los ojos una sola vez, por más que fijase en él su profunda mirada.

Terminóse la lectura.

—Acusado —dijo el presidente—, ¿vuestro nombre y

apellido? Cavalcanti se puso en pie.

—Dispensadme, señor presidente —dijo el reo, cuyo timbre de voz vibraba perfectamente puro—, pero veo que vais a empezar el interrogatorio de un modo que no puedo seguiros. Tengo la pretensión, que justificaré a su tiempo, de que no soy un acusado ordinario. Tened la bondad, os ruego, de permitirme responder siguiendo un orden distinto, sin que por esto deje de contestar a todo.

El presidente, sorprendido, miró a los jurados, y éstos al procurador del rey.

Un gran asombro se manifestó en toda la asamblea, pero Cavalcanti no se conmovió.

—¿Vuestra edad? —dijo el presidente—, ¿responderéis a esta pregunta?

—A ésa, como a las demás, responderé, señor presidente, pero cuando llegue el caso.

—¿Vuestra edad? —repitió el magistrado.

—Tengo veintiún años, o más bien los cumpliré dentro de algunos días, pues nací en la noche del 27 al 28 de septiembre de 1817.

El señor de Villefort, que estaba escribiendo una nota, levantó la cabeza al oír aquella fecha.

—¿Dónde nacisteis? —continuó el presidente.

—En Auteuil, cerca de París.

El señor de Villefort levantó por segunda vez la cabeza, miró a Benedetto como si hubiese mirado la cabeza de Medusa y se puso lívido.

Benedetto pasó por sus labios la punta de un fino pañuelo de batista bordado.

—¿Vuestra profesión? —preguntó el presidente.

—Primero he sido falsario —dijo Cavalcanti con la mayor tranquilidad del mundo—, después ascendí a ladrón, y recientemente he sido asesino.

Un murmullo, o por mejor decir, una tempestad de indignación y de sorpresa estalló en la sala. Los jueces se miraron asombrados, los jurados expresaron el disgusto que les causaba un cinismo que no esperaban en un hombre elegante.

El señor de Villefort apoyó una mano sobre su frente, pálida al principio, encarnada y abrasadora en seguida. Levantóse de pronto, y miró alrededor como un hombre espantado. Parecía que le faltaba el aliento.

—¿Buscáis algo, señor procurador del rey? —preguntó Benedetto con graciosa sonrisa.

El señor de Villefort no respondió, se sentó, o por mejor decir, se dejó caer sobre su sillón.

—¿Consentís ahora, acusado, en decir vuestro nombre? —preguntó el presidente—. La afectación brutal que habéis puesto en enumerar vuestros crímenes, que calificáis de profesión, la especie de importancia que dais a esas acciones, que en nombre de la moral y de la humanidad el tribunal debe reprenderos severamente, he ahí la causa quizá que ha hecho retardéis el nombraros. Queréis enaltecer vuestro hombre con los títulos que le preceden.

—Señor presidente —dijo Benedetto con el tono de voz más gracioso y con las maneras más distinguidas—, pares increíble el modo con que habéis leído en el fondo de mi corazón. En efecto, por eso os he rogado que invirtieseis el orden de las preguntas.

El estupor había llegado a su colmo. No había en las palabras del acusado ni altanería, ni cinismo, y se presentía algún terrible rayo en el fondo de aquella oscura nube.

—¡Y bien! ——dijo el presidente—, ¿vuestro nombre?

—No puedo deciros mi hombre, porque no lo sé. En cambio conozco el de mi padre, pero no puedo decirlo.

Una alucinación dolorosa cegó a Villefort. Viéronse caer de sus mejillas varias gotas de sudor que borraban sus papeles, que revolvió con mano convulsa.

—Decidnos el hombre de vuestro padre —dijo entonces el presidente.

Ni una respiración fuerte, ni el menor aliento turbaba el silencio de aquella asamblea. Todos esperaban.

—Mi padre es procurador del rey —respondió con calma imperturbable Cavalcanti.

—¡Procurador del rey! —.dijo estupefacto el presidente sin notar el trastorno que aquellas palabras causaron al señor de Villefort—, ¡procurador del rey!

—Sí, y ya que me preguntáis su hombre, os lo diré: se llama de

Villefort.

La explosión, tanto tiempo contenida por respeto a la justicia, estalló como un trueno del pecho de todos los asistentes. El tribunal mismo no pensó en reprimir aquel simultáneo movimiento. Las exclamaciones, las injurias dirigidas a Benedetto, que permanecía impasible, los gestos enérgicos, el movimiento de los gendarmes, las rechiflas de la parte del pueblo bajo que hay en toda reunión pública, y que sale a la luz en los momentos de tumulto y escándalo, duraron cinco minutos, antes que los magistrados y los ujieres lograsen restablecer el orden y el silencio.

En medio de aquella confusión se oía la voz del presidente que gritaba:

—¿Queréis jugar con la justicia, acusado? ¿Os atrevéis a dar a vuestros conciudadanos el espectáculo de una corrupción que no tiene igual ni siquiera en una época tan relajada como la presente?

Diez personas se apresuraron a acercarse al procurador del rey, que medio aterrado permanecía en su asiento; ofreciéndole consuelos, procuraron animarle, y le hicieron protestas de celo y simpatía.

Decían que una mujer se había desmayado, hiciéronla respirar varias sales, y se repuso.

Durante el tumulto, Benedetto había vuelto la cara sonriéndose hacia la asamblea, y apoyando en seguida una mano en el respaldo de su banco y en la postura más graciosa:

—Señores —dijo—, no permita Dios que procure insultar al tribunal, y dar un escándalo inútil en presencia de tan honorable reunión. Me han preguntado qué edad tengo, he respondido. No puedo decir de dónde soy ni cuál es mi apellido, porque mis padres me abandonaron. Sin embargo, puedo muy bien, sin decir mi nombre, puesto que no lo tengo, decir el de mi padre, y lo repito, mi padre se llama el señor de Villefort, y estoy pronto a probarlo.

Tanta verdad, tanta convicción y energía había en el acento del joven que redujo el tumulto al silencio. Las miradas se dirigieron todas en el momento al procurador del rey, que conservaba en su asiento la inmovilidad de un hombre que el rayo acaba de convertir en cadáver.

—Señores —continuó Benedetto exigiendo el silencio con el

gesto y con la voz—, os debo la prueba y la explicación de mis palabras.

—¡Pero... —dijo el presidente, irritado—, en la instrucción dijisteis que os llamaban Benedetto, habéis dicho que erais huérfano y natural de Córcega!

—En la instrucción dije lo que me convenía decir, porque no quería que se debilitase o detuviese, lo que no podia menos de suceder, el eco solemne que quería dar a mis palabras.

"Os repito ahora que nací en Auteuil, en la noche del 27 al 28 de septiembre de 1817, y que soy hijo de Villefort, procurador del rey. ¿Queréis saber más detalles? Os los contaré.

"Vine al mundo en el primer peso de la casa número 28, de la calle de la Fontaine, en una habitación tapizada de damasco encarnado. Mi padre me tomó en los brazos diciendo a mi madre que estaba muerto. Me envolvió en un paño, marcado H. N., y me llevó al jardín, donde me enterró vivo.»

Los presentes temblaron cuando vieron crecer la seguridad del acusado con el espanto del señor de Villefort.

—¿Pero cómo conocéis esos detalles? —preguntó el presidente.

—Voy a decíroslo, señor presidente. En el jardín en que mi padre acababa de sepultarme se había introducido aquella noche un hombre que le odiaba mortalmente, y quería vengarse del modo que lo hace un corso. El hombre que estaba oculto vio a mi padre enterrar algo, y le asestó una puñalada por la espalda cuando estaba a la mitad de su operación; creyendo en seguida que lo que había ocultado era un tesoro, abrió la fosa y me halló vivo aún. Ese hombre me llevó al hospicio de los expósitos, donde me inscribieron con el número treinta y siete. Tres meses más tarde, su mujer hizo el viaje de Rogliano a París para venir a buscarme. Me reclamó como hijo suyo, y me llevó consigo.

"He aquí por qué, aunque nacido en Auteuil, me crié en Córcega."

Hubo un instante de silencio, pero tan profundo, que se hubiera creído que la sala estaba desierta.

—Continuad —dijo la voz del presidente.

—En verdad —continuó Benedetto—, hubiera podido ser dichoso en casa de aquellas buenas gentes que me adoraban, pero mi natural perverso pudo más que todas las virtudes que procuraba infundir en mi corazón mi madre adoptiva. Fui creciendo en el mal, y he llegado hasta el crimen. Finalmente, un día que maldecía a Dios por haberme hecho tan malo y dado tan odioso destino, mi padre adoptivo se acercó a mí y me dijo:

"¡No blasfemes, desgraciado!, porque Dios lo ha dado la vida sin cólera. El crimen es de lo padre, y no tuyo; de lo padre, que lo entregaba al infierno si hubieses muerto, a la miseria, si un milagro lo volvía a la vida."

"A partir de aquel instante, cesé de blasfemar a Dios, pero he maldecido a mi padre, y he aquí por qué he pronunciado las palabras que me habéis reprochado, señor presidente. He aquí por qué he causado el escándalo que aún hace temblar a todos. Si es un crimen más, castigadme, pero si os he convencido de que desde el día de mi nacimiento mi destino era fatal, doloroso, amargo, lamentable, tened entonces compasión de mí."

—¿Pero vuestra madre? —preguntó el presidente.

—Mi madre me creía muerto, y no era culpable; no he querido saber el nombre de mi madre, no la conozco.

En aquel momento un grito agudo que terminó en un suspiro salió del grupo que, como hemos dicho, rodeaba a una mujer.

Desplomóse con un violento ataque de nervios, y tuvieron que sacarla del pretorio; separóse el velo que ocultaba su rostro: era la señora Danglars.

A pesar de su postración, del rumor que había en sus oídos y la especie de locura que trastornaba su cerebro, Villefort la reconoció y se levantó.

—¡Las pruebas! ¡Las pruebas! —dijo el presidente—, recordad, acusado, que ese tejido de horrores necesita apoyarse en las pruebas más evidentes.

—¿Las pruebas? ¿Las pruebas queréis? —dijo Benedetto riéndose—, vais a verlas.

—Sí.

—Pues bien, mirad al señor de Villefort, y pedidme aún las pruebas.

Todos volvieron los ojos hacia el procurador del rey, que bajo el peso de aquellas mil miradas avanzó hacia el medio del tribunal, vacilante, con los cabellos desordenados y la cara sanguinolenta por la presión de sus uñas. Oyóse un murmullo de admiración.

—Me piden las pruebas, padre mío —dijo Benedetto—, ¿queréis que las dé?

No, no —balbució el procurador del rey con voz ahogada—, no; es inútil.

—¡Cómo! ¿Inútil? —inquirió el presidente—. ¿Pero qué queréis decir?

—Quiero decir que en vano intentaría sustraerme al golpe mortal que me aterra, señores. Conozco que estoy entre las manos de un Dios vengador. Nada de pruebas, no hay necesidad; todo lo que ese joven ha dicho es verdad.

Un silencio análogo al que precede a las grandes catástrofes de la naturaleza se apoderó de los asistentes, sus cabellos se erizaron.

—¿Y qué?, señor de Villefort —dijo el presidente—, ¿no cedéis a una alucinación? ¡Cómo! ¿Gozáis de la plenitud de vuestras facultades intelectuales? ¿Se concebiría que una acusación tan extraordinaria, tan imprevista y terrible os hubiese turbado la razón? ¡Vamos, serenaos!

El procurador del rey movió la cabeza, sus dientes daban uno contra otro como los de un hombre devorado por la fiebre, y su palidez era mortal.

—Estoy en pleno use de todas mis facultades —dijo—; solamente mi cuerpo es el que sufre, y esto se concibe. Me reconozco culpable de todo lo que ese joven acaba de decir contra mí, y me pongo desde ahora a la disposición del señor procurador del rey, mi sucesor.

Dichas estas palabras con una voz ronca y casi sofocada, el señor
de Villefort se dirigió vacilante a la puerta, que le abrió maquinalmente el ujier de servicio.

La asamblea entera permaneció silenciosa y consternada con aquella revelación que tan terrible desenlace daba a las peripecias que durante quince días habían ocupado a la alta sociedad de París.

—¡Y bien! —dijo Beauchamp—. ¡Que vengan luego a decirnos que el drama no existe en la naturaleza!

—¡Por mi vida! —dijo Chateau—Renaud—, mejor quisiera concluir como el señor de Morcef; un tiro es dulce en comparación de semejante catástrofe.

—Y luego mata —dijo Beauchamp.

—Y yo que había pensado en casarme con su hija —dijo Debray—, ¡bien ha hecho en morirse! ¡Dios mío! ¡Pobre muchacha!

—Se levanta la sesión, señores —dijo el presidente—; la causa queda para la sesión próxima, pues debe empezarse de nuevo la instrucción y confiarla a otro magistrado.

Cavalcanti, siempre sereno y mucho más interesante, salió de la sala escoltado por los gendarmes, que voluntariamente le manifestaban cierta consideración.

—¡Y bien! ¿Qué pensáis de esto, buen hombre? —preguntó Debray al guardia municipal poniéndole un Luis en la mano.

—Que habrá circunstancias atenuantes —respondió éste.

El señor de Villefort vio abrirse ante él las filas de la multitud, aunque muy compactas. Los grandes dolores son de tal modo venerables que no hay ejemplo ni aun en los tiempos más desgraciados, de que el primer movimiento de la multitud reunida no haya sido un movimiento de simpatía hacia una gran desgracia. Muchas gentes odiadas han sido asesinadas en un tumulto. Raras veces un desgraciado, aunque fuese criminal, ha sido insultado por los que asisten a su proceso de muerte.

Villefort atravesó, pues, las filas de los espectadores, de los guardias, de los agentes de policía, y se alejó, confesado culpable por sí mismo, pero protegido por su valor.

Existen en la vida situaciones que los hombres comprenden por instinto, pero que no pueden desentrañar con la reflexión. El mayor poeta en este caso es el que sabe expresar la queja más vehemente y más natural. La multitud toma este grito por una relación entera, y hace bien en contentarse con él, y mejor aún, en encontrarlo sublime si es verdadero.

Por lo demás, sería difícil decir el estado de estupor en que Villefort se hallaba al salir del palacio, pintar la fiebre que estremecía sus arterias, que helaba sus fibras, que hinchaba hasta reventar sus venas y aniquilaba cada punto de su cuerpo mortal con millares de sufrimientos.

Villefort se dirigía a lo largo de los pasillos, guiado solamente por la costumbre. Quitóse la toga magistral, no por conveniencia, sino porque era para él una carga insoportable, una túnica de

Nesso, fecunda en torturas.

Llegó vacilante al patio Dauphine, vio su carruaje, despertó al cochero abriendo él mismo, y se dejó caer sobre los cojines señalando con el dedo la dirección del barrio de San Honorato.

El cochero partió.

Todo el peso de su fortuna fracasada acababa de desplomarse sobre su cabeza; este peso le abrumaba, no sabía sus consecuencias, no las había calculado y las sentía; no razonaba su código como el frío asesino que comenta un artículo conocido. Tenía a Dios en el fondo del corazón.

—¡Dios! —murmuraba sin saber lo que decía—. ¡Dios! ¡Dios!

No veía más que a Dios en medio del trastorno que por él pasaba.

El carruaje corrió precipitado. Villefort, agitándose sobre los cojines, sentía algo que le molestaba.

Llevó la mano al objeto. Era un abanico olvidado por la señora de Villefort entre el cojín y el respaldo del carruaje. Este abanico despertó un recuerdo, y este recuerdo fue como un rayo en las tinieblas de la noche.

Villefort pensó en su esposa.

—¡Oh! —exclamó, como si un hierro ardiendo le perforase el corazón.

En efecto, hacía una hora que no tenía a la vista más que un lado de su miseria, y he aquí que de repente se ofrecía otro a su espíritu, y otro no menos terrible.

"¡Esa mujer! "Acababa de portarse con ella como un juez severo e inexorable, la había condenado a muerte, y ella, ella, aterrorizada, llena de remordimientos, abismada con el oprobio que acababa de causarle con la elocuencia de su intachable virtud, pobre mujer débil e indefensa contra un poder absoluto y supremo, se preparaba acaso a morir en aquellos instantes.

Había transcurrido una hora desde su condenación. Tal vez entonces repasaba en su memoria todos sus crímenes, pedía perdón a Dios, escribía una carta para implorar de rodillas el perdón de su virtuoso esposo, perdón que compraba con la muerte.

Villefort lanzó otro quejido de dolor y de rabia.

—¡Ah! —exclamó agitándose sobre el raso del carruaje—, ¡esa mujer no es criminal más que por haberme tocado! ¡Yo soy el crimen, yo! ¡Y ha adquirido el crimen como se adquiere el tifus, como se adquiere el cólera, como se adquiere la peste, y yo la castigo! ¡Oh!, ¡no!, ¡no!, vivirá..., me seguirá... Huiremos, abandonaremos Francia, correremos por la tierra mientras nos sostenga. ¡Le hablaba de cadalso...! ¡Gran Dios! ¡Cómo osé pronunciar esta palabra! ¡Y a mí también me espera el cadalso...! Huiremos... Sí, me confesaré a ella, sí; todos los días le diré humillándome que yo también he cometido un crimen... ¡Oh! ¡Alianza del tigre y de la serpiente! ¡Oh! ¡Digna esposa de un marido como yo...! ¡Es preciso que viva, es necesario que mi infamia haga palidecer la suya!

Y Villefort hundió, más que bajó, el vidrio del coche.

—¡Más aprisa! —exclamó con una voz que hizo estremecer al cochero en su asiento.

Los caballos, avivados por el miedo, volaron hasta llegar a la casa.

—¡Sí!, ¡sí! —repetía Villefort a medida que se acercaba—, sí; es preciso que esta mujer viva, es preciso que se arrepienta y que eduque a mi hijo, mi pobre hijo, único que con el indestructible anciano sobrevive a la ruina de la familia. Le amaba, por él lo ha hecho todo. No hay que desesperar jamás del corazón de una madre que ama a su hijo. Se arrepentirá. Nadie sabrá que ha sido culpable; los crímenes cometidos en mi casa y de que el mundo se entera ya, serán olvidados con el tiempo, y si algunos enemigos se acuerdan, les anotaré en la lista de mis crímenes. Uno, dos o tres más, ¡qué importa! Mi mujer se salvará llevando el oro, y sobre todo llevando su hijo, lejos del abismo en donde me parece ver caer el mundo conmigo. Vivirá, aún será dichosa, puesto que todo su amor está en su hijo, y su hijo no la abandonará. Habré hecho una buena acción.

Y el señor de Villefort respiró más libremente de lo que lo había hecho en mucho tiempo.

El carruaje se detuvo en el patio de la casa.

El procurador del rey se lanzó del estribo y halló a los criados sorprendidos de verle volver tan pronto. No leyó otra cosa en su fisonomía. Nadie le dirigió la palabra. Paráronse ante él como de costumbre, para dejarle paso. Esto fue todo.

Pasó por la cámara de Noirtier, y por la puerta entreabierta percibió como dos sombras, pero no se preocupó de la persona que estaba con su padre. Su inquietud le trastornaba.

—Vamos —dijo subiendo la escalerilla que conducía al descansillo, donde estaba la habitación de su mujer y la cámara vacía de Valentina—,vamos, nada ha cambiado aquí.

Antes de todo, cerró la puerta del descansillo.

—Es conveniente que nadie nos interrumpa —dijo Villefort—, conviene que pueda hablarle libremente, acusarme a ella, decírselo todo.

Acercóse a la puerta, puso la mano en el botón de cristal, y cedió.

—¡Paso libre! ¡Oh!, ¡bien, muy bien! —murmuró.

Y entró en el pequeño salón en donde todas las noches se ponía el lecho de Eduardo, porque aunque en pensión, Eduardo venía todas las noches. Su madre no había querido nunca separarse de él.

Recorrió con una mirada todo el salón.

—Nadie —dijo—, está en su alcoba, sin duda. Y se dirigió a la puerta.

El cerrojo estaba corrido.

Se detuvo estremecido.

—¡Eloísa! —exclamó.

Parecióle oír mover un mueble.

—Eloísa —repitió.

—¿Quién es? —preguntó la voz de la que llamaba.

Parecióle que esta voz era más débil que otras veces.

—¡Abrid! ¡Abrid! —exclamó Villefort—, ¡soy yo!

Sin embargo, a pesar de esta orden, a pesar del tono angustiado con que era proferida, no abrieron.

Villefort abrió la puerta de una patada.

A la entrada de su dormitorio, la señora de Villefort estaba en pie, pálida, con las facciones contraídas, mirándole con ojos de una inmovilidad espantosa.

—¡Eloísa! ¡Eloísa! ——dijo—, ¿qué os ocurre? ¡Hablad! La joven extendió hacia él su mano crispada y lívida.

—Esto se ha acabado, señor —dijo con un quejido que parecía desgarrar su garganta—, ¿qué más queréis?

Y cayó sobre la alfombra. Villefort corrió a ella y la cogió de la mano. Esta mano oprimía con-vulsivamente un frasco de cristal con tapón de oro. La señora de Villefort estaba muerta. El procurador del rey, sobrecogido de horror, retrocedió hasta la puerta, mirando el cadáver.

—¡Hijo mío! —exclamó de repente—, ¿dónde está mi hijo? ¡Eduardo! ¡Eduardo!

Y se precipitó fuera de la habitación, gritando: —¡Eduardo! ¡Eduardo!

Con tal acento de angustia era pronunciado este nombre, que acudieron los criados.

—¡Hijo mío! ¿Dónde está mi hijo? —preguntó Villefort—. Que le saquen de casa, que no la vea.

—El señorito Eduardo no está abajo —respondió un criado.

—Jugará sin duda en el jardín. Mirad si está allí. ¡Buscadle! No, señor. La señora llamó a su hijo hará media hora aproximadamente. El señorito Eduardo entró con la señora, y no ha vuelto a bajar.

Un sudor helado inundó la frente de Villefort, sus pies vacilaron sobre las baldosas, sus ideas comenzaron a trastornar su cabeza como las ruedas desordenadas de un reloj que se rompe.

—¡Con la señora! —murmuró—, ¡con la señora!

—Y volvió lentamente sobre sus pasos, enjugándose la frente con una mano y apoyándose con la otra en las paredes.

Al volver a entrar en la estancia, era preciso ver de nuevo a aquella desgraciada.

Para llamar a Eduardo, era preciso despertar el eco del aposento convertido en féretro mortuorio. Hablar, era violar el silencio de la tumba.

Villefort sintió su lengua paralizada en la garganta.

—¡Eduardo! ¡Eduardo! —balbució.

El niño no contestó. ¿Dónde estaba el niño que, al decir de los criados, había entrado con su madre, sin volver a salir?

Villefort dio un paso adelante.

El cuerpo exánime de la señora de Villefort estaba tendido a través de la puerta del salón en donde se hallaba necesariamente Eduardo. Este cadáver parecía velar sobre el umbral con ojos fijos y abiertos, con una espantosa y misteriosa sonrisa irónica en los labios.

En derredor del cadáver, la mampara dejaba ver una parte del salón, un piano y el extremo de un diván de raso azul.

Villefort avanzó tres o cuatro pasos y vio a su hijo acostado en el sofá. El niño dormía, sin duda.

El infeliz tuvo un rapto de alegría, un rayo de luz pura bajó al infierno en el cual estaba luchando.

Tratábase de pasar por encima del cadáver, de entrar en el salón, de tomar el niño en los brazos y de huir con él lejos, ¡muy lejos!

Villefort no era el hombre cuya refinada corrupción le hacía el tipo de hombre civilizado; era un tigre herido de muerte que deja los dientes rotos en su última herida.

No temía las preocupaciones, sino los fantasmas. Tomó aliento y saltó por encima del cadáver como si se hubiera tratado de saltar por un brasero encendido. Tomó al niño en sus brazos, estrechándole, sacudiéndole, llamándole. El niño no le respondió. Unió sus ávidos labios a sus mejillas, a sus mejillas lívidas y heladas, palpó sus miembros ateridos, apoyó la mano en su corazón; su corazón no palpitaba. El niño estaba muerto. Un papel doblado en cuatro pliegues cayó del pecho de Eduardo. Como herido de un rayo, Villefort se dejó caer sobre las rodillas. El niño se escapó de sus brazos inertes y rodó al lado de su madre. Villefort cogió el papel, conoció la letra de su mujer y lo leyó ávidamente. He aquí su contenido:

¡Vos sabéis si yo era buena madre, puesto que por mi hijo me hice criminal!

¡Una buena madre no parte sin su hijo!

Villefort no podía dar crédito a sus ojos. No podía creer a su razón. Arrastróse hacia el cuerpo de Eduardo, que examinó una vez todavía con la atención minuciosa de la leona que mira a su cachorro muerto. Después brotó un grito desgarrador de su pecho.

—¡Dios! —murmuró—. ¡Siempre Dios!

Estas dos víctimas le espantaban, sentía en sí el horror de aquella soledad solamente ocupada por dos cadáveres.

De pronto se veía sostenido por la rabia, por la inmensa facultad de los hombres fuertes, por la desesperación, por la virtud suprema de la agonía que impulsó a los Titanes a escalar el cielo, a Ayax a amenazar a los dioses.

Villefort dobló la cabeza bajo el peso de los dolores, levantóse sobre las rodillas, sacudió los cabellos húmedos de sudor, erizados de espanto, y el que jamás había tenido piedad de. nadie, se fue a encontrar a su anciano padre para tener en su debilidad alguien a quien contar su desgracia, alguien con quien llorar.

Bajó la escalera que ya conocemos, y entró en la habitación de Noirtier.

Este parecía escucharle atentamente, tan afectuosamente como lo permitía su inmovilidad. El abate Busoni estaba allí con la calma y frialdad de costumbre.

Al ver al abate, Villefort llevó la mano a la frente. El pasado vino a él como una de esas olas, en las cuales se levanta doble espuma que en las demás.

Recordó la visita que le hiciera el abate dos días antes de la comida de Auteuil, y de la visita que le había hecho el mismo abate el día de la muerte de Valentina.

—¡Vos aquí, señor! —dijo—, ¿pero vos no me aparecéis jamás que no sea para escoltar la muerte?

Busoni se levantó. Viendo la alteración del rostro del magistrado, el brillo feroz de sus ojos, comprendió o debió comprender que la escena de los jurados había concluido. Ignoraba el resto.

—Vine para orar sobre el cuerpo de vuestra hija —respondió Busoni.

—Y hoy, ¿qué venís a hacer?

—Vengo a deciros que me habéis pagado suficientemente vuestra deuda, y que desde este momento voy a rogar a Dios que se contente como yo.

—¡Dios mío! —dijo Villefort retrocediendo asustado—, ¡esta voz no es la del abate Busoni!

—No.

El abate arrancó su falsa tonsura, sacudió la cabeza, y sus largos cabellos negros, sueltos ya, cayeron sobre sus espaldas rodeando su varonil semblante.

—Es el rostro del conde de Montecristo —exclamó Villefort con los ojos inciertos.

—No es esto todo, señor procurador del rey, mirad mejor y más lejos.

—¡Esta voz!, ¡esta voz! ¿Dónde la oí por primera vez?

—La oísteis por primera vez en Marsella, hace veintitrés años, el día de vuestro matrimonio con la señorita de Saint—Merán. Buscad en vuestros papeles.

—¿No sois Busoni? ¿No sois Montecristo? ¡Dios mío, sois el enemigo oculto, implacable, mortal! ¿Rice algo contra vos en Marsella? ¡Oh, desgraciado de mí!

—Sí, tienes razón, es bien cierto —dijo el conde cruzando los brazos sobre el pecho—, ¡busca!, ¡busca!

—Mas, ¿qué lo he hecho? —exclamó Villefort, cuyo espíritu luchaba ya en el límite donde se confunden la razón y la demencia en aquellos momentos en que no puede decirse que dormimos ni que estamos despiertos—. ¿Qué lo he hecho? ¡Di, habla!

—Me condenasteis a una muerte lenta y horrorosa, matasteis a mi padre, me robasteis el amor con la libertad, y la fortuna con el amor.

—¿Quién sois? ¿Quién sois? ¡Dios mío!

—Soy el espectro de un desgraciado al que sepultasteis en las mazmorras del castillo de If; a este espectro, salido entonces de la tumba, Dios ha puesto la máscara del conde de Montecristo, y le ha cubierto de diamantes y oro para que no le reconozcáis hoy.

—¡Ah, le reconozco, le reconozco! —dijo el procurador del rey—, tú eres...

—¡Soy Edmundo Dantés!

—¡Tú, Edmundo Dantés! —exclamó el señor de Villefort, asiendo al conde por el puño—, ¡entonces ven!

Y le llevó por la escalera, en donde Montecristo le seguía asombrado, ignorando a qué parte le conducía el procurador del rey, y presintiendo algún desastre.

—¡Espera!, Edmundo Dantés —dijo mostrando al conde los cadáveres de su esposa y de su hijo—, ¡atiende, mira! ¿Está bien vengado?

Montecristo palideció ante tan espantoso espectáculo. Comprendió que acababa de traspasar los derechos de la venganza, que no podía decir más que:

—Dios está por mí y conmigo.

Arrojóse con angustia inexplicable sobre el cuerpo del niño, abrió sus ojos, tocó su pulso, y pasó con él al cuarto de Valentina, que cerró con doble llave.

—¡Hijo mío! —exclamó Villefort—, ¡se lleva el cadáver de mi hijo! ¡Oh!, ¡maldición!, ¡desgracia!, ¡muerte para mí!

Y quiso lanzarse en pos de Montecristo, pero como por un sueño, sintió clavarse sus pies, dilatarse sus ojos hasta salir de las órbitas, encorvarse sus dedos contra la carne del pecho, y hundirse en él gradualmente, hasta que la sangre enrojeció sus uñas. Sintió las venas de las sienes llenarse de espíritus ardientes que pasando hasta la estrecha bóveda del cráneo inundaron su cerebro de un diluvio de fuego.

Tal situación duró algunos minutos, hasta que se completó un trastorno espantoso en su razón.

Entonces profirió un grito seguido de una prolongada carcajada, y se precipitó por las escaleras.

Un cuarto de hora después se abrió la habitación de Valentina y volvió a presentarse el conde de Montecristo.

Pálido, los ojos apagados, el pecho oprimido, todos los rasgos de esta figura extraordinariamente reposada y noble, estaban trastornados por el dolor. Tenía en sus brazos el niño, al cual ningún socorro había bastado para devolverle la vida. Puso una rodilla en tierra y le depositó religiosamente cerca de su madre, con la cabeza colocada sobre su pecho. Luego, levantándose, salió, y se halló con un criado en la escalera.

—¿Dónde está el señor de Villefort? —inquirió.

El criado, sin responder, extendió la mano hacia el jardín.

Montecristo bajó la escalera, se dirigió al sitio designado y vio en medio de sus criados que formaban corro en su derredor, a Villefort, con una azada en la mano, cavando la tierra con una especie de furor.

—¡No está aquí! —decía—, ¡no está aquí!

Y volvía a cavar en otra parte.

Montecristo se acercó a él, y muy bajo, y con un tono casi humilde le dijo:

—Habéis perdido un hijo, pero...

Villefort le interrumpió: ni le había escuchado, ni comprendido.

—¡Oh!, le encontraré —dijo—, ¿estáis seguros de que no está aquí? Le encontraré, aunque hubiera de buscarle hasta el día del juicio.

Montecristo se retiró horrorizado.

—¡Oh! —dijo—, está loco.

Y como si hubiera creído que las paredes de la casa maldita se desplomaran sobré él, se lanzó a la calle, dudando por primera vez del derecho que pudiera tener para hacer lo que había hecho.

—¡Oh!, basta, basta con esto —dijo—, salvemos lo que queda.

Y entrando en su casa, Montecristo encontró a Morrel, que andaba por la fonda de los Campos Elíseos silencioso como una sombra que espera el momento señalado por Dios para entrar en la tumba.

—Preparaos, Maximiliano —le dijo sonriendo—, mañana saldremos de París.

—¿No tenéis nada que hacer? —preguntó Morrel.

—No —respondió Montecristo—, y Dios quiera que no haya hecho demasiado.

Al día siguiente, en efecto, partieron, acompañados de Bautista por toda comitiva. Haydée había llevado a Alí, y Bertuccio quedó con Noirtier.

XVI. LA PARTIDA

Los sucesos que acababan de ocurrir preocupaban a todo París. Manuel y su esposa hablaban de ellos con una sorpresa bien natural en el salón de la calle de Meslay. Enlazaban entre sí las tres catástrofes, tan repentinas como inesperadas, de Morcef, de Danglars y de Villefort.

Maximiliano, que había venido a visitarles, les escuchaba, o más bien asistía a su conversación, sumido en su acostumbrada insensibilidad.

—En verdad —decía Julia— que podría creerse, Manuel, que todas esas gentes tan ricas, tan dichosas ayer, habían olvidado en el cálculo sobre el que establecieron su fortuna, su ventura y su consideración, la parte del genio malo, y que éste, como las hadas malditas de los cuentos de Perrault, a quienes se deja de convidar a alguna boda o algún bautizo, se ha aparecido de repente para vengarse de un fatal olvido.

—¡Cuántos desastres! —decía Manuel, pensando en Morcef y

en Danglars.

—¡Cuántos sufrimientos! —decía Julia, recordando a Valentina, a quien por un instinto de su sexo, no quería mentar delante de su hermano.

—Si es Dios quien les ha castigado —decía Manuel—, es porque Dios, bondad suprema, no ha hallado nada en el pasado de estas gentes que merezca la atenuación de la pena, es porque esas gentes estaban malditas.

—¿No eres muy temerario en tus juicios, Manuel? —dijo Julia—. Cuando mi padre, con la pistola en la mano, estaba dispuesto a saltar— se la tapa de los sesos, si alguien hubiese dicho como tú ahora: "Este hombre ha merecido su pena", ¿no se habría equivocado?

—Sí; pero Dios no ha permitido que nuestro padre sucumbiera, como no permitió que Abraham sacrificase a su hijo. Al Patriarca, como a nosotros, envió un ángel que cortase en la mitad del camino las alas de la muerte.

No bien acababa de pronunciar estas palabras cuando se oyó el sonido de la campana. Era la señal dada por el conserje de que llegaba una visita. Casi al mismo tiempo se abrió la puerta del salón, y el conde de Montecristo apareció en el umbral. Dos gritos de alegría salieron al mismo tiempo de los dos jóvenes. Maximiliano levantó la cabeza y la dejó caer abatida sobre el pecho.

—Maximiliano —dijo el conde, sin parecer notar las diferentes impresiones que su presencia causaba en los huéspedes—, vengo a buscaros.

—¿A buscarme? —dijo Morrel, como saliendo de un sueño.

—Sí —dijo Montecristo—; ¿no habíamos convenido en que os llevaría, y no os previne ayer que estuvieseis preparado?

—Heme aquí —dijo Maximiliano—, había venido a decirles adiós

—Y ¿dónde vais, señor conde? —dijo Julia.

—A Marsella, primero, señora.

—¿A Marsella? —repitieron a la vez ambos jóvenes.

—Sí, y me llevo a vuestro hermano.

—¡Ay!, señor conde —dijo Julia—, devolvédnoslo ya restablecido.

Morrel se volvió para ocultar una viva turbación.

—¿Estabais advertida de que se hallaba malo? —dijo el conde.

—Sí —respondió la joven—, y temo se enoje con nosotros.

—Le distraeré —siguió el conde.

—Estoy dispuesto —dijo Maximiliano—. ¡Adiós, mis buenos amigos; adiós, Manuel, adiós, Julia!

—¿Cómo, adiós? —exclamó Julia—, ¿partís así, de repente, sin preparativos, sin pasaporte?

—Esas son las dilaciones que aumentan el pesar de las separaciones —dijo el conde—, y Maximiliano estoy seguro de que ha debido prevenirse de todo, ya se lo había encargado.

—Tengo mi pasaporte y están hechas las maletas —dijo Morrel con su monótona calma.

—Muy bien —dijo Montecristo sonriéndose—; con esto ha de conocerse la exactitud de un buen soldado.

—¿Y nos dejáis ahora? —dijo Julia—, ¿al instante?, ¿sin darnos un día?, ¿una hora siquiera?

—Mi carruaje está a la puerta, señora. Es necesario que me halle en Roma dentro de cinco días.

—¡Pero Maximiliano no va a Roma! —dijo Manuel.

—Voy donde quiera el conde llevarme —dijo Morrel con triste sonrisa—, le pertenezco todavía un mes.

—¡Oh, Dios mío!, ¿qué significa eso, señor conde?

—Maximiliano me acompaña —dijo el conde con su persuasiva afabilidad—, tranquilizaos sobre vuestro hermano.

—¡Adiós, hermana! —dijo Morrel—, ¡adiós, Manuel!

—Siento una angustia... —dijo Julia—; ¡oh, Maximiliano, Maximiliano!, ¡tú nos ocultas algo!

—¿Vamos? —dijo Montecristo—; le veréis volver alegre, risueño, gozoso.

Maximiliano lanzó a Montecristo una mirada casi desdeñosa, casi irritada.

—¡Partamos! —dijo el conde.

—Antes de que partáis, señor conde —dijo Julia—, permitidnos deciros todo lo que el otro día...

—Señora —replicó el conde, tomándole ambas manos—, todo lo que me diríais no equivaldría nunca a lo que leo en vuestros ojos, lo que vuestro corazón ha pensado, lo que el mío ha comprendido. Como los bienhechores de novela, debería haber partido sin volver a veros, pero esta virtud superaba todas mis fuerzas, porque soy hombre débil y vanidoso, porque la mirada húmeda, alegre y tierna de mis semejantes me produce un bien. Ahora parto, y llevo mi egoísmo hasta deciros: No me olvidéis, amigos míos, porque no me volveréis a ver.

—¿No volveros a ver? —exclamó Manuel, mientras rodaban dos gruesas lágrimas por las mejillas de Julia—. ¡No volver a veros! ¡Pero no es un hombre, es un dios quien nos deja, y este dios va a subir al cielo después de haberse presentado en la tierra para hacer el bien!

—No digáis eso —repuso con vehemencia Montecristo—, no digáis eso, amigos míos. Los dioses no hacen jamás el mal. Los dioses se detienen donde quieren detenerse, la casualidad no es más fuerte que ellos, y ellos son por el contrario los que sujetan la suerte. No, yo soy un hombre, Manuel, y vuestra admiración es tan injusta como vuestras palabras son sacrílegas.

Apretando contra sus labios la mano de Julia, que se precipitó en sus brazos, tendió la otra mano a Manuel. Después, arrancándose de esta casa, dulce nido cuyo huésped era la felicidad, llevó tras sí, con una señal, a Maximiliano, pasivo, insensible y consternado, como lo estaba desde la muerte de Valentina.

—¡Devolved la alegría a mi hermano! —dijo Julia al oído de Montecristo.

Montecristo le estrechó la mano como lo había hecho once años antes en la escalera que conducía al despacho de Morrel.

—¿Confiáis siempre en Simbad el Marino? —preguntó sonriéndose.

—¡Sí!, ¡sí!

—Pues bien, descansad en la paz y confianza del Señor.

Como hemos dicho, esperaba la silla de posta. Cuatro caballos vigorosos erizaban las crines y golpeaban con impaciencia el pavimento.

Alí estaba esperando abajo con el rostro reluciente de sudor. Parecía llegar de una larga carrera.

—¡Y bien! —le preguntó el conde en árabe—, ¿estuviste en casa del anciano?

Alí hizo señal afirmativa.

—¿Y desplegaste la carta a sus ojos tal como lo dije?

—Sí —dijo respetuosamente el esclavo.

—¿Y qué ha dicho, o por mejor decir, qué ha hecho?

Alí se puso a la luz de modo que su señor pudiera verle, a imitando con su delicada inteligencia la fisonomía del anciano, cerró los ojos como hacía Noirtier cuando quería decir: ¡sí!

—¡Bien!, es que acepta —dijo Montecristo—, ¡partamos!

Apenas había pronunciado esta palabra, cuando ya el carruaje corría y los caballos hacían estremecer el empedrado despidiendo multitud de chispas.

Maximiliano se acomodó en su rincón sin decir una palabra.

Transcurrió media hora. Detúvose el carruaje repentinamente. El conde acababa de tirar del cordón de seda que estaba sujeto a un dedo de Alí. El nubio bajó y abrió la portezuela.

La noche estaba hermoseada por millares de estrellas. Estaban en lo alto del monte de Villejuif, sobre el plano donde París, como una mar sombría, agita los millares de luces que parecen olas fosforescentes, olas en efecto, olas más bulliciosas, más apasionadas, más movibles, más furiosas, más áridas que las del Océano irritado, olas que no conocen la calma como las del vasto mar, olas que chocan siempre, que espumean siempre, que sepultan siempre...

El conde quedó solo y a una señal de su amo, el carruaje avanzó un trecho.

Entonces estuvo un rato con los brazos cruzados, contemplando la fragua en donde se funden, retuercen y modelan todas las ideas que se lanzan como desde un centro hirviente para correr a agitar el mundo. Después de posar su mirada sobre aquella Babilonia de poetas religiosos y de fríos materialistas:

—¡Gran ciudad! —exclamó inclinando la cabeza y juntando las manos como para orar—, no hace seis meses que crucé tus umbrales. Creo que el espíritu de Dios me había traído, y que me vuelve triunfante. El secreto de mi presencia en tus muros se lo he confiado al Dios que solamente puede leer en mi corazón. El solo conoce que me alejo de aquí sin odio ni orgullo, pero no sin recuerdos. Sólo El sabe que no he hecho use ni por mí ni por vanas causas del poder que me había confiado. ¡Oh, gran ciudad!, ¡en lo seno palpitante he hallado lo que buscaba; minero incansable, he removido tus entrañas para extraer de ellas el mal; al presente mi obra está cumplida, mi misión terminada; al presente no puedes ofrecerme alegrías ni dolores! ¡Adiós, París, adiós!

Sus ojos se extendieron aún por la vasta llanura como la mirada de un genio nocturno. Después, pasando la mano por la frente, subió al carruaje, que se cerró tras él, y que desapareció bien pronto por el otro lado de la pendiente entre un torbellino de polvo y ruido.

Anduvieron diez leguas sin pronunciar una sola palabra. Morrel dormía, Montecristo le miraba dormir.

—Morrel —le dijo el conde—, ¿os arrepentís de haberme seguido?

—No, señor conde, pero dejar París... En París es donde Valentina reposa, y perder París es perderla por segunda vez.

—Los amigos que perdemos no reposan en la tierra, Maximiliano —dijo el conde—, están sepultados en nuestro corazón, y es Dios quien lo ha querido así para que siempre nos acompañen. Yo tengo dos amigos que me acompañan siempre también. El uno es el que me ha dado la vida, el otro es el que me ha dado la inteligencia. El espíritu de los dos vive en mí. Les consulto en mis dudas, y si hago algún bien, a sus consejos lo debo. Consultad la voz de vuestro corazón, Morrel, a inquirid de ella si debéis continuar poniendo tan mal semblante.

—La voz de mi corazón es bien triste, amigo mío —dijo Maximiliano—, y no me anuncia más que desgracias.

—Es propio de los espíritus débiles el ver todas las cosas a través de un velo. El alma se forma a sí misma sus horizontes. Vuestra alma es sombría, y os presenta un cielo borrascoso.

—Quizás esto sea cierto —dijo Maximiliano. Y cayó de nuevo en su estupor.

El viaje se hizo con aquella maravillosa rapidez, que era una de las propensiones del conde. Las ciudades se presentaban como sombras en su camino. Los árboles, sacudidos por los primeros vientos de otoño, parecían ir delante de ellos como gigantes desgreñados, y huían rápidamente cuando eran alcanzados. A la mañana siguiente llegaron a Chalons, donde les esperaba el vapor del conde. Sin perder un instante, el carruaje fue transportado a bordo. Los dos viajeros quedaron embarcados.

El buque estaba cortado de tal modo que parecía una piragua India. Sus dos ruedas parecían dos alas, con las cuales cortaba el agua como un ave viajera. Morrel mismo sentía una especie de desvanecimiento con la celeridad, y a veces el viento, que hacía flotar sus cabellos, parecía disipar por un momento las nubes de su frente.

En cuanto al conde, a medida que se alejaba de París, parecía rodearse como de una aureola con una serenidad casi sobrehumana. Hubiérasele tenido por un desterrado que regresaba a su patria.

Bien pronto Marsella, blanca, erguida, airosa. Marsella, la hermana menor de Tiro y de Cartago, y que las sucedió en el imperio del Mediterráneo. Marsella, más joven cuanto más envejece, presentóse ante sus ojos. Eran para ambos aspectos fecundos en recuerdos, la torre redonda, el fuerte de San Nicolás, la fonda de la ciudad de Puget, el puerto del muelle de ladrillo en donde los dos habían jugado en la niñez.

Así, de común acuerdo, se detuvieron ambos sobre la Cannebière.

Un navío partía para Argel. Los fardos, los pasajeros agolpados sobre el puente, la multitud de parientes, de amigos que se decían adiós, que gritaban y lloraban, espectáculo siempre conmovedor, aun para los que asisten diariamente a él. Este movimiento no pudo distraer a Maximiliano de una idea que se había apoderado de él, desde el instante en que puso el pie sobre el muelle.

—Mirad —dijo, tomando por el brazo a Montecristo—, he aquí el punto donde se detuvo mi padre cuando el Faraón entró en el puerto. Aquí el bravo, a quien salvasteis de la muerte y del deshonor, se arrojó a mis brazos; siento aún la impresión de sus lágrimas sobre mi rostro, y no lloraba solo, mucha gente lloraba al vernos.

Montecristo se sonrió.

—Allí estaba yo —dijo, mostrando a Morrel el ángulo de una calle.

Al decir esto, y en la dirección que indicaba el conde, se oyó un gemido doloroso, y se vio a una mujer que hacía una señal a un pasajero del navío que partía. Esta mujer estaba cubierta con un velo. Montecristo la siguió con los ojos con tal emoción que Morrel habría visto fácilmente si no hubiese tenido los ojos fijos sobre el navío, en dirección opuesta a aquella en que miraba el conde.

—¡Oh!, ¡Dios mío! —exclamó Morrel—; no me engaño, ese joven que saluda con el sombrero, ese joven de uniforme, con una charretera de subteniente, ¡es Alberto de Morcef!

—Sí —dijo Montecristo—; lo había conocido.

—¿Cómo?, ¡si miráis al lado opuesto!

El conde se sonrió, como hacía cuando no quería responder. Y sus ojos se dirigieron a la mujer embozada, que desapareció a la vuelta de la calle. Entonces se volvió.

—Caro amigo —dijo Montecristo—, ¿no tenéis nada que hacer en este lugar?

—Tengo que llorar sobre la tumba.

—Está bien. Id y esperadme allá abajo, me reuniré con vos.

—¿Me dejáis?

—Sí..., tengo también una piadosa visita que hacer.

Morrel dejó caer la mano sobre la que le tendía el conde. Después, con un movimiento de cabeza, cuya melancolía sería imposible describir, le dejó y se dirigió al Este de la ciudad.

El conde dejó alejarse a Maximiliano, permaneciendo en el mismo sitio hasta que desapareció. Dirigióse luego hacia las alamedas de Meillán, a fin de hallar la casita que al principio de esta historia ha debido hacerse familiar a nuestros lectores.

Levántase aún a la sombra de la gran alameda de tilos, que sirve de paseo a los marselleses ociosos, tapizada de extensos vástagos de parra que crecen sobre la piedra amarilla por el ardiente sol del mediodía, con sus brazos ennegrecidos y descarnados por la edad. Dos filas de piedras gastadas por el rote de los pies conducían a la puerta de entrada, puerta formada de tres planchas, que nunca, a pesar de su separación anual, habían reconocido pintura alguna, y esperaban pacientemente que la humedad las reuniese.

Esta casa, encantadora a pesar de su vejez, risueña, a pesar de su mísera apariencia, era la misma que habitaba en otro tiempo el padre de Dantés. El anciano habitaba sólo el piso superior, y el conde había puesto toda la casa a disposición de Mercedes.

Allí entró la mujer de largo velo que Montecristo había visto alejarse del navío que zarpaba, cerrando la puerta en el momento mismo en que él doblaba la esquina, de suerte que la vio desaparecer en el momento de encontrarla. Para él todos los pasos eran desde antiguo conocidos. Sabía mejor que nadie abrir aquella puerta, cuyo pestillo interior se levantaba con un clavo largo. Así entró, sin llamar, sin el menor aviso, como un amigo, como un huésped. Al fin de un sendero enladrillado veíase, rico de luz y de colores, un pequeño jardín, el mismo donde, en el plazo designado, Mercedes había hallado la suma, cuyo depósito el conde con su delicadeza había hecho subir a veinticuatro años. Desde el umbral de la puerta de la calle se distinguían los primeros árboles del jardín.

Al entrar el conde de Montecristo percibió un suspiro parecido a una queja. Este suspiro atrajo su mirada, y sobre una tuna de jazmín de Virginia de follaje espeso y de largas flores purpúreas, vino a Mercedes inclinada y llorando.

Había levantado su velo, y la faz del cielo, el rostro oculto entre las manos, dando curso a sus suspiros y sollozos, por tanto tiempo contenidos en presencia de su hijo. El conde avanzó unos pasos, y pudieron oírse sus pisadas. Mercedes levantó la cabeza y lanzó un grito de esparto al ver a un hombre ante sí.

—Señora —dijo Montecristo—, no está en mí poder traeros la ventura, pero os ofrezco un consuelo. ¿Os dignaréis aceptarlo como de un amigo?

—Soy, en efecto, muy desventurada —respondió Mercedes—, sofá en el mundo..., no tenía más que un hijo y me ha dejado.

—Ha hecho bien, señora —replicó el conde—, y tiene un noble corazón. Ha comprendido que todo hombre debe un tributo a la patria. Unos su talento, otros su industria, éstos sus vigilias, aquellos su sangre. Permaneciendo a vuestro lado, habría consumido una vida inútil. No habría podido acostumbrarse a vuestros dolores. Se hubiera hecho ocioso por indolencia. Se hará grande y fuerte luchando contra su adversidad, que cambiará en fortuna. Dejadle reconstituir vuestro porvenir para los dos, señora. Me atrevo a asegurar que está en manos seguras.

—¡Oh! —dijo la mujer, moviendo tristemente la cabeza—, esta fortuna de que me habláis, y que ruego a Dios le conceda desde el fondo de mi alma, no la gozaré yo. Han fracasado tantas cosas en mí y a mi alrededor, que me siento cerca de la tumba. Habéis hecho bien, señor conde, en traerme al punto donde era dichosa; donde una ha sido dichosa debe morir.

—¡Ay! —dijo el conde—, todas vuestras palabras, señora, caen amargas y abrasadoras sobre mi corazón, tanto más amargas y abrasadoras cuanto que vos tenéis razón para odiarme. He causado todos vuestros males, no me lloréis en vez de acusarme. Me haríais aún más desdichado.

—¿Odiaros, acusaros a vos, Edmundo? ¿Odiar, acusar al hombre que salvó la vida de mi hijo, porque era vuestra intención fatal y sangrienta, no es verdad? ¿Matar al señor de Morcef, el hijo de que estaba tan orgullosa? ¡Oh!, miradme, y veréis si hay en mí la apariencia de una reconvención.

El conde levantó la mirada y la posó en Mercedes, que medio en pie, extendía sus dos manos hacia él.

—¡Oh!, miradme —continuó, con un sentimiento de profunda melancolía—, puede resistirse hoy el brillo de mis ojos; no es éste el tiempo en que yo venía a sonreír a Edmundo Dantés, que me esperaba allá arriba, en la ventana del tejado, bajo la cual habitaba su anciano padre... Desde entonces, cuántos días dolorosos han pasado abriendo un abismo de pesares entre él y yo. ¡Acusaros, Edmundo, odiaros, amigo mío, no! A mí es a quien acuso y odio. ¡Oh!, ¡miserable de mí! —exclamó juntando las manos y levantando los ojos al cielo—. He sido castigada... Tenía religión, inocencia, amor, estas tres venturas de los ángeles, y, miserable de mí, dudo de Dios.

Montecristo dio un paso hacia ella, y le tendió la mano en silencio.

—No —dijo ella, retirando suavemente la suya—, no, amigo mío, no me toquéis. Me habéis perdonado, y sin embargo, de todos aquellos a quienes habéis herido, yo era la más culpable. Todos los demás han obrado por odio, por codicia, por egoísmo; yo, por maldad. Ellos deseaban, yo he tenido miedo. No, no estrechéis mi mano, Edmundo; meditáis alguna palabra afectuosa, lo siento, no la digáis, guardadla para otra, ¡Yo no soy digna, yo...! Mirad —descubrió de repente su rostro—ved, la desgracia ha puesto mis cabellos grises. Mis ojos han vertido tantas lágrimas que están rodeados de venas violáceas, mi frente se arruga. Vos, por el contrario, Edmundo, vos sois siempre joven, siempre hermoso, siempre altivo. Es que habéis tenido fe, es que habéis tenido fuerza, es que habéis descansado en Dios, y Dios os ha sostenido. Yo he sido malvada; he renegado, Dios me ha abandonado y aquí veis el resultado.

Mercedes rompió en lágrimas. El corazón de la mujer se despedazaba al choque de los recuerdos. Montecristo asió su mano, y la besó respetuosamente, pero Mercedes notó que este beso carecía de ardor, como el que el conde pudiera haber estampado en la mano de mármol de la estatua de una santa.

—Hay —continuó— existencias predestinadas, cuya primera falta destroza todo su porvenir. Os creía muerto, ¡y debería haber muerto yo también!, porque ¿para qué ha servido que yo llevase eternamente vuestro duelo en mi corazón?, para convertir a una mujer de treinta y nueve años en una mujer de cincuenta. He aquí todo. ¿De qué sirve que sola entre todos, habiéndoos reconocido, haya salvado únicamente a mi hijo? ¿No debía también salvar al hombre, por culpable que fuese, a quien había aceptado por esposo? No obstante, le he dejado morir, ¿qué digo? ¡Dios mío! ¡He contribuido a su muerte con mi torpe insensibilidad, con mi desprecio, no recordando, no queriendo recordar que por mí se hizo traidor y perjuro! ¿De qué sirve en fin que haya acompañado a mi hijo hasta aquí, cuando aquí le abandono, cuando aquí le dejo partir solo, cuando le entrego a la devoradora tierra de África? ¡Oh!, he sido malvada, ¡os lo aseguro!, he renegado de mi amor, y como los renegados, comunico la desgracia a cuanto me rodea.

—No, Mercedes —dijo Montecristo—, no; tened mejor opinión de vos misma. No, vos sois una noble y santa mujer, y me habíais desarmado con vuestro dolor; pero tras de mí, invisible, desconocido, irritado, estaba Dios, de quien yo no era más que mandatario, y que no ha querido contener el rayo que yo mismo había arrojado. ¡Oh!, juro ante el Dios a cuyos pies hace diez años me prosterno diariamente, juro a Dios que os había hecho el sacrificio de mi vida, y con mi vida, de los proyectos a ella encadenados. Pero lo digo con orgullo, Mercedes, Dios tenía necesidad de mí, y he vivido. Examinad el pasado y el presente, tratad de adivinar el porvenir, y ved que soy el instrumento del

Señor. Las más terribles desventuras, los más crueles sufrimientos, el abandono de todos los que me amaban, la persecución de los que no me conocen, he aquí la primera parte de mi vida. Luego, inmediatamente después, el cautiverio, la soledad, la miseria. Después el aire, la libertad, una fortuna tan brillante, tan fastuosa, tan desmesurada, que a no ser ciego he debido pensar que Dios me la enviaba en sus grandes designios. Tal fortuna me pareció un sacerdocio, y no hubo un pensamiento en mí para esta vida, de que vos, pobre mujer, vos habéis acaso saboreado la dulzura; ni una hora de calma, ni una sola, me sentía lanzado como la nube de fuego, pasando desde el cielo a abrasar las ciudades malditas. Como los aventureros capitanes que se embarcan para un viaje peligroso, para una osada expedición, preparé víveres, cargué las armas, reuní los medios de ataque y defensa, habituando mi cuerpo a los ejercicios más violentos, mi alma a las cosas más rudas, ejercitando mi brazo en dar muerte, mis ojos en ver sufrir, mis labios a la sonrisa ante los aspectos más terribles. De bueno, confiado y olvidadizo que era, me hice vengativo, disimulado, perverso, o más bien impasible como la sorda y ciega fatalidad. Entonces me arrojé por el sendero que me estaba abierto, franqueé el espacio, llegué al término. ¡Horror para los que he hallado en mi camino!

—¡Basta! —dijo Mercedes—, ¡basta, Edmundo! Creed que la única que ha podido reconoceros, sólo ella ha podido también comprenderos. ¡Oh, Edmundo!, ¡la que ha sabido reconoceros, la que ha podido comprenderos, ésta, aunque la hubieseis encontrado en vuestro camino y la hubieseis estrellado como un vaso, ésta ha debido admiraros, Edmundo!

Como hay un abismo entre mí y el pasado, hay un abismo entre vos y los demás hombres; y mi más dolorosa tortura, os lo digo, es la de comparar, porque no hay nada en el mundo que equivalga a vos, que a vos se asemeje. Ahora decidme adiós, y separémonos, Edmundo.

—Antes de que os deje, ¿qué es lo que deseáis, Mercedes? —inquirió Montecristo.

—No deseo más que una cosa, Edmundo: que mi hijo sea dichoso.

—Rogad al Señor, que tiene la existencia de los hombres entre sus manos, que aleje de él la muerte, yo me encargo dé lo demás.

—Gracias, Edmundo.

—¿Pero vos, Mercedes?

—¡Yo! No tengo necesidad de nada, vivo entre dos tumbas: una de Edmundo Dantés, muerto hace bastante tiempo; ¡le amaba! Esta palabra no sienta bien a mi labio helado, pero mi corazón recuerda constantemente, y por nada del mundo querría borrar de él este recuerdo. La otra es la de un hombre muerto por Edmundo Dantés. Aplaudo al matador, pero debo rogar por el muerto.

—Vuestro hijo será dichoso, señora—repitió el conde.

—Entonces seré tan dichosa como puedo llegar a ser —aseguró Mercedes.

—Pero..., en fin..., ¿qué haréis?

Mercedes sonrió tristemente.

—Deciros que viviré en este país como la Mercedes de otro tiempo, es decir, trabajando, no lo creeréis. No sé más que orar, pero no necesito trabajar. El pequeño tesoro por vos escondido ha sido hallado en el lugar que designasteis. Se indagará quién soy, se preguntará qué hago, se indagará cómo vivo. ¿Qué importa? Es un asunto guardado entre Dios, vos y yo.

—Mercedes —dijo el conde—, no os hago una reconvención, pero habéis exagerado el sacrificio abandonando la fortuna acumulada por el señor Morcef, y cuya mitad correspondía de derecho a vuestra economía y desvelos.

—Comprendo lo que vais a proponerme, pero no puedo aceptar, Edmundo; mi hijo me lo prohibiría.

—Así me guardaré bien de hacer nada por vos que no merezca la aprobación del señor Alberto de Morcef. Sabré sus intenciones y me someteré a ellas. Pero si acepta lo que deseo hacer, ¿le imitaréis sin repugnancia?

—Ya sabéis, Edmundo, que no soy una criatura pensadora. Resolución no la hay en mí más que para no determinarme nunca. Dios me ha atormentado tanto en sus borrascas, que he perdido la voluntad. Me hallo entre sus manos como una avecilla en las garras del águila. No quiere que muera, puesto que vivo. Si me envía auxilio, es porque querrá, y yo lo recibiré.

—¡Pensad, señora —dijo Montecristo—, que no es así como se adora a Dios! Dios quiere que se le comprenda y que se le discuta su poder. Por esto nos ha dado el libre albedrío.

—¡Desventurado! —exclamó Mercedes—, no me habléis así. Si yo creyese que Dios me ha dado el libre albedrío, ¿qué me quedaba para librarme de la desesperación?

El conde palideció ligeramente, y bajó la cabeza, agobiado por la vehemencia de este dolor.

—¿No queréis decirme hasta la vuelta? —exclamó, tendiéndole la mano.

—Sí, Edmundo, os digo hasta la vuelta —replicó Mercedes señalando hacia el cielo con ademán solemne—; esto es probaros que espero todavía.

Y después de tocar la mano del conde con la suya temblorosa, Mercedes descendió apresuradamente la escalera, y desapareció a los ojos de Edmundo.

Montecristo salió entonces lentamente de la casa y tomó el camino del puerto. Pero Mercedes no le vio alejarse, aunque se hallaba ante la ventana de la habitación del padre de Dantés. Sus ojos buscaban a lo lejos el buque que llevaba a su hijo por los vastos mares. Verdad es, sin embargo, que su voz, a pesar suyo, murmuró muy quedo:

—¡Edmundo! ¡Edmundo! ¡Edmundo!

XVII. LO PASADO

Edmundo salió con el alma acongojada de aquella casa, en la que dejaba a Mercedes para no volverla a ver jamás, según todas las probabilidades.

Desde la muerte del pequeño Eduardo, habíase operado una gran transformación en el conde de Montecristo. Llegado a la cima de su venganza por la pendiente lenta y tortuosa que había seguido, se encontraba al otro lado de la montaña con el abismo de la duda.

Había más. La conversación que acababa de tener con Mercedes había despertado tantos recuerdos en su corazón, que en sí mismos necesitaban ser combatidos.

Un hombre del temple del conde de Montecristo no podía estar mucho tiempo sumergido en la melancolía que suele reinar en las almas vulgares, dándoles una originalidad aparente, pero que aniquila las almas superiores. El conde se decía que para que llegase a vituperarse él mismo era bastante el que se introdujese un error en sus cálculos.

—Miro mal lo pasado —dijo—, y no puedo haberme engañado así. ¡Cómo! —continuó—, ¡el objeto que me había propuesto sería un objeto insensato! ¡Cómo!, ¡habría andado un camino equivocado por espacio de diez años! ¡Cómo!, ¡una hora bastaría para probar al arquitecto que la obra de todas sus esperanzas era, si no imposible, al menos sacrílega!

"No quiero habituarme a esta idea, me volvería loco. Lo que falta a mis razonamientos de hoy es la apreciación exacta de lo pasado, porque veo este pasado del otro lado del horizonte. En efecto, a medida que se avanza, lo pasado, parecido al paisaje a cuyo través se marcha, se borra a medida que nos alejamos. Me ocurre lo que a los que se hieren durmiendo, ven y sienten la herida, y no recuerdan haberla recibido.

"¡Ea, pues, hombre degenerado! ¡Ea, rico extravagante! ¡Ea, vos que dormís despierto! ¡Ea, visionario omnipotente! ¡Ea, millonario invencible!, recuerda por un instante la funesta perspectiva de lo vida miserable y hambrienta. Repasa los caminos por donde la fatalidad lo ha lanzado, o la desgracia lo ha conducido, o la desesperación lo ha recibido. Bastantes diamantes, oro y ventura brillan hoy en los cristales del espejo en donde Montecristo mira a Dantés. Oculta esos diamantes, pisa ese oro, borra esos rayos. Rico, vuelve a hallar al pobre; libre, vuelve a encontrar al preso; resucitado, vuelve a reconocer al cadáver."

Y diciéndose a sí mismo todas estas cosas, Montecristo seguía por la calle de la Caissierie. Era la misma por donde hacía veinticuatro años había sido llevado por una guardia silenciosa y nocturna; sus casas, de un aspecto risueño, estaban aquella noche sombrías, silenciosas y cerradas.

—No obstante, son las mismas —murmuró Montecristo—, sólo que entonces era de noche; hoy es de día, el sol lo alumbra todo y llena de alegría.

Descendió al muelle por la calle de Saint—Laurent, y avanzó hacia la Consigna, punto del puerto en donde había embarcado. Distinguió un barco de paseo, y Montecristo llamó al patrón, quien se dirigió al punto hacia él.

El tiempo estaba magnífico, el viaje fue una fiesta. El sol descendía hacia el horizonte, rojo y resplandeciente, y se dibujaba entre las olas. La mar, tersa como un espejo, se rizaba a veces con el movimiento de los peces, que perseguidos por algún enemigo oculto, salían fuera del agua en busca de otro elemento. En fin, por el horizonte veíanse pasar blancas y graciosas, como mudas viajeras, las barcas de los pescadores que van a las Martigues, o los buques mercantes car-gados para Córcega o para España.

A pesar de tan hermoso cielo, de las barcas de graciosos contornos, de los dorados rayos que inundaban el paisaje, el conde, envuelto en su capa, recordaba uno por uno todos los pormenores del terrible viaje. La luz única y aislada que alumbraba a los Catalanes, la vista del castillo de If, que le reveló dónde se le llevaba; la lucha con los gendarmes cuando quiso arrojarse al mar, su desesperación cuando se sintió vencido, y la fría sensación de la boca del cañón de la carabina, apoyada sobre su sien como un anillo de hierro. Y poco a poco, como las fuentes secadas por el estío, cuando se amontonan las nubes del otoño, que se humedecen paulatinamente y comienzan a caer gota a gota, el conde de Montecristo sintió igualmente caer sobre su pecho la antigua hiel extravasada que había otras veces inundado el corazón de Edmundo Dantés.

Para él no hubo desde entonces nada de bello cielo, de barcas graciosas, de luz ardiente. El cielo se cubrió de un fúnebre crespón, y la aparición de la negra y gigantesca mole del castillo de If le hizo estremecerse, como si se le hubiese aparecido de repente el fantasma de un enemigo mortal.

Llegaron. Instintivamente el conde retrocedió hasta la extremidad de la barca. El patrón creyó deber decirle con la voz más cariñosa:

—Hemos llegado, señor.

Montecristo recordó que en aquel mismo punto, sobre la misma roca, había sido violentamente arrastrado por sus guardias, y que se le había obligado a subir aquella pendiente con la punta de una bayoneta.

El camino le había parecido en otro tiempo muy largo a Dantés. Montecristo le encontraba muy corto. Cada golpe de remo le había hecho brotar, con la húmeda espuma del mar, un millar de pensamientos y recuerdos. Desde la revolución de julio no había prisioneros en el castillo de If. Un puesto destinado a impedir el contrabando ocupaba sólo sus cuerpos de guardia. A la puerta del castillo se hallaba un conserje aguardando a los curiosos para mostrarles aquel monumento de terror, convertido en un monumento de curiosidad. Y no obstante, aunque enterado de todos esos pormenores, cuando entró bajo su bóveda, cuando bajó la negra escalera, cuando fue conducido a los calabozos que deseaba ver, una palidez mortal cubrió su frente, y un sudor helado refluyó hasta su corazón.

El conde preguntó si quedaba algún antiguo carcelero del tiempo de la Restauración. Todos habían sido despedidos, o pasado a ocupar otros puestos.

El conserje que le guiaba estaba sólo desde 1830. Fue conducido a su propio calabozo.

Vio la luz opaca del día entrar por el estrecho ventanuco. El sitio donde estaba su lecho, sacado después, y detrás, aunque cerrada, visible aún por su piedra más nueva, la abertura hecha por el abate Faria.

Montecristo sintió debilitarse sus piernas. Tomó un asiento de madera y se sentó.

—¿Se refieren algunas historias de este castillo, a más de la prisión de Mirabeau? —preguntó el conde—, ¿hay alguna tradición en esta mansión lúgubre que haga creer que los hombres han encerrado en ella algún viviente?

—Sí, señor —dijo el conserje—, y de este mismo calabozo me ha transmitido una el carcelero Antonio.

El conde se estremeció. Ese carcelero Antonio era el suyo. Había casi olvidado su nombre y su fisonomía. Pero al oírle nombrar, le recordó tal cual era, con su poblada barba, su ropa parda y su manojo de llaves, de las que le parecía oír aún el ruido.

Montecristo se volvió y creyó verle en la sombra del corredor, muy oscuro a pesar de la luz de la antorcha que ardía en las manos del conserje.

—¿Queréis que os la cuente? —preguntó el conserje.

—Sí —contestó el conde—, empezad.

Y puso la mano sobre su corazón, para comprimir un violento latido y conmovido al oír contar su propia historia.

—Decid —repitió.

—Este calabozo —repuso el conserje— estaba ocupado hace mucho tiempo por un prisionero, hombre muy peligroso, a lo que parece, y tanto más cuanto que era industrioso a inteligente. Otro ocupaba este castillo al mismo tiempo que él. Este no era malvado, era un pobre sacerdote loco.

—¡Ah!, sí, loco—repitió el conde—, ¿y cuál fue su locura?

—Ofrecía millones a cambio de la libertad.

Montecristo levantó los ojos al cielo, pero no lo veía. Existía una barrera impenetrable entre él y el firmamento. Pensó en que había mediado otra no menos espesa entre los ojos de aquellos a quienes había ofrecido el abate Faria sus tesoros, y entre estos mismos tesoros ofrecidos.

—¿Podían verse unos a otros? —preguntó Montecristo.

—¡Oh!, no, señor; estaba rigurosamente prohibido. Pero burlaron esta prohibición abriendo una galería de un calabozo a otro.

—¿Y quién de los dos abrió esa galería?

—¡Oh!, fue ciertamente el joven —dijo el conserje—, el joven era diestro y fuerte, mientras el abate era viejo y débil, y su inteligencia era además demasiado vacilante para seguir una idea.

—¡Ciegos! —murmuró Montecristo.

—El joven abrió, pues, la galería. ¿Con qué?, se ignora, pero la abrió, y la prueba es que pueden observarse aún las señales. Mirad, ¿lo veis?

Y acercó la antorcha a la muralla.

—¡Ah!, sí, ciertamente —dijo el conde con una voz fuertemente conmovida.

—Resulta que los presos se comunicaron. ¿Cuánto duró esta comunicación? No se sabe. Un día, el preso viejo cayó enfermo y murió. Adivinad lo que hizo el joven —dijo el conserje interrumpiéndose.

—Decid.

—Cogió el cadáver, y lo puso encima de su propio lecho, la nariz hacia la muralla. Después volvió al calabozo vacío, abrió el agujero, y se metió en el saco mortuorio. ¿Habéis visto nunca una idea semejante?

Montecristo cerró los ojos, y se sintió agitado por todas las impresiones que había experimentado, cuando la tela grosera del frío cadáver le tocó y le rozó con su semblante.

El carcelero prosiguió:

—Ved, ved aquí su proyecto. Creía que se enterraban los cadáveres en el castillo de If, y como dudaba mucho de que se hicieran gastos de funeral para los presos, contó con levantar la tierra con sus espaldas, pero había por desgracia una costumbre que frustró su intento. No se enterraba a los muertos, se les ataba una piedra a los pies y se les arrojaba al mar, y esto es lo que se hizo. Nuestro hombre fue lanzado al agua desde lo alto de la galería. Al día siguiente se halló el verdadero cadáver en su lecho, y se descubrió todo, porque los sepultureros dijeron entonces lo que antes no habían osado decir. Que en el momento de lanzar el cuerpo oyeron un grito terrible, ahogado en el instante mismo por el agua en la cual fue a desaparecer.

Montecristo respiraba fatigosamente. El sudor cubría su rostro. La angustia oprimía su corazón.

—¡No! —murmuró—, ¡no!, la duda que he experimentado era un principio de olvido, pero el corazón se abre de nuevo, y vuelve a estar sediento de venganza.

—¿Y el preso? —preguntó ansioso—. ¿Se ha vuelto a oír hablar de él?

—Jamás. Se cree una de dos cosas, o que murió en el acto, o que se ahogó en el mar.

—Decís que se le ató una bala a los pies. Caería derecho.

—Caería tal vez así —repuso el conserje—, y el peso de la bala le llevaría al fondo, en donde debió de quedar el pobre hombre.

—¿Le lloráis?

—Por vida mía que sí, aunque estuviese así en su elemento.

—¿Qué queréis decir?

—Que por aquel entonces se decía que aquel desgraciado había sido en su tiempo oficial de marina detenido por bonapartista.

—¡Cierto! —murmuró Montecristo—. Dios lo ha hecho para sobrenadar en las aguas y en las llamas.

Así el pobre marino vio en sus recuerdos algunos contornos de la historia que se refería sin duda en el hogar doméstico, estremeciéndose tal vez con la consideración de que había hendido el espacio para sepultarse en lo profundo de los mares.

—¿No se supo nunca su nombre? —preguntó el conde en voz alta.

—¡Oh!, no —dijo el conserje—. No era conocido más que por el número treinta y cuatro.

—¡Villefort! ¡Villefort! —murmuró Montecristo—, he aquí lo que hartas veces has debido decirte cuando mi espectro causaba tus insomnios.

—¿Queréis continuar la visita? —preguntó el conserje.

—Sí; sobre todo, si tenéis la bondad de mostrarme la morada del pobre abate.

—¡Ah! El número veintisiete.

—Sí, veintisiete —repitió Montecristo.

Y le parecía oír aún la voz del abate Faria, cuando le pedía su nombre, diciéndole aquel número a través de la muralla.

—Venid.

—Esperad —dijo Montecristo— que eche la mirada sobre todas las fases de este calabozo.

—Bueno —dijo el guía—, ahora resulta que he olvidado la llave del otro.

—Idla a buscar.

—Os dejo la antorcha.

—No; lleváosla.

—Pero os vais a quedar a oscuras.

—Es que puedo ver en medio de la oscuridad.

—¡Lo mismo que él!

—¿Que quién?

—El número treinta y cuatro. Se dice que estaba tan habituado a la oscuridad, que hubiera distinguido una espina en lo más oscuro del calabozo.

—Necesitó diez años para llegar a tal estado —murmuró el conde.

El guía se alejó, llevándose la antorcha.

El conde había dicho la verdad. Apenas estuvo algunos segundos en la oscuridad, cuando ya lo distinguía todo como en medio del día. Entonces miró a su alrededor y reconoció palpablemente su calabozo.

—Sí —dijo—, ¡he aquí la piedra donde me sentaba, he aquí señaladas mis espaldas en el muro! ¡He aquí el rastro de la sangre que corrió de mi frente el día que quise romperla contra la pared! ¡Oh!, estos caracteres..., los recuerdo..., los escribí un día que calculaba la edad de mi padre para ver si lo volvería a encontrar vivo, y la edad de Mercedes para ver si la encontraría libre... Tuve un momento de esperanza después de efectuar el cálculo... ¡No tenía en cuenta el hambre y la infidelidad!

Y una amarga sonrisa se escapó de la boca del conde. Acababa de ver, como en un sueño, a su padre llevado a la tumba... ¡A Mercedes caminando hacia el altar!

En la otra pared atrajo su mirada una inscripción. Veíase aún, en el verdoso muro.

—DIOS MIO —leyó Montecristo—, ¡CONSERVADME LA MEMORIA!

»¡Oh!, sí —exclamó—; he ahí la última plegaria de mis últimos tiempos. No pedía la libertad, pedía la memoria, temiendo volverme loco y olvidar. Dios mío, me habéis conservado la memoria, y todo lo recuerdo ahora, ¡gracias, gracias, Dios mío! »

En este momento la luz de la antorcha reflejó en el muro. Era el guía que bajaba.

El conde le salió al encuentro.

—Seguidme —dijo, y sin necesidad de la luz del día, le hizo seguir un corredor subterráneo que conducía a otra entrada.

Aún allí fue asaltado Montecristo por un torbellino de pensamientos.

Lo primero que vio fue el meridiano trazado en la muralla, con cuyo auxilio sabía las horas el abate Faria. Luego, los restos del lecho en que murió el pobre preso.

Al verlo, en vez de la angustia que el conde había experimentado en el calabozo, abrió su corazón a un sentimiento dulce y tierno, un sentimiento de gratitud, y las lágrimas saltaron de sus ojos.

—Aquí es —dijo el guía— donde estaba el abate loco, por allí venía a encontrarle el joven —y señaló a Montecristo la abertura de la galería aún no cerrada—. Por el color de la piedra —prosiguió— ha reconocido un sabio que deba de hacer diez años poco más o menos que los dos presos se comunicaban en estos sitios. ¡Pobres gentes, cuánto debieron de aburrirse en diez años!

Dantés sacó algunos luises de su bolsillo y tendió la mano hacia el hombre que por segunda vez le compadecía sin conocerle.

El conserje los recibió, creyendo eran algunas monedas de poco valor, pero a la luz de la antorcha, diose cuenta de la suma que se le entregaba.

—Señor —le dijo—, os habéis equivocado.

—¿En qué?

—Es oro lo que me dais.

—Ya lo sé.

—¡Cómo! ¿Lo sabéis?

—Sí.

—¿Teníais la intención de darme este oro?

—Sí.

—¿Y puedo guardármelo sin recelo alguno?

El conserje contempló lleno de admiración a Montecristo.

—¡Y honrosamente! —dijo el conde, como Hamlet.

—Señor —repuso el conserje, no atreviéndose a creer en su suerte—, señor, no comprendo vuestra generosidad.

—Es fácil de comprender sin embargo —dijo el conde—. He sido marino, y vuestra historia me ha conmovido extraordinariamente.

—Entonces, señor —dijo el guía—, puesto que sois tan generoso, merecéis que os ofrezca yo alguna cosa.

—¿Qué tenéis que ofrecerme, amigo mío? ¿Conchas, obras de paja?, gracias.

—No, señor, no. Alguna cosa que se refiere a la historia presente.

—¿De veras? —exclamó el conde—, ¿y qué es ello?

—Escuchad —dijo el conserje—, he aquí lo que pasó. Dije para mí, siempre se descubre algo en una morada ocupada diez años por un preso, y me puse a registrarlo todo; observé que sonaba a hueco debajo del lecho y en el hogar de la chimenea.

—Sí —dijo el conde—, sí.

—Levanté las piedras, y hallé...

—Una escala de cuerda, herramientas —exclamó el conde Montecristo.

—¿Cómo sabéis eso? —preguntó el conserje, sorprendido.

—No lo sé, lo adivino —dijo el conde—,son cosas que se hallan ordinariamente en los escondrijos de los presos.

—Sí, señor, sí —dijo el guía—, una escala de cuerda y herramientas.

—¿Y las tenéis aún? —exclamó Montecristo.

—No, señor; vendí estos diferentes objetos, que eran muy curiosos a los visitantes, pero me queda otra cosa.

—¿Qué? —preguntó el conde con impaciencia.

—Me queda una especie de libro escrito sobre tiras de tela.

—¡Oh! —exclamó el conde—, ¿conserváis ese libro?

—No sé si es un libro —dijo el conserje—, pero me queda lo que os digo.

—Ve a buscármelo, amigo mío, ve —dijo Montecristo—, y si es lo que presumo, estate tranquilo.

—Voy, señor. Y el guía salió.

Edmundo fue a arrodillarse piadosamente ante los restos del lecho que la muerte había convertido para él en altar.

—¡Oh!, mi segundo padre —dijo—, tú que me diste libertad, ciencia, riqueza; tú, que parecido a las criaturas de una especie superior a la nuestra, tenías la ciencia del bien y del mal, si en el fondo de la tumba queda de nosotros alguna cosa que se levante a la voz de los que moran sobre la tierra, si en la transformación que sufre el cadáver alguna cosa animada flota en los lugares en donde hemos amado o sufrido mucho, noble corazón, espíritu supremo, alma profunda, con una palabra, con un signo, con una revelación cualquiera, líbrame, lo ruego, en nombre del amor paternal que me dispensabas, y del respeto filial que lo profesé, del resto de duda, que vendrá a ser un remordimiento si no se cambia en mí en convicción.

Montecristo bajó la cabeza y juntó las manos.

—Ved, señor —le dijo una voz a sus espaldas. El conde tembló y se volvió.

El conserje le entregó las tiras de tela en donde el abate Faria había depositado todos los tesoros de su ciencia. Este manuscrito era la gran obra del abate Faria sobre el reino de Italia.

El conde se apoderó de él con presteza, y sus ojos, mirando el epígrafe, leyeron:

"Arrancarás los dientes al dragón, y pisotearás los leones, ha dicho el Señor."

—¡Ah! —exclamó—, ¡he aquí la respuesta! ¡Gracias, padre mío, gracias!

Y sacando del bolsillo una cartera que contenía diez billetes de banco de mil francos cada uno:

—Tómala —dijo al conserje.

—¿Me la dais?

—Sí, pero a condición de que no la mirarás hasta que yo haya partido.

Y guardando en el pecho la reliquia que acababa de encontrar, y que para él equivalía al más preciado tesoro, salió del subterráneo y subió a la barca.

—¡A Marsella! —dijo.

Luego, alejándose, con los ojos fijos en la sombría prisión:

—¡Horror! —dijo—, ¡para los que me encerraron en ella, y para los que han olvidado que en ella estuve!

Al pasar otra vez por los Catalanes, el conde se volvió, y envolviendo la cabeza en la capa, murmuró el nombre de una mujer.

La victoria era completa. Montecristo había vencido la duda por dos veces.

Ese nombre, que pronunció con una expresión de ternura que era casi amor, era el nombre de Haydée.

Al poner el pie en tierra, el conde se dirigió al cementerio, seguro de encontrar a Morrel.

También él, diez años antes, había buscado piadosamente una tumba en el cementerio, y la había buscado inútilmente. Volviendo a Francia con millones, no había podido encontrar la tumba de su padre, muerto de hambre. Morrel mandó poner en ella una cruz, pero esta cruz se cayó y el enterrador la quemó, como hacen todos ellos, encendiendo lumbre en el cementerio. El honrado naviero había sido más afortunado. Muerto en brazos de sus hijos, fue llevado por ellos a enterrar cerca de su mujer, dos años antes entrada en la eternidad. Dos largas losas de mármol, con sus nombres inscritos en ellas, estaban extendidas, una al lado de otra, en un pequeño recinto, rodeado por una balaustrada de hierro, y sombreado por cuatro cipreses.

Maximiliano se apoyaba en uno de estos árboles, y tenía

clavados sus ojos inciertos sobre las dos tumbas.

Su dolor era profundo, casi le trastornaba.

—Maximiliano —le dijo el conde—, no es ahí donde se debe mirar, sino allí.

Y le señaló el cielo.

—Los muertos se encuentran en todas partes —dijo Morrel—, ¿no me lo dijisteis al hacerme abandonar París?

—Maximiliano —dijo el conde—, me pedisteis durante el viaje deteneros algunos días en Marsella. ¿Es éste aún vuestro deseo?

—No tengo deseos, conde. Aunque creo que esperaré menos penosamente en Marsella que otras veces.

—Tanto mejor, Maximiliano, porque os dejo, llevándome vuestra palabra, ¿no es verdad?

—¡Ah!, lo olvidaré, conde—dijo Morrel—, lo olvidaré.

—No, no lo olvidaréis, porque sois hombre de honor antes que todo, Morrel, porque lo habéis jurado, porque vais a jurarlo de nuevo.

—¡Oh!, conde, ¡tened piedad de mí!, conde, ¡soy tan desgraciado!

—Conocí a un hombre más desgraciado que vos, Morrel.

—Es imposible.

—¡Ah! —dijo Montecristo—, es uno de los orgullos de nuestra pobre humanidad el creerse cada hombre más desgraciado que cualquier otro que gime y llora a su lado.

—¿Qué mayor desgracia que la del que pierde el único bien que amaba y deseaba en el mundo?

—Escuchad, Morrel —dijo el conde—, y fijad un momento vuestro espíritu en lo que voy a deciros. He conocido un hombre que, como vos, había depositado todas sus esperanzas de ventura en una mujer. Ese hombre era joven, tenía un padre anciano al que amaba, una mujer que pronto iba a ser su esposa, y a la cual idolatraba. Iba a casarse, cuando de repente, uno de esos caprichos de la suerte que haría dudar de la bondad de Dios, si Dios no se revelase al cabo, mostrando que todo es para El un medio de guiar a su unidad infinita, cuando de repente un capricho de la suerte le robó la libertad, la novia, el porvenir que entreveía y que creía cierto, porque, ciego como estaba, no podía leer más que en lo presente, para sumergirle en la lobreguez de un calabozo.

—¡Ah! —dijo Morrel—, ¡se sale de un calabozo al cabo de ocho días, de un mes, de un año!

—Estuvo en él catorce años, Morrel —dijo el conde poniendo la mano en el hombro del joven.

Maximiliano se estremeció.

—¡Catorce años! —murmuró.

—¡Catorce años! —repitió el conde—, y también durante ellos tuvo hartos momentos de desesperación. También, como vos, Morrel, creyéndose el más desdichado de los hombres, pensó en suicidarse.

—¿Y bien? —preguntó Morrel.

—¡Y bien!, en el momento supremo, Dios se reveló a él por un medio humano, porque Dios hace milagros. Acaso en el primer momento, es preciso tiempo para que los ojos anegados en lágrimas vean claro, no comprendió la misericordia infinita del Señor, pero al fin, tuvo paciencia y esperó. Un día salió milagrosamente de la tumba, transformado, rico, poderoso, casi un dios; su primer grito fue para su padre; su padre había muerto.

—Y también el mío —dijo Morrel.

—Sí, pero vuestro padre murió en vuestros brazos, dichoso, honrado, rico, lleno de ilusiones. El otro murió pobre, desesperado, dudando de Dios, y cuando, diez años después, el hijo buscaba su tumba, ésta había desaparecido, y nadie ha podido decirle: "Aquí descansa en Dios el corazón que tanto lo ha amado.»

—¡Oh! —dijo Morrel.

—Era, pues, más desventurado que vos, porque no sabía dónde hallar la tumba de su padre.

—Pero —dijo Morrel— restábale al menos la mujer amada.

—Os engañáis, Morrel; esa mujer...

—¿Había muerto? —exclamó Maximiliano.

—Peor aún. Era infiel, se había casado con uno de los perseguidores de su amante. Bien veis, Morrel, que era más desgraciado amante que vos.

—¿Y ha enviado Dios —preguntó Morrel— consuelos a ese hombre?

—Le ha dado la calma, al menos.

—¿Y ese hombre podrá ser dichoso algún día?

—Lo espera, Maximiliano.

El joven dejó caer la cabeza sobre el pecho.

—Ya tenéis mi promesa —dijo, tras un momento de silencio, y tendiendo la mano a Montecristo—, recordad únicamente...

—El 5 de octubre, Morrel, os espero en la isla de Montecristo. El 4 hallaréis una embarcación en el puerto de Bastia, llamada el Eurus. Daréis el nombre al patrón, que os conducirá cerca de mí. ¿De acuerdo, Maximiliano?

—De acuerdo, conde; así lo haré. Pero recordad que el 5 de octubre...

—Sois un niño que no sabe aún lo que vale la promesa de un hombre... Os he dicho veinte veces que ese día, si aún queréis morir, os ayudaré a ello, Morrel. Adiós.

—¿Me dejáis?

—Sí; tengo que hacer en Italia. Os dejo solo, solo en lucha con la desgracia, solo con el águila de poderosas alas que el Señor envía a sus elegidos para transportarlos a sus plantas. La historia de Ganimedes no es una fábula, es una alegoría, Maximiliano.

—¿Cuándo partís?

—En seguida, el vapor me espera, dentro de una hora estaré lejos de vos, ¿me acompañaréis al puerto, Morrel?

—Soy todo vuestro, conde.

—Dadme un abrazo.

Morrel acompañó al conde hasta el puerto. Ya el humo salía como un inmenso penacho del negro tubo que lo lanzaba hasta el cielo. Pronto partió el buque, y una hora después, como había dicho Montecristo, esta misma cola de humo blanquecino cortaba apenas visible el horizonte oriental, sombreado por las primeras brumas de la noche.

XVIII. PEPINO

En el preciso instante en que el vapor del conde desaparecía detrás del cabo Morgion, un hombre que viajaba en posta por el camino de Florencia a Roma, se presentaba en la villa de Aquapendente. Seguía precipitadamente su camino para ganar tiempo sin hacerse sospechoso.

Vestido con una levita o más bien un sobre todo, sumamente

deteriorado por el viaje, pero que dejaba ver brillante y nueva aún una cinta de la Legión de Honor cosida al pecho. Este hombre, no solamente por su aspecto, sino también por el acento con que hablaba a su postillón, debía ser tenido por francés. Una prueba más de que había nacido en el país de la lengua universal, es que no sabía otras palabras italianas que las músicas, que pueden, como el goddan de Fígaro, reemplazar todos los modismos de una lengua particular.

—Allegro! —decía a los postillones a cada subida.

—Moderato! —a cada bajada.

¡Y Dios sabe si hay subidas y bajadas yendo de Florencia a Roma por el camino de Aquapendente!

Estas dos palabras, por otra parte, provocaban grandes risas en las gentes a quienes se dirigían.

A la vista de la Ciudad Eterna, es decir, al llegar a la Storta, punto desde donde se divisa Roma, el viajero no experimentó el sentimiento de curiosidad entusiasta que lleva a cada extranjero a elevarse desde el fondo del asiento para tratar de distinguir la famosa cúpula de San Pedro, que se remonta sobre todos los demás objetos que la rodean.

No. Sacó una cartera del bolsillo, y de ella un papel plegado en cuatro dobleces, que desdobló y dobló con una atención parecida a respeto, contentándose con decir:

—¡Bueno!, no me abandones.

El carruaje atravesó la puerta del Popolo, giró a la izquierda y se detuvo ante la fonda de España.

Nuestro antiguo conocido, el señor Pastrini, recibió al viajero en la puerta y con el sombrero en la mano.

El viajero bajó, encargó una buena comida, y tomó las señas de la casa Thomson y French, que le fue indicada en el instante mismo, y era una de las más conocidas de Roma, situada en la calle del Banchi, cerca de San Pedro.

En Roma, como en todas partes, la llegada de una silla de posta constituye un acontecimiento. Diez jóvenes, descendientes de Mario y de los Gracos, con los pies desnudos, los codos rotos, un puño sobre la cadera, y el otro brazo pintorescamente encorvado alrededor de la cabeza, miraban al viajero, la silla de posta y los caballos. A estos bodoques,de la ciudad por excelencia, se habían juntado unos cincuenta papamoscas de los Estados del Papa, de los que forman corrillos escupiendo en el Tíber desde el puente de Santángelo, cuando el Tíber lleva agua.

Además, como los bodoques y los papamoscas de Roma, más dichosos que los de París, entienden todas las lenguas, y sobre todo la lengua francesa, oyeron al viajero pedir una habitación y comida, y las señas de la casa de Thomson y French.

Resultó de esto que cuando el nuevo viajero salió de la fonda con el cicerone de rigor, un hombre se separó del grupo de los curiosos, y sin parecer ser notado por el guía, marchó a poca distancia del extranjero, siguiéndole con tanta cautela como hubiera podido emplear un agente de la policía parisiense.

El francés estaba tan impaciente por efectuar su visita a la casa Thomson y French, que no había tenido tiempo de esperar fuesen enganchados los caballos. El carruaje debía encontrarle en el camino, o esperarle a la puerta del banquero. Llegó sin que el carruaje le alcanzase.

El francés entró, dejando en la antecámara su guía, que inmediatamente trabó conversación con dos o tres de esos industriales sin industria, o más bien de cien industrias, que ocupan en Roma las puertas de los banqueros, de las iglesias, de las ruinas, de los museos y de los teatros. Al propio tiempo que el francés, entró el hombre que se había separado del grupo de curiosos. El francés abrió la puerta y entró en la primera pieza. Su sombra hizo lo mismo.

—¿Los señores Thomson y French? —preguntó el extranjero.

Una especie de lacayo se levantó a la señal de un encargado de confianza, guarda solemne de la primera mesa.

—¿A quién anunciaré? —preguntó el lacayo preparándose a preceder al extranjero.

El viajero respondió:

—Al barón Danglars.

—Pasad—dijo el lacayo.

Abrióse una puerta. El lacayo y el barón entraron por ellas.

El hombre que había seguido a Danglars se sentó a esperar en un banco.

El que le había recibido primero continuó escribiendo por espacio de cinco minutos aproximadamente, durante los cuales el hombre sentado guardó profundo silencio y la más completa inmovilidad.

Luego, la pluma del primero dejó de chillar sobre el papel. Levantó la cabeza, miró atentamente en derredor suyo, y bien asegurado:

—¡Ah!, ¡ah! —dijo—, ¡tú aquí, Pepino!

—¡Sí! —respondió lacónicamente.

—¿Tú has olfateado algo de bueno en la cara de ese hombre gordo?

—No hay gran mérito en esto. Estamos prevenidos.

—¿Sabes lo que viene a hacer aquí, curioso?

—Pardiez, viene a tocar, aunque falta saber qué suma.

—En seguida lo sabrás, amigo.

—Muy bien, pero no vayas, como el otro día, a darme noticias falsas.

—¿Qué quieres decir? ¿Te refieres a aquel inglés que sacó de aquí tres mil escudos el otro día?

—No; ése tenía en efecto los tres mil escudos y nosotros los hemos hallado. Hablo del príncipe ruso.

—¿Y bien?

—¡Y bien! Nos habías dicho treinta mil libras, y no hemos hallado más que veintidós.

—Las habréis buscado mal.

—Luigi Vampa es el que hizo el registro en persona.

—En tal caso, tendría deudas y las pagaría.

—¿Un ruso?

—O gastaría su dinero.

—Después de todo, es posible.

—Es seguro, pero déjame ir a mi observatorio, el francés puede efectuar su negocio sin que yo sepa la cantidad exacta.

Pepino hizo una señal afirmativa, y sacando un rosario del bolsillo se puso a rezar algunas oraciones, mientras el empleado desapareció por la misma puerta que había dado paso al otro empleado y al báron. Al cabo de unos diez minutos, el empleado apareció gozoso.

—¿Y bien? —preguntó Pepino a su amigo.

—¡Alerta! ¡Alerta! —respondió—, la suma es respetable.

—Cinco o seis millones, ¿no es verdad?

—Sí; ¿cómo lo sabes?

—Por un recibo de su excelencia el conde de Montecristo.

—¿Conoces al conde?

—Se le acredita sobre Roma, Venecia y Viena.

—¿Es posible? —exclamó—, ¿cómo lo has informado tan bien?

—Te he dicho que se nos había avisado de antemano.

—Entonces, ¿por qué lo diriges a mí?

—Para estar seguro de que es el hombre a quien buscábamos.

—El es..., cinco millones. Una hermosa suma. ¿Eh, Pepino?

—Sí.

—No volveremos a ver otra parecida.

—Al menos —respondió filosóficamente Pepino—, recogeremos alguna tajada.

—¡Silencio! Ahí viene nuestro hombre.

El empleado tomó la pluma, y Pepino el rosario. El uno escribía, el otro oraba cuando volvió a abrirse la puerta.

Danglars apareció radiante de satisfacción, acompañado del banquero, que le guió hasta la puerta.

Detrás de Danglars salió Pepino.

Según lo convenido, el carruaje que debía ir a buscar a Danglars esperaba delante de la casa Thomson y French. El cicerone tenîa la portezuela abierta. El cicerone es un ser muy complaciente y que puede destinarse a cualquier cosa.

Danglars montó en el carruaje, ligero como un joven de veinte años. El cicerone cerró la portezuela y subió con el cochero.

Pepino se acomodó detrás.

—¿Quiere su excelencia ver San Pedro? —preguntó el cicerone.

—¿Para qué? —repuso el barón.

—Pues... para ver.

—No he venido a Roma para ver —dijo en voz alta Danglars; después añadió en voz baja con una sonrisa codiciosa:— he venido para tocar.

Y tocó en efecto su camera, en la cual acababa de guardar una letra.

—Entonces, ¿su excelencia va...?

—A la fonda.

—A casa de Pastrini —dijo al cochero el cicerone.

Y el carruaje partió rápido, como carruaje de gran señor.

Diez minutos más tarde, el barón había entrado en su aposento, y Pepino se instalaba en un banco situado delante de la fonda, después de pronunciar unas palabras al oído de uno de aquellos descendientes de Mario y de los Gracos que hemos designado al principio de este capítulo, mozo que tomó a todo correr el camino del Capitolio.

Danglars estaba cansado, satisfecho, y tenía sueño. Se acostó, colocó su cartera bajo la almohada y se quedó dormido.

Pepino tenía tiempo de más. jugó a la morra con los faquines, perdió tres escudos, y para consolarse bebióse una botella de vino de Orvieto.

Al día siguiente, el banquero se levantó tarde, aunque se había acostado temprano. Hacía cinco o seis noches que dormía muy mal, cuando dormía. Almorzó mucho, y poco deseoso, como había dicho, de ver las bellezas de la Ciudad Eterna, pidió los caballos de posta para el mediodía.

Pero Danglars no había contado con las formalidades de la policía y con la pereza del maestro de postas. Los caballos tardaron dos horas en estar enganchados, y el cicerone no trajo el pasaporte visado hasta después de las tres. Todos estos preparativos atrajeron a la puerta del señor Pastrini a buen número de curiosos. Tampoco faltaron los descendientes de los Gracos y de Mario.

El barón atravesó triunfalmente estos grupos, que le llamaban excelencia para obtener un bayoco.

Como Danglars, hombre muy popular, como sabemos, se había contentado con el dictado de barón hasta entonces, sin ser tratado de excelencia, este título le lisonjeó, y distribuyó una docena de monedas a toda aquella canalla, dispuesta por otras doce a tratarle de alteza.

—¿Adónde? —inquirió el postillón en italiano.

—Camino de Ancona —respondió el barón. El señor Pastrini tradujo la pregunta y la respuesta, y el carruaje partió al galope.

Danglars quería, en efecto, trasladarse a Venecia a recoger una parte de su fortuna, y después a Viena a realizar el resto.

Su intención era fijarse en esta última ciudad, que se le había asegurado ser el vergel de los placeres.

Apenas anduvo tres leguas por las campiñas de Roma, cuando empezó a anochecer. Danglars no creía haber salido tan tarde; de otro modo se habría quedado. Así preguntó al postillón cuánto faltaba para llegar a la población cercana.

—Non capisco —respondió el postillón.

Danglars hizo un movimiento de cabeza que quería decir ¡muy bien! El carruaje prosiguió la marcha.

—En la primera parada —dijo para sí Danglars— me detendré.

Danglars experimentó aún un resto de bienestar que había gozado la víspera, y que le proporcionó tan buena noche. Estaba muelle mente extendido en una buena calesa inglesa de dos resortes, y se sentía llevado al galope por dos buenos caballos. La parada era de siete leguas, lo sabía. ¿Qué hacer cuando se es banquero, y se ha hecho con fortuna bancarrota?

Dedicó diez minutos a pensar en su mujer, que quedaba en París, otros diez en su hija, que recorría el mundo en compañía de la señorita de Armilly. Otros diez minutos en sus acreedores y en la manera como emplearía el dinero. Después, no teniendo en qué pensar, cerró los ojos y se quedó dormido.

Sin embargo, sacudido por un movimiento fuerte del carruaje, Danglars abrió un momento los ojos. Entonces se sintió llevado con la misma celeridad a través de la misma campiña de Roma, toda sembrada de acueductos rotos, que parecían gigantes de granito petrificados. Pero en una noche fría, sombría, lluviosa, era mejor para un hombre medio dormido permanecer en el fondo de la silla con los ojos cerrados, que asomar la cabeza a la ventanilla para preguntar dónde estaba a un postillón que no sabía responder otra cosa que: non capisco!

Danglars continuó durmiendo, pensando que ya tendría tiempo de levantarse al llegar a la parada.

El carruaje se detuvo. Danglars pensó que llegaba por fin al término deseado. Abrió los ojos, miró a través del vidrio, creyendo hallarse en medio de alguna ciudad, o por lo menos aldea, pero no vio más que una casucha aislada y tres o cuatro hombres yendo y viniendo como sombras.

El banquero esperó un momento a que el postillón, que había acabado su parada, viniese a reclamarle el coste de la posta. Creía poder aprovechar esta ocasión para pedir algunas noticias a su nuevo conductor, pero se cambiaron los tiros sin que nadie pidiese nada al viajero. Danglars quedó asombrado, abrió la portezuela, pero le rechazó bien pronto una mano vigorosa y la silla empezó a rodar.

El barón se levantó estupefacto.

—¡Eh! —dijo al postillón—. ¡eh!, mio caro!

Palabras italianas de una romanza que Danglars había retenido cuando su hija cantaba dúos con el príncipe Cavalcanti.

Pero mio caro no respondió.

Danglars se contentó entonces con bajar el cristal.

—¡Eh!, amigo ¿dónde vamos? —dijo sacando la cabeza.

—Dentro la testa! —exclamó una voz grave a imperiosa, acompañada de un grito de amenaza.

Danglars comprendió que dentro la testa quería decir: meted la cabeza. Hacía, como puede verse, rápidos progresos en el italiano.

Obedeció, no sin inquietud, y como esta inquietud subía de punto a cada minuto que transcurría, al cabo de algunos instantes su espíritu, en lugar del vacío que dijimos cuando se puso en camino, y que le produjo el sueño, tenía pensamientos más propios unos y otros para despertar el interés del viajero, y sobre todo de un viajero en la situación de Danglars. Sus ojos adquirieron en las tinieblas el brillo que les confieren en el primer momento las emociones fuertes, y que se apaga al fin por haberse excitado demasiado. Antes de tener miedo se ve claro. Mientras se tiene, se ve doble, después de haberle tenido se ve turbio.

Danglars vio un hombre envuelto en una capa que galopaba junto a la portezuela de la derecha.

—Algún gendarme —dijo—. ¿Habré sido denunciado por los telégrafos franceses a las autoridades pontificias?

Resolvió salir de esta ansiedad.

—¿Adónde me lleváis? —dijo.

—Dentro la testa! —repitió la misma voz con el propio acento de amenaza.

Danglars se volvió a la portezuela de la izquierda. Otro hombre a caballo galopaba al mismo lado.

—Evidentemente —se dijo Danglars con el sudor en el rostro—, he caído en una trampa.

Y se arrojó al fondo de la calesa, esta vez no para dormir, sino para soñar.

Poco después apareció la luna en el cielo.

Desde el fondo de la calesa echó una ojeada a la campiña. Volvió a ver entonces los grandes acueductos, fantasmas de piedra que había notado al pasar, solamente que en vez de verlos a la derecha, los tenía ahora a la izquierda. Creyó que habían dado media vuelta al carruaje, y que se le llevaba a Roma.

—¡Oh, desdichado de mí! —exclamó—, se habrá conseguido mi extradición.

El carruaje continuó corriendo con admirable velocidad. Pasó una hora terrible, porque a cada nuevo indicio que se le ofrecía al paso, el fugitivo reconocía, a no dudarlo, que se le volvía atrás. En fin, no volvió a ver la masa sombría contra la cual le pareció que el carruaje iba a estrellarse. Pero el carruaje se ladeó, bordeando la masa sombría, que no era otra cosa que la cintura de muralla que envuelve a Roma.

—¡Oh!, ¡oh! —murmuró Danglars—, no entramos en la ciudad. Luego no es la justicia la que me detiene. ¡Gran Dios!, otra idea, será posible...

Sus cabellos se erizaron. Acordóse entonces de las interesantes historias de los bandidos romanos, tan poco creídas en París, y que Alberto de Morcef contaba a la señora Danglars y a Eugenia, cuando se trataba de que el joven vizconde fuera yerno de una y marido de otra.

—¡Ladrones tal vez! —murmuró.

De repente, el carruaje rodó sobre alguna cosa más dura que el suelo de un camino enarenado. Danglars aventuró una mirada a los dos lados del camino. Distinguió unos monumentos de una forma extraña, y su pensamiento preocupado con la relación de Morcef, que al presente se le representaba en todos sus pormenores, este pensamiento le dijo que debía estar sobre la vía Apia.

A la izquierda del carruaje, en un espacio del valle, distinguíanse unas ruinas de forma circular. Eran las termas de Caracalla.

A una palabra del hombre que galopaba a la derecha del carruaje, éste se detuvo. Al mismo tiempo se abrió la portezuela de la izquierda.

—¡Scendi! —dijo una voz.

Danglars se apeó inmediatamente. No hablaba todavía el italiano, pero lo entendía ya. Más muerto que vivo, el barón miró en torno suyo. Cuatro hombres le rodeaban, sin contar el postillón.

—Di quá —dijo uno de ellos bajando por un pequeño sendero que conducía de la vía Apia al medio de las anfractuosidades de la campiña de Roma.

Danglars siguió a su guía, sin oponer resistencia, y no tuvo necesidad de volverse para saber que era seguido por otros tres hombres. Sin embargo, parecióle que éstos se quedaban como de centinela a distancias iguales.

Después de diez minutos de marcha aproximadamente, durante los cuales Danglars no cambió una sola palabra con su guía, se halló entre un cerro y un matorral. Tres hombres en pie y mudos formaban un triángulo de que él era el centro.

Quiso hablar. Su lengua se le trabó.

—Avanti —dijo la misma voz con acento breve a imperativo.

Esta vez el banquero comprendió de dos modos, por la palabra y por el gesto, porque el hombre que marchaba detrás le empujó tan rudamente hacia adelante que casi tropezó con su guía.

Este guía era nuestro amigo Pepino, que se deslizó por los matorrales en medio de una sinuosidad que sólo los lagartos podían tener por un camino expedito.

Pepino se detuvo ante una roca coronada de una espesa mata. Esta roca, entreabierta, abrió paso al joven, que desapareció como desaparece el diablo en algunos de nuestros sortilegios. La voz y el gesto del que siguió a Danglars obligaron al banquero a hacer otro tanto. No cabía la menor duda. El quebrado banquero francés tenía que habérselas con bandidos romanos.

Danglars obró como un hombre colocado entre dos males terribles y cuyo valor es excitado por el mismo miedo. A pesar de su vientre, que le dificultaba el atravesar las anfractuosidades de la campiña de Roma, se colocó tras de Pepino, y dejándose resbalar con los ojos cerrados, cayó a sus pies. Al tocar la tierra volvió a abrir los ojos. El camino era largo, pero oscuro. Pepino, poco cuidadoso de ocultarse, estando ahora en su casa, hizo lumbre y encendió una luz. Otros dos hombres bajaron tras de Danglars, formando la retaguardia, y empujando al banquero cuando éste se detenía casualmente, le hicieron tomar una pendiente suave por medio de una en-crucijada de siniestra apariencia.

En efecto, las paredes de murallas, formando nichos sobrepuestos unos a otros, parecían en medio de piedras blancas, abrir los ojos negros y profundos que se observan en las calaveras. Un centinela hizo sonar con su mano los arreos de su carabina.

—¿Quién vive? —dijo.

—¡Amigos! ¡Amigos! —contestó Pepino—. ¿Dónde está el capitán?

—Allí —dijo el centinela, señalando por detrás de su espalda una gran cavidad abierta en la roca y cuya luz se reflejaba en la entrada por sus ovaladas aberturas.

—Buena presa, capitán, buena presa—dijo Pepino en italiano.

Y cogiendo a Danglars por el cuello de la levita le condujo hacia una entrada, semejante a una puerta, y por la cual se penetraba al punto donde el capitán parecía haber hecho su alojamiento.

—¿Es éste el hombre? —inquirió el capitán mientras leía con la mayor atención la Vida de Alejandro, por Plutarco.

—El mismo, capitán, el mismo. —Muy bien, mostrádmelo.

A esta orden imperativa, Pepino acercó tan bruscamente la luz al rostro de Danglars, que éste retrocedió vivamente para no quemarse las cejas.

Su rostro trastornado ofrecía todos los síntomas de un terror indescriptible.

—Este hombre está cansado —dijo el capitán—, llévesele a la cama.

—¡Oh! —murmuró el banquero—, esa cama es probablemente uno de los nichos de la muralla, ese sueño es la muerte que va a darme uno de los puñales que veo resplandecer.

En efecto, en las profundidades lóbregas de aquella cavidad inmensa veíanse agitarse sobre hierbas secas y pieles de lobo, los compañeros del hombre a quien Alberto de Morcef había hallado leyendo los Comentarios de César, y a quien Danglars encontraba leyendo la Vida de Alejandro.

El banquero lanzó un sordo gemido y siguió a su guía. No profirió súplica ni queja alguna. No tenía fuerza, ni voluntad, ni poder, ni sentimiento; dejábase llevar.

Emprendió la marcha, y comprendiendo que tenía una escalera ante sí, levantó maquinalmente los pies cuatro o cinco veces. Entonces se abrió ante él una puerta baja. Inclinóse instintivamente para no romperse la frente, y se halló en una cavidad abierta en la roca viva.

Era regularmente formada, aunque sin muebles. Seca, aunque situada bajo la tierra, a una profundidad inconmensurable.

Una cama de hierba seca, cubierta de pieles de cabra, estaba no hecha, sino tendida en un rincón del cuarto.

Danglars, al verla, creyó hallar un símbolo inequívoco de su salvación. —¡Oh! Dios sea loado —murmuró—, es una cama verdadera.

Por segunda vez en el término de una hora invocaba el nombre de Dios. No le había sucedido otro tanto en diez años.

—Ecco —dijo el guía.

Y metiendo a Danglars en el cuarto, cerró la puerta tras de sí. Sonó un cerrojo; el banquero se hallaba prisionero. Además, aunque no hubiera habido cerrojo, sólo san Pedro y teniendo por guía un ángel del cielo, pudiera pasar por medio de la guarnición que ocupaba las catacumbas de San Sebastián, y que acampaba con un jefe en quien nuestros lectores habrán desde luego reconocido al famoso Luigi Vampa.

Danglars había también reconocido al bandido cuya existencia no quiso creer cuando Morcef trató de naturalizarlo en Francia. No sólo le había reconocido a él, sino también la celda en donde Morcef estuvo encerrado, y que según todas las probabilidades era el alojamiento de los extranjeros.

Estos recuerdos, campo de cierto deleite en medio de todo para Danglars, le devolvieron la tranquilidad. No habiéndole dado muerte en el primer momento los bandidos, no deberían tener intención de matarle.

Habíasele detenido para robarle, y como no tenía más que unos luises, se le pediría rescate.

Acordóse de que Morcef había tenido que aprontar unos cuatro mil escudos, y como él mismo se creía de una apariencia de mayor importancia que Morcef, calculó que se le exigiría doble suma.

Ocho mil escudos equivalían a cuarenta y ocho mil libras. Le quedarían aún unos cinco millones cincuenta mil francos. Con esto se salía del paso en cualquier parte.

Así, pues, quedó casi seguro de salir del paso, teniendo en cuenta que no había ejemplo de que se hubiese tasado nunca un hombre en cinco millones cincuenta mil libras. Danglars se echó en la cama, en donde después de dar algunas vueltas a un lado y a otro, se durmió con la tranquilidad del héroe cuya historia Luigi Vampa estaba leyendo. De todo sueño, si no es del que temía Danglars, se despierta. Danglars se despertó. Para un parisiense habituado a cortinajes de seda, a paredes adamascadas, al perfume que sale de las maderas delicadas de la chimenea y se extiende y baja de los techos de raso, despertar en una gruta de piedra debe de ser un momento poco apacible. Al tocar las cortinas de piel de cabra, Danglars debía creer que se hallaba entre lapones o cosa parecida. En tales circunstancias, un segundo basta para convertir la mayor de las dudas en palpable certeza.

—Sí —murmuró—; estoy en poder de los bandidos de que habló Alberto de Morcef.

Su primer movimiento fue respirar para asegurarse de que no estaba herido. Era un medio que había aprendido en Don Quijote, único libro no que había leído, sino que conservaba alguna cosa en la memoria.

—No —dijo—, no me han matado ni herido, pero ¿me habrán robado acaso?

Y metió la mano en los bolsillos. Estaban intactos. Los cien luises que se había reservado para hacer el viaje de Roma a Venecia se hallaban en el bolsillo de su pantalón, y la cartera con la letra de cinco millones cincuenta mil francos estaba en el bolsillo de la levita.

—¡Qué bandidos tan raros —se dijo—, que me han dejado mi bolsa y mi cartera! Como pensé ayer al acostarme, van a ponerme a rescate. ¡Veamos!, ¡conservo también el reloj! Veamos la hora que es.

El reloj de Danglars, obra de Breguet, al que había cuidado de dar cuerda la víspera de su viaje, señalaba las cinco y media de la mañana. Sin él, Danglars hubiera ignorado completamente la hora que era, penetrando ya la luz del día en el aposento.

¿Sería preciso exigir una explicación de los bandidos? ¿Convendría esperar pacientemente a que se la diesen? En tal alternativa, lo último era más prudente. Danglars esperó. Esperó hasta el mediodía. Durante todo este tiempo un centinela había velado a su puerta. A las ocho de la mañana fue relevado.

Apoderóse de Danglars el deseo de ver quién le custodiaba.

Había notado que los rayos, no del día, sino de una lámpara, se filtraban por las hendiduras mal unidas de la puerta. Acercóse a una de ellas en el momento mismo en que el bandido echaba algunos tragos de aguardiente, los cuales, debido al pellejo que lo contenía, esparcían un olor repugnante para Danglars.

—¡Puf! —exclamó retrocediendo hasta el fondo de la habitación.

A mediodía, el hombre del aguardiente fue reemplazado por otro funcionario. Danglars tuvo la curiosidad de ver a su nuevo guardián, y se acercó otra vez a la hendidura. Era un bandido de complexión atlética, un Goliat de grandes ojos, labios gruesos, nariz aplastada. Su cabellera roja pendía por las espaldas en mechas retorcidas, como culebras.

—¡Oh!, ¡oh! —dijo Danglars—, éste parece más bien un ogro que una criatura humana. En todo caso soy perro viejo, soy duro de mascar.

Como se ve, Danglars no había perdido todavía el buen humor. En el mismo instante, como para probarle que no era un ogro, su guardián se sentó frente a la puerta del cuarto, y sacó de su zurrón pan negro, cebolla y queso, y se puso in continenti a devorarlos.

—¡Que me lleve el diablo! —dijo Danglars, echando a través de las hendiduras de la puerta una mirada a la comida del bandido—, el diablo me lleve si comprendo cómo pueden comerse semejantes porquerías.

Y fue a sentarse sobre las pieles, recordando en ellas el olor de aguardiente del primer centinela. Sin embargo, la situación de Danglars era crítica, y los secretos de la naturaleza son incomprensibles. Hay en ellos harta elocuencia en ciertas invitaciones materiales que dirigen las más groseras sustancias a los estómagos vacíos.

Danglars sintió de pronto que el suyo lo estaba en este momento, y así vio al hombre menos feo, al pan menos duro, al queso más fresco. En fin, las cebollas crudas, sucia alimentación del salvaje, le recordaron ciertas salsas Robert, y cierta ropa vieja que su cocinero preparaba de una manera superior cuando Danglars le decía: "Señor Deniseau, hágame para hoy un buen platito de canalla.»

Se levantó y fue a llamar a la puerta. El bandido levantó la cabeza. Al ver Danglars que le había oído, volvió a llamar.

—Che cosa? —preguntó el bandido.

—¡Hola, amigo! —dijo Danglars, dando con los dedos contra la puerta—, ¡me parece que será tiempo que se piense en darme de comer también a mí!

Pero sea que no comprendiese, sea que no tuviese órdenes relativas a la comida de Danglars, el gigante continuó comiendo. Danglars sintió humillado su orgullo, y no queriendo meterse con semejante bruto, se echó sobre las pieles sin decir nada más.

Transcurrieron cuatro horas. El gigante fue reemplazado por otro bandido. Danglars, que sentía fuertes movimientos de estómago, se levantó despacio, aplicó en seguida el ojo a las hendiduras de la puerta y reconoció la figura inteligente de su guía. Era, efectivamente, Pepino, que se preparaba a entrar de guardia del mejor modo posible, sentándose frente a la puerta, y colocando entre ambas piernas una cazuela que contenía, calientes y olorosos, guisantes fritos con tocino. Cerca de estos guisantes, Pepino colocó un canastillo de racimos de Velletri, y una botella de vino de Orvieto. Seguramente Pepino era inteligente. Viendo estos preparativos gastronómicos, el hambre atormentaba a Danglars.

—¡Ah!, ¡ah! —dijo—, veamos si éste es más tratable que el otro.

—Y tocó pausadamente la puerta.

—Allá van —dijo en mal francés el bandido, que, frecuentando la casa del señor Pastrini, había acabado por aprender aquella lengua hasta en sus
modismos.

Y abrió en efecto.

Danglars le reconoció por el que le había gritado de una manera harto furiosa: "Meted la cabeza". Pero no era aquella hora para recriminaciones, y adoptó, por el contrario, el ademán más agradable, y con graciosa sonrisa:

—Perdonad —le dijo—, pero ¿no se me dará de comer a mí también?

—¡Cómo, pues! —exclamó Pepino—. ¿Vuestra excelencia tendrá hambre acaso?

—¡Acaso! ¡Es magnífico! —murmuró Danglars—, hace veinticuatro horas justas que no como. Sí, señor —añadió, levantando la voz—, tengo hambre, sobrada hambre.

—¿Y vuestra excelencia quiere comer?

—Al instante, si es posible.

—Nada más fácil —dijo Pepino—, aquí se proporciona todo, pagando, por supuesto, como se hace entre buenos cristianos.

—¡Ni que decir tiene! —exclamó Danglars—, aunque en realidad, las gentes que detienen y aprisionan deberían al menos alimentar a los prisioneros.

—¡Ah!, excelencia—repuso Pepino—, eso ya no se estila.

—No es mala la razón —siguió Danglars, contando ganar a su guardián con su amabilidad—, yo me satisfago con ella. Veamos qué es lo que se me sirve de comer.

—En seguida, excelencia, ¿qué deseáis?

Y Pepino puso su escudilla en el suelo, de tal manera que el vapor subía directamente a las narices del banquero.

—Mandadme —dijo.

—¿Hay cocina aquí? —preguntó Danglars.

—¿Que si hay cocina? ¡Cocina perfecta!

—¿Y cocineros?

—¡Excelentes!

—¡Y bien!, un pollo, un pescado, un ave, cualquier cosa, con tal que yo coma.

—Como desee vuestra excelencia. Pediremos un pollo, ¿no es verdad?

—Sí, un pollo.

Pepino, levantándose y asomándose a la puerta, gritó con toda la fuerza de sus pulmones:

—¡Un pollo para su excelencia!

La voz de Pepino resonaba aún por las bóvedas, cuando se presentó un joven, hermoso, esbelto, y medio desnudo como los antiguos pescadores, llevando en un plato de plata un pollo delicadamente colocado.

—Se creería uno en el Café de París —murmuró Danglars.

—¡Helo aquí, excelencia! —dijo Pepino, cogiendo el pollo de

manos del joven bandido, y colocándolo en una mesa carcomida, que con un asiento y la cama de pieles, formaba todo el ajuar de la celda.

Danglars pidió un cuchillo y un tenedor.

—¡Helo aquí, excelencia! —dijo Pepino, ofreciéndole un cuchillo pequeño de punta roma y un tenedor de madera. Danglars tomó el cuchillo en una mano y el tenedor en la otra, y se puso a trinchar el ave.

—Dispensad, excelencia —dijo Pepino, pasando una mano por la espalda del banquero—, aquí se paga antes de comer, para el caso de quedar luego descontentos.

—¡Ah!, ¡ah! —dijo para sí Danglars—, esto no es como en París. Me van a desollar probablemente, pero hagamos las cosas en grande, veamos, he oído hablar del buen trato de la vida de Italia; un pollo debe de valer doce sueldos en Roma. Tened —dijo en voz alta, y dio un luís a Pepino.

—Un momento, vuestra excelencia —dijo Pepino levantándose—, un momento, vuestra excelencia me queda a deber aún alguna cosa.

—¡Cuando yo decía que habrían de desollarme! —murmuró Danglars. Luego, resuelto a sacar partido de todo:— Veamos lo que se os debe por esa ave hética —prosiguió.

—Vuestra excelencia ha dado un Luis a cuenta.

—¿Un Luis a cuenta de un pollo?

—Claro está, a cuenta.

—Bien..., ¡veamos!, ¡veamos!

—No son más que cuatro mil novecientos noventa y nueve luises lo que me debe vuestra excelencia.

Danglars abrió espantado los ojos al oír tan pesada broma.

—¡Ah, bribón! —murmuró—, ¡bribón, por vida mía!

Y quiso ponerse a trinchar el pollo, pero Pepino le detuvo la mano derecha con la izquierda, y extendió además la otra mano, diciendo:

—¡Vamos!

—¿Qué? ¿No os reís? —dijo Danglars.

—Aquí no reímos nunca, excelencia —contestó Pepino, serio como un cuáquero.

—¿Cien mil francos este pollo?

—Excelencia, es increíble el trabajo que cuesta criar aves en estas malditas grutas.

—¡Vamos!, ¡vamos! —dijo Danglars—, encuentro esto muy chistoso, muy divertido en verdad. Pero como tengo hambre, dejadme comer. Tomad, he aquí otro luís para vos, amigo mío.

—Entonces no faltan más que cuatro mil novecientos noventa y ocho luises —dijo Pepino conservando la misma sangre fría—, con paciencia todo se consigue.

—¡Oh!, lo que es eso —dijo Danglars, indignado de tan perseverante burla—, lo que es eso, jamás. Idos al diablo, vos no sabéis quién soy yo.

Pepino hizo una señal, el criado echó las dos manos y llevóse en seguida el pollo. Danglars se tendió en la cama de piel de lobo, Pepino cerró la puerta y se puso a comer los guisantes con tocino.

Danglars no podía ver lo que hacía Pepino, pero el ruido de sus dientes no debía dejarle duda acerca de lo que estaba haciendo. Era evidente que comía, y que comía toscamente como un hombre mal criado.

—¡Avestruz! —dijo Danglars.

Pepino hizo que no oía nada, y sin volver la cabeza continuó comiendo con admirable calma. El estómago de Danglars encontrábase en tal estado que no creía él mismo poder llegar a llenarlo nunca. Sin embargo, tuvo paciencia por espacio de hora y media, que en realidad se le antojó un siglo. Levantóse y fue de nuevo a la puerta.

—Vamos —siguió—, no me hagáis desfallecer más tiempo, y decidme al fin qué es lo que se quiere de mí.

—Decid más bien, excelencia, lo que queréis de nosotros... Dad vuestras órdenes y las ejecutaremos.

—Abridme primero.

Pepino abrió.

—¡Yo quiero—dijo Danglars—, por Dios! ¡Quiero comer!

—¿Tenéis hambre?

—De sobra lo sabéis.

—¿Qué quiere comer vuestra excelencia?

—Un pedazo de pan seco, puesto que los pollos están a tal precio en estas malditas cuevas.

—¡Pan!, sea—dijo Pepino—. ¡Eh!, pan—gritó. El criado trajo

un pedazo de pan.

—¡Helo aquí! —dijo Pepino.

—¿Qué vale? —preguntó Danglars.

—Cuatro mil novecientos noventa y ocho luises, estando ya otros dos pagados por anticipado.

—¡Cómo! ¡Un pan cien mil francos!

—Cien mil francos —dijo Pepino.

—¡Y no me pedíais más que cien mil francos por un pollo!

—No servimos por lista, sino a precio fijo. Cómase poco o mucho, pídanse diez platos o uno solo, el coste es absolutamente igual.

—¡Una nueva burla! Querido amigo, os declaro que esto es absurdo, que esto es estúpido. Decid más bien que al fin queréis que me muera de hambre, y es más sencillo.

—No, excelencia, vos sois quien queréis suicidaros. Pagad y comed, creedme.

—¿Conque he de pagar tres veces, bruto? —dijo Danglars exasperado—. ¿Crees que se llevan así cien mil francos?

—Tenéis cinco millones cincuenta mil francos en vuestro bolsillo, excelencia —dijo Pepino—, que equivalen a cincuenta pollos y medio.

Danglars se estremeció. Cayóle la venda de los ojos. Continuaba la misma broma, pero por fin acababa de comprenderla. Es fácil conocer que no la encontraba tan sencilla como antes.

—Veamos —dijo—, veamos. ¿Dando esos cien mil francos, quedaréis satisfecho al menos, y podré comer a mi placer?

—Sin duda —dijo Pepino.

—Pero ¿cómo darlos? —dijo el banquero respirando más libremente.

—Nada más fácil. Tenéis un crédito abierto en casa de Thonmson y French, calle de Banchi, en Roma. Dadme un bono de cuatro mil novecientos noventa y ocho luises contra estos señores. Nuestro banquero los recogerá.

Danglars quiso al menos asumir el aire de generoso. Tomó la pluma y el papel que le presentaba Pepino, escribió la letra y firmó.

—Tened —dijo—, vuestro bono al portador.

—Y vos, el pollo.

Danglars trinchó el ave suspirando. Parecíale flaca para una suma tan crecida.

En cuanto a Pepino, leyó atentamente el papel, lo metió en el bolsillo y prosiguió comiendo sus guisantes con tocino.

Al día siguiente Danglars volvió a tener hambre. El aire de aquella caverna despertaba a más no poder el apetito. El prisionero creyó que en todo aquel día no tendría que hacer nuevos gastos. Como hombre económico había ocultado la mitad del pollo y un pedazo de pan en un rincón del cuarto. Pero después de comer tuvo sed. No había contado con ello. Luchó contra la sed hasta el momento en que sintió la lengua reseca pegársele al paladar. Entonces llamó, no pudiendo resistir más tiempo el fuego que le consumía. El centinela abrió la puerta; era una cara distinta. Pensó que mejor le sería entenderse con su antiguo conocido y llamó a Pepino.

—Aquí me tenéis, excelencia —dijo el bandido presentándose con tal presteza que le pareció de buen agüero a Danglars—, ¿qué queréis?

—Beber —contestó el prisionero.

—Excelencia —dijo Pepino—, ya sabéis que el vino no tiene precio en las cercanías de Roma.

—Dadme agua entonces —dijo Danglars, pensando salir del paso.

—¡Oh!, excelencia, el agua escasea aún más que el vino. ¡Hay tanta sequía!

—Vamos —dijo Danglars—, ¡volvéis a empezar, a lo que parece!

Y sonriéndose como en aire de broma, el desgraciado sentía humedecidas las sienes con el sudor.

—Vamos, vamos, amigo —dijo Danglars viendo que Pepino permanecía impasible—, os pido un vaso de vino, ¿me lo negaréis?

—Os he dicho, excelencia —respondió gravemente Pepino—, que no vendemos al por menor.

—¡Y bien!, entonces dadme una botella.

—¿De cuál?

—Del menos caro.

—Todos son del mismo precio.

—¿Y cuál es?

—Veinticinco mil francos la botella.

—Decid —exclamó Danglars, con indescriptible amargura—, decid que queréis robarme y es más sencillo que hacerlo así paso a paso.

—Es posible —dijo Pepino— que tal sea la intención del señor.

—¿Qué señor?

—Aquel a quien se os presentó anteayer.

—¿Dónde está?

—Aquí.

—Haced que lo vea.

—Es fácil.

Poco después, Luigi Vampa se hallaba ante Danglars.

—¿Me llamáis? —preguntó al prisionero.

—¿Sois el jefe de los que me han traído aquí?

—Sí, excelencia, ¿y qué?

—¿Qué queréis de mí por rescate? Decid.

—Nada más que los cinco millones que lleváis encima.

El banquero sintió oprimido el corazón con un pasmo terrible.

—No tengo más que eso en el mundo, resto de una inmensa fortuna. Si me lo quitáis, quitadme la vida.

—Tenemos prohibido derramar vuestra sangre, excelencia.

—¿Y quién os lo ha prohibido?

—El que manda en nosotros.

—¿Obedecéis a alguien?

—Sí, a un jefe.

—Creía que el jefe erais vos.

—Soy jefe de estos hombres, pero otro lo es mío.

—¿Y ese jefe obedece a alguien?

—Sí.

—¿A quién?

—A Dios.

Danglars permaneció un momento pensativo.

—No os comprendo —dijo.

—Es posible.

—¿Y es ese jefe el que os ha dicho que me tratéis de tal modo?

—Sí.

—¿Con qué objeto?

—Lo ignoro.

—Pero ¿desaparecerá mi bolsa?

—Es probable.

—Vamos —dijo Danglars—, ¿queréis un millón?

—No.

—¿Dos millones?

—No.

—¿Tres millones...?, ¿cuatro...?, veamos, ¿cuatro? Os lo doy a condición de que me pongáis en libertad.

—¿Por qué nos ofrecéis cuatro millones por lo que vale cinco? —dijo Vampa—, eso es una usura, señor banquero, o no entiendo una palabra.

—¡Tomadlo todo! ¡Tomadlo todo!, os digo —exclamó Danglars—, o matadme.

—Vamos, vamos, calmaos, excelencia, os vais a alterar la sangre, y eso os dará apetito para comer un millón por día, ¡sed más económico, demonio!

—¿Y cuando no tenga más dinero que daros? —exclamó Danglars exasperado.

—Entonces tendréis hambre.

—¿Tendré hambre? —dijo Danglars palideciendo.

—Probablemente —respondió Vampa con sorna.

—¿Decís que no queréis matarme?

—No.

—¿Y queréis dejarme morir de hambre?

—Sí, que no es lo mismo.

—¡Y bien, miserables! —exclamó Danglars—, haré fracasar vuestros infames planes. Morir por morir prefiero acabar de una vez. Hacedme sufrir, torturadme, matadme, pero no conseguiréis mi firma.

—Como queráis, excelencia —dijo Vampa. Y salió.

Danglars se arrojó rabiando sobre las pieles de lobo.

¿Quiénes eran esos hombres? ¿Quién era ese jefe visible? ¿Quién era el jefe invisible? ¿Qué proyectos les animaban contra él?, y cuando todo el mundo podía rescatarse, ¿por qué no podía él hacerlo?

¡Oh!, seguramente que la muerte, una muerte pronta y violenta, era un buen medio de burlar a los enemigos encarnizados que parecían perseguir contra él una incomprensible venganza.

—¡Sí, pero morir!

Acaso por primera vez en su larga carrera, Danglars pensaba en la muerte con el deseo y el temor a la vez de morir, pero había llegado el momento para él de detener la vista en el espectro implacable que va en pos de toda criatura, y a cada pulsación del corazón le dice: ¡Morirás!

Danglars parecía una bestia feroz, acosada por la montería, desesperada después, y que a fuerza de su desesperación, consigue finalmente evadirse. Pensó en la fuga, pero los muros eran la roca viva, y a la única salida de la cueva se hallaba un hombre leyendo, por detrás del cual veíanse pasar y repasar sombras armadas de fusiles.

Duróle dos días la resolución de no firmar, después de los cuales pidió de comer y ofreció un millón. Tomáronselo y le sirvieron una suculenta comida.

Desde entonces la vida del desgraciado prisionero fue una tortura perpetua. Había sufrido tanto que no quería exponerse a sufrir más, y cedía a todas las exigencias. Al cabo de cuatro días, una tarde que había comido como en los tiempos de su mejor fortuna, echó sus cuentas y notó que era tanto lo gastado que no le restaban más que cincuenta mil francos.

Entonces sufrió una reacción extraña. Acabando de perder cinco millones, trató de salvar los cincuenta mil francos que le quedaban; antes que entregarlos, se propuso una vida de privaciones y llegó a entrever momentos de esperanza que rayaban en locura. Teniendo olvidado a Dios después de mucho tiempo, comenzó a creer que había obrado milagros, que la caverna podía hundirse, que los carabineros pontificios podían descubrir aquel odioso encierro y salvarle. Pensó en los cincuenta mil francos que le restaban, que eran una suma suficiente para preservarle del hambre, y rogó a Dios se los conservara, y orando lloró.

Tres días transcurrieron de este modo, durante los cuales el nombre de Dios estuvo constantemente, si no en su corazón, en sus labios. A intervalos tenía instantes de delirio, durante los cuales creía ver desde las ventanas en una pobre choza un anciano agonizando en el lecho. Este viejo también moría de hambre.

El cuarto día no era un hombre, era casi un cadáver. Había recogido hasta las últimas migajas de sus comidas, y comenzaba a devorar la estera que cubría el piso de la cueva.

Suplicó entonces a Pepino, como a un ángel guardián, le diese algún alimento, y le ofreció mil francos por un pedazo de pan. Pepino no contestó.

El quinto día se arrastró hasta la entrada de la celda.

—¿No sois cristiano? —dijo incorporándose sobre las rodillas—, ¿queréis asesinar a un hombre que es hermano vuestro ante Dios? ¡Oh!, ¡mis amigos de otro tiempo, mis amigos de otro tiempo! —murmuraba. Y cayó con la frente en el suelo.

Luego, levantándose, gritó con una especie de desesperación:

—¡El jefe!, ¡el jefe!

—Heme aquí —dijo Vampa, apareciendo de repente—, ¿qué queréis otra vez?

—Tomad el oro que me queda —balbució Danglars entregándole la cartera—, y dejadme vivir aquí, en esta caverna. No pido la libertad, sólo pido la vida.

—¿Entonces, sufrís mucho? —preguntó Vampa.

—¡Oh!, sí; sufro, sufro cruelmente.

—Hay, sin embargo, hombres que han sufrido más que vos.

—No lo creo.

—Sí; ¡por mi vida!, murieron de hambre.

El banquero acordóse entonces del anciano que, durante sus horas de alucinamiento, veía a través de las ventanas de la pobre cabaña llorar en el lecho. Golpeóse la frente contra el suelo, dando un gemido.

—Sí —dijo—, es verdad. Hay quienes han sufrido más que yo, pero al menos eran mártires.

—¿Es que al fin os arrepentís? —dijo una voz sombría y solemne, que hizo erizarse los cabellos en la cabeza de Danglars.

Su mirada débil trató de distinguir los objetos, y vio detrás del bandido un hombre envuelto en una capa, y oculto tras una pilastra de piedra.

—¿De qué tengo que arrepentirme? —balbució Danglars.

—Del mal que me habéis hecho —dijo la misma voz.

—¡Oh, sí; me arrepiento, me arrepiento! —exclamó el

banquero. Y se golpeó el pecho con el puño desfallecido.

—Entonces os perdono —dijo el hombre soltando la capa y dando algunos pasos para colocarse ante la luz.

—¡El conde de Montecristo! —dijo Danglars, más pálido de terror, que lo que estaba un momento antes de hambre y de miseria.

—Os engañáis, no soy el conde de Montecristo.

—¿Quién sois, entonces?

—Soy el que habéis vendido, entregado, deshonrado, cuya mujer amada habéis prostituído, al que habéis pisoteado para poder encumbraros y alzaros con una gran fortuna, cuyo padre habéis hecho morir de hambre, a quien condenasteis a morir del mismo modo, y que, sin embargo, os perdona, porque tiene asimismo necesidad de ser perdonado: soy ¡Edmundo Dantés!

Danglars lanzó un grito y cayó de rodillas.

—¡Levantaos! —dijo el conde—, tenéis salvada la vida. No han tenido igual suerte vuestros dos cómplices. Uno está loco, otro muerto. Quedaos con los cincuenta mil francos que os restan, os los doy. En cuanto a los cinco millones robados a los hospicios, les han sido ya restituidos por una mano desconocida. Ahora comed y bebed. Esta noche os doy hospedaje.

Después, el conde se volvió y dijo:

—Vampa, cuando ese hombre esté satisfecho, que se vaya libremente.

Danglars permaneció prosternado mientras el conde se alejaba; cuando levantó la cabeza, solamente vio una especie de sombra que desapareció por el corredor y ante la cual se inclinaban los bandidos.

Según había dispuesto el conde, Danglars se vio servido por Vampa, quien mandó traerle el mejor vino y los más exquisitos manjares de Italia, y después, haciéndole montar en su silla de posta, le dejó en el camino, arrimado a un árbol. Así permaneció sin saber dónde se hallaba. Entonces vio que estaba cerca de un arroyo, y como tenía sed, se arrastró hasta él. Al bajarse para beber, vio en el espejo de las aguas que sus cabellos se habían vuelto blancos.

IX. EL 5 DE OCTUBRE

Serían las seis de la tarde. Un horizonte de color de ópalo, matizado con los dorados rayos de un hermoso sol de otoño, se destacaba sobre la mar azulada.

El calor del día había ido atenuándose poco a poco, y empezaba a sentirse la ligera brisa que parece la respiración de la naturaleza exhalándose después de la abrasadora siesta del mediodía; soplo delicioso que refresca las costas del Mediterráneo y lleva de ribera en ribera el perfume de los árboles, mezclado con el acre olor del mar.

Sobre la superficie del lago que se extiende desde Gibraltar a los Dardanelos, y de Túnez a Venecia, una embarcación ligera, de forma elegante, se deslizaba a través de los primeros vapores de la noche. Su movimiento era el del cisne que abre sus alas al viento surcando las aguas. Avanzaba rápido y gracioso a la vez, dejando en pos de sí un surco fosforescente.

Lentamente, el sol, cuyos últimos rayos hemos saludado, desapareció por el horizonte occidental, pero como para secundar los sueños brillantes de la mitología, sus fuegos indecisos, reapareciendo en la cima de cada ola, parecían revelar que el dios de la luz acababa de ocultarse en el seno de Anfítrite, quien procuraba en vano guardar a su amante entre los pliegues de su azulado manto.

El barco avanzaba velozmente, aunque al parecer, apenas hacía viento para sacudir los rizados bucles de una joven. En pie sobre la proa, un hombre alto, de tez bronceada, ojos dilatados, veía acercarse hacia él la tierra bajo la forma de una masa sombría en forma de cono, y saliendo del medio de las olas como un ancho sombrero catalán.

—¿Está ahí la isla de Montecristo? —preguntó con una voz grave, impregnada de profunda tristeza, el viajero a cuyas órdenes parecía estar en aquel momento la embarcación.

—Sí, excelencia —respondió el patrón—; ya llegamos.

—¡Llegamos! —murmuró el viajero con un acento indefinible de melancolía.

Luego añadió en voz baja:

—Sí; éste será el puerto.

Y se sumergió en sus meditaciones, que se revelaban con una sonrisa más triste aún que lo hubiesen sido las mismas lágrimas.

Unos minutos más tarde se distinguió en tierra una llama, que se apagó al instante, y el estampido de un arma de fuego llegó hasta el barco.

—Excelencia —dijo el patrón—, he ahí la señal, ¿queréis responder vos mismo?

—¿Qué señal? —preguntó.

El patrón extendió la mano hacia la isla, desde cuyas orillas ascendía una larga y blanquecina columna de humo, que se iba extendiendo sensiblemente en la atmósfera.

—¡Ah!, sí —dijo, como saliendo de un sueño—, dadme...

El patrón le entregó una carabina cargada. El viajero la tomó, apuntó hacia arriba y la disparó al aire.

Diez minutos después se amainaba la vela, y se echaba el ancla a quinientos pasos del puerto.

El bote estaba ya en el mar con cuatro remeros y el photo. El viajero bajó, y en vez de sentarse en la popa guarnecida para él de un tapiz azul, se mantuvo en pie con los brazos cruzados.

Los remeros esperaban con los remos medio levantados, como aves que ponen a secar las alas.

—¡Avante! —dijo el viajero.

Los ocho remos cayeron al mar de un solo golpe, y sin hacer saltar una chispa de agua. Después la barca, cediendo al impulso, se deslizó rápidamente.

En seguida entró en una pequeña ensenada, formada por una abertura natural. La barca tocó en un fondo de arena fina.

—Excelencia —dijo el piloto—, subid a espaldas de dos de nuestros hombres, que os llevarán a tierra.

El joven respondió a esta invitación con un gesto de completa indiferencia. Sacó las piernas de la barca y se dejó deslizar en el agua, que le llegó hasta la cintura.

—¡Ah, excelencia! —murmuró el piloto—, habéis hecho mal, y el señor os censurará por ello.

El joven continuó marchando hacia la ribera, detrás de dos marineros que habían encontrado el mejor fondo.

A los treinta pasos llegaron a tierra. El joven sacudió los pies y comenzó a buscar el camino que se le indicaba en medio de las tinieblas de la noche. En el momento en que volvía la cabeza, sintió una mano sobre el hombro y una voz que le hizo estremecer.

—Buenas noches, Maximiliano —le dijo la voz—, veo que sois puntual, gracias.

—¡Vos, conde! —exclamó el joven con un movimiento, expresión más que de otra cosa de alegría, y estrechando entre sus dos manos la de Montecristo.

—Sí, ya lo veis, tan puntual como vos, pero estáis no sé cómo, caro amigo. Es preciso transformaros, como diría Calipso a Telémaco. Venid, pues. Hay por aquí una habitación preparada para vos, y en la cual olvidaréis las fatigas y el frío.

Montecristo vio que Morrel se volvía, y esperó.

El joven, en efecto, veía con sorpresa que ni una sola palabra le habían dicho sus conductores, a los cuales no había pagado, y sin embargo, partían. Oíanse ya los movimientos de los remos del bote que volvía hacia la embarcación.

—¡Ah, sí! —dijo el conde—, ¿buscáis a vuestros marineros?

—Sin duda, nada les he dado y no obstante han partido.

—No penséis en eso, Maximiliano —dijo sonriéndose Montecristo—, tengo un contrato con la marina para que el acceso de mi isla quede libre de todo gasto de viaje. Soy su abonado, como se dice en los países civilizados.

Morrel miró al conde con admiración.

—Conde —le dijo—, no sois el mismo aquí que en París.

—¿Cómo es eso?

—Sí; aquí os reís.

La frente de Montecristo se ensombreció.

—Tenéis razón en recordármelo, Maximiliano —dijo—, volveros a ver es una ventura para mí, y olvidaba que toda ventura es pasajera.

—¡Oh!, no, no, conde —exclamó Morrel volviendo a asir las manos de su amigo—, reíd, por el contrario; sed dichoso y probadme con vuestra indiferencia que la vida no es mala sino para los que sufren.

¡Oh!, sois benéfico, bueno, grande, amigo mío, y para darme valor afectáis esa alegría.

—Os equivocáis, Morrel —dijo el conde—, es que en efecto soy feliz.

—Vamos, os olvidáis de mí, ¡tanto mejor!

—¿Cómo?

—Sí, porque ya lo sabéis amigo. Como el gladiador cuando entraba en el circo decía al emperador, os digo: " El que va a morir lo saluda. »

—¿No estáis consolado? —preguntó Montecristo, con una expresión particular.

—¡Oh! —dijo Morrel, con una mirada llena de amargura—, ¿suponéis acaso que puedo estarlo?

—Escuchad —prosiguió el conde—, comprendéis bien el sentido de mis palabras, ¿no es verdad, Maximiliano? No me tenéis por un hombre vulgar, por una urraca que pronuncia frases vagas y vacías de sentido. Al preguntaros si estáis consolado, os hablo como hombre para quien el corazón humano no tiene secretos. Y bien, Morrel, bajemos juntos al fondo de vuestro corazón y sondeémosle. ¿Siente aún la fogosa impaciencia del dolor que hace estremecer el cuerpo, como se estremece el león picado por el mosquito? ¿O sufre esa sed devoradora que no se acaba hasta el sepulcro? ¿O la idealidad del recuerdo ya irrealizable que lanza al vivo en pos de la muerte? ¿O tan sólo la postración del valor agotado, el tedio que apaga los rayos de esperanza que quisieran lucir de nuevo? ¿O la pérdida de la memoria junto con la impotencia para el llanto? ¡Oh!, querido amigo, si esto es así, si no podéis llorar, si creéis muerto vuestro corazón embotado, si no encontráis fuerza más que en Dios, miradas más que para el cielo, amigo, dejemos a un lado las palabras harto mezquinas para la comprensión de nuestra alma. Maximiliano, estáis consolado, dejad, pues de lamentaros.

—Conde —dijo Morrel con una voz dulce y firme al mismo tiempo—, conde, escuchadme, como se escucha al hombre que habla con el dedo extendido hacia la tierra, con los ojos levantados al cielo. He venido cerca de vos para expirar en brazos de un amigo. Hay, es cierto, personas a quienes amo. Amo a mi hermana Julia, a su esposo Manuel, mas necesito que se abran unos brazos fuertes y se me estreche en ellos en mis últimos instantes. Mi hermana se desharía en lágrimas y se acongojaría. La vería sufrir, y ¡he sufrido yo tanto! Manuel me arrancaría el arma de las manos y atronaría la casa con sus destemplados gritos. Vos, conde, cuya palabra me esclaviza, que sois más que hombre, a quien llamaría dios si no fueseis mortal. Vos, vos me conduciréis dulcemente y con ternura, ¿no es verdad?, hasta las puertas de la muerte.

—Amigo —repuso el conde—, me queda aún una duda: ¿tendréis tan poca fuerza que empeñéis vuestro orgullo en exhalar vuestro dolor?

—No; mirad, soy sincero —dijo Morrel tendiendo la mano al conde—, y mi pulso no late más ni menos débil que de costumbre. No; me siento al término del camino. No, no procederé más allá. Me habéis hablado de aguardar, de esperar, ¿sabéis lo que habéis hecho, desventurado sabio? ¡He esperado un mes, es decir, que he sufrido un mes! He esperado, ¡el hombre es pobre y miserable criatura! He esperado, ¿y qué? No lo sé, ¡algo desconocido, absurdo, insensato!, un milagro..., ¿cuál? Dios sólo puede decirlo, que ha envuelto nuestra razón con la locura que se llama esperanza. Sí; he estado esperando. Sí; he esperado, conde, y en un cuarto de hora que hace que hablamos esta vez, me habéis, sin saber, partido, torturado el corazón cien veces, porque cada una de vuestras palabras me prueban que no hay esperanza para mí. ¡Oh, conde, cuán dulce y voluptuoso sería el descanso de la muerte!

Estas últimas palabras fueron pronunciadas por Morrel con una explosión de alegría que hizo estremecer al conde.

—Amigo mío —continuó Morrel, viendo que el conde callaba—, me designasteis el 5 de octubre como término del plazo definitivamente convenido...; amigo mío, hoy es el 5 de octubre...

Y sacó el reloj.

—Son las nueve; todavía me quedan tres horas de vida.

—Sea —respondió el conde—, venid.

Morrel siguió maquinalmente al conde, y estaban ya en la gruta, sin que Maximiliano se hubiese dado cuenta de ello. Vio alfombras bajo sus pies, y abierta una puerta de donde se exhalaban delicados perfumes. Una luz resplandeciente hirió sus ojos. Morrel se detuvo dudoso sin seguir adelante. Desconfiaba de las delicias mágicas que le rodeaban. Montecristo le atrajo dulcemente.

—¿Será preciso —dijo—, que empleemos las tres horas que nos restan, como los antiguos romanos, que, condenados por Nerón, su emperador y heredero, se sentaban a la mesa coronados de flores y aspiraban la muerte con el perfume de los heliotropos y de las rosas?

—Como gustéis —respondió Morrel—, la muerte es siempre la muerte, es decir, el reposo, es decir, la ausencia de la vida, y por consiguiente del dolor.

Sentóse, y Montecristo enfrente de él.

Estaban en el maravilloso comedor que hemos descrito, y en donde estatuas de mármol sostenían en la cabeza canastillos siempre llenos de flores y de frutas. Morrel lo había mirado todo vagamente, probablemente sin ver nada.

—Hablemos —dijo, mirando finalmente al conde.

—¡Hablad! —le respondió éste.

—Conde —repuso Morrel—, sois el compendio de todos los conocimientos humanos, y me parecéis bajado de un mundo más adelantado y sabio que el nuestro.

—Hay algo de cierto en eso —dijo el conde, con la sonrisa melancólica que confería a su rostro destellos de inefable bondad—, he bajado de un planeta que llaman el dolor.

—Creo todo lo que me decís, sin tratar de investigar su sentido, conde; y la causa de ello es porque me habéis dicho que viva y he vivido, porque me habéis dicho que espere y he esperado. Osaré preguntaros como si hubieseis muerto alguna vez: ¿Conde, es eso un mal?

Montecristo miraba a Morrel con una inefable expresión de ternura.

—Sí —dijo—, sí, sin duda; eso es un mal si rompéis brutalmente la capa mortal que os reclama obstinadamente la vida. Si desgarráis vuestra carne con la imperceptible punta de un puñal, si abrís con una bala siempre insegura vuestra cabeza, sensible al más leve dolor, ciertamente que sufriréis, y dejaréis odiosamente la vida, hallándola en medio de una agonía desesperada, mejor que un reposo a tanta costa comprado.

—Sí, lo comprendo —dijo Morrel—; la muerte, como la vida, tiene secretos de dolor y de voluptuosidad. Todo estriba en conocerlos.

—Exacto, Maximiliano. Acabáis de decir una gran verdad. La muerte es según el cuidado que tomamos de ponernos bien o mal con ella: o una amiga que nos mece dulcemente como una nodriza, o una enemiga que nos arranca con violencia el alma del cuerpo. Un día, cuando el mundo haya vivido un millar de años más, y se haya hecho dueño de todas las fuerzas destructoras de la naturaleza para aprovecharlas en el bienestar general de la humanidad, cuando el hombre conozca, como decíais no ha mucho, los secretos de la muerte, será ésta tan dulce y voluptuosa como el sueño en los brazos de la mujer querida.

—Y si quisierais morir, conde, ¿sabríais hacerlo de ese modo?

—Sí.

Morrel le tendió la mano.

—Comprendo ahora —dijo— por qué me habéis citado aquí, en esta isla perdida en medio del Océano, en este palacio subterráneo, sepulcro que envidiaría Faraón. Es porque me queréis, ¿no es así, conde?, ¿es que me queréis lo suficiente, para procurarme una de esas muertes de que me habláis, una muerte sin agonía, una muerte que me permita desahogarme pronunciando el nombre de Valentina, y estrechándoos la mano?

—Sí; habéis adivinado, Morrel —dijo el conde con sencillez—, y así es como lo comprendo.

—Gracias, la idea de que mañana no sufriré más resulta consoladora para mi angustiado corazón.

—¿No dejáis a nadie? —preguntó Montecristo.

—¡No! —respondió Morrel.

—¿Ni siquiera a mí? —repuso el conde con emoción profunda.

Morrel quedó suspenso. Sus claros ojos se nublaron de pronto, y brillaron luego con vívida llama, brotando de ellos una lágrima que rodó abriendo un surco plateado en su mejilla.

—¡Cómo! —dijo el conde—, ¡os queda un recuerdo en la tierra y morís...!

—¡Oh!, por favor —exclamó Morrel con voz apagada—, ¡ni una palabra más, conde, no prolonguéis mi suplicio!

Montecristo creyó que Morrel iba a entrar en delirio.

Esta creencia de un instante resucitó en él la horrible duda sepultada ya una vez en el castillo de If.

Pensó devolver este hombre a la ventura, mirando tal restitución como un peso echado en la balanza para compensación del mal que pudiera haber derramado.

"Ahora —pensó el conde—, si yo me equivocase, si este

hombre no fuera tan desgraciado que mereciese la ventura, ¡ay!, ¡qué sería de mí que no puedo olvidar el mal sino representándome el bien! »

—Escuchad, Morrel —dijo—, vuestro dolor es inmenso, me doy cuenta, pero, sin embargo, creéis en Dios, y no querréis arriesgar la salvación del alma.

Morrel se sonrió con tristeza.

—Conde —dijo—, sabéis que no entro fríamente en los espacios de la poesía; pero, os lo juro, mi alma no es mía.

—Escuchad, Morrel —dijo el conde—, no tengo pariente alguno en el mundo, ya lo sabéis. Me he acostumbrado a miraros como hijo, ¡y bien!, por salvar a mi hijo, sacrificaría mi vida, cuanto más mi fortuna.

—¿Qué queréis decir?

—Quiero decir, Morrel, que atentáis a vuestra vida porque no conocéis todos los goces que ofrece una gran fortuna. Morrel, poseo cerca de cien millones, os los doy. Con tal fortuna podéis esperar todo lo que os propongáis. ¿Sois ambicioso?, todas las carreras os serán abiertas. Revolved el mundo, cambiad su faz, entregaos a prácticas insensatas, sed criminal si es preciso, pero vivid.

—Conde, cuento con vuestra palabra —respondió fríamente Morrel, y añadió, sacando el reloj—,son las nueve y media.

—¡Morrel! ¿Insistís?, ¿a mi vista?, ¿en mi casa?

—Dejadme marchar, entonces ——dijo Maximiliano, profundamente sombrío—, o creeré que no me amáis sino por vos.

Y se puso en pie.

—Está bien —dijo el conde, cuyo rostro pareció iluminarse—, lo queréis, Morrel, y sois inflexible. ¡Sí!, sois profundamente desgraciado, y lo habéis dicho, sólo puede remediaros un milagro. Sentaos y esperad, Morrel.

Morrel obedeció. Montecristo se levantó a su vez y fue a buscar a un armario cuidadosamente cerrado, y cuya llave llevaba suspendida de una cadena de oro, un cofrecito de plata primorosamente cincelado, cuyos ángulos representaban cuatro figuras combadas, parecidas a esas cariátides de formas ideales, figuras de mujer, símbolos de ángeles que aspiran al cielo. Colocó el cofre encima de la mesa. Luego, abriéndolo, sacó una cajita de oro, cuya tapa se levantaba apretando un resorte secreto.

Esta caja contenía una sustancia untuosa medio sólida, cuyo color era indefinible, a causa del reflejo del oro bruñido, de los zafiros, rubíes y esmeraldas que la guarnecían, mezcla de azul, de púrpura y oro. El conde tomó entonces una pequeña cantidad de esta sustancia con una cuchara de plata sobredorada, y la ofreció a Morrel, mirándole fijamente largo tiempo. Pudo verse entonces que esta sustancia era de un color verdoso.

—He aquí lo que me habéis pedido —dijo—. He aquí lo que os he prometido.

—Viviendo aún —dijo el joven, al tomar la cuchara de manos del conde—, os doy las gracias desde el fondo de mi corazón.

El conde cogió otra cuchara y la metió también en la caja de oro.

—¿Qué vais a hacer, amigo? —inquirió Morrel, deteniéndole la mano.

—A fe mía, Morrel —le dijo sonriéndose—, creo, y Dios me lo perdone, que estoy tan cansado de la vida como vos, y puesto que la ocasión se presenta...

—¡Alto! —exclamó el joven—. ¡Vos que amáis, que sois amado, que tenéis fe y esperanza! ¡Oh, no hagáis lo que yo voy a hacer! ¡En vos sería un crimen! ¡Adiós, mi noble y generoso amigo, adiós! Voy a decir a Valentina todo lo que habéis hecho por mí.

Y lentamente, sin otro movimiento que el de una contracción de la mano izquierda que tendía a Montecristo, Morrel tomó o más bien saboreó la misteriosa sustancia que le había ofrecido el conde.

En este momento quedaron ambos silenciosos. Alí, también callado y atento, les dio tabaco, sirvió el café y desapareció.

Poco a poco, las lámparas palidecieron en las manos de las estatuas de mármol que las sostenían, y el perfume de los pebeteros pareció menos penetrante a Morrel. Sentado frente a él, el conde le miraba desde el fondo de la sombra, y Morrel no veía brillar más que los ojos de Montecristo.

Apoderóse del joven un dolor inmenso. Sentía caerse el servicio de café de las manos. Los objetos iban perdiendo insensiblemente su forma y sus colores. Sus ojos turbados veían abrirse como puertas y cortinas en las paredes.

—Amigo —dijo—, conozco que me muero. Gracias.

Realizó un esfuerzo por tenderle por segunda vez la mano, pero sin fuerza se dejó caer sobre él.

Entonces le pareció que Montecristo se sonreía, no con la risa extraña a impresionante que le había dejado entrever muchas veces los misterios de su alma profunda, sino con la compasiva bondad que tienen los padres para con sus hijos extraviados. Al mismo tiempo el conde crecía a sus ojos. Su estatura, casi doble, se dibujaba sobre las pinturas rojas; había echado hacia atrás sus negros cabellos y se presentaba alto a imponente como uno de esos ángeles que amenazarán a los pecadores el día del juicio eterno.

Morrel, abatido, desconcertado, se tendió en un sofá. Advertíase entorpecimiento en la circulación de la sangre, ya algo azulada. Su cabeza experimentaba un trastorno en las ideas.

Tendido, enervado, anhelante, Morrel no sentía en sí nada de vivo más que un sueño. Parecía entrar decididamente en el vago delirio que precede al estado desconocido que llamamos muerte. Trató de tender nuevamente al conde la mano, pero carecía ya de movimiento. Quería decirle ya un adiós supremo, y su lengua se agitó sordamente en su garganta, como la losa al cerrar el sepulcro.

Sus ojos, llenos de languidez, se cerraron a pesar suyo; sin embargo, en derredor de sus párpados se agitaba una imagen que reconoció a pesar de la oscuridad en que se creía envuelto. Era el conde que acababa de abrir una puerta. De pronto, una claridad inmensa resplandeció en la cámara contigua, o más bien en un palacio encantado, inundando la sala donde Morrel se abandonaba a una dulce agonía.

Entonces vio aparecer a la puerta de la cámara, en el límite de ambas estancias, una mujer de maravillosa belleza. Pálida y sonriéndose dulcemente, parecía un ángel de misericordia, conjurando al ángel de las venganzas.

"¿Será el cielo que se abre para mí? —pensó el moribundo—; este ángel se parece al que he perdido.»

Montecristo señaló con el dedo a la joven el sofá donde estaba Morrel. La joven dirigióse hacia él con las manos juntas y la sonrisa en los labios.

—¡Valentina! ¡Valentina! —exclamó Morrel desde el tondo de su alma.

Pero su boca no articuló sonido alguno, y como si todas sus fuerzas se concentrasen en esta emoción interior, dio un suspiro y cerró los ojos. Valentina se precipitó sobre él. Los labios de Morrel hicieron todavía un movimiento.

—Os llama —dijo el conde— desde el fondo de su sueño aquel a quien habíais confiado vuestro destino y la muerte ha querido separaros. Pero esto ha sido por vuestro bien. Yo he vencido la muerte. Valentina, en lo sucesivo no debéis separaros más sobre la tierra, puesto que para encontraros se precipitaba en el sepulcro. Sin mí moriríais los dos. Os devuelvo el uno al otro. ¡Así Dios me tenga en cuenta las dos existencias que ahora salvo!

Valentina asió la mano de Montecristo y en un irresistible impulso de alegría la llevó a sus labios.

—¡Oh, perdonadme! —dijo el conde—. ¡Oh, repetidme, sin cansaros de repetírmelo! ¡Repetidme que os he hecho dichosa! No sabéis cuánta necesidad tengo de la seguridad de vuestras palabras.

—¡Oh, sí, sí, os lo agradezco con toda mi alma! —dijo Valentina—, y si dudáis de mis palabras, ¡ay!, preguntádselo a Haydée, a mi querida hermana Haydée, que después de nuestra partida de Francia me ha hecho esperar resignada, hablándome de vos, el venturoso día que hoy luce para mí.

—¿Conque amáis a Haydée? —preguntó Montecristo con una emoción que en vano se esforzaba en disimular.

—¡Oh!, con toda mi alma.

—Escuchad entonces, Valentina —dijo el conde—; tengo una gracia que pediros.

—¡A mí, gran Dios! ¿Seré tan dichosa?

—Sí; habéis llamado a Haydée vuestra hermana; séalo en efecto. Valentina, dadle todo lo que creáis deberme a mí. Protegedla, Morrel y vos, porque —la voz del conde pareció ahogarse en su garganta— en adelante quedará sola en el mundo...

—¡Sola en el mundo! —repitió una voz detrás del conde—, ¿y por qué? Montecristo se volvió.

Haydée estaba en pie, pálida y helada, mirando al conde con expresión de profundo estupor.

—Porque mañana, hija mía, estarás libre —respondió el conde—, porque recobrarás en el mundo el puesto que lo es debido, porque no quiero que mi destino oscurezca el tuyo. ¡Hija de príncipe, lo devuelvo las riquezas y el nombre de lo padre!

Haydée palideció, abrió las manos diáfanas como hace la virgen que se encomienda a Dios y con una voz trémula por las lágrimas:

—¿Veo, señor, que me abandonas? —dijo.

—¡Haydée! Haydée! Eres joven, eres bella, olvídate hasta de mi nombre y sé dichosa.

—Perfectamente —dijo Haydée—; tus órdenes serán cumplidas. Olvidaré hasta lo nombre y seré dichosa.

Y dio un paso atrás para retirarse.

—¡Oh, Dios mío! —exclamó Valentina, sosteniendo con su espalda la cabeza inmóvil de Morrel—, ¿no veis su palidez, no comprendéis lo que sufre?

Haydée le dijo con una expresión desgarradora:

—¿Por qué quieres, hermana mía, que me comprenda? Es mi señor, soy su esclava; tiene derecho a no ver, a no comprender nada.

El conde tembló a los acentos de esta voz que hizo vibrar hasta las fibras más secretes de su corazón. Sus ojos se encontraron con los de la joven y no pudieron resistir su resplandor.

—¡Dios mío! ¡Dios mío! —dijo—, ¿será verdad lo que me habíais dejado sospechar? Haydée, ¿serías dichosa en no abandonarme?

—Soy joven —respondió con dulzura—; amo la vida que me ha hecho siempre tan venturosa, y sentiría morir.

—Lo cual quiere decir que si yo lo dejo, Haydée...

—¡Moriré, señor, sí!

—¿Conque me amas?

—¡Oh, Valentina, pregunta si le amo! ¡Valentina, dile tú si amas a Maximiliano!

Montecristo sintió desahogado el pecho y dilatado el corazón. Abrió los brazos: Haydée se lanzó en ellos dando un grito.

—¡Oh, sí, lo amo! —dijo—, lo amo como se ama a un padre, a un hermano, a un esposo! ¡Te amo como se ama a Dios, porque eres para mí el más bello, el mejor y el más grande de los seres creados!

—¡Sea como tú quieres, ángel querido! —dijo el conde—, Dios, que me levantó contra enemigos y me dio la victoria; Dios,

674

lo veo bien, no quiere que sea el arrepentimiento el término de mis triunfos. Yo quería castigarme; Dios quiere perdonarme. Ama, pues, ¡Haydée! ¿Quién sabe? Tu amor acaso logre hacerme olvidar lo que es necesario que olvide.

—¿Y qué dices tú, señor? —preguntó la joven.

—Digo que una palabra tuya, Haydée, me ha enseñado más que veinte años de lenta experiencia. ¡No tengo más que a ti en el mundo, Haydée; por ti vuelvo a la vida; por ti puedo sufrir, por ti puedo ser dichoso!

—¿Lo oyes, Valentina? —exclamó Haydée—; dice que por mí puede sufrir, ¡por mí, que por él daría la vida!

El conde quedó un instante pensativo.

—¿Habré entrevisto la verdad? —dijo—. ¡Oh! ¡Dios mío! No importa: recompensa o castigo, acepto este destino. Ven, Haydée, ven...

Y estrechando con su brazo el talle de la joven, apretó la mano a Valentina, y desapareció.

Transcurrió aproximadamente una hora, durante la cual, muda, anhelante, con los ojos fijos, permaneció Valentina al lado de Morrel. Al cabo sintió que palpitaba su corazón; que un soplo imperceptible abrió sus labios y advirtió el estremecimiento que anunciaba la vuelta a la vida en todo el cuerpo del joven. Al fin, abriéronse sus ojos, pero fijos primero, recobró luego la vista clara, real y, con la vista, la sensibilidad; con la sensibilidad el dolor.

—¡Oh! —exclamó con el acento de la desesperación—, vivo aún; ¡el conde me ha engañado!

Y su mano se tendió sobre la mesa y cogió un cuchillo.

—Amigo —dijo Valentina con su adorable sonrisa—, despierta ya y mira hacia mí.

Morrel dio un gran grito, y delirante, lleno de dudas, desvanecido como por una visión celeste, cayó sobre las rodillas.

Al siguiente día, al despuntar la aurora, Morrel y Valentina se pa-seaban por la costa cogidos del brazo. La joven le contaba cómo Montecristo se había presentado en su cámara, revelándoselo todo, cómo le había hecho comprender el crimen y, finalmente, la salvó milagrosamente del sepulcro, al propio tiempo que la hacía creer que estaba muerta.

Hallando abierta la puerta de la gruta, salieron a dar un paseo.

Lucían aún en el cielo las últimas estrellas de la noche. Morrel percibió entre las sombras de un grupo de rocas un hombre que esperaba una señal para acercarse a ellos y se lo mostró a Valentina.

—¡Es Jacobo —dijo—, el capitán!

Y le llamó con una seña.

—¿Tenéis algo que decirnos? —le preguntó Morrel.

—Tengo que entregaros esta carta de parte del conde.

—¡Del conde! —murmuraron a la vez los dos jóvenes.

—Sí, leed.

Morrel la abrió y leyó:

Mi querido Maximiliano: Hay una falúa anclada para vos. Jacobo os llevará a Uorna, donde el señor Noirtier espera a su hija para bendecirla antes de que os acompañe al altar. Todo cuanto hay en esta gruta, amigo mío, mi casa de los Campos Elíseos y mi castillo de Treport, son el regalo de boda que hace Edmundo Dantés al hijo de su patrón Morrel. La señorita de Villefort aceptará la mitad, pues le suplico dé a los pobres de París toda la fortuna que adquiera de su padre, loco, y de su hermano, fallecido en septiembre último con su madrastra.

Decid al ángel que va a velar por vuestra vida, Morrel, que ruegue alguna vez por un hombre que, semejante a Satanás, se creyó un instante igual a Dios, y ha reconocido con toda la humildad de un cristiano, que sólo en manos de la Providencia está el poder supremo y la sabiduría infinita. Sus oraciones endulzarán quizás el remordimiento que lleva en el fondo de su corazón.

En cuanto a vos, Morrel, he aquí el secreto de mi conducta. No hay ventura ni desgracia en el mundo, sino la comparación de un estado con otro, he ahí todo.

Sólo el que ha experimentado el colmo del infortunio puede sentir la felicidad suprema. Es preciso haber querido morir, amigo mío, para saber cuán buena y hermosa es la vida.

Vivid, pues, y sed dichosos, hijos queridos de mi corazón, y no olvidéis nunca que hasta el día en que Dios se digne descifrar el porvenir al hombre, toda la sabiduría humana estará resumida en dos palabras: ¡Confiar y esperar!

Vuestro amigo,

Edmundo Dantés, Conde de Montecristo.

Durante la lectura de esta carta, que le revelaba la locura de su padre y la muerte de su hermano, Valentina palideció; un suspiro doloroso se exhaló de su pecho y lágrimas que no eran menos amargas por ser silenciosas, rodaron de sus mejillas. La ventura le costaba bien cara.

Morrel miró a su alrededor con inquietud.

—Pero —dijo— el conde exagera ciertamente su generosidad. Valentina se contentará con mi modesta fortuna. ¿Dónde está el conde, amigo? Conducidme a él.

Jacobo extendió la mano y señaló en dirección al horizonte.

—¡Cómo! ¿Qué queréis decir? —preguntó Valentina—. ¿Dónde está el conde? ¿Dónde está Haydée?

—Mirad —dijo Jacobo.

Los ojos de los dos jóvenes se fijaron en la línea indicada por el marino, y sobre ella, en el horizonte que separa el cielo del mar, distinguieron una vela blanca, grande como el ala de la gaviota.

—¡Partió! —exclamó Morrel—, ¡partió! ¡Adiós, amigo mío! ¡Adiós, padre mío!

—¡Partió! —murmuró Valentina—. ¡Adiós, amiga mía! ¡Adiós, hermana mía!

—¡Quién sabe si algún día le volveremos a ver! —dijo Morrel, enjugándose una lágrima.

—Cariño —repuso Valentina—, ¿no acaba de decirnos que la sabiduría humana se encierra toda ella en estas dos palabras?:

¡Confiar y esperar!

FIN

9 798889 267050